ACTION

BAND 82

DALTON FURY

ONE KILLER FORCE

ABSOLUT TÖDLICH

Aus dem Amerikanischen von Patrick Baumann

FESTA

Die amerikanische Originalausgabe *One Killer Force*
erschien 2015 im Verlag St. Martin's Press.

1. Auflage Mai 2020

Titelbild: Arndt Drechsler

ISBN 978-3-86552-826-1
eBook 978-3-86552-827-8

Für die unbesungenen Helden des
160th Special Operations Aviation
Regiment, dessen Kundenservice in
Militärkreisen als legendär gilt. Auf
Abruf fliegen sie im Stockdunklen
mit halsbrecherischer Geschwin-
digkeit dicht über dem Boden,
und man kann sich immer darauf
verlassen, dass die Night Stalkers
zielsicher und pünktlich sind –
plus/minus 30 Sekunden.

Vorwort

Als Scotty, der am Steuer von Bessie saß, die Rauchwolken aufsteigen sah, trat er aufs Gaspedal und ließ unseren Toyota im Rückwärtsgang über die Bordsteinkante holpern und den Müll überrollen, der im kriegsgebeutelten Bagdad überall in den Straßen lag. Ich saß neben ihm, mit weit aufgerissenen Augen und wahrscheinlich auch offenem Mund, und starrte stumm auf das Zielgebäude, das gerade in die Luft flog. Heiße Stahlsplitter, Betonbrocken und Druckwellen schossen auf die vier ungepanzerten Hummer zu, die nur wenige Meter von uns entfernt standen.

Wir waren auf der Suche nach Zarqawis Chemiewaffen oder den Materialien, die ihre Vorstufe darstellten. Was das Material betraf, hatten wir den Jackpot geknackt, aber auf die Explosion hätten wir verzichten können.

Scotty und ich schwangen unsere Ärsche aus Bessie, rannten in den Rauch und trafen dort auf das, was wir befürchtet hatten. Eine Soldatin taumelte Scotty in die Arme. Die Nähte ihrer Tarnuniform waren geplatzt und der Großteil ihres Körpers war verbrannt. Scotty tat, was er konnte.

Ich lief weiter durch die Rauchwolken und stand kurz darauf einem großen Soldaten gegenüber, der kaum noch zu erkennen war und wie ein Zombie umherschlurfte. Sein Kevlarhelm war ihm in den Nacken gerutscht wie eine Little-League-Baseballkappe; sein Gesicht war zerquetscht und verbrannt und er murmelte unverständliche Worte. Der Soldat fiel mir in die Arme. Ich schleppte seinen schweren Leib aus dem Rauch, weg von den brennenden Fahrzeugen, und legte ihn auf die Asphaltstraße. Dann klopfte ich seine brennende Kleidung mit meinen in Fliegerhandschuhen steckenden Händen aus, entfernte das Magazin aus seinem M16A4-Sturmgewehr und die Patrone aus der Kammer.

Meine Tier-One-Kameraden, Tora-Bora-Veteranen wie Stormin' Shrek, Blinkie und mehr als ein Dutzend andere, waren weitergezogen zum nächsten Ziel, womit nur Scotty und ich als Verbindungsmänner der Task Force 626 zurückblieben. Erst vor wenigen Minuten waren noch die besten Sanitäter der Welt vor Ort gewesen. Jetzt nahm ich den deutlichen Geruch verbrannten Fleisches wahr und riss die Erste-Hilfe-Tasche von meiner Weste. Der verwundete Soldat atmete noch, wurde aber immer schwächer. Er brauchte eine Menge Hilfe, aber freie Atemwege waren die Priorität Nummer eins.

»Halt durch, Mann«, sagte ich, während ich ihm den Helm vom Kopf nahm und mir die Handschuhe mit hellrotem Blut besudelte. »Du kommst schon wieder in Ordnung, Kumpel.« Ich weiß nicht, ob ich selbst daran glaubte, aber ich hoffte, dass er es tat.

Ich zog die flexible Nasensonde aus der Tasche, befeuchtete sie mit ein paar Tropfen aus meinem CamelBak-Wasserschlauch, wischte ihm das Blut und den Dreck von der Nase und versuchte, ihm die Sonde ins linke Nasenloch zu schieben. Das ging ein, zwei Zentimeter weit gut, aber dann steckte ich in einer Sackgasse. Pech gehabt. Vorsichtig berührte ich den Oberkieferknochen kurz unterhalb der Nase. Er war verformt.

Die Augen des Soldaten waren geschlossen. Ich schüttelte ihn sanft, um zu sehen, ob er noch reagierte und bei Bewusstsein war. Ich war dabei, ihn zu verlieren.

»Bleiben Sie bei mir, Sergeant!«

Ich riss die Nasensonde heraus und nahm stattdessen die Jejunalsonde aus Hartplastik. Als ich seinen Kiefer anhob, sah ich die Zunge, setzte die Sonde an und schob sie langsam am Gaumensegel vorbei. Danach versuchte ich, sie um 180 Grad zu drehen, damit ich sie seine Kehle hinunterführen konnte. Wieder hinderte sie irgendetwas am Weiterkommen.

Scheiße!

»SANITÄTER!«

Ich blickte auf und entdeckte zu meiner Überraschung einen rot-weißen Rettungswagen wenige Meter hinter mir. Zwei irakische Notfallsanitäter in weißen Uniformen standen dort mit einer ausgeklappten Krankentrage herum und wirkten schüchtern und nervös. Ich sah mich um und hoffte inständig, dass ein Tier-One-Sanitäter aus dem Nichts auftauchen würde.

Der Soldat lag im Sterben, und ich konnte ihm nicht helfen. Hinter mir, in Richtung des Zielgebäudes, wuchs die Menge der wütenden Iraker, die begannen, uns von drei Seiten einzukreisen. Stromleitungen hingen von umgeknickten Masten herab und schlugen auf der Straße Funken wie riesige Peitschen. Ein Dutzend Iraker waren auf die vier brennenden und demolierten Hummer gesprungen, von wo sie diejenigen von uns, die geblieben waren, in einem unverständlichen Singsang provozierten.

»Scotty, bringen wir ihn in den Rettungswagen. Er braucht einen Arzt.«

Als die Tür des Rettungswagens sich schloss, knallten in der Nähe zwei Schüsse. Als ich in Richtung der Hummer schaute, sah ich einen Iraker in einem braunen T-Shirt und einer amerikanischen kakifarbenen Wüstentarnhose.

Er wurde von einem der Geschütztürme gehoben und durch die Menschenkette weitergereicht.

Ich warf dem Platoon Sergeant neben mir einen Blick zu.

»Vermissen wir jemanden?«

Er zögerte. »Ich glaube, nicht.«

Der verletzte, wie ein US-Soldat gekleidete Iraker schrie, wegen einer Wunde oder vielleicht aus Angst um seinen Kopf. Er wurde durch die Menge zu einem anderen Krankenwagen an der Kreuzung getragen.

Scotty und ich schauten uns an und wussten auch ohne Worte, dass wir dasselbe dachten. Hatten die Einheimischen den Dolmetscher der Einheit aus den brennenden Autos gezogen? War der Platoon Sergeant noch auf der Suche nach ihm?

Ich spürte, wie mir jemand auf die Schulter klopfte. »Sind wieder da.«

Es war der bärtige Blinkie, ein Angriffstruppführer. Die Kavallerie war zurückgekehrt, und ich erkannte, dass er wusste, was Scotty und mir durch den Kopf ging. Ich sah mich schnell nach dem Platoon Sergeant um, aber der war verschwunden.

»Also los!«

Wir sprinteten in vollem Tempo in die wimmelnde Menge der Iraker. Ich riss den M4-Schalldämpfer von der Gewehrmündung, entsicherte und feuerte fünf Automatikschüsse in den klaren, blauen Himmel, um uns den Weg frei zu machen. Wir erreichten den Krankenwagen, bevor er losfahren konnte, und hielten den Fahrer auf. Beim Öffnen der Hintertür sahen wir den Verletzten auf einer Trage liegen, während sich ein Rettungsassistent über ihn beugte.

Ich sprang in den Wagen und stieg über den blutverschmierten Mann, während Scotty und Blinkie die Umgebung sicherten und dafür sorgten, dass das Fahrzeug stehen blieb. Ich packte den Mann am Arm und fragte ihn, ob er Englisch spreche. Er schüttelte panisch den Kopf, was mir sagte, dass er erstens eine Scheißangst hatte und zweitens nicht derjenige war, für den wir ihn hielten. Ich durchwühlte die Seitentaschen seiner Hose und brachte einige Papiere mit arabischer Schrift sowie ein Paar schwarzer Lederhandschuhe zum Vorschein, bevor ich ihm die Hand entgegenstreckte, um ihm noch eine letzte Chance zu geben, sich von uns retten zu lassen. Er ergriff sie nicht.

Wie wir es in den Straßen von Bagdad oder den Bergen Afghanistans tun mussten, muss auch der fiktive Operator Kolt ›Racer‹ Raynor innerhalb von Sekundenbruchteilen Entscheidungen treffen, die auf seinem taktischen Scharfsinn, seinem Hintergrundwissen und seiner Einsatzerfahrung beruhen. Die Lage kann sich blitzschnell ändern, und es gibt nur zwei Arten, darauf zu reagieren: Man kann in Schockstarre verfallen und darauf warten, dass ein Kamerad einem hilft, wieder zu sich zu kommen, oder man legt einen Schalter um und lässt sein Training das Steuer übernehmen. Genau wie Scotty es getan hat.

In *One Killer Force* kriegt Racer es mit jeder Menge Kampf und Chaos zu tun und ist gezwungen, von Plan A abzuweichen – dem Plan, der nur selten den ersten Schuss überlebt.

Zu Kolt Raynors Glück liefert er immer Ergebnisse ab, auch wenn viele der Ansicht sind, dass die Art seiner Entscheidungsfindung manchmal zu wünschen übrig lässt. Über das Niveau dieser Ergebnisse wird üblicherweise erst in den Nachbesprechungen und auf den Fluren diskutiert. Wenn Sie mich fragen: Ich hätte besser sein sollen an diesem heißen Sommertag in Bagdad. Nicht auszudenken, was ohne Scotty und die schnelle Rückkehr der Tora-Bora-Krieger passiert wäre.

In der realen Welt der Spezialeinheiten gibt es keine Individuen. Es gibt nur ein Team, das wiederum aus aufeinander abgestimmten Teams mit sich gegenseitig ergänzenden Fähigkeiten besteht, die zum Erreichen des Missionsziels führen. Von Scharfschützen über Bildanalysten und Helikopter-Bordschützen bis hin zu Personalsachbearbeitern – es ist eine gut geölte Maschinerie aus Tausenden, oder zumindest nahe daran. Ich habe das Glück, dass es auch in der Welt der fiktiven Spezialeinheiten nicht anders ist.

Um *One Killer Force* zu schreiben, habe ich mehr Hilfe gebraucht als gewöhnlich. Zweifellos wäre Kolt ›Racer‹ Raynor für immer untergetaucht geblieben, wären da nicht die außergewöhnliche Unterstützung und das blinde Vertrauen von Marc Resnick, meinem langjährigen Lektor bei St. Martin's Press, sowie meines Superagenten Scott Miller von der Trident Media Group gewesen.

Jetzt, da das vierte Buch meiner Delta-Force-Thrillerserie erscheint, fühle ich mich geehrt und bin äußerst dankbar dafür, dass Marc und Scott mir immer noch erstklassig den Rücken freihalten. Ein weiterer Segen ist für mich, dass ich Chris Evans wiederhabe, der seinerseits ein extrem talentierter Schriftsteller ist. Er hat mir geholfen, die Mitte der Zielscheibe zu treffen, wenn mein Schreibstift nur noch den Rand bekritzelt hat. Außerdem hat er all diese kleinen Verstöße gegen die Regeln guten Schreibens korrigiert, denen ich zugegebenermaßen weniger

Beachtung geschenkt habe als noch den Spielanweisungen und lebhaften Arm- und Handzeichen meines Footballtrainers vor ein paar Jahrzehnten.

Nicht nur Marc, Scott und Chris bin ich zutiefst dankbar, sondern auch meinen früheren Kameraden und anderen Experten, die bereit waren, mich mit einzigartigem Insiderwissen über Spezialausrüstung oder mit historischen Einordnungen echter Einsätze zu versorgen, die wir vor Jahren zusammen erlebt haben. Den Feind bekämpfen, ein Buch verfassen – beides ist ein Mannschaftssport, kein Zweifel. Für Kolt Raynor ist es ein Sport, bei dem er ohne die Unterstützung meiner Frau und meiner Töchter schon lange auf der Reservebank gelandet wäre. All diesen Racer-Fans habe ich sehr viel zu verdanken.

1

425 Seemeilen nordöstlich von Goose Bay, Neufundland, über dem Atlantischen Ozean – März 2014

Ein kleiner, dunkler Schatten huschte unter dem abnehmenden Viertelmond über die Wellen. Was den Schatten warf, war ein Helikopter des Typs MH-6M Mission Enhanced ›Little Bird‹ des 1/160th Special Operations Aviations Regiment. Seine Außenhülle war mattschwarz und absorbierte sowohl Licht als auch Radarsignale. Der Delta-Force-Major Kolt »Racer« Raynor lehnte sich an der Steuerbordseite in den Gegenwind und wünschte sich, er hätte nicht so viele Fernsehsendungen über Haie gesehen.

Kolt akzeptierte, dass es zu seinem Job gehörte, sein Leben aufs Spiel zu setzen. Gott, das war sogar einer der Hauptgründe dafür, dass er sein Dasein als Special Operator liebte. Dennoch brachte er sich manchmal in Situationen, in denen er das Gefühl hatte, sein Glück zu sehr auf die Probe zu stellen, und das Dahinrasen dicht über dem kalten, dunklen Ozean war so eine Situation.

Heute Nacht war die Lage aus verschiedenen Gründen besonders schlecht, und Kolt hatte viel zu viel Zeit, über diese Gründe nachzudenken, während der Little Bird sein Schicksal herausforderte und mit den Unterseiten seiner Kufen viel zu dicht an die hässlichen

Wellen herankam. Ein verkommener iranischer Terrorist namens Marzban Tehrani hatte mit einer Gruppe von Möchtegern-Dschihadisten die *Queen Mary II* bei ihrer Kreuzfahrt über den Atlantik in seine Gewalt gebracht. So schlimm das auch war – die neuesten Erkenntnisse machten es noch viel schlimmer. Es hatte sich zwar noch nicht endgültig bestätigt, aber man war der Annahme, dass es Tehrani gelungen war, sich einen, möglicherweise zwei in Nordkorea hergestellte nukleare Minisprengköpfe zu beschaffen – die legendäre Koffer-Atombombe, vor der westliche Regierungen sich schon seit Jahrzehnten fürchteten. Einiges sprach dafür, denn durch den verbotenen Handel mit Nukleartechnologie zwischen Nordkorea und dem Iran verfügte Marzban bekanntermaßen über Verbindungen zum nordkoreanischen Regime.

Was auch immer Marzban und seine Landsmänner vorhatten – wenn man davon ausging, dass es sich nicht einfach um einen massiven Selbstmordanschlag mit Bomben handelte –, sie sprachen jedenfalls nicht mit den Verhandlungsführern des FBI. Nein, sie waren entweder merkwürdig scheu oder verfolgten eine clevere Taktik. Bis jetzt hatten sie nur über das Handy einer älteren Dame aus Buffalo kommuniziert, die die Kreuzfahrt von ihren Kindern geschenkt bekommen hatte. Die NSA hatte rasch alle Informationen bereitgestellt, die sie über Mildred Angelica Swanson gefunden hatte. Diese war 73 Jahre alt, geboren in Harrisburg, Pennsylvania, hatte ihren Abschluss am Vassar College gemacht, war die Witwe von Jonathan Merle Swanson, die Mutter zweier erwachsener Kinder und eine regelmäßige Besucherin des Trump Casino in Atlantic City, außerdem mehrerer von amerikanischen Ureinwohnern betriebener Casinos im Bundesstaat New

York. Über Tehrani hatte die NSA nicht annähernd so viele Details anzubieten.

Kolt hob die Schultern in seinem Trockenanzug um einen oder zwei Zentimeter, um die Öffnung am Hals zu schließen. Der Anzug war alles andere als maßgeschneidert. Im Gegensatz zu den Anzügen, die das SEAL-Team trug, stammte seiner direkt aus den SEAL-Team-Six-Vorratsräumen – und wer auch immer den Halsbereich ausgeschnitten hatte, musste einen Nacken wie Hulk Hogan haben. Der schneidende Wind, der von der bewegten See aufstieg, schien direkt auf seinen Adamsapfel zu treffen.

Diese Scheiß-SEALs!

Über sein Headset hörte Raynor das OPSKED, das Codewort dafür, dass der Helikopter-Kampfverband – kurz HAF für *helicopter assault force* – den Umkehrgrenzpunkt erreicht hatte. »Alle Stationen, alle Stationen, Gettysburg, ich wiederhole, Gettysburg.«

Kolt beugte den Kopf nach vorn und richtete die Augen nach oben, um einen Blick auf das Zielschiff zu erhaschen. Da der Punkt erreicht war, an dem sie nicht mehr umkehren konnten, hatte er geglaubt, vielleicht zumindest die Umrisse des Ziels erkennen zu können. Aber das konnte er nicht. Drei schwere Transporthubschrauber des Typs MH-47 Dark Horse, das Fleisch auf den Rippen der HAF, flogen ihnen in einer gestaffelten Formation auf der rechten Seite voraus und verhinderten, dass Kolt das Ziel zu sehen bekam.

Kolt wusste, dass die SEALs etwa 30 Sekunden vor den 47ern eintreffen und sich auf einer wohlüberlegten Bahn in der Heckwelle des Schiffs bewegen würden. Der Boot-Angriffstrupp, *boat assault force* oder BAF, würde mit vier unauffälligen, metallisch grauen Mark V Special Operations Crafts perfekt positioniert werden und auf den Hecküberhang des Zielschiffs zusteuern, ohne dass jemand an Bord etwas davon merkte.

Er drehte sich um und betrachtete den SEAL, der hinter ihm saß und sich nach hinten lehnte, um dem Wind auszuweichen. Der SEAL hatte es sich so bequem wie möglich gemacht und die wenigen Zentimeter genutzt, die ihm in der offenen Kabine zur Verfügung standen, um Kolt zwischen sich und den Gegenwind zu bringen. Seine Ausrüstung war definitiv individuell angepasst, absolut wasserdicht und schwimmfähig.

Der Drecksack!

Kolt drehte sich wieder um, ließ den Blick über das am Galgen eingehakte Seil schweifen, dessen Rest zusammengerollt nur 30 Zentimeter entfernt lag, dann nach vorn zu den Piloten im rundum verglasten Cockpit, bevor er sich leicht in Richtung Heck lehnte, um durch die offene Kabine Slapshot anzusehen, den Sergeant Major seines Trupps. Eiskaltes Meerwasser, das von den Rotorblättern der 47er aufgepeitscht wurde und sich mit dem Regen einer Böe mischte, tropfte ihm in den unteren Halsbereich, lief zwischen seinen Brustmuskeln hindurch und sammelte sich in seinem Nabel. Kolt fragte sich, ob Slapshot dasselbe Problem hatte.

Slapshot hatte ebenso wie Kolt die sprichwörtliche Arschkarte gezogen, was seine Position betraf, nur auf der anderen Seite des Little Bird. Hinter ihm war ein zweiter perfekt angezogener, scheinbar einem Rekrutierungsposter entsprungener SEAL eingehakt, in Begleitung eines sehr unfreundlich dreinblickenden Malinois.

Kolt nahm Blickkontakt zu diesem wachsamen Tier

namens Roscoe auf, ein Bombensuchhund in voller Montur. Roscoes Augen waren wie schwarze Murmeln, in denen der abnehmende Mond wie in einem Taschenspiegel reflektiert wurde. Schaudernd wandte Kolt sich ab.

Er hob die behandschuhte Linke, um seinen aufblasbaren Kragen zu justieren. Dieser taktische Lebensretter war ein Muss, wenn man wie ein Vogel über den Ozean flog, aber er hatte ihm bereits den Hals wund gescheuert. Durch ihr hydrostatisches Ventil würde seine Weste sich in Sekundenschnelle selbst aufpumpen, wenn sie tiefer als zehn Zentimeter unter Wasser geriet. In Notlagen oberhalb der Wasseroberfläche konnte man so zwar immerhin sicher sein, dass der Kopf über Wasser blieb, aber ob man atmen konnte, war eine ganz andere Frage.

Nachdem er seine Beschäftigung mit der Rettungsweste aufgegeben hatte, checkte Kolt den Sitz seiner Notausstiegsausrüstung. Das Mini-Unterwasseratemgerät HEED III war mit einem Schnappverschluss am linken Schultergurt seiner Kampfweste befestigt. Kolt umfasste es sacht und brachte das Mundstück ein wenig näher an seinen Mund. Mit einem schnellen Blick zu den Wellen hinab ging er im Kopf das Vorgehen zur Rettung seines Lebens durch. Im Gegensatz zu seinem Kragen verfügte die HEED-Sauerstoffflasche nicht über einen automatischen Aktivierungsmechanismus. Sie funktionierte nur, wenn man bei Bewusstsein war und alle fünf Sinne beisammenhatte.

Der Vogel stieg und sank, bis er wieder eine gleichmäßige Flugbahn annahm. Kolts Magen stabilisierte sich ein paar Sekunden später. Er wusste, dass der Pilot im Blasencockpit des Twister Two-One, Chief Warrant Officer Three Stew Weeks, einer der Besten in Amerika war, der Goldstandard, was Helikopterpiloten betraf. Trotzdem – ein Konturenflug mit 152 Knoten bei Nacht, nur 30 Meter über den eisigen Wogen des Nordatlantiks, war wagemutig, wenn nicht leichtsinnig.

Als das Killer-Ei, wie die Little Birds auch genannt wurden, den Wellen gefährlich nahe kam, bevor es wieder aufstieg, wünschte Kolt, er hätte beharrlicher um einen Platz in einem der 47er gekämpft. In einem dieser großen Vögel zu sitzen war im Vergleich zu diesem kleinen Spielzeug, als würde man mit einem M1 Abrams fahren.

Kolt begann zu bereuen, dass er sich so bemüht hatte, von den Ärzten wieder zum Einsatz zugelassen zu werden. Erst vor ein paar Monaten hatte er das Versuchskaninchen für sie gespielt, als sie ihm im Raleigh Duke Medical Center experimentelle Antibiotika verabreicht und ihn einer hämatopoetischen Stammzellentransplantation unterzogen hatten. Er hatte versucht, dem ganzen medizinischen Fachjargon zu folgen, es aber schließlich aufgegeben und einfach gehofft, es würde ihnen irgendwie gelingen, ihn vor den Auswirkungen der Strahlendosis zu bewahren, die er sich im Yellow-Creek-Atomkraftwerk eingefangen hatte.

Hawk. Sie war während der ganzen Prozedur bei ihm geblieben, bei jeder fieberhaften Reaktion auf die Medikamente, jedem …

»An alle Stationen, Sumter, Sumter.«

Scheiße. Leg den Schalter um, Kolt.

Er schüttelte den Kopf, verscheuchte die Gedanken. Er richtete den Blick nach vorn, über den aufgewühlten Atlantischen Ozean.

Dort, knapp über dem flachen Horizont, waren die sanften gelben Lichter der 79.300 Tonnen schweren *Queen Mary II* zu erkennen. Als Kolt nach unten sah, stellte er fest, dass sie bereits über ihrem Kielwasser flogen. Der Heli ging in Schräglage und brachte sich direkt hinter dem Schiffsheck und ihrem Ziel in Position, der Grill Terrace, einem Fünf-Sterne-Restaurant.

Die Analysten der Navy hatten sich bei der Missionsplanung auf den Princess Grill konzentriert. Hier, wo sie einen großen beheizten Whirlpool hinter sich hatten, würden die Terroristen sich wahrscheinlich postieren, um Rettungsboote oder Helikopter ins Visier zu nehmen, die versuchten, sich dem Luxuskreuzer heimlich zu nähern.

Kolt ging im Kopf seine Checkliste durch und bereitete sich schon auf die gemeinsame Missionsnachbesprechung vor.

BAF: Annäherung wie geplant. HAF: Annäherung wie geplant.

Die Lampen im Restaurant waren noch eingeschaltet und warfen schwaches Licht auf die Heckwelle des riesigen Schiffs. In Kolts Augen ließ es das dunkle Wasser noch kälter wirken. Es war überraschend, dass die Lichter noch brannten, da sie alle Terroristen beleuchten würden, die sich auf dem Hinterschiff aufhielten, aber das war umso besser für das Angriffsteam. Es war ein Fehler, davon auszugehen, dass der Feind ausschließlich kluge Entscheidungen traf. Man musste bereit sein, seine Taktik jederzeit anzupassen, gerade dann, wenn der Gegner etwas Dummes tat. Kolt wusste nur allzu gut, dass rationales Handeln vorhersehbar, Dummheit dagegen unberechenbar war.

Als er eine Bewegung auf dem Wasser wahrnahm, richtete Kolt den Blick nach unten und sah, dass der Boot-Angriffstrupp sich aufteilte, um auf beiden Seiten am Heck der *Queen Mary* hinaufzuklettern. Mit nur

25 Metern Länge waren die Angriffsboote wie kleine Fische im Schatten eines Kolosses.

Kolt konnte die SEALs an Bord nicht erkennen, aber er wusste, dass einige von ihnen mit Wärmebild-Zielfernrohren auf der Lauer lagen und nach Terroristen Ausschau hielten, die mutig genug waren, den Lauf eines AK-47 über die Reling zu schieben. Die restlichen SEALs würden hinter den zwei Männern warten, die die Enterstange hoben, während ein dritter versuchte, die Enterhaken beim ersten Versuch ins Ziel zu bringen. An den Haken waren leichte Aluminiumstrickleitern befestigt, mit denen die SEALs aus allen vier Booten innerhalb von Sekunden leise an Bord des entführten Kreuzfahrtschiffs steigen konnten.

Alles passierte jetzt schnell, sodass Kolt wenig Zeit blieb, über seine erste Mission seit Yellow Creek nachzudenken. Da es für Terroristen mittlerweile sehr schwer geworden war, Flugzeuge zu entführen, hielten sie nach anderen Transportmitteln Ausschau, die schlechter gesichert waren. Es war kein Wunder, dass sie sich für ein Kreuzfahrtschiff entschieden hatten. Diese Schiffe waren groß, langsam, voller unschuldiger Menschen, und sie würden mit Sicherheit die volle Aufmerksamkeit der Medien überall auf der Welt auf sich ziehen. Und als wäre das noch nicht albtraumhaft genug, befand sich die *Queen Mary* auf einem Ost-West-Kurs. Sie kam aus Southampton und war auf dem Weg nach New York. Kolt wusste, dass der Befehl nicht nur lautete, entführte Flugzeuge abzuschießen, falls diese eine Bedrohung für Ziele am Boden darstellten, sondern dass die Navy auch darauf vorbereitet war, aus demselben Grund ein Schiff zu versenken.

Er zog die Schultern bis zu den Ohren hoch und feuerte in Gedanken den Little Bird an. Warten ging ihm auf die Nerven. Übergänge und Mittelwege waren nicht seine Sache. Aber es gab noch einen anderen Grund dafür, dass er wollte, dass die Sache ins Rollen kam. Der Kommandant des Joint Special Operations Command, Lieutenant General Seth Allen, hatte den bemerkenswerten Entschluss gefasst, gleich zwei Spezialeinheiten auf diese Mission zu schicken: eine vom SEAL Team Six, die andere vom Osage Squadron der Delta Force. Die Deltas führten zwar nicht annähernd so oft wie die SEALs Einsätze im Wasser durch, aber das hieß noch lange nicht, dass sie Schwimmflügel brauchten.

Die Deltas und die SEALs zusammen. Es konnte prächtig funktionieren – oder in einer prächtigen Katastrophe enden.

Ein Spritzer Salzwasser holte Kolt wieder in die Gegenwart zurück. Er suchte noch einmal den Restaurantbereich ab, fand aber keine Anzeichen für die Anwesenheit der Terroristen. Er richtete sein Augenmerk auf das darunter gelegene zehnte Deck, wo die schwachen, aber beständigen Lampen der Außenkabinen, der exorbitant teuren Windsor- und Buckingham-Suiten, hinter teilweise heruntergelassenen Vorhängen leuchteten.

Er wusste, dass der Angriffstrupp diese Suiten in wenigen Minuten betreten würde, und er machte sich Sorgen, dass sie dort in irgendeine Art von Hinterhalt geraten würden. Das Delta-Team würde die oberen Decks 13 bis 7 säubern, während die SEALs zu den tieferen Decks hinunterstiegen. Man nahm an, dass Marzban und seine schmutzigen Bomben sich dort unten befanden – die SEALs bekamen also den interessanten Teil der Mission, während die Deltas sich mit der Unterstützerrolle begnügen mussten. Seit sie Osama ausgeschaltet hatten, waren die SEALs immer unausstehlicher geworden.

CW3 Stew Weeks brachte Twister Two-One bis auf 30 Meter ans Heck der *Queen Mary* heran. Er verlangsamte auf 60 Knoten, um den 47ern Zeit zu geben, ihre 30 Meter langen Seile von den Heckrampen und den rechten Vordertüren auszuwerfen. Der erste der 47er mit den Doppelrotoren manövrierte über dem Sonnendeck, drehte sich 90 Grad gegen den Uhrzeigersinn und ließ alle drei Seile gleichzeitig hinab. Der zweite 47er schwebte aus, zog die Nase über dem hinteren Ende von Deck 12 hoch, ahmte die Drehung des ersten Hubschraubers nach und ließ seinerseits drei Seile über dem Shuffleboardbereich hinab.

Weeks hielt Twister Two-One auf Abstand, bis die Delta-Sturmtruppen sich abgeseilt hatten und die 47er sich nach Osten entfernten, um aus der Deckbeleuchtung der *Queen* herauszukommen. Der Helikopter huschte hin und her, während der Pilot ihn im Dunkeln hielt, ihn ungefähr 70 Meter achtern und leicht nach steuerbord schweben ließ. Fast sofort sank die Windkühle, sodass Kolt sein Gesicht entspannen und sich auf die Soldaten konzentrieren konnte, die die Nylonseile hinabrutschten, einer pro Sekunde.

Schnell wischte Kolt die Wassertropfen von den Gläsern seiner Eye-Pro-Brille, gerade als die letzten Männer aus beiden 47ern sein Sichtfeld verließen. Sekunden später fielen sechs dunkle Nylonseile auf das Deck – für Kolt das Stichwort, auf das Signal zum Vorrücken zu ihrem Startpunkt zu warten.

»Seile sind raus, Seile sind raus.«

So weit, so gut; gute Mission.

Sofort fühlte er, wie die Nase seines Little Bird etwa 30 Zentimeter absank und die Maschine ihre Geschwindigkeit erhöhte. Twister Two-One folgte der Anflugsroute der 47er und hielt sich dabei an der Steuerbordseite, sodass sie direkt über die zwei Mark-V-Boote der SEALs flogen, die nun auf halber Länge des Schiffs auf den Wellen schaukelten.

Kolt löste die verschränkten Hände voneinander und schaute zwischen seinen Multicam-Salomon-Kampfstiefeln hindurch. Das vordere Mark-V-Boot fuhr aus der Heckwelle, brachte Abstand zwischen sich und das entführte Schiff, bevor es sich auf den 27 Meilen weiten Weg zum Mutterschiff machte, die schwimmende Einsatzbasis, die unter dem Namen *USS Ponce* bekannt war. Kolt wusste, dass die SEALs bereits geschickt wie Dschungelaffen die Leitern hinaufgeklettert waren und sich jetzt auf die Haupttreppe zubewegten, um zu den tieferen Decks hinunterzusteigen.

Bootscrew: gut geentert.

Kolt lehnte sich leicht nach vorn, testete die Spannung seines Haltegurts und entdeckte das zweite Mark V, das immer noch neben dem Schiff positioniert war. Der Fahrer hielt das Boot so nahe daran, wie er konnte, saugte sich wie ein Blutegel am Rumpf fest, um den SEALs eine stabile Basis zum Klettern zu geben.

Der erste Enterversuch muss schiefgegangen sein.

»Schon seekrank, Boss?«, fragte Slapshot über ihre gesonderte Funkfrequenz.

Kolt lehnte sich zurück, um ihn durch die Kabine anzusehen. Er zeigte ihm ein paar Sekunden lang den Mittelfinger und drückte dann die Sprechtaste. »Falls du's nicht richtig gesehen hast: Das war ein *Fuck You.*«

»Roger. Ich glaub, ich schau mal bei der Regatta Bar vorbei, sobald wir an Bord sind«, erwiderte Slapshot.

»Da kann's voll werden. Die Froschmänner sind schon auf dem Schiff.« Kolt griff hinter sich, um den Karabinerhaken seines Gurts zu kontrollieren, fand den beweglichen Teil und stieß ihn leicht an, um sicherzugehen, dass er sich schnell genug öffnen würde.

»Dann wird das das Erste, was ich bei der Nachbesprechung erzähle«, sagte Slapshot.

Twister Two-One beschleunigte in Richtung der Brücke, des höchsten Punktes der *Queen* und der Stelle, an der Roscoe am schnellsten den haarlosen Knöchel oder knochigen Unterarm eines Terroristen zwischen die Zähne bekommen würde.

Chief Weeks drosselte die Geschwindigkeit und lenkte leicht nach links, bewegte den Steuerknüppel leicht seitlich und ließ die Maschine ein paar Meter weitergleiten, um seine Fahrgäste direkt über den Abseilpunkt zu bringen, schwebte dann aus und kam etwa zwei Meter über der Brücke zur Ruhe.

»Seile, Seile, Seile«, funkte Weeks.

Kolt war mit der Stelle zufrieden. Er drehte sich um und sah, wie der SEAL das zusammengerollte, schwere Nylonseil nach unten stieß, sodass die ganzen neun Meter zum Brückennock hinabrutschten. Kolt betätigte seinen Schnappverschluss mit dem Daumen, löste seine Verbindung zum Little Bird und griff nach dem Seil, um dem SEAL nach unten zu folgen. Für einen erfahrenen Operator wie ihn war das Routine. Auch wenn niemand darüber Buch führte, wie oft sich ein Operator abseilte – anders als bei der Anzahl seiner HALO-Fallschirmsprünge oder seiner Bestzeit auf dem langen Hindernisparcours –, musste diese Zahl bei Kolt irgendwo zwischen 1000 und 2000 liegen.

Aber dieser Abstieg fühlte sich irgendwie nicht richtig an. Er spürte, wie der MH-6M nach links glitt, nicht mit der Geschwindigkeit der *Queen Mary* Schritt hielt.

Er hatte mit behandschuhten Händen das Nylonseil im Gorillagriff gepackt, aber jetzt zögerte Kolt. Er sah nach unten. Seine Instinkte waren hellwach. Sein Landepunkt war nicht kompromittiert, er war einfach verschwunden – er starrte auf die mondbeschienenen weißen Wellenkämme an der rechten Bugspitze.

Scheiße!

Er war nicht sicher, ob der SEAL sich erfolgreich abgeseilt hatte oder vom Ende des Seils ins Meer gefallen war. Aber er wusste, dass ein Little Bird, der über einem fahrenden Schiff zur Seite abdriftete, nichts Ungewöhnliches war. Weeks würde nachjustieren und sie wieder über den korrekten Abstiegspunkt bringen. Kein Drama. Kolt hielt sich einfach weiter am Seil fest.

»Twister ist getroffen, Twister ist getroffen«, sendete Weeks mit ruhiger Stimme.

Kolt erstarrte. Was zur Hölle war passiert?

Ohne Vorwarnung kippte die Nase des MH-6M nach unten, die Maschine kam schwankend aus dem Gleichgewicht und drehte unkontrolliert nach rechts ab.

Haben die Rotorblätter das Schiff getroffen? Sind wir mit einer Antenne kollidiert? Einer Hochspannungsleitung?

Das war durchaus ungewöhnlich. Kolt nahm an, dass der Heckrotor ausgefallen war, entweder durch eine Antriebsstörung infolge einer Kollision oder durch irgendeinen unvorhersehbaren mechanischen Fehler. Ob es an einem dieser Faktoren lag oder an einem anderen – jeder gewöhnliche Handwerker hätte erkannt, dass die Kacke am Dampfen war.

Kolt überlegte, ob er nach seinem Karabinerhaken greifen und sich wieder einhaken sollte. Eine andere Möglichkeit war, einfach am Seil ins sichere Wasser hinabzurutschen. Er könnte Abstand zwischen sich und das Problem bringen, sich von seiner selbstaufpumpenden Weste den Hintern retten lassen, eine Leuchtfackel zünden und sich später aus dem Wasser ziehen lassen. Bevor er sich entscheiden konnte, hörte Kolt einen metallischen Knall und riss den Kopf herum, um die Ursache herauszufinden. Der Heckrotor war von der Hauptkabine abgebrochen und fiel zum Ozean hinunter.

Kolt wusste, dass der sicherste Ort jetzt drinnen bei den Piloten war, so weit weg von den sechs wirbelnden Blättern des Hauptrotors wie möglich. Gleich danach bot der Bereich hinter den Pilotensitzen in der offenen Kabine in der Nähe des Zusatztanks den besten Schutz und die größte Chance, die bevorstehende Bruchlandung zu überleben.

Wenn der Absturz begann, blieben Chief Weeks nicht mehr viele Optionen, was das Notverfahren betraf. Er würde sich darauf konzentrieren, die Maschine gerade zu halten, während sie aus etwa 17 Metern Höhe zur unruhigen See hinabwirbelten.

»*Fuck!*«

Kolt wusste nicht, wer das gerufen hatte, aber es entsprach voll und ganz seiner Meinung. Während er gegen die Zentrifugalkraft des sich im Kreis drehenden, jetzt hecklosen MH-6M ankämpfte, stieß Kolt das Seil von sich und griff nach dem Kabinenrand. Er bekam das Blech mit der rechten Hand zu fassen, entließ das Seil aus der Umklammerung seiner Linken und schaffte es halb springend, halb ziehend, seinen Oberkörper ins Innere zu hieven. Er lag auf dem Rücken, seine Beine hingen an der Steuerbordseite hinaus und er streckte die Hände nach allen festen Punkten aus, die er finden konnte. Während er sich auf den kommenden Aufprall einstellte, rollte er die Augen unter der Schutzbrille nach oben. Kolt blinzelte zweimal.

Slapshot?

Einen Moment später tauchte der auf den Kopf gedrehte MH-6M in das eisige Wasser ein. Die Rotorblätter peitschten durch die Fluten und wurden dabei bedeutend verlangsamt. Kolt wurde gegen das Dach des Helis geschleudert, wobei seine Schutzweste ihn vor schweren Aufprallverletzungen bewahrte. Er atmete eine dichte Abgaswolke aus Motoröl und JP8-Treibstoff ein und Eiswasser strömte in das türlose Blasencockpit und die Kabine.

Kolt wusste, dass die Schultergurte der Piloten beim Aufprall einrasteten und dass sie sich befreien würden. Wenn sie bei Bewusstsein geblieben waren, war das angesichts ihres umfangreichen Trainings und ihrer Basisqualifikation für diese Mission so gut wie sicher. Aber mit der gleichen instinktiven Sicherheit wurde Kolt klar, dass er in der Scheiße steckte.

Er dachte an sein Schwimmtraining und Slapshots pubertäre Panikmache über einen angeblichen »Keuchreflex« zurück. Der Durchschnittsmensch konnte demnach bei Wasser in Zimmertemperatur 103 Sekunden lang die Luft anhalten, während ihm schon nach etwa zwölf Sekunden die Luft ausging, wenn er in kaltes Wasser eintauchte. Slapshot hatte ihm erklärt, dass der Keuchreflex unkontrollierbar war und sich einen Scheiß dafür interessierte, was für ein harter Kerl man war.

Das HEED!

Er hielt den Atem an, während der MH-6M ihn gefangen hielt und ihn tiefer unter die unruhige Wasseroberfläche zog. Aber weil er vergaß, den Mund zu schließen, entweder durch den harten Aufprall mit den Schutzplatten seiner Weste oder einfach durch den Schock, schluckte er einen Mundvoll Meerwasser. Er wollte es ausspucken, aber weil er bereits unter Wasser war, blieb ihm nichts anderes mehr übrig, als den Mund fest zu schließen und seine aufsteigende Panik zu bekämpfen.

Er tastete nach dem HEED-Atemgerät, fand es zu seiner Verblüffung schon beim ersten Versuch, hatte jedoch Mühe, das weiße Mundstück aus Gummi zu seinem Gesicht zu drehen. Er stopfte es sich in den Mund, schloss die Lippen fest darum und blies das Wasser aus dem Atemregler sowie aus seinem Mund. Kolt hustete, weil er das Salzwasser nicht vollständig losgeworden war, und gab sich Mühe, ruhig zu bleiben.

Wenn man bei Nacht tauchte, ohne Orientierungspunkte und ohne etwas sehen zu können, war der Schlüssel zum Überleben etwas, das eigentlich der Intuition widersprach. Aus dem abgestürzten Hubschrauber herauszuschwimmen war das Letzte, das er jetzt tun sollte, weil es sehr wahrscheinlich war, dass er durch seine Arm- und Beinbewegungen dabei mit seiner Ausrüstung an irgendeinem unsichtbaren Hindernis hängen blieb. Falls es dazu kam, würde er die Luft in seinem HEED beim Versuch verbrauchen, sich zu befreien. Sobald ihm die Luft ausging, würde Salzwasser in seine Lunge dringen, er würde sehr bald einen Schwimmbad-Blackout erleiden und ganz einfach ertrinken, zusammen mit dem Wrack zum Meeresboden sinken. Ganz ähnlich wie das, was in Yellow Creek passiert war.

Kolt tat sein Bestes, um Ruhe zu bewahren, aber da er sich in einem sinkenden Helikopter befand und ihm nur noch für zwei bis fünf Minuten Luft blieb, musste er schnell handeln. Mit einfachen, kontrollierten Handgriffen arbeitete er sich nach Gefühl aus dem Wrack hinaus. Sobald er den Rumpf hinter sich ließ, würde der natürliche Auftrieb seines Körpers ihn aufrichten und in Richtung Oberfläche drehen. Und durch den selbstaufpumpenden Kragen standen seine Chancen noch besser.

Aber Kolt hatte zu viel Meerwasser geschluckt und musste kämpfen, um dem HEED-Atemgerät trotz des Wassers in seiner Lunge Luft abzuringen. Er tastete mit den Händen nach dem Außenrand der Kabine und spürte, wie das Gewicht des Wracks seine Hände nach unten zog. Er ließ los, um zu verhindern, dass er zum Ozeanboden hinabgeschleift wurde, und stieß sich mit dem rechten Stiefel von einem festen Punkt ab, den er nicht sah.

Obwohl seine Brille noch an ihrem Platz war, konnte er nichts sehen und stieß mit dem vorderen Ende seines OpsCore-›Brain-Bucket‹-Helms an irgendetwas, das seinen Fluchtweg versperrte.

Durch den Schreck verlor er das HEED-Mundstück. Kolt streckte die rechte Hand aus, um das Hindernis abzutasten, während er mit der anderen die Fangschnur einholte, um sein HEED zu sichern und das Mundstück wieder einzusetzen. Wieder drückte er auf die Oberseite des Luftbehälters, um das Wasser aus dem Atemregulator zu entfernen. Wieder hustete er heftig und kämpfte gegen den natürlichen Drang an, das Mundstück auszuspucken.

Ein Mensch!

Kolt griff rasch nach dem Oberkörper der vor ihm schwimmenden Person. Er strich mit den Händen seitlich an ihr entlang, um festzustellen, ob sie mit dem Kopf nach unten schwamm und bewusstlos war. Oder vielleicht sogar tot.

Kolt war nicht ganz sicher, ob der Kerl von der gegenüberliegenden Seite des Helikopters der SEAL oder sein Troop Sergeant Slingshot war. Er hob die Hände zur Taille der Person und tastete im Wasser nach einem Haltegurt. Der Auftrieb des Operators und sein aktivierter Kragen wirkten gegen die Abwärtsbewegung des sinkenden MH-6M an. Er folgte dem straff gespannten Gurt mit der Linken bis zum Verschluss, ließ diesen mit dem Daumen aufschnappen und spürte, wie der Gurt nach oben schnellte, was bedeutete, dass der mit Luft gefüllte Kragen des Mannes ihn zur Wasseroberfläche zog.

Fuck!

Kolt fühlte einen kräftigen Biss am rechten Unterarm. Die scharfen Zähne drangen mühelos durch das Polyurethan seines Trockenanzugs und bohrten sich in seine Haut.

Roscoe!

Der Biss des Bombensuchhunds ließ nicht nach, und er begann, den Kopf wild hin und her zu schütteln, als ob er Kolt den Arm am Ellbogen abbeißen wollte. Kolt öffnete den Karabinerhaken und zog ihn aus dem Ring am Heli. Sofort fühlte er, wie auch der Haken aus seiner Hand nach oben gezogen wurde, was ihm bestätigte, dass der SEAL befreit war und zur Oberfläche aufstieg.

Während Roscoe sich weiter in seinen Arm verbiss und dabei zappelte, als hätte er eine Lunge wie ein Alligator und wäre nicht zehn Meter unter der Meeresoberfläche, kam Kolt plötzlich wieder in den Sinn, dass er direkt vor dem Aufprall einen kurzen Blick auf Slapshot erhascht hatte. Auf der Suche nach Slapshots Sicherheitsleine tastete er den linken Rand der Außenbank ab. Er war jetzt wahrscheinlich auf den Kopf gedreht, wie der SEAL es gewesen war, aber durch die Leine immer noch nahe genug am Hubschrauber, damit Kolt sich vergewissern konnte.

Nichts als Wasser.

Kolt griff mit der linken Hand nach Roscoes Nacken und schob den Daumen nahe ans rechte Ohr des Hundes. Er kniff ihn fest, um Roscoe auf andere Gedanken zu bringen. Als dessen Biss nachließ, riss Kolt seinen rechten Unterarm los und suchte nach Roscoes Karabinerhaken. Zuerst konnte er ihn nicht finden, als er mit der Hand an der Außenbank entlangstrich, also war er gezwungen, den Suchbereich zu erweitern. Gerade als er den Haken mit der rechten Hand berührte, traf ihn eine von Roscoes Vorderpfoten von oben, riss ihm die Schutzbrille vom Gesicht und hinterließ einen langen Kratzer auf seiner rechten Wange. Das kalte Salzwasser floss ihm in die Augen, und im nächsten Moment schlug ein zweiter Pfotenhieb ihm das HEED aus dem Mund.

Scheiß auf den Hund, ich muss zur Oberfläche, sonst ersauf ich in diesem einsamen Ozean.

Kolt glaubte, er hätte seine Entscheidung gefällt: den Hund sich selbst überlassen, die eigene Haut retten. Aber dann packte ihn das schlechte Gewissen und erinnerte ihn daran, dass Roscoe nicht nur irgendein Streuner im Hindukusch war. Vielleicht war dabei auch Gottes Hand im Spiel. Schon vor 9/11 hatten sich Diensthunde im Einsatz als unverzichtbar erwiesen. Man musste kein PETA-Extremist sein, um zu wissen, dass Hunde eine echte Unterstützung im Kampf waren und dass es Jahre dauerte, sie zu trainieren. Sie hatten schon zahllosen Operators das Leben gerettet, entweder indem sie Sprengsätze aufgespürt oder indem sie Gesindel wie die tschetschenischen »Schwarzen Witwen« bei den Olympischen Winterspielen in Sotschi ausgeschaltet hatten.

O Scheiße! Ich kann Roscoe nicht hierlassen.

Kolt fasste Roscoes Karabinerhakenverschluss mit beiden Händen und konnte ihn leicht öffnen. Er hielt den Verschluss noch fest, als er sein HEED wiederfand und das Mundstück in den Mund nahm.

Verdammte Scheiße. Leer!

Er zog an der umgedrehten Außenbank über seinem Kopf und stellte fest, dass er sich von dem immer noch sinkenden Little Bird wegbewegte. Er war außer Atem, er spürte die Frühwarnzeichen für einen Schwimmbad-Blackout und wusste, dass er sofort zur Oberfläche musste. Sicher, das Ertrinken war ein friedlicher Tod, sobald man seine Belastungsgrenze überschritten hatte. Aber die Panik vor dem Frieden erfasste alle Menschen, ohne Unterschied.

Kolt kraulte mit den Händen und machte Froschtritte mit den Beinen. Er war dankbar für seinen Kragen und machte sich keine Sorgen mehr über das kalte Wasser, das seinen Hals oder die Kratzer berührte. Noch zwei lange Schwimmzüge, und sein behelmter Kopf brach durch die Wasseroberfläche. Roscoe tauchte einen Augenblick später auf. Auf die Stille im sinkenden Hubschrauber folgte nun der Rotorenlärm von einem schwebenden MH-6M, bei dem es sich mit Sicherheit um Twister Two-Two handelte.

Gerade als Kolt die Hand hob, um dem Little Bird zuzuwinken, beleuchtete ein Lichtstrahl vom Gewehr eines Operators Kolt, Roscoe und ihre unmittelbare Umgebung. Kolt bemerkte mehrere Gegenstände, die in der Nähe schwammen. Es überraschte ihn nicht, ein Polster von einem Pilotensitz zu sehen, außerdem eine Pilotenkarte, die für gewöhnlich am Oberschenkel befestigt wurde, aber das dritte Objekt, das auf dem Wasser schwamm, wirkte seltsam fehl am Platz. Er blickte mit zusammengekniffenen Augen in den Rotorenwind und das helle, weiße Licht, die von dem schwebenden Twister Two-Two ausgingen, und versuchte, das Ding genauer zu erkennen.

Er rieb sich das Salzwasser aus den Augen.

Ein verdammtes Hundespielzeug!

2

USS Ponce, Atlantischer Ozean

Gottverdammt! Delta-Force-Kommandant Jeremy Webber tat sein Bestes, dankbar zu sein für das, was er hatte, aber bei näherer Betrachtung war das nicht viel. Die gemeinsame Trainingsmission, bei der ein Angriff auf ein großes Schiff auf hoher See simuliert wurde, war für Delta ein Schlag ins Wasser gewesen – aber wenigstens waren alle Männer lebendig und in relativ guter Verfassung wieder aus dem Wasser gefischt worden.

Webber holte tief Luft und bemühte sich, die Ruhe zu bewahren, während er zusammen mit dem SEAL-Kommandanten Hank Yost vom Planungsbereich zum Haupthangardeck der USS Ponce ging. Sie wussten, dass die MH-6M Little Birds bald auf dem Flugdeck landen und die durchnässten Männer zurückbringen würden, die man aus dem Meer gerettet hatte. Webber ließ seinem Kollegen von der Navy den Vortritt, ließ ihn ihren Weg durch Kombüsen bahnen und Abkürzungen durch wasserdichte Türen nehmen, bis sie schließlich das Hangardeck erreichten.

»Ihre Jungs sind heute Abend ganz schön nass geworden«, sagte Yost.

»Nicht nasser als Ihre.« Webber ärgerte sich über sich selbst, weil er sich provozieren ließ. Es war kein Geheimnis, dass das Verteidigungsministerium erwog, Delta Force und SEALs zusammenzulegen oder sogar eine der beiden Einheiten aufzulösen. Das war einer der Gründe für die Planung dieser gemeinsamen Übung.

»So viel zur Trainingsmission«, sagte Yost.

Will der unbedingt einen Ellbogen zwischen die Zähne? Webber und Yost waren seit Jahren befreundet, aber im Moment war er drauf und dran, ihm eine reinzuhauen. Doch er behielt sich im Griff und erwiderte: »Ich bin jedenfalls froh, dass alle in Ordnung sind.«

Webber stieg die letzte Aluminiumtreppe vom zweiten Deck hinauf und senkte den Kopf, während er nach Yost über die Schwelle der wasserdichten Tür trat. Auf dem Hangardeck herrschte reger Betrieb. Seeleute und Soldaten duckten sich in die offenen Ausrüstungscontainer des 160th Special Operations Aviation Regiment und der Einheit oder kamen wieder heraus. Wartungsmannschaften waren in dem mit Seilen abgesperrten Areal zu sehen, in dem die übrigen AH-6-Kampfhubschrauber, ihre hölzernen Raketenkisten sowie die MH-6Ms standen. Sie bereiteten alles für den Fall vor, dass ein Startbefehl erteilt wurde.

Der Hangardeck-Fahrstuhl Nummer zwei kam auf der Steuerbordseite vom Flugdeck herunter. Im Mondlicht zeichneten sich etwa ein Dutzend Silhouetten vor dem dunkelblauen Himmel ab, als er langsam in Sicht kam.

Webber sah zuerst Kolts Füße, während der Fahrstuhl den äußeren Rand des Flugdecks hinter sich ließ und mit etwa 15 Zentimetern pro Sekunde weiter herabsank. Hinter Kolt war Slapshot zu sehen, und in der Nähe standen zwei SEALs, von denen einer einen Hund auf dem Arm trug. Gleich hinter ihnen waren die zwei Piloten der Little Birds. Webber staunte – offenbar hatte Raynor neun Leben. In dieser Hinsicht ähnelte der Soldat der USS Ponce. Vor zwei Jahren hatte man das Schiff aus dem Verkehr ziehen wollen, aber das hatte sich geändert, als dem U.S. Central Command klar wurde, dass eine schwimmende vorgeschobene Operationsbasis benötigt wurde, um für Notfälle im Nahen Osten und vor der afrikanischen Küste gerüstet zu sein. Anstatt sie für Autoersatzteile auszuschlachten oder sie unter der Flagge irgendeines verbündeten Staates der Dritten Welt operieren zu lassen, hatte man die USS Ponce zur Kampfmaschine umgerüstet und sie mit dem ersten Laserwaffensystem der Welt ausgestattet.

Webber und Yost blieben ein paar Meter vor Kolt stehen, während die Sanitäter sich an die Arbeit machten. Mit Scheren schnitten sie seinen aufblasbaren Kragen und seine Kampfweste auf, dann an seinen Armen entlang, um den Polypropylen-Trockenanzug von seinem Körper zu lösen.

»Wenn ihr mich schneidet, hetz ich den verdammten Hund auf euch«, knurrte Kolt. »Und die Kampfweste hätte ich einfach ausziehen können. Die hättet ihr nicht ruinieren müssen.«

Webber lachte leise.

Als Yost ging, um nach seinen SEALs zu sehen, trat Webber näher zu Raynor. Etwa ein Dutzend Sanitäter prüfte seine Vitalwerte. Webber bemerkte das Blut, das Kolt über das Gesicht lief.

Einer der Sanitäter leuchtete diesem mit einer kleinen Taschenlampe in die Augen und forderte ihn auf zu blinzeln, während er ein Stück Kerlix-Mullbinde auf die Wunde drückte. Ein zweiter maß ein paar Sekunden lang mit einem Ohrenthermometer Kolts Temperatur, während ein dritter seinen Kopf und Oberkörper gründlich untersuchte. Während sie arbeiteten, fiel Webbers Blick unvermeidlich auf das halbe Dutzend Kampfnarben, die sich über Kolts Sixpack, die Brustmuskeln und den rechten Oberarm zogen. Das kalte Wasser hatte ihnen eine hellrosa Farbe verliehen, durch die sie sich stark von der Strandbräune seines Oberkörpers abhoben.

Kolts Narben waren keine Überraschung für Webber, das große Tattoo über der Schulter jedoch schon. Es erstreckte sich vom linken Bizepsansatz über den kräftigen Deltamuskel und den ganzen linken Brustmuskel. Es zeigte spartanische Krieger in taktischer Formation, die ihre Schilde hoben, um einen Pfeilregen abzuwehren. Als Webber näher kam, fiel ihm auf, dass die Tätowierung noch frisch war, vielleicht ein paar Tage, höchstens eine Woche alt und immer noch rot und leicht geschwollen.

Als er die Worte ›Molon Labe‹ las, lächelte er. Der Ausdruck war ebenso aussagekräftig wie das Bild. Webber begriff, dass Kolt damit die schlimme Narbe von der Kugel überdeckt hatte, die ihn in Yellow Creek durch *friendly fire* getroffen hatte.

Aber irgendetwas irritierte Webber. Etwas an Kolts Verhalten war merkwürdig. Seine Augen schienen in weite Ferne zu starren, und er blinzelte kaum. Der Delta-Kommandant war sich nicht sicher, aber er hatte dies im Laufe der Jahre schon bei anderen Operators gesehen.

Für eine Sekunde glaubte er bei Kolt Raynor die klassischen Anzeichen einer posttraumatischen Belastungsstörung zu erkennen.

»Wie ich sehe, haben Sie ein neues Tattoo, Major.«

Keine Antwort. Webber trat ein paar Schritte näher und winkte mit der rechten Hand vor Raynors Augen.

Es funktionierte. Kolt schüttelte leicht den Kopf, als würde er aus einer tiefen Trance erwachen. »Äh, ja, Sir, Entschuldigung.« Er wirkte völlig unbeschwert. »Schöner Abend zum Schwimmengehen.«

Webber versuchte, nicht zu grinsen. Wenn sich jemand das Recht verdient hatte, sich nach Belieben mit Tattoos zu schmücken, war es Raynor. Solange sie nicht einen kompletten Arm oder Gesicht und Hals bedeckten, war Webber es nach mehr als einem Jahrzehnt im Krieg mittlerweile scheißegal.

Kolts letzte Sitzungen mit Doc Johnson, dem Psychologen der Einheit, hatten mögliche Beeinträchtigungen von Kolts mentaler Fähigkeit aufgezeigt, einen Delta-Trupp anzuführen – eine Tatsache, die Webber nicht vorhatte, den Mitgliedern des Ausschusses für die Spezialeinheiten mitzuteilen. Angesichts des Traumas, das Raynor während des Yellow-Creek-Debakels erlitten hatte, überraschte Webber das nicht. Aber er hoffte inständig, dass es sich dabei nur um einen vorübergehenden Zustand handelte, den sein bester Offizier bald wieder überwinden würde. Im Großen und Ganzen nahm er an, dass Kolt mit dem Trauma fertigwürde, solange er nicht wieder zu trinken anfing.

»Alles okay, Raynor?«, fragte er und reichte Kolt die Hand.

»Ja, Sir, alles gut, mir ist nur gerade ein bisschen kalt.«

»Nein, hören Sie. Geht es Ihnen gut?« Webber sprach leise und deutlich.

Raynor blinzelte und sah sich auf dem Flugdeck um, bevor er Webbers Blick begegnete. »Das war zwar scheiße, aber mir fehlt nichts. Ich hab schnell reagiert und nicht den Kopf verloren. Mann, ich hab sogar den Köter von dem Froschmann gerettet. Ich bin voll da, 100 Prozent. Na ja, vielleicht 99.«

Webber ließ Raynor einige Sekunden lang nicht aus den Augen. Falls Kolt ihn anlog, machte er es verdammt gut. Er nickte. »Also gut. Erledigen Sie alles, gehen Sie noch schnell zur Nachbesprechung mit Slapshot und den Piloten, und dann kommen Sie in mein Quartier. Ich hab einen Job für Sie.«

»Ist der so wichtig, dass ich nicht erst mal was Warmes essen kann, Sir?«, fragte Kolt, den diese Dringlichkeit überraschte angesichts der Tatsache, dass er vor 15 Minuten fast gestorben wäre und vom Schritt abwärts immer noch tropfnass war.

»Ich fürchte, ja, Racer. Ich werd's Ihnen bald erklären.«

»Kommen Sie schon, Sir«, erwiderte Kolt, während die Sanitäter ihm den Trockenanzug über den Hintern bis zu den Knöcheln heruntergezogen, wobei seine schwarze Under-Armour-Boxerjocks zum Vorschein kam. »Können Sie mir nicht schon mal 'ne schnelle Zusammenfassung geben?«

»Na gut, Kolt.« Jetzt wusste Webber, dass Raynor wieder ganz der Alte war. »Wir haben Informationen über ein hochrangiges Ziel in Syrien. Die Sache ist machbar, aber nur, wenn wir sofort loslegen. Ich will, dass Sie an der Mission teilnehmen.«

Raynor reagierte nicht – was beeindruckend war, wenn man in Betracht zog, dass er vor nicht einmal einer halben Stunde beinahe sein Leben verloren hatte. Und hier war Webber nun und bat ihn, es erneut aufs Spiel zu setzen. Aber das war noch nicht das Schlimmste.

»Mein Team …«, begann Raynor, aber Webber unterbrach ihn.

»Nein. Sie gehen ohne die anderen.«

»Sie wollen mir doch wohl nicht das Kommando über irgendwelche SEALs geben?«

Webber schüttelte den Kopf. »Keine SEALs … und Sie werden auch nicht das Kommando haben.«

Afrin, Syrien – April 2014

Delta-Force-Operator Major Kolt »Racer« Raynor dachte über sein Schicksal nach und kam zu dem Schluss, dass es mit Sicherheit … interessant war. Erst vor zwei Wochen hatte er im kalten Wasser des Atlantischen Ozeans um sein Leben gekämpft. Jetzt saß er auf dem Rücksitz eines unauffälligen Vans im tiefsten Syrien und hielt nach einem Offizier der syrischen Armee Ausschau, der als der

Fassbomben-Schlächter bekannt war. Weil ihnen Raketen, Granaten und Chemiewaffen offenbar nicht genügten, hatten die Syrer angefangen, 200-Liter-Fässer voller Sprengstoff aus Hubschraubern über Wohngebieten abzuwerfen. Der Schlächter war ein besonders fanatischer Befürworter dieser Massaker, daher stand er jetzt auf der Liste der Zielpersonen.

»Schaffst du's, heute keinen umzubringen, Racer?«, fragte der Kommandant der Noble Squadron, Lieutenant Colonel Rick »Gangster« Mahoney voller Sarkasmus.

»Ich bin heute bloß Beifahrer«, erwiderte Kolt vom Sitz im Laderaum, der der Hintertür am nächsten war. »Mich geht das alles nichts an.«

Kolt ließ Gangsters Klugscheißerkommentar von sich abperlen wie den Schweiß nach einem 40-Meilen-Marsch. Es war nicht nötig, ihn daran zu erinnern – er wusste, dass seine Aufgabe nur im Beobachten bestand. Gott, Colonel Webber hatte ihn in Fort Bragg mehr als einmal ermahnt, bloß keinen Ärger zu machen.

Ja, es war vielleicht hin und wieder nötig, Kolt zu ermahnen, aber wie jeder Operator wusste, fiel einem der Ärger im Zielgebiet oft ganz von selbst in den Schoß, ob es einem gefiel oder nicht.

»Lagebericht, kommen«, funkte Gangster vom Vordersitz des Lieferwagens.

»Hier Jackal Two, nichts Neues.«

Jackal Two, das Scharfschützenteam, das im leer stehenden zweiten Stock eines halb fertigen Wohngebäudes Position bezogen hatte, beobachtete das Ziel aus exakt 225 Metern Entfernung durch ein Zielfernrohr. Das Versteck war so gut, dass es freien Blick auf die riesige, mit seltsamen, bunten geometrischen Mustern verzierte Eingangstür des alten, aus Lehmziegeln, Backsteinen und Gips erbauten Hauses sowie den kleinen Vorplatz bot. Selbst ein gewaltiger Kristallkronleuchter, eine in Syrien beliebte Dekoration, die man sogar in den ärmeren Dörfern fand, war durch das Fernrohr aus einer Distanz von zweieinhalb Footballfeldern sichtbar.

»Roger. 30 Minuten bis Sonnenaufgang. Wenn der Schlächter seine Mutter so liebt, wie es die CIA behauptet, wird er kommen«, gab Gangster zurück.

Er hörte sich ruhig und gefasst an, als er in das Handmikrofon sprach, das über ein schwarzes Spiralkabel mit dem SATCOM-Funkgerät verbunden war, das gleich hinter dem schwarzen Vorhang positioniert war. Und weshalb sollte er es auch nicht sein?

Gangster war ein rasant aufstrebender Delta-Force-Staffelkommandant, der auf der sehr kurzen Liste der Kandidaten stand, die eines Tages zum Kommandanten der ganzen Delta Force aufsteigen konnten. Tatsächlich erzählte man sich, dass er bereits gezielt auf diese Position vorbereitet werde. Kolt kannte solche Typen zur Genüge. Die Art von Kerlen, die beim Sport immer als Erste in die Mannschaft gewählt wurden und in der High School immer die heißeste Cheerleaderin herumkriegten.

So wie alle anderen hatte auch Gangster seine Schwachpunkte. Aber niemand erwartete von ihm, immer perfekt zu sein. Die meisten Leute in der Einheit betrachteten seine Fehler als leicht handhabbar. Aber für Kolt Raynor, der seit vielen Jahren ebenso wie er ein Delta-Offizier war, stellte seine Risikoscheu ein K.-o.-Kriterium dar. Ihm war es egal, ob der Kerl zwei der letzten drei jährlichen Triathlons der Einheit gewonnen hatte.

Neben Gangster saß ein dunkelblonder Operator namens Trip Griffin am Steuer des Wagens. Er war einer der wenigen in der Einheit, deren Vorname so einzigartig war, dass er ihnen gleichzeitig als Codename diente. Kolt spürte Trips hohen Stresslevel, während dieser die dicht beieinanderstehenden grauen und gelbbraunen, ein- oder zweistöckigen Lehmziegelhäuser genau im Auge behielt, die ungefähr einen Häuserblock entfernt und 60 Meter tiefer lagen. Der schwarze Vorhang trennte die Vordersitze des Lieferwagens von den zwei Mitfahrern hinten, aber wichtiger war, dass er die roten und grünen Leuchten des Funkgeräts vor den Blicken neugieriger Einheimischer verbarg.

»Gehen wir ab jetzt auf 100 Prozent, kommen«, gab Gangster per Funk durch.

»Roger. Jackal ist bereit.«

»Alle Kampfeinheiten, bestätigen«, forderte Gangster die drei Angriffsteams auf, die versteckt und in Deckung auf ihren Einsatz warteten.

»Hier Echo One, bereit!«

»Golf One, wir sind bereit.«

»Fox ist so weit.«

»Hier Noble Zero-One, roger, Ende!«, sendete Gangster. Er wirkte erfreut darüber, dass seine Teams alle am richtigen Ort, wachsam und bereit zum Zuschlagen waren.

Ihr zitronenfarbener Peugeot-Kastenwagen, der mehr oder weniger diskret auf einer Anhöhe mit Blick über die altertümliche Ortschaft Jindires geparkt war, wirkte hier nicht sonderlich fehl am Platz.

Obwohl der Wagen eine empfindliche Zündung hatte wie ein alter John Deere, konnte niemand behaupten, er sehe nicht *einheimisch* genug aus. In der nur 20 Kilometer entfernten Türkei, Syriens Nachbar im Norden, gab es Hunderttausende davon.

Wenn gut bezahlte CIA-Agenten zu irgendetwas nützlich waren, dann jedenfalls dazu, passende Fahrzeuge für riskante, aber lohnenswerte verdeckte Operationen zu beschaffen.

Die Platzierung des Vans war eher aus der Not geboren: Er stand leicht schräg auf einer einspurigen, schlammigen Straße an einem der vier Friedhöfe des Dorfes. Keine perfekte Stelle für Gangsters Kommandozentrale, aber sie bot eine exzellente Sichtverbindung zu seinen Angriffsteams, die etwas weniger als zwei Kilometer entfernt waren. Bevor sie hier gehalten hatten, waren sie mehr als eine Stunde lang bei leichtem Regen über die Hügel gefahren, hatten ihr Glück herausgefordert, indem sie ins Dorf hinein- und wieder hinausfuhren und mögliche Plätze auskundschafteten, die sie vorher bei der Planung identifiziert hatten. Dafür, dass es der zweite Tag war, musste die Stelle genügen. Solange die Reifen mit dem Schlamm zurechtkamen, hatten sie kein Problem.

»Jungs, ich sag's nur ungern, aber ich muss mal schnell ein SEAL-Team aussperren«, sagte Kolt Raynor im Laderaum des Vans.

»Du machst wohl Witze, Racer«, entgegnete Gangster angewidert und riss den Vorhang zurück, um einen Blick nach hinten zu werfen. »Du musst scheißen? Jetzt?«

Kolt gefiel sein Ton kein bisschen, aber er hatte Verständnis für den bösen Blick, mit dem Gangster ihn bedachte. Gangster hatte eine Mission zu leiten. Die Einheit, vor allem seine Staffel, war dem Fassbomben-Schlächter schon lange auf der Spur, hatte ihn einige Male knapp verfehlt und war mehrmals aufgrund von CIA-Hinweisen in Sackgassen geraten. Diese Sackgassen hatten zwar nicht zum Tod von Kameraden geführt, waren aber zu einem Running Gag beim Joint Special Operations Command geworden. Es war so weit gekommen, dass der Delta-Kommandant Colonel Jeremy Webber den JSOC-Kommandanten hatte überzeugen müssen, mit der Tötung oder Festnahme des Schlächters nicht das SEAL Team Six zu beauftragen. Dies alles hatte zu der fragwürdigen Entscheidung geführt, das Haus der Mutter des Schlächters zwei Tage in Folge zu beschatten.

Sicher, die CIA hatte berichtet, dass die Mutter an einer tödlichen Krankheit litt. Und ihre Agenten im Gouvernement Aleppo schienen aus verlässlichen Quellen erfahren zu haben, dass ihre Tage gezählt waren. Grund genug für die nationale Kommandobehörde, einen Einsatz in den frühen Morgenstunden zu befehlen und einen Trupp aus der Bereitschaftsstaffel in einen CIA-Unterschlupf in der türkischen Grenzstadt Kilis zu verlegen. Ob die Geheimdienstinformationen zutreffend waren oder nicht, würde sich zeigen.

»Tut mir leid, Mann, aber diese türkischen Frikadellen bringen mir den Magen durcheinander.« Kolt war sein Dilemma peinlich und er kam sich wie ein Idiot vor, vor allem weil ihm klar war, unter welchem Druck Gangster stand, den Schlächter zu erwischen.

»Kannst du's nicht zurückhalten? In 30 Minuten ist Showtime. Ich werd den Schlächter nicht verlieren, wie der Mossad Marzban verloren hat.«

»Leider nicht, Kumpel«, antwortete Kolt. Gangster schien noch aufgeregter zu sein, als er gedacht hatte.

Seine Bemerkung über Marzban Tehrani – den ehemaligen Anführer der iranischen Oppositionsbewegung der Volksmudschahedin und gegenwärtige Plage für den israelischen Premierminister – wirkte ziemlich fehl am Platz. Außerdem war Kolt der Ansicht, dass sie keine Zeit für Streitereien hatten, da sie den Schlächter noch nicht gesichtet hatten.

»Ich spring kurz hinten raus und such mir 'nen Baum. Bin gleich wieder da.«

»Unfassbar!«, rief Gangster. »Na gut, mach schnell, uns bleibt nicht mehr viel Zeit.«

Kolt nahm sein ultrakompaktes HK416C-Sturmgewehr im Farbton *Flat Dark Earth* von der Schulter und legte es auf den Teppichboden im Van. Er berührte kurz seinen Caspian-45er mit einreihigem Magazin, den er auf Höhe des Blinddarms unter Tanktop und wollenem Rollkragenpullover trug, bevor er in einen kleinen Beutel mit Reißverschluss griff.

»JoJo, behalt mal für einen Moment die Lampen vom Funkgerät im Blick, ja?«, wandte Kolt sich an Gangsters Funker.

»Ja, gute Idee.«

»Wenn ich zurückkomme, klopf ich dreimal ans Fenster, klar?«

»Roger«, sagte JoJo. »Hast du Klopapier?«

»Hab ich, Kumpel. An alles gedacht.« Kolt hielt eine frische Rolle ausländischen, zweilagigen Toilettenpapiers hoch wie ein Goldsucher, der ein Nugget gefunden hatte.

»Mach schon, beeil dich, Racer!«, drängte Gangster vom Vordersitz.

Schon gut, du Arsch! Ich hab mich eh nicht um diesen Job gerissen.

Und so war es tatsächlich. Die großartige Idee, Gangster zu begleiten, stammte von Webber. Nicht einmal Gangster war sonderlich begeistert darüber. Aber Kolt und er wussten, dass es eine Standardprozedur bei der Einheit war. Wer in der Spezialeinheit das Kommando über eine Staffel bekommen wollte, musste immer auch einen derzeitigen Kommandanten bei einer Mission begleiten. Für Kolt war das kein Problem. Allerdings hielt er es auch nicht für wirklich nötig, da er schon lange genug dabei war, um zu wissen, wie man eine Anzahl von Soldaten im Kampf koordinierte.

Kolt zog die mehrere Zentimeter dicke ballistische Decke vor der hinteren Doppeltür zurück und fasste den Türgriff. Für ein paar Sekunden sah er aus dem Fenster und vergewisserte sich, dass er nicht mit frühmorgendlichen Spaziergängern oder pünktlichen Marktarbeitern zusammenstoßen würde. Dann öffnete er vorsichtig die Tür und stieg in eine dichte Nebelbank hinaus. Leichter Regen traf sein dunkelbraunes Haar und seinen kurz geschnittenen Bart. Er spürte, wie seine Lederstiefel zwei bis drei Zentimeter tief im schokoladenfarbenen Schlamm versanken.

Scheiße! Fußabdrücke!

Er ging nach links ins hohe Gras zu der einen halben Meter hohen Friedhofsmauer aus alten grauen und hellbraunen Bruchsteinen. Wenn man sich am Alter der verunstalteten, halb verfallenen Grabsteine orientierte, von denen viele mit aufgesprühten arabischen Sprüchen beschmiert waren, musste diese Mauer vor mindestens 200 Jahren errichtet worden sein.

Hier hinterließ Kolt weniger deutliche Spuren. Er ging etwa sechs oder sieben Meter weiter um die Ecke der Steinmauer und entdeckte eine kleine Ansammlung dünner Bäume kurz hinter der Hügelkuppe. Dort ging er hinunter, schob mit dem linken Stiefelabsatz die Kiefernnadeln hinter dem zweiten Baum beiseite und hob einen schmalen Graben aus.

Mit dem Rücken zum Baum ließ er seine billige Designerjeans herunter, wobei er darauf achtete, dass die Pistole nicht aus dem Holster fiel, und hockte sich hin.

Und zwar keine Sekunde zu früh.

Kolt blickte nach Süden, während er das erste Stück Toilettenpapier bereit machte. Er war froh, dass er noch ein paar Bäume gefunden hatte, die noch nicht von den Einheimischen zu Bau- oder Feuerholz verarbeitet worden waren. Er erinnerte sich, dass der Informationsanalyst ihnen gesagt hatte, sie sollten nicht einmal auf den Gedanken kommen, sich in einem Wald verstecken zu wollen. Angeblich war Syrien in uralten Zeiten einmal dicht bewaldet gewesen, bis Waldbrände und menschliche Grundbedürfnisse dafür sorgten, dass der Großteil der Schwarzkiefern und Kermeseichen von der Bildfläche verschwand.

Da er mit seinem Geschäft noch nicht fertig war, richtete Kolt seine Aufmerksamkeit nach Südosten in Richtung der heiß umkämpften Stadt Aleppo, die 48 Kilometer entfernt lag. Der Morgen war noch nicht angebrochen, und der dichte Bodennebel, der an ihrer kleinen Hügelspitze zu kleben schien, beschränkte seine Sicht auf höchstens ein paar Hundert Meter. Er wusste, dass es nicht mehr lange dauern würde, bis die syrischen Rebellen und die Regierung sich beschießen und um Gebiete kämpfen würden. So wie es in den letzten paar Monaten jeden Tag geschehen war, würden Bewohner Aleppos, deren Familien seit Generationen dort gelebt hatten, zu Bombenflüchtlingen werden oder einfach auf der Suche nach dringend benötigter Nahrung, sauberem Wasser und Zuflucht einen anderen Ort aufsuchen.

Kolt fragte sich, ob er nahe genug an der Stadt war, um die von Russland bereitgestellten Mi-8- oder Mi-17-Helikopter zu sehen, die Fassbomben auf die langsameren oder stureren Zivilisten warfen, sobald sich der Nebel lichtete.

Er richtete den Blick auf die nähere Umgebung, sah den Hügel hinab, folgte der unbefestigten Straße bis zu der alten Brücke aus Holz und Beton, von der die CIA-Agenten ihnen versichert hatten, dass sie unüberquerbar sei. Die Brücke selbst sah er nicht, aber zwei große Holzscheite, die in ihrer Nähe quer auf der Straße lagen.

Muss die einheimische Version eines ›Brücke gesperrt‹-Schilds sein.

Kolt faltete noch ein paar Lagen Klopapier zusammen und achtete darauf, es trocken zu halten. Dann erstarrte er.

Er glaubte einen Lastwagen zu hören, der sich von links näherte, und drehte sich langsam in diese Richtung um. Das trübe Licht der Scheinwerfer drang durch den Nebel und reichte kaum aus, den Fahrweg auszuleuchten. Auf der Ladefläche des Trucks schepperten metallische Gegenstände.

Kolt brachte sein Geschäft zu Ende, zuckte zusammen, als er das raue, zweilagige Papier am Hintern spürte, und erhob sich langsam in eine gebückte Haltung, um die Hose hochzuziehen. Dann trat er hinter den Baum und sah den Scheinwerfern nach, bis der Lastwagen auf der anderen Seite des Friedhofs hielt.

Was zum Teufel wird das? Gar nicht gut!

Mit Mühe konnte er zwei, vielleicht drei Stimmen unterscheiden. Bei der Sprache schien es sich nicht um Arabisch zu handeln – vielleicht war es Kurmandschi, ein kurdischer Dialekt, der laut der Akte über das Zielgebiet von den syrischen Kurden gesprochen wurde. Es spielte keine Rolle; Kolt war nicht hier, um sich unter die Leute zu mischen. Offensichtlich waren diese mysteriösen Syrer auch nicht besorgt darüber, dass sie jemanden wecken könnten, denn sie lachten über irgendetwas, während sie irgendwelche Gerätschaften von der Ladefläche hoben.

Kolt befürchtete, dass sie Gangsters Van auf der gegenüberliegenden Friedhofsseite sehen würden, und war jetzt dankbar für den Bodennebel. Drei Männer, zwei im mittleren Alter und ein jüngerer, stiegen über die Steinmauer. Sie trugen bunte Wollmützen gegen die Kälte. Einer hatte die Kapuze seiner schwarzen Lederjacke aufgesetzt, sodass sie seine Augen verschattete, und den Reißverschluss bis zum Hals hochgezogen.

Schaufeln! Klappstühle? Scheiße!

Kolt hob eine Handvoll Baumnadeln auf, schüttelte sich die fettigen Stirnfransen aus den Augen und streute die Nadeln über den schmalen Graben, den er ausgehoben hatte. In der Hocke bewegte er sich auf die Steinmauer zu. Aus Sorge, dass man ihn entdecken würde, kroch er schließlich auf allen vieren und rutschte durch das taubenetzte Gras, wobei er die Mauer zu seiner Rechten berührte. Die Stimmen waren immer noch zu hören, obwohl sie jetzt gedämpfter klangen. Dafür war das verräterisch quietschende Aufklappen von Klappstühlen sowie das Geräusch von Schaufeln zu vernehmen, die Erdhügel aufschütteten.

Als Kolt mit vollkommen durchnässter Kleidung an Ellbogen und Oberschenkeln den Lieferwagen erreicht hatte, erhob er sich langsam in eine knieende Haltung. Er klopfte leise dreimal an die Hintertür, während er zu den drei Arbeitern hinüberspähte. Für einen Moment wartete er, um JoJo Zeit zu geben, das Funkgerät zu verdecken; dann öffnete er langsam die Tür und schob die ballistische Decke zur Seite. Beim Hineinkriechen hob er den Zeigefinger an die Lippen.

»Schhhh.«

Er nahm sein Gewehr, hängte es sich rasch wieder über die Schulter, berührte den Wahlhebel, um sich zu vergewissern, dass die Waffe noch gesichert war, und checkte den roten Punkt in seinem holografischen EOTech-Visier. »Wir haben Besuch.«

»Ohne Scheiß?«, fragte JoJo. »Haben sie dich entdeckt?«

»Negativ.« Kolt schob sich an JoJo vorbei und teilte den Vorhang, der sie von Gangster trennte. »Hey, Mann, da sind drei Männer und ein Truck. Auf der anderen Friedhofsseite. Die haben Schaufeln und Klappstühle.«

Er nahm einen vertrauten Geruch wahr, eine seltsame Mischung aus Weihnachtsbaum und Himbeeressig. Er hatte ihn schon oft im Gebäude der Einheit gerochen und wusste, dass es sich dabei um Gangsters Lieblingsduschlotion handelte.

Der Kommandant hob die Hand, zeigte Kolt seine Handfläche und bedachte ihn aus den Augenwinkeln erneut mit einem bösen Blick.

»Assault One, bitte warten!« Gereizt drehte Gangster sich in seinem Stuhl mit hoher Lehne um und wandte sich Kolt zu. »Du musstest ja unbedingt aussteigen und uns auffliegen lassen.«

»Negativ«, entgegnete Kolt, der jetzt ebenfalls leicht gereizt war. »Die haben mich nicht ...«

Gangster schnitt ihm das Wort ab. »Wie kannst du da so sicher sein?«

»Hör zu, Mann, das ist ein Arbeitstrupp, keine Soldaten,

wahrscheinlich auch nicht bewaffnet.« Kolt hoffte, ihn damit ein wenig beruhigen zu können.

»Blödsinn! Du hättest nie aussteigen sollen.«

»Hey, Arschloch, hat von euch etwa einer den Wagen entdeckt?« Kolt gab sich Mühe, nicht laut zu werden. »Wenn ich da nicht rausgegangen wäre, hätten wir keine Ahnung, dass die da sind. Die bereiten gerade eine Beerdigung vor, hörst du sie?«

»Einen Scheiß hör ich!«

»Eben! Vertrau mir einfach.«

Gangster drehte sich von Kolt weg, berührte mit der rechten Hand seinen Ohrstöpsel und griff mit der Linken nach dem Handmikrofon.

»Boss, hier passiert was«, meldete sich Jackal One aus dem Scharfschützenversteck, 130 Meter von der roten Seite des Hauses. »Ein Mann, Mitte 40, ist gerade aus der Haustür gekommen, steht jetzt auf der Veranda … Er hat gerade einen abgemagerten Hund getreten.«

»Ist das unser Mann?«, fragte Gangster.

»Nicht sicher. Er könnte es sein, aber der Bart fehlt. Kommen.«

»Hat er 'ne Glatze?«

»Nicht zu erkennen. Dunkelblaue Jeans, trägt 'ne gelbbraune Kappe und lutscht an 'nem Sargnagel.«

Kolt folgte dem Dialog zwischen Gangster und seinem Scharfschützenteam aufmerksam.

Der Schlächter musste nicht unbedingt kahlköpfig sein, aber es war bekannt, dass er sich meist den Kopf rasierte. Davon abgesehen hatten die Kriegsjahre ihm eine abgehärtete Erscheinung verliehen. Er hatte harte Gesichtszüge, übergroße, jadegrüne Augen und trug einen dichten, grau melierten Bart, der den Großteil seines Gesichts bedeckte.

Ja, nach dem, was er gerade gehört hatte, war Kolt sich ziemlich sicher, dass der Mann, den die Scharfschützen beobachteten, zwar vielleicht ein Feind, ein Bodyguard, ein Cousin des Fassbomben-Schlächters war, aber nicht dieser selbst.

Nicht unser Mann.

Gangster brach sein Schweigen. »Wir haben eine Person aus dem Haus identifiziert; es ist höchstwahrscheinlich der Schlächter.«

Verblüfft schüttelte Kolt den Kopf. *Höchstwahrscheinlich? Wo hat er denn das her?*

Es hätte ihn nicht überraschen sollen. Er wusste, dass Gangster führte, wie er es im Feldhandbuch gelesen hatte: unflexibel, ängstlich, sich von den Diagrammen und Tabellen zu lösen, die man ihm an der West-Point-Akademie oder einer der anderen Militärschulen eingetrichtert hatte. Er besaß ein enzyklopädisches Wissen über Fachausdrücke, abstrakte Missionsplanung und Methoden zur Entscheidungsfindung. Zeug, dem Kolt aus dem Weg ging wie einem dicken Mädchen am Morgen danach.

Für Lieutenant Colonel Rick Mahoney gab es bei allem eine festgelegte Reihenfolge, und er hatte nicht vor, auch nur eine Sekunde lang von dem abzuweichen, was im Lehrbuch stand. Intuition und Bauchgefühl, Dinge, auf die Kolt Raynor größten Wert legte, waren in Gangsters Gedankenwelt tabu.

Aber trotz Gangsters Schwächen konnte Kolt nachvollziehen, warum der es nach so vielen Misserfolgen so dringend nötig hatte, den Mann als den Schlächter zu identifizieren.

»An alle, hier ist Noble Zero-One, verlasst eure Positionen, kommen«, sendete der Kommandant mit Entschiedenheit.

»Echo One, Roger, unterwegs.«

»Hier Golf One, unterwegs.«

»Fox, bin auf dem Weg.«

Kolt verstand Gangsters Bedürfnis, den Schlächter zu schnappen, aber er konnte seinen Denkprozess nicht nachvollziehen. Aber das hier war nicht Kolts Mission; er hatte hier nichts zu befehlen. Nein, er war hier, um zu lernen, wie man eine Staffel kommandierte, nicht um dem Staffelkommandanten ans Bein zu pinkeln. Er mochte sich persönlich nicht gut mit Gangster verstehen, aber er war sicher, dass die Angriffsteams schon wussten, was zu tun war. Selbst wenn es nicht der Schlächter war, der zum morgendlichen Stretching vor die Tür ging, würde dieser bestimmt auch bald aus den Federn kommen.

Er lehnte sich auf dem Notsitz zurück und gab sich damit zufrieden, Gangster seinen Freiraum zu lassen und sich um seine eigenen Belange zu kümmern. Der Delta-Force-Kommandant Colonel Jeremy Webber hatte ihm geraten, sich nicht einzumischen – besser gesagt, er hatte ihn gewarnt. Er sollte Mäuschen spielen, sonst nichts.

Kolt krempelte den linken Ärmel seines gelbbraunen Wollpullovers hoch und brachte sein Armband im Quarterback-Stil zum Vorschein. Zwei Fotos des Schlächters in Passbildgröße waren oben rechts auf die gerasterte Luftaufnahme des Zielgebäudes geklebt, das die CIA ihnen angewiesen hatte. Er betrachtete die beiden CIA-Fotos genau, studierte die hervorstechendsten Merkmale, prägte sich die harten Züge des Schlächters noch genauer ein.

Selbst ein Zehnjähriger könnte den erkennen.

»Gangster, siehst du das?«, fragte Trip, der am Steuer saß.

»Was zur Hölle ist das?«, fragte der Angesprochene laut genug, dass auch Kolt und JoJo es hinter dem Vorhang hörten.

»Schwer zu sagen, aber ich zähle 20, vielleicht 30 Leute«, sagte Trip. »Die kommen auf der Straße direkt auf uns zu.«

Kolt sprang auf, ging an JoJo vorbei und schlug wieder den Vorhang beiseite.

»Scheiße!« Kolt machte sich ein Bild von der Lage und war schockiert von dem, was er durch die verregnete Windschutzscheibe sah.

»Wir müssen hier weg!«, rief Gangster und griff nach seinem HK416C, das mit der Mündung nach unten zwischen seinen Beinen stand.

Kolt sprang in die Fahrerkabine, als er sah, wie Trip die Hand nach dem Zündschlüssel ausstreckte. »Trip, nicht den Motor starten!«

Überrascht, dass Gangster nicht auf diese Anweisung an Trip reagierte, beschloss Kolt, etwas mehr zu wagen.

»Wir sind nicht aufgeflogen, und das hier muss kein Problem werden … wenn wir's nicht dazu machen. Wenn wir versuchen, jetzt abzuhauen, kommen wir in Schwierigkeiten – es sei denn, du hast Lust, drei Dutzend Zivilisten zu überfahren.«

»Das muss die YPG sein«, vermutete Gangster und rutschte unruhig auf seinem Sitz hin und her. »Und ob wir aufgeflogen sind.«

Kolt warf einen scharfen Blick auf die Menschenmenge. Er wusste, dass Gangster möglicherweise recht hatte. Die YPG genannten Volksverteidigungseinheiten, eine kurdische Miliz, hatten die Streitkräfte des syrischen Präsidenten Baschar al-Assad vor ein paar Jahren aus der Stadt vertrieben und diese eingenommen. Danach hatten sie ihre Version der amerikanischen Guardian Angels eingesetzt, um zu verhindern, dass der Krieg je wieder den Stadtrand erreichte.

Trip drehte sich schnell nach rechts um und sah Kolt an, ohne den Zündschlüssel loszulassen – nur ein wenig mehr Druck, und der Motor würde anspringen.

»Gangster, du entscheidest.« Offenbar wollte Trip eine klare Anweisung, weil er nicht sicher war, auf wen er hören sollte – seinen Kommandanten oder Kolt, der nur als Begleiter dabei war.

»Nein, wir müssen weg. Sofort!« Gangster schüttelte die Schockstarre ab, in die er für einen Moment verfallen war. »Wir fahren den Hügel wieder runter und dann über den Bach.«

»Den Bach?«, erwiderte Kolt. »Die Brücke können wir vergessen, Mann. Die Information hat gestimmt.«

Gangster wandte sich ihm zu. »Und woher weißt du das?«

»Ich war doch gerade draußen. Außerdem liegen da zwei dicke Holzklötze auf der Straße. Wenn wir hier rauswollen, gibt's keinen anderen Weg als den geradeaus.«

Kolt schaute wieder durch die Windschutzscheibe zu der Menschenmenge. Als er durch die bogenförmigen Schmutzstreifen spähte, die die abgenutzten Wischerblätter hinterlassen hatten, fiel ihm etwas Seltsames an der Gruppe auf. Sie bestand nur aus Männern – dessen war er sich jetzt sicher. Aber es schien keine Verbrecherbande zu sein. Sie waren überwiegend schwarz gekleidet – das erschien ihm nicht ungewöhnlich, aber falls sie wirklich der YPG angehört hätten, wären sie bewaffnet gewesen. Noch aufschlussreicher war, dass Kolt keine Frauen oder sich an den Händen haltende Kinder sah. Und keiner der

Männer trug ein Kleinkind auf den Armen. Einige in der Mitte der Menge trugen etwas auf den Schultern.

Die Mutter des Schlächters?

»Gangster, hör mir zu, Mann.« Kolt versuchte, Blickkontakt zu ihm zu halten. »Die sind auf dem Weg zu einer Beerdigung. Das passt. Alles Männer, die Arbeiter mit den Schaufeln, die Klappstühle. Scheiße, wahrscheinlich ist das da der Familienfriedhof vom Schlächter.«

»Spekulationen, Racer – das ist doch weit hergeholt. Wir wissen nicht, ob sie heute begraben wird.«

»Wir wissen es nicht, aber es wäre logisch.«

Bevor Gangster etwas erwidern konnte, schaltete Trip sich ein: »Wir müssen was machen, Boss, die Leute sind nur noch 50 Meter weit weg, ich kann schon fast ihre Lippen lesen.«

In diesem Moment kam der Funkspruch über ihr Netzwerk, der verkündete, dass die drei Angriffsteams noch 30 Sekunden vom Haus der Mutter entfernt seien.

Aus dem Augenwinkel sah Kolt, wie Gangster die Sprechtaste seines Mikrofons drückte, aber er hielt den Blick auf die Menschengruppe gerichtet, die sich die schlammige Straße entlangschleppte. Jetzt war der mit roten und weißen Blumen sowie grünen Kränzen geschmückte Holzsarg auf den Schultern der Männer deutlich erkennbar.

»Roger«, gab Gangster über Funk zurück.

Da er jetzt noch sicherer war als zuvor, dass es sich bei dieser Veranstaltung sehr wohl um die Beerdigung der Mutter handeln konnte, schaltete Kolt sich wieder ein.

»Gangster. Hör mal, Kumpel, denk doch mal nach.« Er versuchte, ruhig zu bleiben, obwohl die Sache sich zu einem Desaster zu entwickeln drohte. »Brich den Angriff auf das Haus ab. Der Typ, der davor steht und raucht, ist nicht unser Mann.«

»Bist du jetzt unter die Hellseher gegangen, Racer?« Gangster hatte offensichtlich genug davon, dass Kolt sich in seine Mission einmischte.

»Nein, aber die Leute da draußen haben vor, jemanden unter die Erde zu bringen. Wenn der Kerl vor dem Haus der Schlächter wäre, warum wäre er dann dort und nicht bei diesen Leuten? Er ist es nicht. Du hast keine sichere Identifizierung. Brich den Angriff ab!«

»Negativ, Racer, ich breche nicht ab. Der Mann vorm Haus könnte der Schlächter sein. Und keiner weiß, wen die hier begraben.« Gangster drückte die Sprechtaste und befahl den Teams, die sich dem Haus näherten: »Alle Einheiten, Zugriff, Zugriff, Zugriff.«

Jetzt konnte Kolt nichts mehr tun. Sie würden bald genug erfahren, ob der Mann der Schlächter war oder nicht. Er richtete seine Aufmerksamkeit weiter auf die näher kommende Menschenmenge.

»Trip, Gangster, macht wenigstens alles zu und kommt hierher hinter den Vorhang.« Kolt zog sich zu seinem Sitz zurück, um ihnen Platz zu machen. »Versperrt die Türen und zieht den Schlüssel ab.«

Leicht überrascht, dass sie tatsächlich auf ihn hörten, sah er zu, wie Trip nach hinten kam und Gangster ihm rasch folgte. JoJo hob die Faust, damit alle auf ihn aufmerksam wurden, und gab das Hand- und Armzeichen für *Keine Bewegung.*

Die Prozession näherte sich. Leise Gesänge auf Arabisch drangen durch die dünnen Aluminiumwände des Vans und die ballistischen Decken herein. Kolt und das Team saßen in der Falle.

3

Kolt hielt den Atem an. Er war dem Tod schon oft nahe gewesen und hatte sich oft Situationen vorgestellt, in denen er eintreten konnte, aber es war ihm nie in den Sinn gekommen, dass er dabei in einem verdammten Minivan festsitzen könnte. Der Lärm der Menge wurde lauter, als sie den Van erreichte und um ihn herumging.

Wenig später fühlte es sich an, als würde die Gruppe an beide Seiten des Wagens stoßen, während sie auf den Friedhofseingang zugingen. Ob sie zu einem Begräbnis gingen oder nicht – die Aufgeweckteren unter ihnen würden sicher durch die Fenster in die Fahrerkabine schauen und nach Nahrungsmitteln oder wertvollen Gegenständen suchen, die sich auf dem *Souk* in Aleppo verkaufen ließen.

Kolt sah zu Gangster hinüber, der neben dem Funkgerät hockte. Es war unübersehbar, dass seine Nerven bis aufs Äußerste strapaziert waren.

Ein paar Sekunden später schrie die Männergruppe im Chor. Der Schrei ging in den *Allahu Akbar*-Singsang über – *Gott ist groß!* Kolt sah sich um und war dankbar, dass sie alle in der Ausbildung gelernt hatten, nie den Zeigefinger an den Abzug zu legen. Er konnte nicht für die anderen sprechen, aber dieser kollektive Aufschrei hatte ihm einen Schreck eingejagt.

Er schaute erst Trip an, dann JoJo. Beide Männer schienen kurz vor dem Platzen zu sein. »Üben die für ’nen Talentwettbewerb?«, fragte Kolt mit einem Grinsen.

Keiner der beiden antwortete.

»Das war knapp«, flüsterte Gangster mit einem Blick zu Trip.

»Zu knapp«, pflichtete dieser ihm bei.

Kolt schob langsam die ballistische Decke einen oder zwei Zentimeter zur Seite, um einen Blick durch die Heckscheibe zu werfen.

»Scheiße!«

Er ließ die Decke schnell wieder los, als er sah, wie eine Hand vom Fensterglas genommen wurde und das Gesicht eines Mannes sich vom Van abwandte.

»Da hat gerade einer versucht, durchs Fenster zu schauen.«

Kolt wartete einige Augenblicke und versuchte es dann noch einmal.

»Sie heben den Sarg über die Steinmauer«, meldete er, während er zusah, wie die Männer den Holzsarg sanft, aber effizient von einer Gruppe zur anderen weiterreichten und die niedrige Mauer überwanden, ohne dabei eine einzige Blume zu verlieren.

Und dann sah er jemanden, der ihm bekannt vorkam.

Er ließ die ballistische Decke los, riss schnell den linken Ärmel hoch, hielt sich den Unterarm näher vor die Augen und betrachtete konzentriert die zwei Fotos des Schlächters.

»Ich werd nicht mehr!«, flüsterte Kolt. »Das ist er!«

Bevor jemand etwas erwidern konnte, erwachte das Funkgerät zum Leben. »Noble Zero-One, Ziel gesichert, kommen.«

»Roger. Habt ihr den Jackpot, kommen?«, fragte Gangster.

»Möglich, aber durch kontrolliertes Schusspaar ins Gesicht nicht mehr erkennbar. Drei weitere Männer im kampffähigen Alter werden gerade befragt, *Stand-by.*«

»Roger. Bringt es zu Ende und dann zieht euch zurück, kommen.«

Es zu Ende bringen? Was zum Teufel meint er damit?, dachte Kolt.

Er ging wieder zum Rückfenster. Aus seinem Blickwinkel konnte er jetzt nur noch die Rücken einiger der Männer sehen, die gerade auf den Friedhof verschwanden.

»Die Beerdigung hat angefangen«, flüsterte er.

Gangster ergriff die Initiative. »Machen wir uns an den Rückzug. Jetzt ist der beste Moment.«

»Gangster, deine Angriffsteams haben den Schlächter noch nicht eindeutig identifiziert.« Kolt wandte sich vom Fenster ab, um ihn anzusehen. »Ich bin ziemlich sicher, dass ich ihn da draußen gesehen habe. Lass uns noch ein bisschen warten.«

Der Kommandant erwiderte nichts. Er blickte JoJo an, dann Trip, als wollte er ihre Meinungen einholen. Kolt wusste, dass an seinem Vorschlag rein logisch nichts auszusetzen war. Gangster wusste ganz genau, dass die Zielperson nicht mit Sicherheit identifiziert war. Sie alle wussten es. Und dieser Abschuss war für die Einheit zu wichtig, um die Kurve zu kratzen, bevor diese Frage eindeutig geklärt war.

»Verfluchter Mist«, stieß Gangster hervor, wobei er versuchte, nicht zu laut zu sprechen. »Es ergibt doch keinen Sinn, dass der Schlächter jetzt bei dieser Beerdigung sein soll. Was wäre denn das für ein Zufall? Ist doch lächerlich!«

Kolt sah zu Trip und JoJo hinüber, überrascht, dass sie sich noch nicht auf die eine oder andere Weise zu Wort gemeldet hatten. Er erwartete nicht von ihnen, dass sie sich gegen ihren Kommandanten stellten, aber er zählte darauf, dass alle Mitglieder der Einheit offen aussprachen, was sie dachten, um das Problem zu lösen.

Nichts.

Gangster hatte genug gehört. Er hatte seine Entscheidung gefällt.

»Alle Einheiten, hier Noble Zero-One, wir ziehen ab, bestätigen, kommen.«

»Hier Assault One, haben den Zielort verlassen, alle Adler in der Luft, auf dem Weg zum Treffpunkt.«

Kolt sah zu, wie Gangster langsam wieder auf den Beifahrersitz stieg und es Trip überließ, den schwarzen Vorhang hinter ihm festzuhalten.

Dieser Drecksack!

Falls Kolt überhaupt irgendeine Möglichkeit gehabt hatte, den Verlauf dieser Mission zu beeinflussen, war diese jetzt dahin. Das hier war nicht seine Staffel. Es war nicht nötig, es auf die Spitze zu treiben. Webber würde sowieso schon angepisst genug sein, wenn ihm Gangster bei der Nachbesprechung in den Ohren lag.

Als Trip auf dem Fahrersitz Platz nahm, beschloss Kolt, noch einen Blick durch die Heckscheibe zu werfen. Und sei es nur, um ihren Rückzug abzusichern, während sie vom Straßenrand auf die schlammige Straße fuhren.

Noch ein letztes Mal zog er den Vorhang zur Seite.

Mein Gott! Der Schlächter! Gar kein Zweifel.

Dort stand der Mann, die Handkanten am Fenster, die Nase am Glas platt gedrückt, der Ziegenbart und der kahl rasierte Kopf deutlich sichtbar, und starrte mit diesen unverwechselbaren, funkelnden Augen in den Van. Der Scheißkerl, der für den Tod Tausender unschuldiger Männer, Frauen und Kinder in ganz Syrien verantwortlich war, stand direkt vor ihm. Dies war der Mann, der die

Hubschrauber kontrollierte, die Fassbomben mit hochexplosiven Stoffen, Öl und Splittern auf Zivilisten fallen ließen – und er war buchstäblich einen halben Meter von dem einzigen Mann in der Delta Force entfernt, der den Befehl erhalten hatte, nicht aktiv zu werden.

Scheiß drauf!

Kolt zog die ausziehbare Schulterstütze seines Gewehrs zur Schulter, schob mit der Präzision eines NASCAR-Reifenwechslers den Vorhang mit dem Schalldämpfer zur Seite, entsicherte und krümmte den Finger um den Abzug. Ohne eine Spur des Zögerns oder Zweifelns richtete er den hellroten Punkt des EOTech-Visiers auf den Schädel des Fassbomben-Schlächters, direkt über den Nasenrücken, zwischen diese unverkennbaren Augen, und drückte ab.

Kein Schuss!

Mist! Hab ich vergessen durchzuladen?

Kolt handelte sofort, hob die linke Hand, zog mit zwei Fingern den Durchladehebel zurück, drehte das Gewehr auf die Zehn-Uhr-Position und wartete darauf, dass eine Patrone aus der Kammer fiel. Nichts.

Scheiße! Ich hab's tatsächlich vergessen. Ihm wurde klar, dass er Mist gebaut, einen echten Anfängerfehler gemacht hatte. Er hatte sich auf seinem Begleiterstatus ausgeruht, hatte es versäumt, den Schalter im Kopf umzulegen und seine üblichen letzten Checks vor dem Einsatz durchzuführen.

Kolt schlug von unten an das Magazin, um sicherzustellen, dass es eingerastet war, bevor er den Durchladehebel losließ, den Bolzen nach vorn schnellen und die oberste Patrone des Magazins in die Kammer befördern ließ. Er hob den Blick wieder zum Fenster, hinter dem – da war er sich absolut sicher – der Schlächter stand.

Hinter dem Van hatte der Syrer die rechte Hand zur Faust geballt. Er wischte mit ihr die Regentropfen vom Fenster und drückte wieder die Nase an das Glas, um in den Wagen zu spähen.

Wieder setzte Kolt das Gewehr an, begann den Abzug zu drücken und versuchte gleichzeitig, den roten Punkt über den Nasenrücken des Schlächters zu bringen.

Der Schlächter drehte den Kopf exakt im selben Moment, in dem Kolt damit rechnete, dass der Abzug nachgab. Es war zu spät, den Fingerdruck noch aufzuhalten – ein Vollmantelgeschoss im Kaliber 5,56 Millimeter raste mit fast 730 Metern pro Sekunde durch den kaltgehämmerten, 22 Zentimeter langen Lauf und den von Prallwänden durchzogenen Schalldämpfer.

Kolt glaubte, gleichzeitig das Blut spritzen und das Hartglas der Heckscheibe splittern zu sehen. Hunderte erbsengroßer Glasstückchen regneten in den Laderaum des Vans und draußen auf den matschigen Boden.

»Verdammte Scheiße, Racer!«, rief Jojo und tastete nach seinem Gewehr.

Kolt hörte, wie Trip erfolglos versuchte, den Motor des Vans anzuwerfen.

Während Trip weiter die Zündung betätigte, dabei auf das Gaspedal trat und hoffte, dass ein Funke übersprang, riss Kolt die ballistische Decke weg, um durch das zerbrochene Fenster hinauszusehen.

Verflucht noch mal! Er ist noch nicht tot.

Er hatte den Schlächter getroffen, und es war definitiv ein Kopftreffer, denn Kolt sah, wie er sich mit beiden Händen das Gesicht hielt. Der Mann stolperte vom Van weg und krümmte sich, wobei er mit der Rückseite seiner verwitterten, schwarzen Lederjacke zum Wagen stand.

»Er ist nicht tot«, stellte Kolt fest, drehte sich um und blickte Gangster an, während er den Nockenring des SureFire-Schalldämpfers löste. »Schmeiß mir deine Blendgranaten rüber, ich hab nicht genug.«

»Auf keinen Fall!«

Kolt nahm den Schalldämpfer vom Lauf, während er sich wieder der Hintertür zuwandte.

»Wir können keine Zielperson verwundet zurücklassen«, sagte er und kramte seine zwei Blendgranaten aus seinem Nylonbeutel hervor. »Ich muss ihn erledigen.«

»Kommt nicht infrage, Raynor, lass ihn«, widersprach Gangster. »Der wird wahrscheinlich sowieso verbluten.«

Gangster hatte recht; es war gut möglich, dass der Schlächter verblutete. Ebenso gut war es möglich, dass er mit Allahs Hilfe überlebte, vor allem dann, wenn die Kugel ihn nur gestreift hatte oder seine Leute ihn schnell genug in eine Klinik brachten. Aber ihr Missionsziel war so sonnenklar wie immer. Bei einer Tötungsmission gab es keine halben Sachen.

Nein – so starke Schmerzen der Schlächter auch haben mochte, er war das Ziel, für das sie hierhergekommen waren. Er war ein Problem, das die Vereinigten Staaten gelöst sehen wollten – nicht nur teilweise gelöst, nicht nur verwarnt, nicht nur verwundet.

»Das will ich wirklich nicht«, erwiderte Kolt. »Gibt's noch andere Optionen?«

»Ich hab gesagt, lass ihn, verdammt noch mal!«, schrie Gangster.

Kolt ließ das Gewehr zur Brust sinken, ließ es am Gurt hängen, stieß die ballistische Decke beiseite, um die Hintertür zu öffnen, in der Hoffnung, einen finalen Schuss setzen zu können. Im selben Moment erwachte der Motor zum Leben und Trip trat das Gaspedal bis zum Boden durch. Kolt verlor das Gleichgewicht und fiel auf die zerbrochene Heckscheibe zu. Er konnte den Sturz nicht mehr aufhalten – die Vorwärtsbewegung des Kastenwagens ließ ihn hinten hinausfallen. Die Hinterräder wirbelten Schlamm auf und zwangen ihn, sich zur Seite zu rollen, weiter auf die Straße hinaus.

Dreckverkrustet, als hätte er einen Tough-Mudder-Hindernislauf hinter sich, kämpfte er sich auf die Knie hoch. Mit Mühe zog er den schlüpfrigen Ring seiner ersten Blendgranate ab. Dabei sah er in Richtung des Schlächters, der sich jetzt über die Mauer beugte und von mindestens einem Dutzend sehr besorgter Männer umgeben war. Erst waren sie verblüfft über den Anblick eines Fremden, der aus dem an einer seltsamen Stelle geparkten Van fiel. Aber sobald sie den mit schokoladenbraunem Schlamm überzogenen Kommandosoldaten sahen, erkannte Kolt in ihren Augen, dass ihnen alles klar wurde.

Dir bleibt nicht viel Zeit. Beeil dich!

Er warf die erste Blendgranate in die Menge kurz hinter der Steinmauer. Die neun schnell aufeinanderfolgenden Detonationen waren ohrenbetäubend und ließen die Trauergesellschaft auseinanderstieben wie eine Gruppe verschreckter Affen. Sie entfernten sich rasch vom Schlächter, wodurch Kolt freie Sicht auf sein Ziel bekam. Er zog sofort den Sicherungssplint aus seiner zweiten und letzten Blendgranate und warf sie weiter hinten auf den Friedhof, wo sie zwischen einigen alten Grabsteinen landete. Die Menge floh immer noch, manche schneller als andere. Die meisten entfernten sich weiter von Kolt und dem Schlächter.

Kolt erhob sich erst auf ein Knie, brachte sein schlüpfriges Gewehr in einen kontrollierten Griff und versuchte dann aufzustehen. Beim ersten Schritt, den er auf den Schlächter zuging, musste er sein linkes Bein aus einer tiefen Schlammpfütze ziehen, die ihm beinahe den Stiefel vom Fuß saugte. Er hielt die Waffe gesenkt und schleppte sich zur Grasfläche.

Der Schlächter wandte sich ihm zu, drehte sich auf den Rücken, wobei er an die Mauer gelehnt blieb. Die für ihn bestimmte Kugel hatte sein Gesicht getroffen – es war auf beiden Seiten blutüberströmt. Sie musste beide Wangen durchschlagen und dabei wahrscheinlich einige Zähne zerschmettert haben.

Glückspilz!

Kolt schaute wieder zu der Gruppe. Mehrere Syrer schrien irgendetwas auf Arabisch und reckten die Fäuste in die Höhe. Sie bewegten sich wieder zurück auf den Friedhof und kamen in seine Richtung. Mit erhobenem Gewehr und wachsamem Blick hielt er nach Gefahren Ausschau, beobachtete ihre Hände. Nichts.

Die Blendgranaten hatten ihren Zweck erfüllt. Jetzt, da er keine mehr hatte und sich einer wütenden Menge gegenübersah, musste Kolt Prioritäten setzen.

Wahrscheinlich gab es in dieser Beerdigungsgesellschaft mehr als einen Kerl, der den Tod verdient hatte, da war er sicher. Aber die Männer, die Kolt vom Friedhof aus wütend anschrien, standen nicht auf der Abschussliste der CIA, jedenfalls noch nicht. Andernfalls hätte er sich nicht mit den nicht tödlichen Blendgranaten aufgehalten, sondern gleich Splittergranaten eingesetzt. Nein, heute gab es nur ein Ziel. Nur einen Terroristen. Einen Mann, der erledigt werden musste.

Kolt hob die Gewehrmündung in den bewölkten Himmel, schaltete den Wahlhebel auf Feuer und verschoss ein halbes Magazin. Der Überschallknall der Kugeln hallte über die im Nebel liegenden kleinen Hügel und Täler, wurde von den Außenwänden einiger Häuser im Dorf zurückgeworfen. Das half – die Leute erschraken, weil sie wussten, dass die Kugeln viel gefährlicher waren als Blendgranaten.

Aber dieser Effekt würde nicht lange anhalten.

Kolt trat ein paar Schritte auf den Schlächter zu und senkte das Gewehr in Vorbereitung auf die tödlichen Schüsse. In diesem Moment machte er seinen zweiten Anfängerfehler.

Im Van hatte er festgestellt, dass er beim Aufbruch aus dem Unterschlupf vergessen hatte, eine Kugel in die Kammer zu laden, woraufhin sich im entscheidenden Moment kein Schuss gelöst hatte. Jetzt blickte er dem Schlächter direkt in die blutrot-grünen Augen, anstatt ihm einfach zwei Kugeln in die Brust zu jagen. Jeder wusste, dass man einem Todgeweihten nicht in die Augen sah, bevor man ihn durchlöcherte.

Denn das führte stets dazu, dass man zögerte und sich und seine Kameraden damit einem Risiko aussetzte. Man verschaffte sich dadurch nicht nur einen deutlichen Nachteil im Kampf, sondern wurde auch für den Rest seines Lebens von den Seelen der Getöteten heimgesucht.

»Deine Mutter ist eine Hure«, sagte der Schlächter und spuckte dabei Blut.

Kolt schoss ihm drei Kugeln in die Brust. Aus nächster Nähe sah er zu, wie er an der niedrigen Mauer in eine sitzende Haltung hinabsank und dann halb nach rechts kippte.

Seine Augen blieben offen; dickes, rostrotes Blut sickerte langsam aus seinem Mundwinkel.

Kolt trat näher heran, beugte sich über ihn und stieß dem Mann den Mittelfinger ins linke Auge, um sicherzugehen, dass das zentrale Nervensystem des Schlächters wirklich den Dienst eingestellt hatte.

Kill bestätigt.

Als er sich vergewissert hatte, dass er tot war, drehte Kolt sich sofort um und rannte die Straße entlang in die Richtung, in die der Van nach seinem wenig eleganten Aussteigen weitergefahren war.

Er blieb auf dem grasbewachsenen Straßenrand und beschleunigte. Als er aufblickte, stellte er überrascht fest, dass JoJo und Gangster ihm bergauf entgegenkamen, einer auf jeder Straßenseite. Erleichtert sah Kolt, wie Gangster als Erster stehen blieb und sich hinter einen Baum kniete, um von dort aus seinen Rückzug zu decken. Hinter JoJo, der weiterlief, aber nun in eine langsamere, taktische Gangart wechselte, fuhr der Van im Rückwärtsgang den Hang hinauf.

Kolt sah zwei Gegenstände über seinen Kopf hinwegfliegen, in die Richtung, in der er den tot zusammengebrochenen Schlächter zurückgelassen hatte. JoJo oder Gangster musste sie geworfen haben. Eine Sekunde später waren jeweils neun rasant aufeinanderfolgende Explosionen zu hören, die in Geschwindigkeit und Lautstärke an ein Maschinengewehr erinnerten.

Nach wenigen Sekunden hatte Kolt JoJo und Gangster erreicht.

»Letzter Mann!«, rief er gerade laut genug, dass die beiden ihn hörten.

Er hatte zwar in ein Wespennest gestochen, aber die Wespen mussten nicht unbedingt die Nationalität des Störers erfahren.

Er erreichte als Erster den Van, der angehalten hatte, und wandte sich um, um JoJo und Gangster Feuerschutz zu geben. Beide hatten ihre Positionen aufgegeben und liefen wenige Meter hinter ihm. Gangster lief weiter zum Beifahrersitz, während JoJo die Hintertür öffnete und hineinsprang. Kolt folgte ihm, schloss die Tür hinter sich und rutschte schnell auf den schlammigen Knien hinter die Schutz bietende ballistische Decke.

Mit einem Ruck fuhr der Lieferwagen an, wobei die Reifen im Schlamm um Halt kämpften. Trip beschleunigte hangabwärts und versuchte, nicht von der Straße abzukommen.

Kolt gelang es schließlich, sich wieder auf seinen Sitz zu setzen und sich an die Wand des Vans zu lehnen. Er checkte die Sicherung seiner Waffe, verlangsamte bewusst seinen Herzschlag, riss das zum Teil verschossene Magazin aus dem Gewehr und beugte sich leicht vor, um ein volles aus dem Beutel an seiner linken Hüfte zu nehmen. Er schob es in den Magazinschacht, prüfte seinen sicheren Sitz, zog den Durchladehebel nach hinten, bis er die Patrone sah, bevor er ihn losließ und die Waffe schussbereit machte. Da das Gewehr sicher geladen war, schloss er die Abdeckhaube, bevor er sehr lässig zum ersten Mal in dieser ganzen zweitägigen Operation die Sprechtaste seines Handmikrofons drückte.

»Der Schlächter ist tot, lasst uns verschwinden.«

Ich hab Mist gebaut, und Webber wird durchdrehen!

4

Human Resource Command, Fort Knox, Kentucky
April 2014

Das scheint dem Arschloch richtig Spaß zu machen.

Delta-Force-Kommandant Colonel Jeremy Webber wusste, dass er mit dieser Einschätzung nicht alleine war. Die Augen seines Freundes und überwiegend freundlich gesinnten Rivalen, des SEAL-Team-Six-Kommandanten Hank Yost, der rechts neben ihm saß, drückten dasselbe aus.

Ein Repräsentant der National Command Authority, der an diesem wunderschönen, wolkenlosen Morgen von Capitol Hill eingeflogen worden war, bestätigte ihnen, dass der Finanzplan des Verteidigungsministers für 2015 vorsah, die zahlenmäßige Stärke der Streitkräfte auf ihren Tiefststand seit dem Zweiten Weltkrieg zu reduzieren. Während der Anzugträger fortfuhr, warf Webber Yost über den Rand seiner Zweistärkenbrille einen Blick zu, um zu prüfen, ob sie sich immer noch einig waren.

Typisches Politikerarschloch. Hat mit Mitte 30 noch keinen einzigen Tropfen Schweiß für sein Land vergossen.

»Um zum Abschluss zu kommen, meine Herren: Ich kann nicht genug betonen, wie wichtig es dem Präsidenten ist, andere Optionen zur Reduzierung der Streitkräfte zu erkunden. Eine dieser Optionen wäre die Zusammenfassung der Tier-One-Spezialeinheiten zu einer einzigen Organisation – oder die Auflösung einer davon.«

Webber hätte beinahe laut geflucht. Das am schlechtesten gehütete Geheimnis der Regierung war also endlich offiziell bestätigt. Um sich nichts anmerken zu lassen, achtete er sorgfältig auf seine Körpersprache, indem er keinen Muskel bewegte und sich hinter den beiden 19-Zoll-Flachbildschirmen an seinem Platz zwischen sich und dem Präsidenten des Ausschusses verbarg.

Er wusste ebenso wie die anderen im Raum, dass Kürzungen des Verteidigungsbudgets nach einem langen Krieg üblich waren. Die Delta Force und das SEAL Team Six hatten zwar nicht die umfassenden Budgetkürzungen nach dem Vietnamkrieg zu spüren bekommen – Webber und Yost war bewusst, dass ihre Kommandos während der Abrüstungsphase nach dem Kalten Krieg sogar verstärkt worden waren. Doch jetzt konnten sie nur hoffen, dass sie in der Welt der Spezialeinheiten über genug Einfluss verfügten, um sich vor Eingriffen zu schützen. Und angesichts der Tatsache, dass sie nun eineinhalb Jahrzehnte lang die Hauptlast des Krieges getragen hatten, schien das sehr wahrscheinlich.

Der Anzugträger leierte weiter seinen Text herunter: »Im Kongress haben wir dafür parteiübergreifende Unterstützung. Viele sind der Ansicht, dass die Hierarchien beider Organisationen redundant sind, dass beide gleichwertig sind und über redundante Fähigkeiten verfügen, eine wie ein Spiegelbild der anderen.«

Ich wette, dieser Harvard-Schwätzer weiß nicht mal, dass wir beide die Kommandanten dieser Einheiten sind.

Sosehr ihm die Rede auch auf die Nerven ging – Webber wusste, warum der Kerl sie hielt. Der Präsident hatte ebenso wenig wie seine Streber und Brillenschlangen, zu denen dieser Nadelstreifenknabe gehörte, eine klare Vorstellung der Nuancen von Delta und Six. Er hatte kein Verständnis ihrer Einsatzfähigkeiten, kannte nicht einmal die Details darüber, was sie seit ihrer Aktivierung vor einigen Jahrzehnten getan hatten und wie sie es getan hatten. Der Präsident und die Kabinettsmitglieder wechselten verfassungsgemäß in jeder Legislaturperiode, aber die Delta-Operators und die Six-Froschmänner blieben so lange im Dienst, dass sie vier oder fünf aufeinanderfolgende Regierungen miterleben konnten. Webber und Yost waren lebende Beweise dafür.

Selbst wenn der Präsident oder auch der dem liberalen Lager zuneigende Verteidigungsminister die Notwendigkeit zur Aufrechterhaltung der gegenwärtigen Personalstärke in den beiden besten Antiterroreinheiten am Boden und auf dem Wasser nicht erkannte, war sich Webber doch einer Sache sicher.

Wenn die glauben, dass sie Delta auflösen können, solange ich noch ein Wörtchen mitzureden habe, haben sie sich geschnitten.

»Meine Herren, ich danke Ihnen, dass Sie mir gestattet haben, Ihre wichtige Arbeit hier für eine Weile zu unterbrechen. Ich habe meine Aufgabe hier erledigt, daher möchte ich Ihre Zeit nicht länger in Anspruch nehmen.«

Colonel Webber beugte sich zu Captain Yost hinüber. Um die Enthüllung der Ziele des Präsidenten ein wenig in ihrer Bedeutung herunterzuspielen und ihm zu signalisieren, dass ihre Kameradschaft unabhängig von der getroffenen Entscheidung Bestand haben würde, wollte er ein wenig das Eis brechen.

Er ließ die Computermaus los und nahm die Drahtgestellbrille ab. »Ich kann 20 von deinen Beach Boys zu unserer nächsten Anwärterprüfung zulassen.«

Unbeeindruckt und mit unbewegter Miene gab Yost zurück: »Ich würde dir ja gern dasselbe Angebot machen, aber ich weiß, dass du keine 20 Leute hast, die mehr können als Hundepaddeln. Deine Jungs haben wie halb ertrunkene Welpen ausgesehen, als wir sie letzten Monat aus dem Atlantik gefischt haben.«

»Einer von meinen Leuten hat den Welpen gerettet«, erinnerte Webber ihn.

Yost öffnete den Mund, um zu antworten, schloss ihn dann aber wieder. Webber grinste ihn an, bevor er seine Aufmerksamkeit wieder dem Computerbildschirm zuwandte. Er berührte die Maus leicht, scrollte zur nächsten Seite und las halbherzig die Anweisungen des Ausschusses, die sie zur Kenntnis zu nehmen hatten.

Darin ging es um den Terroristen, der das Ziel der Queen-Mary-II-Übung gewesen war. »Was hältst du von der Behauptung der CIA, dass Marzban Tehrani und seine Wissenschaftlerkumpel sich in der Ostukraine verkrochen hätten?«, fragte Yost.

»Meine Analysten glauben noch nicht so ganz an die Verbindung zwischen Russland und Nordkorea, aber wer weiß?«, erwiderte Webber.

»So sehe ich das auch«, sagte Yost. »Wird schwer, den Kerl lebend in die Finger zu kriegen.«

Webber schaute an seinem Bildschirm vorbei und sah, wie der Besucher vom Referenten der Verwaltungsabteilung der Spezialeinheiten zur Tür gebracht wurde. Dieser schloss die Tür hinter ihm, schien sie abzuschließen und drehte sich dann um, um sich an die anwesenden Ausschussmitglieder zu wenden.

»Meine Herren, wir sind jetzt so weit, über die Nominierten für unsere Tier-One-Spezialeinheiten zu sprechen.

Angesichts der nötigen Geheimhaltung erfordert unser Sicherheitsprotokoll natürlich, dass diese Akten in analoger Form geführt werden; Sie werden sie daher nicht auf Ihren Bildschirmen sehen.«

Webber wandte seine Aufmerksamkeit dem Unteroffizier aus seiner Einheit zu, dem für das Personal zuständigen Sergeant, der in seiner Paradeuniform wie ein Spielzeugsoldat wirkte. Auf das Stichwort des Referenten begann Master Sergeant Brewer, die geheimen Nominierungspakete auszuteilen, die er persönlich aus Fort Bragg mitgebracht hatte.

»Danke, Sergeant Brewer«, sagte Webber, nahm die drei Akten entgegen und legte sie vor sich ab. Während der Sergeant weiter um den ovalen Tisch herumging und ein Paket nach dem anderen an die dort sitzenden Herren verteilte, von denen manche ihre Paradeuniformen, andere Anzüge und Krawatten trugen, suchte Webber die Akte heraus, die ihm am meisten Sorgen bereitete. Es war die dritte im Stapel. Er klappte den Deckel nur ein paar Zentimeter weit auf. Da er nicht damit gerechnet hatte, ein Foto vom Department of the Army vorzufinden, war er überrascht, eines zu finden; noch dazu ein aktuelles.

»Nur zur Erinnerung, Gentlemen«, fuhr der Referent fort und wartete, bis er sicher war, ihre Aufmerksamkeit zu haben. »Im Zusammenhang mit diesen Nominierten werden wir potenzielle *Topsecret*-Informationen besprechen, also sorgen Sie bitte dafür, dass sämtliche Kommunikationsgeräte abgeschaltet sind.« Der Referent folgte Sergeant Brewer mit einem Karton und legte vor jedem Ausschussmitglied eine Handlupe auf den Tisch.

Webber nahm die bereitgestellte Karteikarte und legte sie über das Farbfoto. Zentimeter für Zentimeter schob er sie über das Bild, wobei die spezifischen Bereiche zum Vorschein kamen, auf die sich Ausschüsse üblicherweise konzentrierten, um noch die winzigsten Fehler zu finden. Die Ärmel hatten die richtige Länge, beide Ecken der Dienstjacke waren perfekt ausgerichtet. Dies war die sicherste Methode, um festzustellen, ob ein Anwärter versuchte, seine Speckrollen zu verstecken. Wenn man dick geworden war, half es nichts, den Bauch einzuziehen oder ihn mit 100 Orden zu behängen.

Bevor er die mittlere Körperpartie verließ, zählte Webber die Abzeichen für den Dienst in Übersee, goldene Rautensymbole, die am rechten Ärmel des Kandidaten aufgenäht waren, jeweils eins für sechs Monate im Kampf. Wenn man die Ränder dieser kleinen Aufnäher sah, war das ein Zeichen für eine fähige und sorgfältige Personalabteilung.

Brewers Leute haben ganze Arbeit geleistet, wie immer.

Er fuhr mit dem rechten Zeigefinger über das Bild und hielt an der rechten Brusttasche des Nominierten inne. Er sah gründlich hin, um sicherzugehen, dass das Dienstabzeichen der Streitkräfte richtig zentriert war. Die rote Pfeilspitze mit dem nach oben gerichteten schwarzen Dolch, den alle Veteranen der Spezialstreitkräfte trugen, war frei von Flecken und Fingerabdrücken.

Nun richtete er den Blick auf den oberen Brustbereich und betrachtete den Salat aus Medaillen und Bändern an der linken Brust. Er musterte das Foto und die Ordensbänder, die an die dunkelblaue Dienstjacke geheftet waren. Er griff nach der Lupe und vergrößerte das Bild.

Was zum Teufel …?

Webber konzentrierte sich auf die beiden Reihen von Orden. Wenn man bei der Delta Force war, hatte man mindestens fünf Reihen angesammelt. Und er wusste so gut wie alle anderen anwesenden Ausschussmitglieder, dass sämtliche Orden und Auszeichnungen auf Fotos präsent sein sollten, die man Ausschüssen für Beförderungen und Kommandozusammenstellungen überreichte.

Die zwei *Distinguished Service Crosses* allein reichten schon aus, um die Aufmerksamkeit jedes Berufssoldaten auf sich zu ziehen. Aber nachdem er die Purple Hearts, Silver Stars, Bronze Stars und das halbe Dutzend bronzene und silberne Eichenblätter sowie die zwei bronzenen V-Abzeichen gezählt hatte, die für *valor,* Tapferkeit auf dem Schlachtfeld, standen, holte Webber tief Luft. Es überraschte ihn nicht im Geringsten, dass er die goldenen Rautensymbole zeitlich so gut wie allen Tapferkeitsmedaillen zuordnen konnte. Unglücklicherweise konnte er ihnen auch einige der Namen zuordnen, die in die schwarze Gedenktafel aus Marmor und Granit im Garten in der Basis der Einheit eingraviert waren.

»Dieser Drecksack!«, stieß Webber eine Spur zu laut hervor und zog damit für einen Moment die Blicke einiger anderer Teilnehmer auf sich.

Wenige Augenblicke später spürte er Yosts stechenden Blick und nahm aus dem Augenwinkel wahr, dass dieser ihm den Kopf zugewandt hatte. Es war die eine Sache, wenn man zu faul war, sämtliche Orden und Auszeichnungen anzulegen. Selbst Webber war klar, dass die unteren beiden Reihen sowieso blödsinnig waren – sie hatten mehr mit Napoleons berühmtem Statement zu tun, dass er die Welt erobern könne, wenn er nur genug Orden trüge, als mit den tatsächlichen Verdiensten des Trägers. Aber die oberen zwei Reihen erzählten die Geschichte eines Mannes und seines Verhaltens im Kampf, erzählten von dem, was er tat, wenn es hart auf hart kam und jede Entscheidung zählte. Sicher, das mit den beiden Reihen war ärgerlich genug und sicherlich ein Verstoß gegen das Protokoll – aber der zerzauste, unmilitärische Haarschnitt, die dicke Locke, die beinahe das linke Auge verdeckte, und noch dazu der grau melierte Ziegenbart reichten aus, Webber innerlich zum Kochen zu bringen.

Der verfluchte Major Raynor macht wie immer sein eigenes Ding.

Webber hob den Blick, um Master Sergeant Brewer anzusehen, dessen saphirblaue Jacke und persisch-blaue Army-Uniformhose einen angenehmen Kontrast zum kohlengrauen Akustikschaum an den Wänden des fensterlosen, gesicherten Konferenzraums im Keller bildeten. Brewer erwiderte seinen Blick, ohne bemerkt zu haben, dass seine für die Einheit Nominierten bereits für Unruhe sorgten. Webber begutachtete Brewers Aufzug und war stolz, aber nicht überrascht, zu sehen, dass der individuelle Zuschnitt seines weißen Uniformhemds und der schwarzen Krawatte nur für einen geübten Beobachter zu erkennen war. Der frische – und vorschriftsmäßige – Militärhaarschnitt entsprach den Standards. Webber nickte dem Vorzeige-Sergeant von seinem Platz hinter dem Bildschirm zu und gab ihm ein Zeichen, dass er zu ihm kommen sollte.

Er ließ Brewer nicht aus den Augen, während dieser sich an einem halben Dutzend anderer Ausschussmitglieder vorbeimanövrierte. Der JSOC-Kommandant Lieutenant General Seth Allen war da, neben dem SOCOM-Kommandanten der Spezialeinheiten, Seeleute und Marinesoldaten aller Streitkräfte, der aus Tampa, Florida, angereist war. Drei weitere General Officers mit Erfahrung im Bereich Spezialmissionen waren vom Army Chief of Staff entsandt worden und saßen ebenfalls am Tisch.

Aber die wichtigsten Personen im Raum waren einige ehemalige SEAL-TEAM-Six-Kommandanten und zwei frühere Delta-Kommandanten, deren Einschätzungen der Nominierten am meisten zählen würden. Im Grunde war jeder frühere SMU-Kommandeur willkommen, der gesund genug für die Anreise war und einen Kandidaten im Rennen hatte. Bei diesen Kandidaten handelte es sich um ihre besten früheren Offiziere, von denen sie wollten, dass man ihnen ein Staffelkommando oder gar die Führung der ganzen Einheit anvertraute.

Der tadellos gekleidete Sergeant Brewer beugte sich zu seinem Kommandanten hinab, um sich sein Anliegen anzuhören.

»Was zur Hölle ist das hier?«, flüsterte Webber und deutete auf die Bänder und den Ziegenbart auf dem Foto.

Der Sergeant starrte das Foto eine Sekunde lang an, bevor sich sein Gesicht rötete. Seine Überraschung schien echt zu sein.

»Sir, äh, ähm, ich bin nicht sicher, wie Major Raynor dieses Foto machen konnte, ohne sich vorher die Haare schneiden zu lassen und alle Bänder anzulegen«, sagte Brewer. »Das wurde nicht im Fotolabor der Einheit gemacht.«

»Da bin ich auch nicht sicher, Sergeant«, erwiderte Webber flüsternd und zeigte in die linke, obere Ecke des Bildes. »Sieht aus, als wäre das Foto am letzten Samstagmorgen gemacht worden.«

»Ja, Sir. Wird nicht wieder vorkommen, Sir.«

»Kommen wir zuerst zu den Army-Offizieren«, bellte der Dreisterne-Marinegeneral Chuck Swacklion, der

Präsident des Ausschusses, um das Schweigen im Raum zu brechen.

Webber bemerkte Brewers Erleichterung und sah zu, wie dieser sich auf dem gleichen Weg entfernte, auf dem er gekommen war. Nach ein paar Sekunden stand er wieder an der Wand bei der Eingangstür.

»Meine Herren, zuerst haben wir Major Promotable Zachary Shents«, sagte Swacklion.

Webber legte Kolts Akte hin, hob die von Major Shents auf und öffnete sie. Zuerst zog er das DA-Foto hervor und begutachtete es wie das von Raynor von oben nach unten wie ein erfahrener Diamanthändler mit einer Juwelierlupe. Wieder studierte er den Haarschnitt, den Gesichtsausdruck, die körperliche Fitness des Kandidaten zusammen mit den anderen Anwesenden.

Webber und die anderen hatten eine wichtige Aufgabe. Sie mussten sich die Frage stellen: Sieht dieser bullenstarke Typ wie ein potenzieller leitender Offizier aus? Ist er noch in Form? Hat er nachgelassen? Verfügt er über eine selbstbewusste Haltung, einen kantigen Kiefer, dabei immer noch einen rationalen Ausdruck in den Augen?

Die Ausschussmitglieder würden den Sitz der Uniform in Augenschein nehmen, dann die Abstände der Medaillen, würden die Zahl der Auszeichnungen mit denen abgleichen, die im *Officer Record Brief*, dem Kurzlebenslauf des jeweiligen Kandidaten verzeichnet waren. Die sorgfältig getippten ORBs waren mit dem Stempel *Top Secret* versehen und fassten die gesamte Karriere eines Offiziers auf einer einzigen Seite zusammen.

Lieutenant General Swacklion sprach weiter, halb im Scherz, aber auch mit einem gewissen Ernst. »Meine Herren, ich denke, es versteht sich von selbst, dass jeder

Mann, der nicht einmal seine eigene Paradeuniform in Einklang mit den strengen Regeln der Army bringen kann, es nicht wert ist, von einem SMU-Ausschuss für ein Staffelkommando in Betracht gezogen zu werden.«

Webber sah einige der Männer am Tisch nicken; weitere nickende Köpfe waren halb hinter Computerbildschirmen verborgen.

Er betrachtete noch einmal Shents' Foto. Er wusste, dass dieser vor Jahren ein respektabler Truppenkommandant gewesen war. Sicher keiner wie Kolt Raynor, aber solide. Was diesen ganzen Schönheitswettbewerb und die Betonung der äußeren Erscheinung der Kandidaten anging, war Webber geteilter Meinung. Darauf zu achten, ob die gekreuzten Gewehre der Infanterie oder die gekreuzten Pfeile der Special Forces am Revers schief saßen oder ob auf Knöpfen und polierten Orden Fingerabdrücke erkennbar waren, hob die Pedanterie auf eine neue Stufe. Andererseits spielten Details durchaus eine wichtige Rolle. Doch selbst dann konnte er einem Offizier die eine oder andere Eigensinnigkeit verzeihen, wenn dieser dafür deutlich eine bestimmte Eigenschaft an den Tag legte.

Kann dieser Kerl Actionhelden anführen oder nicht?

»Scheint mir ein erstklassiger Kandidat für ein Staffelkommando zu sein«, sagte Botschafter Bill Mason, der ehemalige Kommandant der Joint Special Operations – und seine Äußerung kam nicht unerwartet.

Das hat ja nicht lange gedauert, dachte Webber.

Er blieb unbewegt auf seinem ledernen Drehstuhl mit hoher Lehne sitzen, ließ sich zu keiner Reaktion auf Masons Bemerkung hinreißen und tat so, als würde er sich in einem anderen Raum, auf einer anderen Sitzung befinden.

Webber hätte gelogen, wenn er behauptet hätte, dass er sich am Buffettisch vor Beginn der Sitzung nicht etwas unwohl gefühlt hatte. Es hatte keine Möglichkeit gegeben, es zu vermeiden, sich mit dem früheren JSOC-Kommandanten unterhalten zu müssen. Aber er wusste, dass er nicht der Einzige war, der nicht allzu viel von Bill Masons Führungsstil hielt und dem beim Gedanken an Small Talk mit dem ehemaligen Dreisterne-General der Navy etwas mulmig zumute war.

Was ihn an diesem Morgen noch mehr unter Druck setzte, war die Tatsache, dass der jetzige Botschafter und General a. D. Mason eine persönliche Abneigung gegen einen gewissen Delta Force Major Kolt »Racer« Raynor hegte, was mindestens einem Dutzend Männern in diesem Raum bekannt war.

»Webber«, sprach General Swacklion ihn an. »Sehen Sie einen Grund, noch weiterzumachen? Major Shents scheint mir eine Sechs plus auf der Bewertungsskala zu sein.«

Webber antwortete mit großer Vorsicht, weil ihm bewusst war, wie angespannt Swacklion und Admiral Mason waren. Er fuhr damit fort, über Shents' bisherige Aufträge, seine Auszeichnungen und Orden in dessen ORB zu lesen. Aber das war nur Show – er kannte die Akte in- und auswendig.

Er erinnerte sich, dass Shents vor Jahren einmal Potenzial gehabt hatte, doch der Major war mit der Zeit weich geworden, hatte leichte Aufträge ausgeführt und einiges von seinem Schneid verloren – manche sagten sogar, er sei Kämpfen aus dem Weg gegangen. Sicher, Shents war ein guter Mann, er war nur keine gute Wahl für die Aufgaben, um die es hier ging.

Eine Sechs plus? Ich hätte ihm eher eine knappe Drei gegeben – gerade noch geeignet.

»Sir, er ist sicher ein ausgezeichneter Kandidat«, erwiderte Webber, um Zeit zu gewinnen. Aber er wusste, dass nur ein einziger Kommandoposten zu vergeben war und es nur zwei weitere Kandidaten gab, darunter der unwahrscheinlichste – Raynor. Natürlich hatte er einen klaren Favoriten, konnte es sich jedoch nicht anmerken lassen, weil er befürchtete, man würde ihn sonst für voreingenommen halten.

Leider würde für zwei der drei bei dieser Ausschusssitzung beurteilten Delta-Offiziere die Zeit bei der Delta Force vorbei sein. Der Ausschuss war in Militärkreisen als »Jury für den Todestrakt« bekannt, denn wenn man hier nicht ausgewählt wurde, landete man wieder mit seinem echten Namen auf der Personalliste von Army oder Navy, sichtbar für alle. Ein Special Operator wurde wieder zum Kommandanten eines gewöhnlichen Bataillons, bekam einen Ausbilderposten in einer der vielen Militärschulen, vielleicht sogar einen Schreibtischposten im Pentagon.

Webber warf Hank Yost einen Blick zu und schob seine Brille zur Nasenspitze hinunter. Yost bemerkte die Geste.

»Herr Präsident, Major Shents ist sicherlich qualifiziert«, sagte der SEAL-Kommandant, »aber ich empfehle, zunächst die anderen beiden Kandidaten in Betracht zu ziehen, bevor wir zur Abstimmung kommen.«

Admiral Bill Mason reagierte schnell. »Qualifiziert, Hank? Ich würde eher sagen, er war einer der drei Jahrgangsbesten in West Point und hat das Command and General Staff College in Leavenworth mit Auszeichnung abgeschlossen, was ihn zum klaren Favoriten macht.«

»Ja, Sir, nichts gegen Major She…«

Mason las weiter aus der Akte vor und unterbrach den Navy SEAL, ohne ihn auch nur eines Blicks zu würdigen. »Absolvent der School of Advanced Military Studies, Auszeichnung mit dem Saber Award für die beste Monografie für seine Arbeit *Billigkeit und Effizienz konventioneller Militäreinheiten in einem sich verändernden globalen Zusammenhang*. Dazu zwei Jahre im Joint Staff.«

Webber biss sich auf die Zunge. Er würde Raynor keinen Gefallen tun, wenn er sich jetzt auf ein Duell mit Mason einließ. Dieser Ausschuss war einzigartig innerhalb des Militärs. Auch wenn die Kandidaten bereits gründlich überprüft worden waren, wurden die Mitglieder hier im Unterschied zu anderen Ausschüssen ermutigt, offen zu diskutieren und ihr persönliches Wissen aus erster Hand in den Abstimmungsprozess einzubringen.

»Sir, ich denke, wir alle erkennen Major Shents' außerordentlichen militärischen Lebenslauf und seine Erfolge auf dem nordamerikanischen Kontinent im Verlauf der letzten drei, vier Kriegsjahre an.« Yost versuchte, den Sarkasmus seiner Entgegnung nicht zu offensichtlich erscheinen zu lassen.

Webber schob seine Brille wieder hoch und widmete sich der Akte. Er gab sich Mühe, kein allzu großes Interesse an dem verbalen Schlagabtausch zwischen Mason und Yost zu zeigen.

»Meine Herren, ich stimme Ihnen zu – wir sind hier, um zunächst allen Nominierten die gebührende Aufmerksamkeit zukommen zu lassen, bevor wir entscheiden«, sagte General Swacklion und erinnerte damit alle subtil daran, dass er der Präsident des Ausschusses war.

Webber sah, wie Swacklion eine zweite Akte öffnete und ein weiteres offizielles Foto und einen Lebenslauf herausnahm. Er legte sie auf dem Tisch vor sich zurecht und beugte sich mit der Lupe darüber.

»Hatte Major Raynor Schwierigkeiten, den Rest seiner Bänder zu finden, Webber?«, fragte der General ohne bemerkbare Anzeichen von Sarkasmus.

Da er nicht genau wusste, wie er auf diese Frage reagieren sollte, setzte Webber alles auf eine Karte. »Ich kann mich erinnern, dass es in unserer Organisation vor Kurzem ein paar Probleme mit der Garderobe gab, Sir.«

Das hat sich falsch angehört.

»Eine beachtliche Anzahl von Tapferkeitsmedaillen«, stellte Swacklion kopfschüttelnd fest. Er war offensichtlich beeindruckt. »Dagegen sieht ja selbst Audie Murphy blass aus.«

»Meine Herren, wir können eine so wichtige Entscheidung nicht an irgendwelchen tatsächlichen oder angeblichen Taten im Kampf festmachen«, bellte Mason und stand auf, damit ihn alle sehen konnten. »Dieser Entscheidungsprozess ist für die Nation zu wichtig.«

»Das wissen wir, Bill, beruhigen Sie sich, setzen Sie sich bitte«, entgegnete General Swacklion und hob am anderen Ende des Mahagonitischs die Hand.

»Habe ich das Eichenlaub richtig gezählt, Colonel Webber?«, fragte er dann und brachte das Gesicht näher zur Lupe. »Ich sehe hier sieben Purple Hearts.«

»Ich denke, es sind eigentlich acht, Sir«, erwiderte Webber.

Er trank schnell einen Schluck lauwarmen Kaffee, bevor er nach Raynors unbeschriftetem, manilafarbenem Aktenordner griff und Foto und Lebenslauf wieder hineinsteckte.

»Gottverdammt noch mal!«, rief Admiral Mason. »Bei allem Respekt, Herr Präsident – diese Akte bezeugt nur das grobe Naturell dieses Offiziers. Ich kann persönlich bezeugen, dass Major Raynor allein in den letzten vier bis fünf Jahren wiederholt den Gehorsam verweigert hat.«

»Verstehe, Bill«, entgegnete General Swacklion ruhig. »Möchten Sie über Ihre persönlichen Erfahrungen mit Major Raynor sprechen?«

»Raynor ist wohl kaum jemand, den wir ernsthaft in Erwägung ziehen sollten, wenn es darum geht, eine Delta-Säbelstaffel zu führen, gerade unter dem Gesichtspunkt der Verschmelzungspläne des Weißen Hauses.«

Webber warf Admiral Mason einen raschen Blick zu, in dem sich leichter Ekel spiegelte. Obwohl er im Ruhestand war, war Masons dichtes Haar stets perfekt frisiert. Keine der braunen Strähnen, die um die Ohren grau wurden, wirkte fehl am Platz. Masons Essgewohnheiten, die an seiner Entscheidung für Apfel-Beignets und Coca Cola mit Zucker am Buffettisch deutlich wurden, waren wahrscheinlich der Grund für die fünf, vielleicht auch sieben oder acht Kilogramm, die der ehemalige JSOC-Kommandant zugenommen hatte, seit Webber ihn zuletzt sah.

Ich wünschte, seine bescheuerte Fliege würde ihm den Hals abschnüren.

Über seine Brille hinweg sah Webber Lieutenant General Swacklion an. »Sir, Admiral Mason hat recht. Major Raynor ist ein wenig exzentrisch. Ich werde mich hier nicht hinstellen und leugnen, dass ich ihn das eine oder andere Mal dafür zurechtweisen musste. Aber ich habe Raynor gründlich beraten und kann allen hier versichern, dass er nicht noch einmal aus der Reihe tanzen wird.«

Tief in seinem Inneren wusste Webber, dass Kolt Raynor manchmal ein Sturkopf war und oft den Bogen überspannte. Aber Kerle wie Raynor machten die Welt zu einem sicheren Ort, und ihre Leistungen im Kampf sorgten dafür, dass Typen wie Mason Sterne am Kragen tragen konnten.

»Colonel Webber, ich muss zugeben, diese Akte hat schon etwas Befremdliches. Können Sie uns erklären, weshalb diesem Ausschuss Informationen vorenthalten werden, die zu einer gründlichen und vollständigen Beurteilung nötig sind?«, fragte Swacklion, der Webbers wenig überzeugenden Hinweis, Raynor habe seine Lektion gelernt, praktisch ignorierte.

»Informationen, Sir?« Webber sah von der Akte auf. »Da kann ich Ihnen nicht ganz folgen, Sir.«

Er beeilte sich, den stichwortartigen Lebenslauf wieder herauszusuchen.

»Nun, Colonel, fangen wir mit der exzessiven Bearbeitung von Raynors ORB an. Ist da nicht ein bisschen viel geschwärzt worden?«

»Äh, ja, Sir, wir waren vielleicht ein wenig übereifrig, was die Geheimhaltung betrifft«, räumte Webber ein. »Aber wie ich schon sagte: Das gehört zu den Dingen, die ihn einzigartig machen. Nur kann ich mich dazu im Rahmen dieser Runde vorerst nicht weiter äußern.«

»Ist das der Kerl, der vor einer Weile eine tödliche Strahlendosis abbekommen hat?«, erkundigte sich General Swacklion, während er rasch die übrigen Dokumente in Raynors Akte durchblätterte, offenbar auf der Suche nach weiteren Informationen. »Unten in Mississippi?«

»Sir, in Anbetracht der Teilnehmenden an dieser Sitzung ersuche ich Sie um eine Unterredung im kleineren Kreis. Ich werde auch im Büro des Justizministers anrufen müssen, um eine Autorisierung zu bekommen.« Webber versuchte, nicht arrogant zu wirken oder den Eindruck zu erwecken, dass er den Fragen des Ausschusspräsidenten auswich.

Marine General Swacklion fixierte ihn für einige lange, unbehagliche Sekunden. Webber hielt den Blickkontakt zum Ledernackengeneral aufrecht und versuchte, nicht zu blinzeln oder eingeschüchtert zu wirken. Egal wie viele Sterne dieser wie eine Bulldogge gebaute Marine am Kragen trug – Webber war sicher, dass er in gemischter Gesellschaft keine höchst geheimen Informationen preisgeben würde.

Der Präsident gab schließlich nach, wandte seinen frischen Marine-Corps-Bürstenschnitt von Webber ab und richtete den Blick auf den einzigen aktiven Navy SEAL im Raum.

»Captain Yost, Sie und dieser Raynor sind derselbe Jahrgang; scheint, als wäre er bei den Beförderungen übergangen worden.«

Webber spürte, dass der Marine versuchte, in seinem Halbbruder von der Navy einen Verbündeten zu gewinnen. Der Marinegeneral hatte recht: Raynor und Yost waren vor Jahren Offizierskollegen gewesen, aber Yost hatte weiter Karriere gemacht und war in den Rängen des Team Six rasch aufgestiegen. Kolt hingegen war dem Jack Daniel's verfallen, war das eine oder andere Mal rausgeflogen, hatte sich jeder formalen Schulung verweigert und sich horizontal statt vertikal durch die Dienstgrade bewegt, um so lange wie möglich im aktiven Dienst zu bleiben.

»Sir, Raynor und ich sind zusammen durch die dichten Wälder Bosniens gestapft und haben Kriegsverbrecher gejagt. Wir haben einige Vorstöße über den Fluss Drina gemacht, um ein paar Angeklagte des Kriegsgerichts in

Den Haag dingfest zu machen und sie zur Eagle Base bei Tuzla zu bringen. Wenn er ein besserer Schwimmer wäre, würde ich mal mit ihm an den Strand gehen. Wenn es einen gibt, für den ich heute bürgen kann, wie ich für einen meiner Froschmänner bürgen würde, ist es Kolt Raynor.«

Webber sah, wie Yost das Foto und die Papiere wieder in die Akte steckte und sie an den Rand des Tisches legte.

»Wir wissen Ihre Einblicke zu schätzen, Captain Yost«, gab General Swacklion zurück. »Es ist erfrischend zu hören, dass Ihre SEALs und die Männer von Colonel Webber zusammenarbeiten können, gerade angesichts der Tatsache, dass die Regierung den Wunsch hegt, ein einziges, tödliches Kommando aus ihnen zu machen.«

»Kein Problem, Sir«, erwiderte Yost.

Webber erschauerte. *Ein einziges, tödliches Kommando?*

Der Delta-Colonel knirschte mit den Zähnen. Er musste die Ruhe bewahren. General Swacklion redete nur so daher, so viel wusste Webber. Swacklion hatte keine Ahnung von der Komplexität beider Organisationen und wusste nicht, dass man schon oft versucht hatte, sie miteinander zu kombinieren – mit katastrophalen Folgen. Selbst Yost wusste, dass die zwei Einheiten das Yin und Yang der Terrorismusbekämpfung waren, die sich in Fähigkeiten und Einsatzbereitschaft in nichts nachstanden, jedoch wie Feuer und Benzin waren, wenn man sie zusammenbrachte.

»Tatsächlich scheint mir das ein gutes Zeichen für das Vorhaben des Präsidenten zu sein, Sie beide zusammenzubringen.« Swacklion zeigte mit zwei Fingern auf Webber und Yost. »Wie ich hörte, haben Sie kürzlich eine weitgehend erfolgreiche Übung zusammen durchgeführt.«

Webber nickte. Yost antwortete auf typische Navy-Art: »Sir, ja, Sir!«

»Übrigens, Captain Yost, tolle Leistung in Sotschi«, fügte Swacklion hinzu.

Du meine Güte, ein Lob für Six!

»Und, das hätte ich fast vergessen: diese entführte 767 über Indien letztes Jahr«, fuhr Swacklion fort. »Das war großartige Arbeit von Ihnen und Ihren Leuten.«

Webber spürte, wie seine Stirn heiß wurde. Erst Swacklions Bemerkungen über die vom Präsidenten geplante Zusammenlegung von Delta und Six, und jetzt gratulierte er Hank auch noch vor dem ganzen Ausschuss. Sicher, Yosts SEALs hatten zwei Angriffe auf fahrende Busse während der Olympischen Spiele in Russland durchgeführt und sieben tschetschenische Selbstmordattentäterinnen, die Schwarzen Witwen, aufgehalten, bevor diese das Olympische Dorf erreichen konnten. Aber, Herrgott, die SEALs hatten nichts mit dem entführten American-Airlines-Flieger in Indien zu tun. Dieses Problem hatten Kolt Raynor und die Delta Force gelöst.

Das gibt's doch nicht!

Webber war nicht unbedingt eifersüchtig; er war ein Teamplayer und stolz auf die SEALs, weil sie Leben gerettet hatten. Auch war er erfreut, dass die Regierung keine Informationen an die Öffentlichkeit weitergegeben hatte, um den russischen Präsidenten Wladimir Putin zu beschwichtigen. Aber seit den Ankündigungen dieses Anzugträgers vor einigen Minuten war Webber auch klar geworden, dass jedes Schulterklopfen, das das Team Six einheimste, einen empfindlichen Nachteil für Delta bedeutete. Und solche Dinge konnten ihm schlaflose Nächte bereiten.

»Bitte gratulieren Sie Ihren Leuten im Namen dieses Ausschusses«, bat Swacklion.

»Das werde ich, Sir«, erwiderte Yost. »Vielen Dank.«

Webber bemerkte, dass Yost diese Aufmerksamkeit ein wenig unangenehm war, vor allem in dieser gemischten Gesellschaft sowie im Licht des Vorhabens des Präsidenten.

»Bitte entschuldigen Sie die kleine Abschweifung, meine Herren. Kommen wir wieder zur Sache«, sagte Swacklion.

Und die Erledigung des Fassbombenschlächters zählt wohl nichts? Da scheiß ich drauf. Webber beschloss, für Raynor zu kämpfen!

»Um genau zu sein, Sir, dieses entführte Flugzeug in Indien …«

5

Kim-Il-sung-Platz, Pjöngjang, Nordkorea

»Würdest du den Hunden die Kehle hinhalten?«

»Ich würde auf ein Erschießungskommando hoffen«, antwortete Kang Pang Su, der 67-jährige stellvertretende Sekretär für Wissenschaft und Bildung der Koreanischen Arbeiterpartei, ohne die Mitte des Käfigs auch nur für eine Sekunde aus den Augen zu lassen. »Seine Beine geben nach.«

»So wie die deines Sohnes, Dae-Jung?«, fragte Pak Yong Chol, der ebenfalls still wie eine Statue dastand.

Kangs schmale Schultern sanken herab, als sein Sohn erwähnt wurde. Seine schweren Hände sanken ebenfalls einige Zentimeter tiefer, näher an den feuchten Betonbalkon. Es lag erst wenige Monate zurück, aber das Entsetzen über den Verlust erst seiner Enkelin, dann seines letzten Sohnes drohte ihn zu beugen. Er ließ seine Knie leicht nachgeben, damit das Blut ungehindert in seine unteren Extremitäten fließen konnte, und kämpfte gegen eine schreckliche Übelkeit an.

»Er hätte sich diesen Tag ersparen können«, sagte Pak Yong Chol. »Besser die Sache selbst in die Hand nehmen, solange man noch im Konzentrationslager ist.«

»Zu spät!«, gab Kang zurück, erleichtert, dass sein alter Freund nicht mehr über seinen Sohn sprach. »Könntest du dir das Leben nehmen?«

»Die Chuch'e-Religion verbietet es.« Pak sprach vom Kim-Il-sung-ismus, der Lehre, dass es keinen Gott außer Kim-Il-sung gab, dem ewigen Präsidenten des Landes. »Aber wenn ich ein Verräter des Mutterlands wäre, würde ich es mit Sicherheit tun, und dann wäre es ehrenhaft.«

Kang kniff im Sprühregen leicht die Augen zusammen und hoffte, dass die Dämonen sein bewusstes Denken zumindest so lange verlassen würden, dass er wenigstens eine Nacht ohne Albträume überstehen konnte. Ja, Kang Pang Su trug seinen Kopf noch auf den Schultern, mit dem zurückgegelten schwarzen Haar, das die von der Regierung vorgeschriebene Länge von fünf Zentimetern beinahe überschritt. Kaum Grau um die Ohren, keine Spur von Haarausfall. Er fragte sich, wie es sich anfühlte. Wie es wäre, den Kopf zu verlieren. Wie grauenhaft es wäre, als langjähriger Handlanger der Central Intelligence

Agency der amerikanischen, imperialistischen Bastarde enttarnt zu werden.

Sie waren von den besten Sicherheitsleuten des Geliebten Führers umgeben, deren dunkle, verschlagene Augen unter den olivbraunen Uniformmützen mit flacher Krempe, die wie Eishockeypucks geformt waren, hervorstarrten und berühmt dafür waren, verdächtiges Verhalten oder Zeichen der Kollaboration mit Schuldigen zu entdecken. Kang und Pak standen reglos nebeneinander. Ihr Verhalten war nichts Ungewöhnliches auf dem Kim-Il-sung-Platz, wo die Parteifunktionäre, vor allem bei öffentlichen Hinrichtungen, großen Wert darauf legten, nicht aufzufallen.

Nein, durchaus nichts Ungewöhnliches, denn Kang war klar, dass eine einzige Nachlässigkeit in seiner Körpersprache, und sei sie noch so unschuldig, dazu führen konnte, dass die Geheimpolizei ihn blitzschnell aus der Menge schleppte und in die Verliese schaffte. Das war in den letzten Jahren schon einigen anderen passiert. Es schien besonders oft an bewölkten, grauen Tagen zu geschehen, zumindest in den letzten drei Jahren. Und manchmal war nicht mehr nötig als ein Nicken eines wachsamen Nebenmannes, und schon war ein Landsmann auf dem Weg ins Konzentrationslager.

Nein, Kang wagte keine falsche Bewegung. Er bekämpfte den Drang, den Blick zu den Gummigaloschen zu senken, die seine sauer verdienten Lederschuhe vor den Wasserpfützen und dem leichten Nebel schützten, weil er befürchtete, dass sein Spiegelbild ihn anschreien und ihm seine wahren Empfindungen enthüllen würde. Oder, noch schlimmer: Sein Spiegelbild könnte Pak Yong Chol zuzwinkern, dem hartgesottensten Mitglied der Parteispitze scheinbar ein jahrhundertealtes Signal geben, womit Kang sich die Daumenschrauben ansetzen, sich in Erklärungsnot bringen würde. Wenn irgendjemand Kangs drei Jahrzehnte währendes Leben als Spitzel in der Demokratischen Volksrepublik Korea beenden konnte, war es der fanatische, dickbäuchige Pak Yong Chol.

»Diese Zeiten liegen hinter uns, Kang«, sagte Pak. »Du weißt, dass für die Verteidiger unserer Heimat jede Kugel zählt.«

»Die Hunde sind immer hungriger als das Volk«, bemerkte Kang, der sorgfältig auf das Heben und Senken seiner Brust unter seinem weißen Hemd mit Kragen, der metallisch grauen Krawatte und dem mattschwarzen Anzug aus Vinalon achtete, einem steifen, glänzenden Material, das es nur in Nordkorea gab. Er behielt die Arme ausgestreckt und gerade an den Seiten, die Finger, dick wie Zigarren, auf natürliche Weise gekrümmt und doch kontrolliert an der Saumkante seiner dunklen Anzughose.

»Ich frage mich, wie lange das Volk diese Hunde noch am Leben lässt, bevor es sie mit Reis und Algen kocht«, flüsterte Pak.

»Wenn ihre Bäuche voll sind, vielleicht einen Tag oder zwei«, gab Kang zurück.

Er war klug genug, seinen Freund sein Grinsen nicht sehen zu lassen. Er warf nicht einmal einen Blick in Paks Richtung. Seine Augen blieben auf die Mitte des Käfigs gerichtet, auf die Metallstange, die man dort mit einem Vorschlaghammer einen Meter tief in die harte Erde gerammt hatte, bevor der Regen kam. Kangs Blick glitt die 16 Millimeter starke Kette entlang, gut drei Meter rostigen Stahls, der in einem Bogen nach oben führte und sich schließlich um die knochigen Handgelenke eines fast nackten Mannes wand. Weißliche Boxershorts ließen ihm kurz vor dem sicheren Tod noch einen letzten Rest Würde.

Nachdem es den halben Tag lang heftig, zeitweilig horizontal, geregnet hatte, hatte der Regen nun genug nachgelassen, dass man mit der Tagesordnung fortfahren konnte. In weniger als einer Stunde – gerade genug Zeit, um die rot-weißen PdAK-Flaggen und Banner zu entfalten und zu hissen, damit sie hoch über dem Kim-Il-sung-Platz im Zentrum Pjöngjangs wehten – würden die hochrangigen Teilnehmer und Sicherheitskräfte ihre Logenplätze für die Show einnehmen können. Sie würden einen guten Blick auf die großen blutroten und blauen Banner haben, jedes mit einem großen roten Stern mittig links in einem weißen Kreis – die Flagge des kommunistischen Nordkorea. Das eigentliche Publikum, von dem die Regierungsbeamten wirklich wollten, dass es Zeuge der Exekution eines Parteiverräters wurde, war weniger die Parteispitze, die sich hier ein kurzes Stück östlich des Flusses Taedong versammelt hatte, sondern die Hunderttausenden Bürger, die sich an diesem Tag aus den Feldern und Fabriken zum Platz geschleppt hatten.

»Hast du irgendeinen Grund zur Sorge?«, fragte Pak.

Ich? Warum ich? Was weiß Pak?

Für einen Moment erstarrte Kang und fühlte, wie er die weichen Knie durchdrückte und die Blutzufuhr zu den dicken Füßen praktisch abschnürte, die er brauchen würde, um vor dem brutalen Griff der Geheimpolizei davonzurennen. Und Kang wusste, dass er kein schneller Läufer war – seine Plattfüße hatten seine Eltern ihm vererbt. Ja, er hatte über die Jahre hinweg auf sein Gewicht geachtet, war durch alle Jahreszeiten schlank und fit geblieben, wodurch er eher den Arbeitern als den beleibten Parteimitgliedern glich – aber das würde nicht genügen.

Wenn man ihn verdächtigte, würde er nicht einmal den von Pfützen übersäten Balkon verlassen können, bevor ihn Kim Jong-uns Handlanger packten.

Nein, Kang wusste, dass er in all diesen Jahren vorsichtig, sehr vorsichtig gewesen war. Zugegeben, er und Pak standen sich nicht mehr so nahe, wie es in den glorreichen Jahren der Fall gewesen war, als sie sich eine Kabine im gepanzerten Zug des Präsidenten geteilt und die Schienenstrecken in alle Teile Chinas, Russlands und Nordkoreas bereist hatten. Aber bei offiziellen Parteiversammlungen hatte er nie auch nur für ein Stirnrunzeln oder eine hochgezogene Augenbraue gesorgt.

Kang Pang Su war immer auf dem schmalen Grat der Parteilinie gewandert.

Aber was war mit den Ausflügen nach Sonch'on, dem Ort seiner Kindheit? Hatte er es in den letzten zwei Monaten übertrieben, indem er Urlaub nahm, vorgeblich um sich um das Hab und Gut seiner Eltern zu kümmern und das Haus zum Verkauf vorzubereiten? Was war mit dem Schmuggel der elektronischen Kleinteile? Die drei Ausflüge erregten vielleicht nicht allzu viel Verdacht, aber was war mit den von Natur aus neugierigen Einheimischen? Hatten die Arbeiter oder Passanten irgendetwas Ungewöhnliches bemerkt? Hatten sie die Maschine in seinem Wohnzimmer sprechen gehört? Waren ihnen die neuen Drähte aufgefallen, die vom Ziegeldach zum Strommast in der Nähe verliefen? Oder die Antenne?

Nein, Kang war zu Hause ebenso vorsichtig gewesen wie bei seiner Arbeit in Pjöngjang. Und obwohl er nie Geld angenommen hatte, weil es unmöglich gewesen wäre, das vor der Obrigkeit geheim zu halten, war er doch sicher kein blutiger Anfänger mehr.

Seit drei Jahrzehnten hatte er sein Geheimnis nun bewahrt. Sicher, es war fast 20 Jahre her, seit Kang der CIA ein Staatsgeheimnis mitgeteilt hatte. Es war am Ende des Kalten Kriegs gewesen, als er ihnen geheime Informationen übermittelt hatte, die chinesische Wissenschaftler einer Lüge über den amerikanischen Einsatz von Biowaffen während des Koreakriegs überführten. Damals war es ein großes Thema gewesen, aber seitdem war nicht mehr viel darüber gesprochen worden, und Kang hoffte, dass es dabei blieb.

Es war ein klar geregeltes Verhältnis. Der geheimnisvolle CIA-Mann mit der dunklen Haut, der aus dem Nahen Osten oder vielleicht aus Lateinamerika stammte, würde Kang nicht unter Druck setzen. Nein, Kang würde nur Kontakt aufnehmen, wenn sein Herz es ihm sagte. Die CIA betrachtete Kang Pang Su nie als ihren internationalen Spion des Jahres, der ihnen eine Schatzkiste voller Nationalgeheimnisse brachte – denn im Grunde hatte Kang ihnen gar nichts geliefert.

Kang war sicher, dass er heute nicht davonlaufen musste. Aber er musste Paks Frage beantworten.

»Meine Loyalität galt immer dem ewigen Präsidenten unserer Republik, Kim Il Sung.«

»Und seinem Enkel?«, setzte Pak nach. »Kim Jong-un?«

Kangs Magen verkrampfte sich, während er zusah, wie General Ri Myong Suk, an dessen ausgemergeltem Leib kaum noch ein Gramm Körperfett sichtbar war, mit aller Kraft an den Handschellen riss, mit denen man ihm die Hände auf den Rücken gefesselt hatte. Ri hatte sich vom wilden Lärm abgewandt, den das Dutzend tobender, halb verhungerter Hunde verursachte, die sich in den Metallkäfigen nur 13, 14 Meter entfernt die Lefzen leckten – als ob er seinen Schmerz mindern könnte, indem er sich abwandte, wenn die tollwütigen Schnauzen und rasiermesserscharfen Krallen kamen. Vielleicht hatte Ri aber auch jeden Realitätssinn verloren und glaubte immer noch, überleben zu können.

Nachdem Pak vor mehr als einem Jahr mit dem Finger auf ihn gezeigt hatte und er vor einigen Monaten aus seiner Stellung als Sicherheitsminister für die Koreanische Arbeiterpartei entfernt worden war, musste General Ri klar sein, dass es kein Entkommen gab. Man würde seine Exekution nicht aufschieben. Präsident Kim Jong-un würde nicht noch einmal umdenken, was den alten Onkel Ri betraf – wie der dickliche, kleine Kim ihn genannt hatte, wenn er früher auf dem Knie des Generals gesessen hatte, als dieser noch mit -uns Vater, Präsident Kim Jong-il, auf gutem Fuß gestanden hatte.

Sobald die Käfigwärter am Seil zogen und die drei Metalltore hoben, würde sich das vor Kurzem in Ungnade gefallene Mitglied der Parteispitze, das auch eine enge Verbindung zu Jang Song Thaek hatte, am Ende der Kette auf das Schlimmste vorbereiten. Da der Mann mit dem von Altersflecken übersäten Rücken zu den angreifenden Hunden stand, blieb ihm nur noch eins übrig: Er musste den Tieren seine Kehle darbieten, in der Hoffnung auf einen schnellen Tod.

General Ri war den anderen Opfern der groß angelegten Säuberungsaktion unter Parteifunktionären mit Verbindung zu Jang und der Kim-Jong-il-Ära nicht unähnlich. Sie alle waren ein Teil der politischen Kultur Nordkoreas gewesen. Man hatte sie ausgestoßen, damit

Kim Jong-un seine Befehlsgewalt in militärischen Angelegenheiten festigen konnte. Wie alle anderen Parteimitglieder waren Kang und Pak froh, nicht auf dieser Liste zu stehen.

Aber Angehörige der Parteiführung wie Kang und Pak wussten sehr genau, dass es bei Säuberungsaktionen in Pjöngjang manchmal vor allem darum ging, die Verdächtigen aus der Deckung ins Freie zu locken. Kang fragte sich jetzt, ob Pak gerade genau das tat – ob er ihm Angst einjagen wollte, damit er seine außerordentliche Abneigung gegen den jungen, extravaganten Parteiführer Kim Jong-un offenbarte. Die neuesten Beschlüsse des kleinen dicken 32-Jährigen zum Bereitmachen nuklearer Minisprengköpfe sowie die Pläne der Partei, endlich Rache am großen Strippenzieher, den Vereinigten Staaten, zu nehmen und die Völker Koreas wieder zu vereinen, gefielen Kang ganz und gar nicht.

Gerade als Kang sich eine Antwort für Pak zurechtgelegt und sich dazu entschieden hatte, ihm glatt ins Gesicht zu lügen, ertönte ohne Vorwarnung schallende Musik. Knisternd drang *Kein Mutterland ohne dich* aus den großen Lautsprechern, die den Platz umgaben, das Lied über den verstorbenen Kim Jong-il, den Mann, der bei seinem Tod seinem Sohn Kim Jong-un den Schlüssel zum Eremitenkönigreich Nordkorea übergeben hatte. Die Bauern und Arbeiter, die dicht an dicht standen und wie dicke Bücher in den Regalen einer Bücherei die weiß gestrichenen Bürgersteige säumten, begannen hinter der Reihe der hohen Bäume mit weiß gestrichenen Stämmen zu singen. Die Regierung hatte die Bäume markiert und es verboten, sie in dringend benötigtes Feuerholz zu verwandeln.

»TOD DEM VERRÄTER UND KOLLABORATEUR, DIESEM HUND!«

Kang hörte nicht, wie die Rollen des Flaschenzugs sich drehten – das Geräusch ging in der Musik und den Rufen unter, als die metallenen Käfigtore sich weniger als 30 Zentimeter vom Boden hoben. Das Rudel tollwütiger Hunde brachte sich in Position; sie senkten die Köpfe, um sich unter den Toren hindurchzuzwängen. Sie gruben die Vorderpfoten in den Schlamm, scharrten und kratzten, um den Rest ihrer dürren Körper aus den Käfigen zu befreien, die Augen fest auf den Leckerbissen in der Mitte gerichtet.

Kang konnte die Energie noch auf dem Balkon spüren. Er hatte schon oft hier gestanden, und bei jeder Exekution, eine abscheulicher und schrecklicher als die andere, hatte er über die Wirkung gestaunt, die eine solche Tötung auf die menschliche Psyche hatte. Kugeln kosteten viel Geld. Aber der Anblick, wie ein wilder Hund einen Mann in Stücke riss, der einmal auf demselben Balkon gestanden hatte, auf dem Kang und Pak jetzt standen, einen hochrangigen Parteifunktionär, der mit einem Fingerschnippen jeden Bauern in der Menge hatte vernichten können – das war unbezahlbare Propaganda. Die Leute redeten darüber.

Als die ersten schlaksigen Hunde die Käfige verließen, schaltete jemand die Musik ab und gab der singenden Menge damit das Zeichen zu verstummen – als hätte ein Riese sich den Zeigefinger an die Lippen gehalten oder diesen in einer drohenden Geste quer über seine Kehle gezogen.

General Ri drehte den Kopf und sah die ersten drei Hunde, einer braun mit weißen Flecken, zwei dunkler und einfarbig. Sie legten die 13, 14 Meter schnell wie Windhunde zurück. Ris Augen weiteten sich – hätte er ohne Kapuze einem Erschießungskommando gegenübergestanden, wären sie vermutlich nicht einmal halb so groß geworden.

Kang sah wieder zur sich nähernden Meute. Sieben oder acht Vierbeiner hatten nun ihre Käfige verlassen, und ihre Pfoten wirbelten den Schlamm auf, während sie über den rutschigen Boden hetzten. In ihren Augen war ein tödliches Funkeln.

Die beiden Hunde mit dem dunklen Fell glichen ihre Geschwindigkeiten an und sprangen weniger als zwei Meter vor der Metallstange wie Affen hoch in die Luft. Einer prallte gegen Ris rechte Schulter und fiel seitlich in den Schlamm, als der General zurückzuckte. Der andere schlug die Zähne in Ris linken Trizeps und riss ihn mit einem Biss fast vollständig heraus, wobei er sich mit allen vier Pfoten an Ris nacktem Rücken festkrallte, um nicht abzurutschen. Der Hund schüttelte wild den Kopf hin und her und riss ein großes Stück Fleisch von Ris Armknochen. Der andere, der sich wieder aufgerappelt hatte, versenkte seine Zähne in Ris schmale Seite, gleich unterhalb des Brustkorbs.

Kang versuchte, nicht auf Ris Schreie zu achten – schaurige, schreckliche Laute des Schocks und des bevorstehenden Todes, die, wie er sicher war, mit Leichtigkeit über den Taedong nach Südostchina sowie zur entmilitarisierten Zone und zur Grenze nach Südkorea dringen würden. Aber wenn Kang sein desinteressiertes, statuenähnliches Verhalten abgelegt und sich die Ohren zugehalten hätte, hätte er sich damit wahrscheinlich zu einem ähnlichen Schicksal verurteilt. Pak ließ sich nichts anmerken; Kang tat es ihm nach.

Alle zwölf Hunde kämpften jetzt um das Fleisch und stillten ihren unersättlichen Appetit. Die letzten schwachen Schreie von General Ri, dem Verräter des Mutterlandes, gingen beinahe im Schlürfen und Schmatzen unter, mit dem große Knochen und Fleischstücke zermahlen wurden. Hier machten sich ein paar Tiere über ein blutiges Stück eines Arms her, dort kämpften sie um eine Hand. Zwei Hunde lieferten sich in der Nähe des Metallpfahls einen Kleinkrieg um einen Unterschenkel. Das Blut vermischte sich mit dem Schlamm und verwandelte dessen Farbe in ein dunkles Braun.

Pak sprach zuerst und brach damit Kangs scheinbare Trance, in der er auf die Überreste seines früheren Kollegen General Ri starrte. »Es wäre ehrenhafter gewesen, wenn der Verschwörer den Hunden den Hals hingehalten hätte, statt ihn einzuziehen.«

»Ein saubererer Tod, ja«, stimmte Kang zu, während die Parteimitglieder auf dem Balkon begannen, sich wieder zu regen, da das Spektakel beendet war. »Weniger Leid.«

»Ich werde nicht ruhen, bis ich alle Verräter entlarvt habe«, sagte Pak. »Das ist meine Pflicht.«

Kangs Magen zog sich zusammen und sein Herz hämmerte. Nervös und eingeschüchtert sah er auf seine Armbanduhr, als hätte er einen dringenden Termin. Das kleine Bild von Diktator Kim Il Sung auf dem Ziffernblatt erinnerte ihn daran, was er zu tun hatte.

»Ich muss auch meine Pflicht erfüllen«, sagte Kang.

Kolt Raynor hob den dunkelgrünen Kaliber-50-Munitionskanister ein paar Zentimeter vom Fliesenboden, um anhand des Gewichts einzuschätzen, wie viele Patronen er noch übrig hatte; dann stellte er ihn auf den Boden zurück. Er klappte den Deckel hoch, um sich davon zu überzeugen, dass der Inhalt zur gelben Beschriftung passte, die 5,56-Millimeter-Patronen versprach, und sah einen losen Haufen von fast 1000 auf Hochglanz polierten Messing- und Kupferpatronen. Er schloss den Deckel wieder.

Als Nächstes wandte Kolt sich seinem HK416 zu, öffnete das Batteriefach seines EOTech-Tageslichtvisiers sowie seines neuen ATPIAL/LA-5 High Power Advanced Target Pointer Illuminator Aiming Lasers und ersetzte die alten Batterien durch frische. Dann zog er sein PSQ-36-Fusion-Goggle-System, der letzte Schrei, was kombinierte Nachtsicht- und Wärmebildbrillen betraf, von seinem Ops-Core-Helm und tauschte auch hier die Batterien aus, um sicherzugehen, dass er gut auf seine nächtliche Schießübung auf Stand 19C vorbereitet war.

Er schloss den Tresor des Teamraums ab, zog seine Multicam-Uniformjacke an und machte sich auf den Weg in die Staffelbar. Dort öffnete er den großen Kühlschrank und schob die verschiedenen einheimischen und ausländischen Biersorten zur Seite, um die halb gefrorenen Speisen weiter hinten zu erreichen, schnappte sich ein Red Bull aus dem Türfach und ging zur Mikrowelle.

Drei Minuten später schlang Kolt den Truthahn mit Brokkoli in einem halben Dutzend Bissen hinunter, kippte den letzten Rest des Energydrinks hinterher und brach zur ›Wirbelsäule‹ auf, wo sich die Cafeteria der Einheit befand. Er kam zu spät zum informellen Treffen, wie immer, aber zum Schießen war es für seinen Geschmack immer noch nicht dunkel genug, und er wusste, dass Webber es missbilligen würde, wenn er sich nicht blicken ließ.

Kolt betrat die Cafeteria, handelte sich von einigen Kameraden ein paar grimmige Blicke für seine Verspätung ein und entdeckte Slapshot und Digger beim Bierfass. Auf dem Weg zu ihnen schüttelte er einigen früheren Operators die Hand, die für die alljährliche Zusammenkunft wieder in die Stadt gekommen waren, und nickte ein paar weiteren zu, im Wissen, dass er bald dazu kommen würde, zu ihnen zu gehen und Hallo zu sagen.

Es gab nur Stehplätze, und der Raum war vollgestopft mit Alphamännchen, die entweder Zivilkleidung oder Uniformen trugen. Es waren gegenwärtige und frühere Operators sowie Hilfspersonal. In der Nähe des hinteren Fensters entdeckte Kolt die professionell gestylte Frisur von Webbers Ehefrau. Als sie Kolt entdeckte, winkte sie ihn zu sich heran, als wäre er ein Taxifahrer am Times Square.

Kolt zuckte zusammen. *Mist!*

Für gewöhnlich war dieser Anlass nur für Mitglieder der Einheit bestimmt, nicht unbedingt für ihre besseren Hälften. Aber vor einigen Jahren, als Webber das Kommando übernahm, hatten alle erfahren, dass seine Frau nicht nur gerne gegen Regeln verstieß, sich selbst zu Partys einlud und mit dem Dienstgrad ihres Mannes angab – sie kippte auch gerne mehr Alkohol in den Punsch und schaute zu tief ins Bierfass.

»Wir hatten uns schon gefragt, ob Sie uns je mit Ihrer Anwesenheit beehren würden, Kolt«, lallte Mrs. Webber und hielt sich an Kolts linkem Arm fest, während sie versuchte, mit ihren High Heels das Gleichgewicht zu halten.

»Ja, Ma'am«, erwiderte Kolt und atmete ihre Fahne ein, die nach gut gealtertem Cocktail roch. Dann half er ihr, um sie davon abzuhalten, auf den Boden zu fallen und eine Szene zu machen.

»Ich erwarte Sie wieder beim Picknick dieses Jahr«, sagte sie. »Die Kinder lieben immer den Pool, und Sie sind mein bester Rettungsschwimmer.«

»Äh, ja, Ma'am«, erwiderte Kolt und hielt sie zum zweiten Mal vom Stolpern ab. Er fragte sich, wie er diese Aufgabe dieses Jahr an irgendeinen anderen Trottel delegieren könnte.

Hinter sich hörte Kolt Colonel Webbers Stimme: »Lilian, Schatz, würdest du uns entschuldigen? Ich muss mal einen Augenblick mit Major Raynor sprechen.«

Mrs. Webber packte den Colonel am Arm und redete auf ihn ein. »Sei doch nicht so ernst, Jeremy, es ist doch schon Feierabend.« Sie fiel praktisch auf ihn, bevor sie sich von ihm löste und sich der nächsten Gruppe sich unterhaltender Operators zuwandte.

Webber grinste, sah Kolt an und zuckte die Achseln, als ob er sagen wollte: *Frauen!*

Kolt war nicht sicher, ob Webber mit niederschmetternden oder aufmunternden Nachrichten zu ihm kam. Es war nicht die Schuld des Delta-Teams gewesen, dass sie bei der Übung im letzten Monat in den Atlantik gestürzt waren.

Was seine Übernahme von Gangsters Mission in Syrien und die Tötung des Schlächters betraf – das war etwas anderes. Ja, ein gesuchter Kriegsverbrecher war tot – aber würden ihn die Männer in den höheren Positionen dafür belohnen oder ihn für eine weitere »irreguläre Aktion« bestrafen?

»Die Ergebnisse des SMU-Ausschusses sind da«, eröffnete ihm Webber.

Kolt nickte. *Jetzt kommt's.*

»Glückwunsch – Sie übernehmen eine Säbelstaffel.«

Kolt war darauf vorbereitet zu antworten: *Schön, die können mich sowieso mal.* Daher fühlte er sich regelrecht überrumpelt, als er erfuhr, dass man ihn ausgewählt hatte.

»Hab ich richtig gehört, Sir? Eine Säbelstaffel?«

»Niemanden überrascht das mehr als mich, vielleicht abgesehen von Mason. Aber Sie kriegen sie, ja.«

Kolt konnte sich Admiral Masons Überraschung vorstellen. *Das Arschloch kriegt wahrscheinlich gerade einen Herzinfarkt.* Er grinste.

»Ich nehme an, Sie hatten da Ihre Finger im Spiel«, sagte er. Er wusste, dass sein Lebenslauf zu wünschen übrig ließ – aber das hatte man davon, wenn man sich die Finger so oft schmutzig machte, wie er es getan hatte.

Webber zuckte die Achseln. »Der Blödsinn mit den Fotos war ein bisschen heftig – aber ich konnte dem Ausschuss dabei helfen, über einige Ihrer Ecken und Kanten hinwegzusehen.«

Kolt nickte. »Das war sicher nicht leicht. Danke, Sir.«

Webbers Lächeln verschwand. »Ihre Staffel wurde gerade in die Ukraine entsandt.«

Kolt blinzelte. Er wusste von der Entsendung, kannte jedoch den Grund dafür nicht.

»Die CIA hat Marzban Tehrani im Visier«, fuhr Webber fort. »Die Informationen scheinen verlässlich zu sein. Sie sagen, auch die beiden iranischen Wissenschaftler sind bei ihm.«

Kolt schüttelte den Kopf. Wenn iranische Wissenschaftler sich mit einem Terroristen wie Tehrani in der Ukraine aufhielten, konnte das nichts Gutes bedeuten.

»Warten Sie mal, meine Staffel?«, fragte Kolt. »Die Bereitschaftsstaffel? Noble Squadron? Das ist doch Gangsters Kommando.«

Webber sah Kolt in die Augen und hielt inne. »Das war mal Gangsters Staffel. Sie sind der neue Noble Zero-One.«

»Er hat sein Kommando verloren? Scheiße, Sir, ist das wegen Syrien?«, erkundigte sich Kolt. Es war die eine Sache, wenn ein Truppenkommandeur in Kriegszeiten ausgetauscht wurde, aber bei einem Staffelkommandanten war das ganz und gar unüblich.

»War nicht Ihre Entscheidung, also machen Sie sich keine Gedanken«, sagte Webber.

»Hören Sie, wir sind zwar in die Scheiße getappt, aber am Ende haben wir die Mission erfüllt«, gab Kolt zu bedenken.

Webber zögerte, bevor er weitersprach. Als er es tat, senkte er die Stimme. »Kolt, eine schlechte Nachricht wird mit der Zeit nicht besser. Die meisten im Gebäude wissen mittlerweile Bescheid, aber Nobles komplette Kommandokette ist von ihren Pflichten entbunden worden.«

Kolt pfiff leise. »Worum zum Teufel geht's da?«

»Um Syrien. Den Angriff auf den Schlächter. Diese vier Männer waren unschuldig. Die Informationen der CIA waren falsch. Aber das war nicht das erste Mal.«

Kolt nickte.

»Ich hab mich schon gefragt, warum bei der Nachbesprechung niemand was über den Angriff auf das Haus gesagt hat.«

»Es war das falsche Zielgebäude. Die Infos des CIA-Agenten waren fehlerhaft, und man hat dort keine Waffen gefunden.«

Kolt schüttelte den Kopf und rieb sich mit der Hand darüber.

Schallendes Gelächter, gefolgt von Gebrüll, führte dazu, dass sie sich umdrehten. Lilian Webber unterhielt gerade mehrere Operators, die sie umgaben, mit einer Geschichte, die sie offenbar sehr erheiterte.

Webber verdrehte die Augen. »Wie ich schon sagte, das Zielgebäude war falsch. Deshalb haben Sie, trotz Ihres charmanten Mangels an Anpassung, das Kommando erhalten.« Webber sprach wieder lauter. »Ihre Instinkte waren auf Zack bei dieser Mission. Die Kultur der Noble Squadron ist in den letzten paar Jahren immer schlechter geworden. Das muss sich ändern.«

»Womit werde ich es als Gangsters Nachfolger denn zu tun kriegen?« Plötzlich fand Kolt die Aussicht, eine Säbelstaffel anzuführen, nicht mehr so verlockend.

»Kolt, es sieht nicht gut aus; ich will Ihnen das Kommando nicht erteilen, ohne Sie über das ganze Ausmaß des Problems zu informieren. Die ganze Staffel neigte zu grenzwertigem Töten, hat Zielpersonen Gold und Bargeld abgenommen und Vandalismus verübt. Gangster hat demjenigen, der die meisten Kills in einem Einsatzzyklus hatte, Geld dafür angeboten.«

Jede Sympathie, die Kolt für Gangster vielleicht noch gehabt hatte, löste sich in Luft auf. »Diese verdammten Gauner.« Er schüttelte den Kopf. »Wie? Wie konnten die durch den Auswahlprozess kommen? Der ist doch dazu da, solche Typen auszusortieren.«

»Das kann ich Ihnen nicht beantworten, Kolt. Ich wünschte, ich könnte, aber ich kann nicht. Aber ich weiß, dass wir schon lange im Krieg sind. Das ist keine Entschuldigung, nur eine Tatsache.«

Kolt atmete tief durch. »Ich bin nicht sicher, ob ich der richtige Mann dafür bin, Sir.«

»Ich verstehe Ihr Zögern, Kolt, das ist ganz natürlich. Ich habe viel darüber nachgedacht. Letzten Endes brauchen wir Sie, um dieses Problem zu beseitigen. Sie haben mehr Einsätze auf dem Buckel als die meisten anderen hier. Wenn irgendjemand die Hässlichkeit des Kriegs kennt, dann Sie.«

»Noble hat mehr Operators verloren als jede andere Staffel, aber das hier ist was ganz anderes«, sagte Kolt. »Dabei geht's nicht darum, Zielpersonen auszuschalten – es geht um Integrität und um einen Mangel an Respekt vor der Menschlichkeit.«

»Hören Sie, Kolt, ich kann Sie nicht zwingen, das Kommando zu übernehmen, aber ich habe mich vor dem SMU-Ausschuss für Sie eingesetzt, genau wie Captain Yost. Abgesehen von der Sache in der Ukraine gibt es noch andere Problemherde, in Nordkorea, aber auch an anderen Orten, über die ich jetzt noch nicht sprechen darf. Sagen wir einfach: Nicht nur Noble braucht Sie, sondern die ganze Einheit. Wenn das Problem in der Noble-Staffel eingegrenzt wird, kann es nicht auf die Einheit übergreifen.«

»Yost? Dieses Arschgesicht?« Kolt grinste von einem Ohr zum anderen und beachtete Webbers letzte düstere Bemerkung kaum.

»Er hatte für Sie eine ähnliche Bezeichnung«, gab Webber zurück. »Aber Sie haben ihn damals in Bosnien beeindruckt, und das hat er nicht vergessen.«

Kolt war überrascht. Er neigte dazu zu glauben, dass alle anderen sein Handeln missbilligten. Aber vielleicht waren sie doch in der Lage, darüber hinwegzusehen. Ihm wurde klar, dass er selbst die Tendenz hatte, sich seine Meinungen über andere zu rasch und zu endgültig zu bilden.

»Falls Sie ihm vor mir begegnen, Sir, richten Sie ihm bitte meinen Dank aus.«

»Mach ich. Und jetzt möchte ich was hören von Ihnen. Wollen Sie das Kommando übernehmen?«

Kolt wollte gerade Ja sagen, als ihm ein Gedanke kam. »Sir, wer wird mein Squadron Sergeant Major? Ich will Slapshot.«

Webber musterte Kolt prüfend. »Sie können Slapshot haben, und ich will, dass Sie auch Hawk nehmen. Wenn sie durch das Agententraining und den Ausschuss kommt, braucht sie einen Kommandeur, der sie gut und fair auf die Probe stellt.«

Das überraschte Kolt. Er hatte Hawk seit Monaten nicht mehr gesehen und war nicht ganz sicher, wie sie derzeit zueinander standen.

»Sir?«

»Sie haben am meisten mit ihr gearbeitet, und das Pilotprogramm verdient eine ehrliche und gründliche Überprüfung.«

Kolt fiel keine passende Entgegnung ein, wohl vor allem deshalb, weil es schlicht keine gab. Cindy »Hawk« Bird war verlässlich, erfahren und so tapfer wie jeder männliche Operator. Webbers Pilotprogramm, das es möglich machte, einer Frau den Ritterschlag zu geben und sie zum Operator zu machen, hatte viele Kritiker, nicht nur in diesem Gebäude, in dem sich die alten Hasen aufhielten, sondern auch beim Joint Special Operations Command. Und Webber hatte vor dem SMU-Ausschuss für Kolt Kopf und Kragen riskiert. Das war bestimmt nicht angenehm gewesen.

Kolt nickte. »Geben Sie mir noch Digger dazu, Sir? Ich brauche einen guten Türenöffner; außerdem hat er gute Sprachkenntnisse.«

»Abgemacht«, erwiderte Webber.

Wieder grinste Kolt von einem Ohr zum anderen.

»Sir, es ist mir eine Ehre, dieses Kommando zu übernehmen.«

Webber erwiderte sein Lächeln. »Und ob es das ist.«

Er streckte die Hand aus, und Kolt schüttelte sie. Nun hatte er bekommen, was er wollte – was auch immer daraus würde.

6

Joint Defense Facility, Pine Gap, Australien

Carlos Menendez II schloss die Augen und biss die Zähne zusammen, bis seine Ohren sich wieder öffneten. Nach einem scheinbar endlosen 24-Stunden-Flug mit vier Stunden Aufenthalt am Los Angeles International Airport ging sein Flieger der Airline Virgin Australia International, Flug 6862 aus Atlanta, endlich in den Landeanflug in Brisbane über. Carlos beugte sich in seinem Sitz nach vorn, öffnete die Augen und bemühte sich, Pine Gap, die größte Datensammelstelle der National Security Agency in der südlichen Hemisphäre, aus der Luft zu erkennen.

Als Direktor des Department for Special Services bei Tungsten, der geheimsten aller US-amerikanischen Antiterrororganisationen, kannte Carlos die Einrichtung natürlich, aber seit dem Ende des Kalten Kriegs vor etwa 30 Jahren hatte er keinen Grund mehr gehabt, sie zu besuchen. Dass er jetzt einen hatte, war beunruhigend und reizvoll zugleich. Man rief einen viel beschäftigten Tungsten-Direktor nicht aus trivialen Gründen zu sich. Genau genommen wussten überhaupt nur wenige innerhalb der Geheimdienste von Tungstens Existenz.

Carlos nickte, als er einen Blick auf die gigantischen, an Golfbälle erinnernden Objekte erhaschte, die sich in der Mitte des Pine-Gap-Geländes erhoben. Da sie eine unverstellte Sichtverbindung zu den Satelliten im Orbit erforderten, war es unmöglich, diese riesigen Golfbälle zu verbergen. Es handelte sich nicht um eine Wetterradarstation, auch wenn das offiziell behauptet wurde. Es waren hochwertige Rundstrahlantennenkuppeln, durch die die NSA Metadaten von den geheimen globalen Überwachungsnetzwerken ECHELON und PRISM abrufen konnte.

Wenn man misstrauisch war – und seit der Snowden-Affäre waren das große Teile der Bevölkerung –, konnte man die strategisch günstig platzierte, aber zwielichtige Spionageeinrichtung, über die die Verschwörungstheoretiker in ihren Blogs schrieben, kaum übersehen. Diese schworen, dass die Anlage von CIA, NSA und dem National Reconnaissance Office, kurz NRO, gemeinsam betrieben wurde, und damit hatten sie nicht ganz unrecht.

Carlos lehnte sich zurück und schloss die Augen. Er war 24 Stunden in einer Aluminiumröhre um die Welt gereist, und das im Zeitalter von Skype und FaceTime. Er hoffte, dass es die Sache wert war.

Zwei Stunden später ging er auf einen leeren Stuhl in einem kleinen Konferenzraum in Pine Gap zu und kannte den Grund für seine Anwesenheit immer noch nicht.

»Hier hat sich einiges verändert«, merkte er an.

»Ja, wir müssen jedes Jahr um unsere Finanzierung kämpfen«, erwiderte Stephan Canary. »Die NSA verschlingt

Finanzmittel, als wären es Süßigkeiten. Wir kriegen die Reste.«

»Ich meinte, dass die Anlage heutzutage kaum noch ein Geheimnis ist«, sagte Carlos. »Google weiß alles darüber.«

»Dafür können wir uns bei Snowden und seiner großen Klappe bedanken.« Carlos lachte leise über die Anspielung auf Snowden, bevor er auf dem kastanienbraunen Lederstuhl Platz nahm, einen Schluck Kaffee trank und näher an den Tisch rückte. Er legte sein Handy auf den blau getönten Glastisch, neben den leeren Notizblock samt Stift, den die Einrichtung bereitgelegt hatte. In den Kugelschreiber waren die Worte ›Joint Defense Facility Pine Gap‹ eingraviert – ein weiteres Anzeichen dafür, dass die Tage, in denen Pine Gap ein Geheimnis gewesen war, lange vergangen waren.

Canary nahm auf der gegenüberliegenden Seite des Tisches Platz, zog mit einer lässigen Bewegung ein Kabel aus dem schmalen, schwarzen Konferenzlautsprecher und drückte ein paar Tasten auf der elfenbeinfarbenen, kabellosen Tastatur.

»Dürfte ich Sie bitten, Ihr Handy auszuschalten, Sir?«, fragte Canary höflich. Er versuchte nicht, seine Hochachtung vor dem Mann zu verbergen, den viele für einen Pionier im Bereich der verdeckten Kommunikation hielten.

Carlos kam seiner Bitte nach, tippte ein paarmal auf den Handybildschirm und zeigte Canary die ausgeschaltete Anzeige. Das Schild, das draußen im Flur hing, war schwer zu übersehen.

»Die Wanzen des 21. Jahrhunderts«, sagte Carlos und legte das Gerät wieder auf den Tisch. »Ich bin überrascht, dass Sie die Dinger hier in Pine Gap überhaupt erlauben.«

»Haben wir früher nicht«, entgegnete Canary. »Ist einfach

eine Sache der Bequemlichkeit. Unser Direktor regt sich immer gerne darüber auf.«

Carlos nickte. Er hatte Verständnis dafür. Er starrte auf den Flachbildschirm an der Wand und sah zu, wie Canary geschickt ein halbes Dutzend Ordner mit Codenamen durchklickte. Der Bildschirm war merkwürdig positioniert – hoch oben an der Wand und nicht zentriert. Es wirkte beinahe, als hätte eine Nervensäge von Innenausstatter darauf bestanden, dass das Gerät die einzige Steckdose an dieser Wand verbarg. Der Blickwinkel, den Carlos von seinem Stuhl aus hatte, sorgte zusammen mit dem grellen Licht der Deckenlampen dafür, dass er nur die Hälfte dessen erkennen konnte, was auf dem Bildschirm zu sehen war.

Canary bewegte den Cursor auf einen Ordner mit einem offenbar computergenerierten Codenamen. Carlos glaubte die Worte ›Satin Ash‹ erkannt zu haben, bevor Canary draufklickte, aber er war nicht sicher.

»Wie lange sind Sie schon hier?«, erkundigte er sich.

»Dritte Tour, jetzt insgesamt zwölf Jahre«, antwortete Canary.

»Sie haben noch gar keinen Crocodile-Dundee-Akzent.«

»Ich kann schon von Glück sagen, wenn ich zweimal am Tag aus dem Keller komme.«

»Sind wir nur zu zweit? Nichts für ungut, junger Mann, aber ich habe alles stehen und liegen gelassen und bin 21 Stunden zweiter Klasse geflogen. Ich hatte gedacht, ich würde mindestens den Vizepräsidenten treffen, oder vielleicht den Einsatzdirektor.«

»Tut mir leid, Sir«, sagte Canary. »Der Direktor und der Einsatzoffizier sind in Washington, D. C. Vizedirektor Fontaine wollte heute Morgen hier sein, aber er hat gesagt, dass er es bei der derzeitigen Lage vielleicht nicht schaffen wird.«

»Fontaine? Derrick Fontaine?« Carlos hob die Brauen. »Großer, dicker Kerl? Mit dunkelbraunen Haaren?«

»Ähm, Vizedirektor Fontaine hat dafür einen Termin direkt nach dem Mittagessen für Sie frei gehalten.«

Carlos sah, wie Canary rasch einen Blick zur Tür warf, offenbar besorgt, dass irgendjemand zum falschen Zeitpunkt hereinplatzen könnte. Dann sah er Carlos wieder an und hob eine Hand zum Mund. »Er hatte ein Gewichtsproblem, hatte aber gerade eine Magenbandoperation. Dunkelbraun ist er auch nicht mehr.« Canarys Stimme war kaum mehr als ein Flüstern. »Jetzt hat er einen strahlend grauen Seitenscheitel.«

Derrick Fontaine, diese Pfeife. Kaum zu glauben, dass sie ihn hier überhaupt reinlassen. Ganz zu schweigen davon, dass er den Laden schmeißen darf.

Carlos wollte Canary noch ein paar Fragen zu Fontaine stellen. Vielleicht konnte er erfahren, ob dieser immer noch so ein selbstsüchtiger Nichtsnutz war. Und ob er im Lauf der Jahre etwas lockerer geworden war oder sich immer noch wie eine Nonne im Bordell benahm.

»Alles klar!«, sagte er. »Fontaine und ich kennen uns schon lange.«

»Ja, Sir!« Canary wandte sich dem Flachbildschirm zu und lenkte auch Carlos' Aufmerksamkeit darauf. »Kommt Ihnen dieser Herr bekannt vor?«

Carlos richtete den Blick auf den Bildschirm. In der Mitte war ein Schwarz-Weiß-Foto von einem asiatischen Mann zwischen 20 und 30 zu sehen. Sein dichtes schwarzes Haar war einige Zentimeter aus der Stirn gekämmt und über den Ohren abgeschnitten. Der Mann hatte schmale, dunkle, leicht bedrohlich wirkende Augen und einen stolzen, kantigen Kiefer. Der Mund stand leicht offen, als wäre ihm gerade ein Einfall gekommen, als der Auslöser gedrückt wurde – vielleicht hatte er seine Entscheidung überdacht, zum Verräter zu werden. Seine zwei übergroßen Schneidezähne waren deutlich sichtbar. Die obersten drei Knöpfe des zu großen weißen Hemds schienen offen zu sein, sodass der Kragen herabhing und der obere Rand eines offenbar schmutzigen Feinrippunterhemds zum Vorschein kam.

Alles an diesem Mann schien Carlos darauf hinzuweisen, dass er entweder der feuchte Traum eines Karikaturisten oder irgendein kürzlich aufgeflogener Spion war, den man wahrscheinlich bereits beseitigt hatte. Er kam ihm vage bekannt vor, er konnte ihn aber noch nicht einordnen.

»Sollte er das?« Carlos wandte den Blick nicht vom Bildschirm ab.

»Ich glaube, Sie haben das Foto selbst gemacht, Sir«, erwiderte Canary mit leichtem Unbehagen. »Mit einer in einer Streichholzschachtel versteckten Kamera, im Herbst 1985. Die gleiche Kamera, die das OSS im Zweiten Weltkrieg benutzt hat, nicht wahr?«

Carlos bewegte ruckartig den Kopf nach vorn. Er strich sich das dunkelgraue, zurückgegelte Haar aus der Stirn bis zu den Locken, die den Kragen seines perlfarbenen, gebügelten Oberhemds berührten. Er kniff die Augen zusammen und sah genauer hin. Dann stand er auf, ging ein paar Schritte um die ersten beiden Stühle herum, um näher an den Bildschirm zu kommen, und zog seine maßangefertigte Drahtgestellbrille aus einer Tasche seines Jeansblazers. Er setzte sie auf und musterte das Bild aus einem oder zwei Metern Entfernung, als hätte er gerade ein Gespenst gesehen.

»Kang Pang Su«, stellte er fest, nahm die Brille wieder ab und kehrte zu seinem Sitzplatz zurück. »Kein Zweifel. Codename Schneiderin.«

»Ja, Sir«, sagte Canary. »Wir haben gute Gründe zu der Annahme, dass er noch aktiv ist.«

»Schweizer Modell, 35 Millimeter«, sagte Carlos mit einem Blick zu Canary. »Versteckt in einem kleinen, ledernen Tabaksbeutel. Man musste die Filmrolle mit einem kleinen federgetriebenen Mechanismus weiterspulen.«

»Erstaunlich«, rief Canary. »Das war noch die alte Schule!«

»Damals hab ich nicht geglaubt, dass das verdammte Ding funktionieren würde.«

»Wir nehmen an, dass die Schnappschüsse von hinten und von der Seite nicht entwickelt wurden«, sagte Canary. »Die Aufzeichnungen dazu waren etwas vage.«

»Gott, das ist fast 30 Jahre her, aber ich glaube, ich erinnere mich noch, dass man mir das gesagt hat«, erwiderte Carlos. Er hörte ein lautes Klopfen an der Tür hinter Canary.

Dieser drückte einige Tasten, woraufhin der Bildschirm weiß wurde, stand auf und öffnete. Der Körper von Derrick Fontaine füllte den gesamten Türrahmen aus. Carlos bemerkte, dass der Mann zögerte. Er balancierte zwei Donuts auf einer gelben Serviette, die auf seinem iPad lag; außerdem hielt er eine extragroße Flasche Pepsi Light in der anderen Hand. Er musste sich beinahe verrenken, um durch die Tür zu passen. Canary schloss die Tür hinter ihm ab, wandte sich um und zog den nächsten Lederstuhl ein Stück zurück, damit Fontaine sich setzen konnte.

»Sie haben doch wohl nicht ohne mich angefangen?«, blaffte Fontaine und stellte iPad und Pepsi auf dem Tisch ab.

»Nein, Sir«, log Canary, »wir wollten gerade loslegen.«

»Gut!«

»Mr. Menendez, ich möchte Ihnen unseren Vizedirektor vorstellen, Dr. Derrick Fontaine.«

»Sind wir uns schon mal begegnet?«, fragte Fontaine, während er nach einem Donut mit Zuckerguss griff und ihn zum Mund führte. Er biss ein großes Stück ab, wobei Zuckergusskrümel auf seine hängenden Wangen rieselten.

»Nicht dass ich wüsste«, log Carlos. »Aber möglich wär's.«

Ja, ich erinnere mich an dich, du Arschloch. Und ich weiß auch verdammt gut, dass du dich an mich erinnerst, wenn du nicht senil oder dement bist.

»Sie sind für diesen Laden viel zu gut angezogen«, stellte Fontaine fest.

»Als ich das letzte Mal hier war, haben noch alle Anzug und Krawatte getragen.«

Canary brachte mit einem Tastendruck noch einmal das Foto von Kang Pang Su zum Vorschein.

»Ich bin sicher, Sie kennen diesen Mann«, sagte Fontaine und wischte sich den Mund mit der Rückseite seines haarigen Unterarms in Popeye-Größe ab.

»Ist 'ne Weile her«, erwiderte Carlos. »Aber ja.«

»Sie haben ihn rekrutiert, wie wir wissen.«

»Der Tod seines Vaters hat ihn zu einem seltenen Exemplar gemacht: dem Kind eines Märtyrers des Vaterländischen Befreiungskriegs. Die Familie hat sogar eine Urkunde bekommen.«

»Wir wissen auch, dass Sie ihn mit geheimen Kommunikationsmitteln ausgestattet haben«, fügte Fontaine hinzu.

»Sie haben mich doch nicht den weiten Weg hierherfliegen lassen, nur damit ich Ihnen bestätige, was Sie schon aus meiner Akte wissen, oder?«, entgegnete Carlos.

»Mit welchem System haben Sie ihn versorgt?«, fragte Fontaine und nickte Canary zu, der das nächste Bild aufrief. »Dem HAL DS-3100?«

Carlos sah auf den Bildschirm. Er las die Beschriftung ›Juni 1985‹ am unteren Seitenrand einer Broschüre der Firma HAL Communications aus Urbana, Illinois, in der vier verschiedene Systeme angepriesen wurden.

»Das Gerät oben links ist das, was Sie Schneiderin gegeben haben. Jeder, der mit so einem Dinosaurier erwischt wird, sollte eingesperrt werden«, sagte Fontaine, ein offensichtlicher Seitenhieb in Richtung des älteren Menendez. »Ich kann kaum glauben, dass wir damals überhaupt irgendwas zustande gekriegt haben mit diesem Schrott.«

»Die würden mit Schneiderin noch ganz andere Sachen anstellen, wenn sie ihn damit erwischen würden«, gab Carlos zu bedenken.

»Allerdings«, pflichtete Canary ihm bei.

»Aber das ist nicht das Gerät, das er hat.«

»Nicht?«, fragte Canary.

»Nee. Das unten rechts. Der HAL CWR6850 Telereader.«

»Unmöglich!«, rief Fontaine, bevor er einen weiteren Bissen schluckte und die Serviette mit seinen Donutgreifern zusammenknüllte. »Ich war 17 Jahre bei der Agency, hab mich um die Kommunikation ins Ausland gekümmert. Nie im Leben hätte man damals ein 6850 in die Finger gekriegt.«

»Und warum nicht?«, hakte Carlos nach.

»Weil die Abgabe streng kontrolliert wurde. Nichts an die UdSSR, China oder Nordkorea.«

»Das DS-3100 hatte die Größe eines Fernsehers in den Siebzigern, und man brauchte ein externes ST-6000-Modem dazu. Das 6850 war alles in einem und für unsere Zwecke besser geeignet«, erklärte Carlos.

»Das weiß ich, aber wie sind Sie an das Ding rangekommen?«

»Japanisches Fabrikat. HAL war nur der Vertriebspartner in den USA. War schwer zu finden, aber ich bin bei der HAM-Amateurfunkmesse in Friedrichshafen über eins gestolpert.«

»Blödsinn! Nicht mal in Deutschland hätten die damals einen Funkfernschreiber an einen Amerikaner verkauft. Nicht in Übersee, auf dem Höhepunkt des Kalten Kriegs.«

»Aber an einen Amateurfunker mit starkem ungarischen Akzent und gut gebräunter Haut«, entgegnete Carlos. »Damals liebten die Leute dort die Ostblockländer.«

»Welches System er auch hat – wir sind ziemlich sicher, dass er nicht mehr alle Tassen im Schrank hat.« Fontaine hatte offenbar genug davon, mit dem elegant gekleideten Carlos über Funktechnik zu fachsimpeln.

»Können Sie mich aufklären?«, fragte Carlos.

»Schneiderin hat im Laufe der letzten paar Monate zwei Nachrichten übermittelt. Irgendwas über Atombomben. Wir sind nicht mal sicher, ob der Typ am anderen Ende der Leitung tatsächlich Kang Pang Su ist.«

»Haben Sie ihn nicht authentifiziert?«

»Das ist nicht möglich.«

»Sie hätten mich schon vor Monaten rufen sollen«,

sagte Carlos. »Schicken Sie eine Nachricht und fragen Sie nach dem Codewort. Wenn er der Echte ist, weiß er's.«

»Wer sagt, dass er nicht aufgeflogen ist?«

»Das Einzige, was auf Englisch schriftlich festgehalten wurde, war das Deckwort für das tatsächliche Codewort. Er hat das Wort ›Smoke‹ gesendet. Ich hab zugesehen, wie er's in Großbuchstaben hingekritzelt hat.«

»Woher wissen Sie, ob er nicht nach 30 Jahren das echte Codewort vergessen und einfach ›Smoke‹ benutzt hat?«, fragte Fontaine.

»Nur ein Schwindler würde uns ›Smoke‹ schreiben.«

»Wieso?«

»Weil ich Kang das Ding halten ließ, in dem meine Kamera war.«

»Den Tabaksbeutel?«, fragte Canary.

»Japp. Er hat das Leder mit seinen dicken Fingern geknetet. Ich kann mich noch genau an seine riesigen Hände erinnern. Definitiv viel zu groß im Verhältnis zum Rest von ihm.«

»Mann«, sagte Canary mit breitem Grinsen. »Ist ja faszinierend.«

»Und was ist es? Wie lautet das korrekte Codewort?«, wollte Fontaine wissen. Er rutschte auf seinem Stuhl hin und her. »*Tobacco? Leather?*«

»*Cigar*«, antwortete Carlos.

»*Cigar?*«

»Das ist es!«, rief Canary. »In beiden Nachrichten, die wir über den Fernschreiber bekommen haben, kam das Wort *S-E-E-G-H-A-R* vor.«

»Nicht zu fassen«, staunte Fontaine. »Er ist's wirklich.«

»Kang ging damals zur Universität, aber sein Englisch war scheiße. Aussprechen konnte er *cigar* aber.« Carlos hob seine Kaffeetasse. »Er hatte so einen leichten mongolischen Akzent, aber die Zigarren haben trotzdem geschmeckt.«

»Wenn der Kerl am anderen Ende der Verbindung ›cigar‹ gesendet hat, bin ich absolut überzeugt davon, dass es Kang Pang Su ist.« Er trank einen Schluck Kaffee. »Ich erinnere mich, dass er ziemlich schnell wieder in der Versenkung verschwand. Hat uns eine oder zwei Sachen geschickt. Ich hatte gedacht, er wäre mittlerweile tot.«

»Warum hat er eigentlich diesen Codenamen?«, fragte Fontaine.

»War damals was Weitverbreitetes. Vor 30 Jahren waren Schneiderinnen noch kulturell relevant. Heute könnte es zum Beispiel ›Nagelkünstler‹ sein«, antwortete Carlos.

Canary grinste über diese Bemerkung. Fontaine griff nach seinem zweiten Donut.

»Und, will Schneiderin nun Kim Jong-un ermorden, oder worum geht's?«, fragte Carlos.

Bisher war er derjenige gewesen, der geantwortet hatte. Man erwartete, dass er so schnell wie möglich nach Atlanta zurückkehrte, um seine Agenten für das ultrageheime Tungsten-Programm der Regierung zu dirigieren. Aber er hatte es nicht eilig, sich mit seiner Designerkleidung wieder in einen Zweite-Klasse-Flugzeugsitz zu quetschen. Zwar war es unvermeidlich, einen weiteren Tag seines Lebens mit dem 21-stündigen Rückflug zu verschwenden, aber er wollte wenigstens seinerseits einige Antworten mitnehmen.

»Auf keinen Fall!«, erwiderte Fontaine.

»Will er Atomgeheimnisse ausplaudern? Oder zu uns überlaufen? Auf die Todesliste des JSOC gesetzt werden?« Carlos ging alle denkbaren Möglichkeiten durch.

»Nah dran, Sir«, sagte Canary.

Als Carlos das JSOC erwähnte, knallte Fontaine seine Colaflasche auf den Tisch, schluckte schwer und ließ seinen Kollegen kaum seinen Satz beenden, bevor er sich einschaltete.

»Das reicht jetzt!« Er hielt Canary die rechte Hand vor die Nase. »Mr. Menendez verfügt vielleicht über die nötige Sicherheitsfreigabe, aber er ist nicht mit dem Programm vertraut und hat kein *Need to Know.*«

»Entschuldigen Sie, Sir«, erwiderte Carlos mit unverhohlenem Sarkasmus, »aber das ist doch Blödsinn. Ich habe alles stehen und liegen gelassen, um hierherzufliegen; jetzt können Sie mir auch verraten, was so dringend ist. Das sind Sie mir schuldig.«

Er fühlte Fontaines stechenden Blick auf sich, wagte es aber nicht, einen Rückzieher zu machen.

Nach einigen unbehaglichen Sekunden wandte Fontaine sich Canary zu, der vor Verlegenheit rosarot angelaufen war. Carlos wusste nicht genau, was hier los war oder was die USA mit Kang Pang Su vorhatten, aber eins wusste er genau. Man musste kein Geheimdienst-Genie sein, um zu begreifen, dass Kang Pang Su schließlich genug davon gehabt hatte, einer von Kim Jong-uns Musterbürgern zu sein.

»Okay, aber nur die grundsätzlichen Fakten«, lenkte Fontaine ein. »Marzban Tehrani. Kang Pang Su sagt, dass Tehrani Kontakt zu Nordkorea hat.«

»Tehrani?«, wiederholte Carlos. »Hat das was mit den Nuklearwaffen zu tun?« Er wusste bereits alles über den Iraner Marzban Tehrani. Mehr als ein Jahr lang hatte Tungsten die telegrafische Kommunikation der CIA überwacht, der zufolge Tehrani sich mehrmals in Pjöngjang aufgehalten hatte. Tatsächlich hatte er anfangs in Erwägung gezogen, Kolt Raynor als Agenten einzuschleusen, falls die Regierung ihm dafür grünes Licht gegeben hätte. Aber seit Kolts Eskapaden im Yellow-Creek-Kraftwerk und seiner darauffolgenden Rückkehr zu Delta zog er andere Optionen in Betracht. Nein, Fontaine musste nicht mehr sagen. Carlos konnte die Puzzlestücke selbst zusammensetzen.

»Ich habe Ihnen die grundlegenden Tatsachen genannt, Mr. Menendez. Sie verstehen schon.«

7

Agententraining, letzte Phase

Wenn dieser Collegeknilch mir noch einmal an den Oberschenkel fasst, mach ich ihn alle.

Die Rückfahrt mit dem Zug aus Pjöngjang an diesem Samstagmorgen war relativ einfach und friedlich verlaufen. Hawk und die Touristen waren vor Sonnenaufgang in den Inlandszug gestiegen, um nach Sinuiju zurückzukehren, die Hafenstadt am westlichen Rand Nordkoreas. Sinuiju war der letzte Halt vor der Überquerung des Flusses Yalu, der auch die Landesgrenze darstellt.

Nachdem Hawk und die anderen aus dem Zug gestiegen waren, hatte man sie in einen großen Bahnhof gepfercht. Ihr fiel auf, dass hier kaum Einheimische zu sehen waren. Dafür war der Bahnhof voller Uniformierter mit ausdruckslosen Mienen und extrem misstrauischem

Auftreten, an die sie sich nach ihrer siebentägigen Tour durch das Eremitenkönigreich bereits gewöhnt hatte.

Wie alle anderen tristen Orte in Nordkorea, die Hawk und die Touristen besucht hatten, war der Bahnhof mit kitschigen Kronleuchtern geschmückt. An drei der vier in langweiligem Weiß gestrichenen Wände hingen schiefe, vergoldete Mosaike des Großen Führers Kim Il Sung. Näher am Marmorboden stellten Messingschilder und Schaukästen die Geschichte des wirtschaftlichen Aufschwungs in Sinuiju in einem vorteilhaften Licht dar: Erst die Holztransporte auf dem Yalu, später die chemische Industrie, nachdem man weiter flussaufwärts den Sup'ung-Staudamm errichtet hatte.

Ein Schild interessierte Hawk besonders, und sie war erleichtert, dass ihre angespannte Reaktion die Aufpasser nicht dazu verleitet hatte, sie einer besonders gründlichen Leibesvisitation zu unterziehen. Zu sehen war dort eine Luftaufnahme aus einem Flugzeug – die Stadt, die durch die strategischen Bombardements der US Air Force im Koreakrieg schwere Schäden davongetragen hatte. Auch der Damm war zerstört worden.

Die Zollbeamten hatten die üblichen Fragen gestellt, sie an die Strafen für den Schmuggel koreanischer Kunstgegenstände und Waren erinnert und sie davor gewarnt, Informationen über nordkoreanische Bürger an Ausländer weiterzugeben. Genau wie bei ihrer Einreise vor einer Woche hatten die Beamten sie alle dazu gebracht, ihr Gepäck zu öffnen, bevor sie ihnen ihre Pässe und Handys in gelben, versiegelten Umschlägen zurückgegeben hatten, die mit den Ausweisnummern der Besitzer versehen waren.

Sie hatte ohne ihren technischen Schnickschnack auskommen müssen, aber das war kein Problem für Hawk gewesen. Die Landesstudie, die sie vor dem Einsatz gelesen hatte, war in diesem Punkt eindeutig. Die nordkoreanischen Behörden beschlagnahmten definitiv alle Elektrogeräte und zwangen sie somit dazu, ihre Aufgaben im Gedächtnis zu behalten. Der Vorteil war jedoch, dass sie weniger bei sich hatte, worauf sie aufpassen musste oder das sie in Schwierigkeiten bringen konnte. Aber sie war nicht für eine simple Abschlussübung hier, wie sie Hunderte von Operators vor ihr hatten absolvieren müssen. Nein, man hatte sie gleich den Wölfen zum Fraß vorgeworfen. Die CIA konnte ihren langjährigen Spion Kang Pang Su nicht mehr finden. Niemand in Langley schien eine Ahnung zu haben, wo er steckte; sie wären wohl nicht einmal in der Lage gewesen, ihn von dem Besitzer der Textilreinigung am Dolly Madison Boulevard zu unterscheiden. Nein, man verlangte nicht von Hawk, irgendjemanden in Nordkorea zu töten. Sie sollte vielmehr ihren natürlichen Charme sowie ihre Fähigkeiten und Instinkte als Operator walten lassen, um die Spur des Spions aufzunehmen. Man hoffte, sie würde ihn zu Gesicht bekommen, damit sie, zusammen mit einem FBI-Phantombildzeichner, der CIA Anhaltspunkte geben könnte.

Aber Hoffnung war keine gute Einsatzmethode, und bei dieser Mission hatte Hawk bisher kläglich versagt.

Sie unterdrückte den Drang zu fluchen. Sicher, sie hatte kein Glück bei der Suche nach dem Spion gehabt, aber dafür hatte sie bei ihrem einwöchigen Aufenthalt einige interessante Dinge erfahren. Nichts, das man als Staatsgeheimnis betrachten konnte, aber zumindest würde sie nicht mit leeren Händen zurückkehren.

Vor dem von der Regierung überwachten Hotel war sie einem Betrunkenen begegnet, der dem *insam-ju* verfallen war, einem mit Ginseng versetzten koreanischen Wodka. Bei Tag verdiente er sich ein mageres Gehalt, indem er den Touristen die Schuhe putzte, und bei Nacht gab er das Doppelte davon in der Bar wieder aus. Hawk schämte sich immer noch ein wenig dafür, den betrunkenen und notgeilen Kerl ausgenutzt zu haben, zumal es ein Kinderspiel gewesen war, ihm geheime Informationen zu entlocken. Wenn sie ihr iPad wiederhätte, würde sie alles aufschreiben, was sie über das Tarnnetz, das Kim Jong-uns Panzerzug angeblich vor ferngezündeten Sprengfallen schützte, erfahren hatte, und es verschlüsselt nach Fort Bragg schicken. Aber das konnte noch warten. Vielleicht würde sie am Morgen dazu kommen. Es war nicht nötig, Webber und der Aufklärungsabteilung in Bragg die schlechte Nachricht zu früh zu überbringen. Nein, es gab keinen Grund zur Eile. Sie dachte darüber nach, sich einen der Flachbildschirme zu suchen, vielleicht den im Aufenthaltswagen, wo die Touristen sich etwas erholen und einen oder zwei Drinks zu sich nehmen konnten.

Als sie unauffällig ihren Ausweis aufklappte, um sicherzugehen, dass sie nicht den falschen bekommen hatte, bemerkte sie eine Art Registrierungsstempel sowie einen weiteren, seltsamen Stempel – vermutlich das magische Zeichen, das ihnen die Erlaubnis erteilte, das isolierte Land über Sinuiju zu verlassen.

Hawk hob die linke Hand und zeigte dem Mittzwanziger mit dem Ständer in der Hose, der vor ihr saß, ihren diamantbesetzten Ehering. »Du hast ein paar zu viel gehabt. Ich hab's dir schon zigmal gesagt: Ich bin glücklich verheiratet.«

Die Fahrt von Pjöngjang nach Moskau würde 211 Stunden dauern, aber es würde sich wie eine Million Stunden anfühlen, wenn sie in ihrem *kupe* genannten Schlafabteil mit vier Betten eingesperrt blieb. Sicher, sie verspürte eine angenehme Aufregung, da sie wusste, dass sie bei ihrer Rückkehr nach Fort Bragg vor den Kommandantenausschuss treten würde – die letzte Stufe ihres Kampfes um den Ritterschlag als Operator. Aber obwohl sie nun ihr Android-Smartphone und ihr iPad 4 wiederhatte, war ihr klar, dass sie sich nach ihrem so anstrengenden wie erfolglosen Besuch in Nordkorea etwas entspannen musste.

Ja, die Globetrotterin Carrie Tomlinson – so nannte sie sich, wenn sie jemand nach ihrem Namen fragte – war begeistert, endlich den Yalu überqueren und nach China einreisen zu können. Sie hatte die längste Zugstrecke der Welt vor sich, insgesamt 10.272 Kilometer; daher nahm sie an, dass es nicht weiter schlimm wäre, wenn sie auf den ersten paar Kilometern feierte wie Paris Hilton, bis ihr flüssiges Frühstück seine Wirkung entfaltete.

Hawk musste zugeben: Im Moment war sie so beschwipst, dass sie bei Schießübungen kaum in der Lage gewesen wäre, das Korn der Waffe im Blick zu behalten. Dennoch hatte Hawk, oder besser Carrie im Rahmen dieser Mission, keine Schwierigkeiten damit, diese Spring-Break-College-Kids von der West Virginia University bei ihrem pubertären Trinkspiel unter den Tisch zu saufen.

Die Universität war in den ganzen Vereinigten Staaten für ihre Partys berühmt, eine Tatsache, die Jerud – oder Jason? Jedenfalls einer der sechs Studenten aus Mr. Beckles Club für Internationale Studien und Kulturelle Bereicherung – jetzt bestimmt schon ein Dutzend Mal erwähnt hatte. Cindy Bird wusste, dass alles darauf ankam, seine falsche Identität glaubhaft zu verkörpern, und wenn sie im Laufe der letzten Jahre bei der Delta

Force eines gelernt hatte, dann war es, dass die Tarnung Wahrheit und die Wahrheit Tarnung war.

Sie konnte auch nicht leugnen, dass der Junge heiß war wie Brad Pitt.

»Jetzt komm schon, Carrie, mach dich locker«, sagte Jerud. »Mit einem Ring kann man doch kein Loch stopfen.«

Hawk konnte die Arroganz dieses Jungen kaum fassen. Ihre eigene College-Zeit lag jetzt gute sechs, sieben Jahre zurück, und sie war verdammt sicher, dass sie noch nie von einem Kerl angegraben worden war, der sich dabei so sehr wie ein Tier in freier Wildbahn aufgeführt hatte. Nicht einmal ihr Green-Beret-Freund, der bärenstarke, großspurige Troy, ging so aggressiv vor.

Nein, sie würde sich beherrschen und verhindern, dass der Kerl sich während dieser Spring-Break-Ferien eine weitere Kerbe in den Bettpfosten schnitzen konnte. Vielleicht hatte er bei einem der beiden sternhagelvollen College-Flittchen auf der anderen Tischseite mehr Glück. Die eine hielt sich schon den ganzen Abend mit beiden Händen an Bierflaschen der einheimischen Marke Taedonggang fest, während die andere in den Hals einer leeren Flasche blies, um Pfeiftöne zu erzeugen. Sollte er sich doch eine von den beiden schnappen, aber nicht Hawk!

»Hör zu, Kumpel, du bist süß, das muss ich dir lassen.« Sie hob seine linke Hand von ihrem Oberschenkel. »Was hast du vorhin darüber gesagt, dass du verpflichtet bist, richtig zu recherchieren? Dass du Daten sammeln und analysieren musst, um informierte Diskussionsbeiträge bringen zu können und zu verstehen, was die Menschen auf der Welt wirklich bewegt?«

»Hast'n gutes Gedächtnis«, erwiderte Jerud mit leicht verwaschener Aussprache. »Aber was ist dein Problem? Leb doch einfach mal ein bisschen – ist doch nur Sex.«

»Du bist ja durchaus fickbar, aber nicht mein Typ.«

»Ach, komm, du bist verheiratet und lässt dich ganz alleine in Nordkorea volllaufen? Das nehm ich dir nicht ab.«

»Wir sind nicht mehr in Nordkorea. Aber vielleicht hab ich ja einfach schon immer das Bedürfnis gehabt, die seltsamsten Orte der Welt kennenzulernen? Und die größten Arschlöcher auf der Welt?«

»Jaja.« Jerud lehnte sich zu ihr und legte ihr den linken Arm um die Schultern.

Hawk sah ihn an und schickte ihm eine stumme, aber tödliche Warnung mit ihrem Blick. Offensichtlich war Jerud jedoch völlig sorglos oder durch seinen Bierkonsum nicht in der Lage, die zusammengerollte Schlange zu erkennen, die er gerade reizte.

Er lag jetzt halb auf ihr. Sein Blick war wild, sein Mund verkrampft. Hawk erstarrte, wandte das Gesicht von seiner Bierfahne ab und drückte ihm den Ellbogen unterhalb der freien Rippe in die Seite.

»Das reicht jetzt!«, rief sie.

»Ganz ruhig, Baby. Das könnte dir gefallen.«

Jerud hob die rechte Hand und griff Hawk an die rechte Brust.

Verflucht noch mal! Jetzt hab ich genug!

Sie hob den rechten Arm, legte ihn über Jeruds linken, ließ ihn so heftig heruntersausen, dass sein Griff sich löste, und klemmte seine linke Hand in ihrer rechten Achselhöhle ein.

»Du kommst ja gleich richtig zur Sache«, nuschelte er. »Magst es wohl bisschen härter, hm?«

Sofort ließ Hawk die halb leere Flasche Taedonggang-Bier in ihrer Linken los und ballte die Hand halb zur Faust, wobei sie zwei Finger ausgestreckt ließ. Sie sah Jerud in die Augen.

»Ja, ich schätze, das könnte man so sagen, Collegeboy.«

Sie spreizte die Finger und stieß sie ihm in die Augen. Jeruds Kopf schnellte zurück und er stieß einen wütenden Schrei aus. Ohne seinen linken Arm loszulassen, stand Hawk von ihrem Stuhl auf und versetzte ihm mit der linken Handfläche in einer fließenden Bewegung einen Schlag unter die sommersprossige Nase. Dann zog sie seinen linken Arm vorwärts und nach rechts.

Hilflos fiel Jerud auf den weiß gefliesten Boden des Waggons und blieb flach auf dem Rücken liegen. Hawk stand auf und sah aus dem Augenwinkel, dass die anderen Partygäste nun ebenfalls aufgestanden waren. Sie schrien irgendetwas, wollten offenbar wissen, was passiert war, aber Hawk beachtete sie nicht, sondern konzentrierte sich auf den korrekten Angriffswinkel.

Sie kontrollierte Jeruds linken Arm von der rechten Seite seines Körpers aus, stieg mit dem linken Fuß über seine Brust und sprang im selben Moment in die Luft. Sie fiel auf den Hintern, zog den Arm mit sich, legte ihr linkes Bein über seine Brust und ihr rechtes Bein über sein Gesicht. Bedingt durch den Alkohol war es nicht gerade ein lehrbuchmäßiger Armhebel, aber Jerud kreischte trotzdem.

Hawk drehte seine Hand mit dem Daumen in Richtung der weißen Decke des *obshchiy*-Passagierwagens, in deren Mitte ein kitschiger Messingkronleuchter hing, brachte den Ellbogen in Position und übte leichten Druck aus.

»Also, Jerud, du hast die Wahl«, sagte sie zu ihm, während die anderen College-Kids mit ihren Smartphones hantierten, wahrscheinlich um die Szene zu filmen und bei Instagram hochzuladen. »Du kannst mit einem gebrochenen Arm in dein Verbindungshaus zurückkehren, oder du gehst jetzt bis morgen früh in deinen Schlafwagen zurück. Deine Entscheidung.«

»Lass los!«, schrie Jerud. »Holt das Mädchen von mir runter!«

»Nein, Jerud, das ist keine Option.« Hawk übte mehr Druck auf sein Ellbogengelenk aus. Sie wollte dem Jungen nicht den Arm brechen. Sie bluffte nur, auch wenn Jerud und seine Freunde das nicht erkannten. Ihr war bewusst, dass er nur ein verwöhnter Bursche war, daran gewöhnt zu kriegen, was er wollte – aber kein abgehärteter Terrorist, der in den Dschihad ziehen wollte.

Jerud kreischte wieder.

»Entscheide dich, Jerud«, sagte sie. Dann hörte sie eins der Flittchen schreien.

»Geh runter von ihm! O mein Gott!«

»Was soll's sein, Jerud?«, fragte Hawk wieder.

»Okay, okay, tut mir leid!« Sein Gesicht war schmerzverzerrt. »Ich lass deinen Arsch in Ruhe, lass uns einfach weiterfeiern.«

»Gebrochener Arm oder Schlafwagen?«

»Okay, Scheiße, verfickte Scheiße, Mann, dann geh ich eben in den Schlafwagen«, gab Jerud schließlich nach.

»Sagt dir der Begriff ›Vertrauensbasis‹ was, Jerud? Wenn du aus deinem Schlafwagen kommst, bevor die Sonne aufgeht und du wieder nüchtern bist, brech ich dir deine dürren kleinen Beine, kapiert?«

»Okay, okay, Vertrauensbasis. Kapiert.«

Hawk drehte seinen Arm, sodass er ihn wieder krümmen konnte, ließ sein Handgelenk los und machte einen

Rückwärtssalto. Nur für den Fall, dass das Arschloch vorhatte, sich sofort bei ihr zu revanchieren, wollte sie etwas Abstand gewinnen.

Ihr Arschlöcher, wenn ich nicht gerade im Training wäre, würde ich …

Bevor Hawk den Gedanken beenden konnte, wurde sie von zwei koreanischen Zollbeamten eingekeilt, an den Armen gepackt und praktisch vom Boden gehoben, während sie sie zum Ende des Waggons schleiften.

Sie wandte sich zum Tisch und den College-Flittchen um, die sich jetzt um Jerud scharten und ihn verhätschelten wie einen Erstklässler, der sich das Knie aufgeschürft hatte. Sie sah ihn den Blick heben, wobei er immer noch halb gekrümmt dastand und sich den linken Ellbogen hielt.

»Die Schlampe ist wahnsinnig!«

8

62 Kilometer östlich von Poltawa in der Ukraine

»Mein verdammtes Bein ist jetzt schon seit zwei Stunden eingeschlafen«, murrte Slapshot.

»Sei lieber froh, dass du noch zwei Beine hast«, gab Digger zurück.

»Das ist ja, als ob man Ralph und Norton zuhört«, sagte Kolt, der sich fragte, warum zum Teufel er diesen Sitzplatz auf dem Boden des Laderaums zwischen seinen beiden

Kameraden bekommen hatte. »Ich hab auch die Schnauze voll davon, so verdreht zu sitzen. Die Lampe an meiner Pistole bringt mich um.«

»In welcher Staffel sind die?«, fragte Digger.

»Ralph und Norton? Die waren in *The Honeymooners*«, erwiderte Kolt.

»Was, die waren in den Flitterwochen? Sind die schwul?«

Kolt verdrehte die Augen. »Eines Tages werde ich …«

Vor weniger als fünf Stunden waren die drei neuesten Mitglieder der Noble Squadron in Kiew gelandet und am Ende einer unauffälligen, in Nebel gehüllten Landebahn ausgestiegen. In T-Shirts und Jeans schulterten sie ihr Gepäck und gingen in die Dunkelheit. Dann drehten sie sich noch einmal um und sahen zu, wie die gemietete Embraer ERJ 135 mit erhöhter Reichweite, die in Zivilfarben gestrichen war, in drei Schritten eine 180-Grad-Wende vollführte, die beiden Rolls-Royce-Triebwerke aufdrehte und über die Landebahn davonraste, um in entgegengesetzter Richtung in die mondlose Nacht zu fliegen.

Eine Minute später war ein mittelgroßer Lastwagen mit abgefahrenen Reifen, der aussah, als hätte er seine besten Zeiten hinter sich, aus einer unsichtbaren Straße aufgetaucht. Mit abgeschalteten Scheinwerfern war er auf das asphaltierte Feld gerollt. Sekunden später ließ Digger eine Taschenlampe mit roter Linse zweimal aufblitzen. Der Fahrer blendete die Scheinwerfer zweimal auf und gab ihnen damit das Signal, dass sie sicher einsteigen konnten.

»Hier drin stinkt's, Mann«, stellte Slapshot fest. »Hier riecht's nach Tod.«

»Stimmt, Bruder«, bestätigte Kolt, der versuchte, sich auf das nächste Schlagloch vorzubereiten. »Wir sitzen hier wahrscheinlich in einem Sanitätsfahrzeug.«

»Scheiße!«, fluchte Digger. »Auf dieser Seite klebt der Boden.«

»Gibt's irgendeinen Grund dafür, dass wir hier nicht mehr Unterstützung kriegen?«, erkundigte sich Slapshot.

Kolt seufzte. Es war das uralte Klagelied jedes Soldaten. »Das sollten wir eigentlich, aber Dimitris Jungs sind heute Nacht im Einsatz.«

»Hätte das nicht warten können?«

»Nein. Die haben verlässliche Infos zu Marzban Tehrani. Einer seiner Kuriere soll irgendwo in der Nähe von Donezk sein, 300 Klicks östlich vom Unterschlupf.«

»Ist ja reizend«, sagte Slapshot.

Ein Klopfen an die Heckscheibe der Fahrerkabine beendete ihre Blödeleien im Laderaum. Eigentlich war es mehr als nur ein Klopfen; es war eine Warnung.

»Vor uns auf der Straße ist ein Auto«, vermeldete Olga. Ihr Begleiter Dimitri steuerte den Wagen.

Kolt und die anderen hatten Gerüchte darüber gehört, dass die geheime ukrainische Antiterroreinheit mit dem offiziellen Namen Alfa auch Frauen aufnahm, waren aber dennoch überrascht gewesen, Olga zu begegnen. Kolt hatte die Überraschung schnell überwunden. Ihm war bewusst, dass das weibliche Geschlecht einige Vorteile mit sich brachte und in manchen Situationen dazu führte, dass öfter als sonst ein Auge zugedrückt wurde. Der Sicherheitsdienst der Ukraine, kurz SBU, hatte Alfa erst 1994 auf einen Erlass des Präsidenten hin ins Leben gerufen. Im selben Jahr hatte die Delta Force ihren 17. Geburtstag gefeiert.

Warum brauchen die alten Säcke so lange, um zu kapieren, dass weibliche Operators etwas wert sind?

Kolt blickte nach rechts und links, wo sich die Köpfe seiner Kameraden als dunkle Flecken abzeichneten. Er war sicher, dass sie Olga nicht allein deshalb für unterlegen hielten, weil sie keinen Schwanz hatte. Sie war zwar keine Schönheit, aber ihre eingefallenen Wangen, ihre dunklen, kalten Augen und ihr stolzes Kinn unter den strichdünnen Lippen wiesen auf einen kämpferischen Geist hin. Kolt selbst hatte zweimal hinschauen müssen, als er ihr dunkles Haar bemerkt hatte, das sie in eine plissierte Schildmütze gestopft hatte. Mit dem Ding sah sie wie eine Schaffnerin aus der Wildwestzeit aus, aber es ließ sie noch abgebrühter wirken. Ihr Blick signalisierte, dass sie über Kampferfahrung verfügte.

Der Laster hielt nicht an und schien auch nicht langsamer zu werden. Kolt wandte sich dem Fenster zu.

»Ich dachte, auf den Nebenstraßen gibt's keine Kontrollpunkte?«

Kolt schaltete seine SureFire-Taschenlampe ein und hielt das rote Licht wenige Zentimeter über seine faltbare Acetat-Landkarte, um festzustellen, wo genau sie sich befanden. Vor etwa einer Stunde hatten sie die Stadt Poltawa durchquert. Dimitri hatte ihnen eröffnet, dass sie von dort an den Luxus asphaltierter Schnellstraßen für die Sicherheit der Nebenstraßen aufgeben mussten. Aber den Weg, den sie danach genommen hatten, konnte er nur erahnen.

»Keine Kontrollpunkte. Nur Scheinwerfer«, meldete Dimitri sich hinter dem Steuer zu Wort.

»Was ist mit der Sperrstunde?«

»Ähh, manche halten sich nicht dran.«

»Sollten wir nicht umdrehen?«, fragte Kolt, den es beunruhigte, dass ihre Alfa-Begleiter sich offenbar keinerlei Sorgen machten.

Einige Sekunden verstrichen, ohne dass er eine Antwort bekam. Er unterdrückte den Drang, sofort noch einmal zu fragen. Er bemerkte, dass Slapshot und Digger sich von ihren Hintern auf die Knie erhoben. Ihm war klar, dass sie nach ihren Taschen griffen und im Dunkeln nach Ober- und Unterteil ihrer HK416 tasteten, um die Waffe zusammenzusetzen.

»Macht euch bereit«, flüsterte Kolt, als der Lastwagen langsamer wurde und schließlich mitten auf dem Feldweg stehen blieb. »Pistolen als Primärwaffen. Kann sein, dass wir umdrehen müssen.«

»Scheiße, das will ich aber auch hoffen«, erwiderte Digger. »Wir kriegen hier drin langsam die Krise.«

»Seh ich auch so.« Kolt riss die große, übel riechende Plane zur Seite, unter der die drei saßen, ließ die darin eingeschlossenen Gerüche frei und gab ihnen die Möglichkeit, etwas frische Luft zu atmen.

»Scheiße, wir haben Besuch!« Slapshot spähte unter dem Leinwandverdeck des Lasters hervor, sodass ein schmaler Lichtstrahl in den dunklen Laderaum und auf seinen roten Bart fiel.

»Wie nah sind sie dran?«, fragte Kolt. Sie hörten, wie die Tür an der Fahrerseite geöffnet wurde.

»Direkt vor unserer Nase, Boss«, sagte Slapshot.

In diesem Moment begann Dimitri in der Fahrerkabine, etwas in seiner Muttersprache zu brüllen. Von draußen antworteten wütende Stimmen. Es war ein hitziger Wortwechsel, definitiv nicht freundlich, jedenfalls noch nicht. Die zwei Stimmen lieferten sich ein Duell, übertrafen sich gegenseitig in Lautstärke und Wortreichtum.

»Wie viele?«, fragte Kolt.

»Ich sehe niemanden«, antwortete Slapshot. »Bloß helle Scheinwerfer.«

»Was sagen die, Digger?«, fragte Kolt, der wusste, dass Digger bei der Fifth Special Forces Group Russisch gelernt hatte, bevor er zur Einheit gestoßen war.

»Schwer zu verstehen, Mann. Irgendwas über Ausweise und die Gegend hier. Dimitri sagt, dass sie den Weg frei machen sollen.«

Kolt rutschte auf den Knien zur gegenüberliegenden Seite des Lasters. Er hob die Abdeckung einen oder zwei Zentimeter, gerade genug, um zu sehen, was sich vor dem Wagen abspielte. Die hohen Scheinwerfer des anderen Lastwagens kreuzten ihre Lichtstrahlen mit denen von Dimitris Fahrzeug und erhellten den dichten Bodennebel. Kolt versuchte, Bewegungen zu erkennen, in der Hoffnung, die Absichten derjenigen einschätzen zu können, die sich dort anschrien.

Der Wagen blieb im Leerlauf, als der Fahrer ausstieg und die Tür zuschlug.

»Dimitri ist ausgestiegen«, flüsterte Slapshot. »Er lässt's drauf ankommen.«

Sei kein Idiot, Dimitri. Steig wieder ein.

Kolt sah den schlaksigen Dimitri vor den rechten Scheinwerfer treten. Er blaffte sein Gegenüber an, als würde die Straße ihm gehören, wobei er mit beiden Armen in der Luft herumfuchtelte, die Ärmel seines weiten T-Shirts bis zu den Schultern herabrutschen ließ und seine knochigen Oberarme entblößte. Er sprach im Befehlston und machte eine Handbewegung, als würde er eine Viehherde aus einem offenen Tor scheuchen.

Eine Sekunde später trat eine Gestalt in den Lichtkegel und versetzte Dimitri einen Schlag mit dem Kolben eines Sturmgewehrs, der ihn zu Boden gehen ließ.

»Scheiße! Dimitri hat's erwischt«, stellte Kolt fest. »Ich

zähle drei, und du?« Er hatte die Stimme gesenkt und hoffte, dass der laufende Motor laut genug war, seine Worte zu übertönen.

»Von hier seh ich nur einen«, gab Slapshot zurück. »Uniform und AKMS mit Klappschaft.«

»Russen«, schloss Kolt.

Er sah, wie einer der russischen Soldaten sein Gewehr schulterte. Slapshot hatte recht; sie hatten eindeutig AKMS-Gewehre im Kaliber 7,62. Der Russe griff nach Dimitri – Kolt nahm an, dass er ihn auf den Bauch drehen, ihm die Hände auf den Rücken fesseln und ihn nach Ausweisen oder Wertsachen durchsuchen würde. Die anderen beiden Russen kamen jetzt in Sicht. Sie hoben ihre Gewehre an die Schulter, zielten auf die Windschutzscheibe und riefen Olga Kommandos zu.

»Sie wollen, dass sie aussteigt«, übersetzte Digger, der durch die Heckscheibe der Fahrerkabine Olgas Kopf und Schulterblätter sah. »Sie rutscht rüber auf den Fahrersitz.«

»Das ist nicht gut«, kommentierte Slapshot von der anderen Seite der Ladefläche.

AKMS-Schüsse zerrissen die schaurige Stille. Kolt bemerkte, dass Digger instinktiv in Deckung ging, wahrscheinlich weil er damit rechnete, dass die Schützen auf die Windschutzscheibe zielten. Kugeln trafen das dünne Metall der Wagenfront, und lautere Einschläge von schweren Geschossen, die den Motorblock trafen, brachten das Fahrzeug zum Zittern.

Die Russen brüllten wieder.

Kolt sah Rauch unter der Haube hervorquellen. Einen Augenblick darauf begann der Motor zu husten, erbebte leicht und verstummte.

»Hat Olga den Motor abgestellt?«, fragte er und hoffte, dass es nicht die 7,62-Millimeter-Kugeln gewesen waren.

»Negativ«, antwortete Digger.

»Sichere Route, am Arsch«, flüsterte Kolt vor sich hin.

Slap hat recht. Das ist gar nicht gut.

»Sie steigt aus«, meldete Digger. Kolt hörte, wie die Fahrertür wieder geöffnet wurde.

Olga stieg aus dem Wagen und trat vor die Motorhaube. Einer der Russen packte sie am Arm und stieß sie zu Boden.

»Sie hat Eier«, bemerkte Slapshot, »aber sie ist gerade auf die Nase geflogen.«

Kolt verkrampfte sich. Ihm wurde bewusst, dass er schnell atmete, und er ermahnte sich zur Ruhe. Sie mussten etwas tun, und zwar bald. Sobald die Russen Olga und Dimitri gefilzt hätten, würden sie die Fahrerkabine nach Schmuggelware durchsuchen. Und danach mit Sicherheit den Laderaum. Sie konnten sich hinten im Laster nirgends verstecken. Auch die Planen, unter denen sie während der langen Fahrt gesessen hatten, würden nicht ausreichen.

»Wir müssen was machen«, sagte Slapshot, der auf der anderen Seite der Ladefläche immer noch nach draußen spähte.

»Siehst du hinter dem ersten Truck noch andere, Slap?«, wollte Kolt wissen, während er sich die verfügbaren Informationen durch den Kopf gehen ließ.

»Schwer zu sagen. Ich schätze, da sind keine, sonst wären die anderen Typen auch nach vorn gekommen.«

Kolt fand Slapshots Argument einleuchtend, aber es überzeugte ihn dennoch nicht ganz. Während er noch darüber nachdachte, sah er, wie einer der Soldaten aufstand, die eigene Mütze abnahm und sich Olgas Schaffnermütze seitlich aufsetzte. Die Russen lachten. Einer schien einem der beiden am Boden Liegenden einen Tritt zu versetzen.

Ihre MBITR-Funkgeräte waren abhörsicher. Es wäre nicht allzu schwer für Kolt gewesen, sein Gerät aus der Tasche zu holen. Vielleicht sollte er die Leute im Unterschlupf in der Nähe der Stadt Krasnoarmeisk kontaktieren und Hilfe anfordern. *Scheiße.* Kolt fiel wieder ein, dass sie Tehranis Kurier nachjagten und daher nicht erreichbar sein würden.

Als er zu dem Schluss kam, dass es eine gute Idee wäre, den *Mayday*-Funkspruch trotzdem abzusetzen, wurde ihm klar, dass er nicht wusste, wie weit sie von Krasnoarmeisk entfernt waren. Die Reichweite des Funkgeräts war begrenzt. Das Signal würde nicht ankommen. Um die Verbindung herzustellen, würde er eine Satellitenantenne brauchen – ein Stück Ausrüstung, das keiner von ihnen aus Bragg mitgebracht hatte.

Mist, die Option scheidet auch aus!

»Boss?« Digger brauchte offenbar etwas Unterstützung von ihm bei der Einschätzung der Lage. »Langwaffen?«

Kolt wog die Möglichkeiten ab. Letztendlich blieb ihnen nur noch eine.

»Japp. Wird Zeit für 'ne Schießerei.«

Sonchon, Nordkorea

Der 60-jährige Kang Pang Su krümmte sich und hustete und keuchte so heftig, dass er am ganzen Leib zitterte.

Als er sein Fahrrad nach der Fahrt den steingepflasterten Weg entlangschob, rang er immer noch nach Luft.

Er hielt es gerade, während er mit der linken Hand die Haustür des traditionellen Bauernhauses mit dem Ziegeldach öffnete. Kang stieß sie vollständig auf und warf noch einen Blick die breite Straße entlang, die von großen, von der Regierung mit weißen Ringen markierten Platanen und Akazien gesäumt war.

Gründlich, aber schnell sah er sich um, in der Hoffnung, keine Mitglieder der Sittenpolizei zu sehen, die vorbeikamen, um den Zustand der von der Arbeiterpartei verteilten Bilder des Großen Führers zu begutachten. Oder einen der Jugendlichen mit dem Armband der Sozialordnungsbrigade, die sehen wollten, ob er sein Regierungsabzeichen trug. Er war sicher, dass eine der beiden Gruppen ihm folgte.

Kang hatte genug davon, unter Beobachtung zu stehen. Schon vor langer Zeit war er zu dem Schluss gekommen, dass ein mächtiges Land nicht stolz darauf sein sollte, dass seine Bürger sich gegenseitig ausspionierten.

Er schüttelte sich die Vinyl-Halbschuhe von den Füßen und schob das Fahrrad mit den abgefahrenen Reifen durch die Tür. Dann schloss er sie leise, lehnte das rostige, hellblaue Gefährt an die Betonmauer, achtete darauf, dass es nicht umkippen konnte, und machte sich auf den Weg zur Küchenspüle, um seinen Durst zu stillen.

Kang hob den kleinen, alten, weißen Kochtopf, in dem seine Frau jahrzehntelang Kohl und Algen gekocht hatte, und rührte in dem trüben Wasser. Er suchte nach Insekten. Dann führte er den harten, abgenutzten Rand zum Mund. Er kippte den Topf, lehnte sich zurück und trank, bis er fast einen Liter geschluckt hatte. Nach 20 Kilometern auf dem instabilen Fahrrad ohne Gangschaltung wollte Kang sich nur noch den wunden Hintern eincremen und auf dem Steinboden zusammenbrechen, die Augen schließen und die müden Knochen ausruhen. Sechs bis acht Kilometer der Strecke waren nichts anderes als eine simple, aber besonnene Vorsichtsmaßnahme gewesen, um der Überwachung zu entgehen.

Aber er hatte seine Entscheidung schon vor langer Zeit gefällt. Er würde sich nicht ausruhen, bevor er die wichtigste Nachricht seines Lebens verschickt hatte.

Sein ganzes Leben hatte er in Nordkorea verbracht und sich nie viele Gedanken darüber gemacht, was sich im Rest der Welt abspielte. Er mied die südkoreanische Propaganda, die von den Wundern des Kapitalismus, von freier Meinungsäußerung und unbegrenzten Möglichkeiten sprach. Wäre die Behandlung nicht gewesen, die man seiner Frau vor so vielen Jahren hatte zukommen lassen, hätte Kang Pang Su ein bequemes, privilegiertes Leben geführt, so wie der immer neugierige Pak Yong Chol und all die anderen Mitglieder der Parteispitze es führten, deren Familiennamen irgendwie mit dem verstorbenen Kim Il Sung in Verbindung standen.

Nein, als Kangs Frau starb, waren seine Trauer, der Hass und das Gefühl, verraten worden zu sein, unkontrollierbar geworden. Er hasste das Regime für das, was es ihm angetan, was es ihm genommen hatte. Auf eine gewisse Weise war ihm bewusst, dass diese Wut ihn dazu gebracht hatte, vor all den Jahren den Kontakt zur CIA zu suchen. Aber es war dennoch seine eigene Entscheidung gewesen.

Während seiner Zeit an der Universität hatte er sich noch dagegen gesträubt, sich an die CIA zu wenden, trotz ihrer Bitten. Dabei ging es weniger um Prinzipien als um das Bedürfnis, seine Frau und seine Kinder zu schützen. Doch während der Hungersnot in den 1990er-Jahren hatte die Lage sich geändert. Der Zusammenbruch der Sowjetunion hatte die Zufuhr von Öl, Technologie und Nahrungsmitteln gestoppt, auf die das Eremitenkönigreich zum Überleben angewiesen war. Aber was Kang Pang Su letztendlich dazu gebracht hatte, sich gegen das Regime zu wenden, war etwas, das er als hochrangiges Mitglied des Zentralkomitees mit eigenen Augen gesehen hatte. Präsident Kim Jong-il hatte Einnahmen in die eigene Tasche umgeleitet und damit trotz der offiziellen Politik zur Bevorzugung des Militärs, der Koreanischen Volksarmee, diese und die gesellschaftliche Oberschicht nationaler Ressourcen beraubt.

Beide Söhne Kangs hatten voller Stolz im Militär gedient, aber nur einer, Dae-Jung, hatte die knappen Essensrationen von 400 Gramm am Tag überlebt. Chung-ho, der jüngere, war an Beriberi gestorben, ein Krankheitsbild, das sein Nervensystem sabotiert und innerhalb von 36 Stunden zu Herzversagen geführt hatte.

Schon damals hätte Kang den Amerikanern gern geholfen, doch die humanitäre Hilfe, die sie und China leisteten, ersetzte die ausbleibenden russischen Lieferungen, sodass er zunächst jeden Gedanken an Verrat unterdrückte. Nicht dass Kang Sympathie für Kim Jong-ils dickbäuchigen Sohn Kim Jong-un hatte; ganz im Gegenteil. Den nuklearen Ehrgeiz des neuen Führers fand er sehr beunruhigend, denn aus seiner Sicht führte er nur zu einer weiteren Isolierung des Landes zu einer Zeit, in der das Volk so viel Hilfe nötig hatte. Aber Kang kannte seinen Platz und hielt sich zurück.

Und dann hatte Dae-Jung das Unvorstellbare getan. Es gab im ganzen Land Gerüchte über die extremen Taten, zu denen Menschen fähig waren, wenn es darum ging, den dauernden Hunger zu bekämpfen. Ihm kamen die Tränen, wenn er an seine Enkelin dachte und an den Wahnsinn, der seinen Sohn dazu getrieben hatte, sie zu töten und zu verspeisen.

Kang trank noch einen Schluck, leerte den Topf und stellte ihn in die eingelassene Spüle zurück. Er ignorierte seine Erschöpfung und trocknete sich mit dem Ärmel seiner gelbbraunen Jacke erst den Mund, dann die Augen. Durch den schmalen Flur schlurfte er zum näher am Kamin gelegenen Teil des Zimmers. Es war Monate her, dass er die Wärme des Bodens gespürt hatte, der über ein System von Leitungen von unten durch die warme Luft und den Rauch eines Außenkamins beheizt wurde. Aber weit mehr als die Wärme unter dem Boden hatte Kang in den letzten paar Monaten ein Versteck benötigt.

Er näherte sich dem Fenster, wobei er sorgfältig darauf achtete, keinen der drei bis vier Liter fassenden Farbtöpfe umzustoßen, nicht die getrockneten Pinseltöpfe umzutreten oder sich in den Stoffvorhängen zu verfangen. Außerdem wollte er nicht durch das Fenster von irgendjemandem gesehen werden, der vielleicht zufällig in seine Richtung blickte.

Er betastete sein rechtes Knie und drückte sanft auf das aufgedunsene Gewebe. Die Flüssigkeit hatte es bereits zur Größe eines Softballs anschwellen lassen. Kang blickte von links nach rechts, dann wieder nach links. Er hielt Ausschau nach den hochrangigen Parteikadern, die in jede Provinz und Stadt entsandt wurden, um Parteimitglieder mit möglicherweise fragwürdiger Loyalität aufzustöbern, sowie nach den Propaganda-Lastwagen, deren krächzende Dachlautsprecher Nachrichten über nordkoreanische Erfolge verbreiteten.

Kang wusste, dass die Regierungskader von Haus zu Haus gingen und nach Mitgliedsausweisen der Partei oder Porträts des Großen Führers suchten, die in Kommoden verstaut waren, weil die Loyalität ihrer Besitzer jetzt Männern aus dem Ausland oder dem amerikanischen Dollar galt. Diese Leute hatten zwar andere Beweggründe, aber wie Kang waren auch sie nur formal betrachtet Parteimitglieder, nicht jedoch in ihrem Handeln.

Es galt, keine Zeit zu verlieren. Er erhob sich und eilte weiter zum vertrauten, hinteren Ende des Raums, dem *araemmok*, der für Ehrengäste und die Älteren im Haushalt vorgesehen war. In den nordkoreanischen Wintern konnte eine warme Nacht wie ein Lottogewinn sein – dies war der Grund dafür, dass seine Eltern und Großeltern so lange, wie Kang zurückdenken konnte, in dem Bereich geschlafen hatten, der dem außen gelegenen Kamin am nächsten war.

Er schonte sein verletztes Knie, während er zum vorderen Ende des Zimmers schlurfte, der Stelle, an der er und seine Brüder und Schwester, denen ein geringerer sozialer Status zukam, geschlafen hatten. Der *ummok* lag in der Nähe der Haustür und war am weitesten von der Wärmequelle entfernt. Der Boden in beiden Bereichen war mit demselben ein Jahrhundert alten Belag aus flachen Steinen ausgestattet, straff bespannt mit mehreren etwa ein Quadratmeter großen Stücken lackierten Papiers. Das helle, goldbraune Papier war gut gealtert. Abgesehen davon, dass es dem dekorativen Geschmack seiner Mutter entsprach, hatte es den Raum vor Gas und Rauch geschützt und war auf dem Markt in Sonchon leicht erhältlich gewesen.

Kang musste sich beeilen. Man erwartete ihn in Pjöngjang, wo ein Treffen mit der schwedisch-südkoreanischen Delegation angesetzt war, bei dem die Nuklearwaffenpolitik abgesprochen werden sollte. Aber der letzte Zug nach Pjöngjang würde den Bahnhof von Sonchon in weniger als einer Stunde verlassen. Selbst wenn er 50 Minuten lang heftig in die Pedale trat, ohne sich Gedanken über mögliche Verfolger zu machen, würde er praktisch im selben Moment einsteigen, wenn der Zug anfuhr.

Es würde das vierte Treffen innerhalb der letzten drei Wochen sein. Sie bereiteten sich auf die sehr seltene Zusammenkunft hochrangiger Delegierter in Panmunjom auf dem 38. Breitengrad vor. Nichts, das sie bei diesem Treffen mitteilen würden, würde der Wahrheit auch nur nahekommen. Dennoch musste er daran teilnehmen, und sei es nur, um keine Aufmerksamkeit auf das zu lenken, was er in Sonchon tat. Das bedeutete, dass ihm keine Zeit blieb, im Hof für Sauberkeit zu sorgen oder Reparaturen durchzuführen – all dies ein ausgefeiltes Schauspiel, um die Neugier der Einheimischen zu befriedigen.

Vorsichtig kniete Kang sich auf den Steinboden und schob sich ein schäbiges Kissen unter die Knie. Er griff nach einem Ende des goldbraunen Lackpapiers, schälte es von dem viereckigen, sauber auf etwa einen Quadratmeter zugeschnittenen Bodenstein und griff nach dem an der Wand lehnenden Schürhaken. Mit dem schmalen Ende schob er diesen in die kleine Lücke zwischen den Steinen und hebelte die Platte aus ihrer ein Jahrhundert alten Position. Dann legte er den Schürhaken beiseite und zog mit beiden Händen an den Rändern, um die Bodenplatte aus dem Weg zu schieben. Er legte sich auf den Bauch.

Kang griff in den Heizraum unter dem Boden und holte den alten Fernschreiber hervor. Er achtete darauf, das Stromkabel nicht herauszuziehen, das mit kleinen Stücken Maschendraht und Sackleinen an der Rückseite befestigt war. Dann wischte er mit den Fingern den Staub vom kleinen Fenster des elektronischen Terminals des HAL CWR-6850 und entfernte ein paar Spinnweben von der Tastatur.

Vor dem Zeitalter der Computer-Massenspeicher – ein Zeitalter, in dem Nordkorea heute noch nicht angekommen war – hatten die meisten Funkfernschreibstationen, kurz RTTY-Stationen, auf der Basis von Lochstreifenstanzern funktioniert, die Text auf Papier festhielten. Kang hatte an der Kim-Il-sung-Universität einen Abschluss in Naturwissenschaft und Ingenieurwesen erworben und keine Schwierigkeiten gehabt, die Funktionsweise zu verstehen und den Anweisungen seines CIA-Kontakts zu folgen. Er musste nichts weiter tun, als seine Nachricht auf der RTTY-Tastatur einzugeben, sie mit dem Codewort zu authentifizieren, das er seit 30 Jahren im Gedächtnis trug, und die Maschine den Code auf das Band schreiben zu lassen. Dieser konnte dann elektronisch mit hoher, konstanter Geschwindigkeit über weite Entfernungen übertragen werden.

Es hatte für ihn nie eine dringlichere Nachricht gegeben. Ohne sie würden die einzigen Menschen auf der Welt, die in der Lage waren, ihn sicher aus Nordkorea zu schaffen, nie von seinen Plänen erfahren, während des Meetings in Panmunjom überzulaufen. Und was noch wichtiger war: Diejenigen, die den größten Bedarf an seinen Informationen hatten, die Amerikaner, waren auch die Einzigen, die diese nutzen konnten, um den Dritten Weltkrieg zu verhindern.

Kang legte den roten Kippschalter aus Plastik um, um den Fernschreiber zu aktivieren, und schaltete den weißen Hebel auf ›Senden‹. Dann wartete er die 20-sekündige

Ladesequenz ab, wobei er mit den Fingern ungeduldig auf seine Oberschenkel trommelte. Er wählte den manuellen Modus, initiierte den Magnetbandtest, musterte den Bildschirm und wartete darauf, dass die verschwommenen hellgrünen Buchstaben nicht mehr ›WAIT‹, sondern ›OUTPUT‹ lauteten. Erst dann konnte er mit dem Eingeben der Botschaft beginnen, die ihn entweder retten oder umbringen würde.

9

Am westlichen Rand von Losowa in der Ukraine

Optionen rasten durch Kolts Verstand, aber er verwarf eine nach der anderen. Ihre beiden Führer von Alfa lagen jetzt mit den Gesichtern im Dreck und waren von russischen Speznas-Einheiten umzingelt. Also gab es nur noch eine Möglichkeit: Die Russen mussten weg.

Er ließ den Rand der Abdeckung sinken und schloss damit das Aussichtsloch, das er benutzt hatte, um das Chaos zu verfolgen, das sich draußen abspielte. Auf den Knien rutschte er in die Mitte der Ladefläche zurück, näher zu Digger und Slapshot. Jetzt, da er nicht mehr unter der schweren Plane saß, hatten seine Augen sich an die Dunkelheit gewöhnt und er konnte die Gesichter seiner Kameraden erkennen, zumal das Scheinwerferlicht immer noch als schmaler Streifen auf Slapshots Position fiel.

»Das ist doch verdammer Irrsinn«, fluchte Slapshot.

In diesem Punkt konnte Kolt seinem Sergeant Major nicht widersprechen. Die Dinge waren schnell außer Kontrolle geraten. Aber das festzustellen war einfach; was sie jetzt brauchten, waren Optionen. Kolt analysierte die Situation in Warp-Geschwindigkeit, erfasste Möglichkeiten und Kontexte und entschied sich für eine Idee. Eine verrückte Idee.

»Digger, kannst du den behinderten Cousin spielen?«

»Denk nicht mal dran, Boss«, wehrte Digger kopfschüttelnd ab.

»Warte mal, Mann, hör zu«, drängte Kolt. »Du sprichst die Sprache gut genug, um die Rolle zu spielen. Zieh dich bis auf die Unterwäsche aus und nimm dein Bein ab. Dann hüpfst du da raus, machst einen auf schwachsinnig und ziehst ihre Aufmerksamkeit auf dich. Slapshot und ich umgehen sie und machen sie von hinten fertig.«

»Und ich dachte, in Indien auf einer rollenden 747 zu landen wäre verrückt gewesen«, sagte Digger. »Aber das hier ist einfach Wahnsinn, verdammte Scheiße.«

»Genau deshalb könnte es funktionieren«, meldete Slapshot sich zu Wort. Kolt war überrascht, dass sein neuer Squadron Sergeant Major ihn sofort unterstützte. Das sagte ihm, dass dieser entweder verzweifelt war und keine besseren Einfälle hatte oder dass seine unkonventionelle Idee für ihn Hand und Fuß hatte. Nun ja, zumindest *einen* Fuß.

»Was? Sind wir hier etwa wieder beim Auswahltraining?«, flüsterte Digger, der sich immer noch gegen den Plan sträubte.

»Komm schon, Digger, wenn du ’ne bessere Idee hast, musst du jetzt damit rausrücken«, entgegnete Slapshot.

»Da raushüpfen?«, fragte Digger, sichtlich wütend über den Vorschlag. »Auf einem Bein?«

»Digger, hör zu«, wandte Kolt sich an ihn. »Nicht mal diese Arschlöcher da würden auf einen halb nackten, einbeinigen Irren schießen.«

»Woher zum Teufel willst du das wissen?«

»Sie haben die anderen beiden noch nicht erschossen. Wir brauchen nur ein bisschen Zeit, um hinter sie zu gelangen. Wenn wir zu dritt aus der Deckung kommen und anfangen zu schießen, sind wir zu nahe beieinander – das macht uns angreifbar.«

»Verfluchter Mist.« Digger zog sich T-Shirt und Sweatshirt über den Kopf und warf sie in Slapshots Richtung. Kolt sah zu, wie er in kniender Haltung zur Heckklappe des Lasters rutschte. Selbst im Dunkeln war sein v-förmiger, triathlongestählter Oberkörper unübersehbar. Digger rutschte über die Klappe, als wäre sie ein Reck auf dem Hindernisparcours, und verlagerte sein Gewicht, bis er auf den Feldweg hinuntersank. Kolt und Slapshot rutschten hinterher.

Digger reichte Slapshot seine Glock mit dem Griff voran. Er öffnete seinen Gürtel, ließ die Cargo-Jeans herunter und stützte sich an der Heckklappe ab. Mühevoll zog er die Stiefel durch die weiten Hosenbeine, einen nach dem anderen, und ließ seine Unterhose auf dem Feldweg liegen. Kolt warf Digger einen Blick zu. Er war stolz darauf, dass dieser seinen Hintern für sie riskierte, noch dazu ohne Unterwäsche. Digger bückte sich, löste seine Beinprothese und reichte sie Slapshot hinauf.

»Lasst euch nicht zu viel Zeit.« Er hielt sich an der Ladeklappe fest und sprang zur linken hinteren Ecke des Wagens hinunter.

»Gib uns eine Minute, wenn möglich«, erwiderte Kolt. »Und sei schön laut, damit wir dich hören können.«

Ohne etwas zu Slapshot zu sagen, glitt Kolt über die Heckklappe, wobei er darauf achtete, nicht den Verband von seinem rechten Unterarm zu reißen, und ging in die Knie. Er hob sein Hemd ein paar Zentimeter, um nachzusehen, dass er nicht versehentlich seine Pistolenlampe eingeschaltet hatte, und zog seinen M1911A1 aus dem Hüftholster. Jetzt, da sein Kopf auf derselben Höhe wie Diggers weißer Arsch war, kam ihm der Gedanke, dass es vielleicht doch bessere Optionen gab. Aber als er spürte, wie Slapshot hinter ihm aus dem Wagen sprang, schüttelte er seine Bedenken ab und drehte sich um.

Mit Kolt an der Spitze gingen sie etwa zehn Meter weit zurück, wobei sie den Truck zwischen sich und den lachenden Russen hielten und es vermieden, von den sich duellierenden Scheinwerfern angestrahlt zu werden. Als sie die linke Straßenseite erreichten, gingen sie in die Hocke und bewegten sich eine grasbewachsene Böschung hinab. Sie berührten mit beiden Händen ihre Zweitwaffen: Slapshot hatte eine Gen 4 Glock 23 wie Digger, Kolt eine Single-Action-Pistole im Kaliber 45. Bereit, jeden Feind, auf den sie stießen, sofort zu erledigen, machten sie sich auf den Rückweg zu den sich gegenüberstehenden Lastwagen.

Sie befanden sich jetzt unterhalb der Straße und bewegten sich mit taktischer Zielstrebigkeit langsam über den weichen Boden. Während sie sich von den Scheinwerfern und dem russischen Lastwagen entfernten, die wie ein Tatort ausgeleuchtet waren, stiegen Kolt und Slapshot über ein Dutzend umgestürzter, astloser Bäume. Der starke Geruch verbrannten Holzes stieg Kolt in die Nase und vermittelte ihm den Eindruck, sie würden sich durch die Überreste eines nicht lange zurückliegenden Waldbrands bewegen. Als sie am russischen Laster vorbei waren, krochen sie auf den Knien und auf eine Hand gestützt aus dem Graben. Am Straßenrand hielten sie inne, blickten direkt in die Dunkelheit und hielten nach anderen, bisher unsichtbaren Trucks oder weiteren Soldaten Ausschau.

»Rechts ist nichts«, flüsterte Slapshot.

»Weiter.«

Kolt ging in Führung, und sie schlichen sich geschickt wie Ninjas hinter den russischen Wagen. Dicke, abgefahrene Reifen, billiger Stahl – alles passte zum osteuropäischen Militär. Kolt gab Slapshot das Zeichen, einen Blick auf die Ladefläche zu werfen, während er ihm Feuerschutz geben würde. Slapshot steckte die Pistole ins Holster, zog an der Ladeklappe und hievte sich vorsichtig mit einem Klimmzug daran empor.

»Kisten«, flüsterte er, ließ sich auf ein Knie sinken und zog seine Pistole wieder.

Kolt blickte um die rechte hintere Ecke des Trucks herum, um sich ein Bild der Lage zu machen. Das Scheinwerferlicht von Dimitris Fahrzeug reichte nicht ganz bis zu seiner Position, sodass er bis auf Weiteres verborgen blieb.

Er drehte sich um. »Wir sollten es nicht auf die laute Tour machen, Slap. Versuchen wir, uns die Typen zu schnappen und sie auszuquetschen.«

»Weiß nicht, Boss. Wir sind hier nicht gerade im Vorteil.«

»Ich weiß, aber …«

In diesem Moment krachten vor dem Fahrzeug AKMS-Schüsse. Kolt und Slapshot näherten sich der Gruppe und sahen, wie einer der Russen Einzelschüsse auf Diggers

Fuß abfeuerte. Kolts Kamerad hüpfte im Adamskostüm auf und ab, wobei er jedes russische Schimpfwort ausstieß, das ihm einfiel. Die Geschosse wirbelten Staub auf. Digger bedeckte sich mit einer Hand das Gesicht, mit der anderen den Schritt.

Er spielte seine Rolle besser, als sie erwartet hatten. Die anderen Russen brachen in Gelächter aus. Derjenige, der Olgas Mütze trug, hielt eine Schnapsflasche in der Hand und hüpfte ebenfalls auf einem Bein herum, um Digger nachzuäffen und sich über seine Behinderung lustig zu machen.

Kolt und Slapshot näherten sich dem vorderen Ende des Trucks weit genug, um zu sehen, wo sich Dimitri und Olga befanden. Sie wollten die Situation einschätzen können, bevor sie in Aktion traten.

Dimitri lag mit dem Gesicht nach unten reglos und still da. Sie hatten ihm die Hände auf den Rücken gefesselt. Kolt richtete den Blick auf Olga. Einer der Russen saß auf ihrem Rücken, während sie versuchte aufzustehen. Ihr langes braunes Haar, das sonst unter der Mütze gesteckt hatte, fiel ihr jetzt ins Gesicht. Sie hatten ihr die Hose bereits bis zu den Knöcheln heruntergerissen, die Unterwäsche bis zu den Knien. Kolt hatte nicht vor, es geschehen zu lassen. Bei Vergewaltigung war für ihn eine rote Linie überschritten.

Der hüpfende Russe reichte die Flasche an seinen Partner weiter, bevor er seinen Gürtel löste und ihn auf den Boden fallen ließ. Er sagte etwas auf Russisch, das einen bösartigen, finsteren Klang hatte. Dabei öffnete er die Hosenknöpfe und ließ die Hose fallen, keinen halben Meter hinter Olga. Er tappte vorwärts wie ein Gefangener in Fußketten und starrte ihr auf den Hintern.

Olga schrie auf, aber nicht vor Angst. In ihrer Stimme lag blanker Hass.

Kolt wandte sich halb zu Slapshot um, ohne die drei russischen Soldaten aus den Augen zu lassen, die mitten im Scheinwerferlicht standen.

»Ich geh nach links, du nach rechts«, flüsterte er. »Auf drei.«

»Roger.«

»Was heißt ›Hände hoch‹ auf Russisch?«

»Versuch's doch mit was Ausgefallenem wie ›Waffen weg‹ oder so«, gab Slapshot zurück.

»Wird reichen.« Kolt ignorierte den Sarkasmus seines Kameraden.

In der Nähe knallte wieder ein Gewehrschuss.

»Scheiße! Los!«

Kolt erhob sich in die Hocke und verließ den Schutz der Dunkelheit. Er streckte den 1911 vor sich aus und legte das goldene, perlenförmige Korn über die Augenhöhle eines Russen. Er wusste, dass Slapshot die andere Seite übernahm und mit erhobener Waffe jede Bedrohung in seinem Sektor ausschalten würde.

Der Russe, der auf Olga gesessen hatte, war jetzt auf den Beinen und stand in Siegespose über Dimitri. Er hielt sein AKMS in beiden Händen, den Lauf auf den liegenden Alfa-Mann gerichtet.

Der Russe zog mit Mühe an seinem 30-Schuss-Magazin, griff dann unter das Gewehr und zog den Ladehebel zurück.

Ladehemmung!

Der russische Soldat musste gespürt haben, dass er ungebetenen Besuch bekam, denn er drehte den Kopf ein Stück nach rechts. Sofort war er alarmiert, stieg über

Dimitri hinweg, ließ Gewehr und Magazin in den Staub fallen und rannte davon.

»Putin ist 'ne Pussy!«, rief Kolt und folgte ihm um die rechte Vorderseite von Dimitris zerstörtem Truck herum.

Er verließ das gefährliche Scheinwerferlicht und verfolgte den Russen in die Finsternis. Der andere rannte mit voller Geschwindigkeit, schrie wie ein Baby und verhielt sich ganz und gar nicht mehr wie der abgebrühte Killer, den er so erfolgreich verkörpert hatte, als die Lage für ihn noch günstig gewesen war.

Kolt hatte nicht vor, die ganze Nacht hinter ihm herzulaufen. Hinter ihm waren noch zwei andere Arschlöcher, und er wollte den Spaß nicht verpassen.

Er blieb stehen, stellte die Füße auf Schulterbreite auseinander, um mehr Halt zu haben, und richtete den Lauf der Waffe nach vorn. Mit dem Daumen seiner Linken schaltete er den beidhändig bedienbaren Schalter an seiner SureFire-X300-Ultra-Waffenlampe ein und tauchte den fliehenden Russen vom hutlosen Kopf bis zum Arschloch in 500 Lumen weißes Licht. Kolt lehnte sich in den Schuss, richtete das Korn mittig zwischen die Schulterblätter des Russen und zog den Abzug zweimal durch, um dem Mann ein kontrolliertes Schusspaar in den schmalen Rücken zu jagen.

Er schaltete das Licht aus, dann wieder an, und sah den zusammengesackten Körper am Rand des Feldwegs liegen.

Kolt drehte sich wieder zu seinen Kameraden um und fragte sich, was sich in der Zwischenzeit bei ihnen abgespielt hatte. Er hatte keine Schüsse von Slapshot gehört. Mit wenigen Schritten kehrte er zum rechten Kotflügel des Lastwagens zurück.

»Adler, Adler!«, rief Kolt, damit sie wussten, dass er zu ihnen gehörte.

Er trat vor die Scheinwerfer und kniff im Licht die Augen zusammen. Mit dem linken Stiefel trat er in eine glitschige Pfütze und verlor für einen Moment das Gleichgewicht.

Dimitris Blut.

Er gewann die Balance wieder. Mit gesenkter, aber schussbereiter Pistole kniete sich Kolt hinunter auf Dimitris magere Beine.

»Ich dachte, wir wollten die Sache leise erledigen?«, fragte Slapshot. »Hast du nicht was von Ausquetschen gesagt?«

Kolt versuchte, die Szene zu begreifen. Der immer noch nackte Digger lag auf dem Rücken. Er hielt einen der Russen von hinten in einem soliden Würgegriff und übte Druck auf dessen Luftröhre aus, während der Russe wild mit den Händen fuchtelte, weil er keine Luft bekam. Digger hatte das linke Bein um seine Taille geschlungen, knapp über seinem halb schlaffen Penis und seinen haarigen, weißen Oberschenkeln. Sein rechter Beinstumpf ragte nach oben und gab ihm Stabilität beim Anlegen des Griffs.

In der Nähe lag Slapshots Gegner bewusstlos mit dem Gesicht nach unten auf dem Boden. Slapshot war gerade damit fertig, dem Mann die Handgelenke mit Kabelbindern auf den Rücken zu fesseln, und wandte sich jetzt seinen Fußknöcheln zu.

»Tot?«, fragte Kolt in der Hoffnung, dass er nicht der Einzige war, der zu tödlicher Gewalt gegriffen hatte. Schließlich war die Gefangennahme seine Idee gewesen.

»Hab ihm bloß eins mit der Pistole übergezogen.«

Kolt schüttelte halb ungläubig, halb staunend den Kopf, bevor er die Verwunderung loswurde und sich auf den Weg machte, Digger zu helfen. Slapshot warf ihm zwei Kabelbinder zu, die Kolt verwendete, um dem anderen, nun bewusstlosen Russen die Knöchel zusammenzubinden. Digger rollte sich aus dem Weg, ließ Kolt den Kerl umdrehen und ihm auch die Handgelenke fesseln.

»Zieh dir was an, Bruder«, sagte Kolt. »Das war legendär.«

»Leck mich, Racer«, erwiderte Digger, der seine Erleichterung darüber, dass der Trick tatsächlich funktioniert hatte, nicht verbergen konnte. »Du bist mir was schuldig.«

»Und ob.« Kolt sah zu, wie Digger aus dem Lichtkegel hüpfte und zur Heckklappe zurückkehrte.

Er drehte sich zu Olga um, froh, dass sie noch am Leben war. Sie hatte ihre Hosen hochgezogen und beugte sich über Dimitri. Sie fühlte am Hals nach seinem Puls, wollte ihren Agentenkollegen noch nicht aufgeben.

»Das sind Starinows Babys«, sagte sie.

»Wer?«

»Colonel Starinow. Er ist der Großvater der russischen Spezialeinheiten.«

»Speznas?«, fragte Kolt. »Sicher?«

Olga sammelte sich und stand auf. Sie sah ihre Mütze am Boden und beugte damenhaft die Knie, nicht die Hüfte, um sie aufzuheben. Mit einer Hand sammelte sie ihre Haare zu einem Pferdeschwanz und setzte sich die blau-weiße Schaffnermütze wieder auf den Kopf. Dann verwendete sie einen langen Moment darauf, sie zurechtzuschieben.

Kolt verfolgte jede ihrer Bewegungen. Ihr Auftreten und ihre Gefasstheit angesichts von Dimitris blutüberströmter

Leiche beeindruckten ihn. Kolt nahm an, dass die beiden Alfa-Agenten sich nahegestanden hatten, mindestens als Landsleute, vielleicht mehr.

»Wir müssen langsam los, Boss«, mahnte Slapshot. »Nehmen wir die beiden mit?«

Kolt dachte für einen Moment darüber nach, bis Olga, die auf ihn zukam, seine Gedanken unterbrach.

Sie kniete sich neben den russischen Soldaten, den Digger betäubt hatte, hob die Hand zu seinem Kopf und griff nach einem fünf Zentimeter breiten orange-schwarzen Band an der linken Schulterklappe. Sie rieb den Knoten zwischen den Fingern, um ihn zu lösen.

»Der Orden des heiligen Georg.« Sie hielt das etwa 25 Zentimeter lange Band in die Luft. »Ein Zeichen russischen Nationalstolzes. Alle Speznas-Leute tragen eins, wenn der Kreml den Krieg erklärt.«

Olga reichte Kolt das Band. Er musterte es für ein paar Sekunden, bevor er es Slapshot zeigte.

»Das heißt, wenn man das trägt, sehen die Einheimischen, dass man ein russischer Kommandosoldat ist?«, fragte dieser.

»Ja.« Olga hielt die dunklen Augen auf den hilflos neben ihr am Boden liegenden Russen gerichtet. »Sogar die Verräter, die prorussischen Separatisten in der Ukraine, haben Angst vor diesen Leuten.«

Kolt stand auf, schob seine Pistole ins Holster und ging auf Dimitris Leiche zu. »Keine Diskussionen. Wir nehmen alle mit. Auch die Toten.«

Er packte Dimitri am linken Arm und drehte ihn auf den Rücken.

»NEIN!«, schrie Slapshot.

Überrascht darüber, dass sein Kamerad sich nicht an

die Regel der Lärmvermeidung hielt, drehte Kolt sich um, um herauszufinden, warum er schrie. Es war zu spät.

Olga hielt ein Messer mit beiden Händen und zog es aus dem Nacken des Russen, dem sie das St.-Georg-Band abgenommen hatte. Sie sagte etwas auf Russisch, sicherlich etwas Poetisches, garantiert voll mit Rachsucht und Entsetzen über Dimitris Tod.

Slapshot sprang auf sie zu und wollte sie packen.

»Slap!«, rief Kolt. »Stillgestanden!«

Slapshot erstarrte, blickte ihn an, schien dann zu begreifen und trat einen Schritt zurück.

Olga begegnete Kolts Blick nur kurz; dann wandte sie sich wieder um. Beidhändig hob sie das Messer hoch in die Luft wie eine verletzte, besessene Frau und ließ die blutige Klinge mit einer Wucht hinabsausen, als würde sie in einem Vergnügungspark Hau-den-Lukas spielen.

Sie zog das Messer aus dem Nacken, verlieh ihrem tief sitzenden Hass noch einmal Worte und stach wieder zu.

Und wieder. Und wieder.

10

Sonchon, Nordkorea

Kang Pang Su schaltete den Fernschreiber ein in dem Wissen, dass das Leben, das er kannte, nun ein Ende hatte. Ihm ging durch den Kopf, dass er es sich dramatischer vorgestellt hatte, aber jeder Mensch gelangte irgendwann an einen kritischen Punkt. Er hatte diesen Punkt langsam erreicht, im Laufe von Jahrzehnten, bis er es nicht mehr ausgehalten hatte.

Auf dem Bildschirm blinkte eine Mitteilung: ›DISPLAY ERROR/POWER‹. Kang lehnte sich zurück. Würde ihm jetzt, da er seinen Entschluss gefasst hatte, ein technischer Fehler alles verderben? Er zwang sich, die Ruhe zu bewahren, griff hinter den Fernschreiber und fühlte die Bedienungsanleitung aus dem Jahr 1985, die mit Klebeband an der Rückseite befestigt war. Er riss sie ab und schlug einen Abschnitt weiter hinten auf.

Ja – den RTTY abschalten und dann noch einmal die Initiationssequenz abrufen.

Kang griff nach dem roten Knopf, um das Gerät auszuschalten, doch bevor er das tun konnte, las er eine merkwürdige Nachricht auf der Anzeige:

›ERROR 143‹.

Schnell schlug er wieder das Handbuch auf und fuhr mit dem Zeigefinger die zweiseitige Liste mit den Fehlercodes entlang, bis er die Nummer 143 fand. Auf der rechten Seite stand: SYMBOLIC INPUT POWER – UNCONDITIONAL ABORT.

Oje!

Wieder erstarrte er, war verwirrt, unsicher, was er tun sollte. Während er überlegte, sah er instinktiv wieder zum Fenster, dann zur Haustür jenseits der Küche. Er hob den Blick zu der alten Wanduhr knapp unterhalb der Porträts des Großen Führers Kim Jong-il und des Geliebten Führers Kim Il Sung. Er musste handeln, musste seine Nachricht absetzen.

Der Strom! Das ist es. Das muss es sein.

Kang drehte die Maschine um 180 Grad, um sich die

Verbindungen an der Rückseite anzusehen. Er berührte beide Terminals, suchte nach Anschlüssen, die sich gelockert hatten. Nichts.

Er stand auf und kehrte zum Fenster zurück, wo er kurz innehielt, um einen Blick nach draußen auf die improvisierte Antenne zu werfen und sicherzugehen, dass die radialen Pole, die kurz unter der Erdoberfläche eingegraben waren, nicht beschädigt waren. Es war dieselbe Stelle im Garten, an der seine Mutter im Winter immer die Schalen mit Kimchi-Gemüse vergraben hatte, damit dieses kalt blieb, aber nicht gefror.

Alles schien in Ordnung zu sein.

Kang folgte der knapp zehn Meter langen Antenne aus Teilen eines Metallzauns und etwas Stacheldraht vom Boden bis zur Spitze, ohne irgendetwas Ungewöhnliches oder einen Schaden zu erkennen. Zufrieden ging er zur Haustür, schlüpfte zaghaft in seine Halbschuhe und trat hinaus. Er vergaß, die Tür wieder zu schließen, verließ die niedrige Veranda und ging an der tristen Mauer des alten, grauen Hauses entlang, wobei er dicht an der Wand blieb und die vereinzelten Büsche nutzte, um seine Bewegungen zu verbergen.

Der Strommast stand etwa zwei Meter von der Mauer entfernt. Kang verfolgte das weiße Stromkabel vom Loch unterhalb des Ziegeldachs über die freie Fläche und den Mast hinab, bis es den Verteilerkasten erreichte. Er sah genau hin; mit dem bloßen Auge war nichts Auffälliges zu erkennen. Er suchte die unmittelbare Umgebung nach einem Stock ab, mit dem er sich vor der Hochspannungsleitung schützen könnte. Als er eine alte, verdreckte Hacke fand, berührte er damit vorsichtig die Kabelenden und bemerkte sofort, dass eines von ihnen sich gelockert hatte.

Keine Zeit, das zu reparieren!

Kang suchte wieder nach dem Stromkabel, stieß sacht das hölzerne Ende des Gartengeräts aufwärts in die alte Holzkiste und versuchte, die Kabel fest genug zu verbinden, damit die RTTY-Station genug Strom hatte. Vorsichtig ließ er die Stange los und stellte sicher, dass sie feststeckte, bevor er zum Fernschreiber und zur Öffnung im beheizten Boden zurückkehrte.

Als er wieder auf dem schäbigen Kissen kniete, drehte er die aus braunem Metall bestehende RTTY-Station wieder herum, sodass er das Display und die Tastatur vor sich hatte. Er sah die Meldung, auf die er gehofft hatte.

›OUTPUT.‹

Mit acht dicken Fingern hackte er auf die olivbraunen Tasten ein, hämmerte die erforderliche Zeichenfolge RYRYRYRY heraus, mit der Fünf-Bit-Fernschreiber getestet wurden. Dieser Wechsel zwischen zwei Zeichen diente als Stresstest für elektromechanische Fernschreiber, die den sogenannten Baudot-Code verwendeten. Wenn er wiederholt wurde, erzeugte er eine Trägerwelle, die schnell und regelmäßig die Frequenz wechselte und damit die Prüfung der Signalpolarität ermöglichte.

Der Test dauerte nur ein paar Sekunden. Dann tippte Kang seine Nachricht ein, ohne zu vergessen, sie mit den Buchstaben BOM einzuleiten: *beginning of message*, Anfang der Nachricht. Jeder Tastendruck erzeugte ein grünes Fünf-Bit-Zeichen auf dem Bildschirm.

BOM. TREFFEN 38B NÄCHSTEN …

Er hörte auf zu schreiben, als jemand an die Tür klopfte. Jemand musste ihn draußen gesehen haben, entweder bevor er das Fahrrad hereingebracht hatte oder vielleicht als er das Stromkabel überprüft hatte. Er wusste, dass ihm nicht genug Zeit blieb, den Fernschreiber zu verstecken und den letzten Zug zu erreichen, bevor der Strom ausfiel. Nein, selbst ein höfliches Abweisen des Nachbarn, der ihm vielleicht frisches Rettich-und-Rüben-Kimchi bringen würde, um einen Vorwand für die Befriedigung seiner Neugier zu haben, würde zu lange dauern. Und wenn die Besucher Angehörige der Regierung waren oder zu den vier Millionen Arbeitern und Bauern der paramilitärischen Roten Garden gehörten, würde er weit mehr Zeit benötigen, um den beheizten Boden zu reinigen und wieder in seinen ursprünglichen Zustand zu versetzen.

Achte nicht darauf, tipp weiter, verschick die Nachricht. Das ist deine letzte Chance!

Kang hackte weiter auf die Tasten ein, vervollständigte die Botschaft. Aus Nervosität musste er zweimal ein falsches Zeichen löschen. In diesem Moment war ein zweites, wesentlich lauteres und längeres Klopfen zu hören.

TREFFEN 38B NÄCHSTEN MI. SOS. SEEGHAR. EOM.

Er drückte zweimal ›Enter‹, um die Nachricht zu senden.

Verdammt! Die Geräusche!

Kang hatte nicht an die Geräusche gedacht, die das Gerät machte, wenn es mit der Übertragung begann. Er griff nach dem silbernen, röhrenförmigen Schieberegler für die Lautstärke und schob ihn von ›5‹ auf ›0‹ herunter.

Ein drittes Klopfen.

Er riss das Kissen unter seinen Knien hervor und legte es über die RTTY-Station. Dann hob er den Fernschreiber und stellte ihn vorsichtig wieder in das Versteck zurück, wobei er einen erneuten Stromausfall riskierte. Mit einem letzten Blick zur Haustür schob er den flachen Bodenstein wieder an seinen Platz und fixierte das goldene Lackpapier.

»Ja, ich komme, einen Moment bitte.«

Kolt, der sich Mühe gab, mit dem Zeigefinger die korrekte Route auf seiner Karte mitzuverfolgen, merkte erst, dass sie beim Unterschlupf angekommen waren, als Olga den Lastwagen ruckartig zum Stehen brachte. Als Ersatz für ihren zerstörten Truck hatten sie kurzerhand das Fahrzeug genommen, das die drei Speznas-Soldaten benutzt hatten, ein Nutzfahrzeug des Typs Ural 315. Kolt gab Olga das Zeichen, die Scheinwerfer auszuschalten.

»Lassen Sie den Motor laufen«, wies er sie an, holte seinen 45er zwischen den Beinen hervor und hielt ihn knapp unterhalb des Armaturenbretts. »Wir haben keine Ahnung, wem wir hier begegnen.«

Kolt war wütend, jedoch hauptsächlich auf sich selbst. Er hatte Olga angewiesen, nicht bis direkt vor das Haus zu fahren, sondern etwa 400 Meter vorher anzuhalten. Offenbar hätte er es ihr zweimal sagen sollen. Er betrachtete das alte zweistöckige Ziegelgebäude und die ausgebrannten Fahrzeuge in der Umgebung. Ganz eindeutig hatte der Krieg diesen Ort verwüstet. Er zählte drei Löcher in der Wand vor ihm, die wahrscheinlich von Panzerabwehrraketen stammten.

Die vordere Ecke des Gebäudes war völlig zerstört. Dort klaffte eine drei Meter breite Lücke, verstopft mit Trümmern und aus der oberen Etage herabhängenden Holzbalken. Jedes Fenster, das er sehen konnte, war zerschmettert. Das Haus wirkte verlassen, und das war gut. Falls sein Team dort drinnen war, war dessen Lichtdisziplin ausgezeichnet.

Es war noch dunkel, was im Normalfall ein Vorteil gewesen wäre.

Aber nach ihrem Zusammenstoß mit der Speznas-Einheit stand ihm der Sinn nach mehr Licht, als seine SureFire-Lampe bieten konnte.

»Ich schaue nach«, bot Olga an, die offenbar seine Gedanken lesen konnte.

Kolt packte sie am Arm, bevor sie aussteigen konnte. »Warten Sie, ich komme mit.« Er wandte sich um und sah Slapshot, der ihn durch die Heckscheibe anstarrte. Kolt schob die Glasscheibe zur Seite. »Ich hab's vergeigt. Wir sind zu nah dran.«

»Willst du, dass wir nachschauen gehen?«, fragte Slapshot.

»Gebt uns einfach Feuerschutz von beiden Seiten des Lasters. Wir gehen zur Tür. Wenn was schiefgeht, kommt nach.«

»Na ja, mal sehen«, erwiderte Slapshot, um die Stimmung etwas aufzuheitern.

Kolt erschrak, als jemand an sein Fenster klopfte. Er riss seine Automatikpistole herum. Trip Griffin erwiderte seinen Blick, aber sein Lächeln verschwand, als er in den Lauf des 1911 starrte.

Schnell ließ Kolt die Pistole sinken und sicherte sie.

»Willkommen in der Ukraine«, sagte Trip.

11

Kolt stand im Wohnzimmer des vom Krieg verwüsteten Unterschlupfs und versuchte zu begreifen, was er vor sich hatte. Drei Leichen lagen auf dem schmutzigen blau-grauen Teppich in der Zimmermitte. Die Toten lagen ordentlich nebeneinander, vielleicht ein, zwei Zentimeter voneinander entfernt. Es waren zwei Delta-Scharfschützen und ein Combat Controller der 24th Special Tactics Squadron. Jeder war in eine rot-weiß-blaue US-amerikanische Flagge gewickelt, außerdem in einen olivgrünen Skedco-Leichensack aus Plastik, mit dem die Infanterie ihre Gefallenen transportierte.

Kolt trat ein paar Schritte näher an die Leichen heran und kniete sich hin. Dies war das Letzte, das er erwartet hatte, hier vorzufinden. Er kannte keine Einzelheiten, jedenfalls nicht genug, um feststellen zu können, was man hätte anders machen können. Gelegentlich verlor man einen Kameraden bei einem Angriff, für gewöhnlich durch irgendeinen merkwürdigen Zufall, einen unglücklichen Querschläger, etwas Unsichtbares und Unkontrollierbares. Zwei Reaktionen waren bei den Überlebenden am häufigsten. Entweder stopften sie mehr Granaten in ihre Kampfwesten und füllten ihre Magazine nach oder sie warfen ihre Ausrüstung auf einen Haufen und klinkten sich mental für eine Weile aus. Es war tragisch genug, einen Kämpfer zu verlieren, aber drei bei einem einzigen Einsatz waren etwas völlig Ungewöhnliches.

»Das war von Anfang an eine Schnapsidee«, brach Trip Griffin das Schweigen. »Wir hätten auf bessere Informationen warten sollen.«

»Was ist passiert?«, wollte Slapshot wissen.

»Jackals Einsatzwagen ist beim Rückzug über eine Landmine gefahren.«

Kolt biss die Zähne zusammen. Der Verlust ihres Scharfschützenteams wog schwer.

»Was ist mit Marzbans Kurier?«, fragte er und bereute seine Frage sofort. Es war nicht seine Absicht gewesen, sich unsensibel gegenüber den Gefallenen zu zeigen, und nun schnürten ihm die Schuldgefühle die Kehle zusammen. Es würde ihm die erste Mission mit seiner neuen Staffel nur erschweren, wenn er seinen Männern als Kommandant erschien, dem der Einsatz wichtiger war als die Menschen.

»Den haben wir durchlöchert. Aber das ist noch nicht alles. Marzban war auch da«, erwiderte Trip.

Kolt sah ihn an. »Da sollte doch angeblich nur der Kurier sein.«

»Na ja, die Informationen stimmten nur teilweise. Er hatte noch mehr Handlanger dabei. Als uns klar wurde, dass er es war, war er schon auf der Flucht. Ich bin sicher, dass ich ihn erwischt habe; Dealer hat auch geschossen. Er hat ihm wahrscheinlich zwei Kugeln verpasst.«

»Dealer?«

»Einer von den SEALs. Die waren für die Abriegelung des Gebiets zuständig.«

Kolt hielt für einen Augenblick inne. Er wusste, wer Dealer war, aber es überraschte ihn, seinen Namen zu hören. Colonel Webber hatte nie erwähnt, dass die SEALs an dieser Mission teilnehmen würden.

»Und Marzban?«, fragte Kolt in der Hoffnung, dass bei dieser gescheiterten Mission mit drei Toten wenigstens etwas Positives herausgekommen war.

Trip schüttelte den Kopf. »Als wir ihn zuletzt gesehen haben, hat er sich den Bauch gehalten. Er ist in eine dunkle Limousine gestiegen und abgehauen.«

»Die iranischen Wissenschaftler? Was ist mit denen?«

»Die waren nicht da.«

»Marzban hat doch 'ne Freundin.« Kolt ertappte sich wieder dabei, dass sein Ton zu schnippisch wurde.

»Nein«, sagte Trip. »Die Schlampe hat wahrscheinlich am Steuer gesessen.«

Kolt wandte den Blick von Trips verdrecktem Gesicht und seinem zerzausten Haar ab und sah zu den drei Leichen hinunter, die vor ihm auf dem Boden lagen.

»Wer sind die?«, fragte er, während sich ein Knoten in seinem Bauch formte.

»Philly und Max«, antwortete Trip. »Und unser neuer Combat Controller Carson. War sein erster Einsatz mit uns.«

Verfluchte Scheiße!

Sogar der impulsive Kolt Raynor begriff, dass Marzban es nicht wert gewesen war, egal ob tot oder lebendig. Aber er würde die Mission nicht aufgrund der Verluste abbrechen. Die Ukraine im Jahr 2014 war nicht Somalia 1993 – damals hatten rückgratlose Politiker den Stecker gezogen und die Mission abgebrochen, nachdem zu viele Special Operators ihr Leben verloren hatten.

Es war eine andere Zeit, ein anderer Ort.

Marzban Tehrani bestahl nicht nur ein Lebensmittelverteilungszentrum der Vereinten Nationen, um seine Macht zu festigen. Er war auch der Dreh- und Angelpunkt des nordkoreanischen Programms zur Herstellung nuklearer Minisprengköpfe. Und er war für die Einschleusung von Nuklearwissenschaftlern aus seiner iranischen Heimat über Europa nach Russland und schließlich Pjöngjang verantwortlich.

»Haben Sie bei der Rückfahrt dieselbe Route genommen wie bei der Hinfahrt?« Kolt stand auf und versuchte, den Kopf klar zu bekommen.

»Ja, die anderen Routen waren blockiert. Separatisten haben den Ort abgeriegelt.«

»Und bei der Hinfahrt haben Sie einfach Glück gehabt?«

»Mine mit Druckzünder. Auf dem Hinweg haben wir sie verfehlt.«

»Verdammt. Warum sind Sie überhaupt losgefahren, wenn die Informationen so unverlässlich waren?« Kolt gab sich Mühe, nicht zu klingen, als würde er ihren Entschluss zu handeln infrage stellen – vor allem weil er nicht dabei gewesen war, um zu helfen.

»Gott, Sir, ich weiß es nicht. Schätze, weil es so auf der Synchronisationstabelle stand.«

»Synchronisationstabelle?« Kolt war überrascht über Trips Antwort. »Obwohl die Informationen nicht einsatztauglich und nicht bestätigt waren?«

»Ja. Wir haben das immer so gemacht. Jedenfalls als Lieutenant Mahoney noch unser Kommandant war.«

»Tabellen denken nicht, verarbeiten nichts und können nicht improvisieren«, sagte Kolt und sah Trip fest in die Augen.

Dieser erwiderte nichts, drehte sich nur leicht zur Seite und blickte auf die drei Leichen auf dem Boden hinab. Kolt war nicht sicher, ob seine Bemerkung überhaupt zu Trip durchgedrungen war oder ob dieser noch zu schockiert war, um sie zu verstehen.

Er biss sich auf die Zunge, fühlte die stechenden Blicke von Slapshot und Digger und atmete tief durch. Er sah die beiden an, wusste, was sie dachten, und ließ die Sache fürs Erste auf sich beruhen.

»Wo haben Sie denn die Sachen her?«, fragte Trip, als wäre er endlich aus seiner Trance erwacht und hätte erst jetzt die seltsamen Uniformen bemerkt, die Kolt, Slapshot und Digger trugen. Er zeigte mit beiden Daumen auf die eigene Brust. »Wir dachten, das hier wäre die ukrainische Uniform?«

»Nein. Russisch«, korrigierte ihn Slapshot. »Speznas, um genau zu sein.«

»Die haben wir uns bei einem kleinen Zwischenstopp auf dem Weg von Kiew hierher besorgt«, fügte Kolt hinzu.

»Die riechen echt beschissen.« Trip wedelte sich mit der Hand vor der Nase herum. »Sind das Blutflecken?«

»Nicht unsere.«

Kolt musterte Trips Outfit. Er war beeindruckt, dass seine Männer tief in die Werkzeugkiste des Kommandos gegriffen und täuschend echte ukrainische Uniformen angelegt hatten, um sich zu tarnen. Er bemerkte die blaugelbe ukrainische Flagge, die auf die rechte Schulter der kotzgelb-grünen Tarnuniform genäht war.

»Legen Sie Ihr Zeug ab«, wies Kolt ihn an. »Wir passen drauf auf. Holen Sie sich was zu essen.«

»Hab den Appetit verloren.«

Trip ging durch die nächste Tür und war verschwunden. Kolt stellte fest, dass er noch keine Gelegenheit gehabt hatte, sich an die gesamte Staffel zu wenden. Er hatte sie nicht versammelt und die obligatorische *Ich fühle mich geehrt, Ihr neuer Kommandant zu sein*-Ansprache gehalten, hatte ihnen nicht gesagt, wie wertvoll ihre Arbeit war. Ihm war immer klar gewesen: Wenn er je eine eigene Staffel hätte, würde er seine Jungs wissen lassen, wie wichtig jeder Einzelne von ihnen für die Durchsetzung der nationalen Sicherheit der Vereinigten Staaten von Amerika war. Nicht dass sie daran erinnert werden mussten oder gar damit rechneten – für Kolt fühlte es sich einfach richtig an.

Major Promotable Kolt »Racer« Raynor war seit weniger als 48 Stunden der neue Noble Zero-One. Nicht lange genug, um seine Ausrüstung vom Teamraum der Mike Squadron zum Noble Zero-One-Raum auf der anderen Seite des Flurs zu schaffen. Nicht lange genug, um sich von der Schneiderwerkstatt ein paar neue Aufnäher mit Rufzeichen anfertigen zu lassen. Nicht lange genug, um den Biss von diesem verdammten Hund Roscoe verheilen zu lassen. Nicht einmal lange genug, um den anderen mitzuteilen, dass Slapshot, Digger und vielleicht sogar Hawk im Team waren. Aber die Zeit hatte ausgereicht, drei Kameraden unter seinem Kommando ums Leben kommen zu lassen.

Kolt hörte eine Stimme hinter sich, die ihn formeller ansprach, als er es gewohnt war.

»Major Raynor, Sir. Das hier müssen Sie sich ansehen.«

Er drehte sich um. Es war einer der Informationsanalysten der Einheit, Sergeant John Simminski. Obwohl Kolt sich nicht erinnern konnte, wie man seinen Nachnamen aussprach, erkannte er den Mann sofort wieder. Er trug eine Drahtgestellbrille und den spärlichen Ansatz eines Hipsterbarts. Sein Bauch unterschied ihn deutlich von den Operators. Aber Sergeant Simminski war nicht hier, weil er so gut schießen konnte.

»Zeigen Sie's mir.« Kolt stellte fest, dass Olga sich an seine Fersen heftete. Die Alfa-Agentin hielt die Hände auf Brusthöhe und umklammerte den ledernen Waffengurt, als würde das AKMS, das sie bei der Auseinandersetzung zwischen den Lastwagen ergattert hatte, sie aus dem Gleichgewicht bringen. In der Linken hielt sie die Schaffnermütze. Das getrocknete Blut auf ihren Händen und an den Rändern ihrer Fingernägel war eine ernste Warnung, sich besser nicht mit ihr anzulegen.

Olgas schulterlanges, in der Mitte geteiltes Haar fiel auf natürliche Weise herab und war ebenso fettig und verfilzt wie das von John. Dieser wirkte zehn Jahre älter, wenn er seinen Bart fünf, sechs Tage lang nicht rasierte. Kolt nahm an, dass John seit einer Woche nicht mehr geduscht hatte. Das war für Analysten der Einheit, die mehr Zeit im Büro verbrachten als jeder andere, nichts Ungewöhnliches.

Kolt betrachtete seine Handflächen und wischte sich das getrocknete Blut an den Beinen ab. Er nahm das Blatt von dem Analysten entgegen und begann es zu lesen, aber John ließ es sich nicht nehmen, ihm die Informationen auch mündlich mitzuteilen.

»Marzban ist im Krankenhaus in Donezk.« Er reichte Kolt eine 20 mal 25 Zentimeter große farbige Karte. Das Satellitenfoto war mit einem schwarzen Gitternetz versehen.

»Das Ding ist ja riesig«, bemerkte Kolt, der das Foto nach Aussichtspositionen für seine Scharfschützen und Einfallswegen für seinen Angriffstrupp absuchte.

»Das Unfallkrankenhaus Donezk«, sagte John. »Angeblich soll es noch in der Hand der Einheimischen sein.«

»Woher stammen die Angaben?«

»Von SIGINT.« Das war die Abkürzung für *Signals*

Intelligence, die elektronische Aufklärung und Fernmeldeaufklärung. »Im Mobilfunknetz war die Hölle los.«

»Wer ist fürs Abhören zuständig?«, erkundigte sich Kolt. »Keine fliegende Plattform.«

»Meine Landsleute«, schaltete Olga sich ein. »Unsere Spionagegruppe ist sehr geübt in so was.«

Kolt hörte zu, las dabei aber weiter. »John, wir sollten das ISR über das Krankenhaus schicken, damit es die Bewegungsmuster der Fahrzeuge herausarbeiten kann.«

»Geht nicht, Boss. Die Predator-Drohnen aus İncirlik sind im Irak und in Syrien unterwegs. Die Kurden haben anscheinend mehr Einfluss als ich.«

Kolt dachte nach und nickte wissend. Er sah John an, wie frustriert dieser über den Mangel an Aufklärungsdrohnen war. Weil der Islamische Staat im Irak und der Levante in letzter Zeit viele Gebiete erobert hatte, rechnete man im JSOC damit, dass der Präsident Tier-One-Agenten in den Irak schicken würde. Der IS war wie eine Dampfwalze aus westlicher Richtung durch den Irak gerollt, hatte überall von Falludscha bis Ramadi Köpfe abgehackt und in Mosul, Baiji und Tikrit Massenhinrichtungen vollzogen. Das bedeutete, dass die Vereinigten Staaten wieder einmal eingreifen mussten.

Kolt las weiter.

»Sieht aus, als hätten wir Marzban, sein Mädchen und die beiden Intelligenzbestien an einem Ort, Boss«, sagte John, der zusehends ungeduldiger wurde, während Kolt den Text zu Ende las.

»Haben wir aktuelle Fotos von allen vieren?«, fragte Kolt.

»Schon ausgedruckt, Sir.«

Kolt wandte sich Slapshot zu. »Was denkst du, Slap?«

»Ich denke, wir wissen einen Scheiß über diese Zielperson, darüber, was da ist und wer da ist und in welchem Raum. Soll ich weitermachen?«

»Du hast recht«, erwiderte Kolt. »Wir können da nicht einfach reinmarschieren. Zu viele Eintrittspunkte, zu großes Zielgebiet. Und obwohl der Kerl wahrscheinlich verwundet ist, wissen wir nicht, wie beweglich er ist. Außerdem ist es ein Krankenhaus«, fügte er nach einem Augenblick hinzu.

»Wir können ihn nicht noch mal entwischen lassen«, betonte John. »Wenn er das schafft, läuft er wahrscheinlich weiter, bis er über die russische Grenze ist.«

»Wie lang ist die Fahrzeit von hier bis zum Krankenhaus?«, fragte Slapshot. Sein Ton ließ seinen Mangel an Begeisterung für einen konfusen, unausgegorenen Plan erkennen.

»Mindestens eine Stunde«, antwortete John. »Gut 70 Kilometer.«

»40 Minuten«, widersprach Olga. »Ich kenne einen Weg.«

Kolt sah Slapshot an und drehte sich dann schnell zu John um. »Okay, ich brauche eine ehrliche Einschätzung von Ihnen beiden.«

»Ja, Sir«, erwiderte John.

Slapshot sagte nichts.

»Unsere Annahme lautet, dass Marzban verletzt ist. In dieser Nachricht steht, dass die vier zusammen sind, zwar nicht unbedingt im selben Raum, aber nahe beieinander. In einem Wartezimmer oder so was.«

»Spuck's schon aus, Boss«, drängte Slapshot.

»Können wir's uns leisten, bis zum Einbruch der Dunkelheit zu warten?«

»Meiner Einschätzung nach gibt es keine Garantien«, gab John zu bedenken. »Wir wissen nicht, wie schlecht es ihm geht. Vielleicht haben sie ihn schon zusammengeflickt und er marschiert gerade mit einem Rezept für Motrin da raus.«

»Meine Leute werden erfahren, wenn er das Krankenhaus verlässt«, warf Olga ein.

Kolt sah sie an, beeindruckt, dass sie sich an dieser hastigen Missionsanalyse beteiligte.

Dann blickte er zu Slapshot in der Hoffnung, als Nächstes dessen Einschätzung zu hören. Schweigen.

»Sir, wenn Alfa uns benachrichtigt, wird er nicht in unsere Richtung fahren«, sagte John. »Wahrscheinlich wird er versuchen, sich nach Wolgograd durchzuschlagen.«

»Sehe ich auch so«, erwiderte Kolt. »Und auf die Entfernung können wir nichts mehr ausrichten.«

»Racer, Mann, es ist heller Tag. Marzban weiß, dass er verfolgt wird. Er wird vor Einbruch der Dunkelheit nichts riskieren«, bemerkte Slapshot und griff dabei nach dem Foto des Krankenhauses, das Kolt in der Hand hielt.

Kolt sah zu, wie Slapshot das Bild betrachtete, erfreut darüber, dass dieser sich an der Diskussion beteiligte. Slapshots Meinung war ihm wichtiger als die der meisten anderen. Sie beruhte zwar in der Regel auf nichts anderem als seinem Bauchgefühl und seinen Instinkten als Operator, also auf nichts Handfestem – aber Slapshot lag damit selten falsch.

»Dafür brauchen wir Verstärkung.« Er gab Kolt das Foto zurück. »Selbst mit den SEALs wird's Stunden dauern, das Gebäude zu durchkämmen.«

»Okay, zuerst müssen wir alle aus den verdreckten Uniformen raus und das Blut abwaschen, bevor wir uns

Krankheiten einfangen«, rief Kolt. »Dann setzen wir uns für 'ne Minute mit den Jungs zusammen und ich sage ein paar Worte zur Planung.«

Digger und Slapshot drehten sich um und gingen durch dieselbe Tür, die Trip benutzt hatte, in den großen Raum nebenan.

Kolt gab John das Foto und die Mitteilung zurück und sah Olga an. »Sie sollten sich auch sauber machen.«

Bevor sie antworten konnte, hörte er, wie Slapshot im anderen Zimmer bellte: »Noble! Alle Mann hierher!«

Kolt führte John und Olga durch die Tür in die Mitte des Raums, der nun voller Menschen war. Es war eng – seine Operators saßen aufrecht auf dem Betonboden, einige standen auf Kisten in entgegengesetzten Zimmerecken. Ausrüstungstaschen lagen in kleinen Haufen da; jedes Team hatte sich einen eigenen Platz für sie gesucht.

Kolt blickte sich um, versuchte, den Mumm jedes einzelnen Mannes einzuschätzen und die zu erkennen, deren Eifer sich in Grenzen hielt. Er kannte viele von ihnen, aber nicht alle. Für einen Außenstehenden hätten sie wie eine Gruppe aus Milizen und ukrainischen Soldaten ausgesehen, aber erste Eindrücke konnten täuschen. Während viele seiner Männer AK-47-Gewehre und das kleinere Kaliber AK-74 benutzten, waren andere bei ihrer eigenen Waffe geblieben, dem bewährten HK416, das auf dem älteren AR-15 beruhte.

»Slapshot und mir ist scheißegal, was ihr früher gemacht habt«, sagte Kolt und scannte den Raum auf gehobene Augenbrauen und skeptisch verzogene Mundwinkel. Mit seiner Ansprache machte er von vornherein klar, dass er den neuen Squadron Sergeant Major Slapshot in jeder Hinsicht als ebenbürtig betrachtete.

»Wir haben alle unsere Dämonen. Wir alle müssen uns eines Tages vor einer höheren Autorität verantworten.« Er legte eine Kunstpause ein. »Aber jetzt, heute Nacht, werden wir uns ein weiteres Ziel vornehmen, und zwar ohne Max, Philly und Carson. Jeder in diesem Raum ist noch ein unbeschriebenes Blatt, was uns betrifft.«

Kolt warf Slapshot einen Blick zu. »Slap?«

»Roger. Neuer Tag, neues Glück.«

»Männer, die Sache liegt hinter uns. Sorgt dafür, dass sie auch dort bleibt.« Kolt war klar, dass es nicht nötig war, weiter über das Thema zu sprechen. Sie würden seine Andeutung verstehen. Sie würden begreifen, dass ihr neuer Staffelkommandant sie wie Erwachsene behandelte und dabei weder drohend noch herablassend erscheinen wollte.

Er wandte sich um, um zu sehen, ob jemand hinter ihm etwas zu sagen hatte. Dabei entdeckte er den Navy SEAL Tim Kleinsmith. Sofort ging er im Kopf noch einmal jedes Wort durch, das er gesagt hatte, besorgt, dass er es vermasselt und Delta-interne Angelegenheiten vor der anderen Tier-One-Einheit ausgeplaudert haben könnte.

»Gut, dass ihr hier seid, Dealer.« Kolt trat auf den SEAL zu und schüttelte ihm die Hand. »Wie viele Leute habt ihr?«

»Ein Dutzend, abgesehen von mir. Gute Jungs.«

Kolt lächelte ihm knapp zu und drehte sich wieder um. Alle sahen müde aus. Manche trugen noch die ukrainische Uniform, andere hatten sich bis aufs T-Shirt ausgezogen, wieder andere standen mit freiem Oberkörper da. Es freute ihn, dass er immer noch ihre Aufmerksamkeit hatte. Entweder hatten sie ihre Ohren auf Durchzug gestellt und interessierten sich nicht für das, was ihr neuer Staffelkommandant ihnen mitzuteilen hatte, oder sie waren bereit, ihm eine Chance zu geben.

»Nach Einbruch der Dunkelheit nehmen wir uns das Krankenhaus in Donezk vor. Wir bleiben bei den ukrainischen Uniformen, die ihr schon anhabt. Uns bleiben noch ein paar Stunden, um einen soliden Angriffsplan zu erstellen. Ruht euch …«

Kolt wurde von einer donnernden Stimme hinter ihm unterbrochen. Es war John, der Informationsanalyst, wieder einmal gefolgt von Olga.

»Sir, Marzban ist wieder in Bewegung!«, verkündete John. »Kann ich Sie unter vier Augen sprechen?«

»Spucken Sie's einfach aus, John«, entgegnete Kolt und drehte sich zur Mannschaft um. »Alle herhören!«

John verschwendete keine Zeit. »Alfa überwacht die Funkfrequenz der örtlichen Polizei. Marzban, die beiden Intelligenzbestien und seine Schnecke verlassen gerade das Krankenhaus.«

Kolt wandte sich um. »Wir haben gute Informationen, nach denen sie im Krankenhaus in Donezk sind. Ihr müsst ihn beim Angriff verletzt haben.«

»Sind die Informationen gesichert?«, fragte eine Stimme aus der Menge.

Kolt wandte sich erst Olga, dann wieder seinen Männern zu. »Das ist Olga. Sie gehört zu Alfa. Ihre Kameraden hören Marzbans Kommunikation ab.«

»Wir müssen los«, rief Olga laut genug, dass alle im Raum sie hören konnten.

»Die verdammte Sonne scheint aber noch, Lady«, meldete Trip sich irgendwo aus der Menge zu Wort.

Kolt wusste, dass die Zeit zum Handeln gekommen war. Wenn sie jetzt zögerten, würde Marzban bald nach

Russland fliehen. Sie hatten nicht die Befugnis, in russisches Staatsgebiet einzudringen, und auch keine nennenswerten externen Agenten oder Kampfverstärkung. Sie mussten darauf achten, ihre Kräfte nicht zu sehr aufzuspalten. Schon seit Wochen sammelten die Russen ihre Truppen auf ihrer Seite der Grenze. Aber sie mussten trotzdem handeln.

»In Ordnung. Vergesst, was ich vorhin gesagt habe. Wir haben keine Zeit mehr für Diskussionen. Wir brechen auf. Nehmt eure Sachen, macht euch fertig.«

»Das ist doch Wahnsinn, Boss«, wandte Trip ein. »Das hier ist nicht Syrien. Das ganze Gebiet ist voller prorussischer Separatisten.«

»Die wissen, was für Fahrzeuge wir benutzen«, gab ein anderer zu bedenken. »Bei Tageslicht sitzen wir wie auf dem Präsentierteller.«

Kolt wusste, dass sie recht hatten. Es wäre Selbstmord, jedenfalls wenn sie denselben Angriffsplan benutzten, den sie früher an diesem Morgen verwendet hatten. Sie hatten im Schutz der Dunkelheit agiert. Wenn sie jetzt ausrückten, ohne durch ihre Nachtsichtbrillen im Vorteil zu sein, stiegen die Chancen ihrer Gegner. Aber Kolt dachte an die Zeit zurück, als sie Abu Musab al-Zarqawi und die Al-Qaida im Irak gejagt hatten, an Hunderte von Missionen, die sie an heißen, hellen Tagen durchgeführt hatten. Es war nichts dagegen einzuwenden, das Sonnenlicht für einen Nachteil zu halten. Aber es wäre Blasphemie gewesen, davon auszugehen, dass sie nicht in der Lage wären, sich dennoch einen Vorteil zu verschaffen. Kolt wandte sich John zu.

»Haben wir den Handy-Orter?«

»Nein, Sir«, erwiderte John und schob verlegen die Hände in die Jeanstaschen.

Ohne Marzbans Mobiltelefon aufspüren, verfolgen und es auch im Krankenhaus bis auf zehn Meter genau lokalisieren zu können, konnten sie nicht einmal feststellen, welchen Gebäudeflügel sie angreifen mussten, ganz zu schweigen vom richtigen Flur oder Zimmer.

»Boss«, sagte Slapshot, »wir haben den russischen Lastwagen. Und diese drei Uniformen.«

Kolt sah ihn an, kaum in der Lage, seine Freude darüber zu verbergen, dass sein Squadron Sergeant Major ihm eine weitere Option anbot. Es war überaus sinnvoll, ein anderes Fahrzeug zu benutzen, das nicht sofort die Aufmerksamkeit der ukrainischen Separatisten auf sich ziehen würde. Wahrscheinlich konnten sie sich so ohne dramatische Zwischenfälle dem Krankenhaus nähern. Sobald sie dort waren, würden die Speznas-Uniformen, schmutzig und blutverschmiert oder nicht, ihnen genug Tarnung bieten, um ins Gebäude und möglicherweise bis zu Marzban zu gelangen.

»Dealer, ich will, dass ihr euch einen der Flügel vornehmt. Wir nehmen die anderen beiden.«

»Ja, Sir«, gab Dealer zurück Er widersprach dem Plan nicht, obwohl die meisten hier ihn höchstwahrscheinlich für verrückt hielten.

Kolt wandte sich an seine Männer. »Folgendes ist unser Plan B. Digger, Slap und ich bleiben in diesen Uniformen. Die sind von der Speznas. Dieses orange-schwarze Band ist das Zeichen, an dem man ihre Einheit erkennt. Wir werden mit Olga ins Krankenhaus gehen. Sie spricht die Sprache und kann uns helfen herauszufinden, wo Marzbans Zimmer ist. Sobald wir das wissen, führen wir alle anderen zum Ort des Geschehens. Von da an improvisieren wir.«

»Und was ist Plan A?«, fragte Trip.

»Den entwerfen wir, wenn wir auf der Hinfahrt bessere Informationen reinbekommen.«

»Wozu die Eile?«, fragte jemand. »Wir jagen diesen Clown schon lange. Warum warten wir nicht erst mal ab und schauen, wie die Lage sich entwickelt?«

Kolt wusste die Herausforderung zu schätzen, bemerkte aber sofort, dass er nicht zu hart reagieren durfte.

»Hört zu, es gibt keine Garantie dafür, dass wir noch bessere Informationen erhalten. Die Sicherheitsleute beim Krankenhaus werden nicht mit Leuten wie uns rechnen. Wir werden aussehen wie Speznas-Leute. Die Separatisten halten die für Helden des Mutterlandes.«

Kolt ließ den Blick durch den Raum schweifen. Würden die Männer vielleicht Hemmungen haben abzudrücken, nachdem die alte Geld-für-Abschüsse-Masche aufgeflogen war? Oder waren sie nur aufgewühlt durch den Tod ihrer Kameraden?

»Was soll das, Sir?«, rief ein anderer. »Wie wär's mit einem Missionskonzept? Wie wär's mit einer Synchronisationstabelle?«

»Dafür haben wir keine Zeit«, entgegnete Kolt und warf dem Operator quer durch den Raum einen Blick zu. Sein Name fiel ihm nicht ein, aber er wusste, dass er schon eine ganze Weile bei der Einheit war.

»Wie sollen wir uns dann mit unseren Agenten abstimmen?«

Kolt verlor langsam die Geduld. Ihm wurde klar, dass es weit schwieriger war, eine ganze Staffel dazu zu bringen, ihre Bedenken in den Wind zu schlagen, als es bei seinem Mike-Angriffstrupp gewesen war.

»Was für Agenten denn? Wir sind mehr oder weniger alle, meinen Sie nicht?«

»So schnell kriegen wir doch niemals grünes Licht.«

»Schluss jetzt!«, bellte Slapshot. »Verflucht noch mal! Ihr grünes Licht haben Sie gerade bekommen. Ihr Staffelkommandant hat den Angriff befohlen. Sie können jetzt entweder Ihre Ausrüstung klarmachen oder sie liegen lassen. In diesem Fall können Sie mir gleich sagen, in welche gewöhnliche Einheit Sie zurückversetzt werden wollen, wenn wir nach Hause kommen!«

12

Staffelkommandant Kolt Raynor lehnte an der Wagentür und legte den Ellbogen in das offene Fenster des russischen Lastwagens. Er murmelte etwas darüber, dass er Olga auf dem Notsitz zwischen ihm und Slapshot etwas mehr Platz lassen wollte, aber der wahre Grund dafür, dass er Abstand hielt, war der Gestank.

Immer wieder steckte er den Kopf nach draußen in den Wind und atmete die frische Luft ein, um die Ausdünstungen loszuwerden, die von den blutverschmierten Speznas-Uniformen und von Olgas Körper aufstiegen.

»Wir sind bald da«, sagte Olga. »Noch ein paar Kurven. Ungefähr fünf Minuten.«

Kolt beugte sich zu ihr, so nahe, dass sein Gesicht nur Zentimeter von ihrem entfernt war. Er verschaffte sich rasch einen Überblick über die Satellitenbilder auf dem Bildschirm des Toughbook-Laptops auf Olgas Schoß. Mit einem Druck auf die Nach-unten-Taste zoomte er zwei

Stufen an die letzten paar Kilometer des Wegs zum Krankenhaus heran.

Er drückte die Sprechtaste seines Handmikrofons. Dabei bemerkte er, dass seine Hand zitterte, und wartete einen Augenblick. Er sah Olga an und war sicher, dass sie es ebenfalls gesehen hatte, denn sie begegnete seinem Blick.

»Alle Einheiten, hier Noble Zero-One. Noch fünf Minuten.«

Er hörte sechs Antworten nacheinander, eine aus jedem der anderen Fahrzeuge, die taktisch verteilt waren, um weniger aufzufallen – und um sicherzustellen, dass eventuelle Sprengfallen nicht mehr als einen Wagen ausschalten würden.

»Noble Zero-One, hier ist Satan Seven-One«, funkte der Navy SEAL Dealer. »Haben wir schon einen Plan A?«

Kolt warf Olga einen Blick zu. Sie hatte keine neuen Meldungen erhalten, seit sie das Haus verlassen hatten. Wenn es so gewesen wäre, hätte sie es ihm mitgeteilt.

»Negativ.«

»An der nächsten Kreuzung links abbiegen«, wandte Olga sich an Slapshot, der am Steuer saß.

Kolt wünschte, er könnte seinen Männern etwas Neues berichten. Er hatte gehofft, er hätte ihnen einen besseren Angriffsplan präsentieren können, aber bis jetzt hatte er nichts in der Hand.

Er lehnte sich wieder zu Olga. Als er merkte, dass er die Luft anhielt, atmete er heftig aus.

»Alle Einheiten, wir suchen die schwarze Seite«, funkte Kolt. »Digger, Olga und ich gehen durch den Hintereingang und suchen Marzban. Dealer hat die weiße Seite. Golf One nimmt die rote Seite, Fox One die grüne.«

Er wartete, bis seine Teams den Befehl bestätigt hatten, bevor er weitersprach.

»Bleibt in den Fahrzeugen, bis wir die Gebäudeflügel identifiziert haben.«

»Ist es das?«, fragte Slapshot. Er deutete auf das Dach des vierstöckigen Krankenhauses, das durch eine Reihe in voller Blüte stehender, zehn bis 13 Meter hoher italienischer Pappeln sichtbar wurde.

»Ja«, bestätigte Olga. »Biegen Sie da vorn rechts ab, hinter der Jaguar-Reklametafel.«

Kolt rieb sein AKMS und ging im Kopf die nötigen Schritte durch, um eine Ladehemmung zu beheben und ein Magazin auszuwerfen. Er hätte lieber sein vertrautes HK416 mitgenommen, aber ihre Tarnung erforderte, dass er das russische Gewehr benutzte.

»30 Sekunden.«

Kolt ließ die Apartment-Hochhäuser der Industriestadt auf sich wirken, von denen die meisten gut 20 Stockwerke hoch waren. Als er den Blick wieder zur Straße senkte, überraschte ihn, wie farbenfroh die Gebäude waren. Noch verblüffender waren die modernen Reklametafeln, auf denen hochklassige ausländische Wagen oder teurer Wodka angepriesen wurden. Darunter befanden sich mit Sandsäcken gesicherte und von Stacheldraht umgebene Positionen. Die Szenerie erinnerte ihn an einen dieser Zombiefilme. Leere hellgrün-gelbe Kleinbusse standen herum und verbargen einige der Geschäfte auf beiden Straßenseiten. Es war für jeden Besucher erkennbar, dass diese Straßen an normalen Tagen, wenn keine nationalistischen Kämpfe tobten, bei den Bewohnern von Donezk sehr beliebt sein mussten.

»Ganz anders als in Sarajevo«, sagte Kolt. »Kaum zu glauben, dass das Land im Krieg ist.«

»Hier ist's ziemlich voll, Boss«, rief Slapshot, der den Laster auf den hinteren Parkplatz des Krankenhauses steuerte.

Kolt sah sich um, kurbelte rasch sein Fenster hoch und versuchte, den Eindruck zu erwecken, er würde hierher gehören. Er musste die Anwesenden nicht zählen – intuitiv wusste er, dass sie es mit drei, vielleicht vier Dutzend Separatisten zu tun hatten, die in kleinen Gruppen auf dem Parkplatz standen.

»Ist wahrscheinlich klüger von den Einheimischen, heute zu Hause zu bleiben.«

Einige der Männer waren mit einer Mischung aus Zivilkleidung und hier und da einem Stück Tarnuniform ausgestattet. Manche zogen heftig an ihren Zigaretten und bliesen kleine Rauchsignale in die Atmosphäre. Ein paar AK-47-Gewehre lehnten unter den Erdgeschossfenstern an den roten Ziegelwänden des Gebäudes. Mehrere der Kämpfer hatten sich umgedreht, um den Lastwagen zu betrachten, der auf den Parkplatz fuhr.

»Sieht aus, als würden die Jungs hier auffallen«, stellte Slapshot fest. »Aber uns sollte nichts passieren.«

Er steuerte an den Bürgersteig und hielt an.

»An der Tür!«, rief Olga.

Kolt hatte die Bewegung ebenfalls bemerkt. Mindestens zwei von den Kerlen hielten sich knapp hinter der Haustür auf.

»Ruhig bleiben«, mahnte er. »Denkt dran, wir gehören hierher. Spielt eure Rolle.«

»Ja«, erwiderte Olga. »Kein Problem.«

Kolt stieg vom Beifahrersitz und hängte sich sein Gewehr über die Schulter, als hätte ihn Putin höchstpersönlich beauftragt. Er half Olga herunter, fragte sich sofort, ob diese höfliche Geste klug gewesen war, und reichte ihr ihr Gewehr. Dann drehte er sich um und spuckte auf den Boden, in der Hoffnung, damit den eventuell aufgekommenen Eindruck von Schwäche wieder auszugleichen.

Er drückte die Sprechtaste an seinem Mikrofon. »Foxtrott.«

»Gehen Sie vor«, sagte er dann, ohne Olga anzusehen. Ihm wurde bewusst, dass er nun tatsächlich improvisierte.

Er hörte, wie Digger von der Ladefläche sprang. Der Radau sagte ihm, dass sein Master Breacher sich weniger Sorgen um Lärm machte, als es noch bei dem Zusammenstoß mit den drei Speznas-Soldaten im Scheinwerferlicht der Fall gewesen war. Nein, Kolt wusste, dass Digger klar war, worauf es ankam. Man musste in seiner Rolle aufgehen bis zum bitteren Ende.

Die drei machten sich auf den Weg zur Eingangstür.

»Nicht schießen«, wies Kolt sie an. »Nur wenn es nicht anders geht.«

Kolt und Digger blieben Olga dicht auf den Fersen, folgten ihr durch die Glastür mit Holzrahmen auf der rechten Seite und betraten die Eingangshalle des Krankenhauses. Sofort stiegen Kolt der übliche Geruch nach Desinfektionsmittel und der Zitronenduft eines Reinigungsmittels in die Nase. Er prüfte den Halt seiner Stiefel auf dem rutschigen Fliesenboden. Erinnerungen an seinen langen Krankenhausaufenthalt nach der Yellow-Creek-Mission stiegen in ihm auf, aber er verdrängte sie rasch.

Ein großer Mann mittleren Alters, der eine Figur wie ein Boxsack hatte und eine Polyester-Hochwasserhose mit grün-braun-schwarzem Tarnmuster trug, trat auf Olga zu und stieß ihr die Handfläche vor die Brust. Ohne Zögern packte sie sein Handgelenk. Sie versuchte, seine Hand von ihrer Brust zu lösen, und lieferte sich in ihrer Muttersprache einen verzweifelten Wortwechsel mit ihm.

Kolt sah zu Digger, als er aus dem Augenwinkel einen zweiten Kerl bemerkte, der hinter einem Empfangstresen hervorkam. Digger bekam große Augen, was Kolt sagte, dass das, was er hörte, große Probleme für sie bedeutete.

Er nickte und gab Digger damit das Signal zum Handeln.

Digger hob sein Gewehr und versetzte einem der Separatisten einen heftigen Stoß mit der Mündung auf die glänzende Stirn. Dieser sackte wie eine Stoffpuppe in Tarnuniform auf die quadratischen Vinylfliesen.

Kolt zog sein Messer mit der rechten Hand aus der Scheide an seinem Gürtel, sprang wie eine Katze um den birnenförmigen Mann herum und packte ihn an der linken Schulter. Er drehte ihn gegen den Uhrzeigersinn, bis sie Brust an Brust standen, ohne seinen Griff zu lösen. Der Atem des Mannes roch nach Zigaretten. Kolt sah, wie seine rechte Hand Olgas Brust verließ und sich um ihre Kehle legte.

Er rammte dem Mann das Messer in einem 45-Grad-Winkel in den Oberbauch. Die Messerspitze stach in den leeren Raum in der Lunge des Verräters. Dieser kniff die Augen zusammen. Sein Mund verzerrte sich vor Schreck. Kolt stieß das Messer weiter aufwärts, bis das Heft an die unteren Rippen des Mannes stieß. Er spürte den leichten Widerstand der rechten Herzkammer, als der kalte Stahl sich in sein Herz bohrte.

Olga hielt immer noch das rechte Handgelenk des Soldaten fest und ließ ihn ungerührt auf die Fliesen fallen.

»Schleift sie hinter den Tresen«, befahl Kolt.

»Ich brauche keinen Schutz«, sagte Olga, während Kolt und Digger die beiden Leichen über den Boden schleiften. »Das sind meine Landsleute.«

Was redet sie da?

Kolt kam wieder hinter dem Tresen hervor. Am liebsten hätte er ihre Bemerkung ignoriert, weil er im Moment keinen Streit gebrauchen konnte, aber das war nicht möglich. Es erschreckte ihn, dass Olga offenbar Mitleid mit den Separatisten hatte. Es machte ihm klar, dass er und sie in ihrem Heimatland vielleicht nicht denselben Feind hatten. Und was noch schlimmer war – er musste sich nun fragen, ob sie die Mission gefährdete.

»Das sind antiukrainische Kämpfer«, betonte er. »Die würden dasselbe mit Ihnen machen wie die russischen Soldaten.«

»Manche ihrer Anliegen sind legitim«, entgegnete Olga. »Mit manchen könnte ich sogar verwandt sein.«

»Wir haben jetzt keine Zeit, darüber zu diskutieren. Sie hätten mir das sagen sollen. Ich kann nicht versprechen, dass wir nicht noch mehr von ihnen töten müssen. Sie können zum Lastwagen zurückgehen, aber wir brauchen wirklich Ihre Hilfe.«

»Das hier ist nicht Amerikas Krieg.«

»Wir haben auch nicht vor, ihn dazu zu machen. Wir sind nur wegen einer Sache hier – Marzban und die iranischen Wissenschaftler.«

»Die Leute hier sind keine russischen Soldaten. Sie sind anders.«

Kolt warf Digger, der sich weiter ins Krankenhaus begab, um ihre Position zu sichern, einen Blick zu.

»Schhhh«, machte Olga. »Die Treppe.«

Kolt hatte nichts gehört. Er sah zur Rückseite des

Gebäudes. Erst sah er die Treppe nicht, da diese verborgen lag. Er sah die zweiflüglige Hintertür mit zwei etwa 30 mal 30 Zentimeter großen Glasfenstern in Kopfhöhe, durch die man die Separatisten erkennen konnte, die sich auf dem rückwärtigen Parkplatz aufhielten.

»Welche Tre…«

Mitten in seiner Frage erstarrte er und hob instinktiv die rechte Hand, wie um Digger davon abzuhalten, näher heranzugehen. Olga machte einen besorgten Eindruck, als zwei Separatisten in Tarnuniformen hinter der rechten Ecke hervorkamen. Mit einem Satz sprangen sie die Treppe hinab, stießen die Tür auf und liefen nach draußen, während sich die gefederte Tür hinter ihnen wieder schloss.

»Obergeschoss!«, rief Kolt.

»Es gibt drei Etagen, Boss. Welche?«, fragte Digger.

»Erste!« Er nahm an, dass dieses Stockwerk für den Anfang so gut wie jedes andere war – und es bot ihnen Optionen.

»Olga?« Kolt streckte ihr seine Hand hin und gab ihr ein Zeichen, damit sie vorausging.

Während er dicht hinter ihr blieb und zur Treppe bei der Hintertür lief, informierte er den Rest der Staffel über die neuesten Entwicklungen. »Wir gehen in den ersten Stock, rote Seite. Drei Zimmer mit geschlossenen Vorhängen.«

»Roger. Wir haben die Fenster jetzt im Blick«, antwortete Golf One. Das Golf-Team war auf dem Parkplatz an der Nordseite positioniert. Kolt war froh, dass es die Fenster überwachte.

Er nahm zwei Stufen auf einmal und lief zum ersten Treppenabsatz hinauf. Dann hörte er sein Funkgerät krächzen.

»Habt ihr was gefunden?«, fragte Slapshot über das Funknetzwerk.

»Noch nichts. Gehen nur einem Verdacht nach.«

»Lehn dich nicht zu weit aus dem Fenster, Boss«, gab Slapshot zurück. »Hier draußen sind 'ne Menge Leute, die helfen könnten.«

»Roger. Wenn wir den Aufenthaltsort des Ziels bestätigen können, werden wir sie von allen Seiten umzingeln müssen, abgesehen von der schwarzen Seite. Die feiern da draußen auf dem Parkplatz 'ne Party.«

»Warten auf weitere Anweisungen.«

Kolt hörte Russisch sprechende Stimmen und schaute die Treppe hinauf. Olga und Digger, die die Spitze bildeten, sahen zwei Separatisten um die nächste Ecke verschwinden. Der Erste von ihnen trug sein AK über der rechten Schulter und stieß wenige Schritte vor dem Treppenabsatz versehentlich mit Olga zusammen.

Sie wurde gegen das weiße Geländer gestoßen, prallte davon ab, aber bevor sie stürzen konnte, fing Digger sie auf. Der vordere Separatist blieb für einen Augenblick stehen, schien sich zu entschuldigen und lief dann weiter die Treppe hinunter, an Kolt vorbei.

Beide Separatisten liefen zum Fuß der Treppe. Dann war zu hören, wie sie die Hintertür öffneten und hinausrannten.

Kolt sah Olga an, die auf den Hintern gefallen war und auf den Stufen saß. Ihre Augen blickten in weite Ferne. Sie hielt die Schaffnermütze aus blauem Jeansstoff auf ihrem hochgesteckten Haar fest.

»Danke.«

»Später.« Kolt fasste sie unter dem linken Arm. »Wir müssen weiter.«

»Die haben gesagt, dass sie aufbrechen wollen«, meldete Digger. »Den Rest hab ich nicht mitgekriegt.«

Olga nickte und schien einverstanden mit Diggers Interpretation dessen, was die beiden Männer gesagt hatten, bevor sie sie am oberen Ende der Treppe aufgeschreckt hatten.

»Folgt mir.« Kolt verließ mit zwei Schritten die Treppe und betrat den Fliesenboden der ersten Etage.

Der Flur war leer, abgesehen von einer verlassenen Krankentrage auf halber Strecke. Kolt ging durch die erste offene Tür auf der linken Seite. Er hob das Gewehr und sicherte seine Ecke, riss die Waffe herum und sicherte den sekundären Sektor, bis er Digger begegnete, der sich auf der gegenüberliegenden Seite positioniert hatte.

»Hier ist Golf One. Zwei Lastwagen sind gerade nach Osten abgefahren. Voll mit Soldaten.«

Kolt betrachtete die Tür auf der anderen Seite, nahm an, dass es sich um eine Badezimmertür handelte, und ging darauf zu. Er griff nach dem Türknauf, drehte ihn langsam, stellte fest, dass die Tür nicht abgeschlossen war, nickte Digger zu und zog sie auf. Digger lief als Erster hinein. Kolt folgte ihm und sicherte die andere Seite.

»Offene Tür«, sagte Kolt so leise, dass nur Digger es hören konnte. »Im Flur.«

In diesem Moment rannte eine Gruppe von Männern, die Tarnkleidung über Zivilkleidung trugen, an der Tür vorbei in Richtung der Treppe, die Kolts Team gerade verlassen hatte. Es folgten vier Krankenträger, die zwei Patienten auf Tragen transportierten. Die Patienten trugen zivile Kleidung und waren halb mit weißen Bettlaken zugedeckt.

Kolt wandte sich Olga zu. »Die Männer auf den Tragen – Einheimische?«

»Ich bin nicht sicher.«

»Digger, nimm die Tür.«

Kolt ging zum Fenster, zog den grauen Vorhang zur Seite und spähte hinaus. Er wartete ein paar Sekunden und scannte den Parkplatz, wo die Krankenwagen standen und die Separatisten herumgelungert und Zigaretten geraucht hatten.

»Die sind gut bewaffnet«, stellte er fest. »Ungefähr ein Dutzend ist noch übrig.«

»Das muss er sein, Boss«, sagte Digger.

Kolt bemerkte eine Bewegung auf der hinteren Treppe. Die Krankenträger trugen zwei Männer, dessen war er sich jetzt sicher. Ihre Hautfarbe war definitiv dunkler als die der Ukrainer. Beide hatten pechschwarzes Haar, und einer von ihnen trug eine Drahtgestellbrille.

»Seh ich auch so.« Er griff nach seinem Handmikrofon.

»Hier Noble Zero-One, Ziel auf der schwarzen Seite identifiziert.« Er sah, wie die Gruppe sich auf die offene Hintertür eines der blau-weißen Krankenwagen zubewegte. Sie blieben stehen, schoben beide Tragen langsam hinein und schlossen die Tür.

»Alle Einheiten, die drei Krankenwagen. Marzban ist im mittleren. Nehmt sie in die Zange. Schießt nur im Notfall.«

Kolt beachtete die über Funk hereinkommenden Bestätigungen seiner Männer kaum, die draußen in den Fahrzeugen saßen. Er drehte sich zu Digger um.

»Wir gehen direkt zu den drei Zimmern. Keine Zeit, alle zu checken.«

»Roger.«

Kolt ging als Erster den Flur entlang. Er bewegte sich eilig, aber vorsichtig und nicht in einem unkontrollierten Sprint, in dem sich vielleicht ein Schuss gelöst hätte. Er hielt die Augen offen und blickte knapp über das Eisenvisier des sowjetischen Gewehrs hinweg zu den drei geschlossenen Türen. Er nahm Digger rechts hinter sich wahr, wo er die rechte Seite des Flurs sicherte.

»Mittlere Tür.« Er wartete auf Digger, der an ihm vorbeiging, um zu prüfen, ob sie verschlossen war.

Digger drehte langsam den Knauf, schüttelte den Kopf, um zu signalisieren, dass sie abgeschlossen war, und drehte sich mit dem Rücken zur Tür. Kolt behielt das Gewehr auf sie gerichtet, richtete den Blick aber rasch nach rechts und links, damit sie nicht überrascht werden konnten.

Digger hob seinen Unterschenkel aus Titan parallel zum weißen Fliesenboden und versetzte der Tür einen wuchtigen Rückwärtstritt links unter den Türknauf. Mit einem lauten Knacken flog sie auf. Digger sprang aus dem Weg, wobei er vor Schmerz zusammenzuckte. Kolt würde später Zeit haben nachzusehen, ob er verletzt war. Er rannte an ihm vorbei in den Raum.

13

Kolt sicherte schnell die rechte Seite und konzentrierte sich dann auf den Bereich hinter einem Holzstuhl und einem kleinen Schreibtisch. Im Spiegel an der Wand sah er eine Gestalt auf der anderen Seite des Zimmers. Er wirbelte herum, legte den Finger an den Abzug und hatte schon ein halbes Kilogramm Abzugsgewicht überwunden, bevor sein Verstand ihn zurückhielt.

»Runter!«, rief er. Er spürte, wie Digger sich ins Zimmer rollte, und sah aus dem Augenwinkel, wie Olga im tödlichen Tunnel der Tür stehen blieb.

Wenige Meter entfernt standen zwei Menschen eng beieinander; nur ein blutbeflecktes Krankenhausbett befand sich zwischen ihnen und Kolt. Die erste Person war ein magerer Mann in einem weißen Button-down-Hemd über einer dunklen, faltigen Hose und schmutzigen Schuhen. In seinen Augen spiegelte sich echte Angst und seine Körpersprache signalisierte, dass er sich mit seinem Schicksal abgefunden hatte. Eine größere Frau stand hinter ihm und hielt ihn fest.

Kolt nahm an, dass sie Marzbans Freundin war. Er war beeindruckt vom Geschmack des iranischen Terroristen, doch das galt nur für den Anblick vom Hals aufwärts. Sie war recht attraktiv mit ihrem knapp schulterlangen, dunkelblonden Haar, aber weiter unten ließ dieser Eindruck nach.

Er erkannte sofort, dass ihr Aussehen nur eine Fassade war, wie er es schon bei vielen anderen gesehen hatte, die sich Delta-Operators in den Weg gestellt hatten. Ihre Hüften waren sehr breit in dem Bereich, den die meisten stämmigeren Frauen als Problemzone bezeichnet hätten, und sie ragte auf beiden Seiten hinter dem schmalen Mann hervor, den sie mit einem starken Arm vor der knochigen Brust festhielt. Mit der anderen Hand, die in einem dünnen, schwarzen Handschuh steckte, hielt sie dem Verängstigten die Mündung einer uralten 9-Millimeter-Makarow an die Stirn.

Olga sprach als Erste, aber ihre Worte lösten sofort eine scharfe Entgegnung aus. Die Frau verstärkte ihren Griff, wedelte mit der Makarow und schob sich näher an die zugezogenen Vorhänge heran, wobei sie das Bett zwischen sich und den Fremden behielt.

»Boss«, sagte Digger, nicht laut genug, um Olgas Wortgefecht zu übertönen. »Kommt der dir bekannt vor?«

Kolt hielt sein Gewehr auf den Mann und die Frau gerichtet, die eng beisammenstanden, ließ das Ziel für einen Moment aus den Augen, drehte den linken Unterarm leicht und schaute auf seine Zielinformationen. Er hatte zwar kein Passfoto von Marzbans Freundin am Satellitenfoto des Krankenhauses befestigt, dafür jedoch Fahndungsfotos von Marzban und den iranischen Wissenschaftlern.

»Olga?«, fragte Kolt.

»Sie ist nicht von hier!«

Kolt hob das sowjetische AKMS-Gewehr um zwei oder drei Zentimeter, zielte auf den spitzen Adamsapfel des Iraners und feuerte eine Kugel ab. Das Kupfergeschoss bohrte sich in den Hals des Mannes, zerriss seinen Kehlkopf und die Rückenwirbel und hinterließ eine gewaltige Austrittswunde. Seine Augen blieben offen stehen. Die Kugel hatte etwas Bewegungsenergie verloren, war jedoch aus weniger als vier Metern Entfernung immer noch tödlich schnell. Sie schlug in das rechte Schlüsselbein der Frau ein und zwang sie, ihren Griff zu lösen.

Der Wissenschaftler brach zusammen, wobei sein Gewicht auch die Frau zu Boden zog. Die Makarow fiel aus ihrer schwarz behandschuhten Hand und stellte keine Gefahr mehr dar.

Als Kolt um das Bett herumging, um die Pistole aufzuheben, bemerkte er nicht, dass die Badezimmertür offen stand. Ein weiterer Mann stürzte sich mit einem chirurgischen Skalpell in der Hand auf ihn. Die rasiermesserscharfe

Klinge fand seinen rechten Unterarm, durchtrennte den Ärmel der Speznas-Uniform und den Verband über Roscoes Biss und schnitt bis tief in den Knochen.

Kolt taumelte, versuchte, mit dem Gewehr auf den Feind zu zielen, und stolperte über Olga und den Wissenschaftler. Während er fiel, drang ein lauter Funkspruch von Slapshot durch seinen Ohrhörer. Der Angreifer sprang neben Kolt und begann, seinen Kopf mit wilden, aber effektiven Hammerschlägen von oben zu bearbeiten.

Kolt legte dem Mann die Arme um den Oberkörper, zog ihn nahe heran, rollte ihn auf den Rücken und warf sich auf ihn. Er hielt seinen rechten Arm auf dem Boden fest und seinen Ellbogen in einem perfekten 90-Grad-Winkel vom Körper abgespreizt. Mit der rechten Hand fixierte Kolt das rechte Handgelenk des Mannes, schob dann die Linke unter seinen rechten Trizeps und schob die Hand vor, bis er sein eigenes Handgelenk fassen konnte. Er klemmte den Arm des anderen ein, kippte die Hüfte vorwärts und hielt den Gegner mit einem formvollendeten Jiu-Jitsu-Griff fest. Dann drückte er dessen Ellbogen nach oben, bis sein Arm eine unnatürliche Position einnahm.

Der Mann schrie und versuchte zappelnd, sich zu befreien. Eine Sekunde später fühlte und hörte Kolt, wie die Schulter seines Feindes ausgerenkt wurde und der Speichenknochen in seinem Unterarm brach. Er löste seinen Griff, stieß sich von ihm ab und sah, wie Digger dem schreienden Mann die Gewehrmündung an den Kopf hielt.

»NEIN!«, schrie Olga.

»Warte, Digger«, sagte Kolt und schob die Waffe langsam zur Seite.

Er stand auf, blickte auf den angerichteten Schaden hinunter und justierte seinen Gewehrgurt. Der magere Wissenschaftler, der neben dem Mann mit dem Skalpell am Boden lag, war definitiv tot. Unter ihm bildete sich eine Lache aus weinrotem Blut. Marzbans Freundin lag auf dem dicken Rücken, aber sie lebte. Ihre softballförmigen Brüste hoben und senkten sich schnell. Kolt stellte fest, dass sie ihre haselnussbraunen Augen starr an die Decke richtete und ihre dunklen Augenlider flatterten, als wollte sie einen Morsecode übermitteln. Sie kämpfte gegen den natürlichen Drang ihres Körpers an, im Schockzustand zu versinken.

Ein weiterer Funkspruch von Slapshot zog seine Aufmerksamkeit auf sich. Diesmal klang er besorgt. »Schüsse gehört; alles in Ordnung bei euch da oben?«

»Roger, wartet noch«, antwortete Kolt. »Ein Wissenschaftler ist tot, Marzbans Freundin ist verletzt. Was habt ihr da draußen? Irgendeine Spur von Marzban?«

Kolt ging auf Digger zu, während er auf Slapshots Lagebericht wartete. Er hob den rechten Unterarm, musterte das silberne Skalpell, das sieben bis zehn Zentimeter herausragte, und gab Digger ein Zeichen, es herauszuziehen.

»Ist das dein Ernst?«, fragte Digger.

»Los!« Kolt packte ein Bettlaken, knüllte eine Ecke davon zusammen und schob es sich in den Mund. Dann legte er den Arm auf den kleinen Tisch, ging auf ein Knie hinunter und wandte den Blick von der Wunde ab.

Digger trat vor, griff das Skalpell und hielt mit der anderen Hand Kolts Arm fest. Dieser bemerkte, dass Olga zu dem Mann mit dem gebrochenen Arm gegangen war und sich neben ihn kniete, als ob sie ihn trösten wollte.

»Verfluchte Scheiße!«, schrie Kolt mit durch das Bettlaken gedämpfter Stimme.

Er stand auf, nahm Digger das Instrument ab und ging zu Olga. Er bückte sich, hielt dem Ukrainer das blutverschmierte Messer vor die Augen und sah Olga an.

»Machen Sie es. Sonst tu ich's.«

»Nein. Er ist unschuldig.«

»Fragen Sie ihn, wo Marzban ist.«

»Er weiß es nicht.« Sie warf Kolt einen flehenden Blick zu.

»Fragen Sie.«

Olga sah ihn an, als müsste sie sich entscheiden, wen sie für den wahren Feind hielt – Kolt oder den Ukrainer mit dem gebrochenen Arm.

»Zum letzten Mal: Fragen Sie.«

Sie erhob sich, nahm Kolt das Skalpell ab und wandte sich schnell wieder zu dem Mann um, der auf dem Rücken lag. Sie stieß ihm die Stiefelspitze so heftig in die Rippen, als würde sie einen Weltmeisterschafts-Elfmeter schießen. Dann rammte sie ihm ihr rechtes Knie auf die Brust, fuchtelte mit der Klinge vor seinen Augen herum und stieß etwa zwei Dutzend raue Worte hervor, schnell wie ein Maschinengewehr.

Der Mann schüttelte den Kopf, keuchte heftig und hatte sichtlich Mühe zu antworten.

»Der redet nicht, Boss«, sagte Digger.

Olga legte dem Ukrainer das Skalpell an den Hals, um ihm zu zeigen, dass sie es ernst meinte. Dann streckte sie die Hand zu dem toten Wissenschaftler aus, der in seinem eigenen Blut lag. Diesem stieß sie das Skalpell in die Brust, sah wieder zum Ukrainer, als ob sie sichergehen wollte, dass er es gesehen hatte, und zog es wieder heraus. Als sie wieder sprach, hatte Kolt den Eindruck, dass sie die Geduld mit dem Mann verlor.

»Tun Sie's«, forderte er sie auf.

Der Mann schüttelte einige Male heftig den Kopf, bevor er endlich redete.

»Er hat ›Krankenwagen‹ gesagt, Boss«, meldete Digger, der immerhin eins der russischen Worte verstanden hatte.

Kolt fasste Olga wieder unter dem Arm und zog sie auf die Beine.

»Gehen wir!«

»Was ist mit denen?«, fragte Digger. Kolt sah Olga an, dann wieder ihn. Er wusste, dass das Mädchen verbluten würde, da es hier nicht viel ärztliche Hilfe bekommen würde, jedenfalls keine, die es retten würde. Was den anderen Kerl betraf – der hatte einen anderen Status als der Wissenschaftler. Es war Teil der Mission gewesen, den Wissenschaftler und die Freundin zu töten. Aber den Ukrainer mit dem Skalpell umzubringen war verflucht illegal. Hätte Kolt den Mann töten wollen, hätte er ihn würgen sollen, anstatt ihn mit dem Haltegriff niederzudrücken.

Außerdem würde er Olga gegen sie aufbringen, wenn er den Ukrainer kaltblütig umbrachte. Wenn er ihre Fähigkeiten als Einheimische zu schätzen wusste, waren sie es vielleicht wert, den Mann am Leben zu lassen.

»Lasst sie. Wir gehen zu den Krankenwagen.«

Olga und Digger liefen voraus, Kolt blieb wenige Meter hinter ihnen. Sie hasteten an einem Dutzend Räumen auf beiden Seiten des Gangs sowie an der leeren Trage vorbei, ohne eine Spur von anderen Menschen zu sehen. Kolt sah, wie Digger das Treppenhaus sicherte; dann betraten sie die Treppe.

Als sie im Erdgeschoss an der Hintertür waren, blieb Kolt stehen, um aus dem Fenster zu schauen und sich einen Überblick über die Situation zu verschaffen. Er reckte den Hals, sah nach links und rechts in der Hoffnung, seine in der Nähe positionierten Operators zu entdecken. Nichts.

»Mann«, sagte Digger, der durch das Fenster des anderen Türflügels blickte. »Ist das zu fassen?«

Kolt richtete den Blick auf die Krankenwagen, die dort immer noch Seite an Seite standen. Eine Reihe kniehoher Büsche versperrte ihm die Sicht, aber die Fahrzeuge hatten sich keinen Zentimeter von der Stelle entfernt, an der er vorher die beiden Krankentragen gesehen hatte.

Kolt drückte die Sprechtaste seines Mikrofons. »Was hast du, Slapshot?«

»Ich zähle 15 auf dem Parkplatz. Alle mit dem Gesicht nach unten.«

»Tot?« Slapshots letzte Äußerung verwirrte Kolt.

»Hinter den Büschen, Boss«, sagte Digger.

Kolt sah genauer hin, konzentrierte sich auf die Stellen zwischen den größten Sträuchern und begriff, dass dort Leichen lagen.

»Ich hab nichts gehört«, sagte er. »Du?«

Kolt wusste, dass seine Männer Schalldämpfer hatten. Im ersten Stock hätten sie ihre Schüsse nicht gehört. Aber er war sicher, zuvor mindestens ein Dutzend Separatisten aus dem Fenster in der ersten Etage gesehen zu haben. Zu diesem Zeitpunkt hatte er sie nicht gezählt, aber so viele Feinde führten meist dazu, dass Splittergranaten geworfen wurden.

»Im Moment haben wir ein *Mexican standoff*«, meldete Slapshot von irgendwo da draußen. »Was ist euer Status?«

»Wir sind abmarschbereit. An der Doppeltür auf der schwarzen Seite.«

»Hier draußen rührt sich nichts«, gab Slapshot zurück.

Kolt dachte über die Lage nach. Er war froh darüber, dass seine Männer die Ukrainer draußen nicht umgelegt hatten. Diese waren lediglich im Weg, aber nicht Teil der Mission, und ihre Lästigkeit erlaubte es noch lange nicht, sie zu Feinden zu erklären. Nicht wenn sie am Boden lagen. Aber sie konnten nicht noch mehr Gefangene gebrauchen, abgesehen von Marzban Tehrani.

»Alle Einheiten, hier ist Noble Zero-One. Wir kommen raus. Olga geht voran, wir kommen aus der Hintertür.«

Kolt hörte, wie Slapshot bestätigte. Dann meldete sich Dealer zu Wort.

»Achtung, die weiße Seite ist unsicher. Schützt eure Rückseite.«

Sofort drehten Kolt und Digger sich um und blickten zum Vordereingang und dem Tresen zurück, wo sie beim Hereinkommen die zwei Separatisten deponiert hatten. Kolts Befehl, die Krankenwagen zu umzingeln, hatte sie in diese Situation gebracht, und bei Dealers Warnung sträubten sich ihm die Nackenhaare. Ihm wurde klar, dass sie zu wenig auf ihre Sicherheit geachtet hatten.

»Hören Sie zu, Olga. Sie müssen da rausgehen und denen sagen, dass wir die zwei Männer in dem Krankenwagen mitnehmen. Verstanden?«

Dann wandte er sich an Digger: »Ab jetzt wird Russisch gesprochen.«

»Roger.«

»Wer soll das befohlen haben?«, wollte Olga wissen.

»Der beschissene Stalin höchstpersönlich«, gab Digger zurück.

Kolt warf ihm einen warnenden Blick zu.

»Hören Sie, wir wollen hier nicht noch mehr Blutvergießen«, versuchte er Olga zu beschwichtigen. »Nennen

Sie irgendeine Autorität, die sie überzeugt. Vielleicht Wladimir Putin.«

»Wegen Putin leisten die keinen Widerstand gegen Kiew«, entgegnete Olga. »Die halten ihn für den Teufel persönlich.«

»Suchen Sie sich irgendjemanden aus. Oder erfinden Sie von mir aus irgendwas. Die anderen könnten jeden Moment zurückkommen.«

»Sergej Kadyrow.«

»Schön!«, rief Digger. »Gehen wir.«

»Man nennt ihn den tschetschenischen Hausmeister«, erklärte Olga. »Alle in der Ukraine fürchten ihn.«

»Perfekt!«, rief Kolt. »Wir sind direkt hinter Ihnen. Jagen Sie denen eine Scheißangst ein, und Digger und ich kümmern uns um den Krankenwagen.«

Olga atmete tief durch, hob die schmutzigen Hände und rückte ihre Mütze zurecht. Sie stopfte ein paar herausgerutschte Locken unter die Krempe zurück.

»Wir setzen uns in Bewegung«, meldete Kolt über Funk.

Digger öffnete die Tür, ließ Olga die Führung übernehmen und folgte ihr nach draußen. Kolt checkte ein letztes Mal den Bereich hinter ihnen. Er hatte Dealers Warnung nicht vergessen.

Als er sicher war, dass sich niemand hinter ihnen befand, holte er sie ein und lief an Olga vorbei, noch bevor sie ihr Täuschungsmanöver beginnen konnte. Jetzt, da ihr Ziel zum Greifen nahe war, widerstand er dem Drang, zur Rückseite des Krankenwagens zu rennen und sein Gewehr anzulegen. Sie waren angreifbar, aber damit der Plan funktionieren konnte, damit sie die Mission erledigen und das Blutvergießen unter den antiukrainischen Streitkräften reduzieren konnten, musste er sich auf die Speznas-Uniformen und auf Olgas Schauspielkünste verlassen.

Ohne zu wissen, was sie im Inneren des Fahrzeugs erwartete, stellte Kolt sich neben die Hintertür, fasste den Griff und warf Digger einen Blick zu. Dann riss er die Tür auf, begab sich aus der Schusslinie und wartete ab, was sein Master Breacher tat.

»Gesichert!«

»Gib mir Deckung.« Kolt schob sich das AKMS auf den Rücken und sprang in den Laderaum des Krankenwagens.

Auf den Knien rutschte er auf die beiden Männer zu, die dort auf Tragen lagen. Er kniete sich zwischen sie und betrachtete ein paar Sekunden lang ihre Gesichter. Der auf der rechten Seite war leicht zu erkennen. Kolt war sich sicher, obwohl der Mann die Augen geschlossen hatte. Er musste nicht noch einmal die Fahndungsfotos zur Hand nehmen. Es war der zweite Wissenschaftler.

Kolt legte ihm zwei Finger an den Hals, ließ sie einige Sekunden dort und hoffte, einen Puls zu fühlen. Die Haut unter seinen Fingerspitzen fühlte sich kalt und klamm an. Kein Puls. Er stieß ihm die Finger in die Augen, um eine Reaktion auszulösen. Nichts.

Scheiße.

Nun wandte er sich der zweiten Trage zu, in der Hoffnung, hier ihre Hauptzielperson zu finden. Er betrachtete den Mann genau, erkannte, dass er noch lebte, konnte aber nicht mit Gewissheit sagen, ob es Marzban war. Kolt riss ihm das weiße Bettlaken vom Oberkörper, entblößte Brust und Bauch und suchte nach der Bauchwunde, von der Trip im Unterschlupf gesprochen hatte. Das dunkelbraune Hemd des Mannes war schmutzig, was es schwer machte, etwas zu erkennen.

Kolt packte die Unterseite des Hemds mit einer Hand, ballte die andere zur Faust und drückte sie dem Mann in den Bauch. Dieser zuckte zusammen und spuckte Blut, das ihm an der linken Gesichtshälfte herunterlief.

Er griff nach seinem Handmikrofon. »Ich brauch einen Sanitäter, eine Kevlarweste und einen Helm, sofort.«

Wenige Sekunden später hörte er seine Männer in der Nähe des Krankenwagens, der sich hinter ihm befand. Als er sich umdrehte, sah er, wie sie den liegenden Ukrainern die Hände fesselten. Er rief nach Olga. Sie hob den Blick zu ihm und reagierte auf seinen Wink, ihm zu helfen. Er half ihr, in den Wagen zu steigen.

»Sie müssen diesen Kerl für mich sicher identifizieren. Der andere ist tot.«

Olga rutschte näher und musterte den dunkelhäutigen Mann genau, der ihren Blick schwer atmend erwiderte.

»Ja. Das ist er.«

»Wer ›er‹?« Kolt musste hören, wie sie es aussprach.

»Das ist Marzban.«

»Sind Sie sicher?«, fragte Kolt, wobei er sich von Olga abwandte und zu dem Mann auf der Trage blickte.

Bevor sie antworten konnte, krachten drei schnelle Schüsse. Das unverwechselbare Geräusch sagte Kolt, dass es Pistolenschüsse waren. Aus Reflex duckte er sich, machte sich so klein wie möglich. Er drehte sich um und sah, dass auch Olga am Boden lag. Draußen stand Marzbans Freundin in ihrer ganzen Pracht – die Frau mit den breiten Hüften, die in ihrem Blut gelegen und den Eindruck erweckt hatte, kaum noch atmen zu können, als sie sie im Krankenhauszimmer zurückgelassen hatten.

Kolt blickte in die Mündung der Makarow, die sie mit zurückgeschnelltem Schlitten immer noch vor ihrem

Gesicht ausgestreckt hielt, Zentimeter unterhalb ihrer dunklen Augen. Sie war ziemlich hinüber, versuchte aber immer noch zu zielen, anscheinend ohne zu bemerken, dass sie das Magazin leer geschossen hatte.

Sofort bereute er seine Entscheidung, sie zum Sterben zurückgelassen zu haben. Er hatte sich genau an die Gesetze des Landkriegs und ihre Einsatzregeln gehalten, indem er sie nicht exekutiert hatte – und jetzt bekam er die Quittung dafür. Bevor er länger darüber nachdenken konnte, sah er, wie ihr Kopf explodierte, wie Hirnmasse spritzte und ein dunkelroter Sprühnebel aus Blut aufstieg.

Zwei von Kolts Männern näherten sich rasch der Bedrohung. Einer von ihnen pumpte ihr aus nächster Nähe mit einer schallgedämpften Pistole zwei weitere 5,56-Millimeter-Kugeln in die Brust.

Kolt sah sich im Krankenwagen um, betrachtete seine unmittelbare Umgebung, unsicher, wo die drei Geschosse eingeschlagen waren.

»Olga!«

Er packte sie an den Schultern und drehte sie um. Die Schaffnermütze war ihr vom Kopf gefallen, ihr braunes Haar fiel ihr über die Schultern.

»Scheiße!«

Kolt hielt ihren Hinterkopf und fühlte warmes Blut zwischen seinen Fingern. Sanft legte er ihren Kopf ab. Er wusste, dass er nichts mehr für sie tun konnte. In diesem Moment dachte er nicht einmal daran, dass sie eine Frau war. Olga war eine wilde Kriegerin gewesen, und so würde er sie in Erinnerung behalten.

Er wandte sich Marzban zu. Aus dessen Mundwinkel lief Blut. Seine Augen waren geschlossen. Kolt schüttelte ihn mehrmals.

Stirb ja nicht, du Drecksack. Der Tod Olgas und der Operators, die zuvor gestorben waren, sollte nicht umsonst gewesen sein.

Kolt hörte eine vertraute Stimme. Sie gehörte einem seiner Sanitäter. »Was haben wir hier, Boss?«

»Weiß nicht.«

Kolt riss das Bettlaken ganz von Marzban herunter und warf es zur Seite, damit es nicht im Weg war. Da war es, nicht zu übersehen: frisches Blut, das Marzbans Schritt und seinen linken Oberschenkel bedeckte. Kolt wurde bewusst, dass jede der Makarow-Kugeln ebenso gut ihn hätte treffen können. Er fand das Loch in der Hose und riss sie auf, um die Wunde freizulegen.

»Ihn hat's erwischt!«

Kolt sprang auf Marzban und neigte dessen Kopf nach hinten, um seine Atemwege zu öffnen. Aus Marzbans offenem Mund strömte Blut. Kolt machte sich nicht die Mühe, seinen Puls zu fühlen, sondern begann sofort mit der Notfallbeatmung. Er hielt sich mit zwei Fingern die Nase zu und drückte seine Lippen auf Marzbans.

Nach zwei schnellen Atemzügen wandte sich Kolt der Brust zu, legte den rechten Handballen auf den Brustknochen und bedeckte ihn mit der Linken. Er beugte sich über Marzban und drückte fest zu, sodass dessen Brustbein sich um mehrere Zentimeter senkte. Er wiederholte diese Stoßbewegung, wobei er laut mitzählte. Jedes Mal quoll Blut aus Marzbans Mund hervor.

Der Sanitäter stieg in den Krankenwagen, kroch um Kolt herum zu Marzbans Hals und fühlte dessen Puls.

Als Kolt bis 30 gezählt hatte, wandte er sich wieder Marzbans Kopf zu und pumpte zwei Atemzüge in dessen Lunge.

»Der hat's hinter sich, Boss.«

Kolt hörte den Sanitäter kaum. Er musste diesen erbärmlichen Waschlappen von einem Terroristen retten. Das Missionsziel lautete nicht, Marzban zu töten. Die Vereinigten Staaten wollten ihn als Gefangenen. Er war eine potenzielle Goldgrube, was Informationen anging – mit ein wenig Glück würde man fortgeschrittene Verhörmethoden anwenden können. Außerdem war er die einzige Verbindung zu den nordkoreanischen nuklearen Miniatursprengköpfen. Wenn Marzban starb, war die Mission gescheitert.

Kolt beugte sich wieder über Marzbans Brust, drückte das Brustbein des Mannes tiefer und tiefer hinab, in der Hoffnung, sein Herz wieder zum Schlagen zu bringen.

»Boss!«, rief der Sanitäter. »Kein Puls. Er ist tot.«

Kolt ignorierte ihn und machte weiter.

»Komm schon, Mann. Stirb mir nicht weg, verdammte Scheiße!«

»Er hat zu viel Blut verloren!«

»Verflucht! Los, helfen Sie mir!« Kolt stieg bei 22 wieder ein und zählte weiter.

Bevor er noch einmal zustoßen konnte, packten ihn zwei kräftige Arme von hinten und hielten ihn fest.

»Racer!«, rief Slapshot. »Ist schon gut, Mann. Lass ihn.«

Kolts Herz pochte. Er konnte den Blick nicht von Marzbans schlaffem, leblosem Gesicht abwenden.

»Wir brauchen ihn lebend, Slap.«

»Er ist jetzt in Allahs Händen.«

»Er ist zu wichtig. Wir brauchen diesen Kerl.«

»Wichtiger als Max oder Philly?« Slapshot ließ ihn los. »Scheiß auf dieses Arschloch.«

Das löste den Bann. Kolt sah seinen Squadron Sergeant Major an. Er wusste, dass Slap recht hatte. Marzban hatte wertvolle Informationen besessen. Sie waren ihm schon lange auf den Fersen gewesen. Ihn nicht lebend zu fassen bedeutete, dass sie hinsichtlich der Nuklearsprengköpfe in einer Sackgasse steckten und wieder von vorn anfangen mussten. Aber letzten Endes konnte Kolt mit diesem Ergebnis leben – zumal es bedeutete, dass auch seine Männer weiterleben würden. Es war ihm lieber, wenn Marzban hier und jetzt den Märtyrertod starb und seine Staffel den Kampf dafür später fortsetzen konnte.

Scheiß auf ihn. Töte sie alle, lass Allah sie aussortieren. Bei diesem politisch höchst unkorrekten Gedanken musste Kolt grinsen.

»Sind wir abmarschbereit?«, fragte er.

»Alle sind gefesselt, die Fahrzeuge warten«, erwiderte Slapshot.

»Macht ein paar Beweisfotos von Marzban, und dann lasst uns abhauen.«

14

Cindy »Hawk« Bird wurde von einem Klingeln aus dem Schlaf aufgeschreckt und setzte sich in ihrer Schlafkabine auf. Angespannt und verwirrt drehte sie sich auf den mit einem Slip bekleideten Hintern, stützte sich mit den Händen auf das Bett, um nicht herauszufallen, und setzte die Füße auf den Boden.

Verwirrt darüber, dass sie nur eine Socke trug, suchte sie mit den Blicken den kleinen Raum ab, fand jedoch nichts Ungewöhnliches. Sie rieb sich die verschlafenen Augen und schüttelte den Kopf.

Wo ist mein Sport-BH?

Hawk stand auf, nahm den eigenen Körpergeruch wahr und blieb stehen, bis sich die Übelkeit legte. Unter dem sockenlosen Fuß spürte sie den kalten Boden der Passagierkabine des Zugs K27/K28 und wischte sich das schulterlange, kastanienbraune Haar aus den Augen. Das Klingeln schien lauter zu werden. Sie nahm die Wasserflasche vom kleinen Tisch und roch am Flaschenhals, um sicherzugehen, dass es wirklich nur Wasser und nicht das war, was sie in diesen Zustand versetzt hatte. Dann nahm sie einen tiefen Schluck.

Als sie bemerkte, dass der Zug langsamer wurde, schraubte sie die Kappe wieder auf die Flasche und schleppte sich zum schäbigen, roten Vorhang vor dem verdreckten Fenster. Sie zog eine Seite des Vorhangs weg, wischte mit einer geballten Faust über das Glas, spähte durch die klare Stelle nach draußen und versuchte, ihren Blick auf die vorbeirauschenden Gebäude zu fokussieren. Ja, der Zug hielt tatsächlich an.

Durch die hereinbrechende Dämmerung war es kaum möglich, die Zeichen an den tristen, weiß getünchten Häusern zu erkennen. Aber das Licht reichte aus, um festzustellen, dass sie irgendwo in China waren.

Wo zum Teufel sind wir? Wie lange habe ich geschlafen?

Der Anblick der Gebäude und des kurz aufblitzenden Flusses weckte eine Erinnerung. Dies musste Harbin sein, eine Stadt mit sieben Millionen Einwohnern auf beiden Seiten des Flusses Songhua. Das Wissen über die Geografie Asiens, mit dem sie sich den Kopf vollgestopft hatte, ließ sie nicht im Stich. Der Name dieser ehemals kleinen, ländlichen Siedlung bedeutete wörtlich: »Ein Ort zum Trocknen von Fischernetzen.« Aber Harbin hatte sich dem großen technischen Fortschritt des 20. Jahrhunderts geöffnet und war von einem verschlafenen Ort zu einer der größten Städte im Nordosten Chinas geworden.

Im Moment fühlte Hawk sich selbst wie ein verrottetes Krabbennetz. Sie sah auf die Uhr, stellte ein paar einfache Berechnungen an und erkannte, dass sie die letzten acht Stunden verschlafen hatte. Das bedeutete, dass sie den letzten Halt des Zugs in Shenyang verpasst hatte, dem Knotenpunkt des Schienenverkehrs in Nordostchina.

Jerud, dieser Dreckskerl! Die Flittchen, die Fotos gemacht haben! Der Armhebel!

Hawk setzte sich wieder hin, durchwühlte das Bettlaken auf der Suche nach der zweiten Socke und fühlte etwas Hartes an einer Hinterbacke. Sie griff nach unten, spürte ihr iPad und rettete es vor ihrer eigenen Unberechenbarkeit.

Während sie das Gerät einschaltete, ging sie im Kopf die letzten Geschehnisse durch und stellte fest, dass ihr Gedächtnis nicht sehr kooperativ war. Sie erinnerte sich an einzelne Augenblicke, die sich jedoch nicht zu einem Ganzen zusammenfügten.

Hawk starrte auf den iPad-Bildschirm, während das Gerät startete. Sie wusste noch, dass sie die Geduld mit dem hübschen Jerud verloren hatte, und war auch ziemlich sicher, sich zu erinnern, dass sie von uniformierten Grenzbeamten zu ihrer Kabine geschleift worden war. Sie glaubte, dass sie danach einen Lagebericht über die sichere E-Mail-Verbindung nach Fort Bragg geschickt hatte, bevor sie ins Bett gegangen war. Aber wenn die ganze Sache kein vom Alkohol ausgelöster Albtraum gewesen war, war sie sich ziemlich sicher, dass ihre Eskapaden auf dem harten Boden des Speisewagens dokumentiert worden waren. Wahrscheinlich war sie dabei mehr als einmal fotografiert worden, und der Gedanke jagte ihr eine solche Angst ein, dass ihre Gereiztheit und ihr Kater verflogen.

Wenn die College-Flittchen bereits Bilder von ihr auf Instagram und Twitter gepostet hatten, auf denen sie ihren Armhebel ansetzte, und wenn sie vielleicht sogar ein Video bei YouTube hochgeladen hatten, dann hatte der Delta-Force-Kommandant Colonel Webber es möglicherweise schon gesehen. Den Analysten der Einheit, die sich 24 Stunden am Tag, sieben Tage in der Woche im Internet tummelten, während die Operators – oder, in Hawks Fall, angehenden Operators – unter falschen Namen in Übersee unterwegs waren, entging nichts. Und wenn Webber es gesehen hatte, wäre er nicht nur verärgert; er würde explodieren. Außerdem wäre dies wahrscheinlich das Ende des Pilotprogramms und ihrer Chancen vor dem Kommandoausschuss. Webber würde keine Wahl haben, ganz egal was er selbst dachte; die Stimmen der alten Schwarzseher in diesem Ausschuss würden sich durchsetzen.

Tatsächlich war Hawk selbst diejenige gewesen, die ein freundschaftliches Trinkspiel vorgeschlagen hatte. Sie hatte bereits eine lange, rasante Aufnahmeprüfung hinter sich, die sie von Raleigh, North Carolina, nach Atlanta, Houston, Denver und Los Angeles geführt hatte. Ihre Fähigkeiten waren mit einer ganzen Menge toter Briefkästen, verdeckter Kommunikation und diskreten Übergaben auf die Probe gestellt worden. In den letzten zwei Wochen war sie mit Flugzeugen, Zügen und Autos durch die Vereinigten Staaten, Südafrika, Istanbul, Kroatien und Moskau gereist, bis zur letzten Station: Nordkorea. Bis jetzt war ihre Leistung hervorragend gewesen.

Aber die Tatsache, dass sie nach ihrer letzten Mission in Nordkorea Entspannung an der Touristenbar gesucht hatte, würde nun möglicherweise ihre Chancen zunichtemachen, zum vollwertigen Operator zu werden.

Fuck!

Während Hawk wischte, tippte und die sichere E-Mail-Verbindung öffnete, versuchte sie, das Bild auf dem Desktop nicht anzustarren. Es war erst ein paar Wochen alt. Die Spezialisten der Einheit hatten mit Photoshop ein Bild erstellt, das ihre Identität als junge High-School-Lehrerin untermauern sollte, die sich für europäische und fernöstliche Kulturen interessierte und eine Vorliebe für Fremdsprachen hatte. Hawk war stolz auf das Foto gewesen und hatte es gern benutzt. Aber jetzt, nachdem ihr Urteilsvermögen sie so sehr im Stich gelassen hatte, schämte sie sich, wenn sie sich stolz inmitten einer Gruppe unbekannter Teenager in einem Klassenzimmer stehen sah.

Was habe ich getan?

Hawk wusste, dass sie für die Delta Force ein Versuchskaninchen war. Der Präsident hatte der Einheit den geheimen Auftrag erteilt, die Vor- und Nachteile des Einsatzes weiblicher Operators zu erproben. Webber und ihr Vater, der ehemalige Delta-Staffelkommandant Michael Leland Bird, waren eng befreundet gewesen, bevor er bei Kämpfen in Bagdad ums Leben gekommen war. Ihr war sehr wohl bewusst, dass Colonel Webber im Laufe ihrer zwei Jahre bei der Einheit schon zahlreiche Kämpfe für sie ausgefochten hatte, und die Vorstellung, beide Männer zu enttäuschen, erfüllte sie mit Scham. Hawk hatte Webber zwar nicht einmal ein Zehntel der Probleme bereitet, die Major Kolt Raynor ihm über die Jahre verursacht hatte – aber das war nur eine Frage der Zeit.

O Scheiße!

Ihr Magen verkrampfte sich, als sie den Ordner für versendete Nachrichten öffnete. Unbewusst hielt sie den Atem an und hoffte inständig, dass sie den Lagebericht nach Bragg wirklich abgeschickt hatte, bevor sie eingeschlafen war.

Gott sei Dank!

Die Nachricht war da. Sie ließ sich vornübersinken und öffnete sie rasch. Hawk las den Bericht schnell durch, fand ein paar Tippfehler und den einen oder anderen grammatischen Aussetzer, aber sie hatte langsam genug getippt, um die Schlüsselinformationen zu übermitteln. Es war alles da. Am wichtigsten waren ihre einzigartige Entdeckung von Details über Kim Jong-uns privaten Panzerzug und das angebliche Tarnnetz, von dem der Schuhputzer gefaselt hatte.

Hawk las alles ein zweites Mal, diesmal langsamer, und schloss die Nachricht wieder. Dann sah sie, dass sie eine ungelesene Nachricht in ihrem Posteingang hatte.

Merkwürdig.

Sie hatte keine Nachricht erwartet. Die Verbindung war zwar sicher, doch es gehörte zur Prüfung, sich die Aufgaben und den Reiseplan einzuprägen, bevor man Fort Bragg verließ und sich auf seine einsame Reise begab. Die Prüfung war der Höhepunkt der Ausbildung, der letzte Test, bevor man vor den Ausschuss der Kommandanten trat. Dort würde entschieden werden, ob sie als vollwertiges Mitglied des Kommandos angenommen würde oder nicht.

Hawk rief den Posteingang auf und sah die ungeöffnete Nachricht. Sie kannte den Absender nicht, nahm jedoch an, dass der Name lediglich irgendeine harmlose Tarnung war. Die Mail musste aus Bragg stammen, so viel war sicher. Sie hielt inne, als sie die leere Betreffzeile sah, doch nur für ein paar Sekunden. Sie tippte die Nachricht an, wischte mit zwei Fingern über den Bildschirm und vergrößerte sie. Zu ihrer Überraschung war auch das Textfenster leer. Sie machte die entsprechende Fingerbewegung, um das Bild zu verkleinern und sicherzustellen, dass sie nichts übersehen hatte. Verwirrt suchte sie weiter, fand jedoch nichts – bis auf eine Datei im Anhang.

Hawk öffnete den Anhang und betrachtete ihn einige Sekunden lang. Offenbar war es eine Art Reiseplan für sie – in der oberen linken Ecke stand fett gedruckt ›Carrie Tomlinson‹. Sie rechnete damit, noch etwa fünf Tage im K27/K28 unterwegs zu sein, bevor sie Moskau mit einem Flugzeug verlassen und nach Bragg zurückkehren würde.

Vielleicht bin ich erledigt. Ist die Prüfung vorbei? Ist das mein Ticket nach Hause?

Sie las das Dokument rasch durch und fuhr mit dem rechten Zeigefinger die Zeilen entlang, um keine auszulassen, was in ihrem gegenwärtigen Zustand leicht hätte passieren können.

Nachdem sie es einmal gelesen hatte, hielt sie inne. Dann sprach sie es laut aus, unsicher, was sie da gerade gelesen hatte.

›Abflug Harbin International um 08:30 Uhr, Zwischenlandungen in Peking und Amsterdam, Ankunft in Stockholm um 20:30.‹

Was zum Teufel soll ich denn in Schweden?

Pine Gap, Australien

»Mr. Menendez, wir haben die sichere Verbindung hergestellt«, sagte Stephan Canary und beugte sich zum Video-Telekonferenzmikrofon in der Mitte des Konferenztischs. »Wie ist der Empfang bei Ihnen?«

»Hier ist Menendez, ich habe Ihre Stimme. Aber noch kein Bild.«

»Wir kümmern uns darum.« Canary winkte einem Tontechniker, damit dieser die notwendigen Handgriffe durchführte, sodass Carlos Menendez II von seinem gesicherten Standort im Tungsten-Hauptquartier in Atlanta in der Lage war, die Teilnehmer zu sehen, die im schalldichten Konferenzraum in Pine Gap saßen. »Geben Sie uns bitte ein paar Minuten, um das in Ordnung zu bringen. Unser Direktor ist noch in den Staaten, aber Vizedirektor Fontaine ist hier bei …«

»Blödsinn!«, bellte Vizedirektor Fontaine. »Wir können Sie gut sehen, Mr. Menendez. Wir haben keine Zeit zu warten.«

Canary sah erst Fontaine, dann Menendez auf dem Bildschirm hoch oben an der Wand an. Canary, der 42-jährige Analyst, war sich der Tatsache bewusst, dass seine Stirn stets fettig glänzte und sein früh ergrautes Haar länger war, als es den Leuten im Büro lieb gewesen wäre. Seine Anspannung stieg. Die Zeitdifferenz zwischen Australien und Atlanta bedeutete, dass Carlos Menendez höchstwahrscheinlich in den frühen Morgenstunden geweckt worden war, damit er diesen Topsecret-Anruf entgegennehmen konnte, den Fontaine Canary zu arrangieren gezwungen hatte. Während Canary Menendez' Reaktion auf die grobe und dreiste Bemerkung von Vizedirektor

Fontaine beobachtete, war er froh, dass der Mann, von dem sie glaubten, dass er die Antworten hatte, die sie suchten, seine Beschämung noch nicht sehen konnte.

»Bitte, nur zu«, gab Carlos zurück und signalisierte damit, dass er gut mit anderen zusammenarbeitete und stets seine Professionalität bewahrte. »Ich bin sowieso ein Morgenmensch.«

»Tja, ich nicht«, entgegnete Fontaine. »Wo genau in Atlanta sind Sie eigentlich?«

»An einem gesicherten Ort«, erwiderte Menendez. »Ist schon in Ordnung, ich bin allein.«

»Tragen Sie etwa einen Smoking, wenn Sie schlafen?«, fragte Fontaine. Menendez' gemusterte Fliege und sein Jackett erweckten den Eindruck, er wäre gerade vom Gouverneursball zurückgekehrt.

»Ist alles von der Stange«, antwortete Menendez. »Wollte ich sowieso bald in die Altkleidersammlung geben.«

»Sie müssen sofort hierherkommen«, verlangte Fontaine.

Canary unterdrückte ein Grinsen. Er wusste, dass Menendez kein Schwächling war, und er erinnerte sich noch sehr gut daran, dass Menendez und Fontaine kürzlich nicht besonders gut miteinander ausgekommen waren.

Die Textur der Fliege des ehemals für den Spion »Schneiderin« zuständigen CIA-Offiziers harmonierte sehr gut mit der des Anzugstoffs. Canary kannte seinen Boss – Fontaine griff gern erst an, um dann in Deckung zu gehen, machte sich einen Spaß daraus, die Schläge seines aus dem Gleichgewicht gekommenen Kontrahenten ins Leere gehen zu lassen. Aber er glaubte, dass Fontaine es hier mit einem ebenbürtigen Gegner zu tun hatte.

»Ich habe jetzt auch ein Bild«, meldete Menendez, nachdem er den Blick für einen Moment vom Bildschirm abgewandt hatte.

»Wann können wir hier mit Ihnen rechnen?«, fragte Fontaine. »Heute Abend? Spätestens morgen.«

»Unmöglich«, erwiderte Menendez mit ungerührter Stimme.

»Unmöglich?« Fontaine wirkte, als würde er diese abschlägige Antwort geradezu als Beleidigung empfinden.

»Das sagte ich doch.«

»Die Sache hat für das oberste Kabinett der Regierung höchste Priorität.«

»Wunderbar. Ich wünsche Ihnen viel Glück, und ich schätze, damit ist diese Konferenz beendet.«

»Jetzt warten Sie mal einen Moment, verdammt noch mal«, blaffte Fontaine. Er stand auf, verließ das Mikrofon und ging auf den Bildschirm zu, als würde Menendez leibhaftig vor ihm stehen. »Ich verlange, dass Sie Ihre anderen Termine absagen und nach Pine Gap zurückkehren.«

Canary richtete sich auf, beinahe als ob er nicht von Menendez gesehen werden wollte, weil er befürchtete, für Fontaines unmögliches Benehmen mitverantwortlich gemacht zu werden. Es überraschte ihn, dass Fontaine nicht nachbohrte, um Menendez' genauen Aufenthaltsort zu erfahren. Das war interessant. Auch Canary hatte keine Ahnung, wo Menendez war, abgesehen von der Stadt, in der er sich befand. Aber er hoffte, Fontaine würde keine Zeit damit verschwenden, Menendez diese Information zu entlocken.

»Sir, hört sich an, als wäre Mr. Menendez beschäftigt«, mischte Canary sich ein. Er tat so, als wäre ihm die Anspannung im Raum gar nicht aufgefallen. »Vielleicht können wir unsere Angelegenheit mit ihm auch bei dieser Videokonferenz klären. Die Sache ist zu wichtig.«

Fontaine ignorierte Canarys Deeskalationsversuch. Er blieb mit seinem kühlschrankgroßen Körper vor dem Bildschirm stehen wie ein Schulhoftyrann, der versuchte, einen kleineren Mitschüler einzuschüchtern.

Menendez brach das Eis. »Ich bin bereit, Ihre Fragen zu beantworten. Schließlich habe ich mich heute Morgen spontan hierherbemüht.«

Canary sah zu Fontaine, der sich umdrehte und zu seinem Stuhl zurückwatschelte. Er schnaufte wie ein müder Elefant, wischte sich die Nase an der Rückseite seines gelb gestreiften rechten Hemdsärmels ab und blickte auf die Armbanduhr an seinem linken Handgelenk, bevor er sich wieder auf das weiche Lederpolster sinken ließ. Canary richtete den Blick wieder auf den Bildschirm und betrachtete Menendez' Kleidung. Eine Welle der Scham stieg in ihm auf, als ihm bewusst wurde, dass so gut wie jeder der 800 Angestellten dieses Büros heutzutage gegen die Kleidervorschriften verstieß – vor allem jedoch Vizedirektor Fontaine.

»Ich höre«, sagte Menendez und saß still wie ein Gentleman, sodass es beinahe wirkte, als wäre das Bild eingefroren.

Canary schaute zu Fontaine. Dieser nickte – ein stilles Eingeständnis des Scheiterns und eine Aufforderung fortzufahren.

»Mr. Menendez, war Ihnen je bekannt, dass Kang Pang Su verwandtschaftliche Beziehungen zu den Japanern hatte?«

»Nein, jedenfalls nicht vor 30 Jahren«, antwortete Menendez ohne Zögern. »Haben Sie dazu andere Informationen?«

»Nun, in letzter Zeit haben die Japaner gegen den Wunsch der USA geheime Gespräche mit Nordkorea und China geführt. Wir glauben …«

»Wir können unser Wissen nur begrenzt mit Ihnen teilen, Mr. Menendez«, unterbrach ihn Fontaine. »Sie verstehen das sicher.«

»Ja, Sir«, wandte Canary sich an seinen Boss. »Mein Fehler.«

Fontaine erwiderte nichts, sondern wandte sich wieder Menendez zu, was Canary als das Signal zum Weitermachen verstand, wenn auch mit erhöhter Vorsicht.

»Schneiderin muss sich wieder gemeldet haben«, sagte Menendez.

»Was führt Sie zu dieser Vermutung?«, fragte Fontaine.

»Die Tatsache, dass der Mond noch am Himmel steht?«, gab Menendez zurück, ohne seinen Sarkasmus zu verbergen.

Canary schaltete sich wieder ein. Er wollte nicht zu viel verraten, aber auch zeigen, dass er genug von Fontaines ständigen Einmischungen in die Videokonferenz hatte. Er fühlte sich Menendez sogar verbunden, und sei es aus keinem anderen Grund als dem, dass Fontaine wahrscheinlich in der letzten Nacht mehr Schlaf bekommen hatte als sie beide zusammen. Zwar konnte er sich nicht offen auflehnen, wenn er seinen Job behalten wollte, was er sicherlich tat. Aber er konnte etwas kreativer werden, solange er gewisse Grenzen nicht überschritt.

»Glauben Sie, dass Kang Pang Su zum Verrat fähig ist?«, fragte Canary und handelte sich damit einen stechenden Blick von Fontaine ein.

»Jeder Spion hat das Potenzial dazu. Das macht sie für einen CIA-Beamten interessant«, erwiderte Menendez.

»Bei manchen dauert es länger als bei anderen, aber schon die Tatsache, dass sie sich rekrutieren lassen, sagt einiges über das Bedürfnis nach Veränderung aus, das sie in sich tragen.«

»Verstehe. Wie sieht es mit Massenvernichtungswaffen aus? Sagen wir, nukleare Miniatursprengköpfe auf ballistischen Langstreckenraketen? Wäre Schneiderin zu so etwas fähig?«

»Nordkorea glaubt schon seit Langem, dass der Besitz von Atomwaffen das Land wieder zum Teilnehmer am Weltgeschehen machen würde, den man nicht einfach auf die Müllhalde der Geschichte abschieben kann«, führte Menendez aus und beeindruckte Canary mit seinem Verständnis der Lage.

Fontaine mischte sich ein: »Heißt das ›ja‹?«

»Saddam Hussein wurde entmachtet, weil er keine Atomwaffen hatte, egal was die Welt darüber denkt. Das war eine Lektion, die Nordkorea schnell gelernt hat.«

Canary war klar, dass Menendez die Frage nicht direkt beantwortet hatte, aber er beschloss, sich mit einem impliziten *Ja* zufriedenzugeben und fortzufahren.

»Dann nehme ich also an, wir sind hinter Schneiderin her«, vermutete Menendez.

»Die eine Sache, die der Präsident bei seinem Topsecret-Meeting anlässlich des Machtwechsels von seinem Vorgänger übernommen hat, ist die Enttäuschung darüber, dass Nordkorea vor einigen Jahren in den Besitz der Atombombe kommen konnte«, sagte Fontaine. Damit zeigte er beeindruckendes Wissen und schien gleichzeitig Menendez nachzugeben, indem er der Frage auswich.

»Es hat einige neue Entwicklungen gegeben«, sagte Canary.

»Zum Beispiel dass Marzban Tehrani aus dem Verkehr gezogen wurde?«, fragte Menendez.

Canary und Fontaine sahen sich an, beide etwas erschrocken darüber, Tehranis Namen zu hören.

»Wir haben eine dritte Nachricht per Fernschreiber von Schneiderin erhalten, direkt nachdem Sie neulich abgeflogen sind«, erklärte Canary. »Er fährt mit ein paar Kollegen nach Panmunjom, um die Gespräche über Nuklearwaffen wieder zu beginnen. Außerdem wird eine Delegation aus Schweden dabei sein sowie natürlich die Südkoreaner.«

»Nicht gerade der ideale Ort, um einen Spion rauszuholen«, entgegnete Menendez. »Aber verglichen mit der Innenstadt von Pjöngjang geradezu perfekt.«

»Meinen Sie das ernst?«, fragte Fontaine.

»Nein, natürlich nicht. Es wäre Selbstmord.«

»Nun, uns bleibt nicht viel Zeit, um alle Eventualitäten für Satin Ash abzuwägen«, erwiderte Canary. »Laut der letzten Nachricht von Schneiderin findet die Konferenz schon in wenigen Tagen statt.«

»Dann ist sicherlich schon das Joint Special Operations Command alarmiert worden«, vermutete Menendez. »Für eine so riskante Mission sind die speziellen Fähigkeiten erforderlich, die das Kommando anzubieten hat.«

Canary warf Fontaine einen Blick zu, der diesem signalisierte, dass er mit dem, was sie von Menendez erfahren hatten, zufrieden war und dass die Videokonferenz beendet werden konnte.

»Sind Sie mit dem LIPS-Programm vertraut, dem Mr. Canary hier vorsteht, Mr. Menendez?«, erkundigte sich Fontaine.

»Ist das der Grund dafür, dass so viele Skoal-Dosen auf seinem Schreibtisch stehen?«

Canary grinste. Er war beeindruckt, dass Menendez sich an das halbe Dutzend leerer Kautabakdosen erinnern konnte.

»Negativ«, erwiderte Fontaine. »LIPS steht für *Lokalisierung von Informationen, publik gemacht von Edward Snowden,* ein vom Präsidenten geleitetes Krisenmanagement-Team.«

»Oh. Ich dachte, es hätte was mit diesen kleinen Schildern zu tun, die da überall bei Ihnen hängen: *loose lips sink ships.*«

»Betrachten Sie sich als eingeweiht«, sagte Fontaine. »Wir können bei dieser Sache keinen neuen Snowden gebrauchen.«

Canary sah zu, wie Menendez aufstand, als würde er nach etwas greifen, wobei seine funkelnde, goldene Gürtelschnalle und seine Designerhose zum Vorschein kamen. Einen Augenblick später wurde der Bildschirm schwarz.

Schätze, das Meeting ist vorbei.

15

Fort Bragg, Delta-Force-Gelände

Major Promotable Kolt Raynor stand am Ende des tristen Klassenzimmers, in dem 30 Männer Platz hatten. Er trug robuste Shorts und ein gelbbraunes T-Shirt, und er bewahrte sein Pokerface, während er jedem der 13 Operator-

Kandidaten in die Augen blickte. Sie saßen leicht verteilt, jeder von ihnen an einem grauen Tisch, waren mit ungekennzeichneten Crye-Multicam-Kampfanzügen bekleidet und trugen die neue Erkennungsmarke von Kolts Einheit um den Hals. Diese Männer waren mehr als nur Frischfleisch.

Kolt beobachtete die Gruppe noch ein wenig länger, während Jason, das Kadermitglied im hinteren Bereich des Zimmers, den korrekten Ordner im sicheren lokalen Netzwerk der Einheit öffnete, um die Dias und Videos für das Flugzeugtraining abzurufen. Die meisten Schüler hatten bereits die frühen Stufen der gelockerten Körperpflegestandards erreicht und versuchten angesichts ihres Kandidatenstatus wahrscheinlich, die Grenzen ein wenig auszuloten. Diese 13 Kandidaten waren die Auserwählten, die nach dem langen Marsch und dem Kommandantenausschuss bei den aktuellsten Delta-Prüfungen noch aufrecht standen. Sie waren die Einzigen der 132, die an einem geheimen Ort im Nordosten zum Auswahlverfahren angetreten waren, die die aufdringlichen psychologischen Befragungen, die der Öffentlichkeit nicht bekannten körperlichen und geistigen Strapazen der 30 Tage in den Bergen überstanden hatten. Außerdem waren sie nicht betrunken mit dem Auto gefahren, während sie gefeiert hatten, dass sie nun offiziell in der Delta-Force-Basis stationiert waren.

Kolts Arbeit hier entsprach dem üblichen Verfahren der Einheit. Kampferfahrene Operators wurden oft gebeten, mit den Kandidaten des Operator Training Course zu sprechen, um ihnen ein Gespür für die Realität zu vermitteln und ihnen zu verdeutlichen, welche Lektionen sie im Einsatz gelernt hatten. Anders als in Kolts

Prüfungszeit, die nun schon zu viele Jahre zurücklag, um sie zu beziffern, hatte jedes Mitglied dieser Gruppe bereits gekämpft. Die Hälfte von ihnen hatte Tapferkeitsauszeichnungen erhalten, einige das Purple Heart.

Kolt schob den verbundenen Unterarm in die rechte Seitentasche seiner Hose und riss eine halb volle Packung Red-Man-Kautabak heraus. Er öffnete sie, schob zwei Finger hinein, um ein Stück von dem feuchten, blättrigen Tabak abzureißen, und stopfte es sich in die rechte Wange.

Es war merkwürdig für ihn, bereits hier zu stehen, obwohl er sich noch von den Verletzungen erholte, die er sich bei der Mission in der Ukraine zugezogen hatte. Das schien auch den aufmerksameren Kandidaten nicht zu entgehen – die meisten Augen waren auf seinen Verband gerichtet. Die angehenden Operators hatten außerdem bereits von den drei gefallenen Operators aus Kolts Staffel gehört. Im Gebäude der Delta Force verbreiteten sich Gerüchte schnell.

»Ich denke, wir können anfangen«, sagte er. Seine Stimme klang undeutlich, weil er dabei den Tabak in seinem Mund verschob und sich die Finger an den Shorts abwischte. »Ich bin Kolt Raynor. Die meisten kennen mich hier nur als Racer. Fragt mich nicht, wie ich zu meinem Codenamen gekommen bin, dann frage ich auch nicht nach eurem.«

Die Klasse war totenstill, aber Kolt bemerkte, dass einige von ihnen grinsten und dabei auf die Tischplatte hinabblickten, als ob sie damit gegen die Klassenregeln verstießen, sich Sorgen um den Kader machten oder Ähnliches. Kolt ging zum Mülleimer, sah hinein, zog eine leere Wasserflasche hervor, schraubte die Kappe ab und wischte den Flaschenhals an seinem Hemd ab.

»Ihr könnt mich Racer, Kolt oder Boss nennen, falls ihr in meine Staffel auf der anderen Seite des Flurs kommt.« Er blickte von einem zum anderen, sorgte dafür, dass er mit der gesamten Klasse Blickkontakt hielt. »Wir sind hier nicht so förmlich. Niemand spricht hier irgendjemanden mit *Sir* an oder will selbst so genannt werden.«

Kolt spuckte ausgiebig in die Flasche. »Eins sag ich euch: Ihr seht alle aus, als würdet ihr nicht mal wissen, was ihr mit 'ner Muschi anfangen sollt, wenn man sie euch zusammen mit einem Sledgehammer Stout in Huske's Hardware House serviert.«

Das lockerte die Stimmung ein wenig auf. Die ganze Klasse brach in Gelächter aus.

Die Anwärter tauschten Blicke aus, als ob sie wussten, dass das, was Kolt gesagt hatte, auf einige von ihnen wirklich zutraf.

»Los, spiel's ab, Jason«, sagte Kolt. »Kann irgendwer das Licht ausschalten?«

Auf dem großen, weißen Bildschirm am Ende des Klassenraums tauchte ein Schriftzug in schwarzen, fett gedruckten Buchstaben auf: ›Kampf auf nahe Entfernung *(CQB, Close Quarters Battle)* bei Angriffen in röhrenförmigen Gängen – Flugzeuge, Züge, Kraftfahrzeuge.‹

»Ich bin ziemlich sicher, dass Sie alle lesen können, also lassen wir's einfach weiterlaufen.«

Nach dem Titelbildschirm tauchten Standbilder echter Delta-Kampfeinsätze aus den letzten Jahren auf. Mehrere Züge, ein paar Busse und ein halbes Dutzend Flugzeuge, alle mit Bildunterschriften versehen, die über Namen und Orte der Missionen informierten.

»Dieser Bus wurde mit mehreren gleichzeitig abgefeuerten SIMON-Gewehrgranaten zum Stehen gebracht.

Einige von Ihnen kennen die vielleicht als GREM, *grenade rifle munition* oder irgend so ein Scheiß.«

Kolt bemerkte ein paar grinsende Gesichter, während er einen weiteren Strahl Tabaksaft in die durchsichtige Plastikflasche spuckte.

Die letzten Bilder zeigten das Aufsprengen der Dachluke an der Oberseite der 767 von American Airlines. Das Manöver hatte es Kolt und einigen Kameraden vor etwa einem Jahr in Indien ermöglicht, das Flugzeug in der Luft unter ihre Kontrolle zu bringen.

»Das Aufsprengen wurde mit der Harpune durchgeführt. Tatsächlich war das das erste Mal, dass sie wirklich im Einsatz benutzt wurde«, fuhr Kolt fort. »Bei eurem fortgeschrittenen Notfalltüröffnungstraining werdet ihr ein gutes Training an beiden Waffen erhalten.«

Kolt schaute in die Menge. Die großen Augen aller 13 Teilnehmer glänzten im Projektorlicht. Er spuckte noch einmal ausgiebig in die Flasche, und wie auf Kommando ertönte laute Heavy-Metal-Musik.

»Zum Andenken an den großen Jeff Hanneman. Wenn ihr Slayer nicht mögt, seid ihr wahrscheinlich scheiße im *CQB*«, sagte Kolt laut genug, dass die ganze Klasse ihn hören konnte.

Während die Musik dröhnte, wurden kurze Szenen abgespielt, in denen Delta-Operators in röhrenförmigen Gängen den Kampf auf kurze Entfernung trainierten, vermischt mit Aufnahmen von Helmkameras, die echte Einsätze im Irak und in Syrien zeigten. Auf dem Bildschirm war mehr Action zu sehen als in zehn Hollywood-Blockbustern zusammen.

Kolt wartete, bis das Video nach etwa 30 Sekunden zu Ende war und die donnernden Klänge von *War Ensemble* verstummt waren. »Licht an, bitte«, sagte er.

»Meine Herren, wie viele von Ihnen glauben, dass sie sich mit *CQB* auskennen?« Kolt ließ den Blick durch den Raum schweifen. Etwa die Hälfte der Kandidaten hob zögernd die Hand. Sie sahen sich um, in der Hoffnung, nicht die Einzigen zu sein, die sich vorwagten.

»Ist das nicht 'ne verdammte Schande, Jason?« Kolt warf dem Mann am anderen Ende des Zimmers einen Blick zu. »Schätze, dann werdet ihr euch einiges abzugewöhnen haben.«

Wieder gab es ein paar grinsende Gesichter und kurzes Auflachen. Die Schüler wussten nicht genau, was sie von diesem offensichtlich erfahrenen Operator in seinen 40ern halten sollten.

»Männer, ich weiß, dass der Command Sergeant Major der Einheit euch die drei Dinge genannt hat, die euer Ausscheiden aus der Delta Force bewirken können. Kann mir jemand auf die Sprünge helfen?«

»Frauen, Alkohol und Geld«, riefen die Kandidaten beinahe im Chor.

»Gut. Aber nach mehr als einem Jahrzehnt im Krieg haben wir der Liste noch ›*CQB* mit zwei linken Füßen‹ hinzugefügt.«

Niemand aus der Menge sagte etwas.

»Im Einsatz, vor allem beim Kampf in engen, röhrenförmigen Umgebungen, in denen es keine Deckung gibt, sind mehrere gleichzeitige Eintrittspunkte notwendig, um die Denkprozesse des Feindes lahmzulegen.«

Genau in diesem Moment war eine vertraute weibliche Stimme über die Sprechanlage zu hören. Kolt erkannte Joyce, die Sekretärin von Colonel Webber. »Major Raynor, rufen Sie bitte die Vier-Null-Null-Fünf an. Major Raynor, Vier-Null-Null-Fünf.«

Kolt erkannte den Büroanschluss von Webber und bemerkte, dass Kadermitglied Jason aufgestanden und im Begriff war, vor die Klasse zu treten.

»Ich übernehme dann ab jetzt, Racer. Danke, dass du vorbeigekommen bist, um mit diesen Jungs zu reden.«

»Keine Ursache. Ich helfe gern.« Kolt schüttelte Jason die Hand, verglich seine Griffstärke im Kopf mit der des untersetzten Sergeants und klopfte ihm auf die rechte Schulter. Er betrachtete die Kandidaten ein letztes Mal, während er an der Seite des Raumes entlang zur Hintertür ging.

»Nehmt euer Schicksal in die Hand, Männer. Ich hoffe, wir sehen uns alle in ein paar Monaten im Einsatz.«

Stockholm

Staff Sergeant Cindy »Hawk« Bird hatte am Vortag genug davon gehabt, am Hoteltelefon auf einen Anruf ihres hiesigen CIA-Kontakts zu warten, von dem sie wusste, dass er sich nur etwa 400 Meter entfernt im ersten Stock der US-amerikanischen Botschaft aufhielt. Nach ihrem Check-in am frühen Nachmittag hatte sie der Versuchung nicht widerstehen können, einen kurzen Spaziergang in der Umgebung zu machen, um den Jetlag loszuwerden. Außerdem wollte sie nach der rasanten Prüfung, die sie vor dem ersehnten Auftritt vor dem Kommandantenausschuss noch in letzter Minute überraschend nach Schweden geführt hatte, den Kopf frei bekommen.

Es war ein schöner Tag gewesen. Sorglose Einheimische waren mit ihren Hunden spazieren gegangen, die Plastiktüten zum Einsammeln des Hundekots und die Leine in der einen, das Handy in der anderen Hand. Sie hatte sich nur einen Häuserblock weit vom Hotelparkplatz entfernt und sorgfältig darauf geachtet, sich nicht zu auffällig zu verhalten, als sie vor der norwegischen Botschaft über die Schulter sah, um festzustellen, ob ihre Beschatter noch da waren. Dann war sie auf dem auffällig sauberen Bürgersteig des Dag Hammarskjölds Väg etwa 180 Meter weiter nach Westen gegangen und stehen geblieben. Dort hatte sie eine Pause gemacht, sich ruhig verhalten und versucht, sich unter die Leute zu mischen. Sie hatte durch den grauen Zaun der US-Botschaft gespäht und mit ihren scharfen Augen versucht, etwas hinter den getönten Scheiben zu erkennen.

Sie konnte zwar nichts sehen, wusste aber, dass Myron Curtis irgendwo dort drinnen sein musste.

Komm schon, Myron, du hast doch gewusst, dass ich kommen würde.

Hawk wandte sich nach Süden, ging über die Laboratoriegatan zur Bucht, kam an verschiedenen Fußgängern unterschiedlichster Kulturen und Hautfarben vorbei und sah die türkische sowie die südkoreanische Botschaft. Als sie den Rand der Bucht erreichte, blieb sie stehen und atmete in tiefen Zügen die frische schwedische Luft ein. Die reine Schönheit der Segelboote, die zu Dutzenden an den Docks vertäut lagen, brachte sie zum Staunen. Sie hielt nach Schwimmern Ausschau und fragte sich, wie warm das Wasser sein mochte, bevor sie den Gedanken abschüttelte und in die Realität zurückkehrte.

Nun nahm sie den unasphaltierten Weg durch den verschlafenen Nobelparken, der sich an das Ufer schmiegte, und kehrte in einem weiten Bogen in etwas mehr als 30 Minuten zur Villa Källhagen zurück. Da niemand anrief, hatte sie noch gewartet und sich in ihrem Zimmer die Zeit vertrieben, indem sie durch die Fernsehkanäle schaltete und versuchte, einen englischen Sender zu finden – oder einen, auf dem nicht gerade Fußball lief.

Nach einem späten Frühstück im Fünfsternerestaurant der Villa wartete Hawk in ihrer Suite darauf, dass ihr Kontaktmann sich bei ihr meldete. Sie war gelangweilt, nervös und hatte das Wartespiel satt. Sie sah auf die Armbanduhr, dann auf die Uhr auf dem Nachttisch neben dem perlenbesetzten Telefon. Beide zeigten an, dass es kurz vor 13 Uhr war. Ihre Armbanduhr ging lediglich zwei Minuten vor im Vergleich zur roten Digitalanzeige der Tischuhr.

Hawk strich sich mit den Fingern durchs Haar, einfach um überschüssige Energie loszuwerden. Sie trommelte mit beiden Händen auf die Bettkante, summte für ein paar Sekunden und sprang dann auf. Da sie nichts von der CIA gehört hatte, ging sie über den rosafarbenen Plüschteppich, riss die beigen Vorhänge auf und betrachtete den wunderschönen Djurgårdsbrunnskanalen. Das friedlich dahinfließende, paradiesfarbene Kanalwasser war von hoch aufragenden, smaragdgrünen Kiefern und schattigen Fichten umstanden. Sie bestaunte die vielleicht 800 Meter weit entfernte obere Hälfte des 110 Jahre alten Nordischen Museums, das wie ein Spukhaus wirkte.

Scheiß drauf! Wahrheit ist Tarnung, Tarnung ist Wahrheit.

Das Telefon in der Suite klingelte, schreckte Hawk auf und brachte sie dazu, das Fenster zu verlassen. Sie ging rasch auf den Apparat zu, wobei sie nervös am Ende ihrer künstlichen Fingernägel knabberte, und betrachtete ihn, während er zum zweiten Mal klingelte. Es hätte zu verzweifelt gewirkt, wenn sie den Hörer schon beim ersten Klingeln abgenommen hätte – als ob sie auf eine verlegene Einladung zum Ball von dem süßen Jungen im Algebrakurs warten würde.

Beim dritten Klingeln meldete sich Hawk: »Hallo?«

»Miss Tomlinson, entschuldigen Sie die Störung, aber Sie haben einen Anruf aus Übersee. Ich stelle Sie durch.«

Er hörte sich genauso an wie der Kerl, bei dem sie eingecheckt hatte, der große mit dem neugierigen Blick, aber sie war nicht ganz sicher.

»Danke.« Sie fragte sich, warum der Mann am Empfang einen Anruf von der schwedischen Botschaft für einen Anruf aus dem Ausland hielt. Aber sie musste einräumen, dass das möglicherweise eine kluge Sicherheitsmaßnahme war.

Hawk hörte, wie sie zum Anrufer durchgestellt wurde. Erst herrschte Totenstille.

»Kann ich Ihnen helfen?«, fragte sie.

»Bist du allein?«

»Du bist der Letzte, mit dem ich jetzt gerechnet hatte«, erwiderte Hawk und ließ sich auf das weiße Bettlaken fallen.

»Hört sich an, als ob bei dir alles okay wäre«, sagte Kolt.

»Hat der Alte dir gesagt, dass du mich überwachen sollst?« Sie nahm an, dass Colonel Webber vielleicht bereute, jemanden auf eine so einzigartige Solomission geschickt zu haben, bei der so schnell so viel schiefgehen konnte.

»Eigentlich nicht«, antwortete Kolt. »Ich war selbst neugierig.«

»Blödsinn. Du hast doch bestimmt hundert andere Sachen zu tun.«

»Hör zu, Miss Tomlinson, es ist wichtig, dass du mich richtig verstehst«, sagte Kolt. »Uns geht die Zeit aus.«

»Zeit wofür? Ich kann nicht ganz folgen.«

»Lass dich nicht von der Navy rumschubsen. Die mögen ihre Frauen am liebsten stark angeheitert und im Rudel.«

»Ähh … okay«, erwiderte Hawk. »Ich versteh den Zusammenhang nicht.«

»Ich weiß, wie beschäftigt du bist. Bin froh, dass alles in Ordnung ist. Denk dran, wenn du kannst, nimm dir ein bisschen Zeit für uns. Ist politisch, aber wichtig.«

»Hast du wieder mit dem Trinken angefangen?«, fragte sie. »Was zum Teufel redest du da?«

»Das klären wir besser direkt. Hier brodelt bloß die Gerüchteküche. Nichts Bestimmtes.«

»Das kauf ich dir nicht ab.«

»Hör zu, ich muss los, aber wenn's einen guten Grund gibt, dann bitte um Hilfe«, sagte Kolt. »Vielleicht steht dabei unser Leben auf dem Spiel.«

»Meine Güte, Frank!« Hawk verwendete wieder Kolts Decknamen aus ihrer verdeckten Mission in Kairo, die sie als Paar durchgeführt hatten.

»Ich muss los. Du wirst schon klarkommen, so oder so, und wir sehen uns dann, wenn dein Urlaub vorbei ist.«

»Warte mal«, rief Hawk, aber dann hörte sie nur noch das Freizeichen.

Was sollte das denn?

Sie legte den Hörer auf die Gabel und starrte den Lampenschirm an. Sie war nicht sicher, worauf Kolt hinauswollte, aber ihr war klar, dass nur wenige Dinge Kolt Raynor dazu bringen konnten, einen Überraschungsanruf zu riskieren, während sie undercover arbeitete. Er war auch nicht betrunken gewesen, da war sie sicher. Nein, es war ein wohlüberlegter Anruf gewesen, und sie war enttäuscht von sich selbst, weil sie nicht fähig gewesen war, zwischen den Zeilen zu lesen und Kolts Rätsel zu lösen.

»Ich brauch frische Luft!«, flüsterte sie, sprang auf und ging ins Badezimmer.

Nachdem sie sich ein superweiches Hotel-Badehandtuch über die Schulter geworfen hatte, nahm Hawk den Fahrstuhl und fuhr in die Lobby hinunter. Sie kam am Restaurant vorbei, in dem Limousinenfahrer und Beschatter in dunklen dreiteiligen Anzügen saßen, auf ihre Handys blickten oder über Touchscreens wischten. Sie machte sich auf den Weg zum Souvenirladen.

Dort wühlte sie rasch ein paar Sachen durch, nahm einen schwarzen Bikini vom Haken und warf einen Zwanziger und eine Fünf-Kronen-Münze auf den Tresen. Sie war froh, dass sie vorgesorgt und den Rest ihrer nordkoreanischen Wons und russischen Rubel losgeworden war, bevor sie in Berlin ins Flugzeug gestiegen war.

In Kairo hatte Kolt ihr eingeimpft, dass sie an einem neuen Reiseziel nie zu sehr wie eine Touristin oder eine arrogante Amerikanerin auftreten durfte, die überall mit Dollars um sich warf. Es war eine kluge Entscheidung gewesen, ihr Geld in schwedische Kronen umzutauschen. Es war eine der einfacheren, aber wichtigen Lektionen gewesen, die sie bei ihrem zurückliegenden Training in Flugzeugen, Zügen und Autos gelernt hatte. Einer anderen Lektion folgend hatte sie sich mit dem Haarfärbe-Set, das sie im Duty-free-Geschäft in Peking erstanden hatte, die Haare blondiert.

Hawk nahm ihr Wechselgeld entgegen, betrat die Damentoilette und zog den Bikini an. Bevor sie ihre restlichen

Kleidungsstücke wieder darüber anlegte, hielt sie inne, schaute in den großen Spiegel und bückte sich ein wenig. Als sie sich in ihren Strümpfen sah, kam ihr in den Sinn, dass sie seit Wochen keine High Heels mehr getragen hatte.

Sie drückte ein wenig gegen die Innenseite ihres rechten Oberschenkels, um einen Blick auf die Narbe von der Schusswunde werfen zu können. Sie war nicht blasser als am Vortag. Nachdem sie ihre rechte Brust betrachtet hatte, zupfte sie an beiden Seiten des Bikinioberteils und versuchte, die Narben der Brustwunde zu verdecken.

Hawk verließ das Geschäft durch die Glastür an der Rückseite und ertappte sich auf dem Weg zum Kanal dabei, zu schnell zu gehen, zu hastig, nicht ihrer Rolle entsprechend. Also bremste sie sich und ging in ein sorgloses Schlendern über. Bereits vor Kolts überraschendem Anruf war ihr viel durch den Kopf gegangen. Ja, sie hatte eine Menge Sorgen gehabt – aber nach diesem völlig unerwarteten und merkwürdigen Gespräch hatte sie das Gefühl, das Gewicht der ganzen Welt würde auf ihr lasten.

Und dabei war ich noch nicht mal vor dem Kommandantenausschuss!

Nach etwa 30 Metern erreichte Hawk den Gehweg aus flachen, grauen Steinen und ging unter der Villa Källhagen Gästbrygga hindurch, wo ein Schild die Gäste zum Betreten des Stegs einlud. Sie überquerte die wacklige, bogenförmige Fußgängerbrücke und strich mit den Händen am hölzernen Geländer entlang. Nach der Bretterbrücke betrat sie den etwa drei Meter breiten, im Wasser schwimmenden Aluminiumsteg. Die Enten ließen sich von ihrer Anwesenheit nicht aus der Ruhe bringen. Sie sah fünf Bojen, erkannte die flache Zone für Bootsfahrer sowie die Turmspitzen der Renaissance-Architektur des Nordischen

Museums. Einen Schritt vor dem Rand des etwa 40 Meter langen Stegs blieb sie stehen und breitete ihr eierschalenweißes Handtuch auf dem Boden aus.

Hawk legte sich auf den Bauch, ließ die Füße über den Rand hängen und griff hinter sich, um ihr Oberteil zu öffnen, wobei sie darauf achtete, die Brüste nicht vom Boden zu heben. Sie wusste, dass man sie beschattete, seit sie im Land eingetroffen war – jeder, der in der Villa wohnte, wurde beschattet. Aber sie hatte nicht vor, einem dieser perversen Mietschnüffler mit ihren Zoomobjektiven freizügige Einblicke zu bieten.

Die stellen sich so ungeschickt an!

Nach 15 Minuten drehte sie sich vorsichtig nach links, um sich gleichmäßig zu bräunen. Sie warf einen Blick zum Fußweg, den sie am Vortag benutzt hatte, und bemerkte einen Afroamerikaner in mauvefarbenen Shorts. Er trug eine graue Männerhandtasche über der rechten Schulter, ein dazu passendes graues T-Shirt und abgetragene, gelbbraune Segelschuhe. Zwar wirkte er nicht völlig fehl am Platz, denn sie befanden sich in der Nähe des Botschaftsviertels, und in Schweden lebten viele Afrikaner und Menschen aus dem Nahen Osten – aber irgendetwas an diesem Mann war seltsam.

Hawk schob ihre Sonnenbrille herunter, um ihr unhöfliches, neugieriges Starren zu verbergen. Er schien leicht zu hinken, stützte sich auf einen hölzernen Gehstock und führte einen winzigen, pechschwarzen Hund mit dichtem Fell an einer kurzen Leine.

Nicht zu fassen, der nimmt seine Arbeit ja immer noch ernst.

Der Mann spielte seine Rolle überzeugend. Seit sie ihn zuletzt in den Straßen Kairos gesehen hatte, war sein Haar zu einem zerzausten Afro gewachsen. Tatsächlich sah er jetzt weit besser aus als damals, als er eine arterielle Blutung gehabt hatte, kreidebleich gewesen war und kurz vor dem Tod gestanden hatte. Den Gehstock verdankte er einer von Kolt Raynors impulsiven Entscheidungen, aber sie war sicher, dass ihm das Hinken lieber war als der Tod.

Hawk sah, wie er unter dem Gästbrygga-Schild hindurchging, die bogenförmige Fußgängerbrücke überquerte und über den schwimmenden Steg direkt auf sie zukam.

Sie legte ihr Oberteil wieder an, rollte sich herum wie auf einer Jiu-Jitsu-Matte und schlug die Beine übereinander. Sie hatte keine große Lust, dem Kerl einen verführerischen Anblick zu bieten. Kurz vor ihr blieb der Mann stehen und ließ die Leine gerade lang genug, um dem Hund die Möglichkeit zu geben, seine Niedlichkeit zu demonstrieren und sich einige Streicheleinheiten abzuholen. Dann setzte er sich auf den Hintern und ließ die Beine über dem Wasser baumeln.

»Wissen Sie, die schwedischen Gesetze erlauben es Frauen neuerdings, oben ohne zu schwimmen«, sagte er, ohne Hawk anzusehen.

»Bekommen Sie nicht genug zu sehen?«

»Sollte man meinen, nicht? Das hier ist das überbewertetste Land auf der Welt. Die meisten glauben, dass jedes Mädchen hier eine blonde Sexbombe ist, aber das ist nur ein Gerücht. Im Vergleich mit manchen osteuropäischen Ländern ist das hier gar nichts.«

»Wie haben Sie mich gefunden?« Hawk wollte den Small Talk nicht zu sehr ausdehnen.

»Überraschenderweise sind die Schweden dick. Die dicksten Leute in ganz Skandinavien, auch wenn die Dänen ihnen dicht auf den Fersen sind.«

»Gut, ich hab mir schon Sorgen gemacht, hier zu viel Konkurrenz zu haben. Ist das also der Grund, aus dem Sie diesen kleinen, haarigen Frauenmagneten dabeihaben?«

»Gustav. Er ist ein Schwedischer Lapphund. Der Nationalhund sozusagen.«

Hawk grinste sarkastisch und rieb dem Tier die borstigen Ohren und den keilförmigen Kopf, was dazu führte, dass der lockige Schwanz des Hundes vor Freude rotierte wie ein Kreisel.

»Ist er Ihrem Gehstock nicht im Weg?«, fragte sie und bereute es sofort, unangenehme Erinnerungen bei ihm heraufzubeschwören.

»Das Risiko muss ich eingehen«, erwiderte er und sah Hawk nun zum ersten Mal an.

»Miss Tomlinson, ich weiß nicht, ob ich mich freue, Sie wiederzusehen, angesichts der Erfahrungen, die wir miteinander gemacht haben. Aber ich muss offen zu Ihnen sein.«

»Sie können mich Carrie nennen«, bot ihm Hawk an, wieder sarkastisch. »Ich höre.«

»Ich habe weder um Sie noch um Delta gebeten. Ich habe um die SEALs gebeten.«

»Wir haben viel gemeinsam, Myron«, erwiderte sie. »Ich habe auch nicht um Sie gebeten, und um einen SEAL würde ich nicht einmal bitten, wenn das ganze US Marine Corps irgendwo 'ne Landung verpatzt hätte.«

»Sind eigentlich alle Delta-Operators so reizbar?«, fragte Myron Curtis.

Hawk dachte für einen Moment darüber nach, während sie den Hund streichelte. Sicher, manche der Kerle aus der Einheit waren manchmal ein wenig großmäulig, aber die meisten waren Durchschnittsmänner – verheiratet, zwei bis drei Kinder, Pick-up-Truck und Minivan in der Einfahrt. Selbstbewusste Alphamännchen natürlich, aber nicht unbedingt arrogante Arschlöcher. Aber das war es nicht, was Hawk zu denken gab. Nein, Curtis' spezifische Wortwahl war das Problem.

Wäre ich nicht vorzeitig vom Auswahlverfahren abgezogen worden, wäre ich jetzt schon Delta-Operator!

»Da fragen Sie die Falsche, Myron.«

»Ich weiß, dass Sie noch kein Operator sind, Carrie«, gab Curtis zurück. »Ich habe von Typen wie diesem Kolt Raynor und seinem Partner Slapshot geredet.«

Schon klar, du Drecksack!

»Hören Sie, Myron, können wir uns einfach abregen und zusammenarbeiten, um diese Mission zu erledigen?« Das Letzte, was Hawk wollte, war, dass Curtis sich bei seinen Vorgesetzten in der sechsten Etage in Langley über sie beklagte.

Mach gute Miene zum bösen Spiel, Cindy Bird. Kolt kann dir hier nicht helfen.

»Dann sind Sie also doch nicht wie diese hochnäsigen schwedischen Discoflittchen mit ihrem tollen blonden Haar.«

Verdammt, der will mich heute wirklich in den Wahnsinn treiben!

»Frieden, Curtis! Weihen Sie mich jetzt ein oder besorgen Sie sich jemand anderen.«

»Du liebe Güte!« Curtis deutete auf die Narben über ihrer rechten Brust. »Sind das Muttermale oder haben Sie eine Kugel in die Brust gekriegt?«

Hawk zog das Oberteil vorsichtig ein Stück nach oben, um die Narben unauffällig zu verdecken.

»Alte Geschichte, Myron, genau wie Ihr Bein. Können wir jetzt über die Mission reden, bitte?«

»Okay. Da Sie sich die Haare gefärbt haben, nehme ich an, dass irgendjemand Sie schon unterrichtet hat. Im Wesentlichen geht es darum, dass einer unserer tief eingebetteten Spione eine verschlüsselte Nachricht geschickt hat, in der er darum bittet, herausgeholt zu werden.«

»Wie sicher sind Sie, dass die Nachricht authentisch ist?«

»Kein Zweifel. Sie ist zu einzigartig, um ein Täuschungsmanöver zu sein. Außerdem benutzt er ein Signal, das schon seit fast 23 Jahren im Spiel ist.«

»Nordkorea, oder?«

»Ja. Das ist der Grund, weshalb Sie in Schweden sind. Alle diplomatischen Diskussionen der USA laufen in diesem Fall über die schwedische Regierung.«

Bitte sag mir nicht, dass ich wieder nach Nordkorea muss. Das Drecksloch habe ich gerade erst hinter mir gelassen.

»Das wusste ich«, erwiderte sie.

»Wir stecken Sie in die Delegation, die sich in Panmunjom mit einer hochrangigen Abteilung der Koreanischen Arbeiterpartei trifft. Gastgeber sind die Südkoreaner, und das Ganze findet direkt an der am schwersten bewachten Grenze der Welt statt.«

Was? Der will mich wohl verarschen.

Curtis sprach weiter, als wären sie bei der Ausbildung auf der Farm in Williamsburg, Virginia.

»Sie werden High Heels tragen. Je höher die Absätze, desto besser«, fuhr er fort. »Pfennigabsätze oder Plateauabsätze schmeicheln Ihren Beinen und lassen sie länger wirken. Größe schüchtert die Nordkoreaner ein und verschafft Ihnen damit einen Vorteil. Hautfarbene High Heels in Kombination mit kurzen Hosen oder einem Rock verstärken die Illusion.«

Okay, jetzt wird's wirklich verrückt. Spielt er etwa auf Yellow Creek an?

»Okay, und wozu?« Hawk beschloss mitzuspielen für den Fall, dass jemand Curtis davon erzählt hatte, dass sie vor mehr als sechs Monaten in dem Kernkraftwerk mit einem sechs Zentimeter langen Schuhabsatz einen Terroristen getötet hatte.

»Um beim Abzug des Spions behilflich zu sein.«

»Warum?« Hawk kraulte Gustav hinter beiden Ohren.

»Sie werden morgen ausführlich informiert.«

»Kommen Sie, Myron, sagen Sie mir wenigstens, warum Sie's so eilig haben.«

»Der Spion hat einige Informationen über die nuklearen Miniatursprengköpfe, die Nordkorea besitzt.«

»Scheiße!«, rief Hawk. Endlich wurde ihr klar, wie ernst die Lage war und weshalb man sie in Harbin plötzlich aus dem Zug geholt und nach Stockholm geschickt hatte. »Wir werden eine oder zwei Kommandotruppen brauchen, um ihn rauszuholen, richtig?«

»Darum kümmern sich die SEALs. Sie müssen den Spion bei dem Meeting für uns markieren.«

»Mit einem Sender?« Hawk war immer noch nicht sicher, ob Curtis es wirklich ernst meinte.

»Einem Radarsender, *radar responsive device* oder kurz RRD. Das wurde in Sandia entwickelt. Wie die RFID-Transponder, die die Verkäufer bei Belk's an der Kasse entfernen. Aber eine Version mit mehr Reichweite, die aus 20 Kilometern Entfernung geortet werden kann.«

»Sind Sie verrückt? Wie soll ich denn nah genug an diesen Spion rankommen und das Ding an ihn drankleben, ohne dass es jemand merkt? Fahren die nach solchen hochrangigen Treffen nicht mit so einem Stabdetektor an einem entlang?«

Verdammt, Cindy, warum bist du so negativ?

»Morgen werden wir mehr wissen«, erwiderte Curtis. Er zog ein Handy aus der Shortstasche. »Das ist für Sie. Verbrauchen Sie nicht zu viele Minuten damit. Meine Nummer wird als viermal Z angezeigt.«

Hawk nahm das Gerät entgegen, dankbar, dass Curtis bei ihrer letzten Entgegnung nicht in die Luft gegangen war. Sie wusste, dass es ratsam war, nicht über die Mission zu nörgeln, bevor man alle Fakten kannte und die Vermutungen sich bestätigt hatten. Langsam hatte sie den Eindruck, als würde Kolts Stil auf sie abfärben, obwohl er mehr als 7000 Kilometer und fünf Zeitzonen von ihr entfernt war. Und da er jetzt nicht hier war, um ihre Hand zu halten, musste sie an ihrer Einstellung arbeiten.

»Was steht uns noch alles zur Verfügung?«, fragte sie in der Hoffnung, ihren Fehler zu überspielen. »Vielleicht eine schnelle Eingreiftruppe auf einem Flugzeugträger?«

»Wahrscheinlich nicht. Das knappe Zeitfenster macht es uns unmöglich, Zeiten und Entfernungen zu kalkulieren.«

»Wie sieht's mit der Luftaufklärung aus? Die Global Hawks aus Japan?«

»Zweifelhaft«, erwiderte Curtis. »Die sind damit beschäftigt, die chinesische Marine zu überwachen.«

»Mein Gott, Myron«, sagte Hawk. »Die beiden Global Hawks wurden doch auch auf der Misawa Air Base stationiert, um nordkoreanische Atomwaffen auszuspionieren. Das kommt mir hier schon relevant vor.«

»Ich sagte nicht Nein, ich sagte: zweifelhaft. Wir arbeiten dran.«

Tja, wenigstens bekomme ich hautfarbene High Heels.

16

Colonel Webbers Büro auf dem Delta-Force-Gelände

Als er den Selektionsflügel verließ, kam Kolt an dem großen Plexiglas-Schaukasten im Flur vorbei. Darin waren Tausende von Patronenhülsen zu sehen. Auf einem kleinen Schild war zu lesen, dass dies die Anzahl von Kugeln war, die ein Operator-Kandidat während der Grundausbildung abfeuerte. An beiden Wänden hingen auf der ganzen Länge des Gangs in sorgfältiger Anordnung Dutzende eingerahmter Schwarz-Weiß-Fotos jeder Ausbildungsklasse seit der Gründung der Einheit. Als er an ihnen vorbeigegangen war, öffnete Kolt die schwere, hellblaue Tür, betrat die sogenannte »Wirbelsäule«, den Hauptteil des Gebäudes, und spuckte Tabak in seine Plastikflasche. Er betrat die nächste Toilette, spülte sich den Mund mit Wasser aus und wusch sich schnell die Hände.

Kolt betrat die Kommandozentrale und nahm Blickkontakt mit Joyce auf, die mit dem Telefonhörer am Ohr hinter ihrem Schreibtisch saß. Er formte ein stummes *Hallo* mit dem Mund und winkte ihr zu.

»Gehen Sie schon rein, Major Raynor, Colonel Webber wartet«, sagte sie, wobei sie die Sprechmuschel mit der rechten Hand abdeckte.

Kolt ging an ihrem Tisch vorbei, aber an Webbers Tür blieb er stehen. Er öffnete sie langsam und spähte um den Türrahmen herum – nicht weil er sich anschleichen wollte, sondern aus Respekt. Colonel Webber saß mit einem gelbbraunen T-Shirt bekleidet da und telefonierte.

Sein Gesichtsausdruck war hoch konzentriert, aber als er den Blick hob und Kolt sah, winkte er ihn herein. Webber deutete auf die zwei Ledersessel an der linken Seite seines Schreibtischs, und Kolt nahm auf einem davon Platz. Ihm wurde sofort klar, dass man ihn nicht nur zum Plaudern hierherbestellt hatte.

»Verstanden, der Commanding General will minimalen Gewalteinsatz und ein unauffälliges Vorgehen. Und ja, ich verstehe sein Zögern, was Noble betrifft«, sprach Webber in den Hörer. »Aber Sie wissen, dass ich nicht die Mike-Staffel schicken kann – die hat Bereitschaftsdienst. Da die Osage-Staffel wieder auf dem Weg in den Irak ist, werde ich einen Trupp von Noble schicken.«

Als er den Namen seiner Staffel hörte, horchte Kolt auf, aber er versuchte, sich seine Aufregung nicht anmerken zu lassen. Im Laufe der Jahre hatte man ihn und seine Männer der Mike-Staffel schon viel zu oft in Alarmbereitschaft versetzt, um den Einsatz kurz darauf wieder abzusagen. So oft, dass sie kaum noch auf Gerüchte reagierten und gelernt hatten, nicht zu heiß auf einen Einsatz zu sein, bevor dieser von der Nationalen Kommandobehörde abgesegnet war.

Aber Kolt war ziemlich sicher, dass Webber gerade mit dem J3 des JSOC telefonierte, Colonel Promotable Kevin Tanner, und das war für gewöhnlich ein Zeichen dafür, dass sich kurzfristig etwas anbahnte. Webber warf Kolt einen schnellen Blick zu und ertappte ihn beim Lauschen. Da es ohnehin zu spät war, sich zu verstellen, erwiderte dieser seinen Blick einfach und setzte sein Pokerface auf. Kolt nahm an, dass der Kommandant ihn gar nicht erst hereingewinkt hätte, wenn er Wert darauf gelegt hätte, dass er das Gespräch nicht hörte.

»Major Raynor ist gerade reingekommen. Geben Sie uns ein paar Minuten zum Reden, dann melde ich mich wieder bei Ihnen«, sagte Webber und beugte sich über das Telefon, als hätte er es eilig aufzulegen. »Eine Stunde, höchstens.«

Kolt sah, wie Webber den roten Hörer auflegte, eine Schreibtischschublade öffnete und etwas herausfischte, das wie ein 20 mal 25 Zentimeter großes Hochglanzfoto aussah. Dann stand er abrupt auf.

Kolt erhob sich ebenfalls und nahm das Foto von Colonel Webber entgegen.

»Hawk?«, fragte er. »Woher stammt das?«

»Twitter!«

»Ist das neu?« Kolt hielt sich das Foto näher vor die Augen, um es genauer zu betrachten. Webber schien nicht gewillt zu sein, ihm den genauen Ort zu verraten, an dem es aufgenommen worden war. »Doch nicht während der Prüfung?«

»Ich fürchte, doch. Wir haben in weniger als 140 Zeichen erfahren, dass Hawk besoffen verrücktgespielt hat.«

»Gibt's noch mehr?«

»Bis jetzt nur das eine.«

»Sie hat sich als Lehrerin ausgegeben, nicht?« Kolt gab Webber das Foto zurück.

»Was spielt das denn für eine Rolle, zum Teufel?« Webber zog die Schublade wieder auf.

»Nun, Sir, solange Carrie Tomlinsons Tarnidentität noch nicht erforderte, dass sie sich wie eine Nonne benehmen musste, war es auch noch kein Problem, wenn sie jemandem den Ellbogen gebrochen hat.«

»Holen wir uns einen Kaffee«, schlug Webber vor. Er kam hinter dem Schreibtisch hervor, griff nach seiner Uniformjacke, die auf dem hölzernen Kleiderständer hing, und ging zur Tür.

»Äh, ja, Sir.« Kolt stand rasch auf und versuchte, ihn einzuholen. Er hatte Webbers Büro schon hundertmal betreten, war dort gelobt und getadelt worden – aber noch nie war er spontan zu einem Ausflug in die Kantine eingeladen worden.

Das kann nichts Gutes bedeuten.

»Ich bin im Speisesaal, Joyce«, verkündete Webber, ohne seine Sekretärin anzusehen.

»Ja, Sir«, erwiderte Joyce.

Kolt folgte Colonel Webber den Flur entlang, während dieser erst mit dem einen, dann mit dem anderen Arm in seine Uniformjacke schlüpfte. Vor der Doppeltür zum Speisesaal blieb er kurz stehen, um alle Knöpfe zu schließen.

Kolt griff um Webber herum, öffnete die Tür für ihn und kam sich dabei etwas ungeschickt vor. Der Colonel ging voran in die leere Cafeteria. Kolt folgte ihm an den langen, sauberen Tischen und perfekt ausgerichteten Stühlen vorbei. Das Abendessen würde erst in ein paar Stunden beginnen. Bei den Kaffeemaschinen nahm sich jeder eine Tasse, und Kolt lehnte den Süßstoff ab, den Webber ihm anbot.

»Je schwärzer, desto besser, Sir.«

Webber zog einen Stuhl zurück und setzte sich an einen der Tische, von dem man durch das große Fenster die in Form geschnittenen Büsche und kleinen, schattigen Bäume sehen konnte. Der Hauptparkplatz auf dem Gelände war voller Pick-up-Trucks und SUVs, die in der bereits unangenehm heißen Sonne standen. Kolt ging zur anderen Seite des Tisches und setzte sich ihm gegenüber.

»Ich muss damit aufhören«, sagte Webber.

»Sir?« Kolt war nicht sicher, wovon er sprach.

»Dieser verdammte Kaffee. Das ist schon meine vierte Tasse heute.« Webber trank vorsichtig, um sich nicht die Lippen zu verbrennen.

Kolt entspannte sich ein wenig und beschloss, ein wenig leichte Konversation zu treiben. »Kautabak ist eine gute Alternative, Sir.«

Webber nickte nur.

»Das JSOC scheint bereit für Satin Ash Zwei zu sein.«

»Satin Ash Zwei?«, fragte Kolt. »Marzban ist doch Geschichte.«

»Nordkorea. Die CIA ist sicher, dass einer ihrer Spione weiß, was Marzban über die Mini-Atomsprengköpfe wusste.«

Kolt tat, als hätte er die entsprechende Akte noch nicht gelesen, und hoffte, dass Webber das, was er gestern in der SCIF, der *secure compartmented access facility,* gelesen hatte, durch neue Informationen ergänzen würde. Er hatte es sich zur Gewohnheit gemacht, öfter bei den Analysten vorbeizuschauen, manchmal zweimal am Tag, wenn er das Gefühl hatte, dass sich etwas zusammenbraute.

»Welche Option, Sir?«

»Die Six-Option. Die bilden den Hauptangriffstrupp.«

Verflucht noch mal!

Kolt versuchte, seine Enttäuschung zu verbergen, aber er verstand es. Hätte man sich für Option eins entschieden, wäre seine alte Mike-Staffel entsandt worden. Aber angesichts des Telefongesprächs mit dem JSOC-Offizier ergab diese Entscheidung einen Sinn. Die Noble-Staffel war verfügbar.

»Kapiert, Sir. Ist 'ne verdammte Schande, aber ich bin sicher, sie werden die Sache erledigen.« Sofort bemerkte Kolt, dass es ihm nicht gelungen war, seine Enttäuschung vor Webber zu verbergen.

Er konnte sehen, dass auch Webber enttäuscht war. Es belastete ihn sicherlich nicht weniger als alle anderen hier im Gebäude, dass das SEAL Team Six beim JSOC an Einfluss gewann und der Präsident angeblich in Betracht zog, die Delta Force aufzulösen und nur noch eine einzige Killertruppe zu behalten.

»Yosts Männer schaffen das sicher. Es ist die Red-Staffel«, sagte Webber. »Master Chief Kleinsmiths Bootstrupp ist die Haupteinheit.«

»Kleinsmith ist ein guter Mann«, erwiderte Kolt. »Aber er ist gerade erst mit uns aus der Ukraine zurückgekommen.«

»Erinnern Sie sich an Carlos Menendez?«

»Wer?« Kolt beugte sich näher zum Tisch, als würden sie sich in einem überfüllten Raum befinden. »Mein Carlos? Tungstens Carlos?«

»Das war er gerade, am Telefon.«

»Kein Witz, Sir? Ich dachte, es wäre der J3 gewesen.«

»Nah dran, Kolt, aber vom JSOC habe ich nicht erfahren, dass sie Six für Satin Ash einsetzen wollen. Das hat Carlos mir verraten. Dafür bin ich ihm was schuldig.«

»Ach, wie bei der Sache mit Bin Laden? Fängt das JSOC wieder mit diesen beknackten Versteckspielchen an?«

Webber antwortete nicht.

»Ich dachte, wir hätten diesen blöden Scheiß endlich hinter uns?«, fragte Kolt.

»Ich fürchte, nein. Es ist sogar noch schlimmer geworden, wenn man an die Hinterhältigkeit und Konkurrenz heutzutage denkt.«

»Sir, Sie haben mir doch sicher keinen Kaffee ausgegeben, um mir mitzuteilen, dass Sie mit Carlos gesprochen haben.« Kolt begriff nicht, warum sie dieses Gespräch nicht in Webbers Büro führten, und vor allem was er mit der Sache zu tun hatte, da die SEALs ja bereits die Zusage erhalten hatten.

»Ich bin ziemlich sicher, dass ich den J3 dazu bewegen kann, sich beim Commanding General für uns einzusetzen«, erwiderte Webber. »Ich arbeite darauf hin, dass wir, oder vielmehr die Männer Ihrer Staffel, als schnelle Eingreiftruppe eingesetzt werden.«

»Sir, Sie wissen, dass ich nicht gerne eine Mission ablehne – aber warum können die SEALs nicht selbst eine schnelle Eingreiftruppe aufstellen?« Kolt war gleichzeitig verwirrt und frustriert. »Außerdem ist in ein paar Tagen der Gedenkgottesdienst für die Gefallenen.«

»Kolt, das ist vielleicht die letzte Chance.« Webber hörte sich so verzweifelt an, dass Kolt unbehaglich zumute war. »Angeblich wird die Nationale Kommandobehörde dem Präsidenten bald ihre endgültige Empfehlung aussprechen.«

»Ach, kommen Sie, Sir, das ist doch ein Trostpreis von einer Mission«, beklagte sich Kolt. »Ich werde meinen neuesten Truppenkommandanten Captain Banner schicken. Er kann einen Einsatz mit seinen Leuten gut gebrauchen.«

Nach seiner Rückkehr von der Operation in der Ukraine hatte Kolt kaum genug Zeit gehabt, seine Ausrüstung durch die »Wirbelsäule« vom Raum der Mike-Staffel zu seinem Teamraum der Noble-Staffel zu schleppen. Er hoffte, nach den Gedenkfeiern für seine Leute etwas Zeit für sich zu haben. Er hatte noch drei Begräbnisse vor sich. Danach musste er seine Staffel etwas besser kennenlernen, einige der Frauen und Kinder der Männer treffen, wenn die Stimmung nicht mehr so düster war, ihr kommendes Training im Gebäude der Staffel planen und vielleicht die undichte Wasserleitung in seinem Wohnwagen reparieren.

»Darum geht's nicht«, entgegnete Webber. Er wollte mehr sagen, zügelte sich dann jedoch.

»Ich zweifle nicht an Banners Fähigkeiten«, fuhr er fort, »aber Ihre Mike-Truppe ist die letzte, die mit Amtrak für Zugangriffe trainiert hat. Sie haben die aktuellsten Qualifikationen. Sie sind die Besten für Angriffe in röhrenförmigen Gängen, falls es dazu kommt. Also muss ich Sie schicken, auch wenn ich ein bisschen ambivalent bin, was das angeht.«

Was zum Teufel meint er mit ambivalent?

»Banner legt bestimmt keinen Wert auf meine Einmischung.«

»Stellen Sie Ihre Kommandogruppe zusammen und halten Sie Banner den Rücken frei.«

»Bei allem Respekt, Sir, das ist genau die Art von Anweisung, die ich immer gehasst habe«, erwiderte Kolt. »Gott, Sir, Sie haben Ihren Staffelkommandanten im Laufe der Jahre doch immer wieder eingebläut, dass sie ihre untergebenen Truppenkommandanten nicht gängeln sollen.«

Kolt fühlte Webbers starren Blick auf sich ruhen – er blickte praktisch durch ihn hindurch auf den Hof. Dann kam ihm ein Gedanke, schmerzhaft wie ein Tritt in die Rippen.

»Sir, machen Sie sich etwa Sorgen über meine geistige Gesundheit oder meine Entschlussfähigkeit? Oder sind Sie in dieser Hinsicht ambivalent?« Er versuchte, respektvoll zu bleiben, wagte sich aber dennoch weit vor.

Webber nahm einen weiteren, ausgesprochen langen Schluck und stellte die Styroportasse auf den Tisch zurück.

»Junger Mann, ich will Ihnen nichts vorlügen. Doc Johnson und ich sind besorgt, dass die Strahlung, die Sie abbekommen haben, Ihre Leistung beeinträchtigen könnte«, eröffnete ihm Webber.

»Der Chirurg der Einheit hat mich untersucht, Sir«, erwiderte Kolt und gab sich Mühe, nicht zu defensiv zu klingen. »Ich habe in den letzten Monaten CrossFit gemacht bis zum Abwinken. Beim langen Hindernisparcours hatte ich die beste Zeit seit Jahren. Mir geht's gut.«

»Hören Sie, Kolt, es geht um mehr als nur um Ihre körperlichen Fähigkeiten.« Diese Antwort überraschte Kolt. »Aber jetzt ist nicht die Zeit dafür.«

»Sir, an dem Tag, an dem ich nicht mehr den Anforderungen der Einheit entspreche, gebe ich meine Ausrüstung freiwillig ab.«

»Wenn Sie es bei der Mission der SEALs versauen, entziehe ich Ihnen das Kommando«, gab Webber zurück, ohne sich anmerken zu lassen, ob er es wirklich ernst meinte.

»Daran habe ich keinen Zweifel, Sir.«

»In Ordnung, lassen wir das, uns fehlt jetzt die nötige Zeit dafür. Falls ich den kommandierenden General davon überzeugen kann, wird es nötig sein, dass Sie so schnell wie möglich nach Schweden fliegen.«

Schweden? Hawk ist in Stockholm.

»Hat Hawk irgendwelche Probleme?« Kolt versuchte, nicht zu froh darüber zu wirken, dass Webber die unsinnigen Bedenken fürs Erste fallen ließ. Er verbarg auch seine Befürchtung, dass Webber einen Verdacht hinsichtlich seines unautorisierten, ungesicherten Anrufs bei Hawk vor zwei Tagen haben könnte. »Sie kommt doch noch mit der schwedischen Delegation zurecht, oder?«

»Ja, sie hat heute Morgen über eine sichere Leitung angerufen«, erwiderte Webber. »Sie hat einige Bedenken, was Taktik, Technik und Methodik der SEALs bei dieser Mission betrifft.«

»Was für Bedenken?«

»Sie ist noch nicht unterrichtet worden. Sie macht sich nur Sorgen über das, was der dortige Repräsentant der CIA ihr über die Taktik der SEALs erzählt hat.«

»Klingt nicht nach Dealer. Er ist verlässlich«, sagte Kolt.

»Sie ist der Meinung, dass es ein kurzsichtiges Vorgehen ist, den Radarsender zu benutzen, um Schneiderin zu markieren, ohne eine Ersatzmethode zur Hand zu haben. Während ihrer Prüfung hat sie ein paar Dinge über die Panzerzüge erfahren, über irgendeine Tarntechnologie, von der sie glaubt, dass sie verhindern wird, dass der Sender verfolgt werden kann.«

»Ich habe ihren Lagebericht heute Morgen gelesen. Was sagt der J2 dazu?« Kolt war sicher, dass der leitende Geheimdienstoffizier eine Meinung dazu haben musste. »Es gibt noch eine andere Option.«

»Der J2 widerspricht Hawks Informationen über den Zug des nordkoreanischen Präsidenten nicht, aber er ist noch grün hinter den Ohren und bleibt meistens unverbindlich. Wahrscheinlich traut er sich nicht, sich in die taktische Planung von Six einzumischen«, vermutete Webber. »Was ist die andere Option, von der Sie gesprochen haben?«

Kolt sah sich rasch in der Cafeteria um, um sicherzugehen, dass niemand sich stillschweigend durch eine Seitentür hereingeschlichen hatte.

»Quantenpunkte«, antwortete er.

»Das hat Hawk auch gesagt.«

»Hawk weiß, was man mit ihnen anstellen kann, und Slapshot auch«, erwiderte Kolt. »Er ist mit dem Programm bestens vertraut.«

»Ich dachte, die Task Force Markieren, Verfolgen, Lokalisieren hat einige Einwände gehabt, weil die flüssigen Nanokristalle nach dem Aufprall nicht mehr klar unterscheidbar seien?«

»Das waren die ursprünglichen. Wir sind jetzt schon bei der dritten Modifikation. Letzten Monat haben wir auf dem ›Friedhof‹ mit dem angepassten Prototyp experimentiert, den Sandia uns geschickt hat. Wir haben Fahrzeuge markiert. Die optischen Probleme wurden behoben. Mit Nachtsichtgeräten können wir die Dinger leicht erkennen.«

»Hawk markiert aber kein Fahrzeug.«

»Mit den Punkten, die übrig waren, haben wir eine kleine Schneeballschlacht veranstaltet. Die Kristalle haften gut an Haut und Kleidung, und man konnte sie durch die Nachtsichtbrillen gut sehen.«

»Hören Sie, Raynor, Hawk ist Ihr Operator, oder sie wird es jedenfalls bald sein, wenn der Kommandantenausschuss es absegnet. Und Ihre alte Staffel ist in Bereitschaft für diesen nie endenden Schlamassel in der Ukraine.« Webber schien zunehmend frustriert über die Situation zu sein. »Noble hat die Mission und Sie werden hinfliegen – es sei denn, Sie wollen, dass ich dem kommandierenden General sage, dass er die Sache ganz dem SEAL Team Six überlassen soll.«

»Absolut nicht, Sir. Wir werden Hawk die Quantenpunkte über Nacht im Diplomatengepäck mitgeben«, entgegnete Kolt.

Webber nippte an seinem Kaffee. Er schien sich etwas zu entspannen. Kolt hatte die Sache einfach dargestellt, aber Webber war sicherlich bewusst, dass sie das nicht war. Er würde den Plan verkaufen müssen, und zwar schnell.

Das Diplomatengepäck war der schnellste Weg, um Hawk die Quantenpunkte rechtzeitig zukommen zu lassen. Es war mit einem einzigartigen juristischen Schutz versehen, da es offizielle Korrespondenz zwischen Auslandsvertretungen und der Heimatregierung enthielt. Das Sicherheitssiegel bewahrte den Inhalt vor den Blicken selbst der neugierigsten Dritten. Solange ein solches Gepäckstück äußerlich entsprechend markiert war, durfte es gemäß dem alten Wiener Übereinkommen weder durchsucht noch dem Träger abgenommen werden.

»Warum hat Six eigentlich keine Ahnung von diesen Punkten?«, fragte Webber. Kolt verstand die Frage als Hinweis darauf, dass er keine ernsten Einwände gegen die Idee hatte.

»Keine Ahnung, Sir. Ich schätze, weil wir denen nie davon erzählt haben.«

»Sie wissen, wie wichtig es ist, dass wir uns mit Six abstimmen. Aber in diesem Fall kann ich vielleicht meinen Einfluss geltend machen, um eine Ausnahme durchzusetzen.«

Kolt wagte nicht einmal den Ansatz eines Grinsens. Seit er die beruhigenden Neuigkeiten über die Quantenpunkte erfahren hatte, begann Webber langsam wieder ganz wie in alten Zeiten zu klingen.

Webber trank den Rest seines Kaffees, schob seinen Stuhl zurück und stand auf. Kolt folgte ihm zu den Mülleimern, in die sie beide ihre Tassen warfen, dann zur Doppeltür.

Kolt wandte sich Webber zu. »Kann ich Captain Banner morgen nach dem Stabstreffen zu Ihnen bringen, Sir? Ich möchte, dass er mit Ihnen persönlich sprechen und Sie über unsere Operationsplanung unterrichten kann.«

Webber antwortete nicht sofort. Er starrte auf die Tür, die Hand am Griff.

Was hat der alte Mann?

»Kolt, ich kann Ihnen gar nicht sagen, wie wichtig diese Sache ist«, sagte Webber. Er klang, als könnte seine Stimmung jederzeit umschlagen. »Sie dürfen sie nicht versauen, das ist vollkommen ausgeschlossen. Ein Versagen in Nordkorea würde der Einheit höchstwahrscheinlich den Todesstoß versetzen.«

Beim letzten Satz verkrampfte sich Kolt, kratzte sich unbewusst am Kopf und reckte den Hals, als ob er ihn einrenken wollte. Ihm war ein wenig unbehaglich zumute, aber er wollte die Situation nicht zu peinlich werden lassen. »Verdammt, Sir, wir haben ja noch nicht mal die Einsatzfreigabe bekommen. Malen Sie doch nicht den Teufel an die Wand!«

»Ich mein's ernst, Major.« Webber trat vor, rückte dicht an Kolt heran. »Die Delta Force, das Pilotprogramm für Frauen, unsere Karrieren bei den Spezialeinheiten, das alles steht hier auf dem Spiel.«

»Ja, Sir.« Kolt wurde bewusst, dass die Zeit zum Sprücheklopfen vorbei war. »Ich werde Sie nicht enttäuschen.«

»Ich weiß, Kolt. Sie sind es nicht, über den ich mir am meisten Sorgen mache. Eher um Bird und …«

Hawk?

»Hawk ist auf Zack, Sir. Das wissen Sie. Über dieses Twitter-Foto würde ich mir keine Gedanken machen.«

»Ich mache mir Gedanken darüber, dass sie diesmal mit der Situation überfordert sein könnte.«

»Sir, ich weiß, dass Sie über ihren Vater eine persönliche Verbindung zu Hawk haben. Jeder hier im Gebäude weiß das. Aber ich sage Ihnen: Sie hat Talent, jede Menge davon. Die Tatsache, dass sie Zweifel bezüglich Six hat, ist ein perfektes Beispiel dafür.«

»Ja, sie hat den Instinkt ihres Vaters geerbt, zweifellos.« Hawks Vater war der frühere Delta-Offizier mit dem Codenamen Major League Ballplayer. »Da hat MLB uns einen Schatz hinterlassen.«

Webber wandte sich wieder der Tür zu, als ob er sie öffnen wollte. Dann seufzte er und drehte sich erneut zu Kolt um.

»Hören Sie, ich weiß aus sicherer Quelle, dass die Joint Chiefs of Staff dem Präsidenten eine neu zusammengesetzte Einheit mit neuer Kommandostruktur vorgeschlagen haben.«

»Tatsächlich?«

»Wenn ich in Zukunft hier im Gebäude auch nur ein Wort von dem höre, was ich Ihnen jetzt erzählen werde, dann verlieren Sie Ihre Dienstmarke auf Lebenszeit, das schwöre ich bei Gott.«

»Verdammt, Sir. So schlimm?«

»Es gibt eine Initiative auf höchster Ebene, die entweder uns oder das SEAL Team Six auflösen will. Das hat mit dem Budget des Verteidigungsministeriums von 2015 und mit den Einsparungen der Nachkriegszeit zu tun. Vielleicht werden beide Einheiten zusammengelegt.«

Kolt bemerkte, dass ihm der Mund offen stand, und er schloss ihn. Er hatte die Gerüchte gehört. Sie waren der Grund für seinen spontanen Anruf bei Hawk in Stockholm gewesen. Aber jetzt, da er es aus dem Mund des Delta-Kommandanten hörte, wurde es auf schreckliche Weise real.

Jeder wusste, dass die Spezialeinheiten seit dem 11. September zahlenmäßig verstärkt worden waren. Das war öffentlich bekannt. Aber Kolt musste einräumen, dass es nicht nur mehr Operators gab – der Präsident hatte auch begriffen, dass diese Männer, die die Speerspitze des Militärs bildeten, nicht in Massenproduktion hergestellt werden konnten. Nein, die USA hatten genug Operators. Was das Land brauchte, war mehr Unterstützungspersonal. Gut ausgebildete Profis, die die Hubschrauber warteten, die Männer wie Kolt ins Zielgebiet brachten, die die Personalakten von Männern wie Kolt führten, Drohnenpiloten, die ihm in Echtzeit Informationen zuführten, sowie Analysten, die ihm erklärten, was diese zu bedeuten hatten.

»Entweder wir oder Six? Das ist doch unvorstellbar, Sir. Wir haben unterschiedliche Missionen, ein unterschiedliches Vermächtnis und unterschiedliche Aufgaben.«

»Da sind viele anderer Meinung, Kolt, aber heben wir uns diese Debatte für später auf. Sie müssen wissen, dass das JSOC Mahoney als einen der Unterkommandanten dieser kombinierten Einheit vorgemerkt hat.«

Kolt war selbst erstaunt, dass er es sich verkneifen konnte, laut zu fluchen. »Gangster? Nach der ganzen Scheiße, die er mit seiner Staffel in Syrien veranstaltet hat?«

Webber blickte zur Decke, bevor er antwortete. »Sie wissen, wie so was läuft. Viele Anklagepunkte, kein Urteil. Hinter seinem Namen steht ein unsichtbares Sternchen.«

Kolt nickte. Die Army war berühmt dafür, Leute auf die schwarze Liste zu setzen, ohne sie wirklich aus dem Dienst zu entfernen.

»Die nächste Information habe ich direkt von Carlos. Das JSOC hat Gangster die Befehlsgewalt im Kampfgebiet übertragen. Er wird in der vorgeschobenen Einsatzbasis in Inchon in Südkorea sein. So wie Sie und Ihre Männer.«

Kolt erwiderte nichts. Was zum Teufel hätte er auch sagen sollen?

Webber schien seine Gedanken zu lesen. »Ich kann nichts dagegen tun. Gangster hat immer noch viel Unterstützung. Gott, vielleicht hat er ja wirklich eine zweite Chance verdient. Schließlich war er mal Kapitän der Army-Schwimmmannschaft.« Der Sarkasmus in Webbers Stimme war unverkennbar.

Kolt dachte darüber nach. Er hatte schon immer den Eindruck gehabt, dass irgendetwas mit Gangster nicht stimmte. Im Geist rief er sich dessen komplettes Profil vor Augen. Alles an diesem Kerl seit dem Operator-Trainingskurs wies darauf hin, dass er wie gemacht war für die Delta Force. Er war der Inbegriff eines Delta-Operators; das sagten alle. Sicher, Gangster hatte das passende Aussehen. Aber als Kolt sich sein Gesicht in Erinnerung rief, drängte sich ihm etwas auf, so auffällig wie ein Neonschild in Manhattan.

Gangsters Armspannweite passte nicht zu seinem Oberkörper. Es sah aus, als hätte ein Kind einer GI-Joe-Puppe die Arme weiter herausgezogen, damit der Soldat fliegen konnte. Der olympische Schwimmer Michael Phelps war nichts gegen Rick Mahoney. Noch dazu fiel Kolt auf, dass Gangsters Augen über der langen, dünnen Nase dicht zusammenstanden und damit perfekt angeordnet waren für diese winzigen Schwimmbrillen, mit denen den meisten Schwimmern das Wasser in die Augen lief.

Nicht zu fassen!

»Sie werden also den SEALs den Vorzug geben, wenn sie Delta und Six zusammenlegen.« Kolt gab sich Mühe, die politischen Machenschaften zu verstehen. »Gangster kriegt die Gelegenheit, seinen Ruf wiederherzustellen. Er schwimmt im Schmetterlingsstil, während der Rest von uns sich mit Hundepaddeln begnügt.«

»So sieht's aus.«

»Das ist doch scheiße, Sir.«

»Ist es, und Sie werden damit zurechtkommen.« Webber atmete tief durch und sah Kolt scharf an. »Das wird nicht wie in Syrien. Sie werden gute Miene zum bösen Spiel machen. Und was immer Sie tun – fangen Sie da drüben bloß nicht den Dritten Weltkrieg an.«

Kolt nickte – aber ihm kam der Gedanke, dass dieser ganze Mist mit dem Zusammenlegen von Delta und Six Vergangenheit wäre, falls wirklich ein neuer Krieg ausbrach.

17

CIA-Unterschlupf, Stockholm

Hawk konnte nicht behaupten, dass Kolt sie nicht gewarnt hätte. Der Beginn der ersten Planungssitzung lag erst acht Minuten zurück, aber sie war bereits ein Dutzend Mal lüstern angestarrt worden.

Da haben wir's. Typische Testosteron-Junkies.

Sie war froh, dass sie sich für den Abend etwas zurückhaltender gekleidet hatte, und hörte konzentriert den drei SEALs zu, die mit dem Flugzeug gekommen waren, um die Mission mit der CIA und der schwedischen Delegation zu besprechen. Die Männer gingen ihre Dias zur Missionsanalyse durch, die sie auf der Basis Dam Neck zusammengestellt hatten, stellten die Synchronisationsmatrix des JSOC-Stabs und ihr Planungskonzept vor.

Nicht schlecht, aber nicht so gut wie die Delta-Planung.

Hawk wusste, dass die SEALs an alles gedacht hatten und sich Mühe gaben, Myron Curtis entgegenzukommen. Da dieser ein hochrangiger Repräsentant der CIA war, war es von großer Bedeutung für sie, ihn zu überzeugen. Aber nach seinem ständigen Kopfnicken zu urteilen, hätten sie ebenso gut ankündigen können, die entmilitarisierte Zone als Clowns verkleidet per Stabhochsprung überqueren zu wollen – er hätte jedem Vorschlag zugestimmt.

Curtis ist richtig vernarrt in diese Typen.

Der Anführer der SEALs, Master Chief Tim Kleinsmith, fuhr damit fort, die verschiedenen Phasen der Mission darzulegen. Die Männer würden über die Inchon Air Base in Südkorea ins Gelbe Meer aufbrechen und dann den Fluss Yesong entlangfahren, der wenige Kilometer nördlich der Grenze lag.

»Sobald wir an dieser Stelle hier an Land gegangen sind, gehen wir zu Phase zwei über«, sagte Kleinsmith, der größte der drei SEALs. Bei seinem Vortrag warf er im Maschinengewehrtempo mit militärischen Phrasen um sich, während er einen roten Laserpointer auf eine große Satellitenkarte richtete, die mit einem kleinen Projektor an der Wand abgebildet wurde.

Hawk war überrascht, dass Curtis keine Fragen stellte. Sie schrieb es zum Teil seiner Nervosität zu, aber auch dem Umstand, dass ihm die nötige Erfahrung fehlte, die Taktik der besten SEAL-Einheit der Navy infrage zu stellen.

Außerdem schwärmte er offenbar für diese Truppe.

Der SEAL sprach weiter, wobei er den roten Laserpunkt immer wieder ein- und ausschaltete. Es gelang ihm kaum, den Punkt ruhig zu halten, als wäre er verkatert oder frühzeitig an Alzheimer erkrankt.

»Wir werden uns diese verlassenen Gebäude etwa sieben Klicks südwestlich von Kaesong nehmen, notfalls mit Gewalt. Dort bleiben wir tagsüber, bis zum Einbruch der Dunkelheit.«

Mit Gewalt? Und unschuldige nordkoreanische Bürger umbringen?

»Die Sprengladungen bringen wir hier an, an dieser Brücke, die wir Zielobjekt ›Biber‹ genannt haben.« Der zittrige SEAL ließ den roten Punkt über die halbe Bildfläche tanzen. »Und an dieser Brücke weiter östlich, Zielobjekt ›Bär‹.«

Myron Curtis meldete sich zum ersten Mal zu Wort. »Wir haben das Problem mit dem nordkoreanischen Luftraum noch nicht geklärt. Sie sind nach wie vor darauf vorbereitet, auch ohne Predator-Unterstützung einzudringen, richtig?«

»So haben wir es verstanden, ja«, bestätigte Kleinsmith.

»Wie werden Sie Schneiderin befreien, sobald der Zug zwischen den zwei gesprengten Brücken festsitzt?«

Hawk warf Curtis einen Blick zu. Sie war stolz auf ihn, weil er endlich seine Bewunderung abgeschüttelt und eine Frage gestellt hatte. Noch dazu eine gute.

»Für die Aktion im Zielgebiet ist das Bootsteam zuständig«, erwiderte der SEAL. »Diese Informationen kann ich Ihnen nicht geben.«

»O ja, natürlich«, gab Curtis entschuldigend zurück.

Gott, Curtis, bist du ein SEAL-Junkie oder was?

»Das wäre mehr oder weniger alles.« Kleinsmith sah sich im voll besetzten Wohnzimmer um und wartete auf Curtis' Reaktion. »Wenn es keine Fragen gibt – auf uns wartet ein Flugzeug.«

Hawk sah Curtis an, der auf einem der Barhocker aus der Küche saß. Dieser schüttelte den Kopf, als hätte er keinerlei Bedenken anzumelden.

»Danke für das Briefing, Master Chief Kleinsmith«, sagte Curtis. »Sie haben sich wirklich selbst übertroffen. Ich werde sofort eine Nachricht an Langley und an unsere Station in Südkorea schicken und denen mitteilen, dass wir den Zeitplan einhalten können.«

»Das hört man gern, Myron«, erwiderte Kleinsmith. Das Licht des Projektors brachte sein langes, blondes Haar zum Schimmern wie die Taschenlampe eines Polizisten, der zwei Teenager zusammen auf der Rückbank eines Autos erwischt. »Geben Sie uns ein paar Minuten, um unsere Ausrüstung einzusammeln, dann sind wir bereit für die Rückfahrt zum Flughafen.«

»Ich werde Sie hinfahren«, bot Curtis an. »Würde liebend gern mehr Einzelheiten über den Angriff auf Bin Laden hören, über den Sie vorhin gesprochen hatten.«

Du lieber Himmel!

Hawk war verblüfft. Sie fragte sich, ob als Nächstes jemand hereinkommen und versuchen würde, ihr ein Navy-SEALs-Trainingsvideo mit einem Gratis-T-Shirt zu verkaufen. War dies wirklich eine Einsatzbesprechung mit dem Ziel, die Zustimmung der CIA zu gewinnen, oder war es nur ein kleiner Ausflug der SEALs, mit dem sie sich ein weiteres steuerfreies Monatseinkommen sicherten?

Hawk hatte immer noch keine Ahnung, was die SEALs in Nordkorea wirklich vorhatten. Natürlich wusste sie, dass sie über das Gelbe Meer und den Yesong ins Land eindringen wollten, um die nordkoreanischen Verteidigungslinien zu umgehen. Nun hatte sie zusätzlich erfahren, dass sie die Brücken mit den Codenamen ›Biber‹ und ›Bär‹ in die Luft sprengen wollten, um den Zug aufzuhalten, in dem Schneiderin saß. Davon abgesehen kannte sie den genauen Plan nicht. Sie fragte sich, ob dies Absicht war; vielleicht war man der Ansicht, dass sie die Einzelheiten nicht wissen sollte? Aber was war mit ihrer eigenen Rolle bei dieser Mission? Wie um alles in der Welt konnte ein so kritisches Briefing zur ersten verdeckten Operation des JSOC in Nordkorea in der Geschichte des Kommandos vorübergehen, ohne dass sich irgendjemand für Hawks Aufgaben interessierte?

Wenn Kolt hier wäre, dann wäre diese Scheiße noch lange nicht vorbei!

»Meine Herren, ich habe einige Bedenken«, unterbrach sie das CIA-SEAL-Gruppenkuscheln.

Curtis drehte ihr den Kopf zu, kniff die Augen zusammen und öffnete den Mund, als wollte er den Überdruck bei einer Mauersprengung kompensieren. Jetzt hatten die drei SEALs endlich eine Ausrede, um ihre Aufmerksamkeit der blonden Frau zuzuwenden. Sie schenkten ihren Brüsten deutlich mehr Beachtung als ihrem Gesicht.

»Sicher doch. Candy, nicht wahr?«, fragte Kleinsmith. »Wo arbeiten Sie noch mal, bei der Aufklärung?«

Hawk warf Curtis einen Blick zu, bevor sie antwortete. Sie war erstaunt, als dieser auf Kleinsmiths Frage reagierte. Diese kam nicht ganz überraschend. Sie erinnerte sich, wie verblüfft Curtis selbst gewirkt hatte, als er damals in Kairo eine Frau aus dem Flugzeug steigen sah, die ein vollwertiges Mitglied von Kolt Raynors Team war. Aber sie hatte vermutet, dass er vorerst den Mund halten würde.

»Tut mir leid, Master Chief, ich hätte Sie einander vorstellen sollen. Das ist Carrie Tomlinson aus Fort Bragg«, sagte Curtis.

»Bragg? Delta?« Kleinsmith war sichtlich überrascht. »Ich dachte, sie gehört zu Ihnen.«

»Nun ja …«, begann Curtis.

»Warum macht Sie das nervös?«, fragte Hawk. »Ich bin Expertin für chemische und biologische Waffen, aber man kann mich auch bei der Aufklärung einsetzen, wenn Sie's interessiert.«

»Ist nicht böse gemeint, Carrie, entspannen Sie sich«, erwiderte Curtis. »Was haben Sie für Fragen?«

»Ja, Entschuldigung, muss am Jetlag und der fehlenden Sonnencreme liegen. Also, ich will ja nicht neugierig sein, aber was glauben Sie, wie viele Nordkoreaner Sie aus dem Weg räumen müssen, um Schneiderin zu retten?«

»Aus dem Weg räumen?« Kleinsmith versuchte, sich ein Grinsen zu verkneifen und nicht den Eindruck zu erwecken, dass er sich von der seltsamen Frage dieser Dame angegriffen fühlte.

»Ist Ihnen der Ausdruck ›Neutralisieren‹ lieber?« Der Gesichtsausdruck dieses Angebers ging Hawk auf die Nerven.

»Im Idealfall: keinen einzigen«, erwiderte Kleinsmith.

Hawk war nicht nur überrascht, sondern auch gereizt, als sie die Antwort des SEALs-Anführers hörte. Vor nicht einmal fünf Minuten hatte der Kerl noch davon gesprochen, ein Gebäude gewaltsam einzunehmen.

Sie konnte es nicht auf sich beruhen lassen. »Ist das nicht ein bisschen unrealistisch? Dass überhaupt nicht geschossen wird?«

»Das habe ich nicht gesagt«, entgegnete Kleinsmith. »Aber wir benutzen nicht tödliche Munition. Die Geschosse dringen in die Haut ein und tun natürlich höllisch weh, aber die Getroffenen leben weiter.«

Mist! Okay, Cindy, das war ein Schlag ins Wasser.

»Kapiert. Macht Sinn.« Sie versuchte, ihre Verlegenheit zu überspielen, aber ihr war klar, dass sie hier niemanden täuschen konnte.

Hawk versuchte, es nicht zu beachten, aber sie spürte, wie die Männer im Raum sich gegen sie verbündeten. Testosteron lag in der Luft, und sie schienen bereit, sich zusammenzurotten und über sie herzufallen.

»Noch was?«, fragte Kleinsmith.

Scheiß drauf. Ich bin noch nicht zufrieden.

»Sind die Südkoreaner eingeweiht?«

Hawk sah, wie Kleinsmith sich zu Curtis umdrehte und eine Handbewegung machte, als würde er ihre Frage der CIA zuschieben.

Curtis rieb sich für einen Augenblick den Afro. »Nein. Der Präsident hat sich dagegen entschieden.«

»Sind die Südkoreaner etwa der ISI?«, fragte Hawk. »Wir sind hier doch nicht hinter Bin Laden her.«

Curtis sah sie mit hochgezogenen Brauen an. Er war offenbar nicht erfreut über ihre Besserwisserei. »Darauf haben wir keinen Einfluss, Carrie.«

»Haben wir Fotos, damit wir den Kerl identifizieren können?« Hawk hatte eine Aufnahme in der PowerPoint-Präsentation des SEALs gesehen, die den Mann von hinten gezeigt hatte. Das Bild war neuer als das jahrzehntealte körnige Schwarz-Weiß-Foto des weit jüngeren Kang Pang Su gewesen, aber dennoch nicht viel hilfreicher als dieses. Ohne etwas Aktuelleres wäre es äußerst fragwürdig, ob sie Schneiderin erkennen würde, wenn sie sich nicht gerade von hinten anschlich.

»Die beiden Bilder, die Sie gesehen haben, sind alles«, gab Curtis zurück. »Sonst noch was?«

»Da ich Schneiderin markieren soll, würde ich gern noch über die Radarsender sprechen, die Sie mitgebracht haben.«

Einer der SEALs ging ein paar Schritte hinter ein Sofa und hob einen kleinen, schwarzen Pelican-Koffer vom Boden auf. Er öffnete ihn und nahm zwei kleine, gelbbraune Gegenstände sowie etwas heraus, das wie eine Anleitung aussah.

»Genau, die Dinger.« Hawk gewann wieder etwas Selbstvertrauen zurück. Sie fragte sich, ob sie die Einzige im Raum war, der bewusst war, dass ein großer Teil der Mission immer noch besprochen werden musste – vor allem, da sie über keine weiteren Hilfsmittel zur Aufklärung und Überwachung verfügten. »Ich mache mir Sorgen darüber, dass sie in dem gepanzerten Zug vielleicht nicht funktionieren werden.«

»Und das ist einfach Ihre Meinung, oder …«, begann Kleinsmith, bevor ihn einer seiner Männer unterbrach.

»Die sind getestet worden, Lady, die können noch durch einen Meter Stahlbeton und zwei Titanplatten geortet werden«, sagte der SEAL, der die Marker hochhielt, mit merklichem Sarkasmus.

»Roger. Aber Kim Jong-uns Züge sind mit zusätzlichen Sicherheitsmerkmalen ausgestattet, gegen die die Marker noch nicht erprobt wurden.« Hawk ging zu dem SEAL und trat dabei beinahe auf den schläfrig auf dem Boden liegenden Gustav. Sie nahm dem SEAL einen der Radarsender aus der Hand und gab Kleinsmith das Zeichen, ihr den roten Laserpointer zu reichen. »Ohne zusätzliche Informationssysteme sind wir auf Gedeih und Verderb auf diese Dinger angewiesen.«

»Können Sie ein paar Dias zurückgehen, zu der Luftaufnahme der beiden Brücken?«, fragte sie, während sie sich darüber freute, dass Gustav sich an ihr Bein schmiegte, um ihre Aufmerksamkeit zu erlangen.

Hawk wagte es nicht, Curtis anzusehen. Sie wusste, dass ihre Einmischung ihm auf die Nerven gehen musste, nachdem er den SEALs gerade versichert hatte, dass alles in bester Ordnung sei.

»Das ist es.« Sie richtete den roten Punkt auf die u-förmige Schienenstrecke zwischen den beiden Brücken ›Biber‹ und ›Bär‹. »Alle Züge von Kim Jong-un sind durch ein Tarnnetz geschützt, das jede kabellose Kommunikation für etwa 13 oder 14 Meter um den Zug herum blockiert oder verschlüsselt.«

Curtis unterbrach sie: »Woher haben Sie diese Information?«

»Die habe ich von meinem nordkoreanischen Aufpasser in Pjöngjang, der ein bisschen zu viel Soju getrunken hatte. Hat Schneiderin das je erwähnt?«

»Wir wussten nichts davon, und auch nicht das JSOC«, erwiderte Kleinsmith, bevor Curtis antworten konnte. »Wie sicher sind Sie sich dabei?«

»Nicht hundertprozentig sicher. Aber falls mein Trinkkumpan recht hatte, könnte diese Mission damit bereits zum Scheitern verurteilt sein.« Hawk blickte sich im Zimmer um, versuchte herauszufinden, wer zu ihr hielt. Außerdem wollte sie sehen, ob ihre Anmerkungen vielleicht dazu führten, dass sie aufhörten, ihr auf den Hintern zu starren.

Die SEALs rührten sich, sahen erst einander an, dann Curtis. Zwar waren sie nicht begeistert darüber, dass sich eine Frau in die Planung einmischte – aber sie wollten sich auch ganz sicher nicht nach Nordkorea schleichen, wenn ihre Mission von vornherein unter einem schlechten Stern stand.

»Jetzt warten Sie mal 'ne Sekunde, verdammt noch mal«, rief Curtis. »Wie genau haben Sie das erfahren, das mit dem Netz oder wie es heißt?«

»Tarnnetz. So hat der Kerl es jedenfalls beschrieben. Ich war vor ein paar Tagen in einem Zug in Nordkorea, und dieser Aufpasser hat mir erzählt, dass mein Handy nicht funktionieren würde, wenn ich mit dem Zug des Großen Führers fahren würde.«

»Ich dachte, Sie wären in Istanbul und Moskau gewesen?«, fragte Curtis ungläubig.

»War ich auch, Curtis. Bevor ich nach Pjöngjang gefahren bin«, gab Hawk zurück, wobei sie versuchte, nicht zu defensiv zu klingen.

»Sind Sie das Mädchen, das versucht, ein Delta-Operator zu werden?«, fragte der vorbildlich auftretende SEAL mit dem Radarsender.

Es wurde totenstill im Zimmer. Hawk erstarrte. Sie wusste nicht genau, wie sie auf diese Frage reagieren sollte, aber ihr war klar, dass es das Beste wäre, entweder das Thema zu wechseln oder überhaupt nicht zu antworten.

»Und Sie glauben diesem Kerl?«, fragte Kleinsmith und rettete Hawk aus ihrer unbequemen Lage. »Hört sich ziemlich weit hergeholt an.«

»Wer weiß? Aber er hat jedenfalls erwähnt, dass die Explosion in der nordkoreanischen Stadt Ryongchon im Jahr 2004 angeblich ein Attentatsversuch auf Kim Jong-uns Vater war, den vorigen Präsidenten Kim Jong-il. Und dass Handys deshalb verboten wurden.«

»Ich schätze, das macht Sinn«, erwiderte Kleinsmith. »Wahrscheinlich sollten wir uns die Sache noch mal näher ansehen.«

»Ich stimme nicht für einen Abbruch«, betonte Hawk, die erstaunt darüber war, dass man ihr endlich zuhörte. »Ich schlage nur vor, dass wir uns einen Ersatzplan zurechtlegen sollten, um Schneiderin an der entmilitarisierten Zone zu markieren.«

»Irgendwelche Vorschläge?«, wollte einer der anderen SEALs wissen.

»Sind Sie mit der Quantenpunkttechnologie vertraut?«, fragte sie. »Wir experimentieren seit einer Weile damit.«

Hawk sah, wie alle den Kopf schüttelten. Sie hatte jetzt ihre ungeteilte Aufmerksamkeit. Curtis saß mit ausdrucksloser Miene auf seinem Barhocker.

»Kann ich nicht behaupten, Carrie«, erwiderte Kleinsmith. »Hätten Sie was dagegen, das kurz für uns zusammenzufassen – vorausgesetzt, es ist nicht zu geheim für uns?«

Arschloch.

»Im Wesentlichen sind das Nanokristalle, die ihre optischen Eigenschaften abhängig von der Größe ändern. Die Punkte bestehen aus Kadmiumselenid und können in klaren Flüssigkeiten versteckt werden.« Sie versuchte, sich nicht zu sehr in technischen Einzelheiten zu verlieren.

»Und wie spürt man sie dann auf?«, hakte Kleinsmith nach. »Mit Spacelys Space Sprockets?«

»Mit Ihren Nachtsichtgeräten.« Hawk ignorierte seine kindische Anspielung auf die Zeichentrickserie *Die Jetsons*.

Kleinsmith sah erst seine beiden Partner, dann Curtis an. »Ich denke, wir sind über die Phase hinaus, in der wir Ideen sammeln konnten. Zu so einem späten Zeitpunkt führe ich nichts Unerprobtes mehr in die Mission ein.«

Bevor Hawk kontern konnte, mischte sich Curtis ein.

»Ich finde, das ist gar nicht dumm. Besser, wir haben einen Plan B, falls sich herausstellt, dass die Sache mit dem Tarnnetz wirklich stimmt. Können wir die Quantenpunkte herbringen lassen?«

»Ja, da bin ich ziemlich sicher«, antwortete Hawk. »Aber, Curtis, lassen Sie's mich über meine Kanäle versuchen, nicht über Ihre formalen Kommunikationswege. Dann geht's viel schneller.«

Südkorea

Im Schutz einer beinahe mondlosen Nacht landete eine Air Force C17 Globemaster III und rollte zum stillen Ende einer verschlafenen Landebahn. Dort schaltete der Pilot die vier Pratt-&-Whitney-Megatonnen-Triebwerke ab und wartete. Sieben Minuten später fuhren zwei Sattelzugmaschinen von Korea Express, dem größten Frachtunternehmen in Südkorea, auf das Rollfeld und näherten sich dem riesigen, still dastehenden Flugzeug. Der orangefarbene erste Lastwagen, der mit dem Schriftzug KOREX in großen, schwarzen koreanischen Schriftzeichen gekennzeichnet war, fuhr eine 180-Grad-Wende und rollte dann rückwärts ans Heck des Flugzeugs heran. Sobald die große hydraulische Heckklappe heruntergelassen war, sprangen zwei Lademeister der Spezialeinheiten der US Air Force den letzten Meter zum Asphalt hinunter. Sie nahmen ihre Positionen ein und dirigierten den Laster an die horizontale Rampe heran, wobei sie dessen Geschwindigkeit mit Signalen steuerten, die sie mit grünen und roten Leuchtstäben gaben.

Kolt stieg aus der C17. Es galt, keine Zeit zu verlieren. Er streckte seinen Rücken und sah sich auf der Landebahn um. Vier voll beladene und betankte MH-6M Little Birds wurden mit eingeklappten Rotorblättern und zum Platzsparen im Inneren verstauten Außenbänken mit der Nase voran aus der Globemaster in den ersten Anhänger geschoben. An jeder Seite standen mehrere Operators Wache.

Als die Hubschrauber markiert und festgeschnallt waren, folgten ihnen einige rollbare Pelican-Kisten, elastische Treibstoffblasen, z-Beutel genannt, die an gefütterte, schwarze Kissen erinnerten, sowie etwa ein Dutzend Soldaten, darunter sowohl Delta-Assaulter als auch Piloten der 1/160th Night Stalker. Tractor One, der erste Laster, fuhr sofort ab, was es ermöglichte, die gleichen Arbeitsschritte noch einmal für Tractor Two durchzuführen und exakt den gleichen Helikopter, die gleiche Ausrüstung und das gleiche Personal einzuladen.

Es war eine eilige, aber glatt laufende Operation. Der Zeitdruck war groß.

»Wir sind abfahrbereit, Boss«, meldete Digger, der auf Kolt zuging.

Hätte Kolt nicht gewusst, dass Digger eine Beinprothese trug, hätte er geglaubt, dieser hätte sich das Knie verdreht.

Diggers Gang war stabil und er war im Gleichgewicht, aber seine Titanprothese musste ihm ein paar Schwierigkeiten bereiten.

Digger sah auf sein Bein hinab, dann wieder zu Kolt hinauf. »Wenn du denkst, dass ich wieder den zurückgebliebenen Cousin spiele, hast du dich geschnitten.«

Kolt grinste. »War 'ne tolle Vorstellung.«

Digger schnaubte. »Ich hoffe, dass es bei dieser Mission nicht so viele Überraschungen gibt.«

Darauf würde ich mich nicht verlassen.

Inchon Air Base, Südkorea

Lieutenant Colonel Rick »Gangster« Mahoney, der derzeit ranghöchste JSOC-Offizier im Gastgeberland, saß mit einigen Stabsmitgliedern vor einem kleinen Toughbook-Laptop und beobachtete nervös das blaue Icon auf dem Bildschirm. Das Raptor-X-Satellitensignal, das aus dem Rucksack eines SEAL-Team-Six-Operators gesendet wurde, hatte sich seit einer Stunde nicht mehr von der Stelle bewegt.

Gangster sah sein Spiegelbild auf dem Bildschirm, kämmte eine Haarsträhne zurecht und wandte sich dem SEAL-Verbindungsoffizier zu, um dessen Einschätzung zu hören.

»Die kommen schon klar, Mann«, sagte der SEAL, der Gangsters Unruhe spürte.

Gangster hoffte, dass er recht hatte. Er hielt es für wahrscheinlich, dass die SEALs sich langsamer bewegen würden, sobald sie die Reisfelder erreicht hatten und sich dem Endpunkt ihres Vormarschs nach Nordkorea näherten.

Sie würden das kleine Fischerdorf Ryeohyeon im Süden und die Bauern von Kyejong-gol im Norden vorsichtig umgehen, sich von den Scheißegräben fernhalten und auch den verhungernden streunenden Hunden aus dem Weg gehen, die man noch nicht geopfert und einem Dutzend hungriger Familien der Roten Garden serviert hatte.

»Keine Sorge, die richten sich wahrscheinlich gerade in dieser Scheune ein«, vermutete der SEAL-Verbindungsoffizier. »Die melden sich über Satellit, sobald sie alles für die Nacht gesichert haben.«

Gangster nickte nur. Er versuchte, sich nicht zu sehr mit Details aufzuhalten und nicht so zu wirken, als wäre er nervös oder hätte die Situation nicht unter Kontrolle. Seine Karriere stand auf dem Spiel, und jede Charakterschwäche konnte seine Laufbahn beenden. Kürzlich hatte er hinter verschlossenen Türen erfahren, dass er für einen Posten in einer neu zusammengesetzten Einheit vorgesehen war. Er wusste, dass es sich in der nahen Zukunft auszahlen würde, wenn er dafür sorgte, dass die SEALs bei dieser Mission erfolgreich und zufrieden waren.

Vielleicht weiß man meine Fähigkeiten in dieser neuen Einheit mehr zu schätzen?

Gangster hatte bei dieser Mission viel zu verlieren und noch mehr zu gewinnen. Vor ein paar Monaten hatte man ihn von der Delta Force ein paar Kilometer weiter zum JSOC-Hauptquartier in Fort Bragg versetzt, wo ihn eine Privatunterkunft und ein Schreibtisch in der J3-Abteilung erwarteten. Als man herausgefunden hatte, dass er als Staffelkommandant eine fragwürdige Ethik kultiviert, Geld für hohe Tötungszahlen geboten und ständig die Einsatzregeln strapaziert hatte, hatte dies seinem Ruf sehr geschadet. Die meisten waren der Ansicht, dass Gangster genug getan hatte, um seines Kommandos enthoben zu werden. Aber da gegenwärtig alles, was im SEAL Team Six und der Delta Force getan wurde, wie unter einem Mikroskop betrachtet wurde, blieben General Allen und Colonel Webber nur wenige Optionen.

Er war wieder im Spiel, und innerhalb der neuen Organisation würde er ein noch größerer Star werden. Er trug seine Multicam-Tarnuniform, fühlte sich topfit, und zumindest in Inchon hatte er das Sagen. Er war überrascht, sogar schockiert gewesen, als man ihm Gelegenheit gegeben hatte, die Mission Satin Ash II anzuführen, und er würde sich durch nichts und niemanden von seinem Comeback abhalten lassen.

»Japp, sie sind gut im Zeitplan«, sagte er und blickte wieder auf den Bildschirm.

»Ich rechne bald mit dem letzten Anruf dieses Abends, Sir«, meldete der Verbindungsoffizier.

»Roger.«

Einen Tisch weiter rief jemand Gangsters Namen.

»Colonel Mahoney, wir haben Tomlinson in einer sicheren Skype-Konferenz«, verkündete der JCU-Kommunikator.

Eine kleine Menge müder Männer ging nach rechts zum nächsten Klapptisch, wo sie sich hinter dem Laptop-Bildschirm versammelten. Gangster zuckte zusammen, als er sah, wie das Gesicht von Cindy »Hawk« Bird die gesamte Bildfläche ausfüllte. Er fragte sich, ob die anderen genauso überrascht waren wie er.

Was ihn überraschte, war nicht die Tatsache, dass sie als Frau eine Solomission durchführte, die keiner gleichkam, die je ein männlicher Operator durchgeführt hatte. Der Grund war, dass es ihr gelungen war, ihr Aussehen so zu verändern, dass jeder im Hangar den Eindruck bekam, die schwedische Kandidatin zur Miss-Universe-Wahl von 2015 vor sich zu haben.

Gangster kannte Hawk, hatte aber nie die Gelegenheit gehabt, direkt mit ihr zusammenzuarbeiten, schon gar nicht in einem echten Einsatzgebiet. Ihr blond gefärbtes, verführerisches Haar hing ihr über die türkisblauen Augen und bildete einen Kontrast zu ihrer gebräunten Haut. Es verdeckte zur Hälfte ein dunkelgraues Bluetooth-Gerät in ihrem linken Ohr. Ihre Aufmachung wirkte unter diesen Umständen völlig fehl am Platz. Aber wenn man ihm die Pistole auf die Brust gesetzt hätte, hätte Gangster zugeben müssen, dass er einer dieser altmodischen, konventionell denkenden Offiziere war, die nie an Webbers Hypothese geglaubt hatten, dass auch eine Frau ein guter Delta-Operator sein konnte.

Nicht nur verstand er den Wert dieses Experiments nicht; er kam sich auch dumm dabei vor, vor der versammelten Mannschaft des J-Stabs im Hangar ihren Tarnnamen benutzen zu müssen.

»Tomlinson, guten Abend«, begrüßte Gangster sie. Aber schon mit der nächsten Frage zeigte er allen Zuhörern, dass er keinen Wert auf Small Talk legte. »Was ist Ihr Status?«

»Sir, alle haben im Grand Hilton eingecheckt. Man sagt, es sei das beste Hotel in Seoul.« Hawks Stimme war leicht zeitversetzt zu ihren Mundbewegungen, wie in einem schlechten Kung-Fu-Film. »Die schwedische Delegation hat sich schlafen gelegt, rechtzeitig für das Meeting in Panmunjom um zwei Uhr morgens, UTC.«

»Roger.« Gangster war noch nicht bereit, Hawks Leistungen offen zu würdigen.

»Ich habe allerdings noch ein paar taktische Bedenken«, sagte Hawk und schaute aufreizend direkt in die Kamera.

In diesem Moment wurde die Hintertür geöffnet. Gangster sah einen Mitarbeiter im für diesen Flugplatz typischen dunkelblauen Mechaniker-Overall hereinkommen und schnell in Richtung der Tische gehen.

»Sir, sie sind hier«, meldete der Mann. »Smokey ist gerade vorgefahren.«

»Bitte warten Sie, Tomlinson«, sprach Gangster ins Laptopmikrofon und ließ Hawk in der Luft hängen.

Er drehte sein Handgelenk und warf einen Blick auf seine G-Shock-Armbanduhr.

Mehr als drei Stunden zu spät.

Ja, die Noble-Staffel hatte sich verspätet, aber sie hatten Gangster und das JOC per Satellit über jede Einzelheit auf dem Laufenden gehalten, sodass die Mannschaft jedes Schlüsselereignis auf ihrer Synchronisationsmatrix abhaken konnte. Aber da die SEALs bereits gezwungen gewesen waren zu starten, um im Zeitplan zu bleiben, machte Gangster die Tatsache nervös, dass Noble es noch nicht geschafft hatte.

Zwar trug niemand allein die Schuld an allem, was bisher schiefgelaufen war, aber er war nicht in Stimmung für Pannen, erst recht nicht mehrere Stunden nach Beginn der Infiltrationsphase. Wäre Gangster nach wie vor der Staffelkommandant von Noble gewesen, hätte er sich keine allzu großen Sorgen gemacht angesichts des späten Starts vom Pope Army Airfield, des verspäteten Treffens mit dem Tankflugzeug KC-135 der Air Force über dem Pazifik sowie der mehr als dreistündigen Fahrt über schmale, verstopfte Straßen. Aber dies waren andere Zeiten, und es stand viel mehr auf dem Spiel. Kolt Raynors Männer, die früher Gangsters Männer gewesen waren, lagen verflucht weit hinter dem Zeitplan und kamen dem vom General abgesegneten spätestmöglichen Zeitpunkt zum Abbruch der Mission gefährlich nahe.

Das ist bestimmt wieder irgend so ein Racer-Bullshit.

Beim Hauptangriffstrupp hingegen, dem SEAL Team Six, lief alles glatt. Nicht einmal eine Funkstörung oder ein verstauchter Zeh war zu vermelden.

Die SEALs waren in Inchon aufgebrochen, hatten sich zehn Meter unter der Oberfläche durch das Gelbe Meer manövriert, hatten die Minen an beiden Böschungen des Yesong umgangen und waren vier Kilometer oberhalb der Flussmündung an Land gegangen, um von dort aus zu Fuß weiter vorzudringen. Währenddessen waren Kolt und seine zahlenmäßig reduzierte Staffel zum Luftwaffenstützpunkt nahe Osan geflogen, direkt nördlich von Pyeongtaek.

Ja, Gangster kannte alle Details über ihre Zusammenarbeit, aber die Sache behagte ihm trotzdem nicht.

Er wandte sich wieder dem Laptop und Hawk zu. Sie war etwa 30 Zentimeter vom Bildschirm zurückgewichen und hatte es sich offenbar in ihrer Suite bequem gemacht. Ihr tiefer Ausschnitt über ihrem pink-weißen Unterhemd konkurrierte mit ihrem hübschen Gesicht um die Aufmerksamkeit der erschöpften Männer am Tisch.

Bevor er weiter mit ihr sprechen konnte, öffnete sich die große Hangartür wieder hinter Gangster. Er atmete tief durch und versuchte, sich seinen Groll nicht anmerken zu lassen. Dies würde seine erste Begegnung mit Kolt Raynor und allen anderen aus der Noble-Staffel sein, seit er widerstrebend seine Delta-Dienstmarke abgegeben und das Gelände der Einheit verlassen hatte.

Slapshot und Digger betraten den Hangar als Erste, gefolgt von Gangsters altem Kommunikator JoJo. Sie alle trugen identische dunkelblaue Overalls, ebenso wie viele der JSOC-Mitarbeiter.

Tja, was sagt man dazu?

Gangster versuchte, sich auf den Schock einzustellen, aber die Lage wurde ihm erst in dem Augenblick richtig bewusst, in dem JoJo den Hangar betrat. Vor einigen Monaten hatte er mit ihm und Kolt Raynor im Van vor dem Friedhof am Rand der Stadt Afrin in Syrien gesessen und war Zeuge geworden, wie Raynor den Fassbombenschlächter kaltblütig hingerichtet hatte. Rückblickend wusste Gangster, dass seine Instinkte bezüglich Kolt ihn nicht getäuscht hatten. Wenn Raynor nicht gewesen wäre, hätte er vielleicht immer noch seinen hohen Posten als Noble Zero-One sowie Aussichten, eines Tages Colonel Webber als Kommandant der gesamten Delta Force abzulösen.

Als JoJo Gangster entdeckte, kam er direkt auf ihn zu.

»Schön, Sie zu sehen, Sir«, begrüßte er ihn.

Gangster schüttelte seiner ehemaligen Truppe die Hände und ging über ihre Verspätung hinweg. Aber allen war bewusst, wie sich die Lage verändert hatte, und diese Tatsache nagte gewaltig an ihm. Es war bezeichnend, dass sie ihn jetzt mit »Sir« ansprachen, und er hoffte inständig, dass es niemandem sonst im Hangar aufgefallen war. Staffelkommandanten, jedenfalls diejenigen, die respektiert wurden, wurden von ihren Operators mit »Boss« angesprochen. Das formalere »Sir« war Offizieren vorbehalten, die nicht zur Delta Force gehörten – oder bei denen man der Ansicht war, dass sie nicht zur Einheit gehören sollten. Es war eine erhebliche Kränkung für Gangster, obwohl es keine bewusste Beleidigung darstellte.

»Sie auch«, gab Gangster lächelnd zurück. *Ich werde bald wieder an der Spitze sein, wartet's nur ab.* »Ich dachte schon, ihr Jungs wärt in Japan gelandet oder so.«

18

Kolt, der direkt nach JoJo hereinkam, schloss die Tür hinter sich und zog kurz am Griff, um sicherzugehen, dass sie wirklich geschlossen war. Dann drehte er sich um und nahm den Hangar in den Blick. Obwohl es draußen wie in einem Fischbrutbetrieb roch, beeindruckte ihn die Umgebung irgendwie. Er bemerkte die schwarzen Plastikplanen vor den Fenstern, die die Gerüche im Inneren festhielten und vielleicht dafür sorgten, dass das Aroma von rohen Meeresfrüchten nicht hereindrang und an den Hangarwänden klebte.

Er begriff jetzt, warum sie während der Anfahrt mit den orangen KOREX-Lastwagen kein Licht aus dem Hangar gesehen hatten. Eingeschaltete Lampen in einem verlassenen Hangar oder irgendeinem anderen Unterschlupf konnten eine Mission kompromittieren, falls irgendein südkoreanischer Bürger zufällig einen Nachtspaziergang machte und sie bemerkte.

Kolt hörte Gangster, noch bevor er ihn inmitten der kleinen Menschenmenge sah. »Major Raynor, wir haben's eilig.«

Ja, freut mich auch, dich zu sehen, Gangster.

Der Sarkasmus entging Kolt nicht, aber er ignorierte die Anspielung auf seinen Rang. Gangster betonte damit, dass er als Lieutenant Colonel ranghöher war als sein Nachfolger, der neue Kommandant der Noble-Staffel.

Seit Jahren versuchte Gangster alles, um Kolt in Wut zu versetzen. Das hatte er schon getan, bevor Kolt in Ungnade gefallen und aus der Einheit entlassen worden war, nachdem er die Befehle seines Kommandanten missachtet hatte. Diese Entscheidung hatte dazu geführt, dass einige Operators der Delta Force sowie der 160th Special Aviation gestorben und mehrere andere in Gefangenschaft geraten waren.

Kolt fragte sich, ob der Grund für Gangsters Verhalten seine Arbeitsmoral, sein Erfolg oder sein Glück war. Wahrscheinlich alles gleichzeitig. Hätte dieser ihn auch nur ein wenig gekannt, wäre ihm klar gewesen, dass Kolt Raynor die Rangordnung scheißegal war.

Er ging zu den Tischen, vor denen eine kleine Gruppe von Männern stand, die Zivilkleidung trugen, um die Anwesenheit des US-Militärs so gut wie möglich zu verschleiern. In Südkorea konnten sie zwar ausgesprochen frei agieren, aber sie hatten schon vor langer Zeit gelernt, die Missionssicherheit zu respektieren, ganz egal, wo sie im Einsatz waren.

Kolt sah Gangster an, der von einer der wenigen Lichtquellen im Hangar von hinten angestrahlt wurde – einem der Laptop-Bildschirme. Gangster hatte seine Oakley-Sonnenbrille nach oben auf sein dichtes Haar geschoben, nickte, lächelte und klopfte JoJo auf den Rücken. Dasselbe tat er bei Digger.

Meine Güte! Ist das der, den ich kenne?

Kolt musste ein paarmal blinzeln, während er die Gesichtszüge des relativ hellhäutigen Schwarzen musterte, der in der Menge stand. Der zehn bis zwölf Zentimeter hohe Afro passte nicht ganz zu ihm, jedenfalls wenn er wirklich der Kerl war, für den Kolt ihn hielt. Aber der Gehstock – ja, der Gehstock beseitigte jeden Zweifel.

Der gottverfluchte CIA-Mann Myron Curtis!

»Ich dachte, wir hätten in Kairo unser Bestes getan, damit Sie Ihr Bein endgültig loswerden?« Mit einem Grinsen ging Kolt direkt auf Myron Curtis zu. »Die brauchen wohl jeden Mann, hm?«

»Schätze, die sind verzweifelt, Racer«, gab Curtis zurück und zeigte gleich darauf allen im Hangar, dass er nicht nur einstecken, sondern auch austeilen konnte. »Wenn ich mich richtig erinnere, hatte ich Ihnen geschworen, Ihnen diesen Gehstock in den Hintern zu rammen, falls ich Ihnen je wieder begegne.«

Kolt lachte, schüttelte ihm die Hand und trat dann einen Schritt näher für eine herzliche Männerumarmung.

»Dann kennen Sie sich also schon.« Gangster war sichtlich genervt, weil Kolt Raynor schon wieder im Mittelpunkt stand. »Bringen wir lieber das Briefing für Tomlinson zu Ende, dann können Sie beide in Ruhe kuscheln.«

»Ja, kein Problem, Gangster.« Kolt zeigte Respekt vor seiner Rolle als JSOC-Chef im Einsatz. »Curtis und ich haben etwas Zeit in Libyen und Kairo miteinander verbracht. Gute Missionen.«

Curtis nickte und verzog ein wenig den Mund, als ob er sagen wollte, dass sie so gut auch wieder nicht gewesen seien.

»Dachte ich mir schon«, entgegnete Gangster.

»Hat der alte General Douglas MacArthur hier seine Initialen in die Klotür geschnitzt?«, fragte Kolt scherzhaft.

»Die Army hat das hier zurückgelassen. Hat der Second Infantry Division gehört, bis sie ihre Bestände reduziert und Brigaden verlegt haben, um im Krieg gegen den Terror mitzumischen.«

Kolt sah sich noch einmal um. Der diskrete Hangar, der nun endlich wieder einen wichtigen Zweck erfüllte, lag nur einen Steinwurf von der Westküste und dem endlosen Gelben Meer entfernt, ohne Elektrizität und den Launen der Natur ausgeliefert.

Er folgte Gangster und Curtis zum aufgeklappten Laptop, der ein paar Meter entfernt auf einem Tisch stand. Der Bildschirm zeigte ein Standbild von Hawks Gesicht. Sie war in einer nicht sehr schmeichelhaften Haltung erstarrt – die Augen halb geschlossen, die Zunge ein Stück weit aus dem linken Mundwinkel gestreckt. Durch ihre tiefe Bräune und die blonden, nun gut 15 Zentimeter längeren Haare erkannte Kolt sie kaum.

Der SEAL-Verbindungsoffizier lehnte sich zu ihm herüber und flüsterte: »Dealer hat gerade mit Minnesota gesprochen. Wir haben grünes Licht.«

Kolt nickte. Kleinsmith und seine SEALs hatten ihr Versteck also ohne Komplikationen erreicht. Einer der JCU-Kommunikatoren bemerkte Hawks erstarrtes Gesicht, berührte das Trackpad und klickte auf den ›Neu Laden‹-Knopf, um die Übertragung fortzusetzen.

Gangster übernahm. »Miss Tomlinson, entschuldigen Sie die Unterbrechung. Wir sind wieder da.«

»Kein Problem, Sir«, erwiderte Hawk. »Ich dachte schon, die Verbindung wäre abgebrochen, aber ich habe Zeit genug.«

»Major Raynor und die Noble-Staffel sind gerade eingetroffen.« Offensichtlich brachte Gangster es immer noch nicht über sich, sie ›Kolts Männer‹ zu nennen.

Kolt war beeindruckt, dass Gangster Hawks Tarnnamen

benutzte, angesichts der gemischten Gesellschaft im Hangar allerdings auch nicht besonders überrascht. Er bückte sich ein wenig, damit sein Gesicht vor der Minikamera war.

»Schön, Sie zu sehen, Carrie«, sagte er. »Was brauchen Sie noch von uns? In welchem Gebäude findet das Treffen statt?«

»Die haben gesagt, es ist im Hauptkonferenzgebäude, die blaue Hütte in der Mitte, direkt auf der militärischen Demarkationslinie.«

»Okay. Und bei Ihnen ist alles in Ordnung?« Die militärische Demarkationslinie, kurz MDL, ist die spezifische Linie, die die beiden Teile Koreas voneinander trennt. Sie ist auf beiden Seiten von der demilitarisierten Zone, kurz DMZ, umgeben.

»Ja, Racer, bei ihr ist alles in Ordnung«, mischte Gangster sich ein wenig gereizt ein. »Sie kommen ein wenig spät mit Ihrer Frage. Alles ist schon lange bereit, abgesehen von Ihnen und Ihren Leuten.«

Kolt warf ihm einen schnellen Blick zu und sah dann wieder Hawk an. »Ist das Diplomatengepäck angekommen? Haben Sie die Notfallgegenstände?«

»Nein. Die haben es nicht geschafft, bevor wir Stockholm verlassen haben.« Hawk wirkte besorgt.

»Scheiße, ist das Ihr Ernst?« Kolt schaute Curtis an. »Die verdammten Dinger sind doch für'n Arsch.«

»Was für Notfallgegenstände?«, wollte Gangster wissen.

»Sir, ich hatte keine Gelegenheit, Sie darüber zu informieren, aber Curtis weiß davon«, erwiderte Hawk. »Wir – oder vielleicht nur ich – hatten ein paar Bedenken, was die Methode angeht, mit der ich Schneiderin morgen markieren soll. Ich mache mir Sorgen, dass die Radarsender vom Angriffstrupp nicht mehr aufgespürt werden können, sobald die Zielperson im Panzerzug ist.«

»Nein, Carrie, nicht nur Sie. Wir haben ebenfalls Bedenken«, meldete Kolt sich wieder zu Wort, bevor Gangster oder Curtis antworten konnte.

»Negativ, negativ, negativ – für die Gute-Ideen-Fee ist es viel zu spät«, rief Gangster. »Die Radarsender sind getestet und erprobt. Die SEALs haben sie in einer C5 Galaxy und einem M4 Bradley ausprobiert. Damit ist das Thema erledigt.«

Kolt bemerkte, dass Gangster dem SEALs-Verbindungsoffizier einen raschen Blick zuwarf. Dieser nickte ein paarmal zustimmend.

»Wir brauchen noch ein Set«, sagte Kolt und ignorierte Gangsters letzte Aussage. »Wo sind Sie, Carrie?«

»Im Grand Hilton in Seoul. Zimmer …«

»Miss Tomlinson, die Diskussion ist beendet«, unterbrach Gangster sie. »Wir machen weiter wie geplant. Die SEALs stehen bereit, weniger als einen Klick westlich von der Zugstrecke und den Brücken. Es ist jetzt zu spät, um unsere Missionsanalyse noch infrage zu stellen.«

Selbst wenn die Missionsanalyse vielleicht fehlerhaft ist?, ging es Kolt durch den Kopf.

»Aber, Sir, meine Instinkte sagen mir, dass das Tarnnetz von Kim Jong-uns gepanzerten Zügen ausreichen könnte, um den Sensor zu blockieren«, widersprach Hawk leicht gereizt. »Falls das stimmt, werden die SEALs nicht genau wissen, in welchem Waggon Schneiderin ist.«

»Warum vertrauen wir nicht einfach darauf, dass die SEALs schon wissen, was sie tun, Miss Tomlinson?«, erwiderte Gangster. Er hatte offensichtlich genug davon, dass sie seine Befehle infrage stellte. »Sie sollten besser ein wenig schlafen. Morgen wird ein harter Tag für Sie. Halten Sie sich an den Plan, geben Sie Ihre Statusmeldungen durch, dann schaffen wir das schon.«

Kolt konnte sehen, wie sehr Gangsters herablassende Antwort Hawk überraschte. Er war zwar auf ihrer Seite, erkannte jedoch die Spannung zwischen ihnen und wusste, wie wichtig es war, dass alles glatt lief – nicht nur für Gangster, sondern für den Ausgang der Mission. Herrgott, sogar für die Zukunft der Delta Force.

»Keine Sorge, Carrie«, sagte er, bevor Hawk etwas entgegnen konnte. »Wir brechen bald zu unserem Sammelpunkt nördlich des Imjin auf. Wir bleiben in Verbindung. Melden Sie sich, wenn Sie uns brauchen.«

Kolt griff nach dem Touchpad, bewegte den Mauszeiger auf das Skype-Menü und beendete den Anruf. Er ertappte sich dabei, dass er sich fragte, ob er nicht besser Gangster das letzte Wort und die Beendigung des Anrufs überlassen hätte. Außerdem wurde ihm bewusst, dass Hawk über kein geeignetes Funkgerät verfügte, um ihn zu kontaktieren.

Er stand auf und wandte sich Gangster zu. »Sicher, dass wir das Richtige tun?«

»Alles ist synchronisiert und im Zeitplan, Raynor. Sobald Sie in Position sind, ist die Truppe bereit, zur nächsten Missionsphase überzugehen.«

»Das weiß ich. Ich rede vom Vorgehen am Zielort. Ich habe kein gutes Gefühl dabei.«

Myron Curtis meldete sich zu Wort: »Schneiderin ist der Schlüssel zum Aufspüren der Miniatursprengköpfe. Ohne ihn haben wir vielleicht bald den dritten Weltkrieg, und vorher werden noch alle Basen der Pazifikflotte zerstört.«

Kolt hatte genug geredet; man hatte seine Äußerungen zur Kenntnis genommen. Das Rad des Krieges würde in dieser Nacht nicht mehr stillstehen. Es war zwecklos, nur aufgrund eines Bauchgefühls auf seiner Position zu beharren. Das Einzige, was schiefgehen konnte, war die Markierung von Schneiderin durch Cindy am nächsten Morgen.

Er sah an Gangsters linker Schulter vorbei und entdeckte Slapshot. »Alles okay, Slap?«

»Ja, Boss, alles in Ordnung. Wir haben einen vollgetankten Kia Sedona. Sind abmarschbereit, wenn du's bist.«

Kolt wandte sich JoJo zu. »Alles in Ordnung mit der Kommunikation?«

»Da sind wir Ihnen weit voraus, Boss«, erwiderte JoJo, der bereits ein billiges, lokales Galaxy-4-Handy von einem der JCU-Kommunikatoren erhalten hatte. Er hielt das Gerät mit einer Hand hoch und machte mit der anderen das Daumen-hoch-Zeichen.

Gangster schaltete sich ein, um einen Teil der Kontrolle zurückzugewinnen. »Raynor, Sie und Ihre Leute müssen sich in Bewegung setzen. Die SEALs sind in ihrem Unterschlupf und fürs Erste sicher. Das Treffen mit der Delegation findet morgen früh statt, um zwei Uhr UTC. Bleiben Sie von jetzt an erreichbar.«

»Kein Problem, Gangster. Wir werden dran denken.«

»Hören Sie, Raynor, das Einzige, was aus dieser Mission einen internationalen Zwischenfall machen kann, ist, dass Ihre Helis in die Nähe der DMZ kommen. Die SEALs werden den Spion am Boden transportieren. Schneiderin ist bei guter Gesundheit und wird mitspielen. Der Präsident ist darauf vorbereitet, jede Beteiligung der US-Regierung abzustreiten.«

»Kapiert.«

Curtis gab sich nicht damit zufrieden, die zweite Geige zu spielen, und musste ebenfalls einen Kommentar abgeben. »Ja, Mann, die nordkoreanischen Regierungsbeamten werden keine Ahnung haben, wer ihre Schienenstrecke demoliert hat. Und die werden zu arrogant sein, um vor Millionen von Bürgern zuzugeben, dass das Ganze mehr als ein Unfall oder auch ein Attentatsversuch südkoreanischer Saboteure war.«

»Wir wissen Ihren Input sehr zu schätzen, Curtis.« Kolt lächelte den CIA-Agenten an und streckte ihm wieder die Hand hin. »Alles Gute. Und vielleicht sieht man sich ja bald wieder, wenn alles glatt läuft?«

»Sie sind ein wenig im Zeitplan hinterher, Raynor«, unterbrach Gangster den Austausch von Höflichkeiten.

»Ja, Sir«, erwiderte Kolt. »Sind schon unterwegs.«

Er mochte Gangsters herablassende Art nicht, aber er verstand sie. Für ihn stand hier am meisten auf dem Spiel. Gangster hatte die Zügel schleifen und die Moral der Truppe verkommen lassen, als er den Posten des Noble Zero-One bekleidet hatte. Es gab keinen Zweifel daran, dass er eine Mitschuld an seiner Situation trug. Aber Kolt war nicht hier, um ihm den Rang streitig zu machen, und für ihn war es keine große Sache, ein paar Schläge einzustecken, ohne sich zu wehren. Angesichts der Wichtigkeit der Mission entschied er sich für eine defensive Strategie, zumindest für diese erste Runde.

Außerdem wusste er, dass Gangster sein Spielzeugsoldaten-Image so ernst nahm, dass er die Sache mit der »Höflichkeit gegenüber ranghöheren Offizieren«, eine Formulierung aus dem Ranger-Credo, auf die Spitze trieb. Das war der Grund, weshalb Kolt ihm ständig die Anrede »Sir« an den Kopf warf.

Er machte sich auf den Weg zur Tür, wobei er für einen Augenblick stehen blieb, um den JCU-Kommunikatoren und dem SEAL-Verbindungsoffizier die Hände zu schütteln.

Er wusste, dass diese Männer sich hinter den Kulissen gewaltig ins Zeug gelegt hatten, um die Mission bis zu diesem Punkt zu bringen.

»Major Raynor«, sagte Gangster mit leicht erhobener Stimme. »Eine Sache noch.«

Kolt drehte sich um, erwiderte aber nichts.

»Sie werden unter keinen Umständen Ihren Sammelpunkt verlassen oder auch nur die Little Birds aus den Trucks laden ohne einen direkten Befehl von mir.«

Gangster blickte ihm direkt in die Augen.

»Ja, schon kapiert, Mann, keine Sorge.« Kolt steckte bereitwillig einen weiteren Schlag ein.

»Ich bin nicht so sicher, ob Sie das kapieren, Racer«, entgegnete Gangster. »Wir können Ihr kriegerisches Gehabe hier nicht gebrauchen.«

Meine Fresse! Das war unter der Gürtellinie.

»Roger, Gangster; ist ja Ihre Parade.« Kolt schaute zu Slapshot hinüber, dessen Blick ihm überdeutlich zu verstehen gab: *Halt dich zurück, Boss.*

»Wir müssen los, Racer«, flüsterte Slapshot, packte Kolt an der Schulter und drehte ihn in Richtung Tür.

»Machen wir kein Theater draus.« Kolt war zu dem Schluss gekommen, dass er doch das letzte Wort haben wollte.

»Sie sind lebensmüde, Racer.« Gangster senkte seine Stimme ein wenig, damit nicht alle im Hangar mithören konnten.

Das war verflucht noch mal die falsche Antwort!

Zum ersten Mal wurde Kolt klar, dass Rick Mahoney genau die Sorte von Typ war, die man schon auf den ersten Blick nicht ausstehen konnte. Der perfekte, kantige Kiefer, die Frauenschwarm-Grübchen, die perfekt geraden, perlweißen Zähne, das dichte, dunkelblonde Haar ohne eine Spur von Geheimratsecken, der symmetrische Triathlon-Körperbau und dieser steife West-Point-Stil – all das traf ihn plötzlich wie ein Boxhieb in die Magengrube. Gangster wirkte, als hätte ihn eine Maschine ausgespuckt.

Abrupt wirbelte Kolt herum, stieß Slapshots Hand von seiner rechten Schulter und legte rasch die Entfernung zu Gangster zurück. Mit beiden Handflächen stieß er diesen vor die Brust, was ihn wie eine Gliederpuppe rückwärtsfliegen ließ. Seine Sonnenbrille fiel ihm vom Kopf und klapperte über den Hangarboden. Digger fing den Offizier auf, bevor er auf dem Boden landen konnte.

»Bild ich mir das ein, Mann, oder versuchst du, mich zu reizen?«, bellte Kolt. Ihm stieg der Geruch von Duschgel in die Nase.

Curtis stellte sich vor Gangster, während dieser um sein Gleichgewicht kämpfte. Slapshot legte die Arme von hinten um Kolt, um ihn zurückzuhalten. Dieser war der Ansicht, dass der weitläufige, leere Hangar so gut wie jeder andere Ort geeignet war, seine Karriere für eine Schlägerei wegzuwerfen.

»Adrenalinjunkies sind gefährlich. Sie haben sich weit von der Realität entfernt, und das schon seit Jahren«, schrie Gangster, den es jetzt nicht mehr kümmerte, ob die gesamte Koreanische Halbinsel ihn hörte.

»Immer noch sauer wegen der Sache mit dem Schlächter?«, fragte Kolt, der sich wieder im Griff hatte.

Gangster ignorierte die Anspielung auf die Mission in Syrien, die ihn zu Fall gebracht hatte.

»Hätte ich die Zeit dafür, würde ich Sie sofort entlassen!«

»Dann nimm dir die Zeit, du Großmaul, oder kümmer dich um deinen eigenen Scheiß!«

Digger und JoJo kamen und halfen Slapshot, Kolt zur Tür zu bringen. Gangster gab keinen Ton mehr von sich und ließ untypischerweise zu, dass Kolt das letzte Wort behielt.

»Ruhig, Boss, lass uns gehen!«, mahnte Digger. »Das ist die falsche Zeit und der falsche Ort.«

Grand Hilton, Seoul

Kolt und Slapshot schwiegen, während sie mit dem verspiegelten Fahrstuhl in die vierte Etage fuhren. Nachdem sie ausgestiegen waren, hielten sie inne, um die Pfeile an der Wand zu betrachten, aus denen ersichtlich wurde, in welcher Richtung Zimmer 524 lag. Sie wandten sich nach rechts und gingen einen plüschverkleideten Flur entlang, der an einen hässlichen Weihnachtspullover erinnerte. Dabei kamen sie an großen Spiegeln, koreanischen Landschaftsgemälden sowie buddhistischen und konfuzianistischen Kunstwerken vorbei.

Vor der Tür blieben sie stehen und bemerkten ein kleines goldenes Schild mit eingravierter englischer sowie Hangul-Schrift, das den Raum als Luxussuite kennzeichnete. Am Türgriff hing ein grün-weißes Schild mit der Aufschrift ›No Disturb Thank You‹.

Kolt klopfte dreimal. Sie warteten.

»Du wirst sie doch nicht flachlegen, oder?«, fragte Slapshot, um Kolt nach seinem Zusammenstoß mit Gangster etwas aufzuheitern.

Kolt sah ihn mit dem Anflug eines Grinsens an. Er wusste es zu schätzen, dass sein Teamkollege ihm sein Verhalten nicht übel nahm.

Er wusste, dass sie vor dem richtigen Zimmer standen. Der höfliche Herr am Empfangstresen war sehr zuvorkommend gewesen, obwohl die beiden Amerikaner nicht unbedingt den hohen Erwartungen eines Fünfsternehotels an das äußere Erscheinungsbild entsprachen. Drei frische Hundertdollarscheine waren mehr als ausreichend gewesen, um ihn zur Kooperation zu bewegen. Aber sie wussten, dass es durch ihren unangekündigten Besuch zu dieser späten Stunde etwas länger dauern konnte, ins Zimmer gelassen zu werden.

Sie checkten ihre Flanken. Kolt warf Slapshot einen Blick zu. Dieser nickte.

Kolt klopfte wieder. Diesmal waren es vier Schläge, etwas lauter als vorher.

Ein paar Sekunden später hörten sie, wie das elektrische Türschloss geöffnet und der Türgriff schnell in Richtung Teppichboden gedreht wurde.

Hawk öffnete die Tür etwa zu einem Drittel, beugte sich um den Türrahmen und sah Kolt an. Zweifellos hatte sie vorher durch den Türspion geschaut, um festzustellen, wer draußen stand.

Sie trat ein paar Schritte zurück, um die Tür weiter zu öffnen. Die Zehennägel an einem ihrer nackten Füße waren mit himbeerfarbenem Nagellack gefärbt; die am anderen Fuß waren noch unlackiert. Sie hielt die Tür gerade weit genug auf, damit die beiden Männer sich hindurchquetschen konnten, woraufhin sie sie sofort vorsichtig wieder schloss.

»Na, alles klar? Schicke Pediküre«, sagte Kolt mit breitem Grinsen und gesenkter Stimme. Ihm stieg der Duft der frisch gebadeten Frau in die Nase.

»Scheiße, Kolt!«, rief Hawk, strich sich mit beiden Händen durch die blonden Haare und verschränkte sie ein paar Sekunden lang hinter dem Kopf. »Was macht ihr denn hier?«

»Hab mir schon gedacht, dass es dich ankotzen würde, mich zu sehen, deswegen hab ich Slapshot mitgebracht«, erwiderte Kolt. Er versuchte, entspannt zu wirken, damit auch Hawk die Ruhe bewahrte. »Alles okay, wir bleiben nur ein paar Minuten.«

Hawk sah Slapshot an, lächelte zur Begrüßung und ließ die Hände zu den Seiten ihrer frühlingsgrün-rosafarbenen Pyjamahose sinken. Sie sah aus, als wäre sie einem Victoria's-Secret-Katalog entsprungen. Hawk drehte sich um, schlurfte auf das Bett zu und ließ sich auf den dicken, weißen Bettbezug fallen.

»Setzt euch.« Sie wies auf die beiden roten Plüschsessel hinter dem Couchtisch. »Was ist los? Sind wir schon aufgeflogen?«

»Nein, nein, Hawk. Alles in Ordnung«, versicherte ihr Kolt. Slapshot nahm seinen kleinen Rucksack ab, schob den Nagellack und die große Blumenvase zur Seite und legte ihn auf den Tisch. »Wir werden bald zum Rest der Truppe stoßen, um heute Nacht den Imjin zu überqueren.«

»Okay, aber ich bin kurz vorm Ausflippen!«, rief Hawk. Sie wandte sich ab und strich geistesabwesend die Kissen glatt. »Ich hab kein gutes Gefühl.«

»Inwiefern?« Ihre Bemerkung überraschte Kolt.

»Was die Mission angeht. Ich habe Zweifel.«

»Was stimmt denn mit dir nicht?«, fragte Kolt, ohne eine Spur Mitgefühl zu zeigen. »Mach dir keine Sorgen wegen der SEALs.«

Er konnte ihre Zweifel nachvollziehen. Herrgott, ihm war klar, dass ihre Aufgabe durchaus der wichtigste Bestandteil der ganzen Mission sein konnte. Wenn es ihr am nächsten Tag nicht gelang, Schneiderin zu markieren, hätten die SEALs einen Fehlschlag zu verzeichnen. *Dann ist alles zu spät!*

»Hör mal, Hawk. Alle wissen, dass du einen schweren Job vor dir hast. Du bist der Schlüssel zu der ganzen Sache, keine Frage.«

»Das ist ja das Problem, Kolt. Ich bin hier ganz allein. Das ist nicht nur irgendeine Trainingseinheit, bei der ich vielleicht eine schlechte Note für irgendeine städtische Aufklärungsmission kriege. Du lieber Himmel, Kolt, was war das eigentlich für ein wirrer Anruf von dir? Wenn ich das hier versaue, trete ich vielleicht den dritten Weltkrieg los.«

Kolt wandte sich Slapshot zu. Dessen ausdruckslose Miene signalisierte ihm, dass dies ganz allein sein Problem war. Slapshot wollte damit nichts zu tun haben. Er drehte sich wieder zu Hawk um. Diese strich sich wieder mit den Fingern durchs Haar und wischte sich die Haarsträhnen aus dem Gesicht, als würde sie sich auf einen Faustkampf vorbereiten.

Ihr Verhalten erschütterte Kolt. In seiner Brust verkrampfte sich etwas und er musste gegen den Drang ankämpfen, mit beiden Händen die Gegenstände vom Tisch zu wischen und einen Stuhl durchs Fenster zu werfen. Das hier war nicht akzeptabel – nicht solange die Mission noch auf dem Spiel stand. Kolt kannte Hawk am besten, das wussten alle. Er hatte ihren Mut erlebt und sie auf dem Höhepunkt ihres Könnens gesehen, als sie ihm in Kairo das Leben gerettet hatte. Auch ihren Tiefpunkt hatte er miterlebt, als sie einen Monat lang eingesperrt gewesen war, gerade noch am Leben, über und über mit ihrem eigenen Blut besudelt. Aber wie konnte dieses Verhalten den Leitern des Pilotprogramms für weibliche Operators entgangen sein? Hatten die Psychiater der Einheit diese Dinge nicht schon vor Jahren überprüft? Es ging hier nicht um natürliche Frauenprobleme, sondern um etwas viel Schlimmeres. Es hatte nichts mit ihrem Menstruationszyklus zu tun, dass sie Probleme mit ihrer Einzelmission hatte.

Kolt ballte die rechte Faust, drückte den Plastik-Schlüsselanhänger des Kia zusammen. Am liebsten hätte er in diesem Moment Gangster angerufen und ihn aufgefordert, die Mission abzubrechen und die SEALs noch in dieser Nacht aus dem Land zu schaffen, während ihnen noch einige Stunden Dunkelheit blieben, um ungestört ihre Spuren zu verwischen.

Die Mission abzubrechen wäre nicht schwer, aber war es wirklich notwendig? Die SEALs würden dadurch wahrscheinlich nicht in Schwierigkeiten geraten, sie würden sich zurückziehen können. Aber zu welchem Preis? Der Abbruch einer SEAL-Operation mitten in der zweiten Phase wäre ein großes Problem für das JSOC. Angesichts der Wichtigkeit der Aktion würde sich jede blumige Erklärung in den Ohren des Verteidigungsministers fadenscheinig anhören. Aber es war sogar noch hundertmal schlimmer – denn nicht die SEALs selbst brachen ihre Mission ab, sondern es war ein Delta-Operator, der diese Entscheidung traf. Eine Entscheidung, die nicht schöngeredet werden konnte. Delta hatte sich nicht behaupten können – mehr gab es dazu nicht zu sagen. Noch dazu war es der möglicherweise erste weibliche Operator, eine hochdekorierte Soldatin, der einen Nervenzusammenbruch bekam.

»Ich weiß ja nicht mal, wie der Kerl aussieht«, klagte Hawk.

»Wir wissen es«, gab Kolt zurück. »Du wirst es bei der Vorstellungsrunde herausfinden oder einfach die Namensschilder lesen müssen, schätze ich.«

»Ich kann ägyptisches Arabisch lesen, nicht das koreanische Alphabet.«

Kolt Raynor kannte Cindy »Hawk« Bird. Er kannte ihre unbezweifelbaren Qualitäten, ihre unvergleichliche Einsatzbereitschaft, ihr Potenzial. Hawk war mehr als ein Postergirl. Sie war mehr als nur eine Frau, die schon so manchen Operator dazu bewegt hatte, einen seltsam gefärbten Proteinshake statt eines Super Chili Dog mit Pommes zum Mittagessen zu bestellen. Tatsächlich war sie von zentraler Bedeutung für den Stellenwert, den die Delta Force für die nationalen Interessen der Vereinigten Staaten von Amerika hatte. Sie hatte ihre Leistungsfähigkeit bewiesen und musste sie nun erneut beweisen. Auch wenn niemand genau wusste, wie Schneiderin heute aussah, würde sie ihn mit etwas Glück identifizieren können.

»Bist du fertig mit dem Gejammer?«, fragte Kolt, der die Hoffnung hatte, dass die Sache doch nicht ganz außer Kontrolle geraten würde.

»Fick dich, Kolt! Manchmal bist du echt ein Arschloch.«

»Okay, das habe ich wohl verdient. Ich nehme an, das heißt, dass du dich wieder im Griff hast. Schau dir seine

Hände an – die Analysten in Pine Gap schwören, die sind so groß wie Tischtennisschläger.«

»Na super.« Sie atmete tief durch und ließ die Schultern kreisen, bevor sie Kolt direkt in die Augen sah. »Okay. Ja, okay, Scheiße noch mal. Also, wie nahe an Panmunjom werdet ihr sein?«

»Acht Kilometer Luftlinie. Mit den Little Birds werden wir ungefähr 15 Minuten zu dir brauchen.«

»Okay, jetzt fühl ich mich schon viel besser.« Sie zwang sich zu lächeln und tauschte Blicke mit den beiden aus.

»Darum sind wir hier, Hawk«, erwiderte Kolt. »Diese Mission ist zu wichtig, als dass die Einheit sie versauen dürfte.«

»Du denkst, ich versaue die Mission? Hör mal, die ganze Sache hat sich für mich einfach zu hastig angefühlt. Wirklich zuversichtlich bin ich immer noch nicht, und um ganz ehrlich zu sein, ich tappe ein bisschen im Dunkeln, was die Planung angeht, vor allem bei dem, was die SEALs vorhaben.«

»Konzentrier dich einfach auf deinen Teil.« Kolt hoffte, dass ihre verbesserte Stimmung anhalten würde. »Die SEALs kommen schon klar.«

»Und was ist mit euch? Was, wenn ihr helfen müsst? Oder wenn die SEALs es nicht in den Zug schaffen, wie werdet ihr's dann schaffen?«

»Wir haben auch einen Radarsensor dabei. Außerdem ein paar Gewehrgranaten, gegen das schusssichere Glas der Lok und des Passagierwaggons, in dem Schneiderin ist. In beide werden wir ein paar Gasgranaten pumpen. Das Tränengas wird sie dazu bringen, den Zug zu verlangsamen, wenigstens auf 50 Stundenkilometer, damit wir mit den Helis auf dem richtigen Waggondach landen können. Der Rest ist wie eine Übung aus dem Lehrbuch.«

»Ach, und das ist alles?« Hawk gab sich keine Mühe, ihren Sarkasmus zu verbergen. »Lass uns tauschen.«

»Wir wissen, wie wichtig deine Aufgabe ist, aber entspann dich.« Kolt versuchte, sie zu beruhigen. »Wir sind auf deiner Seite, Hawk. Wir haben die Quantenpunkte dabei.«

»Scheiße, ihr nehmt mich doch auf den Arm.« Sie wirkte erleichtert.

»Wir haben uns schon gedacht, dass die Diplomatentasche wegen des geänderten Zeitplans vielleicht nicht rechtzeitig in Stockholm ankommen würde.«

Als Slapshot die Quantenpunkte aus dem Rucksack hervorholte, fielen Kolt der graue Nadelstreifenanzug und die lavendelfarbene Bluse auf, die über dem Ganzkörperspiegel hingen. »Hast du das vom Stockholmer Flohmarkt?«

»Eine Krissy-Hose mit Anzugblazer und Freizeitbluse«, erwiderte Hawk. Ihr altes, gewitztes Selbst schien wieder da zu sein. »Schwedisch schick, aber wertlos. Gehört deinem Kumpel von der CIA, Myron Curtis.«

»Wertlos?«

»Die Hose hat keine Taschen.« Sie hob die Hände, als wollte sie einen Wasserball fangen.

Kolt lachte. »Dem alten Curtis mit seinem Gehstock sind wir vorhin begegnet. Sah ganz gesund aus.«

Slapshot zog eine kleine weiße Schachtel hervor und öffnete sie. Darin lagen drei hellgrüne, eierförmige Gegenstände in der Größe von Golfbällen, die in Fächern in einem Baumwollpolster steckten. Er nahm einen heraus und reichte ihn Hawk über den Tisch.

»Schau's dir an. Ist ein bisschen empfindlich. Wenn du dich draufsetzt oder zu fest dagegendrückst, geht's kaputt. Man kann's mit einer Papierkante, einem Kuli, mit allem Möglichen beschädigen.«

Hawk nahm das Objekt von einer Hand in die andere, prüfte das Gewicht und drückte es leicht von beiden Seiten, um die Nachgiebigkeit zu testen.

»Ich weiß noch nicht, wie ich die Punkte an Schneiderin befestigen werde.« Sie hielt das Ding hoch. »Aber ich werd's versuchen. Ich befürchte stark, dass die Radarsender, die die SEALs mir gegeben haben, nicht funktionieren werden.«

Kolt nickte, sah Slapshot an, dann wieder Hawk. »Wenigstens passt's zur Farbe von deinen Schuhen da.«

Sie betrachtete die High Heels, die Curtis für sie besorgt hatte, und schüttelte den Kopf. »Curtis hat das ›hautfarben‹ genannt. Von denen werd ich wahrscheinlich Blasen kriegen, so groß wie die Dinger hier.«

»Du kannst sie doch bestimmt aus 100 Metern Entfernung an ihn dranwerfen, falls nötig.« Kolt dachte an Hawks abenteuerliche Kindheit. Als Kind hatte sie mit ihren fünf Brüdern Baseball gespielt. Ihr Vater hatte ihr den Spitznamen ›Hawk‹ gegeben, weil sie wie ein Falke Bälle aus der Luft schnappen konnte.

»Da hab ich meine Zweifel!« Sie grinste und ließ den Quantenpunkt ein paarmal in ihrer Hand hüpfen. »Die Zeiten sind lange vorbei. Ich hab mir seitdem ein paarmal die rechte Schulter ausgerenkt. Seitdem ist Werfen nicht mehr meine Stärke.«

»Adrenalin kann viel ausrichten«, gab Kolt zu bedenken. »Du wärst überrascht.«

»Ihr macht euch jetzt besser auf den Weg.«

»Wir haben noch Zeit; die Lastwagen warten in der Nähe von Munson auf uns. Was ist mit deinem Bluetooth – irgendwelche Bedenken, was die Kommunikation aus dem Gebäude an der DMZ angeht, wo das Treffen stattfindet?«

»Ich weiß nicht genau«, erwiderte Hawk. »Wieso?«

»Fragst du dich, ob die Nordkoreaner die Leute scannen, bevor sie sie reinlassen? Ob sie drinnen Handyverbot haben oder das Gebäude vielleicht auch mit einem Tarnnetz oder Störsender ausgerüstet ist?«

»Ist das so? Woher hast du das?«

»Von dir, Hawk. Hatte gar nicht dran gedacht, bis du auf Skype über deine Sorge wegen des Zugs geredet hast und ich das Bluetooth-Gerät an deinem Ohr gesehen hab.«

»Ich weiß nicht. Ich schätze, wenn ich dich oder das JOC in Inchon erreichen will, werde ich rausgehen müssen. Curtis hat mir ein Handy für den Trip gegeben. Kann ich davon ausgehen, dass das in Panmunjom zumindest draußen funktioniert?«

»Konnte Curtis dir die Frage nicht beantworten?«, fragte Kolt.

»Nein. Auch deswegen fühle ich mich ein bisschen unsicher dabei.«

»Weswegen noch?«

»Einerseits wegen der Kommunikation, aber vor allem wegen der fehlenden Luftaufklärung.« Hawk stand auf und ging ein paar Schritte.

»Ja. Ich würde lügen, wenn ich behaupten würde, dass wir uns darüber gar keine Sorgen machen«, gab Kolt zurück. »Wir haben eine kleine SpyLite-MicroB-Drohne mitgebracht, nur für den Fall.«

»Könnt ihr die fliegen lassen, während ich bei dem Meeting bin?« Sie wirkte erleichtert, dass es doch ein wenig Luftüberwachung geben würde.

»Das kann ich dir nicht versprechen.« Kolt bereute nun etwas, dass er ihr Hoffnung gemacht hatte. Hätte er das Sagen gehabt, hätte er natürlich die nahezu lautlose Minidrohne eingesetzt, um hochwertige Fotos zu machen und Hawks Bewegungen zu verfolgen.

»Falls das Ding entdeckt wird oder über die Grenze fliegt, hängen die uns alle auf«, warnte er. »Dann kann der Präsident eine Beteiligung der USA abstreiten, sooft er will – das wird nicht glaubwürdiger wirken als Edward Snowdens Whistleblower-Rechtfertigungen.«

»Stimmt wahrscheinlich.« Hawk setzte sich wieder und verschränkte die Arme, als ob ihr kalt wäre.

Kolt ignorierte ihre abwehrende Haltung und fuhr fort: »Schreib deine Nummer auf und lass sie uns testen, bevor ich sie abspeichere.«

Hawk griff nach einem Hotel-Notizblock, wobei ihre schlanken, trainierten Schultern und ihr Bizeps unbewusst zuckten. Sie kritzelte die Nummer auf ein Blatt und reichte es Slapshot.

Dieser tippte die Nummer in das lokale Galaxy 4 ein und drückte auf das grüne Anrufzeichen. Wenige Sekunden später ertönte Hawks Klingelton. Sie wies den Anruf ab.

»Schlaf noch ein bisschen, Hawk«, sagte Kolt. »Morgen wird ein langer Tag. Du hast meine Nummer. Wenn sich irgendwas ändert, egal was, dann mach ’ne Pinkelpause oder so und ruf an.«

»Okay. Ihr auch. Hey, wie hast du’s eigentlich geschafft, dass Colonel Mahoney das mit den Quantenpunkten akzeptiert? Auf Skype hat sich's noch so angehört, als ob er komplett dagegen wäre.«

»Gangster weiß nicht, dass wir hier sind, Hawk. Aber wir sind deiner Meinung. Diese Bedenken sind zu wichtig, um sie einfach wegzuwischen. Und Gangster hat sowieso schon alle Hände voll zu tun.«

»Warum überrascht mich das nicht?«, gab Hawk zurück.

»Hey, riskier nicht zu viel. Wenn du es nur schaffst, die Radarsender anzubringen und nicht die Quantenpunkte, dann ist das auch in Ordnung.«

»Okay, Kolt.«

»Ich mein's ernst, Hawk, spiel nicht die Heldin.« Kolt stand auf und ging zur Tür.

»Das versuch ich auch gar nicht.« Hawk folgte ihnen zum Ausgang. »Ich versuche nur, meine Aufgabe zu erledigen, wie jeder andere auch.«

19

Camp Greaves, Südkorea

Wie im Film *Ein ausgekochtes Schlitzohr* fuhren die beiden KOREX-Sattelschlepper, in denen sich jeweils zwei MH6M-Hubschrauber befanden, spät in der Nacht hinter Kolts und Slapshots Kia Sedona eine holprige Straße entlang. Sie überquerten die jahrzehntealte Freiheitsbrücke und fuhren weiter nach Norden, wo sie die erste Straße nach Osten nahmen. Mit weit weniger Krach und Chaos als im Film passierten sie eine verschlafene südkoreanische Militärgarnison, bevor sie am südlichen Straßenrand hielten.

Slapshot schaltete die Scheinwerfer aus. Kolt stieg aus und ging lässig auf das abgeschlossene Tor zu, hinter dem eine verlassene Garnison der US Army lag. Er hielt einen Moment inne, horchte und öffnete das Tor dann so weit, dass die großen Laster hindurchpassten. Slapshot war jetzt auch aus dem Kia gestiegen und stand am schwarzweiß gestreiften Schlagbaum. Er zerstörte das Schloss, um ihn heben zu können. Einen Augenblick später war der Schlagbaum oben und der Weg war frei.

Camp Greaves hatte in den 50 Jahren seit dem Ende des Koreakriegs mehrere US-Militäreinheiten beherbergt. Die bekannteste davon war das Erste Bataillon der 506. Air Assault Infantry. 17 Jahre lang, von 1987 bis 2004, hatte das Currahee-Bataillon, dessen Name auf Cherokee »steht allein« bedeutete, das Privileg genossen, unter allen amerikanischen Einheiten der nordkoreanischen Bedrohung am nächsten zu sein, nur dreieinhalb Kilometer südlich der DMZ. Sogar Adolf Hitlers Wanderstock hatte in Camp Greaves sein neues Zuhause gefunden, eine der Kriegstrophäen, die die Soldaten der »Band of Brothers« im April 1945 aus dem »Adlerhorst« in Berchtesgaden mitgenommen hatten.

Kolt stieg wieder in den Kia, diesmal auf den Fahrersitz. Er folgte den beiden Lastwagen auf das umzäunte Gelände, während Slapshot das Tor schloss, die Schranke herunterließ und beide Schlösser gegen neue austauschte, bevor auch er wieder in den wartenden Kia sprang.

»Das lief glatt«, stellte er fest und schloss die Wagentür.

»Hoffen wir, dass alles so glatt laufen wird.« Kolt legte den Gang ein und fuhr auf die Anhöhe im Süden, vorbei an den Lastwagen. Rechts von ihnen sahen sie die Stelle, an der sich der Speisesaal befunden hatte, sowie die maroden Kasernen der Bravo Company. Links kamen die verlassene Burger Bar und der Friseurladen in Sicht.

Die Laster folgten dem Kia, der an der T-Kreuzung nach links abbog und weitere 60 Meter bergauf zur Y-Kreuzung fuhr. Nacheinander näherten die Trucks sich rückwärts dem großen, einstöckigen Gebäude. Sie parkten direkt vor dem North of the River Inn, das den damaligen Currahee-Offizieren, Männern wie Kolt Raynor, besser als »Notri« bekannt gewesen war.

Nur das Schlurfen von Stiefeln und ein gelegentliches Husten waren zu hören, als die Männer aus den Trucks stiegen und das Notri betraten. Slapshot machte ihnen mit dem Bolzenschneider den Weg frei. Kolt folgte ihnen. Er sah sich um, hielt Ausschau nach allem, was fehl am Platz schien, aber alles war so, wie es sein sollte. Er dachte immer noch an Hawk, aber es gelang ihm, diese Sorgen zu verdrängen und sich auf das Hier und Jetzt zu konzentrieren. Sie hatte einen schwachen Moment gehabt, aber er war sicher, dass sie darüber hinwegkommen würde. Ob er richtiglag, würde sich bald herausstellen.

Er ging hinein und trat auf die großen, vorhanglosen Fenster zu. Das einzige Licht stammte vom Mond, der sich im Wasser des Imjin spiegelte, sowie von einigen Taschenlampen mit roter Linse.

»Wir haben hier nur eine Mission, Männer.« Kolt betrachtete die versammelte Gruppe, die aus der Noble-Staffel und den Little-Bird-Piloten der 160th bestand. »Wir sind die schnelle Eingreiftruppe für die Red-Staffel.«

Er wiederholte damit das, was sie bereits seit ihrer ausgedehnten Planungssitzung an Bord der C17 wussten.

»Die Hubschrauber bleiben drin, bis das Meeting in Panmunjom vorbei ist. Wir können definitiv keinen neugierigen Einheimischen gebrauchen, der uns dabei beobachtet, wie wir die MHs zusammenbauen, und die ganze Mission auffliegen lässt.

Was die Feinde betrifft, hat sich nichts geändert. Im Zielzug werden nur wenige Bewaffnete sein, aber wir wissen immer noch nicht, wie viele genau. 100 im nachfolgenden Zug. An den Zugangs- und Abgangsrouten von Six gibt es keine bekannten Garnisonen der Roten Garde, nur ein paar Reisbauern. Six wird mit Schneiderin da rausmarschieren.«

»Was ist der Plan, falls Six auffliegt oder in Schwierigkeiten kommt, Boss?«, erkundigte sich Digger.

»Wenn was schiefgeht, haben die SEALs für uns Priorität, und erst danach Schneiderin«, erwiderte Kolt. »Natürlich stehen wir zur Verfügung, sobald sie einen Verletzten evakuieren oder ihre kostbare Fracht rausschaffen wollen.«

Diggers Frage schien weiter in der Luft zu hängen. Kolt wusste, dass er sie nicht ganz beantwortet hatte, und er spürte, dass die Männer mit seiner Antwort nicht zufrieden waren. Ihm war bereits aufgefallen, dass seine Leute offenbar nicht allzu begeistert über diese Mission waren. Die meisten waren der Ansicht, dass der knappe Zeitplan und der Mangel an Informationen seitens der CIA die Sache sehr nahe an ein Debakel rückten, definitiv jedoch ein hohes Risiko für die Mission sowie für die Delta Force selbst darstellten.

Kolt wusste, dass er auf das Worst-Case-Szenario eingehen musste, denn irgendjemand würde sicher danach fragen. Es ging nicht nur darum, seine Männer zu beruhigen, sondern noch mehr darum, seinen Ruf bei der neuen Staffel zu verbessern. Zweifellos gaben ihm manche insgeheim die Schuld an Gangsters Sturz. Er rechnete fest damit, dass sie jede seiner Handlungen genau verfolgten.

»Ich weiß, dass der Plan ein bisschen zu wünschen übrig lässt. Six hat da draußen keinen großen Spielraum; und sie sind zahlenmäßig ausgedünnt.« Er versuchte, Blickkontakt zu jedem Einzelnen aufzunehmen, während er sprach. »Wir bewegen uns hier sicherlich am äußeren Rand dessen, was man als verlässliche Information bezeichnen kann.«

Slapshot meldete sich zu Wort. »Alles in Ordnung, Boss, wir kennen die Risiken.«

»Roger.« Kolt war dankbar, dass Slapshot ihm den Rücken freihielt. »Das Letzte, was ich will, ist diese Grenze überqueren und auf freier Fläche einen fahrenden Panzerzug aufhalten. Aber wenn's dazu kommt, gibt es niemanden, den ich dabei lieber an meiner Seite hätte als euch.«

Damit schmierte er ihnen ein wenig Honig um die Mäuler, aber er meinte, was er sagte.

»Macht eure Ausrüstung für den Ernstfall bereit. Zwei Mann überwachen das Funkgerät. Kein weißes Licht. Schlaft ein bisschen«, schaltete Slapshot sich ein, in der Annahme, dass Kolt seine Ansprache beendet hatte.

Kolt sah zu, wie der Angriffstrupp leise in den alten Tanzsaal mit Hartholzboden ging, um die Ausrüstung zu prüfen. Sie würden vorsichtig die etwa 75 Zentimeter langen Granatwerfer sowie die 9,7 Gramm schweren kunststoffgebundenen Gewehrgranaten für den Flug verstauen, damit sie aus der Luft rasch einsetzbar waren. Die taktischen Schrotflinten waren mit Gaspatronen im Kaliber

12 geladen, die beim Aufprall beißendes Tränengas versprühten.

Er sah, wie Slapshot und JoJo in einer Ecke die Versiegelung der SpyLite-Minidrohne öffneten. Slapshot drehte sich um, und Kolt begegnete seinem Blick.

»Sicher, was das Ding hier angeht, Boss?«, fragte Slapshot. Kolt wusste, warum er zögerte. Ihnen beiden war klar, dass erst zehn Millionen Soldaten der Koreanischen Volksarmee die DMZ stürmen müssten, bevor sie auch nur daran denken konnten, die Aufklärungsdrohne aufsteigen zu lassen.

»Wir haben sie angeschleppt«, erwiderte er. »Lasst uns wenigstens die Tragflächen vorbereiten und das Videoterminal testen.«

»Roger.« Slapshot machte sich wieder an die Arbeit.

Kolt machte einen kurzen Nostalgiespaziergang durch das Gebäude.

Es war eine Ewigkeit her, dass er in genau dieser Basis eine Schützenkompanie während eines einjährigen Härtetests kommandiert hatte. Der Fernsehraum mit der langen Holzbar, in die im Laufe der Jahrzehnte viele Soldaten ihre Initialen eingeritzt hatten, der Speisesaal – überall fehlten die südkoreanischen Kalligrafien und die Messingdekoration, die den Ort eigentlich ausgemacht hatten, aber die Räume beschworen dennoch eine Welle von Erinnerungen herauf.

Er ging zur gläsernen Hintertür, schob sie auf und trat auf die Veranda hinaus, den höchsten Punkt auf dem etwa 40.000 Quadratmeter großen Gelände. Dieses hatte schon bessere Tage gesehen – Unkraut und Bäume drohten, die Basis zu überwuchern. Er atmete tief die vom Imjin herüberwehende frische Luft ein, zitterte leicht, während er einen Blick zum Wasser hinabwarf und über den

300 Meter breiten Fluss schaute. Von seinem Aussichtspunkt waren nur wenige Lichter in der Ferne zu erkennen; die Leute in Munson-ri waren schon vor Stunden schlafen gegangen. Hier hatte sich über die Jahre nicht viel verändert. Die fleißigen und aktiven Südkoreaner würden schon vor Sonnenaufgang aufstehen, über die Bergkämme gehen und die Reisfelder bearbeiten.

»Scheiße«, flüsterte er sich selbst zu. »Reiß dich zusammen, Kolt.«

Der Blick auf den Imjin rief ihm andere Gewässer in Erinnerung. Sein beinahe tödlicher Tauchgang im Abklingbecken des Yellow-Creek-Kernkraftwerks und der Sturz in den Atlantik vor kurzer Zeit traten ihm wieder vor Augen und er gab sich Mühe, die Bilder zu verdrängen.

Kolt schüttelte den Kopf. Noch nie zuvor in seiner langen Karriere hatte so viel auf dem Spiel gestanden. Das betraf nicht nur Hunderttausende unschuldige US-amerikanische Bürger, die möglicherweise ihr Leben verlieren würden, sondern etwas viel Persönlicheres.

Wenn wir diese Mission versauen, war's das für die Einheit.

Natürlich, sie mussten sich Schneiderin schnappen. Er war mit Sicherheit der Schlüssel zu den nordkoreanischen Plänen, nukleare Minisprengköpfe einzusetzen. Aber brauchten die USA die Delta Force? Wäre das SEAL Team Six nicht bestens in der Lage, diese Aufgabe allein zu erledigen? Nicht nur Delta-Operators konnten auf den Außenbänken der Little Birds mitfliegen – obwohl dies Geschick erforderte und selbst von manchen offiziellen Spezialeinheiten erst erlernt werden musste. Himmel, wäre Delta überhaupt fähig, diese Mission allein zu bewältigen? Was war mit dem Plan, den die SEALs verfolgten? Unter der Wasseroberfläche vom Gelben Meer in den Yesong, dabei den Unterwasserminen ausweichen – hätte die Delta Force das geschafft?

Kolt ließ sich die Frage für einen Moment durch den Kopf gehen. *Was haben wir den anderen voraus? Was genau haben wir bei Six? Was können wir dem Vorhaben des Präsidenten, die Budgets in allen Bereichen des Militärs zu kürzen, überhaupt entgegensetzen? Brauchen die USA wirklich mehr als eine Killereinheit?*

Dann wurde es ihm schlagartig klar. Das Pilotprogramm für Frauen und Cindy »Hawk« Bird waren ihr Vorteil. Eine Frau, die im Yellow-Creek-Kernkraftwerk dem Tod nahe gewesen war, nachdem sie einen Monat in Gefangenschaft verbracht und zwei Schussverletzungen aus der Nähe erlitten hatte, nahm jetzt an einer großen Operation teil. Hawk war eine wahre G. I. Jane, eine Agentin, die sich einschleichen konnte, wo kein Mann je Zutritt bekommen würde.

»Du musst dich mal ausruhen, Boss«, sprach Slapshot ihn an, der sich ihm von hinten genähert hatte.

Kolt reagierte nicht. Er hielt den Blick fest auf den unheimlichen Fluss gerichtet, der mehr als 100 Meter unter dem Balkon entlangfloss und ihn in seinem Bann hielt.

»Boss!« Slapshot trat vor Kolt. »Alles okay, Mann?«

»Ja, wollte gerade schlafen gehen.« Kolt blinzelte und kam wieder zu sich.

»Meinst du, hier sieht alles noch so aus wie früher?«, fragte Slapshot.

»Mehr oder weniger«, erwiderte er. »Ich hatte gedacht, wir würden die nordkoreanische Propaganda hören, die im Propagandadorf aus den Lautsprechern kommt. Das war so laut, dass wir damals nie richtig schlafen konnten.«

»Im Ernst?«

»Es gibt Gerüchte, dass in Kijong-dong überhaupt niemand gewohnt hat. Angeblich konnten die Lampen und die Lautsprecher über einen einzigen Schalter irgendwo in Kaesong eingeschaltet werden.«

»Hört sich plausibel an.«

»Hätte nie gedacht, dass wir den Offiziersclub von Camp Greaves mal als Unterschlupf für die erste verdeckte US-Militärmission in Nordkorea seit 60 Jahren benutzen würden.«

»Ich wär lieber auf der anderen Seite der Grenze«, bemerkte Slapshot. »Aber ich würde wetten, dass diese ganze *Ein ausgekochtes Schlitzohr*-Nummer wieder nur ein Test für eine Mission bleibt, die dann nie stattfindet.«

»Ich weiß, was du meinst, Slap. Drück uns die Daumen, dass wir morgen früh nicht über die Grenze müssen.«

»Hast du Zweifel?«, wollte Slapshot wissen. »Du machst dir doch keine Gedanken wegen Gangster, oder?«

Kolt sah ihn an und hob im Dunkeln die Augenbrauen.

»Er ist gestresst, aber ich bin da auf Hawks Seite. Die Sache hat das Potenzial schiefzugehen, und das auf mehreren Ebenen.«

»Die Jungs sind nicht besonders begeistert von der nicht tödlichen Munition, Kolt.«

»Ich bin auch nicht begeistert. Aber das ist die Lage, mit der wir uns nun mal abfinden müssen.«

»Die Jungs glauben, dass Six das nur durchzieht, um uns eins auszuwischen. Und um beim Präsidenten noch einen Stein im Brett zu haben.«

»Du auch?« Kolt sah ihm in die Augen.

»Boss, diese Männer wissen, dass wir schon lange zusammenarbeiten und eine Menge verrückter Missionen miteinander durchgestanden haben.« Slapshots Blicke zuckten hin und her, als wollte er Blickkontakt vermeiden. »Aber in diesem Fall bin ich ihrer Meinung. Die Sache stinkt zum Himmel. Wir schicken Hawk da rein, ohne dass da auch nur ein Pfadfinder ist, der ihr helfen kann. Die Strategie von Six ist so scheiße, dass ich gar nicht weiß, wo ich anfangen soll. Ich hab das Gefühl, die verlassen sich viel zu sehr drauf, dass sie den Zug an genau der richtigen Stelle anhalten können und dass diese Gummigeschosse funktionieren.«

»Sehen das alle da drinnen so?«

»Bestimmt nicht alle. Aber das sagt mir der gesunde Menschenverstand.«

»Bruder, ich werde Hawk nicht im Stich lassen«, sagte Kolt. »Du weißt, dass ich das nicht werde.«

»Ja, ich weiß.«

»Darauf haben wir Einfluss – wir können wenigstens Hawk rausholen, wenn die Scheiße losgeht. Aber das mit der schnellen Eingreiftruppe ist Murks.«

»Gut, dass du das sagst, Kolt.« Slapshot ließ die Schultern sinken und wirkte erleichtert. »Gegen fanatische nordkoreanische Soldaten in einem gepanzerten Zug können wir so nicht viel ausrichten.«

»Die Red-Staffel auch nicht, falls es dazu kommt.«

20

Panmunjom, 38. Breitengrad

»Das Meeting ist hinter die militärische Demarkationslinie verlegt worden«, meldete Hawk gerade laut genug, dass ihre Stimme das Bluetooth-Gerät in ihrem Ohr erreichte. »Ich bin jetzt in Nordkorea.«

»Was?«, fragte Gangster. »Wozu die Verlegung? Das war nicht der Plan.«

Es hatte Hawk widerstrebt, Gangster anzurufen und die Planänderung zu melden, weil sie wusste, dass er mehr Details wissen wollte, als sie Zeit hatte, ihm mitzuteilen. Jetzt konnte sie praktisch hören, wie sein Herz klopfte und wie er nervös im Hangar in Inchon auf und ab ging. Sicherlich hielt er eine farbig markierte Synchronisationsmatrix in einer Hand, während er mit der anderen wild herumfuchtelte, um alle auf sich aufmerksam zu machen.

»Das ist hier 'ne Ausflugsstadt«, erwiderte sie mit gedämpfter Stimme. »Sieht aus, als würden hier sämtliche Kindergartenkinder Südkoreas mit Heliumballons in der Hand aus Bussen steigen.«

»Okay, bleiben Sie ruhig und sagen Sie mir, wo genau Sie sind! Konnten Sie Schneiderin identifizieren?«

»Ja. Ich glaube, schon. Aber die sind einfach überall«, flüsterte sie, während sie versuchte, den Mann vor ihr im Blick zu behalten, den sie für den Spion hielt. »Einen Augenblick.«

Hawk hob die rechte Hand und strich sich mit den himbeerfarbenen Fingernägeln durchs Haar, um dafür zu sorgen, dass das Gerät in ihrem Ohr verborgen blieb. Sie folgte den Mitgliedern der koreanischen Delegation eine makellos gepflegte Straße entlang zu einem unbekannten Gebäude, das jetzt noch 50 bis 60 Meter entfernt war. Das Gespräch zu unterbrechen war nicht nur deshalb klug, weil es ihre Mission, Schneiderin zu markieren, leicht vereiteln konnte, wenn sie wegen verdächtigen Verhaltens von den wachsamen nordkoreanischen Soldaten durchsucht wurde, die sie schon seit ihrer Ankunft lüstern anstarrten. Es war auch deshalb die richtige Entscheidung, weil ihre Antwort auf Gangsters nervtötende Bemerkung sicher nicht jugendfrei ausgefallen wäre.

Ich bin *ruhig!*

Die acht Männer der nordkoreanischen Delegation waren allesamt mit schwarz-weißen Anzügen von der Stange bekleidet, die sie aussehen ließen wie Pinguine, und sie schritten energisch voran. Der anfängliche Treffpunkt im Gebäude der Militärischen Waffenstillstandskommission war nicht nach dem Geschmack der Gegenseite gewesen. Weniger als eine Minute nachdem Hawk, wie sie glaubte, über den rechteckigen Tisch hinweg Schneiderin erkannt hatte, hatten die Nordkoreaner einen kurzen, aber deutlichen Protest ausgesprochen. Insbesondere hatten sie kritisiert, dass die Atmosphäre zu kriegerisch sei angesichts der Lage auf der militärischen Demarkationslinie, wie man diese menschengemachte Linie am 38. Breitengrad seit Jahrzehnten zu nennen pflegte. Die südkoreanischen Gesandten hatten kaum einen Einwand gegen den Ortswechsel vorgebracht. Sie hatten sich unter die Leute aus dem Norden gemischt, und Hawk schien die Einzige zu sein, der bewusst war, dass dies mehr war als nur ein lässiger Spaziergang.

Die südkoreanischen Mitglieder der Gruppe waren beinahe Spiegelbilder ihrer nördlichen Nachbarn, abgesehen von den zwei kleinen alten Damen, die wahrscheinlich stolze Menschenrechtlerinnen waren, sowie zweien der sechs Männer, die mit ihren modernen spanischen grauen Anzügen und kohlenschwarzen Krawatten gegen das jahrhundertealte Protokoll verstießen.

Hawk behagte der spontane Umzug nicht, aber diese Entscheidung lag natürlich nicht bei ihr. Die Nordkoreaner ließen vor den Schweden die Muskeln spielen. Während Hawk der Gruppe folgte, stellte sie überrascht fest, dass die Südkoreaner sich in Gegenwart ihrer Feinde aus dem Norden kaum unwohl zu fühlen schienen. Aber diese lockere Atmosphäre war nicht der wichtigste Punkt. Es war der improvisierte Wechsel des Schauplatzes, der sie veranlasst hatte, mit Gangster in Inchon Kontakt aufzunehmen.

Sie konnte hören, dass in Inchon Unruhe entstand. Vermutlich wappneten sich Gangster und der Rest der Mannschaft für schlechte Nachrichten oder Änderungen der Synchronisationsmatrix. Da sie annahm, dass niemand sie direkt beobachtete, sprach sie weiter, während sie ein wenig zusammenzuckte, weil ihre neuen High Heels ihr Schmerzen bereiteten. »Okay, wieder da.«

»Nennen Sie mir die Entfernung von Ihrer letzten bekannten Position und die Richtung«, verlangte Gangster.

Mist! Er will die Entfernung wissen? Ich hab gewusst, dass wir Luftüberwachung brauchen.

»Bin nicht sicher. Ähm, wir gehen nach Nordwesten, sind jetzt etwa 200 Meter weit gekommen. Ich kann einen sehr hohen Turm sehen, an dem eine riesige nordkoreanische Flagge weht.«

»Worauf steuern Sie zu?«, fragte Gangster in geschäftsmäßigem Ton.

»Ein helles, mehr oder weniger oranges Gebäude zwischen ein paar Bäumen. Vorn in der Mitte sind breite Treppenstufen.«

»Das muss entweder das Panmungak-Gebäude oder der Tongilgak-Konferenzsaal sein.«

»Wir sind gerade an einem dreistöckigen Haus mit einer Betontreppe auf meiner rechten Seite vorbeigekommen.« Hawk hatte fast das Gefühl, die Gespräche zu stören, die sie dort im Hangar hören konnte.

»Okay, bestätigt. Das ist das Panmungak«, gab Gangster zurück. »Wenn Sie den Fahnenmast in Kijong-don sehen, müssen Sie auf dem Weg zum Tongilgak-Saal sein.«

Hawk war nicht in Stimmung, sich von Gangster den Stadtplan erklären zu lassen – sie hatte das Kommando lediglich von dem Ortswechsel in Kenntnis setzen wollen. Sie wusste, dass die erste Meldung von ihr, mit der sie gerechnet hatten, das Codewort »Toyota« war, das besagte, dass sie Schneiderin markiert hatte. Aber die Umstände hatten sich nun einmal geändert. Jetzt begann sie sich zu fragen, weshalb sie den Anruf überhaupt riskierte.

Ihr war auch bewusst, dass Gangster nicht viel vom Pilotprogramm für Frauen hielt. Das war noch untertrieben – er war in der Einheit als lautstarker Gegner des Programms bekannt, seit dieses den Operators vor beinahe zwei Jahren vorgestellt worden war. Nein, wenn Hawk emotionale Unterstützung gebraucht hätte, wäre Gangster der Allerletzte gewesen, von dem sie diese erwartet hätte. Der frühere Delta-Mann, der jetzt für das JSOC vor Ort war, wollte nur eins von Hawk hören, oder von Cindy Bird oder Carrie Tomlinson. Ihn interessierte ihr Name nicht, sondern nur die Resultate, die sie brachte.

Wenn sie irgendetwas anderes tat, als ihre Mission zu erfüllen und Schneiderin zu markieren, würde sich diese Nachricht schneller durch die ›Wirbelsäule‹ verbreiten als eine Geschichte über einen Operator, der sich im Einsatz in die Hose gemacht hatte.

»Was brauchen Sie von uns?«, fragte Gangster.

»Ich muss weiter.« Sie griff in die Jackentasche unter ihrer rechten Brust, fand das Handy, ertastete den Ausschaltknopf und drückte ihn.

Ihr Magen verkrampfte sich.

Nach diesem kurzen Telefonat wünschte sie sich, sie könnte Gangsters Knochen brechen hören. Zwar hatte er eine Mission, und sie schätzte seine Aufmerksamkeit für Details und seine Fähigkeit, komplexe Operationen zu synchronisieren – aber ein wenig Persönlichkeit hätte ihm noch besser zu Gesicht gestanden. Die Psychospielchen konnte er sich sparen. Doch wenn sie Energie darauf verschwendete, Gangster zurechtzuweisen, an sich selbst zu zweifeln oder – noch schlimmer – in Selbstmitleid zu versinken, setzte sie damit nur ihre Tarnung aufs Spiel. Schließlich wollte sie ein Delta-Operator werden, und sie wusste verdammt genau, dass die Schwarzseher und altmodischen alten Herren in Fort Bragg große Schwierigkeiten damit haben würden, sie abzuweisen, wenn sie hier erfolgreich war.

Wegen der Nordkoreaner solltest du dir Sorgen machen, nicht wegen Gangster.

Die Leute vom SEAL Team Six warteten geduldig in den Bergen, 16 Kilometer westlich von ihr. Sie waren nahe der P'yŏngbu-Linie, einer Bahnstrecke mit Standard-Spurweite, in Deckung gegangen und ganz auf Hawk angewiesen. Als Haupttrupp der Mission hatten sie bereits Sprengsätze an den zwei Brücken, Zielobjekt ›Biber‹ und Zielobjekt ›Bär‹, angebracht. Nun warteten sie wahrscheinlich angespannt auf das Signal, dass der Spion mit dem Sender versehen worden war. Kam das Toyota-Signal nicht, mussten die Brücken auch nicht gesprengt werden. Wurde der Spion nicht markiert, konnten die SEALs die Mission abbrechen und zum Yesong zurückkehren. Hawk wusste, dass sie hier der Schlüssel zum Erfolg war. Wenn sie nicht nahe genug an Schneiderin herankam, um den Radarsender anzubringen, wäre der Einsatz gescheitert.

Sie blickte sich um, um festzustellen, ob sie jemand beobachtete. Hatte man sie gesehen, während sie scheinbar mit sich selbst sprach? Vielleicht hatte sie die besondere Aufmerksamkeit wachsamer Augen erregt und es sich damit mindestens schwerer gemacht, den Spion zu markieren, wenn man sie nicht gleich wegen Spionage ins Gefängnis steckte. Der Wechsel des Versammlungsorts hatte ihr etwas Zeit zum Nachdenken verschafft; er hatte jedoch nichts dazu beigetragen, ihre Aufgabe zu erleichtern. Sie musste sich jetzt jeden Schritt, jede Bewegung gut überlegen. Sie musste blitzschnell die Situation analysieren und einen Entschluss fassen, bevor sie einen Fehler machte und in eine Lage geriet, aus der sie sich nicht mehr herausreden konnte.

Hawk war sich ohnehin nie ganz darüber im Klaren gewesen, wie sie den Sender anbringen sollte. Es gab auch sonst niemanden, der eine verlässliche Lösung für dieses Problem kannte. Nicht die SEALs, nicht Myron Curtis und auch nicht Kolt Raynor. Sicher, sie alle waren Mordskerle, die einen Mund zum Sprechen und eine ausgeprägte Meinung hatten – aber keiner von ihnen wusste mehr als sie darüber, was sich in Panmunjom abspielte.

Sie beschleunigte ihre Schritte, um die Schweden einzuholen. Bei jedem Schritt, den sie weiter auf das Gebäude zuging, scheuerte ihre hautfarbenen Strümpfe auf der Haut, und eine Blase bildete sich an ihrer Ferse. Sie versuchte, das unangenehme Gefühl zu ignorieren und Schneiderin wieder aufzuspüren. Er war zwischen den anderen Nordkoreanern nicht leicht zu erkennen, weil er die gleiche pechschwarze Haarfarbe wie sie hatte und einen identischen schwarz-weißen Anzug über einem weißen Hemd mit Kragen trug. Er war zwar nicht gerade die Nadel im Heuhaufen, aber wäre er nicht etwas schmaler gebaut als die Übrigen, wäre es leicht gewesen, ihn zu übersehen.

Die Versammlung stieg die glatte, graue Marmortreppe zum Haupteingang hinauf. Sie waren auf beiden Seiten flankiert von nordkoreanischen Soldaten, einer auf jeder zweiten Stufe. Es mussten die größten Männer der Armee sein, denn sie ragten hoch über den Mitgliedern der Delegation auf. Dazu kam ein halbes Dutzend nordkoreanischer Reporter, die rote Armbänder sowie koreanische Schriftzeichen an den linken Armen trugen. Hawk bemerkte die schlecht sitzenden Jacken ihrer Paradeuniformen, in einer seltsamen Farbe irgendwo zwischen olivgrün und erdbraun, darunter Hosen in derselben Farbe und schwarze Schuhe. Um die Taille trugen sie polierte, dunkle Waffengurte aus Leder, die oberhalb ihrer Bauchnabel saßen und sehr unbequem aussahen.

Dazu kam ein Waffenhalfter auf einer Seite. Am charakteristischen Hahn der darin steckenden Waffen erkannte Hawk, dass es sich offenbar um tschechische Modelle handelte. Auf der gegenüberliegenden Seite befanden sich zwei lederne Magazinhalter, die perfekt für schnelles Nachladen positioniert waren, für den Fall, dass dem Schützen die Munition ausging. Auf den Köpfen trugen sie tellerförmige Mützen mit glänzenden, schwarzen Lederschirmen, mit denen sie drei Meter groß wirkten. Sie standen stramm und in perfekter Haltung da, und ihre Augen waren nicht hinter dunklen Sonnenbrillen verborgen wie bei den Wachleuten aus dem Süden, die ihre Cousins hätten sein können. Die nordkoreanischen Wachen machten kein Geheimnis daraus, dass sie hier waren, um sicherzustellen, dass die Südkoreaner nichts tun konnten, das die stolze Demokratische Volksrepublik Korea in Verlegenheit bringen würde. Ihre drohenden Blicke sollten die Gäste des ›Eremitenkönigreichs‹ einschüchtern – je mehr, desto besser.

Während sie die Treppe hinaufstieg, versuchte Hawk, Schneiderin nicht aus den Augen zu verlieren und in ihren High Heels nicht umzuknicken. Abgesehen davon, dass sie sich gewaltig blamieren würde, würde ein Sturz auf den Beton höchstwahrscheinlich auch den Inhalt ihrer Handtasche überall verstreuen – die Radarsender und Quantenpunkte würden über die Stufen zurück in Richtung Südkorea kullern. Wenigstens trug sie keine Pistole oder Granate bei sich – bei diesem Anblick wären die nordkoreanischen Soldaten bestimmt durchgedreht. Die großen Wachmänner hatten sie schon seit dem Eintreffen der schwedischen Delegation angegafft, aber auf eine andere Weise, als es die SEALs getan hatten. Was Hawk über die militärische Demarkationslinie geschmuggelt hatte, war keine tödliche Waffe – außer vielleicht, man schluckte die Dinger herunter. Aber für ihre Mission waren sie wichtiger als eine Kiste voller Mörsergranaten oder ein bis an die Zähne bewaffneter Stealth-Bomber.

Als Schneiderin durch die dunkle Holztür eintrat, verlor Hawk ihr Ziel aus den Augen. Sie steuerte ebenfalls auf die Tür zu, wobei sie sich grob an einer der zwergenhaften südkoreanischen Frauen vorbeidrängte. Im Gebäude hatte die Delegation bereits Bekanntschaft mit einem Begrüßungskomitee aus ungefähr einem halben Dutzend nordkoreanischer Amtsträger gemacht, die wahrscheinlich für die Instandhaltung der Gebäude und des Geländes zuständig waren. Zusammen mit den anderen schüttelte Hawk den Gastgebern die Hände und führte die üblichen Verbeugungen aus, lächelte jeden Einzelnen an und gab sich Mühe, sich in der großen Vorhalle nicht zu offensichtlich nach Schneiderin umzusehen.

Dann erhaschte sie aus dem Augenwinkel einen Blick auf einen Mann, der sich aus der Menge löste und um eine Ecke verschwand. Hawk war nicht sicher, wer es war, und sie scannte rasch die Gruppe wie ein Scharfschütze, der in einer Gasse voller unschuldiger Bürger nach einem feindlichen Soldaten Ausschau hielt. Sie sah die beiden Frauen und die zwei Südkoreaner in den grauen Anzügen. Dann zählte sie die ›Pinguine‹ so unauffällig wie möglich, wobei sie merkte, dass sie die Lippen bewegte. Es waren insgesamt neun; niemand fehlte.

Bevor sie eine Entscheidung fällen konnte, wurde Hawk von einer Dienerin angesprochen. Diese sah aus wie eine teure Geisha-Porzellanpuppe und bot ihr kleine, wie ein Eishockeypuck geformte Schokoladenstücke, lindgrüne

Bonbons sowie heißen Tee in halb gefüllten, goldverzierten Tassen an. Sie folgte dem Beispiel der anderen und nahm von allem etwas.

Dann machte sie sich an die Arbeit, bewegte sich durch die Menge und versuchte, an eine vorteilhafte Stelle zu kommen, um die Gesichter aller koreanischen Männer in schwarzen Anzügen sehen zu können. Wenn sie schon das Gesicht nicht erkannte, würde sie Schneiderin anhand seines vergleichsweise schmalen Körperbaus identifizieren können.

Aber der Versuch blieb erfolglos.

War es der Mann, der sich von der Gruppe entfernt hatte? Mittlerweile war sie davon überzeugt. Sie war sicher, dass sie die ganze Vorhalle abgesucht und sich jeden Mann kurz angesehen hatte. Ihre Zielperson war gegangen.

Scheiße!

Rasch ging Hawk ihre Optionen durch. Sicherlich versuchte der Mann nicht zu fliehen, sich durch eine Hintertür davonzustehlen, um in einem wilden Sprint die Demarkationslinie zu überqueren und das sichere Südkorea zu erreichen. Sogar Schneiderin musste klar sein, dass das Selbstmord gewesen wäre. Falls es dazu kam, würden die Wachen ihre tschechischen CZ-82-Pistolen ziehen, und mindestens eine ihrer Kugeln würde ihn treffen. Und falls er vorhatte, sich umzubringen, hätte er dazu nicht erst die lange, unglaublich langsame Fahrt auf der holprigen Zugstrecke von Pjöngjang hierher auf sich nehmen müssen.

Die Herrentoilette! Da muss er sein.

Sie gestattete sich, wieder etwas ruhiger zu werden. Es war nur natürlich, dass der Mann auf die Toilette ging; Himmel, er ging schließlich auf die 70 zu. Es war zwar nicht unbedingt eine dumme Idee, Schneiderin auf der Herrentoilette zu markieren, aber sicherlich eine, die mit einem hohen Risiko einherging.

Als sie ihre Aufmerksamkeit wieder der plaudernden Menge zuwandte, stellte sie fest, dass eine nordkoreanische Soldatin durch dieselbe Tür wie sie hereingekommen war. Diese war ähnlich gekleidet wie die Männer, trug jedoch ein dickes, olivfarbenes Barett mit einem goldenen Abzeichen an der Vorderseite. Sie hatte sich die Mütze wie ein Little-League-Baseballspieler hoch auf den Kopf geschoben, wodurch ihr glatter, schwarzer Pony fest an die Stirn gedrückt wurde. Eine Schönheit war sie nicht gerade, aber genauso schwer bewaffnet und gefährlich wie die restlichen Soldaten. Die Frau hob eine Messingglocke und schüttelte sie schnell, wie eine Kindergärtnerin, die die Kinder von der Pause hereinrief.

»Bitte herhören!«, rief sie. »Bevor wir Gesprächen beginnen, müssen Handgepäck und Brieftaschen einsammeln. Verbotenes Gegenstände nicht dürfen in Kim-Il-sung-Konferenzraum.«

Hawk erstarrte. Das Englisch der Soldatin war ein wenig holprig, aber sie hatte genau verstanden, was sie gesagt hatte.

Sie verkrampfte sich, begann innerlich zu beben. Böse Erinnerungen tauchten aus den tiefsten Tiefen ihres Bewusstseins auf. Ihr kamen die Bilder wieder vor Augen, wie sie in der Black-Ice-Verhörkiste gehockt hatte, wie Nadal, der Rumäne, sie in diesem schäbigen Hotel stundenlang verprügelt hatte.

Das Gefühl, wie sich der Absatz ihres hochhackigen Schuhs ins Stammhirn des Terroristen gebohrt hatte, bevor sie von zwei 9-Millimeter-Geschossen getroffen wurde. In Momenten wie diesem gab es nichts, was Hawk tun konnte. Sie hatten sie sprichwörtlich bei den Eiern, ob sie nun welche besaß oder nicht.

Verbotene Gegenstände. Ja. Das hat sie gesagt.

Hawk wusste, dass ihre Mission kurz vor dem Scheitern stand, und sie war nicht einmal dazu gekommen, Schneiderin auch nur die Hand zu schütteln. Ihn zu markieren konnte sie jetzt vergessen. Ohne Handtasche würde sie weder Radarsender noch Quantenpunkte haben. Sicher, vielleicht würde es ihr gelingen, ihr Handy und das Bluetooth-Gerät zu behalten, aber wozu? Niemand würde irgendetwas von ihr hören wollen, bevor sie ihren Job erledigt hatte. Nicht bevor sie diesen alten Mann mit einem Sender versehen und ihn wieder zum Zug am Bahnhof Panmun gebracht hatte, wo die SEALs warteten.

Der Fehlschlag der Operation in Panmunjom schien immer wahrscheinlicher zu werden. Aber was war mit ihrem eigenen Status innerhalb der Einheit? Was für einen Eindruck würde es auf die Männer in Fort Bragg machen, wenn sie hier versagte? Sie konnte vielleicht wieder zur Trainingseinheit zurückkehren, wenn sie darum bat. Vielleicht konnte ihr Kolt helfen, vielleicht würde selbst Colonel Webber Mitgefühl zeigen. Die Abteilung für nukleare, biologische und chemische Waffen hätte vielleicht Verwendung für sie. Oder sie könnte sich wieder nach Fort Riley verlegen lassen. Ja, sie könnte ihr Zeug einpacken, ihrem Freund von den Special Forces einen Abschiedskuss geben, ihren VW Beetle volltanken und eine lange Fahrt antreten.

Hawk blieben viele Optionen, wenn sie scheiterte, aber wenn sie den Ritterschlag zum vollwertigen Delta-Operator erhalten wollte, gab es nur eine einzige. Ein

Operator, gleichwertig mit den männlichen Operators der Einheit. Mit dem gleichen Einkommen und den gleichen Pflichten, gemessen an den gleichen Standards und Erwartungen. Wenn sie bei den Spezialeinheiten Geschichte schreiben und der erste weibliche Operator sein wollte, musste sie zuerst hier in Nordkorea Delta-Force-Geschichte schreiben.

»Miss Tomlinson, Entschuldigung, dürfte ich Ihre Handtasche haben, bitte?«

Hawk zuckte zusammen und blickte einer der Zwerginnen direkt in die Augen. Diese war freundlich und tat nur ihre Arbeit, aber als sie nach Hawks Tasche griff, stolperte diese in ihren High Heels rückwärts, stieß gegen den Tisch mit den Snacks und kippte eine der halb vollen Teetassen um. Schnell stellte sie ihre eigene Tasse und die Schokolade auf dem weißen Tischtuch ab, bevor sie ihre Lebensretter dicht an ihre Brust drückte. Wenn sie die Radarsender und Quantenpunkte verlor, hätte sie die SEALs auch gleich über Bluetooth zum Abzug auffordern können.

Sie musste etwas tun, und ihr blieb keine Zeit mehr.

»Ja, Ma'am, aber geben Sie mir noch eine Minute.« Sie zwinkerte der südkoreanischen Dame zu. »Äh, es ist gerade diese gewisse Zeit im Monat. Ich müsste mich wirklich mal frisch machen, Sie verstehen schon.«

Sie machte auf dem Absatz kehrt, ohne die Antwort abzuwarten, und steuerte auf die Ecke zu, in der sie Schneiderin zuletzt gesehen hatte. Höflich nickte sie der zweiten Geisha zu und ging ohne große Gesten weiter in den Flur. Sie hoffte, dass sie niemandem aufgefallen war, jedenfalls nicht so sehr, dass man Fragen stellen würde. Wenn die Toiletten sich gleich vor ihr befanden, würden sie ihr eine perfekte Tarnung bieten.

Rasch ging Hawk den biederen weißen Flur entlang, in dem es merkwürdigerweise keine Bilder oder andere Dekorationsgegenstände gab, abgesehen von den allgegenwärtigen großen, kitschig eingerahmten Porträts von Kim Il Sung und Kim Jong-il. Das Geräusch ihrer Absätze auf dem polierten Fliesenboden klang seltsam, als wäre es eine codierte Warnung an Schneiderin oder ein Alarmsignal für die nordkoreanischen Soldaten.

Vor sich sah sie zwei Hartholztüren, jede mit koreanischen Schriftzeichen versehen, die sie nicht lesen konnte. Hawk eilte darauf zu, in der Hoffnung, dass es sich bei den Räumen um Damen- und Herrentoilette handelte. Bevor sie raten musste, welche Tür die richtige war, schwang die linke auf.

Schneiderin!

Hawk hielt sich die Handtasche dicht an die Hüfte, hob die Füße und joggte die letzten Schritte zur Tür. Als er sie auf sich zukommen sah, blieb der Mann wie erstarrt im Türrahmen stehen, wobei er die Tür noch mit der Linken offen hielt. Sie hob die rechte Hand mit der Handfläche zu ihm und versetzte ihm einen Stoß vor die Brust, der ihn in die Toilette zurücktaumeln und auf den Hintern fallen ließ.

Schnell zog sie die Tür zu und schloss hinter sich ab. Dann kniete sie sich neben Schneiderin, dessen Schreck sich bereits in Empörung verwandelt hatte. Er brabbelte irgendetwas Unverständliches in ihre Richtung, aber Hawk war sicher, dass die Ausdrucksweise einem verkaterten Matrosen alle Ehre gemacht hätte.

»Mr. Pang«, wandte sie sich an ihn, »sprechen Sie Englisch?« Sie wollte schon in ihrer Handtasche wühlen und die Sender hervorholen, aber erst musste sie seine Identität feststellen.

»Jaja«, erwiderte Schneiderin. »Wo ist amerikanische CIA?«

So viel dazu.

Hawk nahm Kang Pang Sus Hände und hielt sie auf Hüfthöhe mit den Handflächen nach oben.

Groß wie Baseballhandschuhe, aber nicht besonders dick.

Es lief zwar nicht ganz nach Protokoll und war auch nicht das, was sie nach den Worten von Myron Curtis erwartet hatte, aber angesichts der Umstände gab sie sich damit zufrieden. Er sprach Englisch, noch dazu offenbar recht gutes.

Das war ein Überraschungsgeschenk, das nicht einmal Curtis vorausgesehen hatte.

»Wunderbar! Bleiben Sie ruhig und geben Sie mir eine Sekunde.«

Sie hob die Schlaufe ihrer Designerhandtasche über ihren Kopf und platzierte diese auf dem Marmorboden der Herrentoilette. Dann nahm sie die zwei Radarsender heraus, wühlte in einem kleinen Seitenfach und fand die drei hellgrünen, wie Eier geformten Quantenpunkte. Diese schob sie in die beiden Taschen ihres Blazers. Sobald sie die Radarsender angebracht hätte, würde sie sich um die Quantenpunkte kümmern.

»Ziehen Sie bitte die Jacke aus. Wir müssen schnell machen.«

»Ich laufe über, ja?«, gab Schneiderin zurück. »Aus politischen und ideologischen Gründen gebe ich meinen Status als Bürger Nordkoreas auf.«

Hawk hörte jedes Wort, aber sie hatte andere Sorgen. »Ihre Jacke, schnell! Ich muss Sie markieren, bevor Sie wieder in den Zug steigen.«

»Nein, nein, ich nicht gehen zurück zu Bahnhof Kaesong«,

protestierte Schneiderin. »Sie mich bringen über Grenze jetzt gleich.«

Was? Der spinnt wohl.

Es war die eine Sache, auf einer Einzelmission ihren Arsch zu riskieren, um irgendeinen alten Knacker zu markieren. Ihn durch die sich überlappenden Schussbahnen von Maschinengewehren und durch eine zwei Kilometer breite demilitarisierte Zone voller Landminen und NATO-Draht zu bugsieren war eine ganz andere.

»Bitte, ich flehe Sie an!«

»Die Jacke!«

»Die werden mich verfüttern an Hunde«, klagte Schneiderin. »Ich weiß, sie mir auf der Spur.«

»Das ist nicht meine Mission, Mr. Pang. Ich kann das nicht tun.«

»Ich nicht einen Tag mehr überlebe.«

»Sie müssen wieder in diesen Zug steigen«, sagte Hawk mit Nachdruck. »Dann kommt alles in Ordnung.«

»Nein, ich nicht kann, nicht kann«, protestierte Schneiderin. Nun war er sichtlich verängstigt. »Besser mich erschießen gleich hier, als Barbaren mich zerreißen lassen.«

Du schaffst das!, feuerte sie sich selbst an, ohne genau zu wissen, wie sie vorgehen sollte.

Schneiderin machte sich vor Angst fast in die Hose, aber es war nicht Teil des Plans, aus dem Gebäude zu schleichen und ins sichere Südkorea zu rennen. Während Hawk den zitternden Kang Pang Su betrachtete, gestattete sie sich für einen Moment, sich zu fragen, was die Konsequenzen sein würden. Was, wenn sie improvisierte und mit Schneiderin die Flucht ergriff? Das hätte sicherlich gewisse Vorteile. Zum einen wären damit die SEALs entlastet. ›Biber‹ und

›Bär‹ müssten nicht zerstört werden; sie könnten einfach unauffällig das Land verlassen, ohne dass sie jemand bemerkt hätte. Zweitens: Wenn Schneiderins Angst begründet war, wenn sie ihm wirklich auf die Schliche gekommen waren, dann wurde er bestimmt besser überwacht als zuvor. Noch mehr nordkoreanische Soldaten, die im Panzerzug den neuesten Landesverräter umzingelten, wären ein Problem für das SEAL Team Six, gerade wenn dieses sich an den zweifelhaften Plan hielt, die nicht tödliche MAUL-Munition zu benutzen.

Andererseits war ihr die Tatsache bewusst, dass die Wahrscheinlichkeit, hier herauszukommen, erbärmlich gering war, praktisch nicht existierte.

»Bitte, Madam, Sie mir helfen.« Schneiderin nahm Hawks rechte Hand in beide Hände.

Er schüttelte sie so heftig, dass sie sich Sorgen machte, ob er einen Schock bekam.

»Ich kann Ihnen nicht helfen. Sie müssen wieder in den Zug.«

»Das werde ich nicht! Ich heute überlaufe, oder sterbe beim Versuchen.«

Da wurde ihr schlagartig etwas klar. Dies war die verdammte Delta Force, die beste Antiterroreinheit auf der ganzen Welt. Sie wurden bezahlt und ausgebildet, um die dringlichsten Sicherheitsprobleme der Nation zu lösen. Hawk dachte an das zurück, was Colonel Webber zu Beginn ihres Trainings vor fast zwei Monaten zu ihr gesagt hatte. *Ein Operator lernt nicht, was er denken soll, sondern* wie *er denken soll.* Ja. Gangsters umfangreiche, farblich codierte Matrizen und animierte PowerPoint-Präsentationen, die selbst Bill Gates zum Staunen gebracht hätten, das Operationskonzept der SEALs, all das war schön und gut. Aber jetzt, am Einsatzort, wo auch der Feind ein Wörtchen mitzureden hatte, hatten die Ereignisse die Planung überholt.

Ob sie nun den Ritterschlag als erster weiblicher Operator erhalten hatte oder nicht – in diesem Augenblick, als Carrie Tomlinson auf dem harten Marmorboden kniete, wusste sie, dass sie das wichtigste Mitglied der Delta Force war.

»Okay.« Sie nickte und lächelte Schneiderin zu. »Ich helfe Ihnen überzulaufen.«

Er sprang auf die Beine, wie sie es einem Mann, der fast 70 Jahre alt war, kaum zugetraut hätte. »So vielen Dank! Danke! Danke!«

Dann zog er ein gefaltetes Stück Papier hervor, das etwa die Größe einer Kreditkarte hatte, und reichte es Hawk. Überrascht faltete sie es auseinander und sah eine handgeschriebene Nachricht in koreanischer Schrift.

»Was ist das?«, fragte sie, während sie es rasch wieder zusammenfaltete.

»Für meine Familie.«

Sie zog das linke Hosenbein bis zum Knie hoch, sodass ihr kniehoher Strumpf zum Vorschein kam. Das obere Ende zog sie ein Stück zurück, um die Notiz dahinterstecken zu können. Zur Sicherheit schob sie sie noch ein, zwei Zentimeter weiter. Dann zog sie das Hosenbein wieder herunter, hob die beiden Radarsender vom Boden auf und erhob sich, wobei sie darauf achtete, sich nicht den Knöchel zu verdrehen oder einen ihrer Absätze abzubrechen. Als sie direkt vor Schneiderin stand, war sie erstaunt, wie klein er war, und das hatte nichts mit ihren hochhackigen Schuhen zu tun. Sie schätzte seine Größe auf lediglich 1,60 Meter, höchstens 1,62.

Hawk griff in Schneiderins Manteltaschen und ließ je einen Sender hineinfallen, so geschickt wie ein Taschendieb am Times Square. Er war jetzt nicht mehr das Problem der SEALs, aber falls sie in Schwierigkeiten gerieten, würden diese so vielleicht eine Chance haben, ihn wiederzufinden.

»Da, Hintertür!«, rief er und drückte ihr den linken Arm. »Ich kenne Weg.«

»Okay, aber Sie müssen ruhig bleiben.« Sie nahm ihr Handy aus der Tasche und schaltete es ein.

Hawk verfluchte im Stillen die Langsamkeit der Startsequenz, sah zu, wie die Sicherheitsprotokolle abliefen, und drückte mehrmals die Taste für die Anrufliste, bis diese endlich geöffnet wurde.

Komm schon, komm schon.

»Was machen?«, fragte Schneiderin fast panisch. »Wir jetzt gehen müssen!«

»Ich besorge uns Unterstützung. Und vielleicht einen Weg, wie wir sicher über die Landminen kommen.«

21

Zielobjekte Biber und Bär, Nordkorea

Master Chief Kleinsmith trug einen Ghillie-Anzug und kniete auf dem kargen Berghang, der die letzte versteckte Position der SEALs darstellte. Die Sonne schien bereits hoch über den baumlosen Hügeln im Osten. Diese hübschen

Anhöhen waren koreanische Friedhöfe, entstanden aus großen, grasbewachsenen Erdhaufen, die an umgedrehte Grapefruithälften erinnerten. Die Toten wurden darin in sitzender Haltung beerdigt. Es war die einzige Deckung im Umkreis von mehreren Hundert Metern.

»Das hat länger gedauert, als mir lieb war«, flüsterte er seinen nur wenige Meter entfernten Kameraden zu.

Kleinsmith atmete in der Morgenluft ein paarmal tief durch. Diese war seltsam dick und schien in seiner Lunge hängen zu bleiben. Nicht der kleinste Wind war in den Hügeln zu spüren. Bei Zielobjekt ›Biber‹ waren sie auf einige Probleme gestoßen beim Versuch, das C4 ohne Lärm anzubringen, der hier sicher meilenweit hörbar gewesen wäre. Aber schließlich war es ihnen gelungen, den unverpackten Sprengstoff an den vier Stützpfeilern der Bahnstrecke anzubringen, ohne bemerkt zu werden.

Aber jetzt, als er sich in der verlassenen Umgebung umblickte, in der nicht einmal Büsche oder Äste ein einfaches Versteck boten und in der weit und breit weder Nagetiere noch Vögel oder Insekten zu sehen waren, fragte er sich, ob es nicht sicherer gewesen wäre, bei der Brücke zu bleiben. Abgesehen von dem Wasserbüffel, auf den sie in der letzten Nacht auf dem Weg zur Hütte gestoßen waren, wirkte Nordkorea so leblos wie die Oberfläche des Mondes – das Resultat einer landesweiten Hungersnot in den 1990er-Jahren.

Kleinsmith gefiel das Ganze nicht. Ihr gegenwärtiger Aufenthaltsort war ihm nicht geheuer, weil er die taktische Grundvoraussetzung einer guten Mission nicht erfüllte – ausreichend Deckung. Trotz ihrer Ghillie-Anzüge wäre jeder, der ein Fernglas hatte, in der Lage gewesen, sie aus einem Kilometer Entfernung zu entdecken. Dies war nicht Afghanistan, wo die zerklüfteten Felsen und die üppige Vegetation den nötigen Schutz boten, um den Job zu erledigen.

Er wandte den Kopf in Richtung Südkorea, ließ den Blick leicht bergab wandern und suchte die Ghillie-Silhouetten der anderen Hälfte seiner Red-Staffel.

Wo zum Teufel bleiben die anderen?

»Ich seh sie nicht«, sagte Kleinsmith, ohne wirklich eine Antwort zu erwarten. »Die hätten eigentlich schon vor uns hier sein sollen.«

»Ich seh auch niemanden.«

»Wir sind mehr als eine Stunde hinter dem Zeitplan. Ich breche jetzt die Funkstille.« Kleinsmith wandte sich nach rechts und griff nach der Sprechtaste nahe seiner linken Schulter.

»Satan Seven-Two, Seven-One, kommen!«

Nichts. Er warte einige lange Sekunden und versuchte, sich nicht von seinen Sorgen vereinnahmen zu lassen – oder, noch schlimmer, die anderen SEALs seine Angst spüren zu lassen. Sie hatten schon weit Schlimmeres überstanden, hatten viel kompliziertere Einsätze als diesen absolviert, und im Augenblick gab es niemanden, der auf sie schoss. Aber Kleinsmith wusste auch, dass das andere Team nur die Hälfte der Strecke zurücklegen musste, um Zielobjekt ›Bär‹ zu erreichen. Sein sechster Sinn sagte ihm, dass er allen Grund zur Sorge hatte – es sei denn, sie hatten lediglich die gleichen Probleme mit der Platzierung des Sprengstoffs gehabt.

Satan Seven-Two konnte in einen Kampf verwickelt worden sein, ohne dass er es gehört hatte. Wie er trugen auch seine Froschmänner an diesem Morgen Kopfhörer. Aber wenn sie jemanden erledigt hatten oder entdeckt worden waren, hätten sie mit Sicherheit die Funkstille gebrochen, um ihn zu informieren.

»Satan Seven-Two, hier ist Satan Seven-One, ich höre euch nicht, kommen.«

Kleinsmith hörte einen seiner Männer laut flüstern: »Wartet, ich seh sie.«

Erleichtert ließ Kleinsmith sein Handmikrofon los und legte sich wieder auf den Bauch, um seine Tarnung zu verbessern. Er schaute zu seinen Männern, um sicherzugehen, dass sie alle mitbekommen hatten, dass sich ein Trupp näherte.

»Hey, aufgepasst. Da kommen welche von uns auf neun Uhr.«

Als er die SEALs dabei beobachtete, wie sie langsam und gebückt durch die flache Geländevertiefung schlichen, wobei ihre Köpfe nur etwa einen halben Meter unterhalb des gegenüberliegenden Hügelkamms sichtbar wurden, hob Kleinsmith die Brauen.

»Wen zum Teufel tragen die da?«

Acht SEALs, die Ghillie-Anzüge mit dunklen, erdfarbenen Tarnmustern trugen, blieben knapp 20 Meter vor Kleinsmith stehen. Er sah, wie der Anführer, Machinist's Mate Danno, langsam die linke Hand mit der Handfläche zum Boden ein paarmal auf und ab bewegte – das Zeichen für die anderen, auf ein Knie hinunterzugehen.

Kleinsmiths Funkgerät gab ein Knistern von sich. »Seven-One, Seven-Two, kommen.«

Er griff nach seinem Mikrofon, um Danno zu antworten. »Seven-One, kommen.«

Zwei SEALs ließen langsam zwei menschliche Körper zu Boden und rollten sie auf den Rücken.

»Wen habt ihr da?«

»Sind gesehen worden«, flüsterte Danno.

»Tot?«

»Negativ«, erwiderte Danno kühl. »Stark betäubt.«

Langsam stand Kleinsmith auf, klopfte seinem auf dem Bauch liegenden Partner auf die Rückseite des Oberschenkels und flüsterte: »Gleich wieder da.«

Geduckt legte er 20 Meter durch leicht geneigtes Gelände zurück, wobei er einen vorsichtigen Zickzackkurs zwischen den etwa eineinhalb Meter hohen Grabhügeln einschlug. Dann ging er neben seinem Sanitäter auf ein Knie hinunter. Doc beugte sich bereits über die zwei auf dem Rücken liegenden Männer und wühlte in seiner Verbandtasche.

»Midz?«, fragte Kleinsmith in der Annahme, dass die Nordkoreaner mit Midazolam betäubt worden waren.

»Ja, und nicht zu knapp.«

»Was zum Teufel ist passiert?« Kleinsmith sah zu, wie der Doc vorsichtig eine Injektionsnadel hochhielt und eine klare Flüssigkeit heraustropfen ließ.

»Die Dreckskerle haben uns in der Nähe der Brücke aufgestöbert.« Danno kniete sich neben Kleinsmith. »Sind da rumspaziert, als ob ihnen die Brücke gehört. Dann hat Roscoe sie gewittert.«

»Verdammt, die gehören zur Roten Garde. Hat Roscoe sie gebissen?« Der kupferfarbene Belgische Malinois lag ein paar Meter entfernt schwer atmend auf dem Bauch und ließ die Zunge aus dem bedrohlichen Maul hängen. Seine nie blinzelnden, dunklen, glasigen Augen waren fest auf die beiden Rotgardisten gerichtet. Er wartete nur auf ein Kommando, bereit, alles zu tun, um seinen Besitzer zufriedenzustellen und sich einen Leckerbissen zu verdienen.

»Nee, Streaker hat sie beide mit der nicht tödlichen Munition erwischt. Beides Brusttreffer.«

»Waren sie bewaffnet?« Kleinsmith betrachtete die zwei Personen, hielt nach dem Heben und Senken der Brust Ausschau, als ob er nicht sicher sein konnte, ob sie wirklich noch lebten.

»Negativ.«

Doc öffnete den übergroßen, billigen braunen Gürtel um die schmale Taille des Koreaners. Er ließ ihn zu Boden fallen und zog den Kragen des braunen Uniformhemds herunter, das der Mann mittleren Alters trug, um einen geschwollenen, schwarz-blauen Bluterguss freizulegen – die Stelle, an der ihn das Gummigeschoss getroffen hatte. Doc ließ seinen Kragen wieder los und legte die behandschuhte Linke sanft, aber fest auf die Stirn des Mannes. Er drückte zu, wodurch sich der Mund öffnete, sodass er die Nadel zwischen der Innenseite der Wange sowie den Zähnen und dem Zahnfleisch ansetzen konnte.

»Zweite bukkale Applikation?«, fragte Kleinsmith und zeigte auf den Koreaner.

»Dritte.«

»Die Typen haben keinen besonders festen Schlaf«, sagte Doc. »Aber mir ist das Zeug fast ausgegangen. Vielleicht reicht's noch für eine Dosis mehr.«

Kleinsmith richtete einen scharfen Blick auf den sedierten Milizionär, dann auf Doc, der auf den Knien ein paar Meter weiter zu dem anderen Rotgardisten rutschte, wobei er seine Verbandtasche mitschleifte. Die Männer hätten Zwillinge sein können. Beide trugen identische braune Hemden aus Vinalon, die Standarduniform der Arbeiter und Bauern der Roten Garde, die die Volksarmee des Landes bildeten. Die oberen zwei Knöpfe waren geöffnet oder fehlten vielleicht. Die Ärmel waren bis unter die Ellbogen hochgekrempelt. Die Hosen waren in derselben sumpfbraunen Farbe und mindestens eine oder zwei Nummern zu groß, aber sie boten an diesem Hang eine bessere Tarnung als ihre Ghillie-Anzüge. Beide Koreaner trugen gebrauchte, abgenutzte Ledersandalen an den schwieligen Füßen. Wenn sie aufwachten, hätten sie keine Chance wegzulaufen, denn ihre Fußknöchel waren mit schwarzen Kabelbindern zusammengebunden. Auch ihre Hände waren hinter dem Rücken gefesselt.

Harte, stolze Männer, vollgepumpt mit Midazolam, einer mächtigen Droge, die Bauern wie sie nicht einmal bekommen hätten, wenn ihnen in Pjöngjangs bestem Krankenhaus ein Bein amputiert worden wäre. Aber die Droge wirkte Wunder, um vor einer solchen Operation die Nerven zu beruhigen, und wer in Nordkorea Geld hatte oder mit dem Kim-Clan verwandt war, konnte möglicherweise bestätigen, dass sie auch geeignet war, unangenehme Erinnerungen zu verdrängen. In Situationen, in denen die Einsatzregeln untersagten, unwillkommene Besucher zu töten, war sie von unschätzbarem Wert. Aber wie bei jeder perfekten Droge musste man darauf achten, die richtige Dosis nicht zu überschreiten. Wurde zu oft zu viel verabreicht, konnte man an einer tödlichen Injektion sterben. Natürlich wären die beiden in jedem anderen Einsatz tote Männer gewesen.

»Knebeln wir sie besser auch, Doc«, sagte Kleinsmith. »Sollte nicht mehr lang dauern, bis es losgeht, aber wer weiß?«

»Wird gemacht, Dealer.«

Kleinsmith erhob sich in eine gebückte Haltung und kehrte zu seiner Seite des Geländes zurück. Dann blieb er stehen und drehte sich noch einmal um. Er versuchte nach wie vor, die noch unsichtbaren Gefahren abzuschätzen, die diese Zufallsbegegnung mit sich bringen konnte.

»Munition. Wie viel?«

»Der Typ hier hatte gar nichts.« Doc kniete neben einem von ihnen und wandte sich um, um den anderen anzuschauen. »Der da hatte nur sieben Schuss AK-Munition und ein verflucht scharfes Messer.«

»Mann. Die Kerle freuen sich wahrscheinlich, wenn einer von ihren Kumpels abgeknallt wird, weil sie dann sein Gewehr kriegen.«

»Damit kann man jedenfalls keinen Krieg gewinnen«, gab Doc zurück.

»Roger.« Kleinsmith wandte sich ab.

Wenigstens waren unsere Informationen über diese Leute zutreffend.

Kleinsmith legte gebückt den Rest des Wegs zu seiner Seite zurück. Sein Schatten sah durch die aufgeplusterten Konturen des Ghillie-Anzugs wie ein Bigfoot mit einem Gewehr aus. Er sah auf seine Seiko-Taucheruhr. Es war zwei Uhr morgens nach UTC-Zeit. Nicht mehr lange, und sie würden das Rattern des gepanzerten Zugs hören, der auf der Rückfahrt nach Pjöngjang war. Die Idee, den Sprengstoff bei Tageslicht anzubringen, hatte ihm nie gefallen. Das war aus taktischer Sicht einfach dumm. Aber sein ursprünglicher Plan, einen Tag früher einzutreffen, um zwei Nächte Zeit zum Erreichen der Scheune zu haben, dort einen Tag zu warten und den Sprengstoff in der nächsten Nacht zu platzieren, war im selben Moment verworfen worden, in dem der Fernschreiber in Pine Gap Schneiderins letzte Lochstreifennachricht ausgespuckt hatte.

Aber das war lange her. Wichtig war das Hier und Jetzt. Ihre Deckung war miserabel und ihre Nachtsichtbrillen waren nutzlos. Doch alles in allem waren seine Männer bereit zum Zuschlagen. Sie hatten den Panzerzug auf der Hinfahrt aus 140 Metern Entfernung gesichtet. Wie erwartet trieb eine einzige rostfarbene Lokomotive den ersten Zug an, der, wie Kleinsmith wusste, die Vorhut bildete. Auf die Lok folgten drei weihnachtsbaumgrüne Waggons mit hellgelben Rennstreifen an den Seiten. In einem Abstand von fast zwei Minuten kam dann, wie in der Einsatzakte vermerkt, der VIP-Zug mit der Delegation, der über einen zusätzlichen Waggon verfügte, jedoch ebenfalls von einer einzigen Lok angetrieben wurde. Schließlich, vielleicht fünf Minuten nach dem zweiten, folgte noch ein dritter Zug, dessen Aufbau identisch mit dem ersten war. Am Ende aller drei Züge hing jeweils eine zweite rostfarbene Lok, die sie nach dem Meeting zurück nach Pjöngjang ziehen würde.

Bis jetzt war Kleinsmith stolz auf ihre Arbeit. Alle Signale waren rechtzeitig durchgegeben worden, das C4 war angebracht, und die beiden Rotgardisten, die zur falschen Zeit am falschen Ort aufgetaucht waren, hatte man fürs Erste ruhiggestellt.

Während Kleinsmith neben seinem Kommunikator in die Knie ging, um einen Satellitenanruf nach Inchon zu machen und Gangster das nächste Signal zu geben, machte er sich Sorgen über mögliche Verzögerungen im Zug, die dazu führen konnten, dass sie zu lange im Land blieben. Er wandte sich wieder den zwei schlafenden Gästen zu und hob sein Handmikrofon.

Irgendjemand muss die beiden Clowns mittlerweile vermissen.

Camp Greaves, Südkorea

Weil er wusste, dass Hawk sich nur einen Kilometer nördlich des Notri aufhielt, schlief Kolt unruhig, obwohl er eine Ambien genommen hatte. Als er und die Noble-Staffel wach waren, ging das Prüfen und Noch-einmal-Prüfen der Ausrüstung weiter. Ihre Kampfmontur war an der Wand von Speisesaal und Tanzsaal säuberlich aufgereiht und bereit zum schnellen und effizienten Anlegen – wie die Einsatzkleidung der New Yorker Feuerwehr.

Durch ihre Ferngläser beobachteten Kolt und Slapshot vom Balkon an der Flussseite zwei weiße Personentransporter, die langsam um die gelb-schwarzen Barrieren herummanövrierten, die zur Geschwindigkeitsreduzierung auf der Brücke dienten. Ihre Bäuche waren gefüllt mit lauwarmen Army-Fertigmahlzeiten, Gemüselasagne und Rindfleischeintopf. Sie hatten sich vergewissert, dass alles nach Plan verlief, und kein einziger Handy-Anruf oder Funkspruch war nötig gewesen.

Jetzt warteten sie auf einen Anruf von Gangster und der JSOC-Mannschaft. Kolt wollte nur eins hören: die Bestätigung, dass Hawk »Toyota« aus Panmunjom gemeldet hatte, was bedeuten würde, dass Schneiderin mit den Radarsendern markiert war.

»Gangster, für dich«, sagte Slapshot und reichte Kolt das Galaxy 4. »Die SEALs haben übrigens den Sprengstoff angebracht. Beide Brücken sind bereit zur Sprengung.«

Kolt nickte, nahm das Telefon entgegen und hielt inne, als er sah, wie Slapshot eine vulgäre Geste machte, an der seine Hand und sein Mund beteiligt waren. Er hielt sich das Handy ans rechte Ohr.

»Racer hier, kommen«, meldete er sich, ohne daran

zu denken, dass es ein Handy-Anruf und keine taktische Funkverbindung war.

»Ihre Freundin in Panmunjom hat angerufen«, berichtete Gangster. »Die haben den Treffpunkt geändert. Sie ist jetzt in Nordkorea.«

»Was?« Kolt wandte sich ab und entfernte sich von seinen Männern, die bereits in voller Montur bereitstanden. »Ist sie aufgeflogen?«

»Nein. Bei ihr scheint sonst alles okay zu sein.«

»Okay? Sie ist allein in Nordkorea. Das ist nicht okay, das ist lebensgefährlich.«

»Sie hat Schneiderin identifiziert.«

»Hat sie ihn markiert?«, fragte Kolt. »Das Signal haben wir gar nicht bekommen.«

»Sie hat noch nicht ›Toyota‹ gesendet, daran arbeitet sie noch«, erwiderte Gangster.

»Scheiße, Gangster, Hawk ist da draußen auf sich allein gestellt. Ich schlage vor, dass wir die Little Birds schon mal zusammenbauen, nur für den Fall.«

»Negativ. Damit könnten Sie die ganze Mission in Gefahr bringen.«

»Mann, bauen wir sie einfach auf, das bringt uns zehn Minuten. Wir wollen sie ja nicht nach Pjöngjang fliegen.«

»Nein, halten Sie sich an den Missionszeitplan von der Synchronisationsmatrix. Noch haben wir keinen Notfall.«

»Dann lassen Sie mich wenigstens unsere Drohne über Hawk schicken.«

»Was für eine beschissene Drohne denn bitte schön?«, wollte Gangster wissen.

»Wir haben die SpyLite dabei.« Kolt fiel wieder ein, dass sie diese Information bis jetzt für sich behalten hatten. »Gehört zur Standardausrüstung.«

»Standard? Blödsinn, Racer!«

»Wir werden sie auf maximaler Distanz halten. Die ist zu klein und leise, als dass man sie sehen könnte, und innerhalb der DMZ wohnen sowieso keine Zivilisten«, versicherte Kolt, um Gangster die Überraschung schmackhafter zu machen.

»Verflucht noch mal! Ich gebe Ihnen jetzt einen Befehl, Major Raynor: Die SpyLite bleibt am Boden.«

»Roger«, sagte Kolt, weil er der Meinung war, dass seine Männer sich nicht noch mehr anhören mussten. »Es ist riskant.«

»Und ob es das ist. Wenn dieses Ding entdeckt wird, könnte das alles verderben. Und wenn es über die Grenze fliegt, haben wir einen internationalen Zwischenfall, den der Präsident nicht mehr abstreiten kann.«

»Danke für das Update.« Kolt versuchte, den Ball flach zu halten. »Rufen Sie uns an, wenn sich was ändert.«

Kolt wartete ab, bis Gangster den Anruf selbst beendete. Er war überrascht, dass dieser nicht versucht hatte, das letzte Wort zu behalten. Dann schob er das Handy in die rechte vordere Beintasche seiner Crye-Kampfhose.

Er ging zu seinen Männern zurück, die sich im Speisesaal des Notri aufhielten. Sie waren voll ausgerüstet und warteten nur auf den Befehl, zu den KOREX-Anhängern zu gehen und die Helikopter zusammenzubauen.

»Slap!«, rief Kolt und sah sich nach seinem Kameraden um. »Lass uns die SpyLite in die Luft bringen.«

Slapshot kam zu ihm, nahe genug, um den Befehl infrage stellen zu können, ohne dass die anderen mithören konnten. »Bist du sicher, Boss?«

»Ja. Ich denke, das sind wir Hawk schuldig.« Kolt schaute an ihm vorbei zu den anderen Operators. »Was denkst du?«

»Hat Gangster uns dafür grünes Licht gegeben?«

»Nein, hat er nicht.« Kolt wagte es kaum, Slapshot in die Augen zu blicken. »Um genau zu sein, er hat mir einen direkten Befehl gegeben, das nicht zu tun.«

»Dann schätze ich, dass die die Staffel Gangster zurückgeben, wenn du ihn ignorierst.«

»Das Risiko gehe ich ein.«

»Scheiße, Kolt, Befehl ist Befehl, Mann.« Slapshot rückte dicht an ihn heran. »Setz nicht deine Karriere, diese Staffel und diese Mission aufs Spiel, wenn das gar nicht nötig ist.«

»Es ist aber nötig.«

»Nein, Kolt, ist es nicht.«

»Hawk braucht die Drohne.« Kolt war erstaunt darüber, dass Slap sich so heftig gegen seine Anweisung sträubte.

»Mann, Boss, vielleicht bist du ja wirklich lebensmüde.«

Wie zum Teufel kommt er denn jetzt darauf?

Dass er dieselbe Anschuldigung zweimal innerhalb von weniger als 48 Stunden hörte, war ein Problem. Das wusste Kolt so genau, wie jeder andere Operator es gewusst hätte. Es war leicht, Gangsters Anschuldigung vom letzten Abend zu ignorieren, aber da sie nun von Slapshot kam, einem Unteroffizier der Einheit, maß er ihr mehr Bedeutung bei. Solche harten Schläge, ob sie nun unter die Gürtellinie zielten oder nicht, waren zwar noch nicht unbedingt ein Todesstoß, in jedem Fall aber ein ernstes Warnzeichen.

Kolt stand reglos da und starrte Slapshot an, der sich abgewandt hatte. Es war kein Zweifel möglich. Er hatte richtig gehört, aber meinte Slapshot, was er sagte? *Lebensmüde? Quatsch. Nicht auch noch Slap – wir stehen uns zu nahe, schon seit dem ersten Tag.* Kolt wusste, dass er seinen

Männern sein Leben anvertrauen konnte, aber Slapshot hätte er sogar das Leben seiner Kinder anvertraut, wenn er welche gehabt hätte. Diese Art von Vertrauen war ungewöhnlich. Solche Kameraden machten es die Sache wert, waren es sogar wert, für sie zu sterben.

Verdammt. Vielleicht hat Gangster recht gehabt. Vielleicht würden die Dinge für die Delta Force besser laufen, wenn Kolt Raynor nicht jedes Mal so ein verfluchtes Glück hätte, wenn etwas schiefging. Acht beschissene Purple Hearts und ein Dutzend Vorfälle, bei denen er fast draufgegangen wäre. Herrgott, er hatte dem Feind wirklich eine Menge Chancen gegeben, ihn auszuschalten.

Kolt schüttelte den Kopf und verscheuchte den Gedanken so schnell wieder, wie er gekommen war. Er wusste, dass es der ganze Zweck seines Daseins war, ein Delta-Force-Operator zu sein. Er hatte den Ruf, ein verdammt guter Operator, aber auch ein Rebell zu sein. Eine lebende Legende innerhalb der ›Wirbelsäule‹, jemand, den man den zu Besuch kommenden Würdenträgern und frischgebackenen Generälen vorführen konnte. Trotzdem fragte er sich, was die Jungs von der Noble-Staffel von ihm hielten. Wie viele der Kerle, die jetzt im Notri saßen, waren der Ansicht, dass er nicht mehr alle Tassen im Schrank hatte? Natürlich kannte er sie nicht alle so gut wie die Männer der Mike-Staffel. Bis dahin würde es noch dauern. Aber sie alle hatten sicherlich von dem Blödsinn, wie Gangster es nannte, gehört, den er im Laufe der Jahre gemacht hatte. Und was war mit Hawk? Glaubte sie auch, dass er den Kontakt zur Realität verloren hatte? Dass er nach so vielen Bomben, so viel Blut, so vielen Einsätzen bei Tag und Nacht, bei denen er dem Tod nahe gekommen war, die Risiken nicht mehr einschätzen konnte?

Nur wenige hätten behauptet, dass Kolt in all den Jahren nicht mehr als seinen fairen Anteil zur Erfüllung ihrer Aufgaben beigetragen hatte. Manche sagten, dass es Kolt nur durch schieres Glück gelungen war, durch das Dach in die entführte 767 von American Airlines einzusteigen, den in den USA geborenen Al-Qaida-Mann Daoud al-Amriki auszuschalten, bevor dieser den Präsidenten ermorden konnte, Mohammad Ghafour in Pakistan einzusperren oder den schrägköpfigen, spitznasigen Nadal, den Rumänen, im Abklingbecken eines Kernkraftwerks zu ertränken. Selbst das Erledigen des Fassbombenschlächters reichte nicht aus, um die Kritiker zum Schweigen zu bringen. Tatsächlich hatte sich ihre Zahl seitdem vervielfacht.

Ihm wurde bewusst, dass ihm die Zeit davonlief, also fasste er einen Entschluss. Er verdankte seine ganze Karriere der Fähigkeit, instinktiv Entscheidungen zu treffen, intuitiv vorzugehen und manchmal schlicht wilde Vermutungen anzustellen, die sich häufig genug als zutreffend herausstellten. Zweimal war er aus der Delta Force entlassen worden, mehr als jeder andere Operator zuvor, aber seine Widerstandsfähigkeit war ebenfalls einzigartig. Nicht nur sein eigener Arsch stand auf dem Spiel, falls sie die Satellitenverbindung zur SpyLite-Drohne aus Camp Greaves verloren oder der batteriebetriebene Laptop auf dem Tresen der verlassenen Bar einen automatischen Neustart machte. Aber trotz alledem hatte er nicht vor, Hawk im Stich zu lassen. Nein – nicht um den dritten Weltkrieg zu verhindern, nicht für Schneiderin und seine Informationen über die Miniatursprengköpfe und auch nicht für Gangster.

Für gar nichts.

»Slapshot.« Kolt fasste ihn leicht am rechten Arm, um seine ungeteilte Aufmerksamkeit zu bekommen. »Ich kann dich verstehen, aber diese Sache geht allein auf mein Konto.«

»Roger. Deine Entscheidung.«

»Bring die SpyLite sofort nach oben und lass sie über Panmunjom fliegen. Nutz die maximale Reichweite und programmier ihr GPS so, dass sie in Inchon in der Nähe des Hangars landet.«

»Inchon?«

»Ja. Wer weiß, wo wir bis dahin sind? Wir müssen hier noch alles sterilisieren.«

Gerade als Slapshot sich umdrehte, um Kolts Befehle auszuführen, vibrierte das Handy in Kolts Beintasche. Er ließ es ein paarmal klingeln, weil er damit rechnete, dass es Gangster war, der sich entweder vergewissern wollte, ob er sich noch an die Regeln hielt und seinen letzten Befehl hinsichtlich der SpyLite nicht ignoriert hatte, oder ihm mitteilen wollte, dass Hawk Schneiderin markiert hatte.

Er zog das Galaxy 4 aus der Tasche und betrachtete das Display.

Hawk?!

Schnell nahm er den Anruf entgegen, in der Befürchtung, dass sie sonst auflegen würde. »Hier Racer, alles okay?«

»Wie man's nimmt«, gab Hawk zurück. »Bin zu Plan B übergegangen.«

»Welcher Plan B?«

»Ich bringe Schneiderin über die MDL nach Südkorea. Er weigert sich, den Zug zu nehmen. Er will sofort überlaufen.«

»Scheiße, was ist los? Langsam, gib mir ein bisschen Kontext. Was hat sich geändert?«

»Später bei der Nachbesprechung, Kolt, jetzt ist keine Zeit.«

Fuck! »Roger. Wir lassen jetzt eine kleine Drohne über dir aufsteigen. Wo bist du?«

»In einem orangen, zweistöckigen Haus. Aber, Kolt, ich hatte gehofft, du könntest herfliegen und in der Nähe bleiben, nur für den Fall. Hier sind mindestens ein Dutzend bewaffnete Wachleute.«

Scheiße noch mal! Erst die SpyLite und jetzt noch die Little Birds.

Kolt zögerte für ein paar Sekunden. Ihm wurde klar, dass das, worum Hawk ihn bat, viel gefährlicher war, als einfach nur ein kleines Plastikflugzeug fliegen zu lassen. Die Little Birds sichtbar zu machen, noch bevor Schneiderin wieder in den Zug gestiegen war, war nicht gerade klug. Aber bei hellem Tageslicht nach Panmunjom zu fliegen war möglicherweise Selbstmord, selbst wenn man dicht in Bodennähe blieb. Ihm blieben nicht allzu viele Optionen. Tatsächlich kamen ihm nur zwei in den Sinn: Er konnte entweder tun, worum Hawk ihn bat, oder nicht.

»Kolt, bist du noch da?« Sie hörte sich etwas verzweifelt an. »Verdammt noch mal! Ich könnte hier ein bisschen Hilfe gebrauchen. Ich bin unbewaffnet und nicht richtig ausgerüstet für eine Flucht über die DMZ, vor allem wenn ich Schneiderin mitschleppe.«

»Scheiße, du hast recht, Hawk.« Wenn sie versuchte, mit einem alten Mann zu entkommen, würde das wahrscheinlich für beide den Tod bedeuten. »Sind auf dem Weg. Ich hab das Handy bei mir.«

»O Gott!«, sagte Hawk. »Da klopft jemand an die Toilettentür. Ich bin vielleicht aufgeflogen. Muss auflegen.«

»Vertrau auf deine Tarnung!«, rief Kolt. »Hawk? Hawk?«

Er betrachtete das Galaxy 4, um sicherzugehen, dass sie aufgelegt hatte. Dann rannte er in den Speisesaal und blieb am Rand des Bereichs stehen, in dem die Operators und Hubschrauberpiloten schliefen oder ihre Army-Rationen vertilgten.

»Hoch mit euch!«, bellte Kolt. »Holt die MHs raus.«

Einen Augenblick später sprangen alle auf, schnappten sich ihre Gewehre und Rucksäcke und schlurften durch die Vordertür zu den KOREX-Anhängern. Die Delta-Team-Anführer und die Piloten der Night Stalker kamen zu Kolt, der eine Luftaufnahme der Gemeinsamen Sicherheitszone aus seiner Tasche holte.

»FRAGO«, verkündete Kolt – kurz für *fragmentary order*, womit er bekannt machte, dass der folgende Befehl von den ursprünglichen Anweisungen abweichen würde. »Hawk hat gerade angerufen. Sie ist möglicherweise aufgeflogen, wenn nicht Schlimmeres. Schneiderin will überlaufen.«

»Überlaufen?«, fragte Slapshot. »Wann?«

»Sofort. Hawk hat vor, ihn über die MDL zu eskortieren.«

»Wir brauchen mindestens zehn Minuten, um die Helis zusammenzubauen und die Sicherheitschecks durchzuführen«, gab einer der Night-Stalker-Piloten zu bedenken.

»Schraubt einfach die Flügel dran und schmeißt die Dinger an«, entgegnete Kolt. »Vergesst die Sicherheitschecks.«

»In fünf Minuten oder so müsste die Verbindung zur SpyLite stehen«, meldete Slapshot.

Kolt sah ihn an und war froh darüber, dass er auf seine Anweisung die Drohne gestartet hatte, anstatt Zeit zu schinden, weil er nicht einverstanden war.

»Was ist mit dem nicht tödlichen Kram?«, fragte Digger und hob sein mit einem Granatwerfer ausgestattetes Gewehr.

»Wir sind ja schon damit ausgerüstet. Nehmt es mit, nur für den Fall.«

»Was ist mit Gangster?«, fragte Slapshot.

»Den werde ich selbst anrufen«, erwiderte Kolt. »Bauen wir die Little Birds zusammen.«

Während die Anführer und Piloten das Gebäude verließen, um Kolts Befehle auszuführen und die Heckklappen der Anhänger zu öffnen, kramte er das Handy noch einmal aus der Tasche hervor. Die Männer würden die Little Birds einen nach dem anderen aus den Anhängern schieben, in der umgekehrten Reihenfolge, wie sie sie auf der Osan Air Base eingeladen hatten. Sie würden das Steuergestänge und die Bodenräder benutzen, um die Helikopter richtig zu positionieren, bevor sie unter Anleitung des Piloten die Räder abbauen und ein Rotorblatt nach dem anderen unter Verwendung der dafür vorgesehenen Stange anbringen würden. Um die Maschine flugbereit zu machen, mussten die sechs Hauptrotorblätter sowie die Sitzplattformen an beiden Seiten montiert werden. Kolt hätte gern geholfen, aber niemand erwartete das von ihm. Stattdessen erwarteten sie, dass er Gangster und die JSOC-Mannschaft von den neuesten Entwicklungen in Kenntnis setzte.

Er würde mit Gangster sprechen, aber zuerst musste er ein paar Dinge klären. Er ging zur Bar, wo JoJo gerade einige Knöpfe am Videoterminal drückte, dieser robusten, einem Laptop ähnlich sehenden Kiste, über die die SpyLite auf der Suche nach Hawk gesteuert werden konnte.

»Haben wir schon ein Bild?« Kolt sah über JoJos Rücken hinweg auf den Bildschirm, in der Hoffnung, einen unmittelbaren Blick auf das Geschehen werfen zu können.

»Gerade reinbekommen«, sagte JoJo. »Im Flug verschwommen, aber wenn ich sie im Orbit stabilisiere, sollte es klarer werden.«

Kolt klappte seine mit Gitternetzlinien versehene Karte der Gemeinsamen Sicherheitszone auf, *Joint Security Area* oder kurz JSA. Die Karte bot ein Koordinatensystem und deckte grob 1000 Quadratmeter ab, in denen sich sämtliche Gebäude der MDL befanden, darunter auch die beiden größeren, die in Nordkorea lagen. Auf der Luftaufnahme erschienen sie orange.

Er streckte den linken Unterarm vor JoJo aus und zeigte auf die Karte. »Halt sie auf der südkoreanischen Seite. Konzentrier dich auf diese beiden Gebäude, das hier in Planquadrat Charlie vier und das in Echo sechs.«

»Kapiert.«

»Bete, dass uns das Ding nicht im Stich lässt.«

»Oder abschmiert«, fügte JoJo hinzu.

»Roger. Hol mich, wenn du über den Häusern bist.«

Kolt drehte sich um und entfernte sich von JoJo in Richtung der vorderen Fenster des Notri. Er holte wieder das Handy heraus und scrollte zu Gangsters Nummer. Während er im Tanzsaal auf und ab ging, drückte er die Anruftaste.

Drei quälend lange Rufzeichen.

Mach schon, geh an dein verdammtes Telefon.

»Was gibt's, Raynor?«

Kolt erkannte die Stimme. »Hey, Curtis, ist Colonel Mahoney zu sprechen?«

»Nee, ich glaube, der hat gerade mit Captain Yost zu tun und spricht per Satellit mit dem kommandierenden General.«

»Roger. Wusste gar nicht, dass Yost kommt.« Kolt war nicht unbedingt überrascht, dass der Kommandant des SEAL Team Six zum Team in Inchon gestoßen war. Er wusste, dass auch Webber es sich nicht nehmen lassen würde, im Licht der anstehenden Entscheidung des Präsidenten die Mission vor Ort zu kommandieren.

»Ist gerade eingetroffen und wird jetzt gebrieft«, erwiderte Curtis.

»Habt ihr schon Carries Neuigkeiten gehört?«

»Über den Ortswechsel? Ja, sie hat uns vor einer Weile angerufen.«

»Das ist doch Schnee von gestern. Sie ist jetzt bei Schneiderin.«

»Na ausgezeichnet. Hat sie ihn schon markiert?«

»Die Sache mit dem Zug ist vom Tisch. Er läuft jetzt über«, berichtete Kolt, während er durch das Fenster die hektische Betriebsamkeit draußen betrachtete. Die Rotorblätter von zwei der vier Helis drehten sich bereits und die Plattformen an der Backbordseite waren heruntergeklappt und bereit für Passagiere.

»Was?« Kolts Bemerkung schien Curtis zu verwirren. »Wann?«

»Jetzt. Das heißt sofort, verdammt noch mal.«

»Und wessen beschissene Idee war das?«, fragte Curtis. »Die SEALs sind bereit und in einer perfekten Position, um die Sache durchzuziehen.«

»Schneiderin besteht drauf. Carrie tut nur ihr Bestes.«

»Scheiße, Raynor, ich muss das Captain Yost erzählen und die Botschaft in Seoul benachrichtigen.«

»Hören Sie, wenn was schiefläuft, sind wir innerhalb von fünf Minuten startbereit.«

»Was ist mit den SEALs?«, fragte Curtis. »Lassen Sie die einfach in der Luft hängen?«

»Wir haben in den Trucks genug z-Beutel, um einmal nachzutanken.«

»Scheiße, das ist gar nicht gut.«

»Geben Sie die Neuigkeiten einfach an Gangster und Yost weiter, in Ordnung?« Kolt sah zu, wie einer seiner Operators die Arme hob, eines der sechs Rotorblätter des dritten Little Bird packte, es nach vorn stieß und von Hand in Rotation versetzte.

»Mach ich«, erwiderte Curtis. »Hey, warten Sie. Vor ein paar Minuten haben wir ein Update aus Pine Gap bekommen.«

»Schießen Sie los.«

»Einige unserer Analysten glauben, dass Schneiderin mehr weiß als nur, wo sich die nuklearen Sprengköpfe befinden.«

»Was denn zum Beispiel?«

»Zum Beispiel dass die iranischen Wissenschaftler ihre Arbeit schon vor über einem Monat abgeschlossen haben und dass der Test, der in ein paar Tagen stattfinden soll, nur ein Ablenkungsmanöver ist, das etwas viel Schlimmeres verschleiern soll.«

»Was zum Teufel soll denn noch schlimmer sein?«

»Dass die Sprengköpfe schon auf Interkontinentalraketen geladen und bereit sind, auf die Pazifikflotte und den Staat Washington abgefeuert zu werden.«

»Was?« Kolt war völlig überrascht von dieser Neuigkeit. »Wie verlässlich ist die Info? Kommt die von einer soliden Quelle?«

»Äußerst solide. Die Rettung von Schneiderin ist gerade alternativlos geworden.«

In diesem Moment hörte Kolt, wie JoJo von der Bar nach ihm rief.

»Boss, wir haben was. Das sollten Sie sich besser ansehen.«

»Warten Sie, Curtis.« Kolt ging schnell zur Bar.

Als er neben JoJo stand und auf den Bildschirm sah, musste Kolt sich zwingen, mehrmals zu blinzeln. Sein weit aufgesperrter Mund wurde trocken. Er schloss ihn und schluckte heftig.

»Ach du Scheiße! Was zur Hölle ist das?«

22

Joint Security Area, MDL

»Hawk?«, fragte JoJo.

Kolt stand direkt neben ihm, aber er zögerte und konnte sich nicht dazu überwinden zu bestätigen, dass die Person, die sie durch den Zoom betrachteten, während sie gerade von drei nordkoreanischen Soldaten eine Marmortreppe hinab und auf die Asphaltstraße geschleift wurde, tatsächlich Cindy Bird war. Denn das hätte bedeutet zuzugeben, dass die Mission kompromittiert war. Es hätte bedeutet, dass das Zeitlimit bis zum sicheren Abbruch überschritten und sie gescheitert waren. Keine Schneiderin, keine Informationen über nukleare

Miniatursprengköpfe, nichts, das Myron Curtis' letzte Nachricht über einen geheimen Raketenangriff auf die US-Pazifikflotte bestätigen konnte. Kolt wollte nicht zugeben, dass er Hawk sah, das Delta-Teammitglied, für das Colonel Webber ihm die Verantwortung übertragen hatte. Nein, ganz und gar nicht.

Zum einen wäre damit so gut wie sicher, dass der Präsident die Delta Force abschaffen würde. Aber was noch schlimmer war: Es hätte so gut wie bestätigt, dass der dritte Weltkrieg bevorstand.

»Zoomen Sie näher ran.« Er reckte den Kopf näher an den Bildschirm.

JoJo drückte ein paarmal auf den Pfeil nach rechts, womit er sie näher ans Zielgebiet brachte, ohne den Autopiloten abzuschalten oder die Drohne selbst zu bewegen.

Kolt richtete den Blick auf die Person, die dort mitten auf der Straße zappelte und um sich trat. Etwa ein Dutzend nordkoreanische Soldaten hatten sich um sie versammelt und drohten, die Sicht auf sie zu verstellen. So gerne er auch geglaubt hätte, dass er sich das alles nur einbildete und gleich aus einem vom Ambien ausgelösten Albtraum aufwachen würde – der Kontrast zwischen dem grauen Hosenanzug und den haselnussbraunen Uniformen war nicht zu übersehen. Noch dazu bildete die Tageslichtkamera am Bauch der SpyLite ihr blondes Haar in strahlender Farbe ab.

»Scheiße noch mal, das ist sie wirklich.« Er wagte es kaum, den Blick von den Videobildern abzuwenden. »Holen Sie Slapshot her; sagen Sie den Jungs, sie sollen die Helis anschmeißen.«

JoJo rutschte von seinem Barhocker, rannte zur Vordertür und ließ Kolt allein.

Dieser beugte sich vor, tippte zweimal den rechten Pfeil an und zoomte so nahe heran, dass er zweifelsfrei das Geschlecht der Person feststellen konnte. Hawk war jetzt in der unteren rechten Bildschirmecke, halb hinter den sich automatisch nachjustierenden Koordinatenlinien der Kamera verborgen. Sie leistete Widerstand wie ein mit Drogen vollgepumpter Ex-Häftling, der wegen häuslicher Gewalt verhaftet wird, trat um sich, versuchte, sich loszureißen.

»Ganz ruhig, Hawk«, flüsterte Kolt in sich hinein, da er Slapshots Anwesenheit spürte. »Mach keine große Show draus.«

In diesem Moment hob Hawk ihr rechtes Knie in einem merkwürdigen Footballspieler-Winkel wie bei einem P90X-Cardio-X-Workout und führte einen seitlichen Kung-Fu-Tritt aus, der den Brustkasten eines der Männer traf, die sie bedrängten. Dieser krümmte sich zusammen und seine Busfahrermütze fiel auf die Straße. Sie zog den Fuß weit zurück und hob noch einmal das Knie, bevor sie ihren hautfarbenen Absatz einem anderen Soldaten in den Fußrücken stieß. Beide lösten ihre Griffe, womit nur noch ein Soldat übrig war, der sie am linken Arm festhielt.

Na, sieh einer an! Kolt zuckte zusammen und verkrampfte die Bauchmuskeln, als ob er die Tritte spüren könnte. Es überraschte ihn nicht zu sehen, wie sie in High Heels kämpfte. Hätte sie ihn gefragt, hätte er ihr empfohlen, nur passiven Widerstand zu leisten, sich vielleicht hinzusetzen und zu versuchen, etwas Mitleid zu erheischen – aber was wusste er schon?

Der dritte Soldat bekam mit der rechten Hand ihr blondes Haar zu fassen und riss es nach hinten. Ohne Zögern drehte Hawk sich gegen den Uhrzeigersinn, bis sie mit ihm zusammenstieß, und versetzte ihm einen lehrbuchmäßigen kurzen Schlag an die Kehle. Der Mann ließ ihre Haare und ihren Arm los und fiel wie ein Sack Steine auf die Straße.

Kolt grinste ein paar Sekunden lang. Er nahm an, dass die Soldaten für den Rest des Tages jede höfliche Zurückhaltung gegenüber Frauen aufgeben würden. Es konnte nur noch Sekunden dauern, bis sie sich alle auf sie stürzten.

Dann wurde ihm klar, dass sich dort draußen ein Sergeant befinden musste, denn jemand gab einen Befehl. Kolt war nicht ganz sicher, aber die nordkoreanischen Soldaten stellten sich Schulter an Schulter in einer Reihe zwischen Hawk und dem Gebäude auf, das sie gerade verlassen hatten. Es sah beinahe so aus, als wären sie fertig mit ihr, zufrieden damit, sie aus dem Gebäude entfernt zu haben, und nun darauf aus, irgendetwas zu schützen.

Hawk wich einige Schritte zurück. Sie hielt immer noch ihre Handtasche fest, lief aber leicht nach rechts geneigt, weil sie einen Schuh verloren hatte und auf einer Seite barfuß war. Sie brachte etwa zehn Meter zwischen sich und ihr Problem, bevor sie die rechte Hand zum Ohr hob, wie um zu prüfen, ob sie blutete.

Kolt sah zu den in einer Reihe aufgestellten Soldaten zurück. Die Hälfte des Trupps war jetzt nicht mehr auf dem Bildschirm zu sehen. Er drückte zweimal den Zurück-Pfeil und zoomte heraus, bis er Hawk, die ganze Soldatenreihe und die Treppe vor dem Gebäude sah. Die Wachleute standen mit schulterbreit gespreizten Beinen da, und Kolt sah, wie sie gleichzeitig ihre Pistolen zogen. Sie legten an, die Mündungen auf Höhe der rechten Schulter, wie ein auf Befehle reagierendes Erschießungskommando.

Scheiße!

Kolts Handy summte, schreckte ihn auf und brachte ihn dazu, den Blick von der Videoübertragung abzuwenden. Als er es hervorzog, kam Slapshot herein.

Hawk!?

Er drückte die Taste, um den Anruf anzunehmen. »Hawk, mach, dass du da wegkommst!«

»Wo bleibt ihr?«, fragte sie gehetzt.

»Wollten gerade los.« Kolt wandte sich wieder dem Bildschirm zu und sah, wie sie telefonierte. »Geh zur MDL zurück, wo die südkoreanischen Wachen sind.«

»Die haben Schneiderin, Kolt. Ich hab ihn markiert, aber die werden die Radarsender vielleicht finden. Die glauben, ich hätte mich wegen der Menschenrechtsverletzungen des Regimes mit ihm angelegt!«

»Scheiß drauf!«, gab Kolt zurück. »Setz dich in Bewegung, wir kommen.«

Gerade als er sich abwandte, um zu den Little Birds zu gehen, hörte er Slapshot etwas sagen.

»Boss, ist das Schneiderin?«

Kolt drehte sich wieder um, trat näher an die Bar und drückte den rechten Pfeil, um heranzuzoomen. Vier oder fünf andere nordkoreanische Soldaten, darunter einer, der eine andere Mütze trug als die übrigen, schleiften einen kleineren Anzugträger die Marmortreppe hinunter.

»Woher zum Teufel soll ich das wissen?«, fragte er.

»Wer soll's denn sonst sein?«, konterte Slapshot.

Hawk, die ihr Gespräch offenbar mithörte, schaltete sich ein. »Ja, das ist er. Wir sind so was von erledigt!«

»Warte, Hawk«, sagte Kolt – nicht unbedingt weil er eine Lösung kannte, sondern eher weil er Zeit zum Nachdenken brauchte.

Er und Slapshot sahen, wie die Soldaten den Fuß der Treppe und schließlich den Asphalt erreichten. Sie schleiften den Mann von der Reihe der Soldaten weg die Straße entlang, weiter ins nordkoreanische Landesinnere.

Denk nach, Kolt, denk nach!

Er ließ sich die ganze Situation rasch durch den Kopf gehen, suchte nach einer Antwort, ohne sicher zu sein, dass er eine finden würde. Schneiderin war bereits ein toter Mann – bald würde er, wenn er Glück hatte, vor einem Erschießungskommando stehen, und wenn er weniger Glück hatte, würde man ihn den Hunden vorwerfen. Selbst wenn er wieder in den Zug stieg, würden die SEALs ohne die Radarsender keine Chance haben, ihn zu finden. Vielleicht würden die Nordkoreaner dem Verräter einfach ein paar Kugeln in den Kopf jagen und ihn am Straßenrand liegen lassen.

»Was ist mit den Quantenpunkten?«, fragte Slapshot Kolt.

»Die Quantenpunkte«, wandte Kolt sich an Hawk. »Hast du die benutzt?«

»Dazu hatte ich keine Zeit.«

In diesem Augenblick tauchte die Motorhaube eines dunklen Fahrzeugs am oberen Bildschirmrand auf. Kolt zoomte mehrere Stufen heraus und brachte zwei Viertürer zum Vorschein, die an der Straße parkten, etwa ein Footballfeld von Hawk und dem Erschießungskommando entfernt. Die Soldaten, die Schneiderin mit sich schleppten, hatten bereits die halbe Strecke dorthin zurückgelegt.

»Mit den Autos wollen sie ihn mit Sicherheit wegbringen, Boss«, sagte Slapshot.

Kolt blieb keine Zeit mehr, weitere Überlegungen anzustellen, keine Sekunde mehr, seine Optionen anhand irgendeiner Risikoeinschätzungsmatrix abzuwägen oder ein PowerPoint-Operationskonzept für Gangster zu entwerfen. Er musste etwas tun, irgendetwas. Alles war besser als untätig hier herumzustehen.

»Hawk, wo sind die Punkte?«

»Noch in meinen Taschen«, gab Hawk zurück, während sie noch ein paar Schritte vor der Reihe aufgebrachter nordkoreanischer Soldaten zurückwich.

»Benutz sie jetzt!« Kolt sah, wie Slapshot den Blick vom Bildschirm löste und ihn anschaute.

»Was?«, fragte Hawk. »Dafür ist es zu spät, Kolt, die haben Schneiderin. Er ist nicht mehr da.«

»Nein, Hawk, hör mir zu.« Kolt achtete auf seinen Tonfall, um Hawk nicht noch mehr aufzuregen.

»Benutz deinen Superarm, Hawk. Du kannst den Wurf schaffen.«

Kolt bemerkte, wie Slapshot sich ihm zuwandte, verwirrt über seine letzte Bemerkung. »Was denn für'n Superarm, Mann?«

»Sie hat 'nen richtigen Raketenarm. Ihren Spitznamen hat sie, weil sie als Kind solche Bombenwürfe gemacht hat.«

»Ist das dein Ernst?«, fragte Hawk und gestikulierte mit der Linken, verblüfft über das, was sie gerade über ihren Bluetooth-Ohrstöpsel gehört hatte.

»Hört auf, euer Volk zu unterdrücken!«, rief sie dann, um ihre Tarnung als durchgedrehte Abgeordnete aufrechtzuerhalten.

Kolt wusste, dass Hawk drei Chancen hatte. Alles, was sie tun musste, war, in ihre Taschen zu greifen und die Quantenpunkte herauszuholen, diese drei als Parfümflaschen getarnten Plastikeier, die sie im Notfall als Geschenke der schwedischen Delegation an ihre nordkoreanischen Gastgeber ausgeben konnte.

»Du hast drei Versuche, Hawk. Das ist doch nicht anders als beim Baseball.«

»Den Wurf schaff ich nicht, Kolt«, gab Hawk mit zitternder Stimme zurück. Offenbar wollte sie es nicht einmal versuchen.

»Ich weiß, dass du das kannst«, konterte Kolt. »Du hast das doch als Kind Dutzende Male mit deinem Dad gemacht. Mach's noch mal.«

»Gott, Kolt, die werden sie abknallen, wenn sie so einen Scheiß abzieht«, warf Slapshot ein.

»Ach verdammt, du hast recht«, sagte Kolt resigniert. »Vergiss es, Hawk. Hast es wahrscheinlich eh nicht mehr drauf.«

»Fahr zur Hölle, Kolt Raynor«, erwiderte sie.

Bevor Kolt antworten und ihr sagen konnte, dass er es nicht so gemeint hatte, stürmte eine Gruppe Anzugträger aus der Tür des orangen Gebäudes und eilte die Stufen hinab. Es waren mindestens zwölf, alle in Zivilkleidung, überwiegend Schwarz in Schwarz. Die Gruppe umrundete das bedrohliche Erschießungskommando und eilte auf Hawk zu.

Sie griff in ihre Jackentaschen.

»Das macht sie doch nicht wirklich«, murmelte Slapshot und rückte näher an den Bildschirm.

Kolt erwiderte nichts und verfolgte das Geschehen wie gelähmt. Er wagte kaum zu glauben, dass sie den Wurf wirklich riskieren würde.

»Hawk«, sprach er in sein Handy. »Leg's nicht drauf an.«

Sie nahm einen Quantenpunkt in die linke, zwei in die rechte Hand und entfernte sich vom Rest der sich versammelnden Delegation. Sie nahm an, wenn sie zwei gleich beim ersten Wurf einsetzte, musste sie Schneiderin treffen.

Kolt hörte Hawk in einem normalen, entspannten Ton sprechen, als ob sie sich wieder beruhigt hätte.

»Siebtes Inning, Gleichstand, Runner vor der Third Base«, rief sie und trat zwei Schritte auf die Kerle zu, die Schneiderin mitschleiften.

Sie waren jetzt noch etwa zehn Meter von den sicheren Fahrzeugen entfernt.

Kolt teilte Slapshot die Neuigkeit mit. Sie standen beide immer noch vor dem Videobildschirm. »Sie versucht's.«

Hawk hob die Hände auf Brusthöhe, krümmte sie, als würde sie einen Ball im Handschuh halten. Sie streckte den linken Fuß, der noch mit dem hautfarbenen High Heel bekleidet war, nach vorn und hüpfte wie eine Krähe auf dem rechten, nackten Fuß. In einer fließenden Bewegung drehte sie die Taille, hob den Wurfarm und katapultierte die Quantenpunkte in einem perfekten Bogen in Richtung Ziel.

Kolt und Slapshot sahen sie fliegen, konnten aber nicht feststellen, wo sie gelandet waren.

Hawk wandte sich rasch zur Gruppe um. Kolt hörte sie schreien, konnte aber nicht verstehen, was sie sagten. Zwei Männer in dunklen Anzügen rannten auf Hawk zu und die nordkoreanischen Soldaten richteten ihre Pistolen auf sie. Die Männer blieben stehen und hatten offenbar Angst, ihrer durchgedrehten, unausstehlichen schwedischen Kollegin zu nahe zu kommen.

»Scheiße!«, rief Kolt, als er über das Handy einen Schuss hörte. »Die schießen!«

»Lass es sein, Hawk«, brüllte er.

Aber Hawk hörte ihn entweder nicht oder sie ignorierte ihn. Sie griff mit der linken Hand nach unten und riss sich den zweiten Schuh vom Fuß, als ob sie vorhätte, in eine Dusche zu steigen.

»Freiheit für Nordkorea!«, schrie sie Schneiderin entgegen, in der Hoffnung, damit eine Erklärung für ihr verrücktes Verhalten zu liefern.

»Hawk, bestätigen!«, verlangte Kolt. »Die verfluchte Mission wird abgebrochen!«

Er war sicher, dass die schwedische Delegation mittlerweile im Schockzustand sein musste. Die Taten ihrer amerikanischen Kollegin hatten nicht nur ein wichtiges Meeting unterbrochen, es hatte sie noch dazu alle in Lebensgefahr gebracht. Und im Moment wirkte Hawk, als wäre ihr alles scheißegal.

Sie rannte einige Schritte auf Schneiderin zu, wahrscheinlich um ihre Chancen zu verbessern. Jetzt, da sie barfuß war, wirkten ihre Bewegungen ungekünstelt und leicht. Hawk nahm den verbliebenen Quantenpunkt aus ihrer linken Hand, nahm die Handtasche von der Schulter und ließ sie auf die Straße fallen. Dann schloss sie die Hand wieder um den Quantenpunkt und holte erneut weit aus. Sie drehte die linke Schulter zum Homeplate, machte einen Hüpfer und schleuderte ihr Geschoss Schneiderin entgegen. Gerade als sie den Wurf vollendet hatte, wurde sie von mehreren Nordkoreanern gepackt und auf die Straße gedrückt. Als sie mit auf dem Rücken festgehaltenen Händen auf dem Bauch lag, schickte sie ihr letztes Signal per Bluetooth.

»Toyota.«

Camp Greaves, Südkorea

»Legen wir los, Boss?«, fragte Slapshot.

»O Scheiße«, fluchte Kolt, als er sah, wie Cindy Bird wieder auf die Beine gehoben wurde. Sie war von nordkoreanischen Wachleuten und offenbar von beiden Delegationen umgeben, der südkoreanischen und der schwedischen. »Ich weiß nicht, Mann. Der Zug oder Hawk?«

»Sieht aus, als ob Hawk im Knast landen könnte, aber hoffentlich auf dieser Seite der Grenze«, erwiderte Slapshot.

Kolt erkannte, dass Hawk nach Süden geführt wurde, in Richtung des ursprünglichen Treffpunkts und der MDL.

»Bring JoJo dazu, Toyota an Inchon zu melden. Sorg dafür, dass die SEALs wissen, dass er markiert ist, aber mit den Quantenpunkten und nicht den Radarsendern. Ihr Sensor wird ihnen nichts nützen.«

Er rieb sich nervös den kurzen Bart. Dann strich er sich mit den Fingern durch die Haare und wischte sie sich aus den Augen, mehrmals, obwohl es ihm schon beim ersten Mal gelang. Er wandte sich vom Videoterminal der SpyLite ab und sah, wie Slapshot das Gebäude verließ. Er würde JoJo auffordern, Gangster sowie Kleinsmith und dessen Männer über Satellit zu informieren, dass Hawk ihre Aufgabe erledigt hatte.

Es war lange her, dass Kolt eine Gelegenheit ausgelassen hatte, zusammen mit seinen Männern aufzubrechen. Aber als Staffelkommandant trug er jetzt eine größere Verantwortung und musste die Befehlskette respektieren. Slapshot gefiel das vielleicht nicht, aber er hatte das Gefühl, dass sein langjähriger Partner es verstand. Wenn Gangster wollte, dass Kolt mit der schnellen

Eingreiftruppe ausrückte, würde er ihnen den entsprechenden Befehl erteilen. Solange sie keine Befehle hatten, war die Situation nach wie vor unter Kontrolle, trotz der heiklen Vorstellung, die Hawk abgeliefert hatte. Es war mehr nötig als Hawk, die die Nerven verlor, um bei hellem Tageslicht Helikopter über die DMZ zu schicken. Kolt nahm an, dass sie die Sache schon überstehen würde, solange sie sich an ihre Tarnung hielt.

Er tastete nach seinem Handy und fragte sich, ob es besser gewesen wäre, wenn er einfach angerufen hätte, anstatt JoJo die Nachricht über Satellit weiterleiten zu lassen. Als er sich dem Bildschirm zuwandte und die Gruppe nicht mehr sehen konnte, drückte er die Taste zum Herauszoomen.

Heilige Scheiße!

Kolt machte einen Satz zur Bar und griff das Videoterminal mit beiden Händen. Er wandte sich seiner Ausrüstung bei der Tür zu, wobei er darauf achtete, nicht versehentlich irgendwelche Knöpfe zu drücken, die die SpyLite-Drohne nach Nordkorea schicken würden. Er trug den Laptop auf dem linken Unterarm, als würde er ein Neugeborenes halten, während er mit der rechten Hand seine Kampfweste, seinen Kevlarhelm und seine HK aufhob. Dann rannte er zur Tür.

23

Militärische Demarkationslinie

Hawk blickte auf das Chaos zurück, aus dem sie sich gerade befreit hatte. Die nordkoreanischen Wachmänner stießen die Delegationsmitglieder in ihren Geschäftsanzügen aus dem Weg. Sie halfen sich gegenseitig auf die Beine. Einer warf Hawks Nadelstreifenjacke auf den Boden, ein anderer lag noch auf dem Rücken und hielt sich den linken Ellbogen.

Mehrere zeigten anklagend in ihre Richtung, als wäre sie ein Baseballfan, der kurz vor Schluss auf das Feld gestürmt war und sich in das Spiel eingemischt hatte. Sie drehte sich wieder um, richtete die Augen auf den Weg und achtete auf kleine Steine in der Straße, die sich in die Sohlen ihrer nackten Füße bohren konnten, während sie in Richtung des sicheren Südkorea rannte.

Dass man ihr die Jacke des Hosenanzugs vom Oberkörper gerissen hatte, störte sie nicht weiter. Sie war froh, die Ellbogen frei bewegen und mit voller Kraft sprinten zu können. Mit der Linken hielt sie ihr Handy fest, während sie sich mit der Rechten das Bluetooth-Gerät ans Ohr drückte.

Ihre CrossFit-gestählten Beine machten vier weitere lange, aber elegante Schritte, bevor sie sich wieder umdrehte. Die Männer hatten die Pistolen gehoben, was sie vielleicht ein wenig langsamer machte. Sie schrien ihr irgendetwas auf Koreanisch zu, das sie nicht verstand, aber es gab keinen Zweifel: Sie waren hinter ihr her.

Und sie waren schnell.

Das könnt ihr vergessen, ihr Wichser.

Sie wirbelte herum und betrachtete die hellblauen Gebäude in der Mitte, die zu gleichen Teilen im Süden und im Norden lagen, auf der Suche nach Deckung. Schüsse knallten. Instinktiv duckte sie sich und rechnete damit, dass mindestens eine nordkoreanische Kugel sich durch ihre zerrissene, mauvefarbene Freizeitbluse bohren würde. Nichts.

Haben die alle danebengeschossen? Der menschliche Körper war ein recht brauchbarer Kugelfang. *Die können mich doch nicht alle verfehlt haben.*

Hawk hörte zwar die Schüsse, jedoch nicht das Krachen, das, wie sie wusste, immer eine Millisekunde später kam, nachdem die Überschallgeschosse einem am Kopf vorbeisausten. Sie wusste, dass diese alten Pistolen wahrscheinlich mit miserabler Munition geladen waren, die über weniger Mannstoppwirkung verfügte als moderne Patronen. Aber sie war nahe genug bei ihnen, um sich eine davon einzufangen. Hawk versuchte, schneller zu laufen – jeder Zentimeter konnte einen Unterschied ausmachen –, aber ohne Schuhe vertrugen sich ihre Füße nicht allzu gut mit dem harten Asphalt.

»Kolt! Kolt!«, schrie sie und hoffte, dass die Bluetooth-Verbindung immer noch aktiv war. »Antworte mir, verdammt noch mal!«

Hawk blieb stehen, sobald sie die erste ballistisch geeignete Deckung erreicht hatte, die über genug Masse verfügte, um die Pistolenkugeln aufzuhalten.

Sie stand im Sand, hinter der Ecke des mittleren, blauen MAC-Gebäudes, das genau auf der MDL stand, und bückte sich. Mit weit offenem Mund holte sie Luft, keuchte verzweifelt, während ihr Herz mit eineinhalbfacher Geschwindigkeit pumpte und ihre sensorischen und motorischen Neuronen sich duellierten. Sie konnte keinen Schritt weitergehen.

Hawk hob den Blick und spähte um eine Ecke des Gebäudes herum in der Hoffnung, dass die Klimaanlage sie vor den Blicken ihrer Verfolger schützen würde.

Die kommen immer näher.

Sie drehte den Kopf in Richtung Südkorea, das noch etwa zehn Meter entfernt lag. Die Grenze war durch eine kleine Betonplatte markiert, die parallel zur MDL von Gebäude zu Gebäude verlief. Sie war überrascht, nein, schockiert, dass sie keine glänzenden, schwarzen Helme mit dicken weißen Streifen sehen konnte, die Helme südkoreanischer Wachleute, die sie um Hilfe hätte bitten können. Noch schlimmer war, dass sich hinter ihr keine Soldaten der US Army befanden, die sie in Sicherheit gebracht hätten. Aber sie war nicht mehr so sicher, was die Sicherheit Südkoreas betraf, denn sie sah nichts als die fünf Marmorstufen und drei Glastüren des riesigen Freedom House.

Scheiße!

Sie konnte nicht einfach stehen bleiben, aber wenn sie ohne Vorwarnung durch die MDL rannte, würde man sie vom Ausschnitt bis in den Schritt mit Kugeln durchlöchern. Für einen internationalen Zwischenfall hatte sie bereits gesorgt, und obwohl sich Nachrichten nicht derart schnell verbreiteten, waren die amerikanischen Scharfschützen der Joint Security Area dafür bekannt, immer ihr Ziel zu treffen.

Aber wenn sie zu lange untätig blieb und nachdachte,

riskierte sie, wieder geschnappt zu werden. Und wenn die erbosten Nordkoreaner sie noch einmal in die Finger kriegten, wäre es ganz sicher vorbei. Sie hatte bereits demonstriert, wie leicht sie sich ihren Griffen entwinden konnte. Die Nordkoreaner würden sie einfach auf der Stelle exekutieren. Ihre Vorstellung als friedensbewegter Hippie war zweifellos als feindlicher Spionageakt gegen die Demokratische Volksrepublik gesehen worden. Jetzt gab es kein Zurück mehr, weder auf Gangsters Synchronisationsmatrix noch auf ihrer.

Schnell blickte sie sich um, erst nach links, dann nach rechts. Sie schaute noch einmal hinter sich, in der Hoffnung, endlich ein paar bewaffnete Südkoreaner oder U. S.-Army-Soldaten zu sehen, die die Grenze bewachten. Sie mussten die Schüsse gehört haben.

Wo zum Teufel sind die alle? Wo zum Teufel ist Kolt?

Hawk umrundete vorsichtig die Ecke, blieb hinter die Klimaanlage geduckt und warf noch einen letzten, verstohlenen Blick nach Nordkorea. Dann wusste sie, dass sie zum dunklen Kiesbett auf der südkoreanischen Seite laufen würde. Falls ihre Verfolger planten, vor der Grenze haltzumachen, verbargen sie ihre Absicht ziemlich gut. Da sie keine Waffe hatte, würde sie schlicht die Hände heben, sich ergeben und ihr Glück in Südkorea versuchen.

Bewegung, Hawk!

Zwei weitere Schüsse knallten, diesmal jedoch hinter ihr. Sie zuckte vor Schmerz zusammen, packte ihre rechte Schulter und ließ sich in den Sand fallen, in die Blutstropfen, die den Boden bereits vor ihr erreicht hatten. Als sie den Kopf drehte, konnte sie durch ihren blonden Pony spiegelnde Glasscherben erkennen, die vom Fenstersims abgeplatzt waren. Sie starrte die Scherben an wie eine Prüfungsaufsicht, die es mit einem zappelnden Klassenclown zu tun hat. Sie sah nach oben zum Fenster – direkt in die Mündung zweier rauchender tschechischer CZ-82-Pistolen, die von zwei bedrohlich und ernst dreinblickenden nordkoreanischen Soldaten mit beiden Händen gepackt wurden.

Die Party ist vorbei!

Kolt Raynor sah vom Videoterminal auf, das er fest zwischen seine Oberschenkel geklemmt hatte, während sie mit 152 Knoten zum Zielgebiet flogen, dicht über Bäume und Hügel hinweg. Als er das seltsam geformte Dach des Freedom House entdeckte, das größte Haus auf der südkoreanischen Seite der Joint Security Area, wusste er, dass sie in weniger als einer Minute eintreffen würden.

Er warf einen letzten Blick auf den Bildschirm, sah Hawk inmitten einer Menge zwischen zwei der drei blauen, einstöckigen Gebäude und tippte den vierstelligen Zahlencode ein, um die SpyLite selbstständig zum einprogrammierten Landeplatz fliegen zu lassen.

Kolt drehte sich auf der Außenplattform an der Backbordseite des Little Bird auf dem Hintern herum und stellte den SpyLite-Laptop in den Innenraum des Helis Breaker Four-One. Er schob ihn so weit hinein wie möglich, setzte darauf, dass der Wind ihn unter dem Zusatztank nicht erreichen würde, und gab sich damit zufrieden. Dann griff er nach der Oakley-Schutzbrille, die sich über der Plastikbefestigung für die Nachtsichtbrille an seinem Helm befand, zog am elastischen Band und setzte sie sich auf.

»Ähhh … bitte wiederholen«, bat CW3 Stew Weeks, der Luftkommandant der Night Stalker aus dem Blasencockpit, nur zwei oder drei Meter von Kolt entfernt. Weeks Tonfall verdeutlichte, dass er über Kolts letzte Anweisung nicht allzu begeistert war – sicherlich weil er nicht wusste, wie die Flugbedingungen in der JSA waren und ob sie in der Landezone unter Beschuss stehen würden. Ohne eine Vielzahl von Faktoren wie Fluggeschwindigkeit, Temperatur und Höhendruck zu berücksichtigen, verlangte man von ihm, ein kompliziertes Manöver mit einem Dutzend möglicher Schwierigkeiten zu bewältigen.

»Ich wiederhole.« Kolt hielt einen Moment inne, nachdem er die Sprechtaste seines Handmikrofons gedrückt hatte. »Setzen Sie uns auf dem X ab, direkt östlich des mittleren blauen Gebäudes.«

Kolt schaute auf die Gitternetzkarte an seinem linken Unterarm, ein farbiges Satellitenfoto von Hawks ursprünglichem Treffpunkt. Er zog einen roten Buntstift aus seiner Weste, stützte seinen Arm ab gegen den Fahrtwind und zeichnete ein X exakt an die Stelle, an der er Hawk auf dem Rücken liegend gesehen hatte, während mehrere nordkoreanische Soldaten nur wenige Meter entfernt standen. Dann streifte er sein Quarterback-Armband über die behandschuhte linke Hand ab, beugte sich auf der Plattform vor und schob es in das türlose Cockpit, weit genug, dass es Weeks' linke Schulter berührte, knapp oberhalb der matten amerikanischen Flagge.

Weeks neigte den Kopf. Seine Augen waren hinter dem rauchfarbenen Gesichtsschutz verborgen. Anhand seines Kopfschüttelns nahm Kolt an, dass er die Gitternetzkarte sowie das rote X gesehen hatte.

»Ich glaub nicht, dass ich über die Dächer komme«, funkte Weeks über die Hubschrauberfrequenz.

Kolt griff nach seiner Sprechtaste.

»Bringen Sie uns einfach nah ran, Stew. Schicken Sie zwei auf die Nordseite. Pusten Sie sie durch wie bei einer vertikalen Abriegelung. Einer hält Wache.«

»Ähm, roger«, bestätigte Weeks, nachdem er ein paar Sekunden innegehalten hatte, um Kolt wissen zu lassen, dass er wenig von diesem hastig entworfenen Plan hielt.

Kolt nahm an, dass Weeks nicht nur der Zielort nicht behagte, sondern dass er es auch für Selbstmord hielt, seine anderen Einheiten, Breaker Four-Two, Four-Three und Four-Four, nach Nordkorea zu schicken, als ob sie dort ein Fahrzeug aufhalten müssten. Bei einem fahrenden Wagen war das leicht – für solche Abfangmanöver gab es Standardverfahren. Was Kolt verlangte, war alles andere als gewöhnlich.

Ein paar Sekunden später hörten alle, die auf der gemeinsamen Heli-Frequenz mithörten, den Funkspruch.

»Hier Breaker Four-One, ich fliege voraus zum X. Four Two, halten Sie sich weit rechts von mir und nähern Sie sich dann von Osten her, über die blauen Gebäude auf der Nordseite, Break.«

Kolt hörte, wie Weeks mit deutlichem Klicken die Sprechtaste losließ, bevor er sie wieder drückte und weitersprach. »Four-Three folgt Two, Four-Four gibt Luftunterstützung. Die Standard-Fahrzeugabfangformation für unseren Kunden hier.«

Als Kolt hörte, wie die Piloten nacheinander den Befehl bestätigten, atmete er tief durch und schaltete sein MBITR-Funkgerät wieder auf die Frequenz des Angriffstrupps.

»Alle Einheiten, hier Noble Zero-One. Adler getroffen, zwischen den blauen Gebäuden. Ich habe die direkte Sicht auf den Zielpunkt, also fliege ich hin. Alle anderen fliegen zur Nordseite, bleiben aber in der Luft.«

Der Befehl, den er seinen Operators gerade gegeben hatte, war vielleicht genauso verrückt wie der mit den Speznas-Uniformen, den er in der Ukraine ausgesprochen hatte, und er sorgte sicher für einige gehobene Augenbrauen unter den Ops-Core-Helmen und den Oakley-Brillen in den anderen drei Helis. Kolt hatte Verständnis dafür. Er war jetzt Staffelkommandant. Er sollte den Überblick über das Gesamtbild behalten, mit externen Agenten und verbündeten Einheiten zusammenarbeiten und Notfallpläne ausarbeiten. Seine Tage als Mike One-One, diese ruhmreichen Jahre als Truppenkommandant, waren lange vorbei. Jedes Mitglied der Noble-Staffel wusste, dass Kolt Raynor der Letzte war, der genau auf dem X landen sollte. Sogar er selbst wusste es – deshalb hatte er erwähnt, dass er die direkte Sicht auf das Ziel habe. Durch die Videoübertragung der SpyLite war sein Helikopter der einzige Ort, von dem die Lage überblickt und Hawks genauer Aufenthaltsort bestimmt werden konnte.

Von der anderen Seite des Hubschraubers Breaker Four-One meldete sich Slapshot. »Schießen wir scharf, Boss?«

24

Hawks Überlebensinstinkt sorgte dafür, dass sie sich sofort wieder auf ein Knie erhob, aber der Schock umklammerte sie wie eine Zwangsjacke und hinderte sie am Weglaufen. Sie wägte ihre Optionen ab.

Abhauen oder aufgeben? Vielleicht kann ich meine Tarnung aufrechterhalten?

Sie war noch nicht vollständig aufgeflogen. Mit Sicherheit stand auf ihrem Namensschild in koreanischer Schrift ›Carrie Tomlinson, schwedische Delegation‹, und nicht ›Cindy Bird, Möchtegern-Operator der US Army Delta Force‹. Sicher, sie war gerade auf der Männertoilette erwischt und des Meetings verwiesen worden. Hätte sie es dabei belassen, hätte man sie vielleicht einfach zurück zur MDL geführt, ohne weitere Konsequenzen. Die nordkoreanische Delegation, Himmel, selbst die südkoreanische würde bestimmt eine formale Beschwerde über das Verhalten eines weiblichen Mitglieds der schwedischen Delegation einreichen. Ja, man würde sie rügen, aber nichts Schlimmeres. Aber es hatte die Sache schlimmer gemacht, dass sie die drei nordkoreanischen Wachmänner verprügelt und Gegenstände auf ihre Kollegen geworfen hatte, die gerade einen Verräter zu den Fahrzeugen brachten. Es hatte die Hemmschwelle für die Wachen gesenkt, ihre Waffen zu ziehen und abzudrücken.

Hawk betrachtete ihre Schulter. Ihre Bluse war jetzt purpurrot und Blut quoll zwischen ihren Fingern hervor, als sie Druck auf die Wunde ausübte. Sie war sicher, dass es kein glatter Durchschuss war. Mehrmals versuchte sie, ihr Handy in die Hosentasche zu stecken, bevor ihr wieder einfiel, welche Kleidung sie trug. Schnell schob sie es in ihren hautengen schwarzen BH, bis zur Brustwarze hinunter, und hoffte, es würde sicher in ihrem 75-C-Körbchen sitzen.

Steh langsam auf, Hawk, übertreib's nicht.

Das war es – sie hatte genug nachgedacht. Sie kam blitzschnell zu dem Schluss, dass Vorsicht und Tapferkeit sich nicht ausschließen mussten. Ihre Arbeit war getan, Schneiderin war markiert. Sie hatte gesehen, wie der dritte Quantenpunkt ins Ziel traf, direkt zwischen die Schulterblätter des Spions in seinem zerknitterten schwarzen Anzug. Wieder hatte sie ein Spiel gerettet, hatte den Runner, der auf die Third Base zuraste, im letzten Moment mit dem Ball getroffen.

Nein, jetzt war nicht die Zeit für Perfektionismus. Sie würde die Sache sofort zu Ende bringen, würde die Hände heben, sich ergeben und auf das gefasst machen, was danach kam.

Sie sah zum Freedom House zurück, als sie dort eine Bewegung bemerkte.

Das wird auch Zeit!

Einige südkoreanische Soldaten hatten am oberen Ende der Marmortreppe Schusspositionen eingenommen. Ihre schwarzen Helme ragten knapp über die Betonbänke und Blumentöpfe hinaus, was etwas unfreiwillig Komisches hatte. Sie sah keine Gewehre, aber ihre gezogenen Pistolen waren dennoch ein ermutigender Anblick. Dass sie anderen zuwinkten, die Hawk nicht sehen konnte, war noch besser.

Sie hörte ein leises Summen, als ob gerade ein Schwarm Killerbienen aufgetaucht wäre. Anfangs konnte sie das Geräusch nicht einordnen, aber schließlich begriff sie, dass es von einer ferngesteuerten Drohne stammte. Sie schaute nach oben, aber die vorstehenden Dächer der zwei Gebäude blockierten ihre Sicht in den Himmel.

Sie drehte sich wieder nach Nordkorea um und ließ den Blick die Marmorstufen vor der nordkoreanischen Entsprechung des südkoreanischen Freedom House emporwandern. Am oberen Ende stürzten uniformierte nordkoreanische Soldaten aus der hölzernen Eingangstür der Panmon-Halle, immer zwei zugleich.

Was ist mit den Radarsendern?

In diesem Augenblick wurde Hawk klar, dass es nutzlos wäre, sich zu ergeben. Sie würden die Radarsender bei Schneiderin finden. Sie würden zwei und zwei zusammenzählen. Zwar hatte man ihr Techniken beigebracht, um Verhöre zu überstehen, aber das würde ihr wenig bringen, sobald man ihr die Radarsender vor die Nase hielt. Sie konnte an ihrer Tarnidentität festhalten, bis sie schwarz wurde, aber sie hatte sich der Spionage schuldig gemacht, so einfach war das. Und sobald die Gegenseite zu diesem Schluss gekommen war, würde sie schneller den Kopf verlieren, als der Präsident seine diplomatischen Tricks einsetzen konnte, um sie herauszuholen.

In Fort Bragg hatte man sie in die Black-Ice-Verhörkiste gesperrt, aber nur für 72 Stunden. Nadal der Rumäne und seine Handlanger hatten sie einen Monat lang in einem verlassenen, mit Bettwanzen verseuchten Nuttenmotel gequält. Nein, Isolationshaft machte keinen Spaß, und sie kam zu dem Schluss, dass sie diese nicht noch einmal erleben wollte.

Okay, Cindy Bird, potenzieller Delta-Operator. Dir wurde beigebracht, wie *man denkt, nicht* was *du denken sollst.*

Sie ließ ihren verletzten Deltamuskel los und grub ihre blutigen 35-Dollar-Fingernägel in den Sand. Sie hob eine Handvoll davon auf und drehte sich auf dem Knie herum.

Wirf nicht daneben!

Hawk drückte sich an die Wand und schleuderte den Sand durch das zerbrochene Fenster. Das meiste davon flog mittig zwischen den hellblauen Vorhängen hindurch. Genug Sandkörner trafen die Augen der zwei Nordkoreaner.

Sie zuckten zusammen und einer gab einen weiteren Schuss ab, der Hawks Bluetooth-Gerät und ihre Locken um Millimeter verfehlte, bevor die Kugel vom Stahlgitter über dem Betongully auf der gegenüberliegenden Seite der freien Fläche abprallte.

Hawk rannte zur Betonplatte der MDL. Glasscherben schnitten in ihre linke Ferse und den Ballen ihres rechten Fußes.

Als sie nur noch zwei oder drei Schritte von der Schotterseite entfernt war, peitschten Kugeln in den Sand um ihre Füße. Aber eine traf ins Ziel, schlug in ihre linke Wade ein. Der Schwung trug sie über die Grenzlinie und ließ sie mit dem Gesicht voran in den Schotter krachen.

Der harte Aufprall riss ihr das Bluetooth-Gerät aus dem Ohr und ließ sie beinahe ohnmächtig werden. Langsam drehte sie sich auf den Rücken. Blut drang unter ihrem blonden Pony hervor und lief ihr über die Stirn. Sie blinzelte schnell, damit ihre Sicht nicht verschwamm, und kämpfte, um bei Bewusstsein zu bleiben, während sie in den klaren, blauen Himmel starrte. Während sie den Kopf schüttelte und nicht in der Lage war, den Blick auf irgendetwas zu fokussieren, konnte sie undeutlich ein kleines weißes Flugzeug erkennen, sehr klein, wie ein Spielzeug. Es brauste nur etwa fünf Meter über sie und die beiden Gebäude hinweg.

Die beiden nordkoreanischen Soldaten packten sie an den Knöcheln. Sie versuchte, sich mit Tritten zu befreien, aber ihre Griffe waren fest wie Schraubstöcke. Sie gingen rückwärts, schleiften sie über die Grenze in den nordkoreanischen Sand. Hawk grub die Hände in den Schotter, aber sie konnte sich nicht festhalten, war den beiden stärkeren Männern hilflos ausgeliefert.

Entschlossen, es ihnen nicht leicht zu machen, wehrte sie sich und versuchte, sich nach links und rechts zu drehen, damit sie sie losließen. Sie zogen heftig an ihren Beinen, als hätten sie sich abgesprochen. Ihr Kopf knallte an die Kante des Betonbordsteins auf der geschotterten Seite. Sie tastete nach der Wunde. Aufgeplatzte Haut. Ein tiefer Schnitt.

Das war's. Ich bin erledigt!

Breaker Four-One tauchte aus seiner Flughöhe ab wie die Wagen einer Achterbahn, die gerade den höchsten Punkt überwunden hatten – der Teil der Strecke, auf dem es sich anfühlt, als würde einem das Herz herausgerissen. Kolts Hubschrauber, die erste der vier Maschinen der Formation, flog dicht über dem Boden und manövrierte schnell wie ein NASCAR-Wagen über den vom Abwind der Rotoren gepeitschten Baumkronen.

Die Mittagssonne warf einen bedrohlichen Schatten auf die sich biegenden Pappeln, Kiefern und die Erdhügel unter ihnen. Das Blasencockpit und der Heckausleger der »Killerbiene« zeichneten sich deutlich am Boden ab, während sie zum Zielgebiet raste. Der heftige Gestank von Exkrementen und schlammigem Wasser, das die etwa 30 Zentimeter hohen Reisfelder auf dem fruchtbaren Boden bedeckte, so weit das Auge reichte, erinnerte Kolt an eine Reihe von Mobiltoiletten, die ein Marinebataillon in Kandahar benutzt hatte.

Durch die Neigung der Maschine sah Kolt die baumelnden Beine der zwei Operators auf den Plattformen auf der gegenüberliegenden Seite. Slapshot saß vorn, hatte wie immer die Knöchel gekreuzt und ritt auf der Außenbank wie auf einem mechanischen Bullen. Hinter ihm saß Master Breacher Digger seitlich. Er war nicht schwer zu erkennen, denn der Schatten seiner schmalen Titanprothese bildete einen Kontrast zur normalen Form seines linken Unterschenkels.

Kolt drehte sich wieder um und schaute an den dicken Pappeln vorbei in die Ferne. Etwa einen Kilometer entfernt auf neun Uhr befand sich die ›Brücke ohne Wiederkehr‹, der Schauplatz der Axtmorde von 1976. Dieser Vorfall war der Anlass für den Bau der Betonfläche zwischen den blauen Gebäuden und für die Verstärkung der Grenzlinie gewesen.

Als er wieder in Flugrichtung blickte, entdeckte er das große, dreistöckige House of Peace und vielleicht 60 Meter weiter das einzigartige, orientalisch angehauchte Dach des größeren Freedom House. Die auf Hochglanz polierten Betonwände und handgemachten Glasfenster beider Häuser waren der Stolz Südkoreas, und man betrachtete sie als Wunderwerke der Konstruktionstechnik. Es hatte sich nicht viel verändert, seit er die Joint Security Area vor vielen Jahren besucht hatte.

Kolt griff nach dem zusammengerollten Funkkabel über ihm, folgte ihm mit dem behandschuhten Finger aufwärts und ertastete die Verbindung seines MBITR-Funkgeräts mit der elektrischen Kommunikationsschnittstelle in seiner schwarzen M50-SWAT-Schutzmaske. Er drückte den Stecker noch einmal hinein und rechnete mit Problemen, aber zu seiner Freude war die Steckverbindung stabil. Mit einer Gasmaske vor dem Gesicht zu kommunizieren konnte im Einsatz zur Katastrophe ausarten, falls man es mit einem unzuverlässigen Verstärker oder einem Wackelkontakt zu tun bekam.

Er drückte das Mikrofon mit dem Daumen, fühlte das murmelgroße Voice Meter an den Lippen und sprach in das Minimikrofon. Ihm war bewusst, dass es praktisch ein Wunder wäre, wenn alle 16 Mitglieder der Noble-Staffel seinen Funkspruch deutlich hören konnten.

»Wir sind hier, um Hawk rauszuholen, sonst nichts. Setzt nur die MAUL-Waffen ein, bleibt auf den Plattformen. Niemand steigt ab.«

Kolts Hubschrauber war die erste Maschine der Formation aus vier MH-6M Little Birds, daher hatte er freien Blick auf den gepflegten Senkgarten, die Masse blauweißer Touristenbusse und die großen, seltsam geformten Denkmäler, die unter ihnen vorbeisausten, während sie sich dem Zielpunkt näherten wie ein zum Sprung ansetzender Linebacker. Weeks manövrierte den Heli auf die Südseite des Freedom House, das ihren Anflug so lange wie möglich verbergen würde. Kolt schlug seine Salomon-Kampfstiefel mehrmals zusammen, um den Blutkreislauf anzuregen und zu vermeiden, dass ihm die Füße einschliefen.

Er drehte sich um, sah hinter sich, vorbei an seinem angeschnallten Staffelkommunikatoren JoJo. Die Helis zwei, drei und vier verließen die versetzte Formation und steuerten hart nach rechts, verschwanden einer nach dem anderen aus seinem Sichtfeld und brachten sich in Position für das Flankiermanöver.

Hör auf nachzudenken, fang an zu funktionieren.

Kolt drehte sein HK herum, griff mit zwei Fingern den Durchladehebel, zog ihn etwa einen Zentimeter zurück und schaute ins Auswurffenster.

Check, Waffe ist geladen.

Kolt betete, dass er das Gewehr nicht einsetzen musste. Eine Schießerei mit nordkoreanischen Wachmännern war etwas, das sie um jeden Preis vermeiden mussten. Es war eine Sache, wenn Hawk einen nordkoreanischen Amtsträger mit irgendwelchem Zeug bewarf, um sich für die Menschenrechte einzusetzen. Die militärische Demarkationslinie mit Gewehrfeuer zu belegen wäre hingegen der buchstäbliche Startschuss für den dritten Weltkrieg.

Geladen und gesichert war die Norm. Die Waffen seiner Staffel waren geladen, aber sie würden sich an die Einsatzregeln halten und die nicht tödliche Munition benutzen. Kolt hatte kein Interesse an einem weiteren geistigen Aussetzer wie dem, den er beim Angriff auf den Fassbombenschlächter in Syrien gehabt hatte. Solange die Nordkoreaner es ihm nicht zu schwer machten, würde er nicht schießen.

Er atmete bewusst, spürte, wie seine Kampfweste sich über der Brust hob und senkte. Der Fahrtwind drang in den Raum zwischen seiner Keramikbrustplatte und dem Kampfhemd und kühlte seine verschwitzten Brustmuskeln. Er versuchte, sich zu entspannen, während sie sich dem X näherten. Seine Atemzüge stellten den Beschlagschutz der rauchfarbenen Gläser seiner Maske auf die Probe. Angst war vor einer so riskanten Mission normal. Aber wenn man schwer atmete und eine Schutzmaske trug, bestand die Gefahr, dass die Brille beschlug. Das führte zu stark beschränkter Sicht und zwang einen unter Umständen dazu, die Maske abzunehmen – was in kontaminierter Umgebung ein sicherer Weg war, in der Nachbesprechung den großen Idiotenpokal verliehen zu bekommen.

In seinen Peltor-Kopfhörern hörte er Weeks über die Helifrequenz. Er staunte darüber, dass der Mann mit den verschiedenen Inputs zurechtkam und das alles verarbeiten konnte, obwohl er es zum ersten Mal sah. Diese

Fähigkeit, dieses Talent und diese Abgebrühtheit waren nicht bei allen Army-Piloten üblich, aber sie waren eine Voraussetzung dafür, zu den Night Stalkers zu gehören.

»Eine Minute! Eine Minute!«

Kolt wandte sich über die Frequenz des Angriffstrupps an seine Leute. »Alle Einheiten, noch eine Minute!«

Scheiße!

Er zog den Behälter, der in etwa so groß wie eine Bierdose war, aus einem Nylonfach an seiner Kampfweste. Er trug jetzt seit Monaten denselben Triple Phaser bei sich, im Wissen, dass er eines Tages eine Gelegenheit haben würde, das Gewicht loszuwerden. Die rote Schrift auf dem Aluminiumgehäuse bestätigte ihm, dass er CS-Gas in der Hand hielt, keine hochkonzentrierte Nebelgranate, die den Piloten blind gemacht hätte. Er packte den Plastikstreifen des dünnen, olivgrünen Klebebands, riss ihn ab und schnippte ihn sich von den Fingern. Dann schob er den Abzugsfinger in den Zugring und zog den Sicherungsstift heraus, während er mit der linken Hand den Druck auf den Hebel der Granate aufrechterhielt.

»Granate bereit, Slapshot«, sagte Kolt ins Mikrofon seiner Maske.

Breaker Four-One verließ den Schutz des langen Schattens des Freedom House nur Sekunden nach dem Eintreffen und flog unglaublich dicht über die hinteren geparkten Busse hinweg. Der Hubschrauber flog um die Ostseite des Gebäudes, direkt ins helle Sonnenlicht. Sie waren jetzt auf Augenhöhe des Balkons im zweiten Stock, links von dem rotbraunen Pavillon über der Glocke von Panmunjom. Hier befanden sie sich, wie Kolt wusste, in direkter Sichtlinie zum nordkoreanischen Grenzübergang auf einem niedrigen Hügel, nur wenige Hundert Meter entfernt.

Kolt spürte, wie der Helikopter absackte. Die Nase hob sich um etwa 30 Zentimeter, bevor der Pilot gegenlenkte und sie wieder herabsank. Es war, als wäre die Maschine in eine Rangelei verstrickt.

»Roger, ich hab das lila Zeug und du hast das Gas«, bestätigte Slapshot, der einen Behälter mit violettem Rauch hielt.

Kolt stützte sich ab, während der erste Helikopter schwankend an der Ecke des Gebäudes vorbeiflog. Die Turbulenzen, verursacht durch Windrichtung und niedrige Flughöhe, brachten die Rotorblätter des Hauptrotors, der einen Durchmesser von acht Metern hatte, gefährlich nahe an den massiven Eckpfeiler. Kolt lehnte sich mit dem Rücken an die dünne, metallene Außenhülle des Fluggeräts und hielt sich fest, um den Piloten dabei zu unterstützen, die Pedale zu bedienen und die Beschleunigung zu kontrollieren, wobei er direkt durch das große Fenster über der Eingangstür des Freedom House starrte. Als er zu seinen Stiefeln hinabblickte, sah er mehrere braune Laternenpfähle vorbeifliegen, nur Zentimeter unterhalb der röhrenförmigen Kufen des Little Bird. Dabei erhaschte er flüchtige Blicke auf südkoreanische, vielleicht sogar amerikanische Soldaten, die auf der Suche nach Deckung davonhuschten wie ein Flashmob beim Eintreffen der Polizei.

Das ist nicht gut!

Er bemerkte, dass er den Atem anhielt, und atmete langsam aus, versuchte, seinen Herzschlag zu kontrollieren, konzentrierte sich auf langsame, kurze Atemzüge und bekämpfte verzweifelt die Beklemmung, die sich unweigerlich einstellte, wenn man mit vollständig unter einer Maske verborgenem Gesicht in den Einsatz ging.

Kolt hörte wieder Weeks.

»Zehn Sekunden! Zehn Sekunden!«

Der erste Heli überquerte die makellos saubere Asphaltstraße. Die weißen und gelben Linien auf der Straße verschwammen vor Kolts Augen. Dann wurde die Maschine langsamer und drehte hart nach rechts ab, wobei Kolt und JoJo von den Sitzen gehoben wurden.

Als der Little Bird langsamer wurde, um die richtigen Gebäude anzusteuern, drehte Kolt sich auf der Außenbank um und stellte die Dehnbarkeit seiner Sicherheitsleine auf die Probe. Er reckte den Hals und sah von links nach rechts, versuchte, Hawk zu entdecken.

Weeks ging in den Landeanflug über und schwebte aus, zwang die Nase des 1950 Kilogramm schweren Hubschraubers abrupt in die Höhe und drehte den Heckrotor zur Schotterseite der militärischen Demarkationslinie. Er musste gegen den Wind manövrieren, der von hinten kam und die nötige Leistung und das resultierende Drehmoment in die Höhe trieb. Sie waren rechtzeitig am Zielpunkt, aber bei einer so hohen Triebwerksleistung konnte schon eine unkoordinierte Pedalbewegung oder eine kurze Windböe das Drehmoment so verstärken, dass die Maschine unkontrollierbar wurde. Falls es dazu kam, mussten sie sich auf einen Absturz gefasst machen. Aber diesmal würde dieser nicht so spurlos an ihnen vorbeigehen wie bei dem Angriff auf die *Queen Mary II* im Atlantik.

Kolt spürte, dass Weeks sich bemühte, den Hubschrauber im Schwebeflug außerhalb des Bodeneffektes zu halten, während der Abwind des sechsblättrigen Hauptrotors auf den Wellstahl der Giebeldächer der drei hellblauen Gebäude hinunterpeitschte. Bei fast 375 Umdrehungen pro Minute erzeugten die Verbund-Rotorblätter einen Winddruck, der die Metallschrauben herauszureißen drohte. Der Sand auf der nordkoreanischen Seite wurde zu einer gewaltigen Wolke aufgewirbelt, die die vordere Hälfte des MH-6M einhüllte, aber der Schotter auf der südkoreanischen Seite blieb liegen und wurde vom Abwind nicht beeinträchtigt.

»Ich seh sie«, meldete Slapshot über die interne Frequenz. »Sie ist direkt unter uns.«

Kolt packte das untere Ende seiner Sicherheitsleine, zog testweise daran und beugte sich so weit nach draußen, wie er konnte, um an den Kufen vorbei unter den Helikopter zu schauen. Er zweifelte Slapshots Äußerung nicht an, aber er musste sicher sein – einen Schuss ins Blaue konnte er sich hier nicht leisten.

Da war sie, lag auf dem Rücken, die Arme zur Seite ausgestreckt. Ihr mauvefarbenes Oberteil war aufgerissen und ihr schwarzer, trägerloser BH war sichtbar. Sie machte einen friedlichen Eindruck, als würde sie sich nicht mehr wehren, als wäre die Zeit für sie stehen geblieben, während sie am Strand lag und Schneeengel machte. Mehrere uniformierte Männer knieten neben ihr, vier, vielleicht fünf. Alle bis auf einen hielten die untertassenförmigen Mützen auf ihren Köpfen fest, die vom Abwind des Rotors erfasst wurden. Kolt verschaffte sich rasch einen Überblick.

Nordkoreaner! Check!

Der eine mützenlose Soldat zielte mit einer schwarzen Pistole aus vielleicht fünf Metern Entfernung auf Kolt, während sein schwarzes Haar heftig im Abwind flatterte.

Scheiße!

Kolt versuchte, sich wieder in Richtung des Helis zu ziehen, und hoffte, der Kerl würde den Abzug zu schnell durchziehen und seinen Schuss vermasseln. Er hörte mindestens drei Schüsse und spürte zweimal Thors Hammer mit voller Wucht gegen seine Stufe-IV-Keramikbrustplatte schlagen. Es war eine schwere Platte, drei Kilogramm schwer und dafür entwickelt, mehrere Treffer aus einem AK-47 aufzuhalten. So eine Platte zu tragen war eine Quälerei – bis man sich in sie verliebte.

Kolt krümmte sich vor Schmerz. Er verlor die Kontrolle über seine Blase und verteilte unfreiwillig seinen Urin über seine Beine.

Eine Nanosekunde später verlor er auch die Kontrolle über seine Skelettmuskulatur und spürte, wie sich unter seiner Tarnuniform ein Gefühl von Taubheit breitmachte. Sein Griff um den Triple Phaser löste sich, der Hebel sprang von der Granate und der Behälter fiel zu Boden. Kolt konnte sich nicht mehr festhalten, und sein Hintern rutschte vom Rand der Außenbank.

Die Schwerkraft beförderte ihn einen halben Meter tiefer, knapp oberhalb der Kufen, und seine Sicherheitsleine war das Einzige, was ihn noch mit dem schwebenden Little Bird verband.

»Rauchgranate geworfen!«

Er glaubte, jemanden diesen Ruf ausstoßen zu hören, vielleicht JoJo, vielleicht Weeks, der Pilot. Jemand packte seine Kampfweste hinter dem Nacken und hielt ihn fest, während der Abwind das CS-Gas und den Sand heftig umherwirbeln ließ.

JoJo.

Kolts Oberkörper drehte sich, während JoJo versuchte, ihn nach oben zu ziehen, was dazu führte, dass er zur Seite sackte und mit der Brust in Richtung Helikopter gerichtet war. Mit beiden Armen hielt er sich an den Kufen fest.

Sein Gewehr, das noch am Gurt hing, drückte sich ihm schmerzhaft in den Schritt.

Er sah violetten Rauch aufsteigen und sich mit dem Sand und dem weißlichen CS-Gas vermischen.

Los, Hawk, beweg dich!

Aus dem Augenwinkel bemerkte er eine Bewegung hinter dem vierblättrigen Heckrotor, unten auf der Straße. Zwei Reihen behelmter südkoreanischer Soldaten, jeweils zwölf oder mehr, rückten mit kurzen Schritten zum X vor. Sie waren mit klaren Gesichtsschutzmasken und Schutzwesten zur Aufstandsbekämpfung ausgerüstet, mit denen sie aussahen, als ob sie mit jeder Occupy-Wall-Street-Meute fertiggeworden wären.

Kolts Aufmerksamkeit richtete sich auf die andere Bank, auf der Slapshot und Digger saßen. Ein grünes Nylonseil fiel an der Kufe auf der Steuerbordseite vorbei, nur wenige Meter von ihm entfernt. Es landete schwer auf dem Boden, nur eine Armlänge neben Hawk.

Nein! Tut das nicht!

Zu spät.

Im nächsten Moment sah er, wie Slapshot sich aus dem Hubschrauber abseilte. Digger folgte direkt hinter ihm.

Fuck! Ich muss da runter!

Weil er den Verschluss seiner Sicherheitsleine nicht erreichen konnte, griff Kolt nach dem Messer, das in einer gelbbraunen Kydex-Scheide vor seiner Brust steckte, über der amerikanischen Flagge. Mit Mühe zog er es heraus und setzte es an der Leine hinter seinem Rücken an.

Am Boden hatte Hawk sich immer noch nicht gerührt. Kolt machte sich Sorgen, dass sie das CS-Gas einatmen würde. Er sah die Helme von Slapshot und Digger, ihre Schultern, die Aufnäher mit ihren Rufzeichen und die oberen Hälften ihrer Sturmgewehre, die sie auf die Nordkoreaner richteten. Im Abwind hielten diese sich die Mützen vor den Mund und rieben sich hektisch die Augen, weil sie Opfer des Gases wurden.

Slapshot feuerte nicht und schien Digger Deckung zu geben. In diesem Moment sah Kolt die MAUL-Waffe, die Digger hielt. Er schoss auf die drei nächsten Nordkoreaner. Jedes der nicht tödlichen Kaliber-12-Geschosse traf sie am Oberkörper, und die Bewegungsenergie der Gummikugeln ließ sie umfallen wie Schießbudenfiguren.

Gut gemacht, Digger!

Der Hubschrauber bewegte sich rückwärts, entfernte sich vom Sandboden der nordkoreanischen Seite. Sofort legte sich der Sandsturm, und die Umgebung war nicht mehr verhüllt. Kolt stellte den Versuch ein, seine Sicherheitsleine durchzuschneiden. Er brauchte nicht auch noch aus dem Heli zu fallen und das ganze Chaos noch zu verstärken. Es war eine Sache, sich in die Hose zu pinkeln, aber ein Sturz aus einem fliegenden Helikopter war eine andere Geschichte.

Er steckte sein Watson-Taschenmesser weg und drehte sich um, um Slapshot und Digger im Auge zu behalten. Der Rauch erschwerte es ihm nach wie vor, etwas zu erkennen. Aber er hatte sich so weit verzogen, dass er sehen konnte, dass die nordkoreanischen Wachleute zurückgewichen waren. Wahrscheinlich wollten sie hinter dem Gebäude in Deckung gehen, um nicht dieser unberechenbaren Mischung aus CS-Gas, Wind, violettem Rauch und Gummigeschossen ausgeliefert zu sein.

Slapshot, oder vielleicht Digger, hatte sich Hawk bereits im Gamstragegriff auf die Schultern geladen. Ja, es war Digger, der jetzt auf die zwei Reihen der Südkoreaner zulief, die herbeigeeilt waren, um die Lage unter Kontrolle zu bringen. Hinter ihm kniete Slapshot am Boden und hob etwas auf. Was immer es war, er steckte es sich in die rechte Beintasche und wandte sich ab, um Digger zu folgen.

Digger erhöhte das Tempo. Seine breiten Schultern waren parallel zur Demarkationslinie; Hawk hing über der linken. Er setzte den linken Fuß auf die Betonplatte und tat den ersten Schritt zurück auf südkoreanischen Boden mit seiner Beinprothese aus Titan.

Kolt sah ihn mit dem Gesicht voran in den grauen Schotter fallen. Er glaubte einen Schuss gehört zu haben, war jedoch nicht sicher.

Das Bein!

Diggers Prothese brach unter seinem Knie weg. Er sackte zusammen, und Hawk fiel schwer von seiner Schulter.

Kolt wandte sich über Funk an Weeks. »Bringen Sie uns runter! Runter! Runter!«

Er hob die Beine über die Kufen, während JoJo ihn von oben an der Weste festhielt, sodass Breaker Four-One in der Mitte der Straße hinuntergehen konnte, gleich hinter dem hellblauen MAC-Gebäude und vor den Marmorstufen zum Freedom House. Kolt stand auf, griff nach dem Schnappverschluss und löste seine Leine. JoJo tat dasselbe.

Er wandte sich dem Cockpit zu und zeigte Weeks die geballte Faust, das Haltesignal. Weeks würde hierbleiben und den Hauptrotor am Boden weiterlaufen lassen, bis seine Fluggäste zurückkamen.

»Gib mir Deckung«, rief Kolt JoJo zu und zeigte auf das Gebäude, das am weitesten östlich lag.

Als Kolt sich aus der Reichweite der wirbelnden Rotorblätter entfernt hatte, sah er aus dem Augenwinkel, wie

JoJo sich auf die nächste Ecke des Gebäudes zubewegte, die Deckung und ein Versteck bot.

Er lief los, nicht im vollen Sprint, sondern mit vorsichtiger Eile, und näherte sich der südkoreanischen Krawallbekämpfungseinheit von hinten.

»Platz da!«, schrie er.

Kolt drängte sich durch beide Reihen hindurch. Er hielt sein HK in beiden Händen, gesenkt, aber schussbereit, und sah Slapshot, der sich auf ein Knie hinuntergelassen hatte und in seine Richtung schaute. Er hoffte, niemand würde ihm mit einem Polizeistock auf den Hinterkopf schlagen, während er beobachtete, wie Slapshot Digger auf die Beine half. Beide hatten ihre Blicke von den Nordkoreanern abgewandt. Hinter den beiden Operators sah er Hawk, die zusammengekrümmt auf ihrer rechten Seite lag. Ihr Oberkörper zuckte, als hätte sie mit einem heftigen Hustenanfall zu kämpfen.

»Auf geht's! Auf geht's!«, brüllte Kolt und näherte sich der MDL. Er hatte seine Sprechtaste nicht gedrückt, sondern nur in sein Mikrofon geschrien. Jetzt wurde ihm klar, dass ihn durch die Schutzmaske niemand hören konnte.

Durch die rauchfarbenen Gläser seiner Maske sah er einen nordkoreanischen Soldaten, der keine Mütze trug. Dieser tauchte links von ihm auf und lief von der Gebäudeecke auf den Sandboden. Der Soldat schien es nicht besonders eilig zu haben. Er hob den linken Arm und wischte sich die Nase mit dem Ärmel seines Mantels ab. Er rannte nicht, sondern ging zielstrebig, als ob er genau wüsste, was er zu tun hatte. Kolt war nicht ganz sicher, aber der Nordkoreaner sah aus wie der Kerl, der vorhin seine Brustplatte beschossen hatte.

Er prägte sich das Bild der Szene rasch ein, studierte das gesamte Auftreten des Mannes, suchte nach Anzeichen für feindliche Absichten, hielt Ausschau nach seinen Händen. Ja, die Hände.

Ganz egal was dieser Nordkoreaner dachte, egal wen er vielleicht töten wollte, um die Ehre der Volksrepublik Korea zu verteidigen – wenn er nichts bei sich trug, das ihn für die Streitkraft oder die Mission gefährlich machte, waren Kolt die Hände gebunden.

Er wägte rasch seine Möglichkeiten ab. Der Wachmann sah aus, als würde er Schwierigkeiten machen, und in der Vergangenheit hatte das ausgereicht, jemanden zu erledigen. Aber dies war Nordkorea, nicht der Irak oder Afghanistan, auch nicht Syrien in der heißesten Zeit. Und die Tage, in denen Gangster als Kommandant jedes Verhalten zugelassen hatte, waren vorbei.

Für die Regierung war dies eine verdeckte Operation, und der Präsident stand bereit, um ihnen Rückendeckung zu geben. Aber sie waren nicht autorisiert, jeden Mann im kampffähigen Alter wegzupusten, der ihnen im Weg stand.

Außerdem wurden sie beobachtet. Nicht nur Kolts Männer, sondern alle geheimen Spezialeinheiten. Das Endspiel hatte begonnen und die beiden Tier-One-Einheiten würden kämpfen. Nicht um die Köpfe und Herzen irgendeines Drecklochs in der Dritten Welt, wo man sie sowieso nicht sehen wollte, obwohl man die von amerikanischen Steuerzahlern finanzierten Brunnen und Mädchenschulen gerne annahm. Nein, sie kämpften um ihre Existenz.

Kolt würde den Mann verschonen müssen. Vielleicht konnte er ihn mit Diggers mit nicht tödlicher Munition geladenem MAUL-Gewehr oder mit einer Blendgranate ausschalten. Es hatte in Syrien gut funktioniert, also würde es wahrscheinlich auch hier funktionieren.

Er trat noch zwei Schritte auf Slapshot zu, ohne die Absicht anzuhalten. Digger kam zurecht, und Slapshot würde sich um ihn kümmern. Keiner von ihnen hätte gewollt, dass Kolt ihnen half. Also lief er zu Hawk. Und jetzt stellte er fest, dass auch der Nordkoreaner auf dem Weg zu ihr war.

Er machte zwei Schritte um Slapshot herum und schob sich die Kopfhörer in den Nacken, wo die Schaumstoff-Ohrpolster sie sicher an Ort und Stelle hielten. Dann riss er sich die Schutzmaske vom Gesicht und ließ sie in den Schotter fallen wie ein Catcher, der sich bereit machte, einen hohen Ball kurz vor dem Backstop zu fangen.

Jetzt, da er klarer sah und leichter atmen konnte, fragte Kolt sich sofort, ob er nicht zu lange gewartet hatte.

Aus dem Augenwinkel bemerkte er eine Bewegung. Etwas Kleines. Vielleicht ein großer Hund oder ein paar verirrte Ballons. Er versuchte, es zu ignorieren und sich auf den Nordkoreaner mit dem stählernen Blick zu konzentrieren, der sich der bewusstlosen Hawk näherte.

Eine Waffe! Verfluchter Mist!

Die Absichten des Wachmanns waren jetzt unmissverständlich. Er zog die schwarze Pistole geschmeidig und professionell aus dem braunen Lederhalfter. Er kam näher. Entschlossen. Mit drei weiteren schnellen Schritten ging er zu Hawk, als würde er sich einer Klapperschlange nähern und prüfen, wie weit er gehen konnte. Offenbar wollte er sie töten, dafür jedoch nicht südkoreanisches Gebiet betreten.

Kolt begann sein Gewehr zu heben, stellte sich jedoch auf einen Nahkampf ein für den Fall, dass er die Distanz schnell genug überwinden konnte. Falls er seine Stirn treffen konnte, würde er mit der Gewehrmündung zustoßen, und falls das misslang, würde er den Kolben benutzen. Ihm blieb keine Zeit, sich Diggers MAUL-Flinte auszuleihen – aber er wusste, dass seine Nahkampffähigkeiten alles andere als nicht tödlich waren, wenn es so weit kommen würde.

Was zum Teufel ist das? Wo kommt die denn her?

Er stellte fest, dass ein kleines Mädchen für die Bewegung verantwortlich gewesen war, die er aus dem Augenwinkel bemerkt und ignoriert hatte. Es musste eins der Kinder sein, über die Hawk sich beklagt hatte und deren Kindergärtnerin sich wohl gedacht hatte, heute sei ein guter Tag für einen Besuch in der entmilitarisierten Zone.

Das schwarzhaarige kleine Mädchen flitzte an Kolt vorbei. Sie war sehr niedlich und mit einer Art Schuluniform bekleidet, die aus einem weißen Hemd und einem schwarzen Rock bestand. Sie hatte die Hände auf Augenhöhe gehoben und hielt einen großen, dünnen, rot-grünen Souvenirbeutel fest, durch den sie mit Sicherheit nichts sehen konnte. Ganz offensichtlich jagten die Schüsse ihr Angst ein, ebenso der Hubschrauber sowie höchstwahrscheinlich Kerle wie Kolt, Slapshot und Digger.

Das kleine Mädchen schrie aus Leibeskräften und rannte direkt zwischen dem bewaffneten Nordkoreaner und der auf dem Rücken liegenden Hawk hindurch.

Kolt sah zu dem Nordkoreaner, der bereits seine Waffe gezogen hatte, dann wieder zurück auf die wehenden Haare des Mädchens.

Zum Soldaten, zum Mädchen, wieder zum Soldaten.

Der Nordkoreaner hob die Pistole in einem 45-Grad-Winkel, zielte auf diese lästige Frau, die auf den kleinen, grauen Steinen ausgestreckt lag.

Kolt wusste, dass er zu spät kam. Der Koreaner würde sich nicht noch einmal von dieser verrückten Frau blamieren lassen, selbst wenn er dafür einer unschuldigen Südkoreanerin das Leben nehmen musste. Hawk war als ein besonderer Gast von Kim Jong-un aufgetreten, als Vertreterin einer der wenigen Nationen, die diplomatische Beziehungen zum Land pflegten. Aber der Soldat mit der Pistole hatte diese schwedische Frau als Spionin erkannt. Und im Eremitenkönigreich stand Verrätern und Spionen dasselbe Schicksal bevor.

Scheiße!

Kolt ließ das Gewehr am Gurt fallen, stürzte sich vorwärts, packte das kleine Mädchen am Rücken ihres Hemdes und zog sie an sich. Sie trat wild um sich, die Lederschuhe etwa 30 Zentimeter über dem Boden. Durch ihren Körper wurde das Gewehr an Kolts Brust gedrückt.

»Hawk!«

Eine Nanosekunde bevor der Nordkoreaner schießen konnte, kam Hawk plötzlich wieder zu sich. Sie rollte sich nach links, unmittelbar bevor der Wachmann abdrückte.

Die kleine Kugel schlug in den Schotter ein und riss einen Sprühregen aus Steinen und Erde mit sich.

Meine Güte! Hat sie sich tot gestellt?

Kolt verschwendete keine Sekunde. Er schob das Mädchen in seinen Armen auf die linke Seite, wobei er instinktiv dieselben Bewegungen ausführte, als wenn er von einem leer geschossenen Gewehr zur Pistole gewechselt hätte. Ohne den Nordkoreaner aus den Augen zu lassen, griff er nach unten, öffnete den Verschluss des Halfters mit dem Daumen, zog seinen erdfarbenen M1911 A1 und zielte über das goldene Perlkorn auf die gelbe Stirn des Soldaten, nur zwei oder drei Zentimeter unter dem

Ansatz seines frisch geschnittenen, halloweenschwarzen Haares.

Er drückte einmal ab, ließ Abzug und Abzugsstollen in die Ausgangsstellung zurückkehren und nahm erneut das Abzugsgewicht weg, feuerte mit der rechten Hand ein kontrolliertes Schusspaar ab, so schnell, dass das menschliche Ohr kaum unterscheiden konnte, ob einer oder zwei Schüsse gefallen waren.

Dann überquerte Kolt die Betonplatte, wobei er immer noch das Mädchen trug. Er beugte sich über den erschlafften Körper des Nordkoreaners, um ihm schnell die Finger in die Augen zu stoßen. Solange sie nicht sicher waren, ob der Kerl erledigt war, war Fliehen zwecklos. Gerade als Kolt zwei Finger in das rechte Auge bohren wollte, stellte er fest, dass die beiden Kupferkugeln im Kaliber 45 die rechte Stirnseite des Mannes in einem merkwürdigen Winkel getroffen hatten. Nach dem Eindringen in den Schädel waren sie am Knochen entlang aufwärtsgewandert, bis sie wieder ausgetreten waren und zwei Löcher in seinem militärischen Bürstenhaarschnitt hinterlassen hatten.

Kolt machte sich nicht die Mühe, den Augenstoß durchzuführen, und wandte sich Hawk zu. JoJo hob sie sich bereits auf die Schulter, also drehte er sich um, um sich nach Slapshot und Digger umzublicken. Er konnte sie nicht sehen und nahm an, dass sie bereits zum Hubschrauber zurückgekehrt waren.

Er machte JoJo den Weg frei und stieß einige der Aufstandsbekämpfungssoldaten rüde zur Seite, damit sie den Helikopter erreichen konnten. Das Mädchen setzte er bei den Südkoreanern mit den eckigen Gesichtsmasken ab, steckte seine Pistole ins Halfter, nahm wieder das Gewehr zur Hand und rannte zum wartenden Heli.

Slapshot hatte Digger auf die Außenplattform geholfen und drehte sich um, um JoJo dabei zu helfen, Hawk in den Laderaum des MH-6M zu laden. Kolt konnte die Wunden an ihrer Schulter und ihrer Wade jetzt deutlich erkennen. Sie war wieder zu sich gekommen und hatte sich dabei selbst das Leben gerettet. Er griff nach ihrem Hinterkopf und hielt ihn fest, damit er nicht an den Metallboden stieß. Slapshot ging zur Vorderseite der Maschine und hakte sich an der Steuerbordplattform neben Digger ein.

Kolt und JoJo setzten sich auf die Außenbank an der Backbordseite, ließen die Verschlüsse der Sicherheitsleinen einrasten und die Beine baumeln, ihre Stiefel nur wenige Zentimeter über der Straße. Kolt drehte sich halb um und sah nach Hawk. Rotz lief aus ihrer Nase über die Wangen und hinterließ eine Spur im Dreck, der ihr im Gesicht klebte. Hin und wieder hustete sie, weil sie CS-Gas eingeatmet hatte. Die schuhlosen Füße hatte sie zur gegenüberliegenden Seite ausgestreckt, wo Digger an ihren hautfarbenen Strümpfen zog, um die Verletzung an ihrer Wade freizulegen.

Ihre Nadelstreifenhose war mit einer dicken Mischung aus Blut, Schweiß und Sand besudelt. Ihr schwarzer BH war noch intakt und verhüllte, was er verhüllen sollte. Die mauvefarbene Bluse war zerrissen und flatterte im Rotorenwind, sodass ihre definierten Bauchmuskeln zu sehen waren, die sich im Rhythmus ihrer schnellen Atemzüge bewegten. Wie sie jetzt dalag, hatte sie nichts Militärisches an sich, nichts, das eine Tarnidentität nötig gemacht hätte.

Kolt übte mit der linken Hand Druck auf Hawks blutende Wunde aus, während er seine Optionen bedachte, die ganz sicher nicht auf Gangsters Synchronisationsmatrix verzeichnet waren.

Das war ein totales Desaster!

Kolt drückte die Sprechtaste seines Mikrofons. »Hier ist Noble Zero-One. Unser Gast ist gesichert, alle Adler an Bord.« Er beugte sich vor und gab dem Piloten ein Signal mit der rechten Hand.

»Roger, Kunden sind an Bord«, bestätigte Weeks über die Helifrequenz, gelassen wie immer.

Hubschrauber Four-One hob sacht vom Asphalt ab und drehte sich um 90 Grad nach Osten. Kaum zwei Meter über dem Boden flogen sie bereits zurück in Richtung des roten Pavillons und brachten Distanz zwischen sich und das Problem. Wie ein Betrunkener, der die Einrichtung demoliert, sich auf das Sofa übergibt und die Party verlässt, ohne sich zu entschuldigen.

Kolt checkte den Status seines Gewehrs, als er Weeks über Funk hörte: »Four-One verlässt das Einsatzgebiet mit fünf Adlern an Bord.«

25

»LADE NACH!«, brüllte Master Chief Kleinsmith, um sich über dem donnernden Lärm der Maschinengewehr- und Pistolenschüsse verständlich zu machen.

Er drückte sich in den Dreck und griff unter seinen Ghillie-Anzug, um ein frisches Magazin zu finden, ohne den Feind aus den Augen zu lassen. Als er eins gefunden hatte, erhaschte er einen Blick auf einen fliegenden Umriss, der für einen kurzen Augenblick die Sonne verdunkelte.

Ein anderer SEAL rutschte auf der rechten Hüfte an Kleinsmiths linke Seite und drehte sich dann mit dem Gesicht in Richtung Feind auf den Bauch, als ob er solche Manöver schon geübt hatte, bevor er in die Pubertät kam. Es war Danno, Codename Satan Seven-Two.

»Wir müssen hier weg, Mann!«, stellte Danno nüchtern fest, während er sich die erdfarbene, ausziehbare Schulterstütze seines HK416 dicht an die Wange drückte. Danno stützte sich beim Zielen auf beiden Ellbogen ab und stützte die Waffe auf die Unterseite des Magazins.

»Halb garer Plan, Mann, verflucht halb gar!«, gab Kleinsmith zurück, ließ sein Magazin einrasten und entsicherte.

Er wusste, dass Dannos Schussposition nicht zu empfehlen war. Es konnte zu vielen Fehlfunktionen führen, das Magazin als Zweibein zu missbrauchen. Aber im Moment war ihm das egal. Die Roten Garden hatten sich als verschlagene kleine Bastarde erwiesen. Sie zeigten sich nicht, boten nur kleine, flüchtige Ziele. Dannos Herzschlag war sicher rasend schnell, ebenso wie seine Atemzüge, daher war es zu begrüßen, wenn dieser Trick Kleinsmith und den anderen dabei half, den kahlen Hügelkamm sicher zu verlassen und die Exfiltrationsroute zu erreichen.

»Wir müssen los, Dealer«, rief Danno, bevor er drei gut gezielte Schüsse auf winzige braune Schatten abgab, die etwa zwei Footballfelder entfernt waren.

»Wo sind die zwei Rotgardisten?« Kleinsmith hob den Blick nicht von seinem Tageslichtvisier.

»Scheiß auf die, Mann, die haben wir liegen gelassen!«

Kleinsmith schüttelte den Kopf und versuchte, seine Gedanken zu ordnen. Er wusste, dass Danno recht hatte.

Was zum Teufel hätten sie jetzt mit den zwei mageren, mit Drogen vollgepumpten Gefangenen anstellen sollen?

Rechts von sich sah er seinen Kommunikator Tanner. In diesem Moment schlugen drei oder vier feindliche Kugeln nur etwa 30 Zentimeter von diesem entfernt in den Boden ein.

»Tanner! Schicken Sie …«

»VERFICKTE SCHEISSE!«, schrie Tanner. »Mich hat's erwischt!«

Auf dem Bauch schob Kleinsmith sich etwa eineinhalb Meter zurück, bevor er sich nach rechts rollte, bis er vor Tanner war.

»Wo wurden Sie getroffen?«

»In den Scheißunterarm, Mann!« Tanner drückte auf seine Wunde und reichte ihm das Handmikrofon des Satellitenfunkgeräts. »Ich glaub, das funktioniert noch!«

Kleinsmith nahm das Mikro und schaute zu Danno zurück, der die Rotgardisten konsistent unter Beschuss nahm und sie dazu brachte, die Köpfe einzuziehen, damit die SEALs sich zurückziehen konnten.

»Heater One-Zero, Heater One-Zero, hier Satan Seven-One, kommen.«

Mach schon, mach schon.

Kleinsmith wartete, dass sein Kommandant Captain Hank Yost oder irgendjemand anderes sich aus Inchon meldete, obwohl er wusste, dass ihm nicht viel Zeit blieb. Er wurde im Kampf gebraucht. Aber er brauchte auch die schnelle Eingreiftruppe, zumal einer der SEALs verletzt war und es vielleicht nicht bis zur Grenze schaffen würde. Keine Antwort.

»Heater One-Zero, Satan Seven-One hier. War Path, ich wiederhole, War Path!«

Er ließ das Mikrofon los und sah an Danno vorbei in Richtung der unsichtbaren Rotgardisten, die sie belagerten. Schnell stellte er einige Berechnungen an. Er war verärgert darüber, dass einer seiner SEALs angeschossen worden war, und er hoffte, dass die Rotgardisten nicht genug Munition hatten, um sie für längere Zeit zu beschießen. Wenn sie geduckt blieben, sich nicht zeigten und aus der Distanz geduldig die kleinen braunen Hüte ins Visier nahmen, die auf und ab hüpften wie in einem *Whac-A-Mole*-Spiel, wären sie in der Lage, durch die Ghillie-Anzüge getarnt mit der Umgebung zu verschmelzen und den Fluchtweg anzutreten.

»Dealer!«, schrie Danno hinter seinem Gewehr. »Die flankieren uns!«

»Sollen wir die Brücken sprengen?«, fragte Tanner.

Die ersten etwa 40 Kilometer des 60-Kilometer-Flugs von der Joint Security Area in Panmunjom nach Inchon verliefen ohne besondere Ereignisse. Ihre Handfunkgeräte mit begrenzter Reichweite ermöglichten ihnen einen angenehmen Flug ohne Unterbrechungen, vor allem nachdem sie südlich der Panmon-Halle ihre Schutzmasken abgenommen hatten.

Kolt befand sich praktisch in einem Funkloch, während die vier Little Birds in einer rechtsseitig versetzten Formation dicht über dem Boden mit knackigen 146 Knoten gegen den Wind flogen.

Als er sich umdrehte, sah er, wie Digger eine dicke Spritze aus Polykarbonat an Hawks Wadenverletzung hielt. Er drückte den Kolben hinab, wodurch kleine blaue Schwämme in Pillengröße in Hawks blutende Wunde injiziert wurden. Diese Schwämmchen der Marke XStat waren dafür gemacht, sich auszudehnen und das Blut aufzusaugen, wobei sie dringend benötigten Druck auf die beschädigten Arterien aufbauten. Digger verstaute die Spritze wieder und begann mit dem Anlegen eines Druckverbands. Er gab Kolt mit den blutbefleckten Handschuhen ein Zeichen, dass er Hawk nun aufsetzen wollte.

Kolt wusste, dass ihr Kopf und ihre Schultern sich oberhalb ihres Herzens befinden mussten, und er verringerte sanft den Druck auf ihre Schulterwunde. Er sah, wie Digger durch sanftes Ziehen an ihrem Handgelenk ihren Oberkörper aufrichtete, sie an der Taille beugte, sie herumdrehte, sodass sie mit dem Rücken zur Kabinenwand saß, und ihre Füße in den Hubschrauber hob.

Digger löste den Kinnriemen seines Kevlarhelms und nahm ihn ab. Der Wind zerzauste sein dunkelblondes, verfilztes kalifornisches Haar und drohte ihm jede Strähne auszureißen. Er hob Hawks Wade und schob den Helm unter den Verband, um die Wunde so gut wie möglich anzuheben. Kolt sah, dass es nicht hoch genug war, denn die Verletzung blieb unterhalb des Herzens. Es überraschte ihn nicht zu sehen, wie Digger seine Titanprothese hinter dem Pilotensitz hervorholte und sie unter den Helm schob.

Als Nächstes griff Digger unter seine Weste und zog vorsichtig die grüne Fallschirmleine heraus, mit der er sich seine Medikamente um den Hals gehängt hatte. Er hielt eine Spritzenkapsel mit roter Kappe einige Zentimeter vor Hawks Augen und bot ihr eine Flucht aus der Wirklichkeit an.

Kolt wusste, wenn sie reagieren würde, würde Digger sein Morphin nicht verschwenden, aber wenn nicht, würde er nicht zögern, es ihr zu spritzen.

Hawk schüttelte den Kopf, woraufhin er das Angebot zurückzog und die Kapsel wieder verstaute.

Kolt grinste und meldete sich über Funk. »Breaker Four-One, die Verwundete ist ansprechbar, Zustand stabil, Ende.« Sie würde zweifellos weitere ärztliche Versorgung brauchen, aber sie war wach und bei Sinnen, jedenfalls im Moment.

»Roger«, antwortete Weeks, bevor er den Helikopter verlangsamte, um Treibstoff zu sparen, weil er jetzt wusste, dass er niemanden beförderte, der im Sterben lag.

Hawk hob die rechte Hand, um sich den Pony aus den Augen zu streichen, hielt sich mit dem Abzugsfinger erst das eine, dann das andere Nasenloch zu und blies aus jedem ein wahres Rotzmonster auf ihre Brust. Sie wischte sich die Nase mit dem Unterarm ab, sah Kolt an und formte lautlos ein Wort mit den Lippen: *danke.*

Gerade als Kolt das Daumen-hoch-Zeichen machte, hörte er Gangster in seinen Kopfhörern, der über die Frequenz des Angriffstrupps sendete.

»Noble Zero-One, bitte melden, kommen.«

»Hier Zero-One.«

»Die Red-Staffel hat Feindkontakt, ich wiederhole, Feindkontakt bei Zielobjekt ›Biber‹«, meldete Gangster hörbar angespannt.

Heilige Scheiße!

Kolt war schockiert und wusste nicht genau, wie er reagieren sollte. Eigentlich hätte er noch in der Abgeschiedenheit des Notri in Camp Greaves sitzen sollen. Seine Aufgabe war es, als schnelle Eingreiftruppe für Kleinsmith und dessen SEALs bereitzustehen. Aber jetzt, nachdem sie Hawk aus Panmunjom geholt hatten, waren sie nicht mehr dazu in der Lage, ihr primäres Missionsziel zu erfüllen.

»Roger. Befehle?«

Kolt wusste, dass diese Erwiderung sich dürftig anhören musste.

Er machte sich auf einen verbalen Tritt in den Hintern gefasst.

Ihm war keine andere Wahl geblieben, als sich um Hawks Problem zu kümmern – und nun musste er sie zurück auf den Boden bringen, damit sich ein Sanitäter um sie kümmern konnte.

Kolt wartete eine gefühlte Ewigkeit auf Gangsters Antwort. Nichts.

»Hier Zero-One, ich höre.«

»Ich will, dass Sie die Little Birds startklar machen und die SEALs mit der schnellen Eingreiftruppe unterstützen«, sagte Gangster.

Was zum Teufel …? Schlagartig wurde Kolt bewusst, dass er Gangster gar nicht davon in Kenntnis gesetzt hatte, dass sie bereits Camp Greaves verlassen, Hawk befreit und einen internationalen Zwischenfall ausgelöst hatten. Und sie waren noch nicht bereit für einen zweiten. Er hatte vergessen, dass er jetzt Staffelkommandant war, nicht mehr Truppkommandant. Er hätte zuerst seine Vorgesetzten von der Lage unterrichten sollen, bevor er handelte.

O Scheiße!

»Sind auf dem Weg zu Ihnen, ein verletzter Adler, Zustand stabil«, meldete Kolt und machte sich auf eine scharfe Erwiderung gefasst.

Wieder schwieg Gangster lange.

»Bitte wiederholen, Racer! Sie sind ausgerückt? Weshalb?«

»Wir sind etwa drei Kilometer von Ihnen entfernt, ich gebe Ihnen einen Lagebericht am Boden.«

»Negativ, negativ, negativ«, rief Gangster mit tiefer Verachtung in der Stimme. »Wenden Sie und fliegen Sie sofort zu Zielobjekt ›Biber‹.«

»Das geht nicht«, gab Kolt zurück und achtete dabei sorgfältig auf seinen Tonfall. Viele hörten auf dieser Frequenz mit, vor allem seine Männer, die früher Gangsters Männer gewesen waren. Obwohl diese noch mit einer einsatztauglichen Menge an Munition und Sprengsätzen ausgerüstet waren, ihre Granatwerfer und MAUL-Gummigeschosse bei sich trugen, musste er mehr über die miserable Lage wissen, in der Kleinsmith gerade steckte. Diese Informationen konnte er nicht erhalten, solange er auf der Außenbank eines Little Bird saß.

»Brauchen Treibstoff und einen Sanitäter, dann können wir umdrehen.«

Kolt sah JoJo an, der zustimmend nickte.

»Noble Zero-One, hier ist Heater One-Zero, landen Sie gleich hier. Tractor One und Two sind eingetroffen, z-Beutel und Sanitäter stehen bereit.«

Diese Meldung verblüffte Kolt. Er erkannte das Rufzeichen nicht, aber dafür die Stimme. Es war Captain Yost, der Kommandant des SEAL Team Six. Kolt war nicht sicher, ob man ihn für Hawks Rettung loben oder anschnauzen würde, aber er wusste, dass Yost ein kühler Kopf und ein erfahrener SEAL-Kommandant war.

»Roger«, gab er zurück.

»Am Boden erhalten Sie neue Befehle und können die Helis auftanken«, sagte Yost. »Dann müssen Sie so schnell wie möglich wieder in die Luft!«

26

Inchon, Südkorea

Instinktiv hob Kolt seine schwarzen Salomon-Stiefel einige Zentimeter, als die Kufen von Breaker Four-One sanft auf dem grasbewachsenen, verlassenen Parkplatz vor dem Hangar aufsetzten. Die Vorstellung, dass ein Hubschrauber ihm bei der Landung die Unterschenkel zerquetschen könnte, machte ihn immer nervös.

Er löste seine Leine, rutschte von der Bank und wandte sich dem Hangarbereich zu. Dann entdeckte er die Krankenträger und winkte ihnen zu. Während die Rotorblätter sich noch drehten, hob er den Arm und achtete darauf, sich nicht versehentlich die Finger abhacken zu lassen. Mit der Faust gab er ihnen das Zeichen, sich zu beeilen. Als sie Kolts Signal sahen, begannen sie auf die Maschine zuzujoggen.

Weiß Greenpeace von diesem Ort?

Es stank wie am Kai einer panamaischen Forellenfarm. Der Gestank war noch schlimmer als am Vorabend. Er rieb sich die Nase am Ärmel und nahm an, dass der Grund für diese Verschlimmerung die brennende Sonne war, die jeden Giftstoff aus den aufgeblähten, auf der Seite schwimmenden Fischkadavern heraustrieb.

Kolt drehte sich zu Hawk um, die noch im Heli saß und sich mit der rechten Hand den linken Deltamuskel hielt. Durch die offene Kabine konnte er sehen, dass Digger sich sein Bein zurückgeholt hatte. Er hatte sich über die gegenüberliegende Außenplattform gebeugt, eingerahmt vom perlweißen und blauen Wasser des Gelben Meeres, und war gerade dabei, die Prothese wieder an seinem rechten Knie zu befestigen.

Das Triebwerk, das im Leerlauf weiter die Rotorblätter drehte, übertönte den Klang der Wellen, die an die Steinböschung schwappten, und schien die bevorstehende Gefahr zu verschleiern.

Die weißen Schaumkronen, in denen die SEALs und wahrscheinlich auch Gangster sich bestimmt gerne getummelt hätten, beunruhigten Kolt. Das war nicht immer so gewesen, aber jetzt war nicht die Zeit, an die Vergangenheit zu denken.

Hawk machte einen entspannten Eindruck, als glaubte sie, man würde sie direkt zum Grand Hilton in Seoul zurückfliegen. Sie nahm Blickkontakt zu ihm auf, lächelte und hob den linken Daumen.

»Hier ist Endstation für dich. Vergiss deine Sachen nicht«, schrie Kolt, um sich über dem Triebwerkslärm verständlich zu machen. Er gab Hawk ihr Handy zurück. »Wir müssen noch mal los.«

»Wo wollt ihr denn hin?«, rief sie.

»Feindkontakt.«

»Ich komme mit!« Sie ließ ihre Schulter los, versuchte ihre blutverschmierte Bluse zuzuknöpfen und zog ihr bandagiertes Bein von Diggers Helm, um zu zeigen, dass sie gehfähig war und ihnen nicht zur Last fallen würde.

»Du bist im Eimer, du brauchst einen Arzt«, erwiderte Kolt. »Wir schaffen das schon.«

»Ihr kennt den Zug nicht so gut wie ich.«

»Ich sagte, wir schaffen das.«

»Einen Scheiß schafft ihr, Kolt!« Sie wischte sich die blonden Strähnen aus den Augen und kämmte sich die Haare hinter das rechte Ohr.

Er sah Hawk aus zusammengekniffenen Augen an, etwas verblüfft über ihre neunmalkluge Erwiderung. Sie war ungewöhnlich informell gewesen. Seit sie sich vor Jahren im Huske Hardware House zum ersten Mal begegnet waren, hatte Hawk immer Wert darauf gelegt, Respekt zu zeigen, wenn schon nicht vor Dienstgraden, dann doch vor erfahrenen Operators.

Er trank einen großen Schluck aus seiner CamelBak. Ein paar Sekunden lang wirbelte er das Wasser im Mund herum, erfrischte seine Mundhöhle, bevor er es mit einem langen Strahl ins Gras spuckte.

»Du fantasierst.« Kolt schrieb es dem Schock zu, den sie sicher davongetragen hatte, außerdem dem Blutverlust. Er gab den Krankenträgern ein Zeichen, ihr aus dem Hubschrauber und auf die Trage zu helfen.

»Sie gehört euch, Jungs.«

»Ihr wisst nicht, wie Schneiderin aussieht«, schrie Hawk, »nur ich weiß das.« Sie rutschte von den Krankenträgern weg, wehrte sich wie ein Kind, das noch nicht ins Bett gehen will.

»Hör zu, Hawk, du kommst nicht mit, also steig verdammt noch mal aus, damit wir das Ding betanken können.«

Sie rührte sich nicht von der Stelle. Die Träger, die gebückt unter den wirbelnden Rotorblättern standen, waren sprachlos. Kolt schaute nach links, wo sich zwei Männer in Zivilkleidung der Nase des Helis näherten. Sie gaben sich Mühe, den schweren, schwarzen Treibstoffbehälter, den sie zwischen sich trugen, nicht über den Boden zu schleifen.

Warum hat Digger ihr nicht einfach das Morphin gespritzt?

Hawk lehnte sich heran und gab ihm die zusammengefaltete Notiz. Kolt faltete sie auseinander und neigte etwas verwirrt den Kopf.

»Ist das 'ne Einverständniserklärung von deiner Mami, dass du mitkommen darfst?« Kolt schob das Blatt in seine linke Schultertasche, neben seinen Kautabak.

»Das ist von Schneiderin. Das sollte man wahrscheinlich mal übersetzen lassen.«

»Du kommst trotzdem nicht mit.«

»Schneiderin ist nicht mit den Radarsendern markiert, Kolt.«

»Wissen wir«, konterte er. »Aber du hast ihn mit einem der Quantenpunkte getroffen.«

»Aber nicht richtig!«

»Du hast doch Toyota gemeldet.«

»Ja, aber ich hab nur seine Jacke getroffen, zwischen den Schulterblättern.«

»Das reicht doch.«

»Denk doch mal nach, Kolt«, schoss Hawk zurück. »Wenn ich ihn am Kopf erwischt hätte, müssten sie ihn stundenlang waterboarden, ihm die Rübe abschneiden oder mit ihm Apfeltauchen spielen, um die Kristalle vom Quantenpunkt loszuwerden.«

»Was willst du damit sagen?«

»Dass sie Schneiderin mittlerweile wahrscheinlich komplett ausgezogen haben. Im günstigsten Fall nur die Jacke.«

»Keine Jacke, keine Kristalle, keine Markierung«, fasste Kolt zusammen. »Meinst du das?«

Er bemerkte aus dem Augenwinkel eine Bewegung. Die beiden Nachtanker waren vor dem Cockpit stehen geblieben und senkten den z-Beutel an den Seitengriffen auf den Boden hinab. Wie üblich warteten sie auf die Anweisungen des Piloten. CW3 Stew Weeks streckte den Zeigefinger aus und zeigte nach unten, was bedeutete, dass sie nur den Haupttank befüllen sollten.

Weeks machte sich an ein paar kleinen Knöpfen zu schaffen, regelte die Reibung für Steuerknüppel und Blattverstellhebel herunter. Dann nahm der Pilot einen schwarzen Nylonriemen und legte ihn über den Blattverstellhebel. Weeks hakte sein Gurtzeug los, beugte sich im Sitz vor und wand ein rot-gelbes Bungeeseil um das federbetriebene rechte Pedal. Diese Schritte würden sicherstellen, dass der Little Bird im Leerlauf blieb und die Rotorblätter sich weiterdrehen konnten, während er aussteigen konnte, ohne zu riskieren, dass die Maschine sich nach rechts bewegte.

Weeks lehnte sich zurück, vergewisserte sich, dass die rpm-Zahl konstant blieb, und kletterte dann rechts aus dem Blasencockpit.

Kolt wandte sich wieder den Sanitätern zu. »Kümmert euch um ihre linke Schulter. Macht ihr von mir aus 'ne Ganzkörperpackung, wenn's sein muss, aber stoppt die Blutung. Und schaut euch auch ihren Kopf an.«

Er wandte sich vom Cockpit ab, bewegte sich geduckt aus der Reichweite der Rotorblätter, richtete sich auf und folgte Weeks die leichte Steigung hinauf zu Slapshot und dem Rest des Teams. Einige ruhten sich auf dem Rucksackstapel aus, andere standen. Kolt schob sich sein Gewehr mit abwärtsgerichteter Mündung auf den Rücken und näherte sich dem Hangar. Als er den Blick auf die Tür richtete, flog diese auf. Schon die erste Person, die herauskam, verdarb ihm die Laune.

Scheiße! Gangster.

Captain Yost folgte dicht hinter diesem, und sein fassförmiger Leib mit der Andeutung eines Bierbauchs füllte den Türrahmen vollständig aus. Als Nächster kam der Verbindungsoffizier der SEALs, dann noch ein paar andere, die Kolt nicht kannte.

Sieht aus, als würde ich bald eine Menge Meinungen zu hören kriegen.

Yost war eine Legende, auf dem Schlachtfeld ebenso wie in jeder Strandbar und jedem Saloon in Virginia Beach. Obwohl er es mittlerweile etwas langsamer angehen ließ, umgab ihn nach wie vor der Ruf eines harten Mannes und Kämpfers, den er sich als junger SEAL-Offizier aufgebaut hatte. Kolt wusste, dass Yost nicht so hart war wie Dick Marcinko, aber er war verdammt nah dran. Das alles war schön und gut, aber es musste warten, bis sie wieder einmal zur Austern-und-Bier-Nacht ins CP Shuckers gehen konnten. Im Moment brauchte Kolt nur Treibstoff und frische Informationen, kurz und knapp.

Gangster ging gleich ans Eingemachte. »Wo zum Teufel waren Sie?«

»Schwer beschäftigt, Mann.« Kolt löste den Helm von seiner Kampfweste. »Hawk ist verletzt, aber sie wird wieder.«

»Was?« Gangster schaute an ihm vorbei zum Hubschrauber. »Wie schlimm ist es? Wo ist sie?«

Kolt ignorierte ihn, zog seinen Handschuh aus wie ein Gentleman und trat auf Yost zu. Er schüttelte ihm die Hand, griff fest zu und ließ sich auf eine Kraftprobe mit seinem alten Freund ein.

»Was würden Sie nur ohne mich tun, Raynor?«, fragte Yost lächelnd und gab Kolt eine Flasche Wasser. Kolt spürte durch seinen Kampfhandschuh, dass es eiskalt war.

»Schön, Sie zu sehen, Sir. Ich glaube, als wir uns das letzte Mal begegnet sind, hab ich Ihren Arsch östlich von Zvornick durch die Drina geschleppt.«

Yost grinste, lachte und klopfte Kolt auf den Rücken. Natürlich traf das, was er gesagt hatte, nicht zu. Der Krieg gegen den Terror führte dazu, dass sie sich alle paar Monate begegneten. Außerdem war Kolt Yost Dank dafür schuldig, dass dieser ihm den Hintern gerettet und verhindert hatte, dass er in dieser Nacht vor 16 Jahren im Fluss ertrank. Tatsächlich waren sie sich vor nicht allzu langer Zeit in der Gedenkkapelle in Dam Neck begegnet, wo die Begräbnisgottesdienste für die SEALs stattgefunden hatten, die im Unterschlupf von Nadal dem Rumänen in Sanaa, Jemen, in eine Falle getappt waren. Vor dieser Tragödie hatte Yost gezielt Racers Namen genannt, als es darum ging, wer das SEAL-Team begleiten sollte.

»Verdammt gut, Sie zu sehen, Kolt«, sagte Yost. »Hören Sie, Kleinsmith und die Jungs sind auf dem Rückzug, aber sie haben Verletzte, was sie langsamer macht.«

»Wir warten nur noch auf den Treibstoff, Sir.« Kolt goss sich die Hälfte des eiskalten Wassers über den Kopf und trank einen großen Schluck vom Rest.

»Wir sind nicht sicher, ob sie's an einem Stück durch die DMZ und zurück nach Südkorea schaffen werden«, fügte Yost hinzu.

Gangster schaltete sich ein. »Kleinsmith hat ›Biber‹ und ›Bär‹ gesprengt.«

»Das spielt doch jetzt keine Rolle mehr, oder?«, fragte Kolt. Er und seine Männer tankten die Helis nur auf, um den SEALs zu Hilfe zu kommen, und nicht um Schneiderin herauszuholen.

»Nein, das ist immer noch wichtig. Eine Ihrer Missionen lautet, die schnelle Eingreiftruppe zu sein. Aber das mit dem ›schnell‹ hat sich ja erledigt seit Ihrem kleinen Ausflug nach Panmunjom«, entgegnete Gangster.

»Die Brücken sind also gesprengt, na und?« Kolt verstand immer noch nicht, was sie dazu bewegen sollte, wieder über die MDL zu fliegen und in den nordkoreanischen Luftraum einzudringen.

»Wir sind nicht ganz sicher, Raynor«, schaltete Yost sich wieder ein. »Die glauben, dass eine oder beide vielleicht noch passierbar sind, aber sie konnten sich nicht vergewissern.«

»Wir sind eine schnelle Eingreiftruppe, kein Reserve-Angriffstrupp.«

»Sie sind beides!«, rief Gangster.

»Sie sind wohl auf Crack – ich hab nur zwölf Schützen und den Führungstrupp.«

»Verdammt noch mal, Ra…«

»Colonel Mahoney hat recht. Wir werden Tractor One und Two schicken, um die Red-Staffel an der DMZ abzuholen. Sie müssen sich für uns um den Zug und Schneiderin kümmern«, unterbrach ihn Yost.

»Kommen Sie, Sir, lassen Sie uns die Sache richtig durchdenken, bevor wir aus allen Rohren feuernd in Nordkorea einfallen«, erwiderte Kolt. »Haben Sie sich das auch gründlich überlegt?«

»Natürlich haben wir das!«, rief Gangster.

Kolt sah, wie Yost den Blick auf Gangster richtete. Die unausgesprochene Botschaft war klar, und der frühere Delta-Offizier sah sich gezwungen, etwas mehr auf seine Worte zu achten. Für den Augenblick reichte es, aber es würde auf Dauer sicher nicht genügen, um ihm das Maul zu stopfen.

»Was zum Teufel glauben Sie eigentlich, was wir hier tun? Was glauben Sie, was die JSOC-Mannschaft macht?«, stieß Gangster zwischen den zusammengebissenen Zähnen hervor. »Die Missionsanalyse liegt weiter hinter uns, und genau diese Situation ist bereits vollständig in unserer Synchronisationsmatrix beschrieben.«

»Ich hab kein Problem mit der Mannschaft, Mann, ich sag nur, Sie wissen, wie schnell sich alles ändern kann.« Kolt versuchte, Gangster glimpflich davonkommen zu lassen, im Wissen, dass er Yost bereits auf seiner Seite hatte. »Farbig codierte Excel-Tabellen sind nicht immer die richtige Lösung.«

»Es steht in der Tabelle. Haben Sie sich überhaupt die Mühe gemacht, sie zu lesen?«

»Was steht denn da schon? Dass wir irgendwo einen fahrenden Panzerzug überfallen sollen, der von nordkoreanischen Elitesoldaten bewacht wird, die schon von vier Little Birds und 16 Männern aufgeschreckt wurden?« Kolt gab sich keine Mühe, seinen Sarkasmus zu verbergen. »Die Lektion ›Überraschung, Tempo, Überrumpeln‹ in Ihrem Operator-Training haben Sie wohl nicht ganz verstanden?«

»Okay, bleiben Sie ruhig. Beide«, mahnte Yost und versuchte, die Stimme so zu senken, dass die in der Nähe zusammengedrängten Männer der Noble-Staffel nicht mithören konnten. »Racer, sagen Sie uns, was Sie wissen. Warum sollen die aufgeschreckt sein?«

»Schneiderin ist markiert. Mit den Quantenpunkten, nicht den Radarsendern.« Kolt ging im Kopf die wichtigsten Punkte durch. »Bei dem Meeting ist alles aus dem Ruder gelaufen, aber Hawk hat's trotzdem geschafft.«

»Wie schlimm hat es sie erwischt?«, fragte Yost sichtlich besorgt.

Kolt wandte den Blick von Yost ab und sah Slapshot an, der ein paar Meter hinter ihm stand. Auch der Night-Stalker-Pilot, der unter seiner erdfarbenen Survival-Weste einen gelbbraunen Overall trug, hatte sich der Unterhaltung mittlerweile genähert.

Kolt zögerte, suchte nach den passenden Worten, die zutreffend wären, aber nicht zu dramatisch klangen.

»Sie wurde zweimal getroffen. Sie ist bei klarem Bewusstsein und wird gerade wieder zusammengeflickt. Aber wir mussten jemanden erledigen.«

»Sie haben tödliche Gewalt angewandt?«, fragte Gangster Slapshot. »Einen Mann getötet? Was zur Hölle stimmt eigentlich mit euch Typen nicht?«

»War eine Ausnahmesituation, Sir«, gab Slapshot zu Protokoll, während er sich den Schweiß von der Stirn wischte.

Kolt hob die Hände, wie um ihm zu signalisieren, dass er die Lage im Griff habe.

»Ich habe geschossen«, sagte er, ohne den Blick von Yost abzuwenden. »Hatte nicht vor, ihn umzubringen, aber es war nötig.«

»Das war nicht der Plan, Raynor«, tadelte Gangster ihn.

»Der Nordkoreaner hatte andere Pläne.«

Kolt hob mit der linken Hand die Unterseite seiner Kampfweste, griff mit der anderen Hand in die Nähe seines Bauchnabels und riss den Klettverschluss auf. Er nahm seine Keramikbrustplatte, zog in Richtung Schritt und entfernte sie aus dem verborgenen Fach, in dem sie steckte.

Er hielt die Platte hoch, zeigte Gangster und Yost die beiden Stellen, wo die Kugeln des Nordkoreaners die äußere Schicht zum Splittern gebracht hatten. »Solche Pläne.«

»Er hat einem kleinen Mädchen das Leben gerettet«, fügte Weeks hinzu. »Es musste sein.«

»Für solche Situationen haben wir Funkgeräte, Racer«, warf Yost ein und gab Kolt damit zu verstehen, dass er vielleicht doch nicht ausnahmslos auf seiner Seite war.

Kolt kramte die Notiz aus seiner Schultertasche hervor, wobei er auch den halb vollen Beutel Red-Man-Kautabak zum Vorschein brachte, und reichte sie Yost. »Schneiderin ist aufgeflogen und wurde mit vorgehaltenen Waffen abgeführt. Zwei auf Hochglanz polierte schwarze Limousinen. Ich bezweifle, dass wir die je wiederfinden.«

»Scheiße!«, fluchte Myron Curtis. Er sprang hinter Yost hervor und riss dem SEAL die Notiz förmlich aus der Hand. Er hatte sich genähert, ohne dass Kolt ihn bemerkt hatte. »Die werden nicht haltmachen, bevor sie ihn am Bahnhof von Kaesong in den Zug gesetzt haben. Die werden ihm nichts tun, jedenfalls noch nicht. Das überlassen sie der Arbeiterpartei.«

»Dann müssen wir uns beeilen«, stellte Yost fest.

Kolt hatte sich gerade mit zwei Fingern ein golfballgroßes Stück Tabak zwischen Wange und Zahnfleisch geschoben, wodurch seine nächste Erwiderung sich anhörte, als hätte er einen Beutel Murmeln im Mund.

»Wozu die Hektik, Sir?« Er wischte die Tabakreste an seiner Crye-Kampfhose ab.

Curtis meldete sich zu Wort. »Seh ich auch so. Schneiderin ist die Mission. Wir müssen ihn in die Finger kriegen, sonst haben wir den sicheren Tod einer Menge Seeleute und Zivilisten auf dem Gewissen.«

»Jetzt warten Sie aber mal 'ne Sekunde.« Kolt versuchte, die Stimme der Vernunft in der Gruppe zu sein. »Haben hier alle Vertrauen in die Informationen, die darauf hindeuten?«

»Roger«, bestätigte Yost.

»Ich auf jeden Fall«, fügte Curtis hinzu, »und Langley auch.«

Kolt sah Weeks an. Dieser stand reglos und in professioneller Haltung da, eiskalt, beinahe wie auf einem Rekrutierungsposter, und signalisierte weder Zustimmung noch Ablehnung.

»Verdammt!«, rief Kolt. »Ich werde die Handvoll Männer, die ich habe, nicht in einer Kamikaze-Aktion nach Nordkorea schicken. Wir haben keine Kampfhubschrauber, keine bewaffnete Predator-Drohne, keine Luftaufklärung – das ist verflucht noch mal Selbstmord.« Da er nicht zu sehr über die Stränge schlagen wollte, fügte er noch ein »Sir« hinzu.

»Das sollten Sie noch einmal überdenken, Kolt«, entgegnete Yost.

Überdenken? Was zum Teufel will er damit sagen?

»Ich mache das, Sir«, wandte Gangster sich an Yost. »Ich werde sie zurückholen.«

Kolt warf Yost einen Blick zu.

Gangsters Mut verblüffte ihn. Überraschenderweise machte Yost den Eindruck, als würde er den Vorschlag wirklich in Erwägung ziehen.

»Kolt?«, fragte Yost, um ihm noch eine Chance zu geben, sich anders zu entscheiden.

Wollen die mich hier herumschubsen?

»Schneiderin hin oder her – selbst wenn wir Glück haben und uns den Kerl schnappen können, starten wir so oder so den dritten Weltkrieg.« Kolt neigte rasch den Kopf, um einen dunklen Strahl Tabaksaft zur Seite zu spucken.

»Sie müssen da nicht wieder rausgehen, Kolt, aber …«

Kolt wandte sich schnell CW 3 Weeks zu. »Sind Sie damit einverstanden, Stew?«

»Ich seh keinen triftigen Grund, warum nicht«, gab dieser zurück.

»Scheiße, na gut, auch wenn ich's eigentlich besser wissen sollte.« Kolt sah sich praktisch gezwungen einzulenken. »Machen wir noch schnell einen Einsatzplan.«

»Sie müssen sofort los, Kolt«, widersprach Yost.

»Wozu die beschissene Eile?« Kolt ging auf ein Knie hinab und zog sein Messer aus der Scheide unter seiner Kampfweste. »Sorgen wir besser dafür, dass wir wenigstens eine Chance haben. Das wird kein Spaziergang.«

Er nickte Chief Weeks zu, der sich neben ihn kniete, und begann eine lange, dicke Linie in den Boden zu kratzen. Dann zeichnete er zwei Pfeile, einen oberhalb und einen unterhalb der Linie, und schnitt vertikale Trennstriche in diese, um zu verdeutlichen, dass es sich um einen Zug mit mehreren Waggons handelte.

»In Ordnung, Stew.« Er deutete mit der Messerspitze auf die verschiedenen Punkte. »Das ist das vordere Ende des Zugs, der nach Norden fährt.«

»Verstanden.« Weeks drückte die Knie in den Dreck.

»Dealer hat die Brücken gesprengt. Gehen wir davon aus, dass sie unpassierbar sind und dass sie's auch nicht versuchen werden.« Er gestikulierte mit den Händen und dem Messer. »Wir nähern uns dem Zug, wenn er langsamer wird.«

»Optimal für die Triebwerke wären ungefähr 15 oder 16 Stundenkilometer. Bei mehr als 20 wird's riskant«, sagte Weeks. Er zeichnete zwei Ovale vor das vordere linke Ende der langen Linie, die für die Little Birds stehen sollten. »Wir schleichen uns von hinten an sie ran und lassen

Four-Three und Four-Four über dem Schlafwagen runtergehen, in dem Sie Schneiderin vermuten.«

»Scheiße, Mann, wir wissen nicht mal, ob die ihn in Kaesong wirklich in den Zug gesetzt haben«, warf Kolt ein.

»Roger, und deshalb brauchen wir einen einfachen Plan und sollten uns an unsere Standardverfahren halten«, erwiderte Weeks, während er zwei weitere Kreise über den mittleren Teil des Zugs zeichnete.

Yost meldete sich zu Wort. »Das sehe ich genauso. Halten wir die Sache einfach.« Er kniete sich rasch hin, während die anderen über die improvisierte Landkarte gebeugt stehen blieben. »Sie müssen losfliegen, Kolt.«

Warum setzt Yost uns unter Druck? Was ist mit ihm? Macht er sich Sorgen über die Konsequenzen, wenn wir hier scheitern? Oder darüber, dass der Präsident es dem SEAL Team Six zur Last legt, wenn wir Schneiderin nicht rausholen?

Er sah Weeks an und ignorierte den SEAL-Kommandanten. Der Flugkommandant starrte immer noch auf den Einsatzplan am Boden, ging im Kopf seine Aktionen durch. Vielleicht hoffte er, dass sich etwas ändern und jemand mit mehr Verstand diesen verrückten, höchst riskanten Flug absagen würde. Weeks hob den Blick, sah Kolt in die Augen.

»Alles okay, Stew?«

»Ich will Sie nicht anlügen, Racer. Ich hab kein gutes Gefühl dabei.«

Diese letzte Bemerkung erschütterte Kolt. Er hatte sie nicht erwartet, nicht von jemandem wie Stew Weeks. Jemandem mit so viel Erfahrung. Der Kerl hatte Eis in den Adern, wenn er flog, das war schon immer so gewesen.

Kolt musste nur daran zurückdenken, was vor 20 Minuten in der Joint Security Area geschehen war.

Aber auch Stew Weeks war nur ein Mensch, und genau das führte dazu, dass er Magenschmerzen hatte.

Bin ich auf irgendeinem Trip? Warum stelle ich die Mission nicht mehr infrage? Habe ich etwa wirklich Todessehnsucht?

Er klopfte Weeks auf die Schulter, stand auf und schob sein Messer in die Scheide zurück. »Wir fliegen, aber ich brauche jeden verfügbaren Operator.«

»Ich komme, lassen Sie mich mein Zeug holen.« Der Verbindungsoffizier der SEALs zögerte nicht und machte sich auf den Weg zum Hangar.

»Die Frequenz des Trupps ist auf Kanal sieben«, sagte Kolt. »Machen Sie einen kurzen Funkcheck, bevor Sie einsteigen.«

Dann sah er Yost direkt in die Augen. »Ich habe auch Platz für Sie und Colonel Mahoney, Sir.«

»Wir können beide nicht mitkommen«, erwiderte Yost. »Irgendjemand muss hier das Kommando haben.«

»Gangster?«, fragte Kolt und forderte mit seinen Blicken den früheren Delta-Operator heraus. Er wusste, dass Gangster kein Faulpelz und bestimmt kein Feigling war. Aber er nahm den Mund oft zu voll, wie er es vor einem Moment getan hatte, und dafür hatte Kolt überhaupt nichts übrig.

»Sind Sie dabei?«

Gangster zögerte und versuchte offenbar, den Mut aufzubringen, seinen Worten Taten folgen zu lassen.

Kolt setzte ihn weiter unter Druck. »Ich hab noch Platz in meinem Heli. Könnte Ihr Gewehr gebrauchen.«

»Ich hab keine MAUL-Flinte«, wandte Gangster ein.

»Brauchen Sie nicht. Schnappen Sie sich Ihren Kram!«

Gangster wandte sich Yost zu. »Sir, ich fliege mit. Ich werde den Einsatz vor Ort kommandieren.«

»Negativ«, sagte Kolt schnell, bevor Yost antworten konnte. »Sie sind als Schütze dabei. Entweder Sie halten sich raus oder Sie bleiben hier.«

Er rechnete damit, dass Gangster in die Luft gehen würde, aber das war ihm gleichgültig. Kolt brauchte Kämpfer, kein Mikromanagement.

»Negativ«, gab Gangster zurück. »Ich bin der Ranghöhere von uns.«

»Dienstgrade bedeuten hier draußen einen Scheiß.«

»Was glauben Sie eigentlich, wer Sie sind, Raynor?«, fragte Gangster und rückte näher an ihn heran.

»Ich bin der verdammte Kommandant der Noble-Staffel, der Befehlshaber des Bodentrupps.« Kolt trat Gangster ebenfalls entgegen. »Ich bin der Kerl, der mit seinen Männern über die verdammte Grenze geht. Sie können als Schütze mitkommen oder mir aus der Sonne gehen.«

»Sie haben kein Recht, so mit mir zu …«

»Colonel Mahoney, holen Sie Ihre Ausrüstung«, unterbrach Yost Gangster, um den Konflikt einzudämmen. »Raynor ist am Drücker. Sie arbeiten da draußen für ihn.«

Ohne die Antwort abzuwarten, wandte Kolt sich Slapshot zu, um seine Leute über die neuesten Entwicklungen zu informieren und sie an Bord zu bringen, aber dieser hatte sich bereits in Bewegung gesetzt. Kolt sah, wie er zu den zusammengedrängten Männern ging und sich beim Gehen den Helm wieder aufsetzte.

Zusammen mit Weeks ging Kolt zu den wartenden Little Birds zurück. Kolt sah, dass die Nachtanker gerade die letzten z-Beutel verbrauchten, wobei die Schwerkraft den Treibstoff in die Tanks fließen ließ. Das Auftanken bei laufenden Triebwerken war abgeschlossen. Er kam in Reichweite der Rotorblätter des unbemannten Helis Breaker Four-One, die sich, angetrieben vom Rolls-Royce-Triebwerk, immer noch gefährlich drehten, und hielt inne, als er das deutlich sichtbare Blut am Kabinenboden bemerkte.

Über dem Hangar sah er etwas in der Luft, das unter einem kleinen weißen Fallschirm zu Boden schwebte. Die SpyLite, die in Camp Greaves auf eine Landung in Inchon programmiert worden war, trieb näher an das Dach des Hangars heran. Die weihnachtsbaumgrüne aufblasbare Landematte, die nun unter dem Bauch der Spionagedrohne zu erkennen war, verfehlte den Rand des Dachs nur um Zentimeter und setzte Sekunden später sicher auf dem Grasboden auf.

»Ist das Ihre?«, fragte Weeks, während er sich den Pilotenhelm wieder aufsetzte.

»Kommt drauf an, wer fragt«, erwiderte Kolt.

27

Zielobjekte Biber und Bär

CW3 Stew Weeks war seit acht Minuten mit 155 Knoten von Inchon zu den Zielen ›Biber‹ und ›Bär‹ unterwegs. Kolt stellte fest, dass er mit aller Kraft den Rand der

Außenplattform umklammert hielt, weil das Wasser unter ihm ihn nervös machte. Bilder der Übung an der *Queen Mary* und des Unfalls mit dem Rotor, durch den sie ins Meer gestürzt waren, blitzten vor seinem inneren Auge auf.

Weeks folgte dem babyblauen Wasser des Gelben Meeres auf der linken Seite und hielt Südkorea rechts von sich, bis er das Ganghwa-Friedensobservatorium erreichte, das den nordwestlichsten Punkt Südkoreas bildete. Die Hubschrauber blieben konstant in 120 Metern Höhe und überquerten die Stelle, an der die Flüsse Imjin und Yesong ineinanderflossen. Dann drangen sie ins Flugbeschränkungsgebiet über der vor NATO-Draht starrenden entmilitarisierten Zone ein und flogen auf derselben Infiltrationsroute nach Nordkorea, die die SEALs in der Nacht zuvor benutzt hatten.

Kolt löste seinen Todesgriff um die Außenbank und atmete tief durch.

In gefühlter Warp-Geschwindigkeit verarbeitete Kolt die neueste Wendung der Ereignisse, zwang sich, seine Wasserangst zu verdrängen und seine Gedanken dringlicheren Problemen zuzuwenden. Sie verfügten über Standardverfahren für solche riskanten Angriffe, aber für gewöhnlich konnten sie sich ein besseres Bild der Situation machen. In ein Gelände einzudringen war eine Sache, einen fahrenden Zug zu überfallen eine ganz andere.

Kolt drückte seine Sprechtaste. »Checkt die Nachtsichtgeräte, checkt die Nachtsichtgeräte.«

Als Chief Weeks den Heli leicht nach rechts neigte, beugte Kolt sich hinaus, um weiter den Zwölf-Uhr-Punkt im Blick zu behalten. Während sie über die trockenen, hellbraunen Reisfelder und die grünen Hügel südwestlich von Kaesong flogen, hob er die linke Hand und suchte nach dem Schnellverschluss, der seine Nachtsichtbrille auf dem Helm hielt. Er drückte den Knopf, senkte die Brille vor seine Eye Pro und tastete nach den Schutzkappen. Kolt blickte durch die kleinen Löcher in der Mitte der Kappen, sah limonengrüne Bilder in verschiedenen Schattierungen vorbeifliegen und stellte den Fokusring auf hohe Reichweite ein. Als er der Überzeugung war, dass alles richtig eingestellt war, hob er das Nachtsichtgerät wieder von seinen Augen und ließ es einrasten.

»Ziel erkannt, direkt vor uns«, meldete Chief Weeks über die Helifrequenz. »Ähh, etwa 800 Meter.«

»Ich sehe Rauch«, sagte Gangster. »Die Brücken müssen gesprengt sein.«

Verflucht noch mal! Ich wusste, dass ich mich nicht auf ihn verlassen kann.

»Eine Brücke, bestätige«, gab Weeks zurück. »Nicht beide.«

»›Bär‹ ist definitiv gesprengt, bei ›Biber‹ können wir nicht sicher sein«, verkündete Gangster.

Kolt hatte ihm in Inchon mit deutlichen Worten klargemacht, dass er als Schütze mit an Bord war, nicht als Entscheidungsträger. Er drehte ruckartig den Kopf und schaute in die Kabine. Dort sah er den früheren Delta-Offizier knien, wahrscheinlich die Tankanzeige überwachen und aus dem Cockpit blicken, um dieselbe Perspektive einzunehmen wie Chief Weeks.

Kolt richtete den Blick wieder nach vorn und sah genauer hin. Er fand den Zug und stellte fest, dass dieser stehen geblieben war.

»Breaker Four-One Charlie Mike?«, sendete Weeks, wobei er Höhe, Kurs und Geschwindigkeit beibehielt und auf den Zug sowie Zielobjekt ›Bär‹ zusteuerte.

Am Tonfall erkannte Kolt sofort, dass es eine Frage war, keine Feststellung.

»Roger«, antwortete Gangster an seiner Stelle. »Schneiderin ist in diesem Zug.«

Wie bitte?

Kolt zwang sich, ruhig zu bleiben. Dies durfte kein zweites Syrien werden – aber verdammt noch mal, hatte Gangster bei den Briefings nicht aufgepasst? Er hätte die Schlachtordnung der Nordkoreaner kennen müssen, hätte wissen müssen, dass Kim Jong-uns Zug immer zwischen zwei anderen Zügen reiste.

Egal zu welchem Zielort oder auf welcher Schienenstrecke er unterwegs war – der Panzerzug des Obersten Führers stand immer unter dem Schutz der zeitlichen und räumlichen Abstände sowie der bewaffneten Soldaten in beiden Richtungen. Auf dem Weg von Pjöngjang nach Kaesong war es nicht anders, das hatte Kleinsmith an diesem Morgen bestätigt, als die drei Züge sein Versteck passiert hatten. Es war nicht nur eine besonnene Schutzmaßnahme, sondern auch eine Art Hütchenspiel, bei dem jeder potenzielle Saboteur gezwungen war zu raten, in welchem der drei Züge der nordkoreanische Oberbefehlshaber saß.

»Machen Sie einen Bogen drum, Stew«, funkte Kolt.

»Bitte wiederholen«, bat Weeks.

»Ich wiederhole, Zielanflug abbrechen. Wir warten noch eine Minute. Das ist nicht der Zug, den wir suchen.«

»Roger«, bestätigte Weeks. »Alle Einheiten, ich drehe um 90 Grad, folgt mir.«

»Racer!«, rief Gangster, den diese Entscheidung sichtlich aufregte. »Sie können nicht sicher sein, dass das nicht der richtige Zug ist.«

»Ich bin sicher. Das ist die Vorhut. Der VIP-Zug kommt als Zweiter.«

»Das können wir nicht wissen, solange wir nicht näher rangehen«, wandte Gangster ein. »Wir müssen weiterfliegen, damit wir die Lage besser mit den Nachtsichtbrillen beobachten können.«

100 Meter über dem Boden drehte Kolt Raynor auf der Außenplattform an der Steuerbordseite den Kopf hin und her. Zusammen mit dem Rest seiner Einheit bemühte er sich, die noch rauchende Brücke im Blick zu behalten, die den Namen Zielobjekt ›Bär‹ erhalten hatte, während Pilot Stew Weeks mit Breaker Four-One eine Kreisbahn flog und die anderen Helis ihm folgten.

Wer hätte das gedacht? Warst du nicht letzte Nacht noch gegen die Quantenpunkte? Hast du nicht was über die Gute-Ideen-Fee gesagt?

Er ignorierte Gangsters letzten Funkspruch, weil er jetzt keine Streitereien im Netz gebrauchen konnte. Die Formation aus vier Little Birds blieb ungefähr einen Kilometer südlich des Südziels der SEALs und flog im Kreis. Für Kolt sah es so aus, als war die Sprengladung effizient genug detoniert, um ihre Aufgabe zu erfüllen.

»Sieht aus, als hätte der Lokführer den Zug nicht rechtzeitig stoppen können«, sagte Chief Weeks unter seinem Pilotenhelm.

Kolt war der gleichen Ansicht, aber er erwiderte nichts. Er sah dasselbe. Kleinsmith und seine Froschmänner waren nicht mehr in der Position, einen Vorteil aus ihrer Arbeit ziehen zu können, aber sie hatten ihren Job erledigt. Die rostfarbene Lok des nordkoreanischen Zugs war von den Schienen gesprungen, nachdem sie den Rand der Brücke erreicht hatte, und hing nun an der Nordseite. Sie war noch mit dem ersten Passagierwaggon verbunden, baumelte jedoch fast vertikal über der Schlucht. Es sah aus, als könnte sie jeden Moment abstürzen.

Kolt zählte drei grüne Passagierwaggons mit horizontalen Rennstreifen sowie eine Lok am hinteren Ende, die genauso aussah wie die vordere. Diese vier Gefährte boten genug Gegengewicht, sodass nicht der ganze Zug ins Tal stürzte.

Der Plan der SEALs war es gewesen, den VIP-Waggon zwischen den beiden gesprengten Brücken festzusetzen – aber wie so oft hatte der Zufall ihnen einen Strich durch die Rechnung gemacht. Als die Rotgardisten Kleinsmiths Red-Staffel entdeckt hatten, war ihnen keine andere Wahl geblieben, als die Sprengladungen früher zu zünden und den Rückzug anzutreten. Es war keine ideale Lösung, aber so blieb die Bewegungsfreiheit des Zugs, in dem sich Schneiderin befand, auf die fünf Kilometer lange Strecke zwischen diesem Punkt und dem Bahnhof in Kaesong beschränkt.

Aber Kolt würde keine Zeit damit verschwenden, das alles Lieutenant Colonel Rick Mahoney zu erklären.

Etwas vibrierte in seiner rechten Beintasche.

Mein Telefon?

Während er das Handy hervorholte und sich Mühe gab, es nicht fallen zu lassen, sendete er über Funk: »Alle Einheiten, bitte warten. Telefonanruf vom JOC.«

»Raynor!«, schrie er in den Hörer, um das Triebwerk zu übertönen, wobei er das Handy unter das rechte Peltor-Ohrpolster schob und es sich dicht ans Ohr drückte.

»Schneiderin hat bestätigt, dass die Nordkoreaner eine Attacke auf die Pazifikflotte planen, Kolt. Das ist kein Bluff!«

»Hawk?«, schrie Kolt. Er hatte ihre Worte nicht genau verstanden. »Sprich lauter!«

»Schneiderin weiß, wo die nuklearen Minisprengköpfe sind; er weiß alles über Marzban Tehrani. Ihr müsst ihn da lebend rausholen.«

»Wir arbeiten dran!« Er fragte sich, warum Yost noch nicht dafür gesorgt hatte, dass sie mit Morphin vollgepumpt ins Land der Träume entschwebte. »Ist das alles? Ich hab zu tun.«

»Wir versuchen, die Notiz zu übersetzen, aber wir sind noch nicht fertig damit«, sagte Hawk.

»Schüsse gefallen!«, meldete CW3 Weeks über die Helikopterfrequenz.

»Roger«, erwiderte Slapshot. »Bestätige, ich kann von hier das Mündungsfeuer sehen. Aber für AKs sind wir außer Reichweite.«

Kolt beendete den Anruf und steckte das Handy in seine Tasche zurück.

»Breaker Four-One, bringen Sie uns nach Osten, Richtung Kaesong, die Schienen entlang«, befahl Kolt.

»Was zum Teufel reden Sie da, Raynor?«, fragte Gangster.

Kolt biss sich auf die Zunge und beachtete ihn nicht. »Stew, wir suchen den nächsten Zug. Der bei Zielobjekt ›Bär‹ ist die Vorhut, nicht unser Ziel.«

»Roger. Breaker Four-One auf neun Uhr. Rechtsseitig versetzte Formation.«

Kang Pang Su machte sich auf den nächsten Schlag gefasst. Er spuckte Blut aus dem linken Mundwinkel, das ihm über das faltige Gesicht lief. Alle paar Sekunden sammelte sich genug warmes Blut in einer der vertikalen Falten, dass sich ein schwerer Blutstropfen löste und auf den Kragen seines weißen Stadthemds fiel.

Sein rechtes Auge war bereits zugeschwollen, das Augenlid zu einer abstoßenden, blasigen Masse verformt, sodass er gezwungen war, die Welt durch sein blutunterlaufenes, blau geschlagenes linkes Auge zu betrachten.

»Wer ist die Frau?«, wollte einer der uniformierten Wächter von ihm wissen.

»Ich weiß es nicht«, erwiderte Kang. Das war tatsächlich nicht gelogen. Kang war Cindy Bird nie zuvor begegnet, aber er war noch nicht bereit, seine Kollaboration mit den Feinden des nordkoreanischen Volkes zu gestehen.

»Amerikanische CIA!«, brüllte der Wachmann.

»Nein«, sagte Kang. »Ich weiß es nicht. Sie war eine Verrückte!«

Es war erst eine Minute vergangen, seit mehrere nordkoreanische Soldaten ihn auf den Teppichboden geworfen hatten und einer ihm mit dem Stiefel ins Gesicht getreten hatte. Sie hatten nicht gezögert, Kang Pang Su seiner Würde zu berauben. Gleich nachdem sie mit ihm in Kaesong in den Passagierwaggon eingestiegen waren, hatten sie ihm die schwarze Jacke vom Leib gerissen, erst den einen, dann den anderen Ärmel, und diese auf einen hohen Kleiderständer vor einem der schusssicheren Fenster gehängt. Dann hatten sie ihm die Schuhe ausgezogen, ohne sich mit den Schnürsenkeln aufzuhalten. Kang hatte sich verkrampft, als sie heftig an beiden Hosenbeinen rissen und ihm die Hose mitsamt Gürtel über die Hüfte zogen, wodurch seine grauen Boxershorts einige Zentimeter tiefer hingen als gewöhnlich.

Kang hörte, wie die Zugglocke geläutet wurde und die Lokomotive startete. Nach ein paar Sekunden setzte der Zug sich langsam nach Westen in Bewegung, zurück nach Pjöngjang. Er sah, wie ein Soldat hinter ihn trat, spürte, wie ihm eine weiße Augenbinde übergestreift und unangenehm festgezogen wurde, wobei einige Büschel seines pechschwarzen Haars ausgerissen wurden.

Kang fühlte den Atem eines Mannes an seinem linken Ohr, ging davon aus, dass es der Soldat war, der den Knoten gebunden hatte, und befürchtete, dieser würde ihm als Nächstes ins Ohrläppchen beißen.

Der Wachmann flüsterte gerade laut genug, um das Propagandavideo zu übertönen, das auf dem Wandfernseher lief. »Verräter!«

Der Mann prüfte die Fesseln, mit denen man ihm die Hände auf den Rücken gebunden hatte.

Kang erwiderte nichts, weil er wusste, dass er im Augenblick sowieso nichts ausrichten konnte. Weiterer Widerstand hätte nur zu noch mehr Rückhandschlägen ins Gesicht oder Stiefeltritten in die Rippen geführt. Er würde sterben, so viel war sicher. Tief im Herzen wusste er, dass er es verdient hatte. Er hatte sein Land verraten. All die Wut und Trauer, die seine schwelende Rebellion befeuert hatten, waren von einer Flutwelle aus Schuld und Reue weggespült worden.

»Du bist eine Schande für die Volksrepublik Korea.«

Er konnte den Mann vor sich nicht sehen, aber mit Leichtigkeit seine Stimme erkennen. Es war nicht der

Wachmann, sondern jemand, der Befehlsgewalt besaß. Jemand, der genauso erpicht darauf war, Kangs Leben zu beenden, wie dieser selbst.

»Nehmt ihm die Augenbinde ab.«

Die Binde wurde ihm vom Kopf gezogen, und er zuckte zusammen, als sie noch mehr Haare mitriss. Kang blinzelte mehrmals heftig und versuchte, sein linkes Auge auf den Mann zu fokussieren, der vor ihm stand.

»Und das ausgerechnet vom stellvertretenden Minister für Bildung und Erziehung«, sagte Pak Yong Chol. »Du hast Schande über deine Familie gebracht, genau wie dein Sohn.«

Kang dachte an den Kim-Il-sung-Platz zurück, wo er und Pak erst vor ein paar Wochen reglos dagestanden hatten, Schulter an Schulter, um zuzusehen, wie ein anderer Verräter des Mutterlandes von halb verhungerten Hunden in Stücke gerissen wurde.

»Ich bin unschuldig.« Trotz seiner Schande würde er sich diesem Schwein nicht unterwerfen. »Das ist ein Missverständnis.«

»Ein Missverständnis, sagst du?« Pak zog seine Anzugjacke fester um seinen dicken Bauch und schloss den untersten Knopf.

»Ja.«

»Dann kannst du sicher diese ausländischen Gegenstände erklären.« Pak hielt zwei kleine weiße Plastikgegenstände hoch.

Kang betrachtete angestrengt die beiden merkwürdigen Objekte in Paks Händen.

»Die gehören mir nicht. Da bin ich ganz sicher.«

»Die waren in deinen Jackentaschen.«

Kang dachte an die Amerikanerin in der Herrentoilette

zurück. Sie hatte diese Gegenstände auf den Boden gelegt. Er war überzeugt, dass sie sie ihm nicht gegeben hatte, erinnerte sich aber vage daran, dass die Frau ihm beide Hände in die Jackentaschen gesteckt hatte, nachdem sie aufgestanden waren. Ja, jetzt wurde ihm klar, dass sie dafür verantwortlich sein musste.

Er sank nach vorn, die Schultern in Richtung Boden. Es war zwecklos, das Offensichtliche zu leugnen, das war ihm bewusst.

»Kann ich eine Pistole haben?«, fragte Kang. »Gestatten Sie mir einen würdigen Tod.«

In diesem Moment kam der Zug schlagartig zum Stehen, was Kang das Gleichgewicht verlieren ließ und ihn zu Boden schickte. Er sah, wie der schwerere Pak mit einem der Wächter zusammenstieß, woraufhin sie beide auf den kleinen Beistelltisch stürzten. Das Kreischen der elektrisch betriebenen Räder war selbst im Inneren des gepanzerten Zugs deutlich zu hören.

Einer der Wachmänner stellte den Stuhl wieder auf und half Kang, sich hinzusetzen.

»Legt dem Kollaborateur die Augenbinde wieder an«, befahl Pak.

Die Binde, die noch an seinem Hinterkopf verknotet war, wurde grob wieder über seinen Kopf geschoben und herabgezogen, bis sie seine Augen bedeckte.

Kang hörte, wie die Vordertür des Waggons geöffnet wurde. Unruhe entstand, mehrere Personen schienen sich schnell über den Teppichboden zu bewegen.

»Saboteure!«

28

Breaker Four-One führte die Formation aus vier Hubschraubern nach Nordosten an, folgte der Schienenstrecke in einer Höhe von etwa sieben Metern. Der Himmel war klar und blau bei unbeschränkter Sicht und einer angenehmen Temperatur knapp über 30 Grad. Kolt nickte zustimmend, als er spürte, wie der Little Bird langsamer wurde. Er war froh darüber, dass Chief Weeks die Geschwindigkeit wieder auf etwa 50 Knoten drosselte. Es war nicht nötig, blindlings in einen Hinterhalt zu rauschen, bevor sie Zeit hatten, sich einen Überblick über die Lage zu verschaffen.

Er sah hinter sich, beugte sich leicht aus dem Heli, um JoJo auf der Außenbank neben sich zu sehen, und entdeckte die anderen drei schwarzen Hubschrauber, die sich an Weeks' Flughöhe und Tempo anpassten. Hinter Breaker Four-Four, der letzten Maschine, lag der kleine Bergrücken, den sie vor weniger als einer Minute passiert hatten und der jetzt die Sicht auf Zielobjekt ›Bär‹ und den liegen gebliebenen Zug versperrte.

»Gute Sicht auf nächsten Zug«, meldete Weeks und zwang Kolt, den behelmten Kopf rasch wieder in die Zwölf-Uhr-Position zu bringen. »Sieht aus, als hätte er angehalten.«

Kolt kniff die Augen zusammen, hielt sich eine Hand über die Augen, um sie vor dem hellen Sonnenlicht abzuschirmen, und erkannte die orangefarbene Lokomotive.

Der Zug war vollständig zum Stehen gekommen. Kolt bemerkte einige nordkoreanische Soldaten, die draußen herumstanden. Mehrere Wachleute waren in beiden Richtungen an der Strecke postiert, auf beide Seiten der Schienen verteilt und etwa zehn Meter vom Zug entfernt. Kolt musterte sie, war überrascht von ihrem Verhalten. Die Wachen standen in einer starren Habachtstellung mit von den fünf Waggons abgewandten Gesichtern da, als würden sie eine Mittsommernachtstraum-Party in Hugh Hefners Playboy-Villa bewachen.

»Wir müssen sie aufgeschreckt haben«, sagte Weeks.

Kolt sah, wie die Wächter sich umdrehten und zum Zug zurückjoggten. Irgendetwas tat sich dort, zweifellos, aber ihr Handeln wirkte einstudiert, beinahe routiniert. Er war nicht überzeugt, dass sie die sich nähernden Little Birds gehört oder gesehen hatten. In der Ferne, vielleicht 800 Meter hinter dem Zug, konnte er das Dach des Bahnhofsgebäudes von Kaesong ausmachen.

»Gehen wir für 'ne Minute runter«, schlug Gangster vor. »Wir sollten uns unterhalten.«

»Roger«, bestätigte Weeks. »Ganze Formation, Boxenstopp.«

Verdammt, Gangster!

Kolt spürte, wie Weeks die Nase des Helis nach oben zog und die Geschwindigkeit für eine sichere Landung drosselte. Gangsters Anweisung ging Kolt gewaltig auf die Nerven, aber im Moment sah er keinen konkreten Anlass, ihm zu widersprechen.

»Der Zug bewegt sich«, rief Slapshot von der gegenüberliegenden Außenbank. »Er fährt von uns weg.«

Kolt sah genau hin und erkannte sofort, dass Slapshot recht hatte. »In der Luft bleiben, Stew, in der Luft bleiben.«

»Roger«, gab Weeks zurück, als würde es ihn nicht im Geringsten stören, abwechselnd die Befehle zweier zerstrittener Kommandanten zu befolgen.

Kolt dachte nach, versuchte zu analysieren, was er vor sich hatte, und rasch einen neuen Plan zu improvisieren. Egal was ihm einfiel, es würde nicht leicht werden, aber ihm blieb nicht viel Zeit, das Für und Wider abzuwägen.

»Optionen?«, fragte er über Funk. Er war bereit, jeden halbwegs brauchbaren Plan zu akzeptieren, der seinen Männern oder selbst Gangster in den Sinn kam.

Er blieb für einige Augenblicke stumm, wartete auf eine Antwort. Nichts.

Schließlich meldete sich Gangster zu Wort.

»Schneiderin ist da drin. Am besten warten wir, bis der Zug hält, und isolieren sie dann.«

Das ist alles? Das ist dein Input? Du hast doch geglaubt, Schneiderin wäre im ersten Zug.

Kolt konnte Gangster nicht direkt widersprechen, denn auch er war der Ansicht, dass der Spion im zweiten Zug saß. Aber Gangsters Warten-wir's-ab-Methode würde ihnen nicht weiterhelfen. Kolt war fest davon überzeugt, dass ihre Chancen sich verschlechtern würden, wenn sie zuließen, dass der Zug zum Bahnhof zurückkehrte. Wenn die Nordkoreaner die Zeit bekamen, einen Verteidigungsplan zu entwickeln, stieg das Risiko für die Einheit extrem an, wenn man ihre Panzerung, die vielen bewaffneten Soldaten an Bord und möglicherweise noch mehr bewaffnete Nordkoreaner am Bahnhof von Kaesong in Betracht zog. Es gehörte zum Grundkonzept der Spezialeinheiten, dass sie nicht warteten, bis die Kräfte ausgeglichen waren. Und obwohl Kolt ebenfalls der Meinung war, dass die Zielperson im mittleren Zug saß, der nach Osten in Richtung

Kaesong fuhr, konnte doch niemand mit Sicherheit wissen, wo Schneiderin steckte.

Er erteilte seine Befehle über die Truppenfrequenz. »Alle Einheiten, hier Noble Zero-One, Black Snake, Black Snake.«

Ohne auf eine Antwort zu warten, sendete er das nächste Kommando. Er wusste, dass sie verstehen würden, warum er sich dem Ziel aus dem toten Winkel nähern, sich von hinten anschleichen wollte wie ein schwarz vermummter Kommandotrupp, der ein entführtes Flugzeug auf einer Rollbahn stürmte.

»Four-Four übernimmt die Führung und geht über der Lok runter. Four-One nimmt den ersten grünen Passagierwaggon, Four-Two den mittleren, Four-Three den dritten. Dann schlagen sich alle zum mittleren Waggon durch.«

»Hier Breaker Four-One, alles roger«, gab Stew Weeks zurück. »Four-Four, übernehmen Sie die Spitze.«

Kolt fuhr fort: »Kontrollierter Anflug entlang der Nordseite. Jede Einheit schießt eine SIMON-Gewehrgranate durch ein Fenster, danach ein paar Gasgeschosse. Dann geht ihr runter aufs Dach und steigt ein.«

Er sah Breaker Four-Four seinen Helikopter überholen, um in Führung zu gehen, während Weeks die Nase absenkte, um die Geschwindigkeit zu erhöhen.

»Nachtsichtbrillen aufsetzen«, rief Slapshot. »Ruft, wenn ihr die Quantenpunkt-Kristalle entdeckt.«

Während die Formation sich schnell der Rückseite des langsam fahrenden Zugs näherte, konzentrierte Kolt sich auf die drei grünen Passagierwaggons mit den gelben Streifen und den silbernen Dächern. Auf jedem ragten drei graue Dachluken etwa 30 Zentimeter in die Höhe.

Er fragte sich, ob ein Einstieg über das Dach praktischer wäre, als die Türen in der Nähe der Kupplungen zu benutzen.

20 Sekunden später flogen drei Little Birds neben ihren Zielwaggons, gerade weit genug von ihnen entfernt, damit die Rotorblätter nicht gegen die Seiten der grünen, gepanzerten Waggons schlugen. Die Operators auf den Außenbänken an der Backbordseite spähten durch die Löcher in den Plastikkappen über den Linsen ihrer Nachtsichtbrillen, die sie vor dem hellen Sonnenlicht schützten. Mit etwas Glück würde einer von ihnen die Quantenpunkte durch ein Fenster entdecken.

Kolt sah nach unten. Er nahm an, dass sie sich mit etwa 15 bis 25 Stundenkilometern fortbewegten. Sie überquerten eine größere, zweispurige Autobahn, die in nordwestlicher Richtung verlief. Die vier Helis folgten einem Feldweg entlang der nördlichen Seite der Schienen.

»Ich seh einen!«, rief Gangster. »Einen der Quantenpunkte.«

»Roger«, bestätigte Slapshot, »ich seh's auch. Mittlerer Waggon, zweitletztes Fenster.«

Kolt bemühte sich, die Kristalle ebenfalls durch die Cockpitfenster zu erkennen, aber Weeks im rechten Vordersitz blockierte ihm die Sicht. In der Hoffnung, aus der Kabine besser sehen zu können, beugte er sich zurück, aber hier wurde ihm die Aussicht von Gangster versperrt, der auf den Knien lag und sich über die Rücken von Slapshot und Digger lehnte, als wollte er sich auf ein Gruppenfoto drängen.

Digger hatte seinen Schalldämpfer abgenommen und montierte gerade den SIMON-Granatwerfer auf den Lauf seines HK 416. Hinter ihm konnte Kolt nun erkennen, wie nahe sie dem Zug waren. Obwohl der Winkel zu den Fenstern optimal für die Gewehrgranaten war, befürchtete er, dass sie für die 150-Grain-Munition bereits zu nahe waren.

»Die SIMONS!«, wies Kolt sie an. »Feuer die SIMONs ab!«

»Scheiße«, rief Slapshot. »Sie haben uns entdeckt!«

Kolt verkrampfte sich auf der Außenbank. Seine Befürchtung hatte sich bewahrheitet. Wenn Slapshot das verkündete, noch bevor einer der Operators auf dem Dach eines Waggons gelandet war, war das kein gutes Vorzeichen für diesen Angriff.

In diesem Moment war eine lange, krachende Salve aus einer automatischen Waffe zu hören. Kolt wusste, dass niemand aus seinem Team geschossen hatte. Dutzende Vollmantelgeschosse im Kaliber 7,62 × 39 Millimeter zischten durch die Luft, die Munition der in China produzierten AK-47-Kalaschnikow-Gewehre.

»Ich bin getroffen!«

Scheiße! Slapshot.

»Schüsse!«, meldete Weeks. »Breaker Four-One unter Beschuss.«

Kolt beugte sich auf der Plattform nach vorn, strapazierte seine Sicherheitsleine und stellte fest, dass das Glas des Cockpits an mehreren Stellen spinnennetzartige Risse aufwies, was ihm sagte, dass Kugeln eingeschlagen waren. Er konnte nicht erkennen, ob Weeks angeschossen war, aber er bewunderte dessen Nervenstärke. Der erfahrene Pilot der 160th würde die Position halten, damit seine Fluggäste den Angriff fortsetzen konnten, bis er seinen letzten Atemzug tat oder die Kontrolle über die Maschine verlor.

Weitere AK-Schüsse knallten und übertönten das Rolls-Royce-Wellenturbinentriebwerk des Little Bird mit Leichtigkeit.

»Four-One zieht ab!«

Im nächsten Moment ließ Weeks den Vogel über dem Zug aufsteigen und nach Süden fliegen, um der Todeszone zu entkommen. Jetzt, da er alle drei grünen Passagierwaggons sehen konnte, erkannte Kolt das Problem. Nordkoreanische Soldaten, nach wie vor mit braunen, untertassenförmigen Mützen mit roten Bändern um den Rand bekleidet, hatten die Köpfe aus den Dachluken gesteckt. Sie hielten Gewehre in den Händen, die seltsamerweise mit silbernen Bajonetten bestückt waren, und zielten auf die Formation der Little Birds, die auf die Südseite der Schienen gewechselt hatten und sich im Steigflug befanden.

Aus dem Augenwinkel konnte Kolt seinen Kommunikator JoJo sehen, der hinter ihm auf der Steuerbordplattform saß. JoJo hatte das Gewehr gehoben, den Kolben sicher an die Schultertasche gezogen und gab gezielte Schüsse auf die feindlichen Soldaten ab. Zwei der Patronenhülsen trafen Kolt an der linken Schulter, als er ebenfalls sein Gewehr hob. Aber bevor er einen Schuss abfeuern konnte, verschwanden die Nordkoreaner wieder. Einige ließen die grauen Dachluken offen stehen, andere schlossen sie hinter sich.

»Slapshot«, rief Kolt und sicherte seine Waffe. »Dein Status?«

»Mist, ich hab mir eine eingefangen. Digger auch.«

Kolt drehte sich um und lehnte sich zurück, um sich in der Kabine umzusehen und den Schaden abzuschätzen. Digger krümmte sich. Seine grüne Nylon-Sicherheitsleine straffte sich, hielt ihn jedoch auf der Außenbank. Slapshot hatte die Hände an die Rückseite von Diggers gelbbrauner Kampfweste gehoben und hielt ihn an der Blendgranatentasche fest, die sich direkt unterhalb des Nackens befand.

Gottverdammt!

Jetzt richtete Kolt seine Aufmerksamkeit auf Gangster, der auf dem Rücken lag und sich nicht bewegte.

Kolt schrie: »Gangster!«

Als ihm klar wurde, dass ihn niemand hören konnte, griff er hektisch nach der Sprechtaste. »Gangster, alles okay?«

Keine Antwort.

Er bemühte sich, Gangsters Verletzungen zu erkennen, aber er konnte weder sehen, wo er getroffen war, noch ob seine Augen offen waren. Slapshot hatte Digger wieder aufgerichtet und dessen Oberkörper zurück in die Kabine gelehnt. JoJo hatte seine Sicherheitsleine gelöst und griff nach rutschfesten Stellen am Kabinenboden, um sich neben Gangster ins Innere zu ziehen.

»Four-Four ist getroffen!«

Mist!

Die Mission lief aus dem Ruder, und das rasend schnell.

»Hier Noble Zero-One, ich brauche eine Statusmeldung von allen Einheiten!«

»Breaker Four-Two ist getroffen, verliere Kontrolle über Pedale und Collective«, meldete ein Pilot. »Mehrere verwundete Adler an Bord.«

»Breaker Four-Three zieht sich zurück.«

Während Kolt die Informationen verarbeitete und versuchte, sich Klarheit über die Lage zu verschaffen, blickte er zum Zug zurück, der weiter nach Osten fuhr und beschleunigte.

Er begann zu hyperventilieren. Seine Brust hob und senkte sich schnell, drückte sich an die Keramikplatte, die ihm erst vor einer Stunde in Panmunjom das Leben gerettet hatte. In diesem Moment wusste er, dass die Mission kurz vor dem Scheitern stand.

Da mehrere Operators verletzt und zwei der vier MH-6M Little Birds nicht mehr flugtüchtig waren, gingen ihm die Optionen aus. Er zögerte, seine Sprechtaste zu drücken, widerstand dem Drang, einen Befehl zu erteilen, den er in all seinen Jahren bei der Delta Force nie erteilt hatte. Tatsächlich war es ein Befehl, den er selbst mehr als einmal ignoriert hatte – und doch war er jedes Mal noch auf den Beinen gewesen, nachdem sich der Rauch verzogen hatte.

Es musste einen anderen Weg geben; es gab immer einen. Er brauchte nur etwas Zeit, um das Problem zu lösen. Wahrscheinlich nicht einmal eine Minute. Möglicherweise würden schon Sekunden ausreichen.

Konzentrier dich, Kolt.

»Hier ist Four-Four, Mayday, Mayday, Mayday.«

Das war der Tropfen, der das Fass zum Überlaufen brachte. Kolt wusste, dass ein Pilot der 160th nie *Mayday* senden würde, wenn die Lage nicht wirklich beschissen war, wenn er nicht bereits jede Möglichkeit ausgeschöpft, jeden Notschalter gedrückt und sämtliches Insiderwissen angewandt hatte, das er sich über die Jahre angeeignet hatte, um seinen Helikopter dazu zu bringen, Dinge zu bewerkstelligen, vor denen die Hersteller ausdrücklich warnten. Er wusste, dass ihm keine Wahl mehr blieb – er musste diese Entscheidung fällen.

»Hier ist Noble Zero-One.« Kolt hielt für einen langen Moment inne. »Abbruch, Abbruch, Abbruch!«

»Roger«, bestätigte Chief Stew Weeks. »Abbruch, Abbruch, Abbruch!«

Kolt warf noch einen letzten verstohlenen Blick zum Zug zurück. Dieser hatte sich zwischenzeitlich etwa 100 Meter weiter entfernt, war dem Bahnhof ein Stück näher gekommen. Er konzentrierte sich auf die Dachluken, um sicherzugehen, dass die Operators oder die Little Birds nicht von einem nordkoreanischen Scharfschützen ins Visier genommen wurden.

Gerade als er sich überzeugt hatte, dass sie sicher den Rückzug antreten, zurück zur DMZ und zum JOC in Inchon zurückfliegen konnten, entdeckte er die glänzenden Dächer zweier schwarzer Wagen, die in die dem Zug entgegengesetzte Richtung fuhren. Er folgte ihnen mit dem Blick, bis sie die Lokomotive am Zugende hinter sich gelassen hatten. Jetzt konnte er die beiden Limousinen und ihre Schatten vor der hellbraunen Erde und den grünen Hügeln im Hintergrund ausmachen. Aus irgendeinem Grund kamen sie ihm bekannt vor.

Kolt musterte die Fahrzeuge und hörte vage, wie Stew Weeks den Status der vier Helis an das JOC meldete. Als er sich umdrehte, stellte er fest, dass seine Maschine jetzt den anderen nach Südwesten folgte. Zwei der Little Birds waren sichtlich beschädigt. Dichter grauschwarzer Rauch stieg vom Hauptrotor des einen und dem Heckausleger des anderen auf. Er fragte sich, ob sie die Grenze erreichen würden, bevor sie zu viel Treibstoff oder Öl verloren hatten, was die Steuerung blockieren und bestenfalls zu einer kontrollierten Notlandung führen würde.

Kolt wandte sich wieder den zwei schwarzen Limousinen zu. Er wusste immer noch nicht, weshalb sie ihm bekannt vorkamen.

Ach du Scheiße!

Im nächsten Moment fiel es ihm wieder ein. Ja, er war sicher, dass es dieselben Autos waren, die er in der Videoübertragung der SpyLite im Notri gesehen hatte. Die Autos, zu denen die nordkoreanischen Wachleute in der DMZ Schneiderin geschleift hatten, nachdem sie Hawk aus dem Konferenzgebäude geworfen hatten.

»Stew, Ziel entdeckt, nördliche Richtung. Zwei schwarze Limousinen.«

»Ähh«, war Weeks' Stimme über Funk zu hören. »Wir sind im Moment nicht kampftauglich. Zwei Vögel sind derzeit angeschlagen.«

»Hören Sie erst mal zu. Lassen Sie Four-Three die zwei rauchenden Vögel zurückeskortieren. Wir müssen los und die Fahrzeuge verfolgen.«

Kolt schaute zu JoJo zurück, der sich im Cockpit um Gangster kümmerte. Offenbar hatte er den letzten Funkspruch gehört und blickte seinen Staffelkommandanten direkt an.

Kolt hob den Daumen und versuchte, mit der Stimme das Triebwerk zu übertönen.

»Kommt er klar?«

JoJo hob seinerseits den Daumen und suchte nach seiner Sprechtaste. »Der Puls ist kräftig, er ist nur bewusstlos. Die Kugel hat seinen Helm getroffen.«

»Was machen wir, Boss?« Slapshot machte keinen Hehl daraus, dass er von Kolts hastiger Entscheidung, die Autos zu verfolgen, nicht begeistert war.

»Slap, das sind dieselben Wagen, die beim Meeting waren. Da bin ich mir sicher.«

»Racer, denk gut drüber nach. Wie stehen denn die Chancen, dass Schneiderin in einem davon sitzt?«

»Ist ein Bauchgefühl, Slap, mehr nicht«, erwiderte Kolt. »Aber es ist logisch.«

»Wir haben die Quantenpunkte gesehen, Boss. Im mittleren Passagierwaggon.«

Kolt hatte nicht viel Zeit, um die Sache mit Slapshot zu diskutieren. Er dachte an das zurück, was Hawk in Inchon gesagt hatte, als sie sich geweigert hatte, sich von den Sanitätern aus dem Little Bird heben zu lassen. Vielleicht hatte sie recht gehabt. Vielleicht hatten sie Schneiderin die Jacke ausgezogen. Und wenn es stimmte, dass ihr Wurf lediglich die Schulterblätter der Zielperson getroffen hatte, dann war der Gedanke nicht weit hergeholt, dass die nordkoreanischen Wachen ihm die Jacke abgenommen und damit die Markierung entfernt hatten.

Er wandte sich wieder JoJo zu, um dessen Meinung einzuholen über das, was er von ihnen verlangen wollte. Dieser hob die behandschuhte Faust und streckte ihm die Fingerknöchel entgegen. Kolt stieß seine Faust gegen JoJos und freute sich über das Vertrauen, das sein Kommunikator ihm damit aussprach.

»Wir können das schaffen, Slap«, sagte Kolt in der Hoffnung, auch Slap auf seiner Seite zu haben.

»Ein Heli mit drei Verletzten an Bord?«

»Zwei Limousinen, Slap. Unsere Chancen sind besser als ihre.«

Slapshot erwiderte nichts. Kolt und Slapshot kannten sich seit langer Zeit. So lange, dass Kolt wusste, dass Schweigen bei seinem Sergeant Major Zustimmung bedeutete. Wäre es anders gewesen, hätte Slapshot sich gewehrt wie ein Grizzly in einer Falle.

»Wie geht's Digger?«

»Stabil.«

Slapshots Antwort war knapp, aber verständlich.

Stew Weeks schaltete sich über die Helifrequenz ein. »Sie entscheiden, Racer.«

Kolt wusste, dass Captain Yost alles mithörte, was über diese Frequenz gesendet wurde. Yost wusste sicherlich, dass zwei der Hubschrauber getroffen waren. Er wusste bestimmt ebenfalls, dass mehrere Adler verwundet waren. Bis jetzt hatte sich der SEAL-Team-Six-Kommandant noch nicht eingemischt, was Kolt als stillschweigende Zustimmung zu seinen Plänen wertete.

»Drehen Sie um«, sagte er.

»Roger. Four-Three, Sie sind die Eskorte und kehren mit den anderen zur Basis zurück«, sendete Weeks. »Four-One dreht ab, neues Ziel voraus.«

Stew Weeks neigte den MH-6M Little Bird hart nach rechts, wodurch Kolt beinahe horizontal saß und in den wolkenlosen blauen Himmel starrte. Die Zentrifugalkraft drückte seinen Hintern fest auf die Außenbank, bis Weeks die Maschine wieder gerade ausrichtete und die Nase senkte. Er suchte einen direkten Weg zu den zwei schwarzen Limousinen, die sich in nordwestlicher Richtung entfernten.

Kolt sprach in sein Mikrofon: »Slapshot, gib mir Diggers Schrotflinte.«

»Wir kriegen das schon hin.«

»Ihr seid beide angeschossen«, widersprach Kolt. »Ich kümmere mich um die Windschutzscheibe.«

»Ich mach das schon, Boss!«

Kolt erwiderte nichts. Er wusste, dass Slapshots Verletzung so oberflächlich sein musste, dass er noch kampftauglich war. Da er froh war, noch die Unterstützung des Sergeant Majors seiner Staffel zu haben, gab er sich damit zufrieden.

»Bringen Sie uns vor das erste Fahrzeug, Stew«, wies er den Piloten an.

»Roger.«

»Backbordseite zur Windschutzscheibe«, befahl Kolt und gab damit allen zu verstehen, dass er nicht darauf bestand, die Gasgranaten selbst abzufeuern und das CS-Gas ins Wageninnere zu schießen.

SEAL-Captain Yost meldete sich über Funk vom Joint Operations Command.

»Breaker Four-One, hier ist Heater One-Zero, wie geht's Ihrem Heli?«

Stew Weeks zögerte nicht. Er war immer noch in der Lage, den mit Verletzten beladenen Hubschrauber weiter nach Nordkorea zu fliegen und sich auf einen Kampf einzulassen.

»Systeme stabil. Die Tankanzeige springt ein bisschen, mehr nicht.«

»Brauchen Sie Sprit?«, fragte Yost.

»Negativ. Sollte fürs Erste reichen.«

Während er mit einem Ohr dem Gespräch zwischen Yost und Weeks folgte, wandte Kolt sich wieder der Kabine und JoJo zu, um nachzusehen, wie es Gangster ging. JoJo beugte sich über den ehemaligen Delta-Offizier, wodurch Kolt nicht genau erkennen konnte, was er tat.

Er beugte sich ein paar Zentimeter weiter hinein, um nach Digger und Slapshot zu sehen. Digger konnte sich offenbar bewegen, denn Kolt sah, wie er Slapshot half, den Gurt der Schrotflinte über seinen Kopf zu heben. Er wollte fragen, wie schwer ihre Verletzungen waren, entschied sich dann jedoch dagegen. Sie waren am Leben und offensichtlich nicht schwer verwundet, also beschloss er, es dabei zu belassen.

Kolt sah, wie Slapshot die Schrotflinte hochnahm, einen Daumen in das feste Magazin schob, die Ladeschale hob und die Patronenkammer checkte, um sich zu vergewissern, dass die Waffe mit mindestens zwei Gasgeschossen geladen war.

Slapshot sagte über Funk: »Ich nehm die Flinte. Digger, du zielst auf einen der Vorderreifen.«

»Tunnel voraus«, meldete Weeks.

Kolt blickte auf, sah den Tunnel vor ihnen und ärgerte sich über sich selbst, weil er diesen nicht früher bemerkt hatte. Da ihm klar wurde, dass Weeks nicht mehr genug Zeit blieb, den Heli vor dem Auto in Position zu bringen, ohne gegen den Berghang zu prallen, bot er ihm einen Ausweg an.

»Wenn's sein muss, fliegen Sie drüber, dann knöpfen wir sie uns auf der anderen Seite vor.«

»Festhalten!«, rief Weeks.

Der Little Bird beschleunigte und Kolt lehnte sich auf der Bank leicht nach vorn. Er behielt die beiden Limousinen im Blick, während Weeks sich ihnen von links näherte. Der Heckrotor brach zur Seite aus, als er die Maschine hart nach rechts neigte und sie in einem 40-Grad-Winkel hielt, damit Slapshot eine gute Schussposition bekam.

Einen Augenblick später wichen sie nach oben aus, und Kolts Stiefel verfehlten das Betondach des im Berghang verschwindenden Tunnels um Haaresbreite.

»Gute Treffer!«, meldete Slapshot.

»Bringen Sie uns zum Tunnelausgang«, befahl Kolt.

»Roger.« Weeks ließ den Helikopter aufsteigen. Er flog dicht über den üppig mit Gestrüpp bewachsenen und hier und da mit kahlen, braunen Stellen gesprenkelten Berghang.

»Hier ist überall Sprit auf dem Kabinenboden«, gab JoJo bekannt. »Wir müssen irgendwo ein Leck haben.«

»Ich sehe nichts«, erwiderte Weeks, während er die Hügelkuppe überwand und die Nase in Richtung Straße und Tunnelausgang absenkte. »Alle Instrumente stabil.«

Kolt hielt sein Gewehr auf den dunklen Tunnel gerichtet, während der Little Bird direkt neben der Straße aufsetzte. Er hakte seine Leine aus, sprang von der Plattform und sprintete auf den wie ein umgedrehtes U geformten Tunneleingang zu.

Zu seiner Überraschung konnte er die Fahrzeuge noch nicht sehen. Kolt wandte sich um und erkannte JoJo, der ihm dicht auf den Fersen war.

»Nachtsichtbrille aufsetzen. Los geht's.« Kolt nahm die schwarzen Plastikkappen von den Linsen seines Nachtsichtgeräts.

Er hielt sich auf der rechten Tunnelseite, nur 30 Zentimeter von der Wand entfernt, um sich keine verirrte Kugel einzufangen. Um nicht überfahren zu werden, blieb er auf der Seite, die der Spur gegenüberlag, die die Fahrzeuge wahrscheinlich benutzen würden. Etwa 40 oder 50 Meter vor sich entdeckte er die erste Limousine, die diagonal in die gegenüberliegende Tunnelwand gekracht war. Der linke Vorderreifen war platt und Rauch quoll unter der Motorhaube hervor. Durch den Rauch konnte Kolt mit Mühe die Windschutzscheibe erkennen, die die deutlichen Spuren zweier Flintengeschosse trug, die in die Fahrerkabine eingeschlagen waren.

Kolt und JoJo rückten taktisch weiter vor, die Gewehre im Anschlag und bereit, jeden Nordkoreaner zu erledigen, der den Crash überlebt hatte und noch bereit war zu kämpfen. Das hintere Fahrzeug, das jetzt in Sicht kam, sah aus, als wäre es von hinten auf den ersten Wagen aufgefahren.

Kolt brauchte lediglich etwa zehn Sekunden, um die erste Limousine zu erreichen. Da der Rauch seine Sicht durch die Nachtsichtbrille beeinträchtigte, nahm er sie ab und ließ sie am Helm einrasten. Er roch die Rückstände der Gasgeschosse, konnte das Gas förmlich schmecken, als es langsam in seine Nasenlöcher eindrang. Mit auf die Windschutzscheibe gerichtetem Gewehr verlangsamte er seine Schritte, bewegte sich mit vorsichtiger Eile weiter, bis er durch das Fahrerfenster ins Wageninnere schauen konnte.

Vorn saßen zwei schwer in Mitleidenschaft gezogene Nordkoreaner. Der Beifahrer war älter und trug einen dunklen Anzug. Er war mit dem Gesicht gegen die Scheibe geprallt und hatte einen blutigen Abdruck am Glas hinterlassen. Der Mann krümmte sich vornüber und hustete durch die Wirkung des CS-Gases, aber er war am Leben. Kolt war sofort klar, dass es sich bei ihm möglicherweise um Schneiderin handelte. Der andere Fahrzeuginsasse am Steuer, ein uniformierter Nordkoreaner, war offensichtlich bewusstlos. Es sah aus, als hätte er sich die Nase am Lenkrad eingeschlagen.

Schnell ging Kolt zum hinteren Wagenfenster und stieß die Mündung seines Gewehrs durch das Glas. Leer.

»Der Beifahrer könnte unser Jackpot sein«, rief er JoJo zu, damit dieser nicht feuerte.

Kolt widerstand dem Drang, den hustenden Beifahrer sofort zu identifizieren, weil er wusste, dass sie zuerst die Umgebung sichern mussten.

Dann hörte er Reifen quietschen und wandte sich zum Folgefahrzeug um. Er sah jemanden am Steuer sitzen, dessen Hände das Lenkrad auf zehn und zwei Uhr gepackt hielten. Der Wagen raste auf ihn zu. Die Entschlossenheit in den Augen des Fahrers war nicht zu übersehen – dieser spezielle Blick, der Kolt sagte, dass er nicht vorhatte zu fliehen. Nein, der Fahrer wollte Kolt töten, hielt direkt auf ihn zu.

29

Kolt blieben nur eine oder zwei Sekunden, um zu reagieren, und seine Möglichkeiten waren begrenzt. Mit einem Blick zur Tunnelwand wurde ihm bewusst, dass das herannahende Fahrzeug ihn wie einen Käfer zerquetschen würde. Er wandte sich zum qualmenden ersten Wagen um, trat instinktiv einen Schritt vor und stützte sich mit der linken Hand auf die Haube. Dann sprang er hinauf, gerade als das rechte vordere Ende der Stoßstange des anderen Autos die linke Hinterseite dieses Fahrzeugs traf und es eine halbe Wagenlänge über den Mittelstreifen stieß. Kolt fiel auf den Asphalt und nahm einen starken Geruch nach verbranntem Gummi wahr.

Er versuchte, sich beim Sturz abzurollen, sein Gewehr auszurichten und auf die Reifen zu zielen. Durch sein Rotpunktvisier sah er jemanden hinter dem heranrasenden Auto, eingerahmt vom hellen Tageslicht, das in den Tunneleingang fiel.

Slapshot!

Kolt hörte mehrere Schüsse, gedämpft durch den Gehörschutz seiner Peltor-Kopfhörer. Er kämpfte darum, den roten Punkt des Visiers über das Ziel zu legen und seine Atmung zu kontrollieren, aber der Wagen schlingerte heftig, prallte erst von der rechten Betonwand ab, überquerte dann beide Fahrspuren und raste gegen die linke Tunnelwand.

Slapshot musste beide Vorderreifen zerschossen haben, sonst hätte der Fahrer nicht so schnell die Kontrolle verloren. Oder er hatte den Fahrer selbst aufs Korn genommen.

Im nächsten Moment sah Kolt, wie ein nordkoreanischer Soldat an der Fahrerseite ausstieg, sich umdrehte und eine Pistole auf sein Gesicht richtete. Kolt wich zum qualmenden ersten Auto zurück und ließ sich auf beide Knie fallen, als drei oder vier Pistolenschüsse krachten. Er hörte, wie die Kugeln an seinem Kopf vorbeizischten. Eine hörte sich an, als würde sie keinen halben Meter entfernt von der Fahrbahn abprallen. Er schob sich zum vorderen Schutzblech und ging hinter dem Reifen in Deckung.

Von dort aus spähte er um die vordere Stoßstange herum und sah den feindlichen Soldaten, der dasselbe getan hatte wie er und sich hinter die offene Fahrertür duckte. Kolt schob sich ein paar Zentimeter weiter vor, aus dem Schussfeld des Soldaten, und beugte sich nach vorn. Er berührte mit dem Helm den Asphalt und versuchte, mit seinem seitlich gehaltenen Gewehr, das Auswurffenster unten, ein besseres Zielbild zu bekommen.

Scheiße!

Kolt wusste, dass er zu nahe war für einen guten Schusswinkel, also riss er sich den Halteriemen vom Kinn und ließ seinen Ops-Core-Helm auf die Straße fallen. Wieder beugte er sich hinab, aber diesmal konnte er den Kopf weit genug senken, um sich den Gewehrkolben dicht an die Wange ziehen zu können. Durch sein HOLO-Sight-Visier sah er die Knie des Nordkoreaners am Boden unter der offenen Wagentür.

Er zielte mit dem roten Punkt knapp unter die Tür und feuerte nur wenige Zentimeter über dem Boden zwei 5,56-Millimeter-Kugeln ab. Der Mann fiel hinter der Tür hervor, schrie vor Schmerz und hielt sich das linke Knie und das Schienbein.

»Gib mir Deckung!«, schrie Kolt.

»Roger!«, rief JoJo.

Kolt sprang auf, umrundete die Vorderseite der Limousine und stürmte auf den hinteren Wagen zu. Als er die Pistole vor sich am Boden liegen sah, ließ er sie mit einem Tritt die Straße entlangrutschen, bevor er dem verwundeten Koreaner mit seinem Salomon-Kampfstiefel, Größe 11, einen Tritt zwischen die Beine versetzte. Da die Vordersitze leer waren, wandte er sich schnell den Rücksitzen zu. Mit der linken Hand riss er die Hintertür auf und packte dann wieder sein Gewehr. Im Wagen saß ein dicker, alter Mann, der einen schwarzen Anzug trug wie der andere. Er hatte bereits die Hände über den Kopf gehoben, als ob er sich entschieden hätte aufzugeben und nur noch hoffte, nicht verletzt zu werden.

Durch seine Peltor-Kopfhörer hörte er Weeks' Stimme: »Uns geht langsam der Sprit aus.«

Jetzt schon? Kolt fand diese Meldung seltsam, denn er wusste, dass sie den Tank gerade erst beim JOC in Inchon aufgefüllt hatten.

Für den Augenblick ignorierte er Weeks' Funkspruch und erstarrte, als er neben dem Dicken noch einen anderen Mann auf dem Rücksitz bemerkte. Dieser war ebenfalls älter, nicht so schwergewichtig wie die anderen zwei, aber entweder bewusstlos oder tot. Merkwürdigerweise war dieser im Adamskostüm, abgesehen von der ausgebeulten grauen Unterhose. Seine Hände waren hinter dem Rücken verborgen.

Kolt packte den dicken Mann am Anzugkragen und zog ihn auf die Straße hinaus. Er drehte ihn auf den Bauch und ließ sich ihm mit dem rechten Knie hart ins Kreuz fallen.

»Schnapp dir den anderen«, wies er Slapshot an.

»Roger«, erwiderte dieser.

Kolt nahm ein paar Kabelbinder von seiner Kampfweste und fesselte dem Mann rasch die Hände, bevor er auf die andere Wagenseite hinüberging, um Slapshot zu helfen. Der fast nackte Mann lag ebenfalls auf dem Bauch, während Slapshot einen Bolzenschneider an seinen glänzenden Handschellen ansetzte.

»Er lebt«, sagte er. »Ist das unser Mann?«

Kolt schaltete die Sure-Fire-Waffenlampe an seinem Gewehr ein und richtete das weiße Licht auf die Hände des Mannes. Er musterte diese, während sein Sergeant Major den Mann umdrehte. Kolt hob eine der Hände, fühlte, dass sie merkwürdig groß war, und ließ sie vorsichtig wieder sinken. Dann sah er zu den Füßen des Mannes hinunter. Sie waren breit und flach wie zwei Zackenbarsche, die jemand beim Hochseeangeln gefangen hatte.

»Jackpot!«, verkündete er. »Ich wiederhole, Jackpot!«

»Roger, Jackpot«, funkte Weeks. »Wir müssen los. Bin nicht sicher, ob wir's bis zur DMZ schaffen.«

Kolt schob sich das Gewehr mit abwärtsgerichteter Mündung auf den Rücken und bückte sich, um sich Schneiderin auf die rechte Schulter zu heben.

»Ich nehm ihn, Boss«, bot Slapshot an.

»Du bist verletzt, Mann.« Kolt betrachtete Slapshots blutverschmierte Tarnuniform. »Ich mach das schon.«

»Was ist mit den anderen?«

»Lassen wir hier.« Kolt wandte sich dem qualmenden Fahrzeug zu, vor dem JoJo Wache stand. »JoJo, wir hauen ab.«

Slapshot ging voraus zum Tunnelausgang, wo der Little Bird wartete. JoJo bildete das Schlusslicht und hielt ihnen den Rücken frei, damit Kolt sich darauf konzentrieren konnte, ihre wertvolle Fracht zu tragen.

»Adler kommen raus!«, meldete Slapshot, um Gangster und Digger darauf vorzubereiten, dass ihre Kameraden aus dem dunklen Tunnel hervorkommen würden.

Als sie noch etwa 20 Meter vom Little Bird entfernt waren, bemerkte Kolt, dass jemand vor seiner Außenbank stand. Es war Gangster. Sein dichtes, milchkaffeebraunes Haar wehte heftig im Rotorenwind und er hielt seinen Helm unter dem Arm wie einen Football. Während Kolt näher kam, schaute er genauer hin und stellte fest, dass Gangster auch seine Kampfweste ausgezogen hatte und in der anderen Hand hielt. Sein Gewehr hatte er sich am Gurt umgeschnallt.

Was zum Teufel …?

Er legte Schneiderin auf der Außenplattform ab und Slapshot half, ihn in die Kabine zu verfrachten. Kolt nahm einen deutlichen Treibstoffgeruch wahr und beäugte Gangster.

Dieser stieg ein, reichte Slapshot seinen Helm und versuchte dann umständlich, Schneiderin seine Kampfweste anzuziehen. Er befestigte die Klettverschlüsse um die Taille des Spions. Die Weste hatte zwar definitiv keine Einheitsgröße, aber es funktionierte irgendwie.

Slapshot setzte Schneiderin Gangsters Helm auf, bevor er in den Hubschrauber stieg. Dann half er Gangster dabei, den Nordkoreaner hineinzuschieben. Gangsters Bemühungen boten einen komischen Anblick, aber Kolt wusste, dass der Einfall klug war. Es war schließlich nicht nötig, nach dieser hoch riskanten Mission das Risiko einzugehen, dass ihr kostbarer Fluggast durch einen Glückstreffer von einem nordkoreanischen Scharfschützen oder einem in den Hügeln versteckten Rotgardisten getötet wurde.

»Gute Idee«, rief Kolt mit einem Blick zu Gangster. »Geht's dir gut?«

Gangster wandte sich ihm zu und sah ihm in die Augen. »Wo sind dein Helm und dein Nachtsichtgerät?«

Kolt hatte praktisch vergessen, dass er seinen Kopfschutz abgelegt hatte, um besser zielen zu können. Aber er ignorierte die Frage und wischte sich stattdessen die beiden Rotzfäden, die ihm aus der Nase hingen, mit dem Ärmel ab. Dann drückte er die Sprechtaste an seinem Mikrofon und nahm vorn auf der Außenbank Platz. Er nahm einen langen Schluck aus seiner CamelBak, bewegte das Wasser mehrmals im Mund umher und spuckte es auf den heißen Asphalt.

»Breaker Four-One, hier Noble Zero-One. Sind an Bord und haben einen Gast mitgebracht.«

»Roger. Four-One hebt ab mit fünf Adlern plus eins«, gab Weeks zurück. »Bin nicht sicher, ob ich uns alle tragen kann.«

Kolt spürte, wie Weeks auf maximale Leistung ging. Der Heli vibrierte und schwankte wie eine auf Hochtouren laufende, vollgestopfte Waschmaschine.

Komm schon, komm schon, Stew, bring uns in die Luft.

Die Maschine hob ein paar Zentimeter ab, landete mit den Kufen aber rasch wieder auf der zweispurigen Straße.

»Wir sind zu schwer«, meldete Weeks.

»Gibt nichts, was wir abwerfen können, Kumpel«, erwiderte Kolt. »Es muss irgendwie gehen.«

Gerade als er seinen Funkspruch beendet hatte, stieg der Little Bird wieder auf. Langsam, aber stetig. Einige Sekunden später machte Weeks eine Vierteldrehung nach Backbord, stieg auf ungefähr zehn Meter, senkte langsam die Nase ab und beschleunigte nach Südwesten, in Richtung Grenze.

»Ich fliege zum Yesong«, sagte Weeks. »Bei dieser Geschwindigkeit sind wir sonst ein leichtes Ziel.«

Kolt wusste, dass er recht hatte. Wenn sie derart überladen waren, machten sie es selbst den schlechtesten nordkoreanischen Schützen leicht, sie zu treffen. Aber er war nicht sonderlich erfreut darüber, dass sie über Wasser fliegen würden.

Er dachte wieder an die *Queen Mary II* zurück und wünschte jetzt, seine Männer wären mit den Kragen ausgestattet, die sich in einer Wassertiefe von zehn Zentimetern automatisch aufbliesen. Oder dass es zumindest einen davon für den Staffelkommandanten gab.

Sie hatten zu viel Ausrüstung am Leib, um damit schwimmen zu können, und niemand trug unter seinem Crye-Precision-Tarnanzug einen schwimmfähigen Neoprenanzug. Nein, die Sicherheitsmaßnahmen, die sie beim Flug über den Atlantik getroffen hatten, standen ihnen hier in Nordkorea nicht zur Verfügung, und im Augenblick hätte Kolt lieber einen Absturz an Land riskiert, als noch einmal zu tauchen.

Kolt saß seitlich auf der Bank und drehte sich um, um nach Schneiderin und Gangster zu sehen. Sie saßen Schulter an Schulter, mit dem Rücken an die Wand der Kabine gelehnt. Derjenige, der Kolt am nächsten saß, bot einen merkwürdigen Anblick: ein weitgehend nackter Mann mit einem in dunklen Erdtönen gehaltenen Helm und einer schweren, übergroßen schwarzen Kampfweste, die ihn einrahmte wie eine dieser doppelseitigen Werbetafeln, mit denen Angestellte an Straßenecken herumstanden. Neben Schneiderin saß Gangster, der noch seine Peltor-Kopfhörer trug. Dieser wirkte ruhig und lehnte den Kopf an die mattschwarze Aluminiumwand, gepolstert durch sein dichtes Haar. Gangster hielt das HK416 auf seinem Schoß mit beiden Händen fest. Kolt sah wieder zu Schneiderin und verschaffte sich rasch einen Überblick über das, was an der Kampfweste befestigt war: drei 30-Schuss-Magazine, eine Splittergranate und Gangsters Glock, die im Brustbereich unter einer kleinen, dezenten amerikanischen Flagge in einem Halfter steckte.

Vor ihnen konnte er mit Leichtigkeit den westlichen Rand des nordkoreanischen Gebiets erkennen. Zwischen den wie verkohlt wirkenden Hügeln drangen hier und da glitzernde Reflexionen des Yesong durch, der glatt wie Glas dalag. Kolt gestattete sich, etwas zur Ruhe zu kommen, verscheuchte seine Wasserängste und konzentrierte sich darauf, die Kommandozentrale zu erreichen und die kostbare Fracht den zuständigen Autoritäten zu übergeben. Er wischte sich noch einmal die Nase, froh darüber, noch die letzten Reste des CS-Gases losgeworden zu sein. Zum ersten Mal seit zwei Stunden ließ er bewusst zu, dass die Anspannung sich löste, die ihn wie eine Zwangsjacke umklammert hatte. Er dachte an die Verletzten in den anderen Little Birds und fragte sich, ob sie bereits zur Basis zurückgekehrt waren. Er dachte an Slapshot und Digger, beide verwundet, aber lebendig, und daran, wie stolz er auf ihre ungebrochene Tapferkeit war. Kolt wusste, er würde bei der Nachbesprechung des Einsatzes einiges von ihnen zu hören bekommen. Das wäre sicherlich nicht das erste Mal, aber mittlerweile war er in dieser Hinsicht dickhäutig wie ein Elefant geworden.

Ein Vibrieren in seiner rechten Beintasche holte ihn in die Gegenwart zurück.

Hawk?

Er zog das Telefon heraus, vorsichtig, damit es nicht zum Grasboden hinabfiel, und hielt die linke Hand über den Bildschirm, um den grünen Knopf zum Annehmen des Anrufs erkennen zu können.

»Sind unterwegs«, sagte er. Er nahm an, dass wieder Cindy Bird am anderen Ende der Leitung war, und er lag richtig damit. »Wie geht's dir?«

»Hör zu, Kolt. Schneiderin ist lebensmüde. Wo ist er jetzt?«

»Ganz ruhig, er ist bei uns im Heli, direkt hinter mir. Er ist gut eingepackt und hält gerade ein Nickerchen.«

»Nein, Kolt. Wir haben den Brief fertig übersetzt. Er schämt sich wirklich dafür, dass er sein Land und seine Familie verraten hat. Er weiß, dass man ihn an die Hunde verfüttern wird.«

»Alles in Ordnung, Hawk. Wir sind noch ungefähr 30 Kilometer entfernt.«

Bevor sie antworten konnte, erinnerte Kolt sich daran, dass die Glock und die Granate noch an der Weste befestigt waren, die sie Schneiderin angelegt hatten. Panisch wirbelte er herum und richtete den Blick auf die Weste, in

Richtung der beiden Todeswerkzeuge, die der Spion, falls Hawk recht hatte, vielleicht benutzen würde, um seinem Leben ein Ende zu setzen.

Schneiderin wirkte ruhig. Er hatte sich Slapshot und Digger zugewandt und starrte mit leerem Blick zur Steuerbordseite des Helis hinaus.

»Sei einfach vorsichtig, Kolt«, bat Hawk.

»Ja, Mama.«

»Bingo, bingo, bingo!«, meldete Weeks.

Scheiße!

Kolt verkrampfte sich und schob das Handy in die Tasche zurück. Ihr Little Bird hatte fast keinen Treibstoff mehr, und er fragte sich, was ihr Pilot Chief Weeks vorhatte.

»Müssen wir runtergehen?«, fragte er über die Helifrequenz. Es wäre ihm lieber gewesen, zu landen und auf eine Treibstofflieferung zu warten oder zu Fuß die DMZ zu überqueren, um das sichere Südkorea zu erreichen. Das wäre immer noch besser als eine weitere Notwasserung.

»Noch nicht«, erwiderte Weeks nach einer kurzen Pause. »Ich werde wissen, wenn's so weit ist. Wir können es immer noch zurück zur Basis schaffen.«

Kolt gefiel seine Antwort kein bisschen, aber er kannte die Hackordnung. Im Einsatz am Boden hatte Kolt Raynor das Sagen. In der Luft, in einem überladenen Night Stalker Little Bird, der Mühe hatte, sicheres Gelände zu erreichen, hatte der Pilot das Kommando.

Er widerstand dem Drang, zum Wasser hinunterzuschauen, während Weeks den Heli über den Fluss manövrierte, als würde er ein Hot Rod zur Rushhour in den Berufsverkehr steuern. Die Luft roch anders über dem brackigen Wasser – feucht und säuerlich nach Fisch und Salz.

Breaker Four-One fegte mit der Höchstgeschwindigkeit von 120 Knoten etwa 30 Meter über der Wasseroberfläche dahin. Kolt sah seinen Kommunikator JoJo an. Dieser wirkte entspannt und betrachtete die Küste, die unter ihnen vorbeizog, auf der Suche nach Rotgardisten, die ihnen gefährlich werden konnten.

Sei wachsam, Kolt.

Er dachte wieder an Hawks Worte und musste ein wenig grinsen. Abgesehen vom Treibstoffproblem war er zuversichtlich, dass sie alles im Griff hatten.

Plötzlich spürte er einen Druck an der linken Schulter. In der Annahme, dass es JoJo war, der ihn auf etwas aufmerksam machen wollte, drehte er sich um. In diesem Moment huschte etwas an ihm vorbei und etwas Weiches traf ihn im Gesicht.

Für einen Augenblick war er völlig verblüfft, aber er schüttelte seine Überraschung ab und beugte sich vor, um zu sehen, was gerade aus dem Hubschrauber gefallen war.

Heilige Scheiße!

Schneiderin war gesprungen!

Das Gewicht von Gangsters Helm und der Weste zog seinen nackten, gebrechlichen Körper zum dunkelblauen Wasser hinab. Als der Nordkoreaner auf der Wasseroberfläche aufschlug wie ein Mann, dem alles gleichgültig war, wurde Kolt bewusst, dass Hawk recht gehabt hatte. Schneiderin hatte den Verstand verloren und wollte sich tatsächlich umbringen.

Er sah, wie der Aufprall Schneiderin Gangsters Helm vom Kopf riss und wie der Spion versank. Er griff nach der Sprechtaste seines Funkgeräts.

»Stew, drehen Sie um. Der Gast ist von Bord gesprungen!«

»Roger«, erwiderte Weeks. »Aber wir sind hart an der Grenze.«

Kolt wusste, dass Weeks bestimmt auf die Nadel der Tankanzeige starrte, die höchstwahrscheinlich ganz links stand.

Verdammt!

Er spürte, dass Gangster links hinter ihm war, als Weeks eine harte 180-Grad-Wende vollführte. Zusammen mit JoJo versuchten sie, die Stelle zu finden, an der Schneiderin untergetaucht war.

Kolt hätte gerne nach dem Funkgerät gegriffen und Gangster dafür angeschnauzt, dass dieser zugelassen hatte, dass ihr wichtiger Gast sich aus dem Staub machte. Als Kommandant der Bodentruppe war Kolt für Schneiderin verantwortlich, aber er hatte sich darauf verlassen, dass Gangster den Kerl zumindest davon abhielt, sich mit der Glock zu erschießen oder aus dem Little Bird zu springen.

»Hier ist es gut«, funkte er. »Er ist direkt unter uns reingesprungen.«

Weeks ging in einen langsamen Schwebeflug über. Die Maschine schwankte mehr als gewöhnlich, was wahrscheinlich daran lag, dass sie zu viel Gewicht trug und das Rolls-Royce-Triebwerk gerade die letzten Tropfen Treibstoff verbrauchte.

»Ich seh ihn nicht«, rief JoJo.

Kolt sagte nichts, betrachtete nur den Fluss unter ihnen, versuchte, die Stärke der Strömung einzuschätzen, und fragte sich, ob der auf dem Wasser treibende Helm wirklich ein guter Orientierungspunkt war, um Schneiderin zu finden.

Was er als Nächstes sah, schockierte ihn.

Während Weeks noch gegen das Schwanken des Helikopters ankämpfte, stieß Gangster, der sich von seiner Ausrüstung befreit hatte, sich von der Außenplattform ab, als würde er von einer Klippe in Curaçao springen, und kam dem tödlichen Wirbel der Rotorblätter zu nahe. Ein roter Sprühnebel aus Blut und Hirnmasse traf Kolts Gesicht und bedeckte die Linsen seiner Schutzbrille.

Gangster!

Hastig wischte er das purpurrote Blut von seiner Brille und verschmierte es, bis er das in einer Tarnuniform steckende Bündel erkennen konnte, das zum Fluss hinabfiel und nur wenige Meter vom schwimmenden Helm entfernt ins Wasser stürzte. Er kämpfte gegen den Schock an und klammerte sich an die Außenbank des Little Bird, als ob er befürchtete, sonst als Nächster in den Fluss hinabgezogen zu werden. Das durfte nicht passieren. Ohne darüber nachzudenken, streckte er die Hand nach JoJo aus wie ein Vater, der den Arm vor den Beifahrersitz hält, um ein Kind zu schützen, wenn er plötzlich auf die Bremse treten muss.

Kolt bemühte sich, das Problem rasch zu analysieren. Innerhalb von weniger als einer Minute waren sowohl Schneiderin als auch Gangster aus dem Heli gesprungen, und keiner von ihnen war unversehrt. Gangster trieb mit dem Gesicht nach unten im Wasser, aber Kolt konnte nicht sicher sein, ob er tot oder bewusstlos war. Und der Grund, aus dem sie nach Nordkorea gekommen waren – die ersten bis an die Zähne bewaffneten amerikanischen Soldaten, die in 60 Jahren dieses isolierte Land betreten hatten –, war nirgends zu sehen.

Eine Mission, für die sie einen hohen Preis bezahlt hatten, die der Delta Force zahlreiche Verletzte eingebracht und sie mehrere Hightech-Hubschrauber gekostet hatte, die drohte, den dritten Weltkrieg loszutreten – diese Mission schien sich vor seinen Augen in Luft aufzulösen.

Er spürte, wie der Helikopter sich stabilisierte, was sicherlich daran lag, dass nun zwei Personen weniger in der Kabine saßen, und musterte das Wasser unter ihm. Während Weeks mit dem Hubschrauber ein wenig tiefer zum Fluss hinuntersank, ging Kolt seine Optionen durch. Slapshot und Digger waren verwundet; keiner von ihnen würde einen Sprung aus der Maschine überleben. Kolt wandte sich JoJo zu, dem jüngsten Delta-Operator im Heli Breaker Four-One. JoJo hatte eine Familie, zwei Kinder, die noch nicht zur Grundschule gingen. Schneiderin war nur eine Mission von vielen, nichts, wofür man sein Leben opferte. Es war nichts Persönliches, wie es der 11. September gewesen war. Diese persönliche Motivation hatte sich abgenutzt, als die US-Soldaten 2003 irakischen Boden betreten hatten. Und wie bei der Jagd nach Saddam bedeutete diese Mission lediglich Arbeit.

Kolt wurde klar, dass Slapshot auf dem Balkon des Notri vielleicht recht gehabt hatte. Vielleicht war er lebensmüde. Vielleicht hatte er schon immer ruhmreich untergehen wollen, während er allein einen feindlichen Graben oder Bunker stürmte wie Audie Murphy. Er begriff, dass das Einzige, was ihn noch zurückhielt, seine lähmende Angst vor dem Wasser war, die ihm zu schaffen machte, seit er im Abklingbecken des Yellow-Creek-Kernkraftwerks beinahe ertrunken war.

Komm schon, Kolt, reiß dich zusammen!

Er blickte zum Wasser hinunter, sah Gangster noch an der Oberfläche treiben, schaute dann wieder JoJo an. Ihre Blicke trafen sich, schickten sich unausgesprochene

Botschaften, die keiner von beiden verstand. Kolt wusste, dass er von JoJo nicht erwarten konnte, sich dem Zirkus anzuschließen und ebenfalls in den Fluss zu springen, und ihm war auch klar, dass JoJo dies nicht von seinem neuen Staffelkommandanten erwartete.

Scheiß drauf!

Er zog sich sein HK416-Sturmgewehr vom Kopf und schob es in die Kabine. Er nahm die Peltor-Kopfhörer ab, zog das Spiralkabel heraus, das sie mit der Weste verband, und legte sie neben die Waffe. Dann zog er die Laschen, um seine Kampfweste abzunehmen, und hielt das Brust- und das Rückenstück fest, als diese sich teilten, bevor er sie ebenfalls in die Kabine stieß.

JoJo packte Kolt am Ärmel. Es war ein harter Griff, was Kolt sagte, dass sein Partner auf der Außenbank das, was er vorhatte, für einen dummen Einfall hielt.

»Boss, tu's nicht, Mann!«, rief JoJo, wobei es ihm kaum gelang, das Surren der Rotorblätter über ihnen zu übertönen.

Kolt sah ihn an, packte die behandschuhte Hand seines Kommunikators und nahm sie von seinem Arm.

»Ich schaff das schon!«

Er stieß sich von der Plattform aus schwarzem Aluminium ab und sprang aus 18 Metern Höhe mit den Füßen zuerst und seitlich ausgestreckten Armen hinab, um nach dem Aufprall weniger tief zu sinken. Er traf auf das Wasser wie ein nasser Sack, der auf Beton fiel. Ein heftiger Ruck durchlief seinen ganzen Körper und Wasser drang literweise in seine Nase ein. Wenige Sekunden später kam er nach Luft schnappend wieder an die Oberfläche. Sofort suchte er nach Gangster, in der Annahme, dass Schneiderin bereits nicht mehr da war. Er musste lebensrettende Maßnahmen einleiten oder zumindest Gangsters Leiche bergen, damit diese nicht auf feindlichem Territorium zurückblieb.

Als er auf seinen Delta-Kameraden zuschwamm, stieß ihn etwas von unten an.

Ein Hai!

Kolt fuchtelte mit den Händen in der Luft und versuchte, auf einer unsichtbaren Treppe aus dem Fluss zu steigen, bis ihm bewusst wurde, dass er in Panik war. Als er sich etwas beruhigt hatte, kam er auf den Gedanken, dass es Schneiderin gewesen sein musste.

Er tauchte, tastete nach links und rechts und streckte dann die Arme weit aus, um seine Chancen zu verbessern. Dann ertastete er Haut und strich an einem knochigen Unterarm entlang, bis er die Hand erreicht hatte, die ungewöhnlich groß schien. Mit beiden Händen zog er an dem Arm, um zu verhindern, dass die Strömung Schneiderin weiter in die Tiefe zog.

Er kam gut voran, und nach ein paar Sekunden gelang es ihm, den Spion mit dem Kopf aus dem Wasser zu heben. Der Mann sah völlig fertig aus, und mit an Sicherheit grenzender Wahrscheinlichkeit war er bereits tot.

Während er Schneiderin von hinten festhielt, einen Arm über dessen rechte Schulter legte und ihn an der linken Brustseite fasste, suchte Kolt mit der Linken nach den Laschen an Gangsters Weste. Sie waren nicht leicht zu ertasten, und er fand nur eine von ihnen. Er riss daran, zog den biegsamen Splint aus dem Gehäuse und löste die linke Seite der Weste. Kolt mühte sich mit dem Kleidungsstück ab, bis er Schneiderin davon befreit hatte, und ließ es davontreiben.

Als er flussabwärts blickte, sah er zu seiner Überraschung, dass er immer noch in Gangsters Nähe war. Er konnte den Kopf seines Kameraden jetzt besser erkennen, an dessen Oberseite einige Zentimeter fehlten, glatt abgeschnitten von den Rotorblättern. Büschel seiner langen, braunen Haare klebten am Rand der Kopfwunde und trieben im Wasser.

Kolt zog Schneiderin zu Gangster, machte mit dem linken Arm lange Schwimmzüge, während seine Beine unter der Oberfläche Scherentritte ausführten. Er kämpfte darum, über Wasser zu bleiben, im Wissen, dass der natürliche Auftrieb seines Körpers nicht ausreichen würde, sie alle drei oben zu halten. Zuerst erreichte er Gangsters rechten Fußknöchel, wenige Sekunden später seinen Kopf. Mühsam drehte er ihn um und fühlte seinen Puls. Nichts.

Etwas fiel nicht weit entfernt ins Wasser. Es war eine schwarze Rettungsweste, die jemand aus dem Hubschrauber geworfen hatte. Der Abwind der Rotoren erzeugte riesige, konzentrische Wellenkreise. Kolt streckte sich nach der Weste, erreichte sie mit zwei Fingern, gerade als eine zweite Weste nur Zentimeter neben ihm landete.

Mit einer Hand schob er eine Weste unter Gangsters Brust und klemmte sich die andere schlicht unter die linke Achsel. Fürs Erste gelang es ihm so, alle über der Oberfläche zu halten, was eine kurze Erleichterung bot.

Da Gangsters Schicksal besiegelt schien, neigte Kolt den Kopf des nordkoreanischen Spions ein paar Zentimeter zurück. Er legte ihm zwei Finger an den Hals und fühlte seinen Puls. Im Getöse der Rotoren war er nicht sicher, ob er einen spüren konnte oder nicht. Falls ja, war dieser schwach und undeutlich.

Er drehte Schneiderins Gesicht zu sich, hielt dem Nordkoreaner die Nase zu und drückte die Lippen an seinen Mund, blies dem alten Mann zwei lange Atemzüge in die Lunge. Dann ballte er die rechte Faust, legte sie unter den Brustkorb des Alten und zog sie heftig aufwärts. Schneiderin reagierte nicht.

Mit Scherentritten hielt er seinen Körper aufrecht und spuckte das Flusswasser so schnell aus, wie es ihm in den Mund schwappte. Er stieß noch einmal seine Faust unter den Brustkorb des Mannes, dann noch einmal und noch einmal.

Plötzlich begann Schneiderin zu husten. Wasser quoll aus der Tiefe seiner Lunge hervor und verließ seinen Mund.

Kolt schaute zu Schneiderin, dann nach oben zum Little Bird. Er hob den Daumen, um zu signalisieren, dass der Spion noch am Leben war.

Dann wandte er sich wieder seinem Kameraden Gangster zu, und im nächsten Moment hatte er das Gefühl, das ganze Gewicht der Welt würde sich auf seine Schultern senken.

Er weinte und weinte, wie es nur ein Mann tut, der einen Waffenbruder verloren hat.

Schluss

»Entspann dich, Hawk«, sagte Kolt, während er mit dem Hintern die schwere Stahltür aufstieß und Hawks Rollstuhl in die ›Wirbelsäule‹ zog, den Hauptgang im Gebäude der Delta Force. »Du hast dich super geschlagen.«

»Blödsinn, Racer!«, entgegnete Hawk. »Der Ausschuss hat mich da drin gerade durch den Fleischwolf gedreht.«

Kolt antwortete nicht sofort und war froh, dass sie sein Gesicht nicht sehen konnte. Er wusste, dass Cindy Bird recht hatte. Der Kommandantenausschuss hatte sie in den zurückliegenden drei Stunden außergewöhnlich streng behandelt. Es hatte so lange gedauert, dass sie im Laufe der Befragung sogar eine Pinkelpause einlegen mussten.

Wenn der Kommandantenausschuss neue Operators für die Einheit auswählte, gab es keine Tabus. Sicher, wenn sie nicht auf dem Gelände waren, waren sie absolute Gentlemen, die ihren Frauen die Wagentür aufhielten, geduldig deren Aufträge ausführten, nachdem sie gerade von langen Einsätzen zurückgekehrt waren, und niemals einen Geburtstag oder Valentinstag vergaßen. Aber die Graubärte würden Hawk nicht zum ersten weiblichen Delta-Operator machen, ohne dass sie dafür zuerst einiges durchmachen musste.

Kolt hatte sein Pokerface aufgesetzt, während sie in alten Wunden bohrten und über die Todesumstände ihres Vaters in Falludscha sprachen, sie mit technischen Fragen zu diesem und jenem Teil der Ausrüstung löcherten und die Leichen in ihrem Keller entweder zum Stepptanz oder zur panischen Flucht bewegten. Ja, er wusste, dass Cindy

»Hawk« Bird ohne jeden Schatten eines Zweifels bewiesen hatte, dass sie vollkommen geeignet war, in die Reihen der Delta-Operators aufgenommen zu werden. Nachdem er zusammen mit Hawk zahlreiche äußerst brisante Einsätze überstanden hatte, war er klar auf ihrer Seite. Aber bei ihm hatte sie es leicht; es waren die anderen Ausschussmitglieder, die sie überzeugen musste. Die Graubärte der Einheit hatten die Aufgabe sicherzustellen, dass der richtige Kandidat den Ritterschlag erhielt, und das war nicht zwangsläufig auch der beste Kandidat. Sie hatten jeden erdenklichen wunden Punkt berührt, den sie bei ihr finden konnten. Ihr abschließendes Urteil stand noch aus.

»Du wirst es heute noch vor Feierabend erfahren«, versicherte ihr Kolt und schob sie durch den langen Gang zur Gedenkstätte im Garten. »Gehen wir und erweisen wir deinem Vater die Ehre.«

»Meinst du, dass der Präsident es machen wird?«, wechselte Hawk das Thema. »Die Standorte der Mini-Atomsprengköpfe mit Stealth-Bombern angreifen?«

»Ich weiß nicht. Die Nordkoreaner wissen, dass wir Schneiderin haben, was bedeutet, dass sie wissen, dass wir alles wissen, was er weiß. Wir haben's mal wieder mit ›gesicherter gegenseitiger Zerstörung‹ zu tun.«

Er schob ihren Rollstuhl über die Schwelle der Glastür, die Slapshot aufhielt, wobei er Kolt mit einem finsteren Blick bedachte, weil dieser sich verspätet hatte. Kolt grinste. Er war über alle Maßen froh, dass Slap hier war, um ihm die Hölle heißzumachen – und darüber, dass auch die restliche Noble-Staffel und die Mannschaften der Little Birds lebend zurückgekehrt waren.

Kolt manövrierte Hawk zum vorderen Ende der Menge, wobei er darauf achtete, mit ihrem verbundenen und höher gelagerten linken Bein nicht an jedes Stuhlbein der Gäste zu stoßen. Eine kleine Armee von Besuchern – derzeitige und frühere Operators, Angehörige und Freunde der Einheit mit Spezialeinladung – stand bereit für die Enthüllung der Namen der Adler, die in der stetig wachsenden Liste verewigt werden sollten.

»Und was ist mit Delta und Six?«

»Nachdem sie dir eine Million Fragen gestellt haben, kannst du selbst nicht mehr aufhören, welche zu stellen«, entgegnete Kolt. Aber er dachte über dasselbe nach. Das taten alle. Die Delta Force hatte wahre Wunder vollbracht, aber das SEAL Team Six war ihr dicht auf den Fersen. Wenn der Präsident nicht gerade an einem Aneurysma litt, konnte ihm unmöglich entgehen, dass die USA beide Einheiten brauchten.

Er richtete den Blick zur rechten Seite der Mauer auf das schwarze Stofftuch, das die echten Namen des früheren Delta-Staffelkommandanten Gangster und der zwei in der Ukraine gefallenen Scharfschützen Philly und Max verhüllte. Ein weltberühmter Kunsthandwerker hatte ihre Namen, wie die so vieler Männer vor ihnen, geduldig und professionell mit Hammer und Meißel in die riesige dreieckige Wand aus schwarzem Marmor eingearbeitet.

Kolt schluckte heftig und hoffte peinlich berührt, dass niemandem sein unüberwindliches Unbehagen angesichts der ganzen Situation auffallen würde. Bei einem Blick auf die Namen an der Mauer wurde ihm bewusst, dass ihre Zahl sich mehr als verdoppelt hatte, seit er der Delta Force beigetreten war.

Große Amerikaner und große Krieger. Er sah jedes ihrer Gesichter kristallklar vor sich und hätte schwören können, dass er noch einmal TJs letzte Worte hörte und seinen letzten Atemzug sah, als dieser auf der Marine One den Präsidenten gerettet hatte. In den Tiefen seines Bewusstseins sah er sogar die Marmorgrabsteine von Musket, Rocky und Jet in Abschnitt 60 des Soldatenfriedhofs in Arlington. Die versammelte Menge spiegelte sich an der Mauer und schien mit anklagendem Blick auf ihn hinabzustarren, als wäre er persönlich für all diese Tode verantwortlich. Und wenn sie ihm nicht die Schuld gaben, würden die Graubärte es tun.

Weiter links entdeckte er die Inschrift ›Michael Leland Bird‹, der Name von Hawks Vater, und er nahm an, dass sie dasselbe sah wie er. Einige der Männer, deren Namen hier standen, waren im Training gestorben, die meisten im harten Kampf, und es gab sogar einige, die ihr Leben bei Auslandseinsätzen mit der CIA geopfert hatten.

Kolt schob Hawk in eine Lücke zwischen den Stühlen, von denen die meisten von den Familienmitgliedern der Verstorbenen besetzt waren. Sie saß neben der Frau von Colonel Webber. Durch die Sitzung des Ausschusses waren sie zu spät gekommen, und ihm wurde sofort klar, dass der Platz neben der exzentrischen, aufdringlichen Frau des Kommandanten wahrscheinlich nicht der beste Ort für Hawk war, wenn man ihre Situation bedachte.

Er warf einen Blick zum Podium und suchte Colonel Webber, aber er sah ihn nicht. Dafür bemerkte er den Kaplan der Einheit, der aufrecht und selbstbewusst in seiner blauen Paradeuniform und perfekt polierten Springerstiefeln dastand. Kolt wusste, dass der Kaplan diesen Teil seiner Arbeit nicht ausstehen konnte und manchmal persönlich mit dieser Form von Endgültigkeit gerungen hatte, aber sein Auftreten und seine Persönlichkeit passten perfekt zu düsteren Anlässen wie diesem.

Kolt sah die drei zu einem Dreieck gefalteten US-amerikanischen Flaggen, die von drei Mitgliedern der Einheit gehalten wurden. Sie waren enge Freunde und Kameraden der Gefallenen, denen die wenig beneidenswerte Aufgabe zugefallen war, den Angehörigen der Toten die Flaggen zu überreichen. Aber jemand musste es tun.

Er ließ den Blick wieder über die Mauer wandern und auf dem eingemeißelten Zitat verharren, das dem ehemaligen Heeresminister John O. Marsh Jr. zugeschrieben wurde, der vor 25 Jahren das Gelände besucht hatte. Stumm las er die Worte:

›Die Delta Force beherbergt eine besondere Art Mensch. Sie marschieren zu einem fernen Trommelschlag. Geheimhaltung schützt ihren Auftrag und verbirgt ihr persönliches Handeln. Wenn auch unbesungen, sind sie doch risikobereite vollendete Profis. Entschlossen, voll Hingabe und anonym – sie gehören einer winzigen Bruderschaft an, die etwas zusammenhält, das sie von den meisten anderen trennt: außergewöhnliche Tapferkeit.‹

Gerade als er mit dem Lesen fertig war, hörte er, wie Mrs. Webber sich an Hawk wandte.

»O mein Gott, Sergeant Bird! Jedes Mal wenn ich Sie sehe, machen Sie den Eindruck, dass Sie gerade einen Unfall überlebt haben!«

»Äh, ja, Ma'am«, erwiderte Hawk. »Ich habe schon immer zu Unfällen geneigt.«

Mrs. Webber beugte sich näher zu ihr heran und hielt sich eine Hand vor den Mund. »Liebes, Sie müssen Ihrer Mutter schlimme Bauchschmerzen bereitet haben.«

»Das liegt wohl in der Familie.«

»Was war's diesmal?«, fragte Webbers Frau. »Wieder ein Autounfall?«

»Ein Ausrutscher im Urlaub«, behauptete Hawk.

Als Kolt eine Bewegung hinter sich bemerkte, drehte er sich um. Webber und mehrere der Graubärte hatten den Garten betreten und gingen zu ihren Plätzen, damit die Zeremonie beginnen konnte. Sie hatten sich nicht umgezogen und trugen immer noch die Tarnuniformen, die sie bei der Ausschusssitzung getragen hatten. Das sagte Kolt, dass sie über ihre Aufnahme diskutiert haben mussten, bis sie wegen der Zeremonie gezwungen waren, die Debatte abzubrechen – und in ein paar Sekunden, wenn sie sie sah, würde auch Hawk es wissen. Wahrscheinlich hatte die Jury immer noch keine Entscheidung getroffen.

Mrs. Webber beugte sich wieder über Hawk, und Kolt gab sich Mühe, ihre nächste Bemerkung zu verstehen. »Sie sollten wirklich vorsichtiger sein«, sagte sie. »Sie verbringen ja mehr Zeit auf der Unfallstation als die Operators.«

»Ja, Ma'am.« Hawk neigte den Kopf zurück und schaute zu Kolt hinauf. Dieser suchte seine Erheiterung zu verbergen und verdrehte langsam die Augen, als würde er sich Sorgen machen, dass jemand zusah.

Webber trat zum Podium, justierte mit beiden Händen das Mikrofon, hob es ein paar Zentimeter auf Mundhöhe und schlüpfte zum x-ten Mal in seiner mehr als dreijährigen Zeit als Kommandant der Delta Force in die Rolle von König Heinrich aus Shakespeares *Heinrich V.:*

»Uns wenige, uns beglücktes Häuflein Brüder. Denn welcher heut sein Blut mit mir vergießt, der wird mein Bruder, sei er noch so niedrig. Der heut'ge Tag wird adeln seinen Stand.«

Kolt dachte darüber nach. Ihm drehte sich der Magen um und sein Puls raste unter seiner Uniformjacke. Er hob die linke Hand, schob sich die Haare aus den Augen und wischte dabei diskret die Träne weg, die ihm über die linke Wange lief. Dann konzentrierte er sich auf das schwarze Tuch, das der Kaplan und der Sergeant Major der Einheit zeremoniell von der schwarzen Marmorwand entfernten.

Er las die Namen seiner drei Kameraden, die in der Schriftart Baskerville Old Face perfekt in den Stein gekerbt worden waren, spürte ein tiefes Gefühl von Verantwortung gemischt mit Verletzlichkeit, fühlte seine schwitzenden Handflächen an den Griffen von Hawks Rollstuhl und fragte sich, ob es das alles wert gewesen war.

Aber schon in der nächsten Sekunde stand seine Antwort fest.

Es musste sein.

www.daltonfury.com

DALTON FURY war ein ehemaliger Kommandant der Delta Force, der in über 90 geheimen Missionen eingesetzt wurde. Nach den Terroranschlägen des 11. September 2001 erhielt er den Auftrag, mit seinem Team den meistgesuchten Mann der Welt zu finden und zu töten – die Einzelheiten schildert er in seinem ungewöhnlichen Tatsachen-Bestseller *Kill Bin Laden.*
Seine Erfahrungen in der Delta Force nutzte Dalton Fury, um die explosiven Thriller mit Kolt ›Racer‹ Raynor so realitätsnah wie möglich zu schreiben.
Der Autor erlag Ende 2016 einer Krebserkrankung.

Festa: If you don't mind sex and violence and lots of action

Niemand veröffentlicht härtere Thriller als Festa. Werke, die keine Chance haben, in großen Verlagen veröffentlicht zu werden, weil sie zu gewagt sind, zu neuartig, zu extrem.

Statt der üblichen Matt- oder Glanzfolie haben die Bücher von Festa eine raue, lederartige Kaschierung. Sie symbolisiert die Härte und sexuelle Gewagtheit unseres Programms. Diese »Bücher im Ledermantel« sind auch sehr widerstandsfähig – die Bücher wirken nach dem Lesen noch wie neu.

Unsere erfolgreichsten Buchreihen:

HORROR & THRILLER – Moderne Meister des Genres

FESTA ACTION – Blockbuster zum Lesen

DARK ROMANCE – *Erotik Romance*-Bestseller aus den USA

FESTA EXTREM – Wenn Lesen zur Mutprobe wird …

Wegen der brutalen und pornografischen Inhalte erscheinen die Titel als Privatdrucke ohne ISBN und werden nur ab 18 Jahre verkauft. Sie können nur direkt beim Verlag bestellt werden.

Festa steht beim Thema harte Spannung für viele Jahre bewährte Qualität. Darauf geben wir sogar eine Zufriedenheitsgarantie. Dieser Service ist für einen Buchverlag einzigartig.

Warum tun wir das?

Frank Festa: »Wir wollen, dass die Leser unsere Bücher lieben. Das geht nur mit Qualität. Und als Spezialist für Horror und Thriller aus Amerika können wir in dem Bereich diese Qualität garantieren – so einfach ist das.«